高等学校财经管理类专业计算机基础与应用规划教材

教育部文科计算机基础教学指导委员会立项教材（2009年度）

丛书主编：杨小平

管理信息系统

刘腾红　向卓元　编著

清华大学出版社

北京

内容简介

本书从管理信息系统的基本概念出发,结合管理信息系统的最新技术和成果,系统、完整、准确、详细地阐述了管理信息系统的理论、方法和技术。全书由9章组成,内容包括概述、管理信息系统与组织、管理信息系统的技术基础、信息系统建设概述、信息系统规划、信息系统开发过程、企业管理信息化、电子商务、电子政务。每章后都附有思考题。

本书是普通高等院校文科专业计算机基础系列教材之一。可作为高等院校经济类、管理类、法学类专业的计算机应用教材,也可作为从事信息系统建设和计算机应用工作的技术人员、管理人员的参考书。

图书在版编目(CIP)数据

管理信息系统/刘腾红,向卓元编著. —北京:清华大学出版社,2010.3
(高等学校财经管理类专业计算机基础与应用规划教材)
ISBN 978-7-302-22262-0

Ⅰ. ①管…　Ⅱ. ①刘…②向…　Ⅲ. ①管理信息系统-高等学校-教材　Ⅳ. ①C931.6

中国版本图书馆 CIP 数据核字(2010)第 038232 号

责任编辑:索　梅　李玮琪
责任校对:李建庄
责任印制:孟凡玉
出版发行:清华大学出版社　　　　　　　　地　　　址:北京清华大学学研大厦 A 座
　　　　　http://www.tup.com.cn　　　邮　　　编:100084
　　　　　社　总　机:010-62770175　　　邮　　　购:010-62786544
　　　　　投稿与读者服务:010-62776969,c-service@tup.tsinghua.edu.cn
　　　　　质　量　反　馈:010-62772015,zhiliang@tup.tsinghua.edu.cn
印　刷　者:北京密云胶印厂
装　订　者:北京市密云县京文制本装订厂
经　　销:全国新华书店
开　　本:185×260　印　张:22.25　字　数:548 千字
版　　次:2010 年 3 月第 1 版　印　　次:2010 年 3 月第 1 次印刷
印　　数:1~4000
定　　价:32.00 元

高等学校财经管理类专业计算机基础与应用规划教材

编审委员会

序言

目前,信息技术的发展和社会需求对高校大学生的信息技术基础教育提出了更高的要求,大学信息技术教育的改革也在不断的深入和发展。总体来看,分类教学正在成为改革的共识,例如国内最具影响力的教育部文科计算机基础教学指导委员会制订的《大学计算机教学基本要求 2008》和全国计算机基础教育研究会制订的《中国高等院校计算机基础教育课程体系 2008》中,都按照分专业门类设计教学大纲,而财经管理类专业都作为一个独立体系来设计。分类教学能使大学信息技术教育更符合面向应用的教学指导思想,更能使教学与专业特点和社会需求相结合,从而为学生的专业研究和走向社会打下更坚实的基础。

我国高校中几乎都有财经管理类专业,这是一个非常大的群体。经济管理类学科与信息技术有着非常密切的关系,例如在经济学中,实验经济学正在迅速发展,成为一个独立的经济学分支。实验经济学是一门跨学科的科学,它以仿真方法创造与实际经济相似的实验室环境,可以通过改变实验参数,对得到的实验数据分析、整理和加工,以检验经济理论和前提假设,或者为决策提供理论分析。因此,现代经济学家不仅要精通经济学和数学,还需要运用其他学科知识或工具以解释实验对象行为的生理、社会、心理等原因,而计算机科学就是其中最重要的理论和工具之一。

事实上,无论科学研究还是从事实际工作,财经管理类各专业都更加需要信息技术的支持和帮助,同时,财经管理类专业在利用信息技术上也有鲜明的特色,共同的有文字处理、电子表格、互联网技术和资源利用、多媒体技术应用等,而电子表格、管理信息系统、数据库应用技术等更是专业学习必不可少的应用基础。近几年来,我们在主持编写《大学计算机教学基本要求》和《中国高等院校计算机基础教育课程体系》的财经管理类专业计算机基础教学大纲时深刻体会到针对专业应用特点设置课程、确定内容、安排案例等方面的重要性。为此,我们在清华大学出版社的支持下,由国内知名的财经管理类院校合作,组成面向财经管理类专业计算机基础系列教材编写组,共同编写教材。

为了保证教材的质量,我们设立了如下保证措施:

(1)编写组由国内知名财经管理类院校共同组成,首先确定课程体系,确定系列教材的构成。

(2)由这些名校承担在本校最有特色、最成熟的课程,选拔教学经验丰富,编写过相关教材的教师为主编,主编提出编写大纲交编写组,经审查提出修改意见后开始编写。

(3)编写组确定编写教材的基本风格,即强调面向应用、强调实践、强调与财经管理类专业相关的实际案例为引导,覆盖《大学计算机教学基本要求》和《中国高等院校计算机基础教育课程体系》的知识点。

（4）建设相关教学配套资源,包括案例、习题、实验、网站等。

正如编写组在为本系列教材明确目标时总结的那样,做到定位准确、面向应用、联系实际、资源配套。

编写组由中国人民大学、上海财经大学、对外经济贸易大学、江西财经大学、中南财经政法大学、上海商学院、浙江工商大学、广东金融学院、广东商学院、安徽财经大学、首都经济贸易大学、北京工商大学、天津财经大学、中央财经大学、东北财经大学、西南财经大学、南京财经大学等专家、教授组成。

由于我们的水平和经验有限,对于应用前景广泛的人文、社会科学各学科的知识了解也不够全面,许多地方难免出错,望有关专家和各位读者给予指正,先在此表达我们的谢意。我们将不断改正,争取为财经管理类学生提供更好的教材。

编委会

2010 年 3 月

前言

　　随着信息化的不断发展,文科院校对管理信息系统课的教学越来越重视,很多高校的文科专业都将其作为必修课开设。现在文科院校大都开设了大学计算机基础和数据库及其应用课程,为学生学习管理信息系统打下了良好的基础。学生虽然对本课程涉及的知识体系有浓厚学习兴趣,但苦于没有合适的教材对其理论和技术的理解感到有一定难度,尽管现在管理信息系统的教材有多个版本,但都不是针对文科院校经济类、管理类专业学生编写的。因此,编写适合文科专业管理信息系统的教材是必要的。我们根据多年的教学经验,组织教师听取学生的建议,编写了本书。

　　本书的目的是能使文科院校经济类、管理类、法学类专业的学生较好地掌握管理信息系统的知识,建立管理信息系统的总体轮廓,熟悉当今社会信息系统的应用,并用之服务社会。

　　全书由9章组成,包括概述、管理信息系统与组织、管理信息系统的技术基础、信息系统建设概述、信息系统规划、信息系统开发过程、企业管理信息化、电子商务、电子政务。每章后都附有思考题。

　　本书从管理信息系统的基本概念出发,结合管理信息系统的最新技术和成果,阐述了管理信息系统的理论、方法、技术和应用系统。本书不从单纯的技术观点出发,而是从管理和决策的角度,将信息技术、管理理论和组织行为有机地结合起来阐述管理信息系统。本书在组织材料上,力求做到系统性、准确性、完整性、先进性、实用性、通俗性,把培养读者分析问题、解决问题、实际动手能力作为出发点,并通过案例分析,把理论与实践有机结合,形成信息系统开发的完整框架。本书所涉及的知识点具有新观点、新技术、新发展、新动态的特点,是信息技术与时俱进的特征体现。读者在学习本书前,应具备大学计算机的基础知识,还应具有一定的管理方面的知识。本书是普通高等院校文科专业计算机基础系列教材之一,可作为高等院校经济类、管理类、法学类专业的计算机应用教材,也可作为从事信息系统建设和计算机应用工作的技术人员、管理人员的参考书。

　　本书由中南财经政法大学刘腾红教授和向卓元副教授任主编。刘腾红负责全书总纂与定稿工作。第1章、第9章由刘腾红、刘婧珏执笔,第2章、第4章、第6章、第7章由向卓元执笔,第5章由李胜执笔,第3章和第8章由张新香执笔。本书由中国人民大学杨小平教授主审。

　　本书的编写得到教育部文科计算机基础教学指导委员会的专家、学者的肯定,对编写大纲提出了许多宝贵的意见和建议,并作为规划教材立项;中南财经政法大学教务部、安全科学与管理学院、信息学院的领导和教师们对本书的编写给予了大力支持,在此表示衷心的谢意!

　　由于作者水平有限,书中错误在所难免,恳请各位同行和读者们赐教。

作　者

2010 年 2 月于武昌

目录

CONTENTS

第 1 章

概　述

学习目的：通过本章的学习，主要使学生建立管理信息系统的概念，对管理信息系统有一个清晰的认识；重点掌握管理的职能、信息的作用、信息系统的功能、管理信息系统的定义及结构，了解管理信息系统的发展。

在信息化时代的今天，管理信息系统（Management Information System，MIS）的应用相当广泛，人们的日常工作和生活都离不开各种不同管理信息系统的应用。至于什么是管理信息系统，现尚无统一、确切的定义。可以这样分析一下，管理信息系统是一个组合词，其组合可以用六个词来概括，即管理、信息、系统、管理信息、信息系统、管理信息系统。本章分别就这六个词进行论述，给读者建立管理信息系统的概念。

1.1　管理

1.1.1　管理的定义

管理是人类社会活动和生产活动中普遍存在的社会现象，是人类社会的一项最基本的活动。自从有了人类的共同劳动历史，就有了管理活动。大到治国安邦，小到任何一个组织的活动，甚至社会的基本单元——家庭，都需要管理。社会中的每一个人都经常与管理活动发生联系，或从事管理工作，或接受管理，无一例外。

随着人类社会的进步，科学技术的发展，社会组织的变革，管理活动日益丰富，管理活动的重要性在社会、组织和人们的生产和生活中也变得越来越重要，受到越来越多的关注和重视，以至于离开了管理，人类活动将处于一片混乱之中。因此，管理是一个历史的范畴，随着人类社会活动内容的日益丰富而相应地不断丰富，同时也越来越复杂，表现出不断创新的特点。

管理，从字面上解释，管是主其事，理是治其事，管理即管辖治理的意思。但在管理学中，管理的定义众说纷纭，众多的研究人员和学者根据自己的理解，从不同的角度对管理作了不同的定义。以下是国外著名管理科学家提出的具有代表性的定义。

被誉为"科学管理之父"的泰勒将科学管理的基本原则归纳为凭科学办事、集体行动协调、相互合作、追求产出最大化和尽最大可能培养工人，使他们和公司都取得最大的成就。

现代经营管理理论的创始人亨利·法约尔认为，管理就是计划、组织、指挥、协调和控制等活动。

行为科学学派的迈约等人认为,管理就是协调人际关系,激发人的积极性,以求达到共同目标的一种活动。

决策学派的赫伯特·西蒙认为,管理就是决策。

经验学派的彼得·德鲁克认为,管理是一种工作、一种学术、一种文化、一种任务。

数学管理学派的康托纳维奇等人认为,管理的问题主要是计算问题,计划做得好,生产就能搞得好。

哈罗德·孔茨的定义是,管理就是设计和保持一种良好的环境,是组织能够高效地完成既定目标的活动。

系统论学派的观点是,管理就是根据一个系统所固有的客观规律,施加影响于这个系统,从而使这个系统呈现出一种新状态的过程。

这里给出国内学者和专家对管理的定义。

(1) 管理是社会组织中,为实现预期的目标,以人为中心进行的协调活动。

(2) 管理是管理者为了有效地达到组织的目标,对组织资源和组织活动有意识、有组织且不断地进行的协调活动。

(3) 管理是为了某种目标,应用一切思想、理论和方法去合理地计划、组织、指挥、协调和控制他人,调度各种资源,如人、财、物、设备、技术和信息等,以求用最小的投入获得最好或最大的产出目标。

(4) 管理是在一定的环境中,由组织中的管理者运用计划、组织、领导和控制等职能,采取一定的管理方法和管理手段,调动组织内的各种资源去实现组织目标的实践活动。

(5) 管理这一概念可以定义为通过一种秩序使组织的人力、物力和财力资源有机地结合起来的目标行为过程。

从上面的定义可以看出,管理的共同点是目标、资源、过程、协调。即:

(1) 管理是有具体的目的,即实现组织的目标。

(2) 管理的对象是组织内的人力、物力和财力等资源。

(3) 管理是一个活动过程,即设置目标、制订计划、设计组织、控制激励、领导决策、沟通协调等。

(4) 管理的特点是协调,只有通过协调管理者与被管理者、被管理者之间的关系,建立一定的秩序,才能充分发挥人力、物力和财力资源的作用,最后实现组织目标。

管理学则是在长期管理的实践基础上产生的,管理学界普遍把美国工程师泰勒在 1911 年出版的《科学管理原则》(Principle of Scientific Management)作为管理学产生的标志。

管理学指的是一门理论学科,是一门专门研究管理活动的基本规律与原则和一般方法与手段的科学,是在总结管理发展的历史经验基础上,综合运用现代社会科学、自然科学以及先进科学技术的理论和方法,研究管理规律和方法的一门综合性学科。它既是一门软科学,也是涉及多学科、多领域的边缘学科,同时又是一门应用科学。

1.1.2 管理理论的发展

在管理学理论和管理实践长期的发展过程中,经历了古典管理理论、行为科学理论、现代管理理论和管理理论的新发展四个阶段。

1. 古典管理理论

古典管理理论是指 19 世纪末 20 世纪初到 20 世纪 30 年代这一时期的管理理论,重要的代表人物及其理论有泰勒的科学管理理论、法约尔的一般管理理论和马克斯·韦伯的行政组织理论。

2. 行为科学理论

行为科学理论产生于 20 世纪 30 年代,其标志是埃尔顿·梅奥创立人际关系学说,1949年被定名为行为科学。行为科学重视组织中人的因素,其主要研究内容是人在组织活动中的行为及其原因。

3. 现代管理理论

第二次世界大战以后,现代科学技术日新月异地发展,生产社会化程度日益提高,引起了人们对管理理论的普遍重视,对管理的要求也越来越高,尤其是系统论、信息论和控制论三大自然科学理论的诞生,为管理理论的发展提供了足够的基础和条件。在此背景下,产生了许多新的管理理论和管理学说。由于历史渊源和内容的相互影响和相互联系,形成了盘根错节、众说纷纭的局面,即形成了哈罗德·孔茨称之的"现代管理理论的丛林"。

在现代管理理论方面具有代表性的学派有管理过程学派、经验学派、系统管理学派、决策学派、管理科学学派和权变管理学派等。

4. 管理理论的新发展

20 世纪 70 年代以来,随着组织竞争日趋激烈,管理学界开始重点研究如何适应充满危机和急剧动荡的环境,谋求组织的生存发展并获得竞争优势,管理研究进入了以战略管理为主的研究组织战略规划与环境关系的高层宏观管理时代。其中产生了如下几种理论:以波特为代表的竞争战略理论、以哈默为代表的企业再造理论、"学习型组织"及"虚拟组织"理论。

管理学研究的具体内容主要有以下几个方面。

(1) 研究管理的基本概念、原理和原则。研究管理的基本概念、原理和原则,包括界定管理基本概念的内涵和外延,归纳和提炼出具有一般意义的管理原理和原则,并研究这些管理原理和原则如何有效地应用。

(2) 研究管理思想和管理理论的形成与历史沿革。研究管理思想和管理理论的形成和历史沿革,可以通过比较分析来揭示管理思想和理论的发展规律及发展趋势,还可以体现这些管理思想和理论的实用价值,以及解决如何继承和发展的问题。这里所谓的比较分析,既包括历史的纵向比较,也包括产生于不同文化背景下的管理思想和理论的横向比较。

(3) 研究管理的基本方法和技术。管理理论、原理与原则只有通过管理方法和技术这些中间桥梁,才能作用于管理实践。因此,管理学要研究完成与执行管理职能的方法和技术,并且从方法论的高度,对现有的管理方法和技术进行比较分析,将具有普遍适用的方法和技术进行归纳整理,形成适用于各具体领域管理实践的一般结构和模式。

(4) 研究管理主体的素质和作用。管理活动的主体是人,既有管理者又有被管理者,他们是决定组织管理效果的核心力量。这里既包括管理主体的个体的作用、能力的开发和素质的提高问题,也包括个体与个体、个体与群体以及群体与群体之间协作组合的问题。管理学把管理主体的个体开发与群体优化组合,以两者的内在联系作为研究内容之一,从而充分发挥管理主体的作用,以便更好地实现组织的整体目标。

(5)研究管理绩效。管理绩效是指管理者在一定条件下管理行为的综合效应。管理的实质就是充分发挥组织功效的过程,管理必须有效应,有效应的标志就是管理要产生管理绩效。达到预期的管理目标。

1.1.3　管理的职能

管理的职能就是管理者为了有效管理必须具备的功能,或者说管理者在执行其任务时应该做些什么。

管理职能的划分,国内、国外说法不同,它是随着科学技术的进步和管理理论的发展而不断演变的。最早对管理职能加以概括和系统论述的是著名的管理学家法约尔,他在 1916 年出版的《工业管理与一般管理》一书中指出:管理必须履行五种职能,即计划、组织、指挥、协调和控制。后来许多管理学家对管理职能又从不同的角度提出了不同的看法。在法约尔之后,大多数的管理学家没有把协调作为一项独立的管理职能,他们认为协调就是管理的实质,其他各项职能均有协调的作用。20 世纪 30 年代以后,由于出现了人际关系学,管理从重视技术因素转向重视人的因素,因而有人提出,把人事、激励、沟通等作为管理职能。当西蒙等人创立了决策理论后,有人为了强调决策的重要性,又把决策从计划职能中分离出来,列为一项管理职能。以后由于新技术革命浪潮的影响,为了突出创造和革新在管理中的作用,有人又把创新作为一项管理职能。

在国内关于管理学的教材中,我国管理学者对管理职能的划分存在着分歧,有的主张三职能观点,即计划、组织与控制;也有的主张四职能观点,即计划、组织、领导与控制;有人提出七职能说,即信息获取、决策、计划、组织、领导、控制与创新;支持率最高的是五职能的观点。

但在五职能的观点中,具体的划分也有所不同。如杨文士教授赞同美国管理学家孔茨的观点,认为管理职能应划分成计划、组织、人员配置、指挥与领导、控制。

周三多教授在其《管理学:原理与方法》中将 15 种管理职能分成五大组,认为管理的职能应当是决策、组织、领导、控制、创新,并得出管理职能的循环图。管理的主要职能有如下几种。

1. 决策

所谓决策,就是指为了达到某个特定的目标,借助一定的科学技术方法,从两个或两个以上可行方案中,选择一个最佳方案并付诸实施的过程。决策是管理工作的前提,它贯穿于管理活动的整个过程,是其他各项管理职能的基础。组织中的各层管理者都要做出决策,如开发新产品决策,开发什么新产品、以什么方式开发、在哪里开发、什么时候开发等,都需要管理者做出决策。

2. 计划

所谓计划,就是指制定目标并确定为达成这些目标所必需的行动。计划也就是预先决定要去做什么,如何做,何时做和由谁做。计划着眼于未来,同时又致力于目标。计划职能是管理的重要职能,任何组织要达到预定的目标都首先应有科学的计划。组织中所有层次的管理者都必须从事计划活动,都必须为组织制订工作计划。

3. 组织

所谓组织,就是为了有效实现预定目标,通过建立组织机构,确定职位、职责和职权,协调相互关系,从而使组织内部各种资源得到最合理利用的过程。计划职能是对组织未来所做的规划安排,而组织职能是用其特有的手段来确保计划的实施。只有计划,而不去组织或组织不好,计划就会落空。因此,组织职能是一项重要的职能,是管理中不可缺少的职能。

4. 人事

人事现在已同国际接轨被称为人力资源管理。人力资源管理是为了保证组织目标的实现,对所需的人力资源进行开发、管理、培训等工作,其包括管理人员的选任,一般员工的招聘、使用和培训。

5. 领导

所谓领导,就是率领、引导和影响人们尽其所能地实现某种目标的过程。领导工作是管理工作的一项重要职能。管理者通过行使计划、组织和控制等职能,是可以保证组织取得一定成果的。如果管理者在他们的工作中进行有效领导的话,将会取得很好的成果。

6. 控制

所谓控制,就是为了预防和纠正与既定目标或标准的偏差,从而保证目标或标准得以实现的活动过程。一个组织的实际运行状况往往会偏离当初所做的计划,采取纠偏行动可以确保原先计划的顺利实施,也可以对原先计划进行调整以适应当前的形势。控制是管理过程中不可或缺的一项职能,因为它的存在可以确保组织始终围绕着正确的目标运行。

7. 创新

所谓创新,就是改变现状。组织根据内外经营环境的变化,对管理的方法、思想、体制等方面做出新的变化或组合,这就是管理创新。创新贯穿于所有的管理职能,通过创新可以增强组织的适应能力,否则组织就要被无情地淘汰。20 世纪 80 年代对管理影响最大的思想——企业流程重组(Business Process Reengineering,BPR)就是在管理中的创新。美国在许多企业中推行了 BPR,其效果十分显著,它可以使企业成百倍地提高劳动生产率。

通过对管理职能的划分,为研究管理问题提供了一个理论框架。但是,这并不意味着这些管理职能是互不相关而孤立存在的,实际上各个职能之间是相互交叉、密切相关的,彼此之间没有绝对的界限。在具体的管理过程中,各项管理职能往往很难划分得十分清楚。例如,在做出决策时,必须考虑计划、组织、领导、控制和创新等问题;在制订计划时,要考虑决策目标,还要考虑如何合理组织与控制,以及计划的实现问题等。

1.1.4 管理的对象

管理的对象,即特定组织中施以管理的各种资源。对于任何一个组织,资源的有效配置决定了该组织的成败。这里所说的组织具有一般的意义,是一个抽象的概念,具体地说,组织可以是国家、军队、企业、学校、医院、家庭等。不同具体形式的组织,它所能支配的内部资源也不尽相同,但一般来说,组织的内部资源都涉及人、财、物,它们是具有普遍意义的管理对象。现代社会中,对时间和信息的重要性的认识日益加强,时间和信息就是管理效率的观点也越来越被管理者所接受。组织的社会形象、信任度、商标、专利等无形资产作为一种重要资源的认识已较为普遍。于是,人们在提及管理对象时,在人、财、物的基础上,加进了时间、信息和无形资产等资源。随着知识经济时代的到来,知识将日益成为组织最重要的资源。知识经济作为建立在知识和信息的生产、分配和使用基础上的经济,对管理的影响是深远的、划时代的。

综上所述,从现代管理的观点出发,可以将管理的对象归纳为组织中的各种资源,主要包括人力、物力、财力和信息与知识。

1. 人力资源

人是人工系统中最重要的要素,对人的管理主要是指组织内部人力资源的管理。在一个社会组织中,人力资源是最为重要的资源。

因为人是一种活的要素,具有创造性和很大的潜力,但同时也具有破坏性。如果这种创造性得以发挥,潜力被挖掘出来,同时消除破坏性,就能产生极大的动力。另外,人具有感情要素,其工作效率,生产的积极性的发挥都受到感情因素的影响。而且感情因素是最难以定量化、模式化的因素。由此决定了人是一个组织中管理难度最大,也最能体现和需要管理的艺术性的管理对象。所以说,人力资源是管理的首要对象。正因为如此,现代管理才特别强调要以人为本,以人为中心。管理的首要任务就是要充分开发、利用组织内的人力资源,积极争取组织所缺乏的外部的人力资源。不过要指出的是,现代管理思想的主张是:组织的人力资源的开发利用不仅仅是对人的劳动能力的运用。在现代管理中,不断地提高员工的素质,积极地对员工进行培训,是人力资源管理更为重要的任务。传统的人力资源管理的目标是人尽其才,现代的人力资源的管理要在人尽其才的基础上,还要使员工的才智、才能不断地增长。

具体地说,人力资源管理包括人员的招聘、配备、工作内容设计、工作评价、人才培训与教育、人才选拔和激励机制的建立等。

2. 物力资源

物力资源是人们从事社会实践活动的物质基础。任何一个组织的生存与发展都离不开一定的物质基础。对组织的物力资源的要求是遵循客观事物发展规律的要求,根据组织目标和组织的实际情况,对各种物力资源进行最佳配置和最佳利用,开源节流、物尽其用。

随着知识经济时代的到来,一个组织的物力资源不仅包括组织的有形资产,而且还应该包括无形资产。这些无形资产中,包括产品品牌、企业声誉,而且有相当一部分是与人力资源紧密地结合着的。所以,物力资源的管理与人力资源的管理在今天已经紧密地结合起来,对知识型企业更是如此。

做好物力资源的管理,最重要的一点是要提高物质财富的投入产出率。随着物质财富的匮乏,可持续发展的普及,无论是一个国家,还是一个企业,都不能长期靠高投入来维持高增长。提高投入产出是管理中的一个最基本的原则。

具体而言,对物力的管理不仅是指对组织所拥有的有形实物的管理,包括对原材料的管理,对产品的成品、半成品的管理,对机器设备、工具器具、材料、能源及建筑物等的管理;而且还包括对无形资产的管理包括形象设计、公共关系、组织文化建设等;对于知识的管理包括进一步识别知识资源在组织中的地位和作用,建立有效的知识管理机制等。

3. 财力资源

在市场经济中,财力资源既是各种经济资源的价值体现,又是具有一定的独立性的特殊资源。虽然资金、资本等财力资源是在利用物质资源的基础上产生的,但是财力资源的分配和合理地使用,反过来对物力资源、人力资源的合理运用会产生直接的影响。特别是在市场经济中,一个普遍的现象是资源价值形式的运动引导着物质或者说是实物的运动。这种现象对管理的作用是:对组织的财力资源的运用效率决定着组织的其他字眼的运用效率。所以,任何一个组织都可以从财力资源的运用角度来考察其管理的水平、成效,对工商企业则更是如此。

管理财力资源的目标就是财尽其用,通过聚财、用财而不断地生财。

对财力资源的管理表现为对组织内部各种价值形态的管理,如财务管理、成本管理、资金使用效果分析等。

4. 信息资源

信息是物质属性和关系的表征,万物是通过各自的信息来显示其固有特征的。在一个社会组织中,信息更是不可缺少的构成要素。随着信息社会的到来,信息在社会经济、政治、文化等方面的作用日益重要。在经济全球化、竞争日益激烈的今天,不仅没有信息的组织不可能生存,就是缺乏足够信息的组织,信息传输不迅捷的组织也肯定会被淘汰。建立完善的信息系统,掌握必要的外部信息,在组织内部实现信息共享是决定一个组织的竞争力的关键。在管理过程中,管理者的决策、计划、控制等职能的完成都必须以一定的信息为前提;必须以一定的信息传递给被管理者;被管理者执行决策的情况也必须通过信息反馈才可能被管理者知晓。组织中的信息指的是各种消息、情报、数据、资料等。对信息管理的主要任务是要根据组织管理的要求,建立完善、高效的信息网络,保证管理所需的各种准确、完整、及时的信息在组织内建立起合适的信息共享网络,为平等、互动、交流的新型管理提供条件。

具体地,对信息的管理包括信息的收集、处理、传递、储存等,还包括管理信息系统的设计、运行和维护等。

对管理对象的研究,不应只局限在对单个管理对象的管理,还应注意到诸多管理对象之间的相互联系。这是因为,管理对象是由诸多要素组成的有机整体,具有系统的特征,管理对象还包括单一要素与管理对象整体之间的关系、各要素之间的关系,如人与组织的关系、人与物的关系、人与人的关系等。

1.2 信息

1.2.1 信息的含义

1. 什么是信息

今天,人人都在利用信息(Information),信息已经深入社会生活的各个方面、各个行业、各个地区。但信息至今尚无统一、确切的定义。信息一词在我国已经使用很久,早在一千多年前,唐朝诗人李中在《碧云集·暮春怀故人》一诗中就留下了"梦断美人沉信息,目穿长路倚楼台"的佳句,这里的信息是指消息、音信。信息作为科学术语最早出现在1928年哈特莱(R. V. Hartly)发表的《信息传播》一文中,他认为"信息是指有新内容、新知识的消息"。19世纪40年代,随着科学技术的发展,人们对信息进行了大量研究。1948年维纳(N. Wiener)发表《控制论》,从更广阔的领域研究了信息,在更概括的意义上定义了信息,他认为:信息是我们在适应外部世界、控制外部世界的过程中同外部世界交换的内容的名称。通常人们公认,信息论的奠基人是香农(C. E. Shannon),他在《通信的数学理论》一文中提出了信息量的概念和信息熵的计算方法,他认为"信息是用来消除不确定性的东西"。随着科学技术的进步和发展,人们从不同的学科出发,对信息进行了不同的解释。下面列举几种对信息的定义和描述,供读者理解。

(1) 信息是对事物运行状态和特征的描述。

(2) 信息是关于客观事实的可通信的知识。

(3) 信息是帮助人们做出正确决策的知识。

(4) 信息是实体、属性、值所构成的三元组。

(5) 信息是数据加工后的结果。

(6) 信息是认识了的数据,是数据的含义。

定义(1)、(2)说明了信息是客观世界的各种事物变化和特征的反映。客观世界中的事物都在不停地运动和变化,呈现出不同的状态和特征,而对这些状态和特征的描述就形成信息。定义(2)还说明了信息是可通信的知识。由于人们通过感官直接获得的周围的信息极为有限,因此,大量的信息需要通过传输工具来获取。知识是反映事物的信息进入人们的大脑,对神经细胞产生作用后留下的痕迹,人们正是通过获得信息来认识事物、了解自然和改造世界的。

定义(3)说明了信息与决策的关系,现代管理的核心是决策。信息不充分,决策就缺少了根本的依据。要实现正确的决策,必须拥有大量的信息。信息通过决策体现其自身的价值。

定义(4)说明了信息的构成。实体(Entity)是现实世界中的一个事物,如一个学生、一张凭证、一件产品等。属性是反映实体的特征,如产品编号、产品名、规格、颜色、单重、单价等。其值是针对某个实体的属性的具体内容,如学生有:2001000001,张三,男,1984.10,湖北,信息管理;2001100001,李四,男,1985.01,湖南,会计等。

定义(5)、(6)说明了信息与数据的关系。数据和信息具有不同的含义。数据是记录下来可以被识别的物理符号,它本身并没有意义,数据经过处理后仍然是数据,只有经过解释才有意义,才能成为信息。可以说,信息是经过加工以后,并对客观世界产生影响的数据。信息是更本质地反映事物的概念,而数据则是信息的具体表现。信息与载体性质无关,不随载体的性质而改变,而数据的具体形式却取决于载体的性质。需要指出的是:在不影响对问题理解的情况下,有时对数据和信息这两个术语也不严格加以区别,如通常我们说信息处理,也说数据处理。

2. 信息的特性

1) 事实性

事实性是信息最基本的属性。不符合事实的信息不仅不能使人增加任何知识,而且有害。保证信息的事实性,也就是保证信息的真实性、准确性、精确性和客观性等,从而达到信息的可信性。如果给领导提供失真的信息,则决策就会失误。

2) 传输性

信息可通过各种手段传输人们所要到达的地方。它主要是利用各种通信工具(如电话、电报、微波、卫星)和技术(如网络)等进行信息的传输,快速、便捷且成本远远低于传输物质和能源。随着计算机技术和通信技术的不断发展,信息传输的形式各种各样,不仅可以传输文字、数字,而且可以传输声音、图像等,且传输的可靠性越来越高,误码率越来越低。

3) 存储性

信息可借助于各种载体(如纸、磁带、磁盘等)在一定条件下存储起来,也可依据需要压缩存储。存储的信息既可用于加工处理,又可进行信息传输。随着大容量存储介质的产生和存储技术的运用,可存储的信息容量越来越大,可靠性越来越高,存取速度越来越快,而存储介质越来越小。

4) 共享性

信息是可共享的。信息的拥有者可把信息发送给多个接收者共享,而拥有者并未失去该信息。如股票信息可供股民共享,不会因某人获得信息而使他人减少信息。但共享是有条件、有权限、有控制的。信息的共享与保护是相矛盾的,这就涉及各种信息的安全和保护措施。

5) 可加工性

信息可通过一定的手段进行加工,如压缩、分类、排序、统计、综合等,加工是有目的性的,它往往为了某种需要对信息进行加工,加工后的信息反映信息源和接收者之间相互联系、相互作用的更为重要和更加规律化的因素。需要说明,信息加工过程要保证语法、语义和语调三者的统一,以免造成信息的失真。实际上,信息加工是人们利用信息为社会服务的重要途径。

6) 时效性

信息的时效是指从信息源发送信息,经过接收、加工、传递、利用所经历的时间间隔及其效率,时间间隔越短,使用信息越及时,使用程度越高,则时效性越强。

7) 等级性

信息是可分级的。一般分为战略级、战术级和作业级。不同级别的信息,其应用对象、内容、来源、精度、寿命和使用频率上都不相同。作业级信息大部分来自内部,其内容具体,精度要求高,使用频率也高,但使用寿命短;战略级信息大部分来自外部,其内容抽象,精度要求低,使用频率也低,但使用寿命长;战术级信息介于两者之间。

8) 不完全性

信息往往是局部的,不全面的,这与其应用目的有关。而且,信息也有主次之分。对于所收集的信息要经过加工得到有用的信息,舍弃无用的和次要的信息。

9) 价值性

信息是有价值的,信息的价值有两种衡量方法:一种是按所花的社会必要劳动量来计算;另一种是按使用效果的方法来衡量。前者说明信息是劳动创造的,是一种资源;后者说明在获取信息所花的费用及得到信息后产生的收益。信息的使用价值必须经过转换方能得到。用于某种目的的信息,随着时间的推移价值耗尽,但对另一目的可能又显示用途,如天气预报的信息,预报期一过,对指导当前的生产不再有用,但对于天气预报的研究者,可用来做对比分析,预测未来的天气。因此,"管理的艺术在于驾驭信息"。

1.2.2　信息的作用

信息,作为构成客观世界的三个要素(物质、能源、信息)之一,对人类社会的生存和发展有着十分重要的作用。随着信息科学的发展,信息的作用以及作用发挥的条件为人们进一步认识后,必将得到更加充分的发挥和利用,更大限度地造福于人类。

1. 信息的基本作用

信息对人类社会生存和发展的作用,可以从不同的角度进行阐述。

(1) 从根本上讲,信息是人类社会生存的条件,是人类社会发展的源泉。

人类在同客观世界的斗争中,不断地认识世界、改造世界,在提高生产力水平的同时,极大限度地创造和发展物质文明与经济文明。所谓不断认识世界就是不断探索世界奥秘,掌握事物发展变化规律,使人们在同客观世界的斗争中得以消除人的各种不确定的认识,把握斗争的主动权。因此,信息是人类社会发展变化进程中不可缺少的资源要素。

人类在改造客观世界的同时,也形成和改造了自己的主观世界,积累了大量有关客观事物运动状态和方式的知识,这是人类社会的宝贵财富,也是人类社会进一步发展的基础。历史已证明,并且还将继续证明,在人类发展进程中,开发利用信息资源同开发利用物质和能源构成了人类创造物质文明和精神文明的主体结构,三者缺一不可。

(2) 从发挥认识能力的角度看,信息是主客体的中介,是思维的材料。

信息的存在是人类发挥认识能力的必要条件。人类为了生存与发展,每时每刻都在与客观事物打交道,每时每刻都在认识、了解客观事物的运动状态和方式,在一定程度上消除了对客观事物的运动状态和方式的不确定性。从进化论的角度看,信息促进了人类认识能力的改善和提高。

思维是人的认识核心所在,人的这一功能的实现是以信息为原料进行的,没有信息材料,人的思维能力只是一种潜在功能,不会产生任何结果。从这个意义上来讲,信息是思维不可缺少的原材料,同时思维的结果同样是信息,而且是通过思维功能产生的新信息。

(3) 从人的社会行为与行为目的的关系看,信息是决策的依据、信息是控制的灵魂。

人的社会行为都是在做出一定决策后开始的。在现代社会中,由于人类活动的社会性日益增强,人们的行为往往受到多方面的影响,同时也将影响和涉及其他许多方面。因此,决策的过程以及决策的效果更加依赖于决策时所使用的信息。

人类的社会活动及自身的生活过程,都是动态的、阶段性的。因此,在人的社会行为目的之间,必然存在着调节与控制,而调节与控制的灵魂就是信息。首先,控制的决策必须以信息为依据;其次,控制的实施必定有信息的传递;再次,控制的过程必然有信息的产生;最后,再控制则要借助于信息的反馈。控制的各个环节及各环节的相互联系都离不开信息。决策信息、控制信息、状态信息和反馈信息就是控制的灵魂所在。

(4) 从人类社会角度看,信息是组织的保证,信息是管理的基础。

人类的任何形式的组织都必定存在着一定的信息交流方式,以及按此方式交流的信息流。人类社会的组织性,也就是人类社会生活的有序性,组织内部有效的信息交流有利于提高这一有序性。有效的信息交流越多,其组织的有序性就越高,即其组织的一体化程度就越高,反之亦然。

组织的形成和完善离不开对组织的管理。一般而言,管理工作是强化组织建设,实现组织目标并进行规划、设计、贯彻和实施的过程。从广义上讲,任何管理系统都是一个信息输入、变换、输出的信息与信息反馈系统。管理实际上是计划、执行、调节、再计划、再执行、再调节的螺旋上升的循环过程,它的任何一个环节以及环节与环节之间的联系都离不开信息。只有以一定的信息为基础,管理才能驱动其运行机制;只有足够的信息,才能保证管理功能的充分发挥。

2. 信息的功能

信息的功能指信息在国民经济发展和人类社会生活中的地位和作用。从我国社会主义经济建设的实践经验来看,信息的功能主要体现在以下几个方面。

1) 智能功能

智能指人的智力和能力,信息可以帮助人们提高自己的智力和能力。因为信息经过加工、整理后,就成为一种知识,这种知识被人们所掌握以后,就能够增长人们的智能,提高人们的认识能力。信息有知识性和可传递性,信息由发生源发出,中间经过传递和再传递,可能会被更多的接收者所接收。信息被不同的接收者所接收,就具有不同的价值,就能消除未接收之前认识上的不肯定性。信息的积累实质上也是知识的积累。人们为了更有效地从事各项社会活动,就必须取得对客观现象规律性的认识,不断增长各种知识的积累,这就需要去获得大量的信息,掌握和积累的信息越多,对客观经济现象的认识就越深刻,越能取得各项工作的主动权。

2) 管理职能

管理离不开信息,管理活动实际上是信息的处理过程,信息直接为管理服务。所谓管理,无非是对各项活动进行组织、指挥、计划、控制、协调、监督等,在管理的各个环节上必须依靠信息来进行。从管理人员的思维过程看,管理人员首先要进行信息感受,即收集、加工和利用一定量的经济信息,然后才能开始管理活动。管理人员可以深入实际进行调查,得到经济活动现场的初始信息;也可以通过查阅文件、资料、档案、听汇报等形式来获得二次信息。由于信息很多,管理人员需要明确感受信息的目标,然后对获得的信息进行加工,按重要性的层次状态进行分类,如最重要的、重要的、次要的等,并对信息的时效性、准确性进行评估。在感受信息的基础上进行判断,采取管理措施,选择管理工艺。这是管理人员的经验与理论、现实情况的综合思维过程。对信息进行加工处理,然后在判断的基础上决定如何利用信息,进行管理。可见,管理人员这一系列的思维过程,是对信息所进行的一系列处理过程。可以预见,随着经济的发展,管理水平的提高,对信息的依赖程度会越来越高,对信息的需求量会越来越大。

3) 辐射功能

信息具有辐射、扩散的功能,可以迅速地传播、渗透到各个角落,做到家喻户晓,人人皆知。正如美国《传播学概论》中指出的:"信息需要通过传播,传播就像血液流经人的心血管系统一样流过整个社会系统,为整个肌体服务"。因而,企业可以利用信息的这一功能进行大量的宣传。目前,有些企业也正是利用了这一点,扩大了企业知名度,增强了企业竞争力,提高了企业的经济效益。

4) 技术经济功能

技术经济功能指直接为生产实践活动服务的科学技术信息。它可以解决生产实践的技术问题,以促进经济的发展。这种信息也称技术经济信息。生产实践过程是利用已有的技术经济信息作用于生产活动的过程。也是利用信息进行创造性劳动的过程,在创造性劳动中形成一种信息的良性循环。而在这个创造性的劳动过程中,利用各种科学技术成果,就产生了一种巨大创新的生产力,可以收到几倍、几十倍、几百倍的经济效益,从而可以赢得宝贵的经济建设的时间。目前,世界各国经济建设的实践充分证明,谁能有效地吸收、利用科学技术成果于本国的经济活动中,谁就能取得经济建设的巨大发展,赶上或超过其他国家。我国实现四个现代化的关键是科学技术的现代化,这正是由于科学技术信息对于整个现代化建设起着不可估量的作用。

1.2.3 信息的分类

为了理解、加工、存储和使用信息,需要按一定标准对信息进行分类。

1. 信息分类法

这里给出米哈伊洛夫的信息分类法,如图 1-1 所示。

这一分类法对人们从总体上理解信息的类型是有益的,世界上确实存在着人们理解不了,也无法描述的现象。

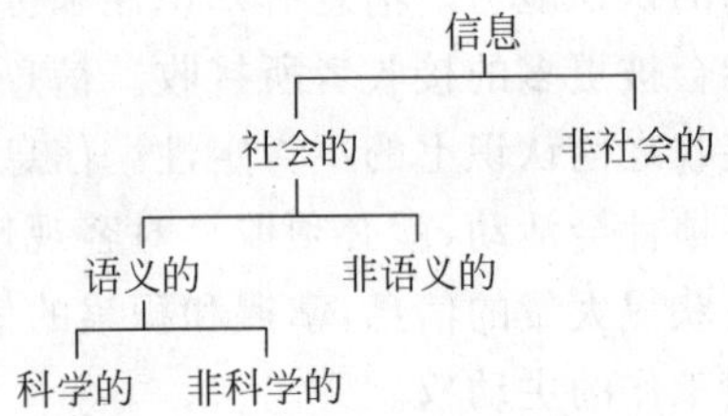

图 1-1 米哈伊洛夫的信息分类

2. 信息的不同划分法

1) 按信息内容可划分为自然信息和社会信息

(1) 自然信息。指自然界产生的各种信息,如山川、动植物、天体的状态与属性的描述。自然信息是认识自然界的媒介,人类利用这些信息开发利用自然物质,为人类社会创造财富,改善生存环境,保护自然环境。

(2) 社会信息。指人类从事各种社会活动所产生的和彼此交流的各种信息,是社会生活的反映,具有鲜明的目的性和有用性。其载体形式较之自然信息更为丰富多彩,很多是人类创造的语言、文件、图像等。社会信息可按照其内容的不同进一步细分为政治信息、经济信息、文化信息、军事信息、科技信息、体育信息、教育信息、卫生信息、生活信息等。

2) 按内容性质与用途可分为消息、资料和知识

(1) 消息。是变化中新近出现事情的记录。消息记述的是动态的当前的事,不是过去的,也不是未来的。消息生存期短暂,不能积累存储,除一部分转化为资料存留外,多数自然泯灭。消息主要用于了解情况,决策行为。

(2) 资料。是科研、生产活动需要参考使用的事物的静态描述与社会现象的原始记录。资料是客观事物的真实记载,不是人们的发明创造,没有假说,没有定义,没有理论。资料生存期久远,主要用作论证事物的根据。

(3) 知识。是人类的发明和发现,是人类对客观事物的认识、实践经验的总结、解决问题的办法。知识具有普通意义,人们通过学习创造掌握了知识,就可以提高才干,更有效地进行各种活动。

3) 按信息的存在形式可划分为内储信息和外化信息

(1) 内储信息。指经过人脑加工处理,存储在人脑信息库中的信息,如一些人发明的医

疗配方等,为了垄断其发明权,他们大都把配方记在自己的大脑里,这类信息就是内储信息。

(2)外化信息。指借助人类本身以外物质作为载体的信息,诸如语言、文字、图形、色彩等。外化信息又可细分为有形信息和无形信息。例如,文献信息、磁带信息、电视信息、画册信息、照片信息等,都属于有形信息。语言信息、表情信息、手势信息等都属于无形信息。

4)按信息的载体形式可划分为感官载体信息和语言载体信息

(1)感官载体信息。其载体是人的大脑。客观事物刺激人的大脑,脑神经对其产生反映,并且把这种反映存储在大脑中,从而产生感官载体信息。

(2)语言载体信息。其载体是语言。信息产生以后,借助人的语言进行传播,这种信息可称为语言载体信息。例如,当一个人得知某人生病住院以后,又把这一信息口头告诉了另一个人,这个人获得的信息是通过此人的语言实现的。因此,这种信息可以称为语言载体信息。语言载体信息又可分为以下几种:

① 文字载体信息。其载体是文字。通常看到的书籍、报刊等所提供的信息都可以称为文字载体信息。当前这种信息形式占有较大比重。

② 微缩载体信息。其载体是胶片、照片等。由于它能把大量信息微缩在一个小小的胶片或照片上,因而可以把其称作为缩微载体信息。

③ 光波载体信息。其载体是光波,如光纤通信传送的信息、信号灯传递的信息等,都可称为光波载体信息。

④ 声像载体信息。其载体是声音和图像,如录音、画册、屏幕图像等都可称为声像载体信息。

⑤ 电子计算载体信息。其载体是电子计算机屏幕加硬盘及软盘。一个电子计算机网络可以用最快的速度把信息从一个地点传递到另一个地点。

5)按信息的特征划分为定性信息与定量信息

定性信息是指以非计量的形式表述经济活动状态,分析活动过程,总结经济活动规律的信息;定量信息则以计量形式表示经济活动的信息,它着重揭示事物量的规定性。

6)按信息运动形态划分为静态信息与动态信息

静态信息是指反映事物处于相对静止状态的信息,这类信息相对静止、变化不快。例如,一年为365天,我国国土面积为960万平方公里等。动态信息是指反映事物处于变动状态的信息,这类信息变化很快。

1.2.4 信息的度量

1. 香农的信息量含义

在香农的信息论中,信息被看做是系统的不确定性的减少。不确定性是与"多种结果的可能性"相联系的,如果事物只有一种可能性,是不存在不确定性的。在数学上,这些可能性是以概率来度量的,概率记为 P。依据 P 的取法,会产生以下三种情形:

(1) $P=0$,表示不可能发生的情形。若它发生了,无疑是从确定的不发生到确定的发生的最大变化,视之为无穷大。这种情形意味着依靠再多的外来信息帮助,也不能减少该事件的不确定性,所以其信息量为"无穷大"。例如,我国人均生活水平还只是世界中下水平,这是事实,不管如何夸大其词也改变不了目前现状,肯定不会跃入发达国家之列。所以,不管外面怎样传说,也改变不了中国不是发达国家的事实。

（2）$P=1$，表示一定发生的情形。它意味着不要任何外来信息支持，能对事件的不确定性到确定性进行决定，所以其信息量为0。例如，太阳每日从地球东边升起，西边降落，这是无法改变的客观事实。人们不需要任何信息帮助就能消除这种原先不确定的事实现象。

（3）$0<P<1$，这属于一般发生的情形。它意味着要消除对某种随机现象或事件的不确定性，总是需要一定的信息进行支持。例如，某人参加高考，自我感觉还可以，估计考上大学问题不大，这种估计是他依据自己估分情况以及以前录取标准所得出的。但是他总是还有些担心，存在一定的不确定性，怕万一情况发生。此时要消除其疑虑，减少此事件的不确定性，就需要一定的外来信息进行帮助。若公布了今年大学最低录取线以及各考生得分，而他的分数又远在录取标准之上，这时该考生就会消除其不确定性了，这就是信息量产生的作用。

两个相互独立的随机事件，其不确定性也是相互独立的，它们的不确定性的变化也是相互独立的。因此，二者的不确定性变化程度为二者各自的不确定性变化程度的和。

因此，可以说，$l(x_1)$为知道 x_1 发生这一消息所获取的信息量，它恰好消除了不知道 x_1 发生以前关于 x_1 发生与否的不确定性。即要消除变化程度为 $l(x_1)$ 的不确定性，就需要获取 $l(x_1)$ 大小的信息量。

若某信源发出一组符号，可将它们看成各自独立的一系列可能状态（或结果），记为 x_1，x_2，$\cdots$，x_n。相应的概率为 p_1，p_2，$\cdots$，p_n，且 $\sum_{i=1}^{n} p_i = 1$，即

$$X: \begin{cases} x_1 x_2 \cdots x_n \\ p(x_1) p(x_2) \cdots p(x_n) \end{cases}$$

则整个信源 X 的信息量（平均信息量）记为

$$H(X) = \sum_{i=1}^{n} - p(x_i) \log p(x_i) \text{ 比特}$$

此即为信息熵公式。

例如，将硬币向空中掷去，会出现两种可能，正面朝上与反面朝上。由于出现两种状态的机会是均等的，则各自出现的概率均为 1/2，这时求信息熵也即其中某种可能结果的不确定性的量的和，运用信息熵公式有：

$$
\begin{aligned}
H(X) &= \sum_{i=1}^{n} - p(x_i) \log p(x_i) \\
&= - p(x_1) \log p(x_1) - p(x_2) \log p(x_2) \\
&= - \frac{1}{2} \times \log_2 \frac{1}{2} - \frac{1}{2} \times \log_2 \frac{1}{2} \\
&= - \log_2 \frac{1}{2} \\
&= \log_2 2 \\
&= 1 \text{（比特）}
\end{aligned}
$$

熵的概念是由德国物理学家克劳休斯于1861年在《热的唯动说》一书中提出来的，后来又被波尔兹曼等人解释为：在由大量粒子（原子、分子）构成的系统中，熵就表示粒子之间无规则的排列程度；或者说表示系统的紊乱程度。系统越"乱"，熵就越大；系统越有序，熵就越小。正如维纳所说，一个系统的熵就是它的无组织程度的度量。

信息就是表示系统不确定性的减少。一个系统不确定性越大,则系统就越无序,越混乱。不确定性消除了,系统也就稳定了,无序状态也就随之消除。例如,一个学生参加考试,可能结果有多种:成绩优秀、良好、及格、不及格等。在未公布分数之前该生的思想处于一种不确定的、无序的混乱状态。当得知自己成绩达到优秀之后,思想上的不确定性或混乱状态就消除了。因此,一个系统所获信息量越大,系统就越有序,熵就越小;反之,所获信息量越小,系统就越无序,熵就越大。由此可知,信息与熵是互补的,它们的这种互补关系,表现在计算公式上仅差一个负号。表明负熵与熵描述的是同一事物的两个相反方向。因此,熵的获取点意味着信息的丢失。

这里应指出一点,不确定的量在信息论中有两个符号表示,要注意理解其不同侧面,对于 $H(X)$ 按前所述是信源 X 的信息熵,它是从信源的整体角度来考虑,代表信源整体的平均不确定程度;对 $I(X)$ 是指接收到来自信源 X 的信息量,它是从信宿角度考虑,指信宿收到信息后解除不确定性的信息量,即收到一个信源符号之后,能全部解除这个符号的不确定性。假定 $H(X)=I(X)$,是建立在信源发生信息与信宿接收信息在量上相等的前提下,也即传送过程中没有信息丢失,这是一种理想情况。一般来说,由于在传送信息过程中,会受到外界各种干扰,难免会产生一定信息的丢失,所以 $H(X)>I(X)$。现在来看一个简易的通信系统,如图1-2所示。

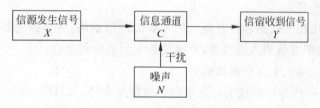

图1-2　通信系统示意图

若假定 $H(X|Y)$(条件熵)表示信宿由于干扰而失去的来自信源 X 的信息量,则有

$$H(X) - H(X \mid Y) = I(X)$$

(1) 若 $H(X|Y)=0$,为无干扰的理想状态;

(2) 若 $H(X|Y)=H(X)$,为完全干扰状态,说明信源 X 发出信号之后,干扰使信息全部丢失,这时 $I(X)=0$;

(3) $0<H(X|Y)<H(X)$,为有干扰状态。在实际通信中,由于信息要受到一定程度的干扰,信宿收到的信息势必会损失一定的信息量,属于正常状态。

通常,为了减少信息的损失,尽量使信息在传递过程中较完整,设法使 $H(X|Y)$ 变小。

2. 香农熵的经济意义

信息在被送入信道之前要经过编码过程,即把信息转换为信号,便于信道传输,同时也避免失真。那么如何保证信道能被充分利用、传递或存储更多由信息转换的信号呢?即从经济学意义上来说,如何使信息传递或存储的成本最小化?

这里就涉及信息编码问题。在编码时,要遵循以下编码规则。

(1) 在编码时所使用的码元(即所用的编码符号)要尽可能少。码元少,则信道的容量就大,从而提高信息传输的有效性。

(2) 所编码子序列无失真(或在限定标准中失真地恢复到原始符号序列的概率应为最

大),其目的是不失真或少失真地传输信息,以提高信息传输的可靠性。

根据以上编码原则,为保其传递或存储的成本最小化,一般做法是:根据信源信息的概率分布来编码,概率大的符号编成短码。这样就保证大部分时间出现的都是短码,而长码出现的机会较少,就能提高信息传输的有效性,提高信道利用率、大大节约信道传输或存储成本。

现代通信技术大多采取计算机进行处理,二进制是其最佳选择,所以一般信息符号采用0、1符号来进行有关信息编码,因为大概率事件出现的机会多,用较少的0、1符号位数表示必然会提高传递或存储的效率,降低成本;等概率事件用相同的符号位数表示则是为了方便信宿的识别。

1.3 系统

1.3.1 系统的定义

关于系统的概念人们早已熟知,该词频繁地出现在社会生活和工作中,但不同的人在不同的场合给它赋予不同的含义,如人的生理系统、神经系统、计算机系统、社会系统、教育系统、计算机应用系统等。

所谓系统,是由相互联系和相互制约的一些部件组成的,为达到某种目的,具有特定功能的有机整体。按照数学的观点来看,系统是若干元素的集合。

关于系统,可以从三个方面来理解:

(1) 系统是由一些部件组成的。这些部件可能是个体、元素等,也可能本身就是一个系统(或称子系统)。如 CPU,输入、输出设备、存储器等构成计算机硬件系统,而硬件系统又是计算机系统的一个子系统。

(2) 系统的构成有一定的结构。系统内的部件相互联系、相互制约,构成一个有机的整体。计算机硬件系统的组成是有结构的,各部件按照一定的体系结构装配而成,其工作原理遵循冯·诺依曼"存储程序"的思想。

(3) 系统是有目的的,具有一定的功能。无论什么样的系统,都表现出本身的性质,能力和功效,如计算机硬件系统要完成输入、处理(包括计算、分类、排序、存储)和输出等功能。

需要指出的是,系统一词几乎从不单独使用,而往往与一些修饰词构成复合词。如前面讲到的"计算机硬件系统"、"教育系统"等。其中"计算机硬件"、"教育"等描述也研究对象的物质特征,即"物性"(Thinghood);而"系统"则表征所述对象的整体特征,即"系统性"(Systemhood)。因此,对某一具体对象的研究,既离不开对物性的讨论,也离不开对其系统性的阐述。

1.3.2 系统的分类

从不同角度出发,系统分类有不同的方法。

(1) 按系统的复杂程度分类,可以把系统分成三类九等。如图 1-3 所示底层为物理类,包括框架、钟表及控制机械;中间层为生物类,包括细胞、植物和动物,高层为人类社会及宇宙类,包括人、社会和宇宙。

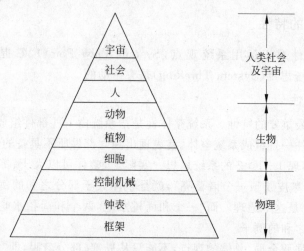

图 1-3　系统的复杂性分类

（2）按系统的起源分类可以将系统分为自然系统和人工系统。自然系统是宇宙中进化形成的，不可还原的整体。人工系统是源于人类的某个目的而设计、产生、构造出的系统。信息系统就是一种人工系统。

（3）按系统的抽象程度分类可以将系统分为概念系统、实在系统和逻辑系统。概念系统（Conceptual System）是最抽象的系统，它是人们根据系统的目标和以往的知识构思出来的系统雏形，它在各方面均不很完善，也有可能实现不了，但它表述了系统的主要特征，描述了系统的大致轮廓。逻辑系统（Logical System）是介于实在系统与概念系统之间的，在概念系统的基础上构造出的原理上可行得通的系统，它考虑到总体的合理性、结构的合理性和实现的可能性，它摆脱了具体实现细节的物理特性。如：对于计算机系统，应考虑到它的硬件配置、软件配置及网络配置等。实在系统又称物理系统（Physical System），它是完全确定的系统，其组成部分是完全确定的存在物，如人类、生物、机械、矿物等。

（4）按系统与外界环境的关系分类可以将系统分为开放系统和封闭系统。开放系统是指不可能与外界分开的系统，该系统与外界环境之间存在有信息、物质等交换，如社会系统、生命系统都是开放系统。封闭系统是指与外界分开，不受外界影响的系统，该系统也不与外界环境之间交换信息、物质等，如某学校的学生成绩管理系统。当然，开放系统与封闭系统是不能绝对化的，严格地讲，现实世界中没有完全意义上的封闭系统。这主要取决于世界的划分和环境的明确。封闭系统具有不可贯穿的边界，而开放系统的边界具有可渗透性。

（5）按系统内部结构分类可以将系统分为开环系统和闭环系统。开环系统与闭环系统的主要区别在反馈上。所谓反馈是把系统的输入内容作用于受控对象后，把产生的输出结果再返回到输入端，经过处理影响受控结果的过程，如图 1-4 所示。

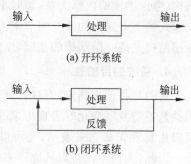

图 1-4　开环与闭环系统

1.3.3 系统的特性

了解系统的特性对于运用系统观点（System View Point），掌握系统方法（System Approach），学会系统思维（System Thinking）是有帮助的。

1. 系统的整体性

整体性是系统最重要的特性。系统整体性是指系统由一些部件组成的具有一定功能的有机整体。各个部件一旦组成系统整体，就表现出独立部件所不具备的性质和功能，形成系统的新功能，从而体现 1+1＞2 的系统思想。实际上，整体可以大于、等于或小于其部分之和。俗话说："三个臭皮匠顶一个诸葛亮"，就是整体大于部分之和的例子。现在提倡的团队精神、群体意识也是这个道理。而"一个和尚挑水吃，两个和尚抬水吃，三个和尚没水吃"就是整体小于部分之和的例子。

系统整体性要强调全局、总体的观点，不能只从局部、部分着眼，即"顾全大局"。从整体上看问题，把各部分有机结合起来，采用分析、归纳、综合相结合的系统方法，克服只见树木不见森林的片面做法，形成构成系统的有效方法。

2. 系统的相关性

系统的相关性是指构成系统的各个部件是有一定联系的。它们间相互作用，有的也相互制约。相关性与整体性是密不可分的。各个子系统只有存在相关性，才可能有机地组合，构成系统。如果各部分完全不相干，不存在任何联系，就没有必要构成系统。实际上，各子系统也是相对独立的，均完成自身的功能，只有这些子系统相互配合，或者前后衔接、主从搭配，才能共同实现系统的目标。

认识系统的相关性，有利于对系统进行分解，也有利于把各子系统协调起来构成系统。

3. 系统的层次性

系统的层次性主要是体现在构成系统的结构上形成一定级别。一个系统可以分成若干个子系统，一个子系统又可以分解成更细一级的子系统。每个子系统都有其自身的目标、边界、输入、输出、内部结构及各种流。层次的划分可按系统的作用、功能、信息流或者控制流来划分。实际上，上层是总体，越低层越具体化。按系统层次性去认识客观事物给人们提供了一种自顶向下、逐步求精的方法。这就是说，在研究某个系统时，应集中精力注意其层次结构，考虑本质的内部关系，暂时不顾下一层的细节，当这一层的问题弄清楚之后，再根据需要深入到下一层次的某些细节中去。一般来说，高一层结构对低层结构有更大的制约性，低一层结构是高一层结构的基础，反作用于高一层结构。

4. 系统的目的性

目的是指预先确定的目的。任何系统都是为了某些目标才有机地组合起来。系统的目的性是系统发展变化时表现出来的特点，它具有实践上的指导意义。一个系统的状态不仅可以用其现实状态来表示，还可以用发展终态来表示，用现实状态与发展终态的差距来表示。因此，人们不仅可以从原因来研究的结果，以一定的原因来实现一定的结果，而且可以从结果来研究原因，按照设定的目的来要求一定的原因。

对于人工系统，建立者为了达到某种目的，把所需的各种资源（如人、财、物、设备）按一定的结构组织起来，形成自己所要的系统。本书所讲的信息系统分析与设计，则是按照信息系统规定的目标去分析、去设计,系统的目标将是整个开发工作的出发点。

5. 系统的动态性

系统的动态性是指系统按照一定的规律发展变化,从一种状态变为另一种状态。这是一种变化过程,是发展的观点,具有与时俱进的特点。任何系统都要受到环境的影响,特别是人工系统,由于社会的进步,管理方式的改变,技术的发展,要求会越来越高,为了适应这些变化,系统就要更新。

6. 系统的稳定性

系统的稳定性是指在外界作用下的开放系统有一定的自我稳定能力,能够在一定范围内自我调节,从而保持和恢复原来的有序状态、结构和功能。系统稳定性是开放之中的稳定性,动态中的稳定性,稳定并不等于静止,它是相对的,不是绝对的,是与系统整体性、目的性相互联系的。有时从系统整体上是稳定的,但可能存在局部的不稳定性,而局部的不稳定性可能成为系统发展的积极因素。总之,稳定是发展中的稳定,稳定是发展的基础,发展是稳定的前提。

1.4 管理信息

1.4.1 管理信息的特点

在组织管理活动过程中,管理信息是指经过加工处理后对组织的管理活动有影响的数据。其组织可以是企事业单位、机关团体、学校等。

管理信息除具有一般信息的特点外,还具有如下主要特点。

(1) 原始数据来源的分散性。管理活动所要处理的数据来源分散,既有来自组织内部工作环节和职能部门的原始数据,又有来自组织外部的原始数据,如上级管理部门、业务来往单位、竞争对手、国内和国际经济、社会等不同来源的信息。

(2) 信息量大。在组织的管理活动中,要处理的信息杂而广。就企业管理信息来说,有原材料的供需信息、商品(或产品)信息(包括品种、生产、结构、价格等)、市场信息、销售信息、用户(或客户)信息、服务信息、财务信息等。

(3) 信息资源的非消耗性。对于收集、存储到的管理信息,其使用是没有限制性的,可供有关部门共享,不影响其本身的内容。当然,有些管理信息的共享是需要有使用权限的,涉及用户权限的设置。

(4) 信息处理方法的多样性。对于大量的管理信息,由于表现形式的不同,有文字、声音、图形、图像等,其处理方法也有所区别。对管理信息来说,其处理方法可用到数学、统计学、运筹学中的许多方法,如排序、分类、汇总、方差分析、回归分析、相关分析、因子分析等。

(5) 信息应用的灵活性。管理信息在企业管理活动中,其产生具有随机性,无论是时间,还是地点都没有可循的规律,其应用就有较大的灵活性。要充分地利用信息,以便更好地为履行管理职能服务。

1.4.2 管理信息的分类

对于管理信息有许多不同的分类,下面给出常用的两种。

1. 按管理的层次划分

按管理的层次划分,将管理信息分为业务信息、战术信息和战略信息。

业务信息是供组织中基层管理人员直接使用的信息,用于日常的业务活动和保证工作按计划有效地执行。例如,部门的业务活动信息、反映当前情况的信息、企业中直接与生产相关的基础信息等。业务信息的信息量大,内容既明确又详细,主要来自组织内部,是组织中最基础的信息。

战术信息是供组织内中层管理人员用于管理部门工作,协调部门工作关系,合理地分配资源,保证部门完成预期目标和计划的相关信息。例如,组织内的各种现状信息、反映组织变动的信息、上级主管下达的各种文件和指令、各基层单位上报的工作进展信息等。战术信息的信息部分来自组织内,也有组织外的信息,是组织中行使管理、计划、控制职能的关键信息。

战略信息是关系到全局和重大问题决策的信息,它主要提供给高层管理者,包括系统内外、过去和现在的各种环境的大量信息。其信息主要用于确定组织的战略目标及方针,内容具有广泛性、多样性和抽象性,大多来自组织外部。

这三类信息具有层次性,如图 1-5 所示。

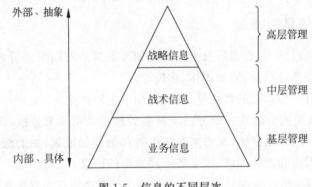

图 1-5　信息的不同层次

2. 按照信息稳定性划分

按照信息稳定性划分,可分为固定信息和流动信息。

固定信息是具有相对稳定的信息,在一段时间内可重复使用,不发生质的变化,像情报、通信、法律文件、经济信息专栏、市场信息专题报告、广告专栏、广告专题节目、经济统计资料等均属固定信息范围。这类信息是关于各种标准定额,市场行情、动态统计资料,信息联系的综合性报道,把它们提供给企业、部门,对企业在复杂条件下做出决策是个极好的参谋。

流动信息是企业或部门在经济活动中的动态反映,即各种指标的完成情况,是具体的数字和资料,流动性强、变化快,但有时在做出经营决策时,也大量需要此类信息。

1.4.3 管理信息处理的要求

随着我国信息化水平的不断提升,为了保证管理活动的及时性、有效性和适应性,必须使管理部门能及时获得准确而可靠的信息。现代组织对管理信息处理的要求可归结为及时、准确、适用、经济四个方面。

1. 及时

高效率、高时间价值是现代组织的基本特征。对管理信息处理及时性的要求包括两层含义：一要对产生的管理信息立即记录、存储；二要对已记录和存储的管理快速处理、传输和检索。有些信息不及时记录、传输和处理，就无法进行组织的实时控制，有的信息就失去了其使用价值。

2. 准确

对于管理信息的收集和整理，一定要尽量准确，即有较高的可信度。管理信息不可靠、不可信，尤其是得到虚假的管理信息，对于管理的决策者会造成巨大的损失，有的会产生直接经济损失。在管理活动中，原始数据的来源要准确无误，客观地反映实际情况，整理信息要用科学的方法，用保证信息可靠的先进技术和手段。坚决反对和杜绝为了某种利益而弄虚作假，制造假信息。

3. 适用

管理信息不在于多，贵在适用。在管理活动中，各级管理部门所需要的信息在内容、范围、精度和使用频率等方面都各不相同。因此，对于不同的管理对象，对管理信息处理的要求就不一样。基层管理人员要求的是业务信息，中层管理者要求的是战术信息，高层决策者要求的是战略信息。要避免出现大量重复的、无关紧要的信息。各级从事信息管理工作的人员，要根据需要尽量给各级人员提供有用的信息，以达到事半功倍的效果。

4. 经济

信息的及时性、准确性和适用性必须建立在经济性的基础上。收集、存储、整理、加工、传输管理信息的工作量大，且是长期不间断、持久地工作，要耗费大量的人力、物力和财力。当然，各级组织要算经济账，要评估绩效，要做到合理，要创造一定的经济效益，有时也要考虑社会效益。

1.4.4 信息管理的内容

1. 什么是信息管理

在当今的管理活动中，所有的组织机构都是依靠信息进行沟通和协调，管理工作也是以信息处理为中心的工作。信息管理是组织管理的核心。

美国学者霍顿(F. W. Horton)认为：信息管理是一种使用价值的信息资源通过有效的管理与控制程序能够实现某种利益的目标活动。

英国学者马丁(W. J. Marin)认为：信息管理是与信息联系的计划、预算、组织、指挥、培训和控制活动，既包括信息本身的管理，又包括人员、设备、投资和技术等相关资源的管理。

我国学者党跃武在《信息管理导论》一书中认为：信息管理是人类一种主动地促进信息的合理活动、有效传递、准确获取、实时吸收的管理活动。

综上所述，信息管理的对象是信息；信息管理的主体是指进行信息管理活动的参与者，可以是个人，也可以是社会组织。信息管理是在管理科学的一般原理指导下，以现代信息技术为手段,对信息活动中的各要素(包括信息、人员、资金、设备、技术等)进行计划、组织、领导和控制的社会活动。其目的在于充分开发和有效利用信息资源,最大限度地满足社会或组织的信息需求。

2. 信息管理的内容

社会的信息现象是广泛而普遍存在的,人类信息管理活动的范围也是十分广泛的,社会信息管理现象的广泛性与复杂性,决定了信息管理内容的广泛性与综合性。概括起来看,信息管理的内容主要有以下几个方面。

1) 信息政策法规的制订与实施

信息管理政策法规是信息管理最基本的调控手段。信息政策是指国家或信息机构为达到一定的目的而制定的信息活动方针和行动准则,它是信息系统履行社会职能、优化运行的必要保证;信息法规是由国家最高立法机关依据一定的法律程序所制定的信息活动必须执行的纲领,准则是有关信息的法律、法令、规则、条例、章程等法规文件的总称,它是信息工作和信息管理的基本行动准则。从总体上说,现代信息管理表现为信息政策法规的管理。信息政策与信息法规本质相同,又有区别,信息政策是信息法规的基础和依据,对信息立法具有指导作用,具有非强制性和灵活性的特点。信息法规是贯彻国家信息政策的重要工具,具有强制性和稳定性的特点。信息政策法规是一个独立的政策和法律系统,贯穿于信息活动的全过程,是信息活动领域的行动指南。信息管理各项功能的发挥主要在于政策法规的有效运用。其功能和作用主要有:确定社会信息活动的发展方针,为社会信息事业和信息产业的发展指明方向;保证信息事业发展战略目标的实现;促进信息资源的合理开发和有效利用;为社会信息活动提供只有导向性和约束力的行为准则,维持信息活动领域正常的工作秩序;调整信息管理间的经济关系,保证社会信息环境系统的健康发展;维护信息经营部门和信息工作者的合法利益;促进信息事业与国民经济的协调健康发展。因此,信息政策法规的制订与实施是信息管理的一项重要内容。

2) 对信息产品的管理

主要是从微观层次上对信息资源的管理,是一种基本的信息管理工作,指经过对信息的搜集、加工、组织形成信息产品,并引向预定目标的管理活动过程,其实质就是对信息本身的管理。它包括信息产品的研究与开发、信息产品的流通与市场化等的管理。信息资源的开发、利用和管理工作涉及面非常宽,搞好这一工作是提供高效、优质的信息服务的前提。

3) 信息系统管理

主要是从中观层次上对信息系统的管理,是广义的信息资源管理,是通过对涉及信息活动的各种要素进行合理的计划、协调、控制,如合理安排年度信息管理活动、合理配置设备及人员、实施具体的信息项目等,来实现信息资源的充分开发和有效利用,以满足社会信息需求。管理活动过程,它主要包括信息系统的设计、运行、评价和安全管理,对信息资源进行有效配置和对信息技术投资的正确评估,以及信息管理系统的发展等。

4) 信息产业管理

主要是从宏观层次上对信息产业的管理,是立足于信息事业发展的大政方针,研究具有全局性、战略性、关键性的重大问题,通过对社会信息事业及涉及信息活动的各种要素进行综合性的规划、协调、控制、指导,来推动信息产业和信息经济的发展,并最终实现社会信息化战略目标的管理活动过程。它主要包括信息产业政策和信息立法问题、信息机构的设置与人员的配置、信息产业的发展规划与发展战略、信息产业结构的规划。

1.5 信息系统

1.5.1 信息系统的定义

信息系统是一个人工系统,是由人、计算机硬件、软件和数据资源组成的系统,目的是及时、正确地收集、加工、存储、传输和提供决策所需的信息,实现组织中各项活动的管理、调节和控制。

信息系统本身是一种系统,其特点在于输出的是信息。信息系统是一套有组织的程序。它为了产生决策,制定所需的信息。所以,信息系统必须建立在管理系统之中。各种基本的管理功能,例如人事、会计、财务、营销等都是信息系统建立的基础。一个企业本身就是一个信息系统,它从本身以及外围环境中收集有关的数据制成记录,加以处理。对处理后的数据加以解释,依据解释的结果做出决策,并采取各种必要的行动,同时,它向企业以外有关的企业、政府机关、社会提供分发必要的信息。

信息系统包括信息处理系统和信息传输系统两个方面。信息处理系统将原始数据进行处理,获得信息。如,将某个专业班级的所有学生某门课的成绩输入到计算机内通过计算得到平均成绩就是一种信息处理。计算机系统本身也是一种信息处理系统,人们通过输入设备输入原始数据,经过系统处理,得到人们所需形式的输出信息。信息传输系统则不改变信息本身的内容,只是把信息从一处传到另一处。例如电话系统,在Internet上传输的信息都是信息传输系统。

通常所说的信息系统是一个人机系统。人机之间的联合及交流是信息系统的重要一环。一个信息系统必须重视人和计算机的关系,这是信息系统设计的重要问题之一。计算机是一个可变化的系统,使人也在使用系统后不断变化。机器使人的特性改变了,人也使机器的特性适应人的要求。随着计算机技术的发展,人对计算机的要求也愈来愈多。

在信息系统中,计算机的特点在于能保存大量的历史数据,并进行筛选、分析;能够仿真应用环境和真实的管理系统;产生各种方案的可行解,自动淘汰非优解。人的特点在于能够根据经验和大量知识进行模糊推理;用于处理各种与人有关的问题。

由此可见,在信息系统中,要充分考虑人的特点,努力保持人和机器的和谐,注意人和机器的合理分工。充分吸收人的经验和智慧,把计算机与人结合起来,充分发挥人和计算机各自的长处。

1.5.2 信息系统的功能

信息系统的功能可归纳为以下五个方面。

1. 信息的收集

信息系统的首要任务是把分散在组织内外各处的数据或信息收集并记录下来,整理成信息系统要求的格式和形式,作为信息系统的输入。

根据数据和信息的来源不同,可以把信息收集工作分为原始信息收集和二次信息收集两种。原始信息收集是指在信息或数据发生的当时当地,从信息或数据所描述的对象上直接把信息或数据抽取出来,并用某种技术手段在某种介质上记录下来。原始信息收集的关键问题是完整、准确、及时地把所需要的信息收集起来,记录下来,做到不漏、不错、不误时。因此,它要求时间性强、检验功能强、系统稳定可靠。二次信息收集则是指收集已记录在某种介质上,与所描述的对象在时间与空间上已离开的数据或信息。它往往是在不同的信息系统之间进行的,其实质是从别的信息系统得到本信息所需的信息。其关键问题在于有目的地选取所需信息和正确解释所得到的信息。所谓正确解释是指不同的信息系统之间在指标含义上统一认识,防止误解。

数据或信息收集可以是人工的,也可以是自动的,如模拟信号的获取。其收集方法有多种,如利用码、磁性或光学方法等,如商品上的条形码、银行用的磁卡等,可通过扫描输入计算机,这样一来减少了人工操作,而且又保证数据输入的准确性。

收集信息可以是闭路系统,直接收集,直接处理;也可以是开路系统,收集后先储存起来,需要时再进行处理。

2. 信息的存储

信息的存储要考虑到存储量、存储介质、存储格式、存储方式、存储结构、存储时间和安全保密等问题。

存储量通常根据信息系统中的信息量来估算。一般以一天多少千字节(KB),一月多少千字节,一年多少千字节,也可用兆字节(MB)作单位。

存储介质主要是指计算机的存储设备,如磁带、磁盘、光盘等。磁带只能顺序存取,磁盘和光盘可直接存取。

存储格式是指以什么形式进行存储,可能用代码、数字、文字、声音、图像等。

存储方式是指采用集中存储还是分散存储。集中存储可减少冗余,有利于共享;分散处理虽有冗余,但可方便用户,要保证数据的一致性。

存储结构主要考虑逻辑结构和物理结构。逻辑结构是按照信息的逻辑内在联系及使用方式,把大批信息组织成合理的结构,如文件有记录式文件和字符流序列文件等组织结构。物理结构是指信息在物理介质上的存储结构和组织。如文件有连续文件、链接文件和索引文件等。

存储时间要根据信息的重要程度及系统对信息保存时间的长短来确定。若把信息以文件形式组织,有临时文件、档案文件等。安全保密是要求采取措施防止信息受到意外情况和人为的破坏。通常采取的方式有留有备份和采取一定的保密措施,如加密、口令等。

3. 信息的传输

为了收集和使用信息,需要把信息从一个子系统传送到另一个子系统,或者从一个部门传送到另一个部门,其实质是数据通信,其一般模式如图 1-6 所示。

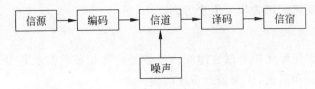

图 1-6   信息传输的一般模式

信源是信息的来源，可以是人、机器等，信源发出信息，一般以某种符号（文字、图像等）或某种信号（语言、电磁波等）表现出来。

编码是指把信息变成信号。其中的码是指按照一定规则排列起来的，适合在信道中传输的符号序列。信号有多种多样，如声音信号、电信号、光信号等。

信道是信息传输的通道，可采用明线、电缆、无线、微波、卫星等传输介质传送。

噪声是指外界环境的干扰，如杂音，可能由于雷电形成，或者同一信道中由其他信息引起。

译码是编码的逆过程。信号序列通过输出端输出后，需要翻译成文字、图像等，成为接收者需要得到的信息。

信宿是信息的接收者，可以是人、机器或另一个信息系统。

信息传输的指标是传输速度和误码率。要尽可能提高传输速度并降低误码率。计算机网络技术的发展，使信息传输更方便，传输的信息量也越来越大，其形式也多样化，不仅有数字、文字，还有声音、图像等。

4. 信息的加工

一般来说，数据经过加工以后才能成为信息。信息系统中对信息加工的范围很广，从简单的查询、排序、合并、计算到复杂经济模型的仿真、预测、优化计算等。这种功能的强弱，是反映信息系统能力的重要方面。现代信息系统在这方面的能力越来越强，特别是面向高层管理的信息系统，在加工中使用了许多数学方法及运筹学、数量统计的工具，具有较强的能力。许多信息系统不但有数据库，还有方法库、规则库、模型库等，并用到了人工智能。专家系统的原理和知识，近几年发展的数据挖掘（Data Mining）技术是最新的动态。

数据挖掘是在庞大的数据库中寻找出有价值的隐藏事件，加以分析，并将这些有意义的信息归纳成结构模式，作为领导进行决策的参考依据。

5. 信息的输出

信息系统的目的是为管理人员提供信息。信息系统的输出结果应易读易懂，直观醒目，其格式应尽量符合作用者的习惯。如：习惯的表格、图表等。有时，可以把信息输出到某种存储介质（如磁带、磁盘、光盘）上，这些信息既可以进一步处理，又可以传输到其他系统和人。

1.5.3　信息系统的构成

信息系统是由硬件、软件、数据等资源构成的一个实体系统。

（1）计算机硬件系统。包括主机（CPU 和内存储器）、外存储器（如磁盘系统、光盘系统、磁带系统等）、输入设备、输出设备等。

（2）计算机软件系统。包括系统软件和应用软件两大部分。系统软件包括操作系统、语言处理程序、数据库管理系统、诊断程序等；应用软件可分为通用应用软件和专用软件两类。通用应用软件如表格处理、图形处理、图像处理、统计分析等；专用软件是针对某些具体应用的软件，如财务软件、人事管理系统等。

（3）通信网络系统。用于通信网络的有关设备和软件。如交换机、路由器、通信介质（双绞线、同轴电缆、光缆、微波、卫星等）、网络管理软件和数据通信软件等。

（4）数据及其存储介质。数据不仅指数据库,还包括模型库、知识库、规则库、方法库等,有的存储介质已包含在硬件系统的外存储设备中,另外还有录音、录像磁带、缩微胶片以及各种纸质文件。

（5）非计算机系统的信息收集、处理设备。如各种电子的和机械的管理信息采集装置,摄影、录音等记录装置。

（6）规章制度。包括关于各类人员的权力、责任、工作规范、工作程序、相互关系及奖惩办法的各种规定、规则、命令和说明文件,有关信息采集、存储、加工、传输的各种技术标准和工作规范,各种设备的操作、维护规程等有关文件。

（7）工作人员。计算机和非计算机的操作、维护人员、程序设计员、数据库管理员、系统分析及信息系统的有关管理人员。

1.5.4　信息系统的发展

信息系统的发展经历了电子数据处理、管理信息系统、决策支持系统的发展过程,近几年又有新的发展。

1. 电子数据处理（Electronic Data Processing,EDP）

计算机的最早应用是科学计算。到 1953 年以后,计算机的应用朝数据处理方向发展。EDP 主要用于日常业务与事务的处理,定期提供有关的业务信息等。这一阶段的应用可以分为两种：单项数据处理和数据综合处理。

1）单项数据处理

本阶段计算机的使用主要是代替手工操作,如工资计算、统计产量、登记库存等事务性工作。原始数据的收集保留着原有的手工工作方式,每一种计算任务可以有各自单独的文件,但这些文件无共享。其应用的目的在于提高业务处理的工作效率,局部地替代手工劳动。

2）数据综合处理

本阶段用计算机来控制某一个管理子系统,并具备有限的反馈功能。数据处理任务开始集成为系统,多计算任务不止使用一个数据文件,相关的计算程序可共用一套文件系统,但尚无公用数据库。其应用主要是提供给基层管理者有关的数据或信息。

2. 管理信息系统（Management Information System,MIS）

20 世纪 60 年代后,计算机的应用越来越广,由数据综合处理发展到管理信息系统。管理信息系统在不同领域大量应用,成为信息系统管理有代表性的工具。以后又推出了情报检索系统（Information Research System,IRS）、办公自动化系统（Office Automatic System,OAS）、决策支持系统（Decision Support System,DSS）、专家系统（Expert System）等,形成了以信息系统来实施信息管理的强劲势头。20 世纪 80 年代信息系统发生了结构性变化,从覆盖面广、综合性强的大型系统演变为集中型与分散型的信息系统同时并存的局面。20 世纪 90 年代,出现了多元信息系统和人工智能信息系统,信息系统的发展又进入新的阶段。

3. 决策支持系统（Decision Support System,DSS）

现代管理的核心是决策,为使计算机应用对管理工作提供更强有力的支持,必须更直接地为管理决策服务,特别是为高、中层管理决策服务。

决策支持系统是一种以计算机为工具,应用决策科学及有关学科的理论与方法,以人机交互方式辅助决策者解决半结构化和非结构化决策问题的信息系统。

DSS并不代替决策者作出决策,而是为决策者提供一个分析问题、构造模型和模拟决策过程及其效果的决策环境,以提高决策人员的决策技能和决策质量的支持系统。

所谓非结构化决策问题是指那些决策过程复杂,其决策过程和决策方法没有固定的规律可以遵循,没有固定的决策规划和通用的模型可依,决策者的主观行为(如学识、经验、直觉、判断力、洞察力、个人偏好和决策风格等)对各阶段的决策效果有相当影响的决策问题。而半结构化决策问题是介于结构化决策问题与非结构化决策问题之间,其决策过程和决策方法有一定规律可以遵循,但又不能完全确定,即有所了解但不全面,有所分析但不确切,有所估计但不确定,其决策问题一般可适当建立模型,但无法确定最优方案。

4. 网络信息系统(Network Information System,NIS)

网络信息系统是指将分散的信息系统联结成为网络信息系统,以实现资源共享为目的的一种管理模式。网络信息系统是社会发展的产物,也是信息技术进步的结果,在社会实践中,人们逐渐认识到,人类生活在一个相互奉献又相互依存的世界上,只有进行合作,实现资源共享,才能求得最大的发展。

可以用图书馆的发展历程来说明这个问题。当图书馆从皇宫、教会和私人手里解放出来,成为对公众服务的文化设施以后,图书馆界的一些有识之士就提出了用合作的方式进行某些业务工作的意见,组成了各种图书馆协作网,开展多种形式的合作活动。电子计算机和现代通信技术在图书馆的应用,各种数据高密度的存储和远距离传输,使图书馆的网络化进入一个新的阶段,一些国家建成了由计算机网、通信网、数据库网组成的将多个图书馆联结起来的复合图书馆网络,例如美国就建立了联机图书馆中心(Online Computer Library Center,OCLC)、研究图书馆情报网络(Research Library Information Network)、Web 图书馆网络(Web Library Network,WLN)三大网络。这些网络可以开展合作建设文献资源、联机编目、联机检索和馆际互借等业务工作,这样不仅可以避免各馆低水平重复,提高整体水平,而且可以节约资源,实现资源共享。现在全世界有数百个这样的网络,规模都较大,美国的 OCLC 自 1967 年成员只有俄亥俄州的 54 所大专院校图书馆,发展到现在成员达到20 000多个,除美国 50 个州以外,还遍及全世界几十个国家和地区。目前世界各国已建成各种类型的计算机网络,Internet 是当前最大的国际性计算机互联网络,它不仅提供了迅速方便的通信手段,更重要的是有丰富的信息资源,让人们不受时间和空间的限制去获取和利用。自 1991 年戈尔在美国参议院提出"高效能计算通信法案"到 1993 年 9 月 15日克林顿政府正式提出"国家信息基础结构"行动计划以来,世界各国掀起了兴建"信息高速公路"的热潮,"信息高速公路"涉及教育、科研、生产、医疗、娱乐、商业、金融、通信等各个方面,随之而来的多媒体时代,使人们的生活和工作方式发生深刻的变化,对世界经济也产生巨大的影响。网络信息系统成为当今世界信息管理的主要模式,它不是从局部的范围和微观层次实施对信息的管理,而是从整体和宏观的角度解决社会对信息的需求。

1.6 管理信息系统

1.6.1 管理信息系统的概念

前面提到,管理信息系统是信息系统的发展阶段。可以说,在全球信息化高速发展的今天,管理信息系统是组织中极其重要的信息系统。

1. 管理信息系统的定义

下面给出几个管理信息系统的定义。

(1)《中国企业管理百科全书》中的定义:管理信息系统是一个由人、计算机等组成的进行信息的收集、传递、储存、加工、维护和使用的系统。它能实测企业的各种运行情况;利用过去的数据预测未来;从企业全局出发辅助企业进行决策;利用信息控制企业的行为;帮助企业实现其规划目标。

(2) 朱镕基主编的《管理现代化》一书中的定义:管理信息系统是一个由人、机械(计算机等)组成的系统,它从全局出发辅助企业进行决策,它利用过去的数据预测未来,它实测企业的各种功能情况,它利用信息控制企业行为,以期达到企业的长远目标。

(3) 明尼苏达大学教授 G. B. Davis 的定义:管理信息系统是一个利用计算机硬件和软件,手工作业,分析、计划、控制和决策模型,以及数据库的用户——机器系统。它能提供信息,支持企业或组织的运行、管理和决策功能。

总之,管理信息系统是利用计算机的硬、软资源,网络通信设备以及其办公设备,为实现企业整体目标,对信息进行收集、传输、储存、加工、输出,给各级管理人员提供业务信息和决策信息的人机系统。

由此可见,管理信息系统绝不仅仅是一个技术系统,而是把人包括在内的人机系统。近年来,一个比较普遍的趋势是用信息系统代替管理信息系统。应当说,信息系统比管理信息系统有更宽、更广的概念,简言之,用于管理方面的信息系统即为管理信息系统。

2. 管理信息系统的特点

管理信息系统具有如下特点:

(1) 一体化系统或集成系统。管理信息系统进行企业的信息管理是从总体出发,全面考虑,保证各种职能部门共享数据,减少数据的冗余度,保证数据的兼容性和一致性。

(2) 在企业管理中全面使用计算机。企业的各项主要管理功能(如市场预测、合同管理、生产计划、财务管理、设备管理、人事管理等)都应用计算机处理,为各领导提供信息也通过计算机来实现。

(3) 应用数据库技术和计算机网络。具有集中统一规划的数据库是管理信息系统的重要标志。管理信息中的数据库是经过精心地设计而建立的,它标志着信息已集中成为资源,为各种用户所共享,并具有功能完善的数据库管理系统,负责数据的组织、输入和存取,使数据为多种用户服务。通过计算机网络,使管理信息系统中的数据不仅可以集中处理,而且可以分布处理,使一些大型信息系统克服地域限制,甚至跨越国界,为设在各地的分公司或办事处服务。

（4）采用决策模型解决结构化的决策问题。目标明确、具有确定的信息需求、规范的方案探索、通用的模型和决策规则的问题是结构化的决策问题。如用线性规划求解生产资源最优配置等问题。

3. 决策支持系统

现在的管理信息系统包含了决策支持系统（DSS），但决策支持系统又不同于早期的管理信息系统。或者说 DSS 是 MIS 的发展阶段。

DSS 具有以下特点：

（1）需要处理的数据类型复杂，格式化程度低，并且包括大量历史数据和企业外部的数据。与 MIS 相比，它要求信息存储的格式更灵活，信息收集的范围更加广泛，因而，数据整理的难度也更大。其困难一方面在于难于信息收集，有些信息几乎不可能收集完整；另一方面在于难于用统一的格式进行整理。在 DSS 中应有充分的灵活性和适应性，能从广大数据源中捕获和析取出用于决策信息的 DSS 数据库。

（2）对信息加工的要求比较复杂，并且具有很大的随机性。管理人员所需要的决策信息，特别是高层管理人员所需要的决策信息，常常不是用某个确定的数据模型加工就可以得到的。因此，在 DSS 中必须有一个模型库系统。

（3）DSS 的工作方式主要是人机对话方式。DSS 的许多功能，是从系统与用户之间的相互作用中衍生出来的。在 DSS 中有一个对话子系统。

（4）与决策者的工作方式等社会因素关系密切。从客观上看，社会的发展、环境的变化、技术的更新、政策的修订等都对管理决策的方式产生影响。如前所述，决策者的主观行为也影响着决策问题。

4. EDP、MIS、DSS 的比较

下面就 EDP、MIS、DSS 进行比较，如表 1-1 所示。

表 1-1　EDP、MIS、DSS 的比较

类　型	层　次	目　　标	信息源	处理方式	管理参与	问　　题
EDP	基层	提高效率	内部一次小全	固定（不用模型）	无	事务
MIS	管理层	及时转化价值	内部二次大全	选择（用模型）	少	结构化
DSS	决策层	寻找时机	二次外部不完全	灵活（用模型）	多	半结构化与非结构化

5. 智能决策支持系统与群体决策支持系统

近年来，DSS 又有新的发展，出现了智能决策支持系统（Intelligent Decision Support System，IDSS）、群体决策支持系统（Group Decision Support System，GDSS）等。

1）智能决策支持系统

IDSS 是将人工智能（Artificial Intelligence，AI）技术引入 DSS 而形成的一种信息系统，其框架如图 1-7 所示。

IDSS 与 DSS 的主要区别在于具有一定的人工

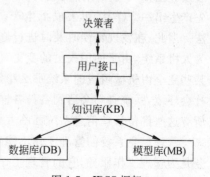

图 1-7　IDSS 框架

智能,具有类似人类专家的知识及学习和判断推理的能力。IDSS 具有以下特征:

(1) 掌握丰富的知识。足够的知识是系统解决问题的基础,所以系统内必须有一个内容丰富的知识库。

(2) 通过学习或在运行中增长和扩大知识的能力。

(3) 有判断和推理的功能。即系统能对用户询问自动识别和分析,能自动调用知识库中的有关知识,加以组合、修改和扩充,形成针对用户问题的知识、模型和信息的能力。

2) 群体决策支持系统

GDSS 是把计算机处理、数据通信、电子邮件等多种技术结合起来,以支持决策者之间的通信,以各种形式传输数据、表示信息,使不同地点的决策人员可以通过自己的计算机终端参与共同决策的计算机辅助决策信息系统。

在 GDSS 中,决策者可以在会议室内进行群体决策,也可以分散在不同地点,围绕一个称为"主题"的决策问题,在某种规程的控制下实现群体决策。

GDSS 大致有以下四种类型。

- 决策室:决策者在室内通过互连的计算机共同完成决策。
- 虚拟会议:能使分散在各地的决策者在某一时间内进行集中决策。
- 局域决策网:决策者在近距离的不同办公室内利用局域网进行群体决策。
- 远程决策网:决策者利用广域网(如 Internet)通过信息传输来完成群体决策的形式。

GDSS 通常配有数据库、模型库、知识库和各种应用软件(如辅助表决软件、会议议程、会议组织软件和会议记录软件等)。会议中每个决策成员可以自己运行不同的决策模型查询共享数据库,计算机网络完成各成员间的信息交流,公用屏幕能动态地反映各个成员的决策过程,显示各种决策方案或公布表决结果等。

1.6.2 管理信息系统的管理

管理信息系统与其他任何系统一样,需要进行科学的组织与管理。没有科学的管理,系统不会自动地为管理工作提供高质量的信息服务,而且管理信息系统本身也会瓦解。

1. 管理信息系统的维护和管理

作为一个复杂的、面向社会的人机系统和一个软件,管理信息系统的维护和管理具有特别重要的意义。由于软件本身存在可靠性问题,所以,计算机应用系统在使用中必然要边用边改。正如一些专家指出的,软件产品的特点是"样品即产品"。不可能像有些商品那样事先产生出一个样品,再去成批生产。目前,也还没有可供实际操作的程序可靠性的证明方法。因此,在发现错误时及时进行修改,就成为系统投入运行以后的一项经常性的任务。作为人机系统,由于使用人员的变更,使用方式的变化,系统的状态处于经常的变动之中,不像某些完全由机械组成的系统那么稳定,所以更需要科学的管理。由于系统面向复杂多变的社会环境,系统必然会遇到各种各样的意外情况及变化情况,需要妥善地及时地加以处理。所有这些都使管理信息系统面临着繁重的维护任务。

管理信息系统的管理工作不能与机器本身的管理工作等同起来。计算机应用系统的任务是为管理工作服务,它的管理工作是以向一个组织提供必要的信息为目标,以能够满足管理工作人员的信息需求为标准;而机器本身的维护工作只是这一工作的一小部分,只是提供了硬件的保证,真正做到向管理人员提供信息还需要做许多软件操作、数据收集、成果提供等工作。因此,管理信息系统应该有专人负责管理。这里说的专人,不应该是只管理硬件设备的硬件人员,应该是由了解系统功能及目标的、与管理人员直接接触的信息管理人员。为了完成管理信息系统管理所提出的各项任务,需要具备以下几个条件:

(1) 要有系统研制的完整材料。

(2) 系统的工作人员要有严格的分工。这里所说的人员包括系统主管人员、操作人员(包括硬件操作人员和软件操作人员)、程序员、录入员及辅助人员。

(3) 每项工作要有严格的规程和工作步骤。信息处理工作是涉及系统全局的重要工作,必须非常严肃认真地进行,每一个环节都应该按照系统设计的要求,严格地执行。

(4) 系统运行的情况要详细地记录下来。系统运行的情况是以后评价与改进系统的依据,这些情况的记录一般是由操作人员或录入人员记录的。系统主管人员应该进行督促,以保证这一工作的正常运行。

2. 管理信息系统要完成的任务

管理信息系统投入使用后,日常运行的管理工作是相当繁重的。以下列举需要完成的各项任务。

(1) 新数据的录入或存储数据的更新。这里的任务包括收集、校验及录入三项。

① 收集,常常是由分散的各业务部门的兼职工作人员进行的。

② 校验的工作,在较小的系统中,往往是由系统主管人员自己来完成。

③ 录入工作是比较简单的,其要求是迅速与准确。

(2) 信息处理和信息服务。在保证基本数据的完整、及时和准确的前提下,系统应完成例行的信息处理及信息服务工作。常见的工作包括例行的数据更新、统计分析、报表生成、数据的复制及保存、与外界的定期数据交流等。

(3) 运行与维护。为了完成前面所列的数据录入及例行服务工作,要求各种设备始终处于正常运行的状态之下,为此,需要有一定的硬件工作人员,负责计算机本身的运行与维护。

(4) 安全问题。系统的安全问题也是日常工作的重要部分。对于计算机应用系统来说,安全问题包括以下三个方面:

① 数据或信息的安全与保密。即系统所保存的数据不能丢失,不能被破坏、被篡改或被盗用,系统中的数据必须有可靠的备份,当系统出现故障时,有恢复补救的手段,不致造成工作的混乱与损失。另外,对于系统中的数据都应规定各种人员的使用权限。

② 软件(包括程序及资料)的安全。重要的程序必须把原版保存起来,日常使用复制的程序,以免由于一时的疏忽或误操作造成不可弥补的损失,这包括购进的各种程序和自己编制的程序。

③ 硬件设备的安全。计算机及通信设备的故障,电磁干扰等。对此,必须采取措施保证各种设备和环境设施的安全,包括机房环境要求(如防电磁干扰、防火、防雷击、保持空气温度、湿度要求等)、供电安全(配置不间断电源、安全接地等)。

1.6.3 管理信息系统的实例

下面给出一个订单管理信息系统的实例。

1. 订单管理信息系统的主要目标

(1) 经销商信息管理。可以随时查阅经销商的经营区域、经营产品、诚信等级、库存、欠款额、返货量等信息。

(2) 作业区信息管理。可以随时查阅各作业区市场覆盖、成本和利润、返货、应收款、品种销量、库存情况等信息。

(3) 订单管理。解决重复填单问题、订单传递耗时和耗资问题、按品种汇总工作量大的问题、订单签批中繁琐的关联关系问题。

(4) 库存信息。解决由于库存信息屏蔽而加大运输成本和延长调运时间的问题。

2. 系统的功能模块及业务流程图

该订单管理信息系统的功能模块图如图 1-8 所示。

(1) 基础信息管理。通过该模块设定操作者的权限、公司编码、产品类别编码、品牌编码、经销商编码、库房编码、作业区编码、作业点编码等。有修改、查询、定位功能。

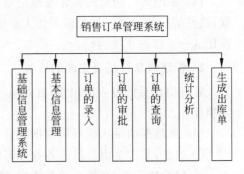

图 1-8　订单管理系统功能模块图

(2) 基本信息管理。对该系统的基本信息进行录入、修改和查询。例如,产品信息的录入包括产品的编码、规格、各类价格等信息;经销商的信息录入包括经销商经营的品牌、年销量、经营区域、信用等级、资产情况、经营年限、个人爱好等信息。

(3) 订单录入。任何有订单录入权限的人均能录入订单。为了具有较好的直观效果,订单采取主从表方式,与实际业务中的表单类似,凡是和基础信息有关的信息均采取下拉选择方式;选择了经销商,和经销商相关的信息如应收账款、联系人(可修改)、到货地点(可修改)等信息自动填充。选择了产品编码,自动显示产品名称、规格、计量单位(可修改)、销售价(可修改)。输入订货量,自动计算产品量。系统具有废单的删除功能(系统运行时间一长,会产生许多废单,要及时清理)。

(4) 订单审批。如果某一表单超出了操作者的签批权限,系统会自动提示操作者超出了哪类权限,并拒绝签批。界面只显示未签批的表单,已经签批的表单可以通过查询的方式查阅。一些特殊客户的业务,要经总经理或董事长特别授权方能签批。

(5) 订单统计分析和查询。具有强大的组合查询功能。可以进行按作业区、作业点、经销商、品种和任何时间段的任何组合查询。如可以查询出某一经销商在某一时间段的订货总金额,可以查出某一作业区某一产品的销量,可以统计出某一产品占总销量的比例等,还可以用图形形象地显示出比例图。

(6) 生成出库单。在出库单的界面中,显示出所有订单余量不为零且有效的单子(没有作废的单子)。按出库量减订单的余量(出库量不允许大于订单的余量),如果出库量大于订单的余量,出库量默认为订单余量。出库量如果大于库存余量,出库量等于库存余量(库存量不能为负值)。

另外,一些特殊的业务处理,如:订单的中止执行功能。一个执行了部分的订单要中止执行,它不同于完全废除的订单,如果按废单处理,在统计分析中数据将是不完全的,要把废止量和已执行量区分对待。

对于上述主要功能,操作流程图如图 1-9 所示。

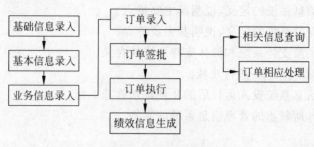

图 1-9 操作流程图

3. 实施订单管理系统的好处

企业的订单管理是涉及企业生产、企业资金流和企业的经营风险的关键环节。订单管理是企业管理中的源头管理。实施了订单管理信息系统后,企业的管理将迈上一个新的台阶。主要的益处如下所示:

(1) 该系统投资少,数据和系统安全性好,准确、及时、便利,减少了大量的简单重复劳动,节约了纸张、人力、通信费用和时间。

(2) 该系统是根据订单批准量开出库单的出库量。出库量不允许大于订单的批准量,通过严格的流程和额度控制,可较好地规避企业经营风险;减少应收账款的额度,减少企业的资金压力。

(3) 通过客户的信息表和绩效信息表,各级管理者可随时掌握全国客户的情况。避免业务人员的"暗箱操作"和由于业务人员的流失造成公司客户流失现象的发生。

(4) 货款得到了有效控制。通过客户和公司间的货和款的及时核对,维护了客户利益和公司利益,避免虚报业绩、截留货款现象的发生。

(5) 通过各品种的订货量、出库量和返货量的对比,进一步分析产生差异的原因,分析经营中的问题。可及时调整经营策略,减少可控的损失。

思考题 1

1. 给出管理和管理学的定义。
2. 叙述管理理论经历了哪四个发展阶段。
3. 管理具有哪几种职能? 具体内容是什么?
4. 从现代管理的观点出发,叙述管理的对象。
5. 什么是信息? 信息具有哪些特性? 信息的作用是什么?
6. 什么是系统? 系统具有哪些特性?
7. 管理信息具有哪些特点? 给出管理信息常用的两种分类方法。
8. 现代组织对管理信息处理有哪些要求?

9. 什么是信息管理？信息管理包括哪些内容？

10. 什么是信息系统？信息系统具有哪些功能？给出信息系统的基本构成。

11. 简述信息系统的发展。

12. 给出管理信息系统的定义，说明其主要特点。

13. 给出决策支持系统的定义，说明其主要特点。

14. 给出智能决策支持系统和群体支持系统的含义。

15. 对 EDP、MIS 和 DSS 进行比较。

16. 给出管理信息系统投入运行后的几种日常管理工作。

17. 举例说明你所熟悉的管理信息系统的实例。

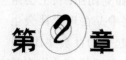

第2章

管理信息系统与组织

学习目的：通过本章学习，主要使学生能够了解组织的概念以及组织结构，描述各种组织结构的特点，掌握 MIS 的基本结构，认识组织与信息系统的相互关系。

从第 1 章可知，管理信息系统的研究对象是组织，对组织的认识成为管理信息系统建设的一个重要环节。本章中主要介绍组织的概念及其结构，然后介绍与之相联系的管理信息系统的基本结构，最后说明它们的相互关系。

2.1　组织的结构

2.1.1　组织的概念和特征

1. 组织

组织(Organization)是管理学中的一个重要概念，人们对它的认识已久，组织的一般含义是什么呢？不同的学者从不同的角度出发形成了不同的观点。巴纳德认为，正式组织是有意识地协调两个以上的人的活动与力量的体系。卡斯特对组织的定义是：一个属于更广泛环境的分系统，并包括怀有目的并为目标奋斗的人们；一个技术分系统——人们使用的知识、技术、装备和设施；一个结构分系统——人们在一起进行整体活动；一个社会心理分系统——处于社会关系中的人们；一个管理分系统——负责协调各分系统，并计划与控制全面的活动。组织的定义有很多，人们对组织的认识仍处于不断深入的过程中，随着人类实践的向前发展，人们的认识还会进一步演变和深化。

组织，一般有两种含义，一种是动词，就是为达成其特定目的与目标，必须经常提供连续性活动，这些活动经由人力参与、权利控制、沟通与工作分配来完成，有目的、有系统地集合起来，如组织群众，这种组织是管理的一种职能；另一种是名词，指按照一定的宗旨和目标建立起来的集体，如工厂、机关、学校、医院，各级政府部门、各个层次的经济实体、各个党派和政治团体等。

从名词上说的组织可以按广义和狭义划分。从广义上说，组织是指由诸多要素按照一定方式相互联系起来的系统，系统论、控制论、信息论、耗散结构论和协同论等都是从不同的侧面研究有组织的系统的，从这个角度来看，组织和系统是同等程度的概念。从狭义上说，组织就是指人们为实现一定的目标,互相协作结合而成的集体或团体,如党团组织、工会组织、企业、军事组织等。狭义的组织专门指人群而言,运用于社会管理之中。在现代社会生活中,人们已普遍认识到组织是人们按照一定的目的、任务和形式编制起来的社会集团,组织不仅是社会的细胞、社会的基本单元,而且可以说是社会的基础。本书所要研究的组织是指狭义的组织。

当代,人类社会的组织空前发展,其影响已深入到社会政治生活、经济生活、文化生活和家庭生活等各主要的社会生活领域之中。可以说组织对人类生活的渗透已经无所不在。

2. 组织的特征

任何组织都有如下特征:

(1) 目标的确定性。目标即组织所期望达到的成果,是组织存在的前提和基础。一个组织的结构往往与它的目标紧密相关。例如福特的目标是汽车的大众化生产,与此相对应,福特工程师们创造出了流水生产线,包括分工和流程,即生产的结构。

(2) 规模的灵活性。每一个组织都是由人组成的。只有一个人,组织的目标也难以实现,为了达到组织的目标,其他人必须参加进来,也就是说组织必须有许多成员构成。但组织规模可大可小。比如小公司,可能只有七八个人,而大型的组织可以拥有几百人、几千人、几万人的成员,国'’即是一个巨型的社会组织。

(3) 结构的规范性。任何组织都存在分工与合作以及不同层次的权力和责任制度。主要表现为工作的标准化,标准化指的是工作的角色和任务独立于履行这项工作的人的个人品质的程度。换句话说,就是只要照章办事,一般人就可以把某件事情做好,而不需要独特的个人能力或人格魅力。例如,开车作为一项工作的标准化程度就比做推销员高。

(4) 每个组织都有其独特的文化。这是由不同的国家和民族,不同的地域,不同的时代背景以及不同的行业特点所形成的。如美国的组织文化强调能力主义,个人奋斗和不断进取;日本文化深受儒家文化的影响,强调团队合作和家族精神。

2.1.2 组织结构

1. 组织结构的含义

组织结构(Organization Structure)是为了完成组织目标而设计的,是指组织内各构成要素以及它们之间的相互关系。它是对组织复杂性、正规化和集权化程度的一种量度。组织结构的本质是组织好员工的分工协作关系,其内涵是人们在职、责、权方面的结构体系。

一般来讲,社会组织的结构与其他生物的机械系统的结构都具有一些共同的特点。这些共同的特点具体体现在以下几方面。

(1) 稳定性。组织结构的稳定性是指组织各构成部分之间所确立的关系模式总是趋于保持某一状态。

(2) 层级性。如对于一组织结构,可以划分为战略层、协调层、作业层,每一层次具有不同的功能和活动方式。

(3) 相对性。组织结构的层级性决定了组织结构的相对性。在大系统的结构层次中,高级系统内部的结构要素,又包含了低级系统的结构;复杂大系统内部的结构要素,又是一个简单的结构系统。一般来讲,高一级结构对低一级结构层次具有更大的制约性,而低一级结构构成高级结构的基础,并反作用于高层结构,二者之间的关系是辩证的。

（4）开放性及变异性。任何系统的结构,不会是绝对封闭和绝对静态的,任何组织结构总是存在于一定的环境之中,总要与外界进行物质、能量、信息的交换,系统的结构也在交换过程中发生变化。任何组织结构在本质上都是开放的,目前的结构状态,是系统中各组成要素相互作用,以及受系统环境影响的结果。同时,目前的结构形态,又是形成未来组织结构的基础。

2. 组织结构的基本形式

在现实生活中,组织结构有如下几种的基本形式:

1）直线——职能型组织结构

（1）直线制。直线制结构(Line Structure)是最为简单也是最早出现的集权式组织结构形式,又称军队式结构。其基本特点是组织中的各种职位按垂直系统直线排列,不设专门的职能机构,如图 2-1 所示。

这种结构的优点是机构简单,信息传递快,决策迅速,费用省,效率高;但要求领导者通晓各种业务。因此,这种组织形式只适用于规模较小、生产技术比较单一的企业。

（2）职能制结构(Functional Structure),亦称 U 型组织。该模式是在直线制形式的基础上,为各职能领导者设置相应的职能机构和人员。在职能制模式下,下级行政负责人除接受上级行政主管指令外,还需接受上级职能机构部门的领导和监督。该模式带有分权制管理的特点,如图 2-2 所示。

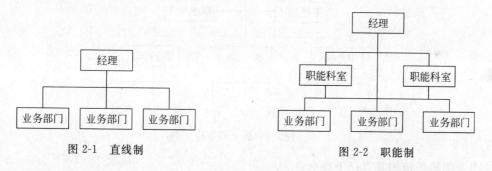

图 2-1　直线制　　　　　　　　　图 2-2　职能制

职能制是在直线制形式的基础上,为各职能领导者设置相应的职能机构和人员。其优点是将企业管理工作按职能分工,适应了现代企业生产技术比较复杂,管理工作分工较细的特点,提高了管理的专业化程度。但是,容易形成多头领导,妨碍生产行政的统一指挥,不利于建立健全责任制。因此,这种组织形式在现代企业中很少采用。

（3）直线职能制结构(Functional Structure)又称直线参谋制或生产区域制结构。该模式综合上述两种模式的优点,一方面保持了直线制领导、统一指挥的优点,另一方面又吸收了职能管理专业化的长处,实行经理统一指挥与职能部门参谋、指导相结合的组织结构形式,如图 2-3 所示。

但这种组织形式也存在明显的不足之处:权力集中在最高管理层,职能部门缺乏必要的自主权;各职能部门之间的横向协调性差;企业信息传递路线过长,容易造成信息丢失或失真,适应环境能力差。

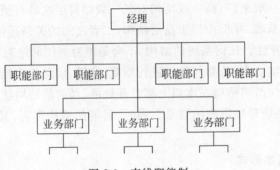

图 2-3 直线职能制

2）事业部型组织结构

事业部制结构（Divisional Structure）亦称 M 型结构，是按照"集中决策、分散经营"的原则，将企业划分为若干事业群，每一个事业群建立自己的经营管理机构与队伍，独立核算，自负盈亏。目前大部分企业集团尤其是跨国公司采取了事业部型组织结构，其组织架构是业务导向型的，从权力结构上讲是分权制，基本单位是半自主的利润中心，每个利润中心内部通常又按职能式组织结构设计。在利润中心之上的总部负责整个公司的重大投资，负责对利润中心的监督。因此，总部的职能相对萎缩，一般情况下总部仅设人事、财务等几个事关全局的职能部门，如图 2-4 所示。

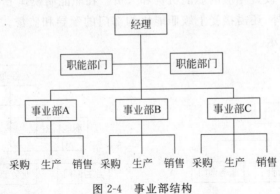

图 2-4 事业部结构

事业部组织结构具有以下特点：

（1）专业化分工是按照企业的产出将业务活动组合起来，成立专门的生产经营部门。

（2）生产规模较大、生产经营业务多样性。钱德勒指出，它"将许多单位置于其控制之下，经营于不同地点，通常进行不同类型的经济活动，处理不同类型的产品和服务"。

（3）管理权和经营权相分离。在产权安排上实行所有权、经营权相互分离，在内部分工与协作中实行事业部制是大型企业普遍采取的组织结构模式。

（4）层级制管理。事业部制尽管增加了分权色彩，但在事业部内仍采用直线职能制结构，从总体上看，它仍属于等级制组织，管理层级制仍然是存在于现代企业组织的一个典型特征。

3）矩阵型组织结构

矩阵式结构（Matrix Structure）又称规划目标结构组织。在矩阵形式中，有两条权力线，一条是从各职能经理那里来的垂直权力线，一条是来自工程权力部门的水平权力线。一套是纵向的职能系统，另一套是为完成某一任务而组成的横向项目系统。这一结构的存在改变了传统的单一直线垂直领导系统,使一位员工同时受两位主管人员的管理,呈现交叉的领导和协作关系,从而达到企业内营销职能与设计、生产职能的更好结合,如图 2-5 所示。

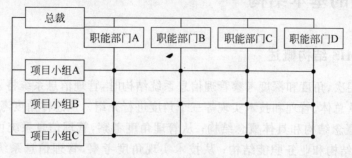

图 2-5　矩阵制结构

矩阵制结构兼有职能制和事业部制两种结构的优点,既能充分利用职能部门内的专业技术知识,又能促进职能部门之间的横向协作。然而,矩阵制组织同职能制组织在组织原则上又大不相同,职能制严格遵循统一指挥原则,矩阵制则从结构上形成了双头指挥的格局。矩阵式结构能使企业迅速地对外界环境的变化做出反映,满足市场的多样化需求,适合应用于因技术发展迅速而产品品种较多、管理活动复杂的企业,如军事工业、航天业、科研机构等多采用这种结构。

4) 立体多维型组织结构

立体多维型结构(Solid-Multidimensional Structure)是职能制组织结构、矩阵式组织结构和事业部制结构的综合发展,是为了适应新形势的发展需要而产生的组织结构形式。立体多维结构就是一个企业的组织结构包括三类以上的管理机构,主要包括以下三种:

(1) 按产品或服务项目划分的事业部,是产品利润中心。

(2) 按职能划分的参谋机构,是专业成本中心。

(3) 按地区划分的管理机构,是地区利润中心。

这样,企业内部的一个员工可能同时受到来自三个不同方面的部门或者组织的领导。立体多维组织结构适用于体制健全的跨国或跨地区的规模庞大的企业集团,如图 2-6 所示。

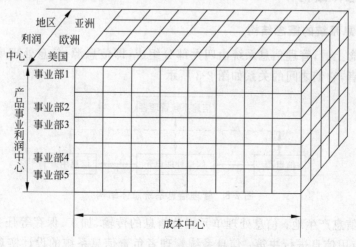

图 2-6　多维型组织结构

2.2 MIS 的基本结构

2.2.1 MIS 结构概述

当从不同层次、角度和深度考察管理信息系统结构时,管理信息系统将呈现不同的表现形式。下面将从总体、管理和技术实现等三个角度进行介绍。从总体角度考察,管理信息系统可分为总体概念结构和具体概念结构;从管理角度考察,管理信息系统可分为高层战略结构、中层管理结构和业务职能结构;从技术实现角度考察,管理信息系统可分为总体构架、软件体系结构和硬件体系结构等。图 2-7 给出了 MIS 的结构关系。

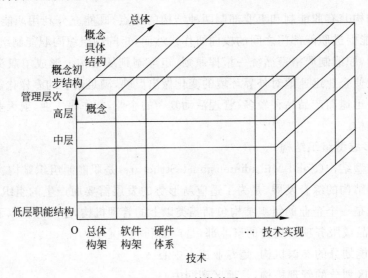

图 2-7 MIS 结构关系

2.2.2 总体结构

1. 管理信息系统的概念结构

从总体概念上看,管理信息系统由四大部分组成,即信息源、信息处理单元、信息用户、信息系统管理者,它们之间的关系如图 2-8 所示。

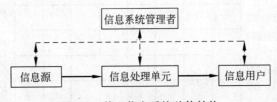

图 2-8 管理信息系统总体结构

信息源是信息产生地;信息处理单元担负信息的传输、加工、保存等任务;信息用户是信息使用者,应用信息进行决策;信息系统管理者负责信息系统的设计实现,实现后,又负责系统的运行与协调。

2. 管理信息系统的层次结构

在第 1 章中，将管理信息分为业务信息、战术信息和战略信息。对应的，MIS 可看作是一个金字塔结构，如图 2-9 所示。

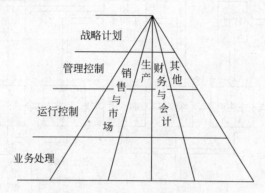

图 2-9　MIS 的金字塔结构

由于一般的组织管理均是分层次的，例如分为战略计划、管理控制、运行控制三层，为它们服务的信息处理与决策支持也相应分为三层，并且还有最基础的业务处理，就是打字、算账、造表等工作。由于一般管理均是按职能分条的，信息系统也就可以分为销售与市场、生产、财务与会计、人事及其他等。一般来说，下层的系统处理量大，上层的处理量小，所以就组成了纵横交织的金字塔结构。管理信息系统的结构又可以用子系统及它们之间的联接来描述，所以又有管理信息系统的纵向综合、横向综合以及纵横综合等概念。不太准确的描述就是：横向综合是按层划分子系统，纵向综合是按条划分子系统。例如，把车间、科室以及总经理层的所有人事问题划分成一个子系统。纵向综合则是金字塔中任何一部分可与其他任何部分组成子系统，达到随意组合自如使用的目的。

2.2.3　职能结构

一个管理信息系统从使用者的角度看，它总是有一个目标，具有多种功能，各种功能之间又有各种信息联系，构成一个有机结合的整体，形成一个功能结构。例如，一个企业的内部管理系统可以具有如图 2-10 所示的结构。

这个系统标明了企业各种功能子系统怎样互相联系，形成一个全企业的管理系统，它好像是企业各种管理过程的一个缩影。整个流程自左至右展开，这里企业的主生产计划 4 是根据指令性计划、订货服务以及预测的结果来制定的。通过库存管理，决定需要多少原料、半成品、外购件以及资金，而且确定物料的到达时间及库存水平，要产生这些信息用到的产品数据由 1 得到。根据 5 的安排，10 决定何时进行采购和订货手续；11 决定何时、何地接收货物；6 决定何时、何车间（或工位）进行何种生产工作。6 所安排的仍只是一个计划，只有通过 7 发出命令，一切工作才能见诸行动。11 在整个工作开始后，不断监视各种工作完成的情况，并进行调整和安排应急计划。最后，进行包装运出。图中还有工厂维护 9 是安排大修的，12 是进行成本计划与控制的。这里所画的均是计算机的信息流程，看上去它好像是工厂物理流程的缩影。

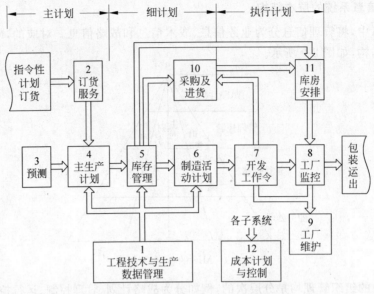

图 2-10　MIS 的功能——过程结构

2.2.4　体系结构

1. 管理信息系统的软件结构

软件结构指支持 MIS 各种功能的软件系统或软件模块所组成的系统结构。一个管理系统可用一个功能/层次矩阵表示。对应于这个管理系统,在管理信息系统中的软件系统或模块组成一个软件结构,如图 2-11 所示。

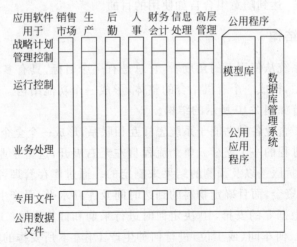

图 2-11　MIS 的软件结构

这个图的每一列代表一种管理功能,图上共有 7 种。其实这种功能没有标准的分法,因组织不同而异。图中每一行表示一个管理层次,行列交叉表示每一种功能子系统。各个职能子系统的简要职能如下。

（1）销售市场子系统。它包括销售和推销。在运行控制方面包括雇用和训练销售人员、销售和推销的日常调度,还包括按区域、产品、顾客的销售数量的定期分析等。在管理控制方面,包含总的成果和市场计划的比较,它所用的信息有顾客、竞争者、竞争产品和销售力量要求等。在战略计划方面包含新市场的开发和新市场的战略,它使用的信息包含顾客分析、竞争者分析、顾客评价、收入预测、人口预测和技术预测等。

(2) 生产子系统。它包括产品设计、生产设备计划、生产设备的调度和运行、生产人员的雇用和训练、质量控制和检查等。典型的业务处理是生产订货(即将成品订货展开成部件需求)、装配订货、成品票、废品票、工时票等。运行控制要求把实际进度与计划相比较,发现卡脖子环节。管理控制要求进行总进度、单位成本和单位工时消耗的计划比较。战略计划要考虑加工方法和自动化的方法。

(3) 后勤子系统。它包括采购、收货、库存控制和分发。典型的业务包括采购的征收、采购订货、制造订货、收货报告、库存票、运输票和装货票、脱库项目、超库项目、库营业额报告、卖主性能总结、运输单位性能分析等。管理控制包括每一后勤工作的实际与计划的比较、如库存水平、采购成本、出库项目和库存营业额等。战略分析包括新的分配战略分析、对卖主的新政策、"做或买"的战略、新技术信息、分配方案等。

(4) 人事子系统。它包括雇用、培训、考核记录、工资和解雇等。其典型的业务有雇用需求的说明、工作岗位责任说明、培训说明、人员基本情况数据(学历、技术专长、经历等)、工资变化、工作小时和离职说明等。运行控制关心的是雇用、培训、终止、变化工资率、产生效果。管理控制主要进行实情与计划的比较,包括雇用数、招募费用、技术库存成分、培训费用、支付工资、工资率的分配和政府要求符合的情况。战略计划包括雇用战略和方案评价、工资、训练、收益、建筑位置及对留用人员的分析等,把本国的人员流动、工资率、教育情况和世界的情况进行比较。

(5) 财务和会计子系统。按原理说财务和会计有不同的目标,财务的目标是保证企业的财务要求,并使其花费尽可能的低。会计则是把财务业务分类、总结,填入标准财务报告,准备预算、成本数据的分析与分类等。运行控制关心每天的差错和异常情况报告、延迟处理的报告和未处理业务的报告等。管理控制包括预算和成本数据的分析比较,如财务资源的实际成本。处理会计数据的成本和差错率等。战略计划关心的是财务保证的长期计划、减少税收影响的长期计划,成本会计和预算系统的计划。

(6) 信息处理子系统。该系统的作用是保证企业的信息需要。典型的任务是处理请求、收集数据、改变数据和程序的请求、报告硬件和软件的故障以及规划建议等。运行控制的内容包括日常任务调度、差错率、设备故障。对于新项目的开发还应当包括程序员的进展和调试时间。管理控制关心计划和实际的比较,如设备成本、全体程序员的水平、新项目的进度和计划的对比等。战略计划关心功能的组织是分散还是集中、信息系统总体计划、硬件软件的总体结构。办公室自动化也可算做与信息处理分开的一个子系统或者是合一的系统。当前办公室自动化主要的作用是支持知识工作和文书工作,如字符处理、电子信件、电子文件和数据与声音通信。

(7) 高层管理子系统。每个组织均有一个最高领导层,如公司总经理和各职能域的副总经理组成的委员会,这个子系统主要为他们服务。其业务包括查询信息和支持决策、编写文件和信件便笺、向公司其他部门发送指令。运行控制层的内容包括会议进度、控制文件、联系文件。管理控制层要求各功能子系统执行计划的总结和计划的比较等。战略计划层关心公司的方向和必要的资源计划。高层战略计划要求广泛的综合的外部信息和内部信息，这里可能包括特级数据检索和分析，以及决策支持系统。它所需要的外部信息可能包括竞争者的信息、区域经济指数、顾客喜好、提供的服务质量。

2. 管理信息系统的物理结构

管理信息系统的物理结构按空间的分布情况又可分为集中式和分布式两大类。

1）集中式系统

集中式系统是资源在空间上集中配置的系统。单机系统是典型的集中式系统，将软件、数据和主要外部设备集中在一套计算机系统之中。由分布在不同地点的多个用户通过终端共享资源的多用户系统也是集中系统，如图 2-12 所示。

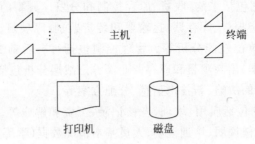

图 2-12　多用户系统

集中式系统的主要优点在于：信息资源集中，便于管理，资源利用率高，专业人员相对集中，有利于发挥其作用。但随着系统规模的扩大，系统越来越复杂，集中式系统的维护管理越来越困难，且系统比较脆弱，主机一旦出现故障，可能导致系统瘫痪。

2）分布式系统

分布式系统通过计算机网络把分布在不同地点的计算机硬件、软件、数据等信息资源联系在一起，服务于一个共同的目标而实现相互通信和资源共享的系统。在分布式系统中，一个主要性能是实现不同地点的资源共享，既可以各地计算机系统在网络系统的统一管理下工作，又可以脱离网络环境利用本地资源独立工作。

分布式系统可分为一般分布式和客户/服务器（Client/Server，C/S）模式。一般分布式系统中的服务器只提供数据和软件资源的文件服务，各计算机系统可以根据规定的权限存取服务器上的数据文件和程序文件，如图 2-13 所示。

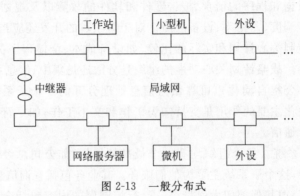

图 2-13　一般分布式

在客户/服务器式(C/S)系统中,网络上计算机系统分为客户和服务器两大类。服务器可以包括文件服务器、数据库服务器、打印服务器等。网络结点上的其他计算机系统都称为客户机。用户通过客户机向服务器提出服务请求,服务器根据请求向用户提供经过加工过的信息。客户机也承担本地信息处理工作,如图 2-14 所示。

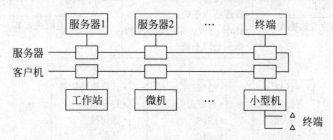

图 2-14　客户/服务器系统

分布式系统可以根据应用需要来配置资源,提高系统对用户需求和环境变化的应变能力,系统便于扩展,健壮性好,网络上某个结点出现故障一般不会导致整个系统瘫痪。但由于资源分散,系统维护管理的标准、规范难以统一,协调有一定难度,不利于安全保密。

随着以计算机技术,通信技术,网络技术为代表的现代信息技术的飞速发展,人类社会正从工业时代阔步迈向信息时代,人们越来越重视信息技术对传统产业的改造以及对信息资源的开发和利用,信息系统已经渗透到人们生活的各个领域,管理信息系统已经网络化和集成化,已经形成了一种新型网络——物联网(The Internet of Things),即通过射频识别(Radio Frequency Identification,RFID)、红外感应器、全球定位系统、激光扫描器等信息传感设备,按约定的协议,把任何物品与互联网连接起来,进行信息交换和通信,以实现智能化识别、定位、跟踪、监控和管理的一种网络。

2.3　管理信息系统与组织关系

管理信息系统与组织的关系如何? 怎样才能使组织适应信息技术发展,又能使信息系统能够很好地为组织服务呢? 这是这一节要解决的问题。

2.3.1　信息系统与组织之间的客观联系

1. 信息系统与组织关系模型

1) 经营视角的信息系统

从经营视角来描述,信息系统是组织和管理上针对环境带来的挑战而做出的基于信息技术的(解决问题)方案,同时,组织本身与管理及信息技术一道,也是信息系统能够发挥作用的基础。图 2-15 形象地描述了管理、组织和技术是如何针对经营上的挑战而一起利用信息系统做出解决问题的方案。

2) 莱维特模型

传统的组织行为学研究中已经注意到技术对于组织的影响。其中最著名的是莱维特(H. J. Leavitt)于 20 世纪 60 年代提出的一个模型,如图 2-16 所示。该模型使用了人、结构、

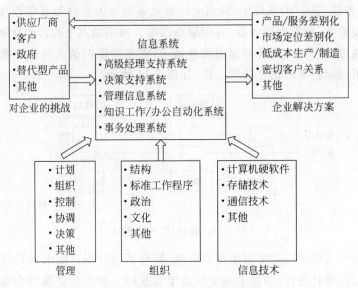

图 2-15　经营角度的信息系统

技术和任务四个变量来描述技术对于组织的影响。莱维特认为这些变量之间有强烈的依存关系。例如,当组织使用信息技术后,对于组织中的结构将产生影响,并且它把工作人员从繁重的重复性工作中解脱出来,投身到更有意义的工作中,提高任务完成的效率。在这种观点的基础上,经过一些学者的研究,以后逐渐形成了社会技术系统的理论。

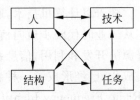

图 2-16　莱维特组织模型

2. 信息系统和组织之间的相互影响关系

　　社会技术系统学派认为信息系统和组织之间的相互影响关系可以用图 2-17 来表示。组织和信息技术之间是双向的关系,一方面,组织对于是否引进信息系统,引入什么样的信息系统,由谁来提供信息技术服务等问题具有决策权,并且信息系统的开发设计必须以现存的组织结构为依据,从这个意义上来看,组织影响着信息系统。另一方面,信息系统的建立促使组织结构变化和业务流程改革,因此信息系统又影响着组织。信息系统必须与组织紧密结合起来,为组织的各级决策者提供他们所需要的信息;而组织也应当根据环境的变化,通过使用信息系统提高管理水平。这种双向关系可以通过中介因素体现出来,例如组织所在的环境、组织文化、组织结构、标准作业过程、组织采取的政策、管理决策方式等。

图 2-17　组织与信息技术的双向关系

1）信息系统与组织环境

组织环境包括客户、供应商、社会需求、信息、能源等外部环境和内部环境，组织通过获得环境信息了解现状并预测未来。正所谓适者生存，组织要在激烈的竞争环境中生存，就需要根据环境的变化作出相应的变革，在适应环境的过程中不断成长。一方面，在信息时代，信息技术的发展使得组织的环境更容易发生变化，加快了组织环境变化的速度，这就给组织带来了巨大的压力，组织必须适应环境的变化，否则会被无情地淘汰；另一方面，信息技术/信息系统的应用，可以使组织能更好地获取环境信息，以便快速适应环境的变化。

2）信息系统与组织文化

组织文化就是一个组织的个性，是一个组织区别于其他组织的独特之处。美国学者迪尔和肯尼迪在《组织文化》一书中将组织文化定义为"我们在这种文化之中做事的方式"。他们认为，文化对组织中每件事都具有重要影响。组织文化由最高目标、价值观、作风、传统习惯和规章制度等要素组成，并以价值观为核心。它是一个被组织成员广泛认可的一些概念、价值观和工作方法的基础集合。组织文化对于信息系统的引进往往是一个限制因素，信息技术可以用来支持现有的组织文化，也可能与之产生抵触。当与现行的组织文化相抵触时，信息技术往往难以发挥应有的作用。特别值得注意的是，组织文化的变更比技术变更需要更多的时间，所以，引进信息技术之前应对它们的关系进行深入的研究。

3）信息系统与组织结构

组织结构是组织的关键因素。组织的结构使得劳动力分工，职能部门的分割使得他们受到专业训练并完成特定的工作，组织的层次化使得组织中成员能协同工作。高层的人员从事管理、专业性的和技术性的工作，而低层的人员从事操作性的工作。组织需要各种不同的人员扮演不同的角色并需要掌握不同的技能。

（1）信息系统与典型的组织结构。传统上，典型的组织结构模式包括简单结构、官僚层级结构、事业部结构和矩阵式结构。信息技术对组织结构的影响是十分显著的。

① 对于简单结构而言，信息技术在一定程度上有助于消除信息淤积现象，避免由于组织的扩大所带来的决策延滞问题。

② 对于常见的官僚层级结构而言，信息技术扩大了控制跨度。通常说来，在传统手段下，可行的直接监督要求控制范围不超过5～7个人。在信息技术条件下，由于通信、监控、分析手段的加强，这一控制跨度可以得到显著的扩大。跨度的扩大可以相应地减少管理层级，使得组织结构趋于扁平化。扁平化的组织结构具有更高的灵活性和更快的反应能力。

③ 对于事业部结构，信息技术有助于消除总部与事业部之间的信息不对称，使得总部可以更为及时、全面地获取事业部的运营信息，并进行深入的分析，从而使战略决策更具合理性。同时，事业部之间的横向沟通与联系也可以得到加强，从而有可能提高事业部的协同性。此外，在信息技术的支持下，总部有可能将一些职能性分工从事业部中抽取出来，合并到总部，向着矩阵式的结构转换，从而在一定程度上消除机构重叠的问题。

④ 在信息技术条件下，矩阵式结构变得更具可行性，因为电子化的沟通和控制手段有助于克服由于双重监督而带来的混乱情况，项目经理和职能经理之间可以实现更为有效的沟通，从而更大限度地发挥职能部门化和产品部门化两种形式的互补优势。目前，在信息技术应用较为深入的组织中，例如软件企业和管理咨询企业，矩阵式结构应用得比较广泛而且

趋于成熟。

(2) 信息系统与新型的组织结构。从 20 世纪 80 年代开始,在信息技术的支持下,一些组织设计并应用了一些新型的组织结构以增强组织的竞争力,其中最为重要的包括团队组织、虚拟组织和无边界组织。

① 团队结构(Team Structure)指的是以团队作为协调组织活动的主要方式。这种结构的主要特点在于打破部门界限,将决策权下放到工作团队员工手中,这种结构形式要求员工既是全才又是专才。信息技术使得团队之间的沟通和组织对团队的有效监督成为可能。

② 虚拟组织(Virtual Organization)既是一种组织结构,也是一种战略模式。这种组织的规模较小,决策集中化的程度很高,部门化的程度很低,甚至根本就不存在产品性或职能性的部门化。虚拟组织通过对关系网络的管理来实现经营,其实质是对信息流的管理。只有依托于强有力的计算机网络,这种以信息流管理为核心能力的组织形式才可能存在。许多具有重大影响的国际性企业都采取了虚拟组织的形式,其中包括耐克公司、戴尔计算机公司等。

③ 无边界组织(Boundaryless Organization)是通用电气公司总裁 Jack Welch 所提出的概念,用来描述他理想中的通用电气公司形象。无边界组织的核心思想是尽可能地消除组织内部的垂直界限和水平界限,减少命令链,对控制跨度不加限制,取消各种职能部门,代之以授权的团队。在理想状况下,这种组织主要通过互助协调机制来实现运作,就像赛场上的足球队一样,整体战略的执行依靠员工之间的相互协调(而不是层级指挥)来实现。计算机网络是使无边界组织得以正常运行的基础。在新技术的支持下,人们能够超越组织内外的界限进行交流。例如电子邮件使得成百上千的员工可以同时分享信息,并使公司的普通员工可以直线与高级主管交流。同时,组织间的网络也使得组织外部边界同样可以被突破。

总之,信息技术促使组织结构发生变化。当然,组织变革也是充分发挥信息技术优势的前提。

4) 信息系统与组织的标准作业过程

信息技术的引进,有可能对标准作业过程的改变产生重大的影响。所谓标准作业过程(Standard Operating Procedure,SOP)是指组织机构常规的活动和步骤,用来处理所有预想的业务。SOP 是长期积累的结果,改变它需要付出相当大的努力。有许多组织成功地进行了这种改变,极大地提高了他们的竞争力。特别是信息技术/信息系统的应用实施过程中通常需要伴随着组织业务流程的变革,例如组织在实施 ERP(企业资源计划)之前需要进行业务领域分析;反之,大多数组织在进行业务流程重组(BPR)时,需要同时借助信息技术/信息系统的应用实施。这是因为现代的信息系统不仅是一个软硬件系统,而且涵盖了大量先进的管理思想和最佳业务实践。

2.3.2　信息系统对组织的影响

通过以上模型,可以得到以下结论。

1. 信息系统的积极作用

(1) 信息系统极大地提高了信息收集、传递与处理的效率和有效性,从而增强了企业对内外环境变化相应的敏捷性和灵活性,提高了管理决策的及时性和科学性,是实现企业目标与战略的重要保证。

（2）市场上围绕产品与服务的企业竞争,实质上是形成与服务供应链之间的竞争。信息系统是实现供应链上企业之间协作与合作,形成动态联盟、组织虚拟企业的基础设施和重要手段。

（3）减少管理层次,下放权力,实现组织扁平化、网络化、虚拟化是企业改革任务之一。信息系统加速了组织内部信息的传递与共享,提高了信息处理的效率,减少了中间环节,使得组织扁平化、网络化、虚拟化改造成为可能。

（4）业务流程是企业完成其使命、实现其目标过程中必须的、逻辑上相关的一组活动。信息系统是对业务流程诸多环节进行集成管理,实现生产与服务过程柔性化和个性化的重要手段。

（5）信息系统实现了对企业生产经营信息的即时、统一的管理,加强了企业的控制力,提高了信息处理效率,从而降低了内部人员成本。信息系统也拉近了企业之间(B2B)、企业与客户间(B2C)、企业与政府间(B2G)的距离,降低了交易成本,减少了由于信息延迟造成的积压和脱节,提高了客户的满意度。

（6）信息系统加强了业务、管理流程和数据的规范化,减少了随意性和人为失误,改善了管理者与员工的工作条件,促进了员工之间的信息知识交流与协作,加强了组织的凝聚力,有利于形成具有本企业特色的团结、学习、创新的企业文化。

2. 信息系统的负面影响

信息系统也可能给组织带来负面影响,如:

（1）信息系统是在人们预先设定的范围内收集、存储、处理信息的,当组织内外环境的变化超出预定范围时,组织对变化响应的敏捷性和决策的科学性、及时性将受到影响。

（2）信息系统的应用使得员工之间、普通员工与管理者之间以及管理者之间通过信息系统交流的机会多了,而面对面的交流机会少了,可能导致非正式渠道信息活动与非正式组织作用的弱化和人们之间的感情疏远。

（3）信息系统提高了效率与有效性的同时,许多以前由人进行的工作由信息系统替代,可能使得一些工作人员丧失工作机会。

（4）信息系统的功能涉及组织的活动、社会与个人生活诸多方面,人们对信息系统的依赖性大大提高。一旦信息系统出现故障,如当前停电一样,会给组织带来巨大的损失,给社会生活和个人活动造成严重的、甚至灾难性的后果。安全问题是信息系统瓶颈问题之一。

（5）信息系统的出现引发了一些新的伦理、道德与法律问题。由于人们(如员工、客户、竞争对手、合作伙伴)对活动信息广泛而周密的收集,对个人隐私权造成了严重的威胁。不健康的、歪曲事实真相的以至诽谤、侮辱性的信息通过互联网进行非法传播,会引起组织、社会以及人际关系的混乱而破坏正常的社会秩序;科学技术、文化、艺术等创作的非法复制和非法传播造成对知识产权的侵犯,影响这些领域创造性活动和有关市场合法经营的正常发展。

2.3.3　组织对信息系统的影响

组织变革与管理模式的变迁也影响着信息技术和信息系统的应用与发展。组织重组、人员配置、业务转变以及计划协调机制的变化等无异地对于信息系统的系统结构、系统功能以及系统理论方法等诸多方面产生影响。这就要求信息技术和信息系统在理论和应用的过程中不断地得以创新,以适应战略、结构以及外部环境导致的变化。

1. 组织功能决定信息系统功能

在大多数情况下,组织的管理决策者需要确定信息系统的作用范围,也就是信息系统所包含的功能种类和广度。这是因为组织若要减少在信息系统投资过程中的浪费,避免陷入所谓的IT黑洞或者信息系统泥潭,就需要有选择地运用信息系统的功能,尽量将信息系统功能同现有的组织主要功能相匹配,并且保证信息系统的功能必须有效地支持组织的这些主要功能;否则,任何过多或过少的功能实现都不会帮助把组织功能发挥到应有的最佳状态。因而,在组织实施信息系统的过程中,需要分析组织的功能结构,以此来决定信息系统的主要功能。例如,对一个生产型企业而言,其信息系统一般应当具有较高的集成性,使得物料、生产、库存、销售等各个环节能够紧密地联结成为一个整体,从而实现更高效率的运作和更低的成本;而对于一个以资本运作为核心的投资控股型企业而言,由于组织的整体业务结构经常会因为并购、出售等投资行为而发生变化,因而通常就不会在集成性方面具有很高的要求,而是着重在投资分析方面得到信息系统的支持。此外,在组织发展的不同阶段,对信息系统也会产生不同的需求。例如,对于一个处于快速扩张、抢占市场阶段的企业而言,其信息系统应当具有良好的延展性,经营终端的系统应当能够实现快速的复制。

根据组织功能作出信息系统功能的选择,主要是基于以下几个方面的原因。

(1) 组织功能需要信息系统功能支持的范围是可以变化的。比如供应商的选择是应该由信息系统自动作出选择,还是由信息系统先提供供应商列表然后再由组织的人员来做决策?客户的投诉或者服务请求情况是由信息系统自动给出提示回答或者解决结果还是由专门的客户服务人员来人工处理?

(2) 并不是所有的组织功能都需要信息系统功能的支持或者使之自动化。是否采用信息系统功能通常与许多因素有关,诸如信息系统的成本效益比、使用这些功能的频率与难度以及人工实现这些功能的费用和难度等。

(3) 在信息系统投资预算有限的情况下(通常包括人力和资金资源等),必须按照组织的基本功能需要选择先实现什么样的信息系统功能,也就是决定信息系统各项功能的优先级。虽然理论上说任何有增值潜力的信息系统功能都应当实现,但是现实中组织往往受到这样或者那样的资源瓶颈约束。

2. 业务流程影响信息系统

任何信息系统的开发与实施过程无异都需要同业务流程之间相互关联,即便是通用的信息系统软件所体现的业务操作也大都是组织业务流程的最佳实践的表现,具有一定的科学性和实用性。而组织需要通过持续创新性的业务/服务流程来持续地满足客户多变的个性化的需求,这又需要开发柔性的信息系统以适应组织业务流程优化的需要,帮助组织实现最佳的客户服务。因而,现在信息技术规划或者信息管理的一个重要任务就是决定在多大的程度上改变组织现有的业务流程以适应标准化的信息系统软件,或者如何对信息系统及相关的软件功能做二次开发和功能调整以适应现有的业务流程。这种选择可能需要根据不同的场景和需求来决定,有时可能是出于实际的考虑,有时可能处于组织战略上的考虑。当组织管理者认为使组织行为适应信息系统比信息系统适应组织行为更加麻烦时,他们会采用更为现实的做法;而当组织需要有意地改变组织的业务流程和功能结构时,可能就会更多地从战略上进行考虑。针对业务流程的标准化和信息系统的柔性化,当组织引入诸如ERP之类的软件时,管理者可能面临两个方面的难题:一是确定要标准化的具体领域,二是如何在信息系统适应组织流程与组织流程适应信息系统之间寻找到最佳的平衡点。

3. 信息系统柔性需要适应组织柔性

组织本身面临着许多内外部环境的变化,这就需要组织具有一定的柔性来适应内外部环境的变化,进而实现组织的持续成长。在当代组织特别是企业组织面临着激烈的竞争压力、快速多变的客户需求以及有关的社会政治经济的影响等诸多新的要求与环境的改变,这些改变包括:组织的兼并、联合,战略上的扩张或紧缩,组织的重组与业务转型,市场环境的改变如由价格竞争转向时间或者速度的竞争,社会经济技术的进步等。在这样的环境下,组织必然要摆脱原有的僵化结构,而保持一定的适应性和灵活性,以适应这些环境的变化和战略上的灵活性。

由于组织功能在一定程度上决定了信息系统的功能,那么当组织需要一定的柔性时,信息系统更需要一定的柔性以适应组织的变化以及内外部要求或者环境的变化。通常有两种方法用于实现信息系统柔性以适应组织柔性。一种是信息系统提供可重构、可裁剪的功能,负责在需要的时候选择和开发新的信息系统模块,即建立一个由一系列的标准组成的信息系统架构,这些标准规则详细地规定了信息系统各模块之间的接口和各模块之间联系的方法。第二种是将"柔性"融入信息系统的每个模块中,该方法的一种解决方案使用计算机可识别和处理的语言开发通用的商业模型,这些模型能按照需求组成信息系统的模块,可以参考信息系统中的各个方面,如数据、功能、模块的位置等。这种方法旨在从方法论和技术层面上解决信息系统的柔性问题。

总之,组织结构的变革与信息系统的开发应用都是为了实现组织的发展战略。二者要符合组织发展战略,使组织变革不能单纯为了变革而变革,信息系统的开发也不能单纯为了开发而开发,也不应将二者割裂开来单独建设,而是要在统一的组织战略目标的规定下,将二者有效地结合在一起,体现组织系统的整体性功能,共同实现组织的战略规划的要求。

2.3.4 信息系统发展规律

1. 诺兰模型的含义

1974年,哈佛大学商学院教授里查德.诺兰(R. Nolan)在总结美国企业管理计算机应用的情况下,首先提出了信息系统发展的4阶段论,之后经过实践进一步验证和完善,又于1979年将其调整为6阶段论,即著名的"诺兰模型"。实践证明,"诺兰模型"确实对企业信息化发展有着很大的指导作用。

诺兰模型的4阶段论为:开发期(初始阶段)、普及期(蔓延阶段)、控制期(控制阶段)和成熟期(成熟阶段)。

诺兰模型的6阶段论为:初始期(初始阶段)、普及期(推广阶段)、控制期(控制阶段)、整合期(集成阶段)、数据管理期(数据管理阶段)和成熟期(成熟阶段)。这是一种波浪式的发展历程,其前三个阶段具有计算机数据处理时代的特征,后三个阶段则显示出信息技术时代的特点。其转折点处是进行信息资源规划的时机。图2-18给出了诺兰模型的六个阶段与预算费用的关系。横坐标表示诺兰模型的六个阶段,纵坐标表示增长要素。

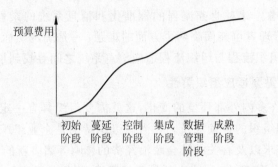

图 2-18　诺兰模型的六个阶段与预算费用的关系

该模型总结了发达国家信息系统发展的经验和规律,一般模型中的各阶段都是不能跳跃的,它可用于指导 MIS 的建设。

2. 诺兰模型的阶段

下面对诺兰模型的 6 阶段论进行阐述。

1）初始阶段

初始阶段是指企业开始引入计算机的阶段。计算机刚进入企业,只作为办公设备使用,大多数是做打字机使用,应用非常少,用来完成一些报表统计工作。可以说,企业各类人员对计算机基本不了解,更不清楚信息技术(IT)可以为企业带来哪些好处,解决哪些问题。IT 的需求只被作为简单的办公设施改善来对待。

2）扩展阶段

扩展阶段是指企业应用计算机的普及阶段。企业各类人员对计算机有了一定了解,想利用计算机解决工作中的问题。企业对计算机的应用需求开始增加,领导对 IT 应用开始重视,对开发软件热情高涨,投入开始大幅度增加。由此容易出现盲目购机、盲目定制开发软件的现象,缺少整体计划和规划,投资增长快,但计算机的应用水平不高,效益不理想。

3）控制阶段

控制阶段是指企业对计算机的应用进行有计划的控制阶段。企业开始从整体上控制计算机信息系统的发展,在客观上要求组织协调,解决数据共享问题。企业的信息系统建设更加务实,对 IT 的利用有了更明确的认识和目标。一些职能部门内部开发了较实用的管理信息系统,网络化开始实施,但各信息系统之间存在"部门壁垒"、"信息孤岛"的现象,系统和资源利用率不高。

4）集成阶段

集成阶段是指企业建成统一的管理信息系统阶段。企业开始重新进行规划设计,建立基础数据库,从单一信息系统向集成信息系统过渡。企业组建了专门的 IT 主管部门,开始把企业内部不同的 IT 机构和系统统一到一个系统中进行管理,使人、财、物等资源信息能够在企业集成共享,更有效地利用现有的 IT 系统和资源,但集成所花费的成本会更高、时间更长,而且系统不够稳定。

5）数据管理阶段

数据管理阶段是对信息资源集中管理阶段。企业的决策者意识到信息战略的重要性,信息成为企业的重要资源。企业开始选定统一的数据库平台、数据管理体系和信息管理平台,统一数据的管理和使用,各部门、各系统基本实现资源整合、信息共享,真正发挥 IT 主管部门的作用。

6) 成熟阶段

成熟阶段是指企业的计算机应用已经到了一个较高水平的阶段。信息系统已经可以满足企业各个层次的需求,从简单的事务处理到支持高层管理者的决策。企业真正把 IT 同管理过程结合起来,将组织内、外的信息资源充分整合和利用,从而提升了企业的竞争力和发展空间。

3. 诺兰模型的启示

诺兰模型总结了管理信息系统发展的经验和规律,其基本思想对于管理信息系统建设具有重要的指导意义。一般认为模型中的各阶段都是不能跳跃的。无论在确定开发管理信息系统的策略,或者在制定管理信息系统规划的时候,都应首先明确组织当前处于哪一生长阶段,进而根据该阶段特征来指导管理信息系统建设。

诺兰模型是源于实践的理论总结,对中国企业很有启示。以诺兰模型衡量一些企业的管理信息化建设(包括办公自动化、电子商务等),可以看出一部分企业还处于第二阶段,有的已进入第三、四阶段,也有少数正逐步向第五阶段过渡,甚至有的企业跃过第五阶段进入到第六阶段。计算机用于企业管理的比重虽然不低,但应用水平总体不高。造成这种局面的原因主要有以下几点:对管理信息化的认识存在误区,重技术"硬件"、轻管理"软件";管理水平的不到位,限制了信息技术的功能发挥;部分企业的高层决策者未将信息化提升到战略的高度来认识。

下面简略回顾一下我国企业信息化发展历程。

(1) 引入阶段(20 世纪 80 年代至中后期):企业微机应用的领域大致有两类,一类主要用于生产控制上,另一类则用于企业管理领域,主要是财务处理,用于代替手工劳动。

(2) 传播阶段(20 世纪 80 年代末):随着 IT 应用的逐渐推广,最初只在生产控制上使用 IT 的企业开始将注意力转向管理领域,而原先用于管理领域的 IT 则向其他领域扩展。

(3) 扩展阶段(20 世纪 80 年代末到 90 年代初):IT 在企业内继续渗透,企业内各部门基本都开始使用计算机,如人事管理、销售管理、财务电算化及物料管理等。

(4) 调整阶段(20 世纪 90 年代初至 90 年代中末期):企业领导在 IT 管理趋势于失控的情况下,开始加紧对 IT 项目的控制,一是 IT 在管理上的应用从替代企业低层的手工操作和基本数据管理向中高层的管理控制转变,二是企业对 IT 的管理从硬件向信息过渡。

(5) 集成阶段(20 世纪 90 年代中末期至 21 世纪初):企业的组织结构和各项 IT 应用逐步完善,IT 的发展开始恢复向上增长的趋势,基于网络计算的时代到来了,各子系统纷纷冲破了部门之间的阻隔开始进行数据库级的沟通,IT 应用的重心从基层管理移向了高层管理。

(6) 成熟阶段(21 世纪初至今):中国加入 WTO 之后,企业信息化需求明显增长,即使一些以前信息化应用薄弱的行业(如服装、食品行业)、企业(如民营企业)、地区(如西部地区),也纷纷做了信息化可行性分析、规划和应用调研,电子商务系统已成为企业的重要组成部分。表明企业对管理信息化的重视程度,对发展企业电子商务前景的乐观。

将诺兰模型理论应用到我国企业之中,将有助于我国的企业管理者识别企业的独有特征,进而有效地借助阶段理论来控制企业的 IT 发展策略。

这里给出企业处于不同阶段应采取的不同策略。

处于信息化发展初级阶段(即诺兰模型的前三个阶段)的企业应采取的策略:企业应注重对职工计算机应用能力的培训,加强信息化基础设施的建设,尤其是网络化建设,并不断提高企业职工对现代信息处理技术的认知度和参与程度。

处于信息化发展系统集成阶段(即诺兰模型的四、五阶段)的企业应采取的策略:要加强人们的网络和数据库技术的认识和使用,组建自己的 Intranet(企业内部网),并将企业各部分的信息管理加以集成开发出适合自己的 MIS(管理信息系统),有条件的还可以将自己的内部网与协作单位或客户相连接形成 Extranet(企业外部网),提高办公自动化水平和办公效率。在开发信息系统时,企业领导应带头转变观念,积极参与和领导整个系统的开发工作,重视对信息系统的使用和管理,用系统的观点从整体上协调好各个部门的需求。

处于信息化发展成熟阶段(即诺兰模型的六阶段)的企业应采取的策略:企业全体员工应该认识到企业信息化的内涵就是实现企业生产过程的自动化、管理方式的网络化、决策支持的智能化、商务运营的电子化这四化的综合,企业信息化不仅是信息技术的延伸,更重要的应该是企业管理与组织管理的延伸。要合理有效地将企业人、财、物等资源更好地优化配置,利用现代信息技术来改善传统企业的生产经营管理模式,将计算机网络建设与数据仓库和应用软件开发相配套,架构一个供大家共享资源的信息网络平台,把电子商务与 ERP 整合,把互联网当做有助于加强企业与社会之间的信息联系、沟通及互动交流的桥梁,通过互联网与其他企业建立商务联系,并把自己的产品和企业的形象通过互联网的商务平台传达给市场,为企业带来巨大的发展潜力。

思考题 2

1. 什么是组织?组织有哪些主要特征?
2. 给出组织结构的几种基本形式。
3. 给出管理信息系统的软件结构。
4. 结合一个实际单位给出管理信息系统的物理结构。
5. 简述信息系统与组织的相互影响关系。
6. 简述信息系统的积极作用和负面影响。
7. 叙述诺兰模型的主要内容。
8. 结合某个企业信息化的发展说明诺兰模型的作用。

第 3 章

管理信息系统的技术基础

学习目的：通过本章的学习，使学生对管理信息系统的技术基础有完整的概念，重点掌握计算机网络技术、数据库技术和数据挖掘技术等。

系统观点、数学方法和信息技术是管理信息系统的三大要素。从广义上讲，一切涉及信息的采集、识别、提取、变换、存储、传递、处理、检索、检测、分析和利用的相关技术，均可称为信息技术。信息技术是扩展人类信息器官功能的专门技术。从狭义上讲，信息技术就是运用计算机技术和现代通信技术，对信息资源进行采集、加工、存储、传递和反馈的专门技术，主要包括计算机软硬件技术、数据管理技术、网络通信技术以及在这些技术支持下的其他信息相关技术。信息技术是管理信息系统的基础，只有把信息技术和管理结合起来，才能真正发挥管理信息系统的作用。本章主要介绍计算机的硬件技术、软件技术、数据通信和计算机网络技术、数据库技术、数据仓库与数据挖掘技术等内容。

3.1 计算机系统的组成

计算机系统由硬件系统和软件系统两大部分组成。

3.1.1 计算机硬件系统

计算机的硬件是指组成一台计算机的各种物理装置，是计算机进行工作的物质基础。计算机系统的硬件由五大基础部分组成，它们是运算器、控制器、存储器、输入设备和输出设备，称为冯·诺依曼体系结构，如图 3-1 所示。

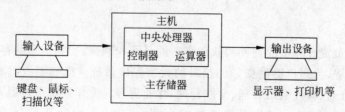

图 3-1　计算机硬件系统的组成

中央处理器（Computer Processor Unit，CPU）是计算机的核心部件。在微型计算机系统中，单片超大规模集成电路就形成了微处理器。CPU 中的算术逻辑单元（Arithmetic

And Logical Unit,ALU)负责计算机的运算任务,CPU 中的控制部件是计算机的指挥部。它处理计算机的程序指令和传送方向,实现各功能部件的联系,并控制执行程序。

输入设备的任务是将原始信息输入计算机内。常用的输入设备包括键盘、鼠标器、触摸式屏幕、光笔、扫描仪等。

输出设备是将计算机产生的各类电子信息转换成终端用户可以观察理解的形式,如文字、图形、声音等。输出设备包括显示器、各类打印机、绘图仪等。

存储器是用来存储程序和数据的记忆装置。存储器分为两大类:主存储器和辅助存储器。主存储器由半导体组成,存放计算机当前运行的程序和数据。辅助存储器存放当前不用的海量信息,目前主要有磁带、磁盘、光盘、闪存盘等。

3.1.2 计算机软件系统

计算机软件是指计算机程序和有关的文档。计算机软件系统由系统软件和应用软件组成。图 3-2 显示了计算机软件的分类。系统软件协调计算机系统的各个部件,作为应用软件和计算机硬件之间的中介。应用软件是用来完成用户所要求的数据处理任务或实现用户特定功能的程序。换句话说,系统软件为计算机使用提供最基本的功能,但是并不针对某一特定应用领域。而应用软件则恰好相反,不同的应用软件根据用户和所服务的领域提供不同的功能。

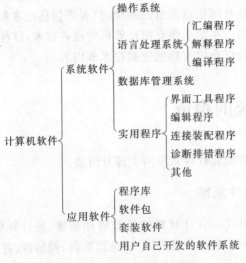

图 3-2　计算机软件的分类

1. 操作系统

操作系统是负责计算机的硬件和软件资源的分配和调试,实现信息的存储与管理、控制计算机的工作流程,为用户提供良好的接口的大型程序系统。操作系统具有五大功能:处理机管理、存储管理、输入输出管理、文件管理、作业管理。操作系统可按照不同的分类标准进行分类,在具体说明某一操作系统类型时,往往由表 3-1 中的几种分类方法结合起来使用。

表 3-1　操作系统类型

分 类 方 法	操作系统类型	
按系统功能划分	批处理操作系统	
		单道批处理
		多道批处理
	分时操作系统	
	实时操作系统	
按计算机配置划分	单机配置	大型机操作系统
		小型机操作系统
		微型机操作系统
		多媒体操作系统
	多机配置	网络操作系统
		分布式操作系统
按用户划分	单用户操作系统	
	多用户操作系统	
按任务数量划分	单任务操作系统	
	多任务操作系统	

2. 程序设计语言和语言处理系统

为了让计算机解决实际问题,使计算机按人的意图工作,人们主要通过用计算机能够"理解"的语言和语法格式编写程序并提交计算机执行来实现。编写程序所采用的语言就是程序设计语言。程序设计语言经历了机器语言、汇编语言到高级语言的发展过程,并向第四代使用自然的、非过程化语言的方向发展。

1) 机器语言

指令系统是计算机所能执行操作的所有指令的集合,是裸机与外界的接口。机器语言的每一条指令都是由 0 和 1 组成的二进制代码序列,是最底层的面向机器硬件的计算语言,用机器语言编写的程序不需要任何翻译和解释就能被计算机直接执行。其特点是可直接执行,速度最快;但程序编写繁琐,不直观,容易出错,修改调试极不方便。

2) 汇编语言

汇编语言用助记符来代替机器语言中的二进制代码,是一种十分接近机器语言的符号语言,大大方便了记忆,但机器语言所具有的缺点(繁琐,不直观,容易出错,修改调试不方便)汇编语言也都有,只是程度上较轻而已。并且用汇编语言编制的程序缺乏通用性,即在某一类计算机上运行的程序,却不能在另一类计算机上运行。

用汇编语言书写的程序(汇编语言源程序)保持了机器语言执行速度快的优点。但它送入计算机后,必须被翻译成机器语言形式表示的目标程序,才能由计算机识别和执行。完成这种翻译工作的程序叫汇编程序。

3) 高级语言

高级语言与具体的计算机指令系统无关,独立于计算机硬件,且表达方式又接近人们对求解过程或问题都熟悉的自然语言和数学语言,容易理解、掌握和记忆,是面向问题的语言。常见的高级语言有 BASIC,FORTRAN,C,PASCAL 等。

高级语言也是不能被计算机直接识别和执行的,必须先翻译成用机器指令表示的目标程序才能执行。翻译方式由两种：一是解释方式，二是编译方式。

解释方式使用的翻译软件是解释程序，它把高级语言源程序一句句地翻译为机器指令，每译完一句就执行一句，当源程序翻译完成后，目标程序也就执行完毕。编译方式使用的翻译软件是编译程序。它将高级语言源程序整个地翻译成用机器指令表示的目标程序，然后执行目标程序得到运算结果。

4) 第四代语言

第四代语言(4GL)相对于机器语言(第一代)，汇编语言(第二代)，高级语言(第三代)更加非过程化并且更易于对话。用第四代语言编写程序时，往往只要用类似于自然语言的交互方式描述用户的信息处理要求，即程序指令只要告诉计算机需要"做什么"，而不必详述"怎么做"的具体细节，这使得非计算机专业的用户无需借助技术人员的力量也能够自行开发所需的应用软件。第四代语言开发工具往往包括一些可以直接为最终用户使用的软件包，为用户提供一个功能强大且方便使用的软件开发环境，如数据库系统查询语言(SQL)、Power Builder 等。

5) 面向对象的程序设计语言

面向对象的程序设计语言是 20 世纪 80 年代以来新发展的程序设计语言，它不同以往的高级语言将数据与对数据的操作相分离，而是将它们合并为对象。对象包括数据和对数据的操作，这样的对象可以重用，从而大大提高了编程的效率。目前，面向对象的高级语言如 C++、Java，它们在信息系统的开发中得到广泛应用。

6) 标记语言

由于互联网风靡全球，标记语言也开始引起人们的注意。其中超文本标记语言(Hyper Text Markup language，HTML)应用最为广泛，它已经成为 Web 的通用语言，几乎所有的 Web 页面都是用 HTML 编写的。HTML 简单易学，简明紧凑，能够对文字、图表以及图像、声音、动画等多媒体数据进行统一处理。但是 HTML 中表示文件格式的标签集是固定的，在处理许多需要专门格式的文件(如数学公式和化学分子式等)时显得无能为力。可扩展标记语言 XML 侧重数据本身，它的标签集不是固定的，用户可以根据自己的需要定义任何一种标签来描述自己文档中的数据元素，它的出现使网上的信息查询、数据交换更加便利，有助于人们更加有效地利用网络。在 XML 语言基础上提出的无线标记语言 WML (Wireless Markup Language)，类似于 HTML 语言，WML 语言写出的文件用来在手机等一些无线设备终端上显示。

3. 数据库管理系统

数据库管理系统(Database Management System，DBMS)也是一种系统软件包，这种软件包帮助企业开发、使用、维护组织的数据库。它既能将所有数据集成在数据库中，又允许不同的用户应用程序方便地存取相同的数据库，并能简化对抽取的数据库信息进行处理及向用户显示报告信息。采用 DBMS 提供的查询语言(Query Language)可以免去编程，直接向数据库请求查询。常见的数据库管理系统有 Oracle、DB2、SQL Server、Sybase、Informix 等。

4. 实用程序

一个完善的计算机系统往往配置许多服务性程序，称为实用程序，它们或包含在操作系统之内，或可被操作系统调用。如界面工具程序、编辑程序、连接装配程序、诊断排错程序等。

3.2　计算机网络技术基础

3.2.1　计算机网络概念、组成和分类

1. 计算机网络的基本概念、组成

计算机网络是将地理位置不同、并具有独立功能的多个计算机系统,通过通信设备和通信线路连接起来,以实现相互通信与资源共享的系统。

计算机网络可以划分成资源子网和通信子网两级子网。资源子网由主机和终端设备组成,负责数据处理,向网络提供可供选用的硬件资源、软件资源和数据资源;通信子网负责整个网络的通信管理与控制,如数据交换、路由选择、差错控制和协议管理等,通信控制与处理设备和通信线路属于通信子网。

2. 计算机网络的分类

一个计算机网络可以从地域范围、拓扑结构、信息传输交换方式或协议、网络组建属性或用途等不同角度加以分类。

1) 按地域范围分类

从计算机系统之间互联距离和网络分布地域范围角度来看,有局域网(LAN)、城域网(MAN)、广域网(WAN)等。

2) 按拓扑结构分类

按网络的拓扑结构可以分为星型网、环形网、总线型网等。

3) 按信息传输交换方式分类

根据信息在网内传输交换方式,可分为电路交换、报文交换、分组交换和混合交换。其中混合交换是指在一个网络中同时使用电路交换和分组交换。

4) 按网络组建属性分类

一个计算机网络,根据其组建、经营和用户,特别是它的数据传输和交换系统的拥有性可以分为公用网和专用网两类。

公用网由国家电信部门组建、经营管理、提供公众服务。任何单位部门,甚至个人的计算机和终端都可以接入公用网,利用公用网提供的数据通信服务设施来实现本行业的业务。专用网往往是由一个政府部门或一个公司等组建经营,未经许可,其他部门和单位不得使用。其组网方式可以利用公用网提供的"虚拟网"功能或自行架设的通信线路。

网络的分类方式还有很多,如:根据网络所采用的协议,有了 TCP/IP 网、ATM 网等;根据网络所用的通信介质可分为光纤网、无线网等。值得一提的是,这种从网络的不同角度所进行的分类存在着交叉性,如:IP 网可以是局域网,也可以是广域网,局域网与广域网目前在技术上的差异也愈来愈小。

3.2.2　数据通信系统

1. 数据通信过程

数据通信系统是计算机网络的重要组成部分,其主要任务是将地理位置不同的计算机

或终端设备连接起来,高效率地完成数据传输、信息交换和通信处理的任务。数据通信实质上包含了数据处理和数据传输两方面的内容。在计算机网络中,数据处理主要由计算机系统来完成,而数据传输是依靠数据通信系统来实现的。

基于数据通信系统的计算机网络虽然多种多样,并且十分复杂,但可以根据其共同特性,避开其技术细节,归纳出任意两台计算机之间进行数据通信的简化模型,如图 3-3 所示。

图 3-3　数据通信系统的简化模型

从计算机 A 向计算机 B 进行数据通信的过程如下。

(1) 当计算机 A 要向计算机 B 发送信息时,通过通信处理机取得信道的使用权。

(2) 发送端的计算机 A 将要发送的信息传送给通信处理机。

(3) 通信处理机根据发送方的要求,将要传送的信息划分成若干个数据分组(报文),送到数据信号转换器。

(4) 数据信号转换器把通信处理机传来的数字信号编制成通信信道可以传输的信号,送入信道进行传输。

(5) 接收端识别到发给自己的信息,通过数据信号转换器把传输来的信号还原成数字信号,送往接收端的通信处理机。

(6) 通信处理机将收到的报文分组存储整理,使一个信息的所有报文分组收齐后,将它们组合在一起,作为一条完整的信息传送给接收端计算机 B。

2. 数据通信系统的组成元素

从数据通信系统的简化模型中可以看出一个最简单的计算机通信网,由以下五类基本元素组成。

1) 终端

例如终端显示器或其他用户工作站。当然任何一个输入/输出设备都可以作为终端使用远程通信网发送和接收数据,包括微型计算机、电话、电传等办公设备。

2) 通信处理机

支持终端与计算机之间的数据传送与接收。这些设备有调制解调器、多路复用器、路由器及前端处理器,执行各种控制和支持通信的功能。

3) 通信信道和介质

数据是在信道和介质上进行传输的。远程信道是多种介质的组合。例如双绞线、同轴电缆、光纤电缆、微波系统及通信卫星,通过连接网络中的端点形成远程通信通道。

4) 计算机

不同类型与规格的计算机经远程通信信道连接在一起完成指定的信息处理。例如一台主干计算机可以作为大型网络的主计算机;而一些小型计算机则作为网络的前端处理机或作为小型网络中的服务器。

5) 网络通信控制软件

该软件由控制远程通信活动及管理远程通信功能的程序组成。例如用于主计算机的通信管理程序,用于小型计算机网络服务器的网络操作系统,用于微型计算机的通信软件包。

无论现实世界中的网络多么大、多么复杂,都是这五类基本元素在工作并支持组织的远程通信活动。

3. 数据通信所涉及的相关概念

1) 数字信号

用脉冲电子信号来表示的 0,1 符号串数据称为数字信号(Digital Signal)。

2) 模拟信号

用连续变化的电波信号(波幅、频率或相位)表示的数据称为模拟信号(Analog Signal)。数字信号传输速率快,传输设备简单,误码率低,设备维护容易。但数字信号的波形在传送中易变形,根据所用的设备、线路的不同,传输距离一般限制在几十米到数公里以内。模拟信号比较适合于中速和远程的数据传输,通常利用公共线路(如电话线)传送。传输模拟信号时,通过调制解调器(MODEM)将数字信号转化为模拟信号后进行传输,在接收端再对模拟信号进行复原为数字信号。

3) 调制和解调

将数字信号转化为模拟信号的过程称为调制(Modulation),反之称为解调(Demodulation)。

4) 信道

信道是信息通过的道路,亦称通信线路和传输电路。

5) 传输速率

传输速率是指每秒钟能够传输数据代码的位(比特,bit)数,通常也用 bps 来描述。在计算机网络中传输的是二进制数 0 和 1,用单位脉冲表示,传输速率即是每秒钟的单位脉冲数。

6) 带宽

带宽指信道能够传送信号的频率宽度,也就是可传送信号的最高频率与最低频率之差。信道带宽由传输介质、接口部件、传输协议以及被传输信息特征等因素决定,体现了信道的传输性能,一般信道的带宽大,其容量就越大,传输速率就越高。

7) 误码率

误码率是衡量数据通信系统正常工作情况下的可靠性度量指标。其意义是:二进制码在传输过程中被传错的概率,当所传送的数据序列为无限长时,它近似地等于被传输的二进制码数与所传二进制总码数的比值。在计算机网络系统中,对误码率有较高的要求,一般要低于 10^{-6}。

其中传输速率、带宽、误码率是衡量数据通信性能的主要指标。

3.2.3 计算机网络的拓扑结构

网络中节点相互连接的方式和形式称为网络拓扑。所谓节点即网络中起到信息转换或信息访问作用的设备,起信息转换作用的节点如集中器、交换中心等;起信息访问作用的节点如终端、微机等。网络的拓扑结构主要有以下几种。

1. 星型结构

星型结构是以中央节点为中心,将其他多个节点通过点到点的线路连接到中央节点上,如图 3-4(a)所示。中央节点执行集中式通信控制策略,相邻节点通信也要通过中央节点,因而中央节点复杂且负担很重,不仅有路由选择功能,还有存储转发功能,而多个其他节点通信处理的负担较小。这种结构主要用于分级的主从式网络,网络实行集中控制。星型结构的优点是结构简单、延迟小,容易进行节点扩充;缺点是可靠性差,一旦中央节点出故障,则整个网络系统瘫痪,此外每段线路为一个非中央节点专用,线路使用量大,利用率不高。

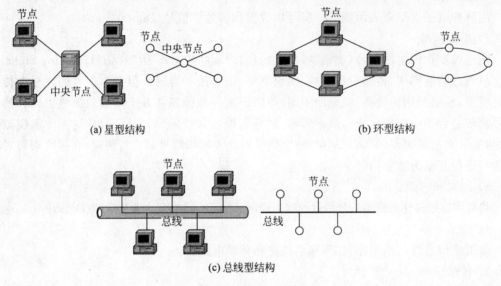

(a) 星型结构　　　　　　　　　　　　　　　　(b) 环型结构

(c) 总线型结构

图 3-4　网络拓扑结构

2. 环型结构

在环型结构中,多个节点彼此串接并首尾相连,形成闭合环形,如图 3-4(b)所示。在环型结构中,各节点上的计算机地位相等,网络中的信息流是沿环定向流动的,因而网络的传输延迟是确定的。优点是网络管理简单、通信线路节省;缺点是一旦一个节点出故障,则由于环的断开,造成全网不能工作,另外当环中的节点过多时,传输效率降低、响应时间长。因此环型结构往往用于小型局域网中。

3. 总线型结构

在总线型结构中,多个节点都连接在一条公共的总线上,如图 3-4(c)所示。每一个节点采用广播方式发送信息,信号沿着总线向两侧传播,并可以被其他所有节点收到。整个网络上的通信处理分布在多个节点上,减轻了网络管理控制的负担。总线型结构的优点是节点增加和拆卸十分方便,便于网络的调整或扩充,所需线路很少、布线容易、可靠性高、某个节点发生故障对整个系统的影响很小、响应速度快、共享资源能力强;缺点是故障隔离困难,如果线路发生故障,则整个总线断开,不能正常工作。

在实际的应用中,网络的拓扑结构往往不是单一的,可能是几种结构的组合(比如树型拓扑、网状型拓扑等)。选择拓扑结构时,应将网络应用方式、网络操作系统及现场环境结合起来考虑,并考虑布线费用、适应节点调整(增加、拆卸、移动)的灵活性以及网络可靠性等几个方面问题。

3.2.4 网络通信介质

传输介质是通信网络中发送方和接收方之间的路径和物理通路。计算机网络采用的传输媒体可分为有线和无线两大类。双绞线、同轴电缆和光纤是常用的三种有线传输媒体。卫星通信、无线通信、红外通信、激光通信以及微波通信的信息载体都属于无线传输媒体。有线传输介质在较短的路径上传送信息(如通过网线);无线传输介质通过空间传输信息,如电台发送节目的传输手段就是无线传输。

1. 双绞线

双绞线是指按一定规则螺旋缠绕在一起的两根绝缘铜线,它是最传统、应用最普遍的传输介质,如电话线。两条线绞扭在一起的目的是为了减少导线之间的电磁干扰。双绞线的线路损失大,传输速率低,并且抗干扰能力较弱,但由于其价格便宜,易于安装以实现结构化布线,传输数字信号的距离可达几百米,因此在局域网中普遍使用。

2. 同轴电缆

同轴电缆由内外两条导线构成,内导线是单股粗铜线或多股细铜线,外导线是一条网状空心圆柱导体,内外导线之间隔有一层绝缘材料,最外层是保护性塑料外皮,如有的家用室内电视天线。同轴电缆可以在较宽的频率范围内工作,抗干扰能力强,传输距离可达几公里,在早期计算机网络中被广泛采用。

3. 光导纤维

光导纤维(光纤)是由高折射率的细玻璃或塑料纤维外包低折射率的外壳构成。其基本工作原理是:在发送端通过发光二极管,将电信号转换成光信号,在光纤中以全反射的方式传输,在接收端通过光电二极管将光信号转换还原成电信号。

由于光波的频率范围很宽,所以光纤具有很宽的频带,光可以在光纤中进行几乎无损耗的传播,因此可以实现远距离高速数据传输;由于是非电磁传输,无辐射,光纤的抗干扰能力强,保密性好,误码率低。但光纤传输系统价格较贵(光纤本身不贵,但光端设备复杂、价格较高),因此一般用做网络通信的主干线。

4. 无线传输媒体

无线传输媒体不需要架设或铺埋电缆或光纤,而是通过大气进行传输。目前有三种技术:微波、红外线和激光。无线通信已广泛用于电话领域构成蜂窝式无线电话网。由于便携式计算机的出现以及在军事、野外等特殊场合下移动式通信联网的需要促进了数字化无线移动通信的发展。现在已开始出现无线局域网产品,能在一幢楼内提供快速、高性能的计算机联网技术。微波通信的载波频率为 $2\sim40$GHz,因为频率很高,可同时传送大量信息。如一个带宽为 2MHz 的频段可容纳 500 条话音线路,用来传输数字信号,可达若干兆位每秒(Mbps)。微波通信的工作频率很高,与通常的无线电波不一样,是沿直线传播的,由于地球表面是曲面,微波在地面的传播距离有限,直接传播的距离与天线的高度有关,天线越高距离越远,但超过一定距离后就要用中继站来接力。另外的两种无线通信技术,即红外通信和卫星通信也像微波通信一样,有很强的方向性,是沿直线传播的。这三种技术都需要在发送方和接收方之间有一条视线(Line Of Sight)通路,有时统称这三者为视线媒体。所不同的是,红外通信和激光通信把要传输的信号分别转换为红外光信号和激光信号,直接在空间传播。这三种视线媒体由于都不需要铺设电缆,对于连接不同建筑物内的局域网特别有用。卫星通信利用地球同步卫星作中继来转发微波信号,卫星通信可以克服地面微波通信距离的限制。一个同步卫星可以覆盖地球的 1/3 以上表面,三个这样的卫星就可以覆盖地球上全部通信区域,卫星通信的优点是容量大、距离远。

5. 传输媒介的选择

传输介质的选择取决于以下因素:网络拓扑结构、实际需要的通信容量、可靠性要求、能承受的价格范围。

在低通信容量的局域网中,双绞线的性能价格比是最好的。对于大多数的局域网而言,需要连接较多设备而且通信容量相当大时可以选择同轴电缆。随着通信网络广泛采用数字传输技术,选用光纤作为传输媒体更有一系列优点:频带宽,速度快,体积小,重量轻,衰减小,能与电磁隔离,误码率低,因此,光纤在国际和国内长话传输中的地位日趋重要,并已广泛用于高速数据通信网。便携式计算机已经有很大的发展和普及,由于可随身携带,可移动的无线网的需求也日益增加。无线数字网类似于蜂窝电话网,人们随时随地可将计算机接入网络,发送和接收数据,移动无线数字网的发展前景将是十分美好的。

3.2.5 网络体系结构

在计算机网络中,计算机之间仅仅通过彼此的物理连接来发送和接收信号是不够的,要使其能协调工作以实现信息交换和资源共享,它们之间必须具有共同的语言。交流什么、怎样交流及何时交流,都必须遵循某种互相都能接受的规则。这些为计算机网络中进行数据交换而建立的规则、标准或约定的集合就称为网络协议(Protocol)。

计算机网络是相当复杂的系统,相互通信的两个计算机系统必须高度协调才能正常工作。为了设计这样复杂的计算机网络,人们提出了将网络分层的方法。分层可将庞大而复杂的问题转化为若干较小的局部问题进行处理,从而使问题简单化。在网络分层体系结构中,每一层都建立在较低一层的基础上,完成特定的功能,并为更高一层提供服务。各层界限分明,避免功能上的重叠,并可使得某层的变更不至于影响其他层。分层结构中的每一层都有响应的协议,以指导本层功能的完成。

计算机网络的各层次结构模型及其协议的集合,称为网络体系结构。

1. ISO/OSI 参考模型

国际标准化组织(International Standard Organization,ISO)在 1977 年成立一个分委员会专门研究网络通信的体系结构问题,并提出了开放系统互连参考模型 OSI/RM(Reference Model of Open System Interconnection),它是一个定义异种计算机连接标准的框架结构。OSI 为连接分布式应用处理的"开放"系统提供了基础。所谓"开放"是指任何两个系统只要遵守参考模型和有关标准,都能够进行互连。OSI 采用了层次化结构的构造技术。

OSI 参考模型共有如图 3-5 所示的 7 层,由低层至高层分别为:物理层、数据链路层、网络层、传输层、会话层、表示层、应用层。OSI/RM 参考模型中的下 3 层主要负责通信功能,一般称为通信子网层。上 3 层属于资源子网的功能范畴,称为资源子网层。传输层起着衔接上 3 层和下 3 层的作用。

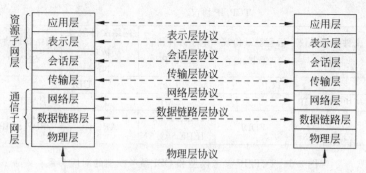

图 3-5　ISO/OSI 参考模型

（1）物理层（Physical Layer）提供为建立、维护和拆除物理链路所需的机械、电气、功能和规程的特性，负责在传输介质上传输非结构的位流，并提供物理链路故障检测指示。

（2）数据链路层（Data Link Layer）为网络层提供点到点的无差错帧传输功能，并进行流量控制。

（3）网络层（Network Layer）为传输层提供端到端的交换网络数据传送功能，使得传输层摆脱路由选择、交换方式、拥挤控制等网络传输细节，为传输层实体建立、维持和拆除一条或多条通信路径，对网络传输中发生的不可恢复的差错予以报告。

（4）传输层（Transport Layer）为会话层提供透明、可靠的数据传输服务，保证端到端的数据完整性，选择网络层能提供最适宜的服务，提供建立、维护和拆除传输连接功能。

（5）会话层（Session Layer）为表示层提供建立、维护和结束会话连接，以及进行会话管理的服务，完成通信过程中逻辑名字与物理名字间的对应。

（6）表示层（Presentation Layer）为应用层提供能解释所交换信息含义的服务，如代码转换、格式转换、文本压缩、文本加密与解密等。

（7）应用层（Application Layer）提供 OSI 用户服务，如事务处理程序、电子邮件和网络管理程序等。

应该指出的是，OSI/RM 为研究、设计与实现网络通信系统提供了概念上和功能上的框架结构，但它本身并非是一个国际标准，至少至今尚未出台严格按照 OSI/RM 定义的网络协议及国际标准。但是，在指定有关网络协议和标准时，都要把 OSI/RM 作为"参考模型"，并说明与该"参考模型"的对应关系，这正是 OSI/RM 的意义所在。

2．TCP/IP 协议

TCP/IP 协议是美国国防部高级计划研究署（DARPA）为实现 ARPANET（后来发展成为 Internet）互联网而开发的，也是很多大学及研究所经过多年的研究及商业化的结果，目前被广泛应用于局域网和广域网中，已成为事实上的国际标准。

TCP/IP 是一组协议的代名词，它还包括许多别的协议，组成了 TCP/IP 协议族。

TCP/IP 与 OSI 模型有很多共同之处，两者都以协议栈的概念为基础，并且协议栈中的协议彼此独立，而且两个模型中都采用了层次结构的概念，但严格地说，两个模型的产生背景和时代是不同的，除了基本的相同之处外，两个模型也有着许多的不同，图 3-6 给出了 TCP/IP 参考模型和 OSI 参考模型的对应关系。

OSI/ISO 模型		TCP/IP 协议				TCP/IP 模型
应用层	文件传输协议 FTP	远程登录协议 Telnet	电子邮件协议 SMTP	网络文件服务 协议 NFS	网络管理协议 SNMP	应用层
表示层						
会话层						
传输层	TCP			UDP		传输层
网络层	IP		ICMP	ARP RARP		网际层
数据链路层	Ethernet IEEE 802.3	FDDI	Token-Ring/ IEEE 802.5	ARCnet	PPP/SLIP	网络接口层 硬件层
物理层						

图 3-6 TCP/IP 参考模型和 OSI 参考模型的对应关系

如图 3-6 所示,在 TCP/IP 体系结构中,网络模型只被分为 4 个层次:应用层、传输层、网际层和网络接口层。各层的功能简述如下。

1) 应用层

应用层处在分层模型的最高层,用户调用应用程序来访问 TCP/IP 互联网络,以享受网络上提供的各种服务。应用程序负责发送和接收数据。每个应用程序可以选择所需要的传输服务类型把数据按照传输层的要求组织好,再向下层传送。应用层包括 FTP、Telnet、SMTP、NFS、SNMP、DNS 等协议。

2) 传输层

传输层的基本任务是提供应用程序之间的通信服务。这种通信又叫端到端的通信。传输层既要系统地管理数据信息的流动,还要提供可靠的传输服务,以确保数据准确而有序地到达目的地。为了这个目的,传输层协议软件需要进行协商,让接收方回送确认信息及让发送方重发丢失的分组。在传输层与网际层之间传递的对象是传输层分组。传输层包括 TCP,UDP 等协议。其中,TCP 是面向连接的协议,可提供可靠的传输服务,但由于要求对报文的正确性进行确认,其传输速度会受到影响;而 UDP 协议是面向非连接的协议,不提供可靠的传输服务,但与 TCP 相比,其传输速度要快。

3) 网际层

网际层又称 IP 层,主要处理机器之间的通信问题。它接收传输层请求,传送某个具有目的地址信息的分组。网际层包括 IP、ICMP、ARP、RARP 等协议,该层主要功能如下。

(1) 把分组封装到 IP 数据报(IP Datagram)中,填入数据报的首部(也称为报头),使用路由算法进行选择,把数据报直接送到目标机或把数据报发送给路由器,然后,再把数据报交给下面的网络接口层中对应的网络接口模块。

(2) 处理接收到的数据报,检验其正确性。使用路由算法来决定数据报是在本地进行处理,还是继续向前发送。如果数据报的目标机处于本机所在的网络,该层软件就把数据报的报头剥去,再选择适当的传输层协议软件来处理这个分组。

(3) 适时发出 ICMP(Internet 控制报文协议)的差错和控制报文,并处理收到的 ICMP 报文。在网际层与网络接口层之间传递的是 IP 数据报(IP Datagram)。

4) 网络接口层

网络接口层又称数据链路层,处于网际层之下,负责接收 IP 数据报,并把数据报通过选定的网络发送出去。该层包含操作系统中的设备驱动程序(例如,计算机与局域网相连时就需要相应的驱动程序)和计算机中对应的网络接口卡,也可能是一个复杂的使用自己的数据链路协议的子系统(例如,网络是由分组交换机组成的时候,这些分组交换机是使用 HDLC (高级数据链路控制协议)与主机进行通信的)。它们一起处理与任何传输媒介的物理接口细节。目前基于以太网(Ethernet)技术的局域网使用最普遍。网络接口层与硬件层之间传递的是各种不同格式的网络帧,如以太网及令牌环网的帧,它屏蔽了具体物理网络的各种差异,为 IP 层提供了统一的处理接口。

3.2.6 网络的连接设备

计算机网络传输除了必须的传输介质外还需要其他组网设备,比如调制解调器、网卡等。要实现局域网和局域网,局域网和广域网,广域网和广域网之间的连接,以实现用户对网络资源的共享及通信,还需要网络互连设备,这里着重介绍管理信息系统建设中所涉及的网络互连设备,即:中继器、集线器、网桥、路由器、网关等。

在网络互连时,一般不能简单地直接相连,而要通过一个中间设备来实现。按照 ISO/ OSI 的分层原则,这个中间设备要实现不同网络之间的协议转换功能。

1. 中继器

中继器(Repeater)是工作在第一层——物理层,用于互连相同类型的网络。中继器的作用是对电缆上传输的数据信号进行再生放大,再转发到其他电缆上,从而延长信号的传输距离,扩展局域网段的长度。

2. 集线器

集线器(Hub)相当于一个多口的中继器,具有多个连接端口,每个端口可连接一个节点。集线器对接收到的信号进行再生放大,以扩大网络的传输距离。

3. 网桥

网桥(Bridge)是工作在第二层——数据链路层,用于互连相似的网络。网桥的作用是将数据帧从一个网络段转发到另一个网络段,使得多个网段在逻辑上看起来好像是一个网络。

4. 路由器

路由器(Router)是工作在第三层——网络层,用于互连不同类型的网络。使用路由器互连网络的最大特点是:各互连子网仍保持各自独立,每个子网可以采用不同的拓扑结构、传输介质和网络协议,网络结构层次分明。

5. 网关

网关(Gateway)工作于网络层以上的高层,其基本功能是实现不同网络协议的互连。这里,“不同”是指它们的物理网络和高层协议都不一样。因此,网关一般须提供不同网络协议之间的相互转换。

3.2.7 Internet 和 Intranet

1. Internet

1) Internet 概念

对于 Internet,1995 年美国联邦网络理事会给出如下定义:

（1）Internet 是一个全球性的信息系统；

（2）是基于 Internet 协议及其补充部分的全球唯一的由地址空间逻辑连接而成的系统；

（3）它通过 TCP/IP 协议组及其补充部分或其他 IP 兼容协议支持通信；

（4）它公开或非公开地提供使用或访问存在于通信和相关基础结构的高级别服务。

简言之，Internet 是指主要通过 TCP/IP 协议将世界各地网络连接起来，实现资源共享、提供各种应用服务的全球性计算机网络，国内一般称因特网或国际互联网。

2）Internet 的主要技术

（1）超文本链接

Web 浏览器的基本功能是导航和浏览。导航是根据给定的超链接在 Web 中定向并从 Web 服务器中获取 Web 页面，超链接的定向位置使用 URL 来描述，浏览器则是解释、显示 Web 页面。

超链接以非线性的方式将信息呈现给用户。用户在浏览网页时，只要点击感兴趣的链接，就可以获得分布在不同服务器上的信息，并且可以通过其他的超链接去访问更多感兴趣的信息。一个超链接通常由 3 部分构成：首先是超链接标记，表示这是一个链接；然后是属性 HREF（超文本引用）及其值，这就定义了超链接所指的目标；最后是在超链接中显示在网页上作为链接的文字。

（2）统一资源定位器

统一资源定位器（Uniform Resource Locator，URL）使用数字和字母来代替网页文字在网上的唯一地址，从而帮助用户在互联网的信息海洋中查找到所需的资料。

Web 上所能访问的资源都有唯一的 URL，URL 包括所用的传输协议、服务器名称和文件的完整路径。它的格式可以这样表示，访问方法://服务器域名［：端口号］/目录/文件，如 http://www.znufe.edu.cn/about/departments.htm。

URL 的第一部分"访问方法"表示要访问的资源类型，说明要采用的协议类型。访问协议包括 http、ftp、telnet 等。第二部分"服务器域名［：端口号］"指示一个主机域名和端口号。其中，［：端口号］是可选项，如果访问的端口是默认端口，则可以省略，若是非默认端口，则不可以省略。http 的默认端口是 80，ftp 的默认端口是 21，telnet 的默认端口是 23。

（3）Web 浏览器与 Web 服务器

Web 浏览器最基本的功能是解释 HTML 文档，并把它们以正确的格式显示在用户的计算机上。另外，浏览器还可以运行并显示用 Java、ActiveX 以及脚本语言（例如 JavaScript）等编程语言创建的应用、程序、动画等。

个人计算机上常见的网页浏览器包括微软的 Internet Explorer、Mozilla 的 Firefox、Opera 和 Safari。

Web 服务器软件在主机上安装和运行，负责响应浏览器的请求，在指定位置查找所需的信息或资源，并将该信息或资源发送给 Web 浏览器。

（4）超文本标记语言与可扩展标记语言

超文本标记语言（HTML）是一种用来制作超文本文档的简单标记语言，它主要用来描述 Web 文档的结构。用 HTML 描述的文档由两部分组成：一种是 HTML 标记（tag）；另一种是普通文本。

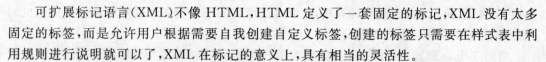

可扩展标记语言(XML)不像 HTML,HTML 定义了一套固定的标记,XML 没有太多固定的标签,而是允许用户根据需要自我创建自定义标签,创建的标签只需要在样式表中利用规则进行说明就可以了,XML 在标记的意义上,具有相当的灵活性。

(5) 页面技术

HTML 和 XML 语言能够帮助人们开发基本网页,也能够对网页的格式进行简单的控制,但当需要开发一个大型网站,多个网页使用一致的页面风格(如字体、颜色等)时,对这些网页的统一控制将变得比较困难。而层叠样式表单(Cascading Style Sheet,CSS)技术能够帮助开发者格式化多个网页,保持网站整体风格的一致性。层叠样式表单(CSS)技术是一种格式化网页的标准方式,它可以克服常规 HTML 网页不能同时为具有一定逻辑含义的多个内容设置同一个格式的缺陷。使用 CSS 技术制作 HTML 网页可以有效地对网页的布局、字体、颜色、背景和其他效果实现更加准确的控制。CSS 的优点如下。

① 只要对相应的代码做一些简单的修改,就可以改变同一页面的不同部分或者不同页面的外观和格式。

② 兼容性好,适用于大多数浏览器。

③ 以前一些必须通过图片转换实现的功能,现在只要用 CSS 就可以轻松实现,从而更快地下载页面。

层叠样式表单(CSS)实现了格式和结构的分离,从而可对页面的布局给予更多的控制。CSS 提供了强大的页面布局控制能力,采用 CSS 可以准确控制行间距和字间距,可在屏幕上精确定位图像的位置。利用 CSS,还可以帮助开发者更快、更容易地维护和更新大量的网页,只要将网站上所有的网页都指向单一的 CSS 文件,则当修改该文件中的某一行时,整个站点的格式都会随之发生变化。

3) 互联网的基本服务

(1) 电子邮件

电子邮件(E-mail)是用户或用户组之间通过计算机网络收发信息的服务。电子邮件能在短到几秒钟的时间内就可以将用户的信件发送到世界任何地方的另一接收用户的服务器上,使用简单、传递迅速、费用低廉(甚至免费),而且传输的内容可以是文字、图像、声音、视频等多媒体信息,已成为目前 Internet 上使用最频繁的一种服务。

(2) WWW 信息浏览

WWW 服务被称为万维网服务,又称为 Web 服务,是目前 Internet 上最方便也是最受欢迎的信息服务系统。许多人正是通过它来认识了 Internet 的。WWW 是一种基于超文本传输协议(HTTP),利用超文本标记语言(HTML)把各种类型的信息(图形、图像、文本、动画等)有机地集成起来,提供面向 Internet 服务,具有一致的用户界面的信息浏览系统。

(3) 文件传输

文件传输(FTP)是指用户通过访问 FTP 服务器,实现文件的异地存取,即用户可以把自己的文件传送到远程计算机上,也可以从远程计算机上取得自己所需要的文件。FTP 是传输文件的最主要工具,可以传输任何格式的文件,包括文本、二进制文件、语音、图像与视频文件等。

(4) 远程登录

远程登录(Telnet)是指用户从一台计算机连接到远程的另一台计算机时,能在自己的本机上"直接"操作和使用远程计算机,获取自己所需的信息资源。这些资源包括该主机的硬件资源、软件资源以及数据资源。

目前 Telnet 最普通的应用是接入各大学数据库、图书馆等进行资料查询。以页面方式登录远程服务器首先要知道该服务器的 FTP 地址,并根据提示输入相应的用户名和口令;以命令窗口方式登录远程服务器则需用 login 登录命令,并在不需要时用 logout 注销命令。

(5) 电子公告牌

电子公告牌(BBS)系统也称为电子布告栏系统,允许每个人阅读其中的新闻、其他网友发布的意见、论点等信息,也可非常方便地发表自己的消息与见解。讨论区是 BBS 的最主要的功能之一,各大 BBS 站通常都包括了各类学术专题讨论区、疑难问题解答区和闲聊区等各种领域的讨论主题。用户可以选择合适自己的主题并参与讨论。

2. Intranet

Intranet 又称为企业内部网,是 Internet 技术在企业内部的应用。它实际上是采用 Internet 技术建立的企业内部网络,它的核心技术是基于 Web 的计算。Intranet 的基本思想是:在内部网络上采用 TCP/IP 作为通信协议,利用 Internet 的 Web 模型作为标准信息平台,同时建立防火墙把内部网和 Internet 分开。当然 Intranet 并非一定要和 Internet 连接在一起,它完全可以自成一体作为一个独立的网络。

Intranet 与 Internet 相比,可以说 Internet 是面向全球的网络,而 Intranet 则是 Internet 技术在企业机构内部的实现,它能够以极少的成本和时间将一个企业内部的大量信息资源高效合理地传递到每个人。Intranet 为企业提供了一种能充分利用通信线路、经济而有效地建立企业内联网的方案,应用 Intranet,企业可以有效地进行财务管理、供应链管理、进销存管理、客户关系管理等。

3.2.8 网络环境下信息系统的体系结构

近年来,随着计算机技术与网络技术突飞猛进的发展,现代企业遇到了巨大的机遇与挑战。各企业纷纷建立新的管理信息系统或修订原有的管理信息系统。在此过程中,关于管理信息系统平台模式的选择是系统设计人员遇到的主要问题。

管理信息系统平台模式分为主机终端模式,文件服务器模式,客户机/服务器模式(Client/Server,C/S)和浏览器/服务器模式(Browser/Server,B/S)四种,其中主机终端模式的系统结构属于集中式,其他的系统结构属于分布式。

主机终端模式由于硬件选择有限,硬件投资得不到保证,已经逐步淘汰。文件服务器模式只适用小规模的局域网,对于用户多、数据量大的情况就会产生网络瓶颈,特别是在互联网上不能满足用户要求。因此,现代企业的管理信息系统平台模式应主要考虑 C/S 模式和 B/S 模式。

1. 客户机/服务器模式

C/S 模式是 20 世纪 90 年代兴起的计算机应用系统的体系结构。在该模式的网络系统上,计算机系统分成客户机与服务器两类。其中服务器可能包括文件服务器、数据库服务器、打印服务器、专用服务器等。网络系统节点上的其他计算机系统称为客户机。用户通过客户机在网络系统上向服务器提出服务请求,服务器根据请求向有关方面提供经过加工的信息。客户机本身也承担本地信息管理工作。

常用的C/S模式有两层结构、三层结构两种(如图3-7)。图3-7(a)所示的两层C/S结构中,数据库服务器对客户机的请求直接作出应答。对于某些需要进行较为复杂处理的服务请求,往往另设具有专门应用软件的应用服务器进行这种信息处理,应用服务器根据客户机的服务请求,访问数据库服务器以获取必要的数据,进行相应的信息处理并给客户机作出应答,这就形成了如图3-7(b)所示的三层结构。应用服务器与数据服务器根据应用问题的特点进一步分层以形成具有多层结构的C/S模式。

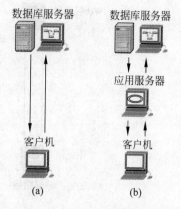

图 3-7　客户机/服务器(C/S)模式的两种结构

客户机/服务器将信息处理工作分解为两部分,一部分由服务器来实现,另一部分由客户机本身来完成。根据服务器与客户机在系统中所承担的数据处理任务的分工情况(包括数据处理、应用处理和人机界面三个方面),C/S结构可分为下面五种类型。

(1) 分布式显示型:客户机与服务器共同承担人—机界面的构成与显示,数据管理、应用处理的任务由服务器承担。

(2) 远程显示型:客户机承担全部人—机界面的构成与显示,数据管理、应用处理的任务由服务器承担。

(3) 分布式应用处理型:客户机承担人—机界面的构成与显示,并与服务器共同承担应用处理任务,数据管理任务由服务器承担。

(4) 远程数据管理型:客户机承担人—机界面和应用处理任务,数据管理任务由服务器承担。

(5) 分布式数据管理型:客户机与服务器共同承担数据管理任务,人—机界面、应用处理任务均由客户机承担。

由此可见,从分布式显示型到分布式数据管理型,客户机的任务由轻到重,而服务器的任务由重到轻。在一个实际系统中,可能对不同的任务采用不同的C/S模式。恰当地安排各类C/S模式,是管理信息系统建设中实现信息资源的合理配置与有效利用、优化系统结构的重要环节。

2. 浏览器/服务器模式

互联网(Internet)的迅猛发展与广泛应用,为管理信息系统的建设与应用提供了新的机遇。越来越多的组织,特别是企业利用互联网的技术建设自己的管理信息系统。基于互联网技术的管理信息系统的网络环境称为 Intranet(内联网)。Intranet 上一个典型的分布式计算模式就是浏览器/Web 服务器模式(Browser/WebServer,B/S)。这里的浏览器又称为Web 浏览器,是客户端用来访问 Web 服务器的通用软件。B/S 模式的简化原理图如图 3-8所示。这是一种分层的客户机/服务器结构。客户端利用浏览器通过 Web 服务器去访问数据库以获取必需的信息。而 Web 服务器与特定的数据库系统的连接可以通过专用的软件实现。

现在有些软件厂商已提供了 Web 服务器和数据库的统一解决方案。Web 服务器是以"页面"形式给浏览器提供信息的应用系统,开发时要进行这些页面的设计,对 Web 服务器

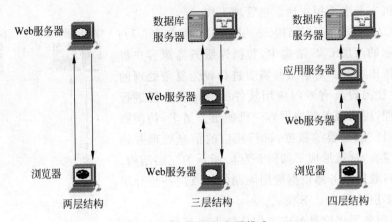

图 3-8　浏览器/服务器模式

与数据库系统的接口软件进行选择或自行开发,以实现两者的信息交换。从客户端看,整个系统有两层以上服务器,因而 B/S 模式是一种基于 Internet 技术的多层客户机/服务器结构。这是一种特定的 C/S 结构。通常称不采用 Internet 技术的 C/S 模式为传统 C/S 模式。

B/S 模式具有以下优点。

(1) 由于采用基于超文本协议(HTTP)的 Web 服务器和可以对 Web 服务器上超文本文件进行操作的浏览器,使得管理信息系统在信息处理技术上实现了集格式化文本、图形、声音、视频信息为一体的高度交互式环境,使信息处理的广度和深度大为增加。

(2) 由于 Internet 技术采用统一的与平台无关的跨平台通信协议,浏览器和 Web 服务器及相关的接口软件应用程序也独立于计算机的软、硬件平台,整个系统的开发性和可移植性好,在 Internet 网络环境下,既可以建立独立于 Internet 的为某个组织服务的管理信息系统,必要时又可以很方便地连接上 Internet,和 Internet 上各站点实现通信。

(3) 由于浏览器、Web 服务器及其有关接口软件都有现成的商品软件可供选择,并且在服务器端以及必要时在客户端进行应用系统开发所用的工具为 HTML 语言、JAVA 语言、C++语言等,使用方便、界面友好,可大大节省应用系统开发的成本,缩短开发周期。

3. 传统 C/S 模式与 B/S 模式的综合应用

由于 Internet 技术正处在发展之中,现有浏览器、Web 服务器的商品软件在功能上还有待于进一步完善,如果管理信息系统中对 Web 服务器要求比较简单,主要是进行查询、检索和公告发布等服务,则目前的技术比较成熟。如果信息处理功能比较复杂,客户端和数据库之间的动态交互数据操作多,则现有商品软件实现起来困难较多,或者要进行较为复杂的客户端和服务器的应用软件开发。在这种情况下,可以把 Internet 技术和传统的客户机/服务器计算模式结合起来,客户端既可以利用浏览器通过 Web 服务器实现信息查询、检索,又可以利用客户端的应用软件直接与数据库服务器或其他应用服务器进行信息交流。图 3-9是一个应用系统的简化示意图。图中有两个 Web 服务器,其中一个供 Internet 网上用户访问,另一个供组织内部(Intranet 网上)用户访问。两个防火墙为系统提供安全服务,其中一个对外部用户的接入提供安全保障,另一个为内部用户的接入提供安全保障。域名服务器是对 Web 服务器的用户的域名进行管理的。这里数据库服务器、应用服务器和客户机形成一种两层与三层客户机/服务器混合结构,数据库服务器、Web 服务器和浏览器形成 B/S 三层结构。这两类计算模式结合起来,就形成了图 3-10 所示的综合计算模式。

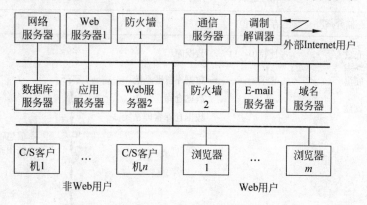

图 3-9　基于 Intranet 的分布式系统结构示意图

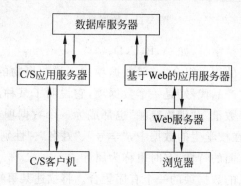

图 3-10　传统 C/S 与 B/S 综合的模式

3.3　数据管理

　　企业管理活动离不开数据。数据是管理活动的基础与核心,是联系管理活动的纽带。数据也是管理信息系统的核心,素有"三分技术、七分管理、十二分数据"之说。所以,数据存储和管理是信息系统设计和运行的重要课题。数据资源管理的核心技术都是围绕着这个主题展开的。数据资源管理包括数据组织、数据库、数据规划和数据管理等方面。

3.3.1　数据组织

　　选择适当的技术去组织数据是进行信息管理中最重要的一点。其目的是使数据使用者能够用自己熟悉的语言和方法,处理以面向用户的逻辑方式组织起来的数据,而不必了解数据是如何以 0,1 代码的方式,即物理组织方式存储在各类存储器上。

　　因此,数据的物理组织是面向机器、面向存储设备的,而数据的逻辑组织是面向用户的应用需求,如图 3-11 所示。数据使用者在处理信息时,仅在字符、字段、记录、文件、数据库、数据仓库的逻辑集合内进行操纵。

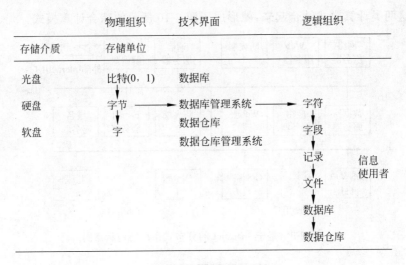

图 3-11　数据组织

最小的数据逻辑单位是字符,如 A,B,C,D。

字段(数据项)是字符的逻辑组合,一般数据项用于说明事物的某方面性质。例如有关某产品销售的数据,其中"产品代号"是一个数据项,它说明了某种产品,并可与其他产品相区别。同样"单价"、"销售数量"、"销售金额"也都成为一个数据项,表示了产品销售中某一方面的特性。同理,关于在校学生的数据中,"学号"、"姓名"、"性别"、"班级"等都是数据项,它们用来描述学生某些方面的特性,有时也称为属性。

记录是具有一定关系的数据项的一个有序集合。将描述某事物有关性质的数据项按一定的方式组织起来就形成了记录。记录常用于说明一个客观存在的事物(或事物之间的联系)。如将上述产品销售的有关数据排列在一起就可形成产品销售记录(产品代号、单价、销售数量、金额)。关于学生的记录则可记为:学生(学号、姓名、性别、班级……)。标识记录的数据项称为关键项。通常把唯一标识一条记录的关键项称为主关键项。通过主关键项可以寻找和确定一条唯一的记录。

文件是同类记录的有序集合。例如将某销售部销售的全部五种产品记录按产品代号顺序排列下来就形成了一个产品销售文件。

数据库是存储起来的相关数据的集合。从完整意义来说,数据库是表、视图和连接的集合。运用在数据库方式管理数据,可以实现程序与数据的分离,提高数据处理效率,增强安全性和可靠性,减少冗余,所以数据库为信息处理提供了一种良好的数据组织形式。

数据仓库是由多个数据库中的信息抽取组合而成,是当前逻辑视图的最高体现。数据仓库为信息需求者提供决策信息,并支持以联机分析处理方式而进行的决策。

3.3.2　数据库系统

数据管理技术经历了人工管理、文件管理和数据库系统三个阶段。人工管理阶段存在着数据无法保存、数据缺乏独立性,没有文件概念的弊端;文件系统阶段虽然提出了文件的概念,可以实现永久保存,但存在程序和数据不分离,数据冗余大,数据不一致性高等诸多问题。20 世纪 60 年代后期开始,存储技术有了很大发展,产生了大容量的磁盘,硬件价格急剧下降,计算机用于管理的规模庞大,数据量急剧增长,对更加有效的数据管理技术的需求促使了数据库的产生和快速发展。

1. 数据库的体系结构

美国国家标准学会(ANSI)于 1975 年规定了数据库按三级体系结构组织的标准,这是有名的 SPARC 分级结构(Standard Planning And Requirement Committee)。这三级结构以内层(内模式)、中间层(模式)和外层(外模式)三个层次描述数据库,如图 3-12 所示。

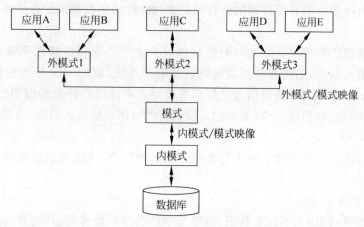

图 3-12 数据库的体系结构

1) 模式

模式(Schema)也叫做概念模式,它是全局逻辑级的,是数据库的整体逻辑结构。它是数据库管理员(Data Base Administrator,DBA)看到的数据库,所以也叫 DBA 视图。建立概念级数据库的目的是把所有用户外模式有机地结合在一起,形成一个逻辑整体,统一处理所有用户的要求,便于对数据进行统一控制和管理。

2) 外模式

外模式(External Schema)也称子模式(Subschema),它是局部逻辑级的结构,是用户可以看到并获准使用的那部分数据的逻辑结构,因此外模式又叫做用户视图。每个用户及其应用程序使用一个外模式,多个用户或应用程序可以共享同一个外模式。外模式是模式(全局逻辑级)的子集。

3) 内模式

内模式(Internal Schema)是数据库的存储结构,具体描述了数据如何组织并存入外部存储器上。内模式一般由系统程序员根据计算机系统的软硬件配置决定数据存取方式,并编写程序实现存取,因而内模式对用户是透明的。

对于一个数据库来说,实际上存在的只是物理级数据库,其他级次只不过是对物理级的不同程度和不同角度的抽象。用户根据外模式来操作处理数据,通过外模式/模式映像与概念级数据库联系起来,可通过模式/内模式的映像与存储级的数据库联系起来,数据库管理系统(DBMS)完成这三级间的转换,并通过操作系统把用户对数据库的操作最终转化到物理层上去执行。

2. 数据库系统的构成

数据库系统是指数据库及其管理、维护和使用数据库所需的计算机硬件、软件和工作人员的总和。

1) 硬件

带有数据库的计算机系统对其硬件的性能要求更高：要有足够大的内存以存放操作系统、数据库管理系统的例行程序、应用软件、系统缓冲区中的数据库的各种表格（如索引表）等内容。需要有大容量的直接存取的外存储设备，此外，还应有较强的通道能力。

2) 软件

主要包括数据库管理系统（DBMS）的软件以及支持其运行的操作系统和相关开发工具。为了开发应用系统，还需要各种高级语言及编译系统，例如 Oracle 数据库系统与高级语言 C、C++、Java、Delphi 等高级语言之间都有接口。不同用户开发的应用程序可能不同，需要不同的语言访问数据库，相应地要把高级语言的编译系统装入系统中，以供用户使用。

3) 数据库

数据库是保存在存储介质上的大量的相关数据的集合，这也是数据库系统的重要组成部分。

4) 数据库系统中相关人员

数据库管理员（DBA）、系统分析员、应用程序员和用户是管理、开发和使用数据库的主要人员。这些人员的职责和作用是不同的，其中数据库管理员的作用尤为重要，他们决定数据库的信息内容，决定数据的存储结构和访问策略，对数据库的使用和运行进行监督和控制，并对数据库进行维护和改进。

3.3.3 数据库设计

数据库是信息系统的核心组成部分。数据库设计在信息系统的开发中占有重要的地位，数据库设计的质量将影响信息系统的运行效率及用户对数据使用的满意度。

如何根据企业中用户的需求及企业生存环境，在指定的数据库管理系统上，设计企业数据库的逻辑模型，最后建成企业数据库。这是一个从现实世界向计算机世界转换的过程。

1. 信息的转换

信息是对客观事物及其相互关系的表征，同时数据是信息的具体化、形象化，是表示信息的物理符号。在管理信息系统中，要对大量的数据进行处理，首先就要弄清现实世界中事物及事物间的联系是怎样的，然后再逐步分析、变换，得到系统可以处理的形式。因此对客观世界的认识、描述是一个逐步的过程，这个过程涉及四个世界，三个层次。即现实世界、信息世界、数据世界和计算机世界，并产生了三个层次的数据模型，依次为概念模型、逻辑模型和物理模型，如图 3-13 所示。

1) 现实世界

它是客观存在的事物及其相互联系，客观存在的事物分为"对象"和"质"两个方面，同时事物之间有广泛的联系。

2) 信息世界

它是客观存在的现实世界在人们头脑中的反映。人们对客观世界经过一定的认识过

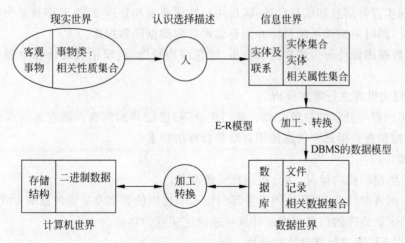

图 3-13　四个不同的世界

程,进入到信息世界形成关于客观事物及其相互联系的信息模型。在信息模型中,客观对象用实体表示,而客观对象的性质用属性表示。

3)数据世界

对信息世界中的有关信息经过加工、编码、格式化等具体处理,便进入了数据世界。

数据世界中的数据既能代表和体现信息模型,同时又向机器世界前进了一步,便于用机器来进行处理。在这里,每一实体用记录表示,相应于实体的属性用数据项(或称字段)来表示,现实世界中的事物及其联系就用数据模型来表示。

4)计算机世界

计算机世界是指在可用的计算机及其网络环境中,对于逻辑模型所描述的数据集合的物理实现。在机器世界中产生的数据模型是物理模型,其主要为数据模型在设备上选定合适的存储结构和存取方法,以获得数据库的最佳存取效率。包括库文件的组织形式、存储介质的分配、存取路径的选择和数据块大小的确定等。

在不同的世界中使用的概念和术语是不同的,它们具有如表 3-2 所示的对应关系。

表 3-2　不同世界术语的对照表

客 观 世 界	信息世界(概念世界)	数 据 世 界
组织(事物及其联系)	实体及其联系(概念模型)	数据库(数据模型)
事物类(总体)	实体集	文件
事务(对象、个体)	实体	记录
特征(性质)	属性	数据项

2. 数据库的设计步骤

从现实世界、信息世界到数据世界是一个认识、抽象和映射的过程。在数据库管理系统(DBMS)支撑环境下开发一个管理信息系统时,数据库的设计也就是一个认识、抽象与映射的过程。

具体来说,数据库设计是指对于一个给定的应用环境,提供一个良好的数据模型与处理模式的逻辑设计,以及确定一个良好的数据库存储结构与存取方法的物理设计,从而建立起既能反映现实世界信息和信息联系,满足用户数据要求和处理要求,又能被某个数据库管理系统所接受,同时能实现系统目标并能有效地存取数据的数据库。

因此,数据库设计分为用户需求分析、概念结构设计、逻辑结构设计和物理结构设计几个阶段。

1) 对现实世界进行需求分析

对现实世界要处理的对象(组织、部门企业等)进行详细调查。调查的重点是"数据"和"处理",通过调查获得每个信息使用者对数据库的要求。

具体做法:

(1) 了解组织机构情况,为分析信息流做准备;

(2) 了解各部门业务情况,调查各部门输入和使用的数据及处理数据的方式与算法;

(3) 确定数据库的信息组成及计算机系统应实现的功能。

2) 利用 ER 图进行概念结构设计

通过对现实世界的需求分析,应用"E-R 图"建立信息世界中的实体、属性和实体间联系的概念模型,从而转入信息世界。

3) 从 E-R 图导出计算机世界的关系数据模型

E-R 图是建立数据模型的基础,从 E-R 图出发导出计算机系统上安装的 DBMS 所能接受的数据模型,这一步工作在数据库设计中称为逻辑设计。

4) 物理结构设计

物理结构设计是为数据模型在可用的硬件设备上确定合适的存储结构和存取方法,并建立索引等。物理结构设计以逻辑结构设计结果作为输入,结合具体的 DBMS 功能、DBMS 所提供的物理环境和工具、应用环境和数据存储设备,进行数据存储组织和方法的设计。主要包括确定数据的存储结构、存取路径的选择和调整、确定数据存放位置和存储分配等。

在信息系统的数据库设计中,主要关心利用 E-R 图构建概念模型,将 E-R 图转换为关系数据模型,即把 E-R 图转换为一个个关系框架,并对关系模型进行规范化。

3. 概念模型设计

概念模型的设计是不依赖于任何数据库管理系统的,它是对用户信息需求的归纳,与具体的硬件环境和软件环境无关。建立概念模型首先要清楚描述概念模型的相关概念。

1) 实体

实体是客观存在并以属性区分其差异的具体事物,常见的实体包括人、位置、对象、事件和概念等。

2) 属性

属性是实体所具有的特性,每一特性都称为实体的属性。例如仓库的仓库号、面积、类型都是仓库的属性。

3) 域

属性的取值范围称为该属性的域。例如,职工号的域为 8 位整数,姓名的域为字符串集合,年龄的域为大于 20 的整数,性别的域为(男,女)。

4) 实体集

具有相同属性的实体集合称为实体集。例如所有的仓库是一个实体集,全体职工也是一个实体集。

5）主键

主键是能唯一标识一个实体的属性及属性值，主键也可称为关键字。例如，职工号是职工的主键。

6）联系

在现实世界中，实体与实体之间有各种联系，归纳起来，主要有三种情况。

（1）一对一联系（1∶1）

如果对于实体集 A 中的每一个实体，实体集 B 中至多有一个（也可以没有）实体与之联系，反之亦然，则称实体集 A 与实体集 B 具有一对一联系，记为 1∶1。

（2）一对多联系（1∶n）

如果对于实体集 A 中每一个实体，实体集 B 中有 n 个实体（n≥0）与之联系，反之，对于实体集 B 中的每一个实体，实体集 A 中至多只有一个实体与之联系，则称实体集 A 与实体集 B 有一对多联系，记为 1∶n。

例如车间对职工、学校对教师等都是一对多联系。

（3）多对多联系（m∶n）

如果对于实体集 A 中的每一个实体，实体集 B 中有 n 个实体（n≥0）与之联系，反之，对于实体集 B 中的每一个实体，实体集 A 中也有 m 个实体（m≥0）与之联系，则称实体集 A 与实体集 B 具有多对多联系，记为 m∶n。

例如零件与加工车间、商店与顾客、学生与课程等都是多对多联系的例子。

概念模型的表示方法很多，其中最为著名的是 P. P. Chen 于 1976 年提出的实体-关系方法（Entity-Relationship Approach）。该方法用 E-R 图描述了现实世界的概念模型，称为E-R 模型。

E-R 模型有 4 个基本成分：矩形表示实体、椭圆形表示实体属性，菱形表示关系，连线表示实体之间以及属性之间的关系。矩形框、椭圆形框、菱形框内要标注实体、属性和关系的名字，连线两头标注关系的类型是一对一、一对多还是多对多的关系。

下面用 E-R 模型来描述工厂物资管理的概念模型。物资管理所涉及的实体包括：职工、仓库、零部件以及供应商。其中每一个实体都具有相应的属性。

职工：属性有职工号、姓名、年龄、岗位。

仓库：属性有仓库号、面积、类型。

供应商：属性有供应商号、名称、地址、电话号码、账号、联系人、经理等信息。

零件：属性有零件编号、名称、规格、单价、计量单位、质量等级等。

以上实体之间的联系如下：

一个仓库可以存放多种零件，一种零件可以存放在多个仓库中，因此，仓库与零件具有多对多的关系。库存量表示某种零件在某个仓库中的数量。

一个仓库有多个仓库管理员，一个职工只能在某一个仓库工作，仓库与职工之间是一对多的关系。

领导与职工之间是一对多的关系，仓库经理可以领导多名仓库管理人员。供应商、零件之间是多对多的关系，一个供应商供应多种零部件，某一种零部件可以从多个供应商购买。

其概念模型如图 3-14 所示。

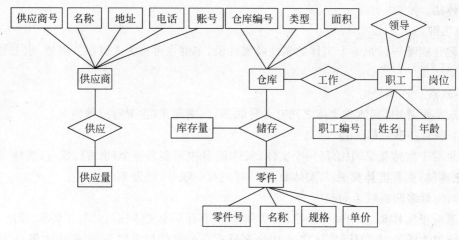

图 3-14　物资管理 E-R

4. 逻辑模型设计

E-R 图描述了现实抽象的概念模型,但是,将概念模型转化为具体的、逻辑表达的数据库,还取决于数据库系统采用怎样的数据模型。数据模型是数据库系统的一个核心问题,数据库管理系统大都是基于某种数据模型的,常见的数据模型包括:层次模型、网状模型和关系模型。目前逻辑模型设计就是将概念模型从 E-R 图转换成数据库管理信息系统支持的数据模型,一般是转换为关系模型。

1) 关系模型的概念

关系模型结构单一,它是建立在严格的数学概念基础上的。在关系模型中,实体以及实体之间的各种联系都用关系来表示。在用户观点下,关系模型中数据的逻辑结构是一张二维表,它由行和列组成。现在以职工表(如表 3-3 所示)为例,介绍关系模型中的一些术语。

表 3-3　职工关系

职 工 编 号	姓　名	年　龄	岗　位
001	张三	25	保管员
002	李红	35	经理
……			

(1) 关系:一个关系对应通常说的是一张表。如表 3-3 中的这张职工关系表。

(2) 元组:表中的一行即为一个元组。

(3) 属性:表中的一列即为一个属性,给每一个属性起一个名称即属性名。如上表有 4 列,对应 4 个属性(职工编号,姓名,年龄,岗位)。

(4) 主键(码):表中的某个属性或属性组合,它可以唯一确定一个元组。如表 3-3 中的职工编号,可以唯一确定一个教职工,也就成为此关系的主键(码)。

(5) 域:属性的取值范围。如人的出生日期应在公历日期规定的范围内,性别的域是(男,女)。

(6) 分量:元组中的一个属性值。

(7) 关系模式:对关系的描述成为关系模式,一般表示如下。

关系名(属性 1,属性 2,…,属性 n)

例如上面的关系可描述为

职工(职工号,姓名,性别,岗位)

2) 从 E-R 图导出关系数据模型

E-R 图向关系模型的转换要解决的问题是如何将实体和实体间的联系转换为关系模式,如何确定这些关系模式的属性和码。

关系模型的逻辑结构是一组关系模式的集合。E-R 图则是由实体、实体的属性和实体之间的联系三个要素组成的。所以将 E-R 图转换为关系模型实际上就是要将实体、实体的属性和实体之间的联系转换为关系模式,这种转换一般遵循如下原则。

(1) 每个实体型都转化为一个关系模式。

给该实体型取一个关系名,实体的属性成为关系的属性。实体的码成为关系的码。

(2) 实体间的每一个联系都转化为一个关系模式。

一般的转换方式是:给联系取一个关系名,联系涉及的各实体的码成为该关系的属性,联系的属性成为该关系其余的属性。

(3) 对实体、实体联系转化成关系后的优化。

联系有三种类型,可以根据实际的联系类型对转化之后的关系进行优化。

① 1:1 的联系,一般没有必要单独组成一个关系,可以将它与联系中的某一方的实体转化成的关系合并(一般与存取较频繁或元组较少的关系合并);

② 1:n 的联系,根据实际情况将其与联系中的 n 方实体转化成的关系合并;

③ m:n 的联系,必须单独成为一个关系。

比如,将物资管理的 E-R 图转换为关系模型,其中,有下划线的属性表示是主码。

3) 关系的规范化

数据库逻辑设计的结果不是唯一的。为了进一步提高数据库应用系统的性能,还应该根据应用需要适当地修改、调整数据模型的结构,这就是数据模型的优化。关系数据模型的优化通常以规范化理论为指导。规范化的目的是减少乃至消除关系模式中存在的各种异常,改善完整性、一致性和存储效率。

规范化理论是 E. F. Codd 在 1971 年提出的。他及后来的研究者为数据结构定义了 5 种规范化模式(Normal Form,简称范式 NF)。范式表示的是关系模式的规范化程度。根据满足的约束条件的不同来确定范式。有第一范式(1NF),第二范式(2NF)等。

(1) 第一范式

如果关系模式 R 的所有的属性的值域中每一个值都是不可再分解的值(Atomic Value),则称 R 是属于第一范式(1NF)模式。如果某个数据库模式都是第一范式的,则称该数据库模式是属于第一范式的数据库模式。

第一范式的模式要求属性值不可再分裂成更小部分,即属性项不能是属性组合和组属性组成,这是和文件记录类型的区别之处。在文件记录类型中,其数据项允许是组项或向量组成,不满足上述条件的关系称之为非规范化关系。在数据库系统中只讨论规范化的关系,凡是非规范化关系都须化成规范化的关系。在非规范化的关系中去掉组项和重复数据项,就能变成规范化的关系了。表 3-4(a)和表 3-4(b)分别给出了非规范示例和规范示例。

表 3-4（a） 非规范化示例

职工号	姓名	教育背景	
		学历	毕业时间
001	张三	高中	1988
002	李红	本科	2001

表 3-4（b） 规范化示例

职工号	姓名	学历	毕业时间
001	张三	高中	1988
002	李红	本科	2001

（2）第二范式

如表 3-5 所示的供应关系，满足 1NF 范式。（供应商号，零件号）是该关系的主码，（供应商号，零件号）为主属性，其余属性为非主属性，供应商所在的城市和零件价格都部分函数依赖于主码，这样的关系在执行数据库操作时，会出现插入异常、删除异常以及数据冗余度高、维护困难等问题，这是由于非主属性对主码的部分函数依赖所引起的。所以，第一范式的关系必须进一步规范化为第二范式（2NF）。其方法是：用分解的方法将模式中不完全函数依赖的属性去掉，将部分依赖的属性单独组成新的模式，这样可将关系模式化成第二范式。

表 3-5 第一范式示例表

供应商号 *	零件号 *	供应商所在的城市	地理部位	零件价格	供应零件数量

如将供应关系分解成下列三个关系：

供应（供应商号，零件号，供应零件数量）
供应商（供应商号，供应商所在的城市，地理部位）
零件（零件号，零件价格）

（3）第三范式

第二范式依然会造成插入异常、删除异常以及数据冗余度高、维护困难等问题。如，可能很多供应商都是武汉的，那么都处于中部，数据冗余度高、维护困难，造成这个问题的原因就在于这些属性间存在传递的函数依赖，即：

供应商号→供应商所在的城市 供应商所在的城市→地理部位

需要进一步的规范化，消除关系模式中非主属性对主属性的传递依赖性，变为第三范式（3NF），方法依然是模式分解。

供应商（供应商号，供应商所在的城市）
城市（供应商所在的城市，地理部位）

很多关系模式规范到第三范式，依然会造成插入异常、删除异常以及数据冗余度高、维护困难等问题，因此关系理论中还讨论其他范式，如 BCNF 范式，第四范式（4NF），第五范式（5NF），但是从关系的规范化过程可以看出，规范化程度越高，二维表数越多，二维表越多，数据库的连接操作就越多，在实际应用中并不一定是越细越好，规范化到什么层次，必须依实际问题仔细考虑，有时适当的冗余也是应该的。

3.3.4 新型数据库系统

20 世纪 80 年代以来，数据库技术在商业领域的巨大成就刺激了其他领域对数据库需求的迅速增长。例如计算机辅助设计与制造、计算机集成制造系统、计算机辅助软件工程、地理信息系统、办公自动化和面向对象程序设计环境等。这些领域需要的数据管理功能有相当一部分是传统数据库所不能满足的,例如:

(1) 复杂对象的存储和处理。复杂对象不仅内部结构复杂,相互之间的联系也很复杂。

(2) 复杂数据类型的支持。复杂数据类型包括抽象数据类型、无结构的超长数据、时间、图形、图像、声音和版本数据等。

(3) 数据、对象、知识的统一管理。

(4) 长事务和嵌套事务的处理。

(5) 程序设计语言和数据库语言无间隙的集成。

(6) 巨型数据库(数据量可超过 10^{12} B)的管理。

如果把层次数据库、网状数据库看成第一代数据库系统,把关系数据库看成第二代数据库系统,这两代数据库技术都面临着诸多挑战。第三代数据库系统是什么? 20 世纪 80 年代以来,面向对象的方法和技术在计算机各个领域包括程序设计语言、软件工程、信息系统设计和计算机硬件设计等各方面都产生了深远的影响,也给数据库技术带来了机会和希望。它促进了数据库技术在一个新的技术基础上得以发展。面向对象数据模型是第三代数据库系统的主要特征之一。第三代数据库系统的另一个主要特征是数据库技术与其他学科的内容互相结合。多学科的技术内容与数据库技术的有机结合,使数据库领域中新的技术层出不穷。分布式数据库、工程数据库、演绎数据库、知识数据库、模糊数据库、时态数据库、统计数据库、空间数据库、多媒体数据库、并行数据库等都是这方向的实例,它们共同构成了数据库大家族。与传统的数据库相比,当今数据库的整体概念、技术内容、应用领域,甚至某些原理都有了重大的发展和变化,从而使传统数据库,即面向商业与事务处理的数据库,仅仅成为数据库大家族中的一族,当然,它也是最成熟和应用最广泛的一族。它的核心理论、应用经验、设计方法等仍然是整个数据库技术发展和应用开发的先导和基础。下面介绍几种新型数据库技术。

1. 面向对象数据库(Objected-Oriented Database,OODB)

一个面向对象的数据库系统应该满足两条准则:它应该是一个数据库管理系统(DBMS),具备 DBMS 的基本功能,如数据共享、事务处理、一致性控制及恢复;它同时也是一个面向对象的系统,是针对面向对象程序设计语言的持久性对象存储管理而设计的,充分支持完整的面向对象概念和机制,如用户自定义数据类型、自定义函数及对象封装等。OODB 的用户主要是应用软件和系统软件的开发人员,而不是终端用户。这类系统的优点是可以与面向对象程序设计语言一体化,开发人员不必再学习新的数据库语言。

2. 对象-关系数据库(Objected-Relational Database,ORDB)

对传统的关系数据库加以扩展,增加面向对象特性,把面向对象技术与关系数据库相结合,可建立对象-关系数据库管理系统(ORDBMS)。ORDBMS 既支持已被广泛使用的 SQL 具有良好的通用性,又具有面向对象特征、支持复杂对象和复杂对象的复杂行为。ORDBMS 适应了某些新应用领域的需要和传统应用领域深化发展的需要,目前,ORDB 已获得了快速的发展。

3. 多媒体数据库

多媒体数据库技术是多媒体技术与数据库技术的结合。多媒体数据库系统旨在存储和管理多媒体数据,为用户提供有效的多媒体数据存储、查询、维护等工具。多媒体数据库在文化教育、数字图书馆、娱乐等领域,得到了广泛的应用。

4. 空间数据库

在常规数据库系统的基础上,增加空间数据类型及其相关的操作,提供空间索引以及面向空间应用的交互式图形用户界面。经过这样扩充的数据库系统称为空间数据库系统。空间数据库广泛应用于天文、地理信息系统(Geographical Information System,GIS)、城市规划、管道和网络系统、交通图、大规模集成电路仪表盘、分子结构图、医学图片等方面。

5. 时态数据库

时态数据库(TDB)指能够处理时间信息的数据库。时间是现实世界的组成部分,数据是在一定的时间范围内获得解释的。传统数据库缺乏记录和处理时间信息的能力,如:无法处理"七年前张三的工资是多少"。时态数据库所处理的时间有三种:事务时间、有效时间和用户自定义时间。事务时间是指信息被放入数据库时的时间。处理事务时间的方法是存储所有数据库的状态,即每处理一个事务就存储一个数据库状态,修改只能对最后一个状态进行,但可以查询任意一个状态。有效时间是有效地模型化企业的时间,处理方法是对数据库中的每个关系只记录单个历史状态。在时态数据库中,上两种方法是同时使用的。一个时态关系是一个历史状态的序列,每个历史状态是能够表示有效时间的完整的历史关系。每个事务的提交将导致一个新的历史状态的产生,因此时态关系只会增加。另外,时态数据库还允许用户自定义时间,它可以由用户定义时间属性来实现,不需要专门技术的支持。

进入 20 世纪 90 年代以来,人们已不能满足仅仅对数据的事务处理,对海量数据的分析处理要求的提出促使新的数据管理技术的出现,如数据仓库、数据挖掘技术等。

3.4　数据仓库和数据挖掘

3.4.1　数据仓库技术

1. 从传统数据库到数据仓库

如何有效地管理企业在经营过程中产生或收集的大量数据与信息,一直是信息管理人员所面临的一个重要问题。20 世纪 70 年代所出现的关系数据库在收集、存储、处理数据中发挥了重要的作用。随着市场竞争的加剧,信息系统的用户已经不满足于仅用计算机去处理日复一日的事务数据,而是需要信息(能够支持决策的信息)去帮助管理决策。这就需要一种能够将日常业务处理中所收集到的各种数据转变为具有商业价值信息的技术,而传统数据库系统已经无法承担这一责任。

传统数据库对日常事务处理十分理想,但是要基于事务处理的数据库帮助决策分析,就产生了很大的困难。其原因主要是传统数据库的处理方式和决策分析中的数据需求不相称,导致传统数据库无法支持决策分析活动。这些不相称主要体现在决策处理中的系统响应问题、决策数据需求的问题和决策数据操作的问题。

1) 决策处理中的系统响应问题

在决策分析处理中,用户对系统和数据的要求则发生了很大的变化。在决策分析中,有的决策问题请求,可能导致系统长达数小时的运行,有的决策分析问题的解决则需要遍历数据库中大部分数据。这就必定消耗大量的系统资源,而这些是事务联机处理系统所无法承担的。传统的数据库技术就带来了决策处理中的系统响应问题。

2) 决策数据需求问题

在进行决策分析时,需要有全面、正确的集成数据,这些集成数据不仅包含企业内部各部门的有关数据,而且还要包含企业外部的、甚至竞争对手的相关数据,但是在传统数据库系统,只存储了本部门的事务处理数据,而没有与决策问题有关的集成数据,更没有企业外部数据。

为完成事物处理的需要,传统数据库中的数据一般只保留当前数据,但是对于决策分析而言,历史上的、长期的数据却具有更重要的意义,利用历史数据可对未来的发展进行正确的预测,而传统的数据库却无法长期保留大量的历史数据。

在决策分析过程中,决策人员往往需要的并不是非常详细的数据,而是一些经过汇总、概括的数据。但传统数据库为支持日常的业务处理需要,只保留一些非常详细的数据,这对决策分析十分不利。

3) 决策数据操作的问题

在对数据的操作方式上,业务处理系统远远不能满足决策人员的需要。业务处理系统基本上是一种典型的结构体系,操作人员只能使用系统所提供的有限参数进行数据操作,用户对数据的访问受到很大的限制。而决策分析人员对数据的操作则希望以专业用户的身份,而不是参数用户的身份进行。他们往往希望用各种工具对数据进行多种形式的操作,希望将数据操作的结果以商业智能的方式表达出来。传统的业务处理系统只能以标准的报表方式为用户提供信息,使用户很难理解信息的内涵,无法正确地用于管理决策。

由于系统响应问题、决策数据需求问题和决策数据操作问题的存在,导致企业无法使用现有的业务处理去满足决策分析的需要。因此,决策分析需要一个能够不受传统事务处理的约束,高效率处理决策分析数据的支持环境,数据仓库(Data Warehouse,DW)正是可满足这一要求的数据存储和数据组织技术。

2. 数据仓库的定义

在数据仓库的发展过程中,很多人对它做出了贡献。被尊称为"数据仓库"之父的 W. H. Inmon 在他 1993 年所写的论著《Building the Data Warehouse》中首先系统性地阐述了关于数据仓库的思想、理论。他将数据仓库定义为:"数据仓库是一个面向主题的、集成的、非易失的,随时间变化的用来支持管理人员决策的数据集合。"

3. 数据仓库的特点

1) 面向主题表示数据仓库中数据组织的基本原则

数据仓库中的所有数据都是围绕着某一主题组织、展开的。由于数据仓库的用户大多是企业的管理决策者,这些人所面对的往往是一些比较抽象的、层次较高的管理分析对象。例如,企业小的客户、产品、供应商等都可作为主题看待。从信息管理的角度看,主题就是在一个较高的管理层次上对信息系统中的数据按照某一具体的管理对象进行综合、归类所形成的分析对象。从数据组织的角度看,主题就是一些数据集合,这些数据集合对分析对象进行了比较完整的、一致的数据描述,这种描述不仅涉及数据自身,还涉及数据之间的联系。数据仓库的创建、使用都是围绕着主题实现的。因此,必须了解如何按照决策分析来抽取主题,所抽取出的主题应该包含哪些数据内容,这些数据内容应该如何组织。在进行主题抽取时,必须按照决策分析对象进行。例如,在企业销售部门的管理人员所关心的是本企业哪些产品销售量大、利润高?哪些客户采购的产品数量多?竞争对手的哪些产品对本企业产品构成威胁?根据这些管理决策的分析对象,就可以抽取出"产品"、"客户"等主题。

2) 数据仓库是集成的

在数据仓库的所有特性之中,这是最重要的。数据仓库中的数据是从多个不同的数据源传送来的。当这些数据进入数据仓库时,就进行转换,重新格式化,重新排列以及汇总等操作。得到的结果就是只要是存在于数据仓库中的数据就具有企业的单一物理映像(Single Physical Corporate Image)。图 3-15 说明了当数据由面向应用的操作型环境向数据仓库传送时所进行的集成。

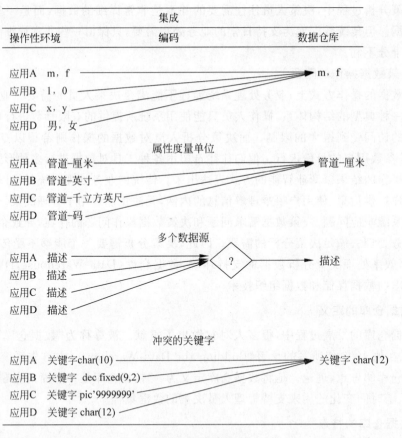

图 3-15　数据的集成

3) 数据仓库的数据是不可更新的

数据仓库的数据反映的是一段相当长的时间内历史数据的内容,是不同时间点的数据库快照的集合,以及基于这些快照进行统计、综合和重组的导出数据,而不是联机处理的数据。因而,数据经集成进入数据库后是极少更新或根本不更新。

4）数据仓库的数据是随时间不断变化的

数据仓库中的数据不可更新是针对应用来说的，也就是说，数据仓库的用户进行分析处理时是不进行数据更新操作的。但并不是说，在从数据集成输入数据仓库开始到最终被删除的整个数据生存周期中，所有的数据仓库数据都是永远不变的。

数据仓库的数据是随时间的变化而不断变化的，它表现在以下 3 方面：

（1）数据仓库随时间变化不断增加新的数据内容。数据仓库系统必须不断捕捉联机事物处理（OLTP）数据库中变化的数据，追加到数据仓库中去，也就是要不断地生成 OLTP 数据库的快照，经统一集成后增加到数据仓库中去；

（2）数据仓库随时间变化不断删除旧的数据内容。数据仓库的数据也有存储期限，一旦超过了这一期限，过期数据就要被删除，只是数据仓库内的数据时限要远远长于操作型环境中的数据时限。在操作型环境中一般只保留 60～90 天的数据，而在数据仓库中则需要保存较长时限的数据（如 5～10 年），以适应管理决策中进行趋势分析的要求；

（3）数据仓库中包含有大量的综合数据，这些综合数据中很多跟时间有关，如数据经常按照时间段进行综合，或隔一定的时间段进行抽样等。这些数据要随着时间的变化不断地进行重新结合。

因此，数据仓库的数据特征都包含时间项，以标明数据的历史时期。

4. 数据仓库的体系结构

数据仓库的体系结构如图 3-16 所示。

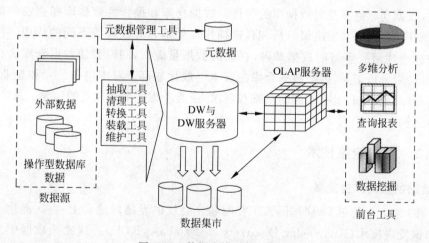

图 3-16　数据仓库的体系结构

数据源是数据仓库系统的基础，是整个系统的数据源泉。通常包括企业内部信息和外部信息。内部信息包括存放于 RDBMS 中的各种业务处理数据和各类文档数据。外部信息包括各类法律法规、市场信息和竞争对手的信息等。

数据的存储与管理是整个数据仓库系统的核心。数据仓库的真正关键是数据的存储和管理。数据仓库的组织管理方式决定了它有别于传统数据库，同时也决定了其对外部数据的表现形式。要决定采用什么产品和技术来建立数据仓库的核心，则需要从数据仓库的技术特点着手分析。针对现有各业务系统的数据，进行抽取、清理，并有效集成，按照主题进行组织。数据仓库按照数据的覆盖范围可以分为企业级数据仓库和部门级数据仓库（通常称为数据集市)。

OLAP 服务器:对分析需要的数据进行有效集成,按多维模型予以组织,以便进行多角度、多层次的分析,并发现趋势。其具体实现可以分为:ROLAP、MOLAP 和 HOLAP。ROLAP 基本数据和聚合数据均存放在 RDBMS 之中;MOLAP 基本数据和聚合数据均存放在多维数据库中;HOLAP 基本数据存放在 RDBMS 之中,聚合数据存放于多维数据库中。

前端工具主要包括各种报表工具、查询工具、数据分析工具、数据挖掘工具以及各种基于数据仓库或数据集市的应用开发工具。其中数据分析工具主要针对 OLAP 服务器,报表工具、数据挖掘工具主要针对数据仓库。

5. 数据仓库的发展前景

数据仓库概念已经逐渐被接受,并在多个领域得到应用。比如数据仓库技术在证券业中,它可处理客户分析、账户分析、证券交易数据分析、非资金交易分析等多个业界关心的主题,这是证券业扩大经营、防范风险的预警行动;在税务领域中,通过对大量数据资料的分析来掌握各行各业、各种产品和各类市场的从业人员以及企业的纳税能力,并与其实际纳税金额进行对比,从而查出可能的偷漏税者。此外,数据仓库技术还在保险业、银行业、营销业、保健业以及客户关系管理中都有广泛应用。

随着各种计算机技术,如数据模型、数据库技术和应用开发技术的不断进步,数据仓库技术也在不断发展。

但是,数据仓库绝不是对数据库的替代。数据仓库和操作性数据库在企业的信息环境中承担着不同的任务(高层决策分析和日常操作性处理),并发挥着不同的作用。用于高层决策的数据仓库需要丰富的数据基础,存储的数据量庞大,同时要使数据仓库真正发挥作用,还要有高层分析工具,因而数据仓库的成本一般比较高。对国内各公司和企业来说,建不建数据仓库取决于有没有相应的基础和需求,还要考虑成本和效益的问题。总之,要具体情况具体分析。

3.4.2 数据挖掘技术

1. 数据挖掘的产生发展

在 1989 年 8 月的第 11 届国际人工智能联合会议的专题讨论会上,首次提出了基于数据库的知识发现技术(Knowledge Discovery in Database,KDD)。从原始数据中发现有用的模式或者知识称为基于数据库的知识发现,它涉及机器学习、模式识别、统计学、智能数据库、知识获取、专家系统、数据可视化和高性能计算机等领域。数据挖掘(Data Mining,DM)的概念出现在 1995 年的美国计算机年会上,它是指通过从数据库中萃取隐含的、未知的、具有潜在利用价值的信息的过程。KDD 与数据挖掘的区别在于:KDD 通常只指从信息中发现有用知识的全过程——提取、准备数据,执行数据挖掘之后对所要采取的行动做决策;而数据挖掘是包括特定的数据挖掘算法在内的 KDD 过程中的一步,是从数据中提取模式的算法的应用。由于数据挖掘是 KDD 中最为关键的一步,因此在很多场合,这两者可以互换使用,但它们的区别确实存在。

数据挖掘技术的出现和发展并不是一蹴而就的,以下四个方面的原因促进了数据挖掘技术的产生、发展和应用。

1）超大规模数据库的出现

大规模数据库的出现，尤其是数据仓库的出现，促进了数据挖掘技术的发展与应用。借助计算机技术，很多大型数据库、数据仓库拥有大量的业务操作数据、市场变化数据，这些数据为数据挖掘提供了数据准备。

2）先进的计算机技术

网络处理技术和并行处理体系的发展，使计算机系统的数据计算能力更强，运算速度更快，这使得管理人员从以前的操作型信息处理工作中解脱出来，将更多的精力转向数据分析方面。他们力求从大量的数据中找出对企业发展具有重要意义的商业规律和市场趋势。因此，先进的计算机技术成为促进数据挖掘技术发展的原因之一。

3）信息时代经营管理的需要

经济的全球一体化，促使企业寻找有效的方法来应对瞬息万变的市场和巨大的竞争压力，其中最有效的一种手段就是从企业积累的大量历史数据中找出经营管理中所遇到问题的根本原因。例如，啤酒公司了解客户的习惯，比如说品牌喜好，这也成为促使数据挖掘技术发展的原因之一。

4）数据挖掘精、深的计算能力

增强数据挖掘精、深的计算能力，需要涉及的技术有统计学、集合论、信息论、认识论和人工智能等相关学科的理论与技术。正是这些技术的成熟和相互结合，满足了对数据挖掘精确和深度计算能力的要求。

综上所述，数据挖掘是信息技术发展到一定阶段的产物。数据挖掘技术的出现使企业、政府机关和社会各个部门的管理又迈向了一个更高的层次。

2. 数据挖掘的定义

从技术角度来看，数据挖掘是应用一系列知识学习技术从来自大型数据库或数据仓库的、大量的、不完全的、有噪声的、模糊的、随机的数据中提取隐含在其中、事先未知，但又是潜在有用的信息和知识的过程。

从广义上讲，数据、信息也是知识的表现方式。数据挖掘所获取的知识是以概念、模式、规则、规律、约束等形式表现出来的。这些知识应该在特定的领域具有实际的应用价值，并且容易被用户理解，最好能用自然语言来表述。

从商业角度来看，数据挖掘是一种新型的商业信息分析处理技术。它从大型商业数据库或者数据仓库中的大量数据中进行抽取、转化、分析和模式化处理，从中发现并提取辅助商业决策的关键知识，即从数据库中自动发现商业模式。

数据挖掘利用机器学习技术和统计学理论，探索符合市场、客户的行为模式。现今的数据挖掘已能够使挖掘技术自动化，将数据挖掘和商业数据仓库相结合，以适当的形式将挖掘结果展现给企业的管理者。不仅好的算法模型的建立对数据挖掘十分重要，如何将数据挖掘技术集成到复杂的信息技术应用环境中也是相当重要的。另一方面，数据挖掘不具有人的经验和直觉，因此不能区分出哪些挖掘出的模式具有实际意义，哪些没有意义，因此分析人员的参与也是十分必要的。

3. 数据挖掘技术的分类

数据挖掘的发展受到数据库系统、统计学、机器学习、可视化技术、信息技术以及其他学科的影响,例如神经网络、模糊/粗糙集理论、知识表示、归纳技术、高性能计算等。如果从常人用的数据挖掘技术来看可以分成三大类:传统分析类、知识发现类、其他最新发展的一些数据挖掘技术。

1) 传统分析类

传统的统计分析(或称数据分析)技术中使用的数据挖掘模型有线性分析、非线性分析、回归分析、逻辑回归分析、单变量分析、多变量分析、时间序列分析、最近邻算法、聚类分析等。

利用这些技术可以检查那些异常形式的数据,然后利用各种统计模型和数学模型来解释这些数据,解释隐藏在这些数据背后的市场规律和商业机会。例如,可以使用统计分析工具寻求最佳商业机会来增加市场份额和利润,利用全面质量管理程序来提高产品或服务的质量,使客户更加满意,通过对流水线产品制造的调整或企业业务的重整来增加利润。在所有的数据挖掘技术中,统计型数据挖掘工具是数据挖掘技术中最为成熟的一种,已经在数据挖掘中得到了广泛的应用。

2) 知识发现类

知识发现类数据挖掘技术是与统计类数据挖掘技术完全不同的一种挖掘技术。它可以从数据仓库的大量数据中筛选信息,寻找市场可能出现的运营模式,发掘人们所不知道的事实。

知识发现类数据挖掘技术包括人工神经网络、决策树、遗传算法、粗糙集、规则发现关联顺序等。

人工神经网络是模拟人脑神经元结构,以 MP 模型和 Hebb 学习规则为基础,建立三大类神经网络模型:前馈式网络、反馈式网络和自组织网络。前馈式网络以感知机模型、反向传播模型、函数型网络为代表,可以用于预测、模式识别等方面;自组织网络以 ART 模型、Koholon 模型为代表,用于聚类处理。

决策树是一个类似于流程图的树结构,其中每个内部节点表示在某一属性上的测试,每一个分支代表一个测试输出,而每一个树叶节点代表类或类分布。由于每个决策或事件(即自然状态)都可能引出两个或多个事件,从而导致不同的结果。决策树在数据挖掘中一般用于数据的分类处理上,使具有某种内在规律的分析对象处于同一类中。

遗传算法是近几年发展起来的一种崭新的全局优化算法,借用了生物遗传学的观点,通过自然选择、遗传、变异等作用机制,实现各个个体的适应性的提高。解决问题时,要对待解决问题的模型结构和参数进行编码,一般用字符串来表示,这个过程就将问题符号化、离散化了。遗传算法有三个基本过程组成:繁殖(选择)是从一个旧种群(父代)选出生命力强的个体,产生新种群(后代)的过程;交叉(重组)是选择两个不同个体(染色体)的部分(基因)进行交换,形成新个体的过程;变异(突变)是对某些个体的某些基因进行变异的过程。遗传算法的目的在于获取最优化的知识集合。

粗糙集(RS)能够在缺少关于数据先验知识的情况下,只以考察数据的分类能力为基础,解决模糊或不确定数据的分析和处理问题。粗糙集用于从数据库中发现分类规则的基本思想是将数据库中的属性分为条件属性和结论属性,对数据库中的元组根据各个属性不同的属性值分成相应的子集,然后对条件属性划分的子集与结论属性划分的子集之间上下近似关系生成判定规则。所有相似对象的集合称为初等集合,形成知识的基本成分,任何初等集合的并集称为精确集,否则一个集合就是粗糙的(不精确的)。每个粗糙集都具有边界元素,也就是那些既不能确定为集合元素也不确定为补集元素的元素,而精确集是完全没有边界元素的。粗糙集一般用于对象的相似或共性分析、因果关系及范式挖掘等。

关联规则是数据挖掘的一种主要形式,是与大多数人想象的数据挖掘过程最为相似的一种数据挖掘形式,即在大型数据库中淘"金"——人们感兴趣的规则。在关联规则系统中,规则是由"如果怎么样、怎么样、怎么样,那么就怎么样"的简单形式表示的。关联规则主要用于查找那些由于某些事件的发生而会引起发生的另外一些事件,这种关联规则越来越引起企业管理人员的注意。

3) 数据挖掘技术的发展

在数据挖掘技术的最新发展中包括了文本数据挖掘、Web 数据挖掘、可视化系统、空间数据挖掘和分布式数据挖掘技术等。

文本数据挖掘和 Web 数据挖掘是近几年新发展起来的崭新数据挖掘技术,前者主要是为了满足对非结构化信息挖掘的需要,后者则针对日益发展的因特网技术所带来的大批量网络信息的挖掘。

可视化系统是为了使数据挖掘能够以图形或图像的方式在屏幕上显示出来,并能进行交互处理,这样就可以很清楚地发现隐含的和有用的知识。可视化技术可以分为两类:表示空间数据的可视化技术和表示非空间数据的信息可视化技术。可视化数据挖掘可以分为数据可视化挖掘、数据挖掘结果可视化挖掘、数据挖掘过程可视化挖掘和交互式数据可视化挖掘。

空间数据挖掘是基于地理信息系统的数据挖掘技术。地理信息系统(GIS)的应用领域现在已扩展到航天、电信、电力、交通运输、商业、市政基础设施管理、公共卫生及安全、油气及其他矿产资源的勘测等诸多领域,在这些领域中的数据挖掘技术可以对地图、预处理后的遥感数据、医学图像和 VLSI 芯片设计空间数据中非显示的知识、空间关系和其他有意义的模式进行提取。空间数据挖掘方法目前主要有空间数据分类、空间数据关联分析和空间趋势分析等。

分布式数据挖掘是基于分布式数据库并利用分布式数据挖掘知识的技术。分布式数据挖掘技术主要用于水平式分布或垂直式分布的数据库系统中的挖掘,水平分布式数据挖掘算法只需首先完成各个站点的局部数据分析,构建局部数据模型,再组合不同数据站点的局部数据模型,获得全局数据模型即可。而垂直式分布的数据库系统则需要采用汇集型数据挖掘方法来实现。分布式数据挖掘将更加有利于对分布式数据库数据资源的利用。

4. 数据挖掘的功能

数据挖掘技术从一开始就是面向应用的。它不仅是面向特定数据库的简单检索查询调用,而且要对这些数据进行微观、中观乃至宏观的统计、分析、综合和推理,以指导实际问题的求解,企图发现事件间的相互关联,甚至利用已有的数据对未来的活动进行预测。

数据挖掘的目标是从数据库中发现隐含的、有意义的知识,主要有以下六类功能。

1) 自动预测趋势和行为

数据挖掘自动在大型数据库中寻找预测性信息,以往需要进行大量手工分析的问题如今可以迅速直接由数据本身得出结论。一个典型的例子是市场预测问题,数据挖掘使用过去有关促销的数据来寻找未来投资中回报最大的用户,其他可预测的问题包括预报破产以及认定对指定事件最可能作出反应的群体。

2）关联分析

数据关联是数据库中存在的一类重要的可被发现的知识。若两个或多个变量的取值之间存在某种规律性，就称为关联。关联可分为简单关联、时序关联、因果关联。关联分析的目的是找出数据库中隐藏的关联网。有时并不知道数据库中数据的关联函数，即使知道也是不确定的，因此关联分析生成的规则带有可信度。

3）概念描述

概念描述就是对某类对象的内涵进行描述，并概括这类对象的有关特征。概念描述分为特征性描述和区别性描述，前者描述某类对象的共同特征，后者描述不同类对象之间的区别。生成一个类的特征性描述只涉及该类对象中所有对象的共性。生成区别性描述的方法很多，如决策树方法、遗传算法等。

4）分类与预测

分类就是找出一组能够描述数据集合典型特征的模型（或函数），以便能够分类识别未知数据的归属或类别，即将未知事例映射到某种离散类别之一。分类模型（或函数）可以通过分类挖掘算法从一组训练样本数据（其类别归属已知）中学习获得。

分类挖掘所获得的分类模型可以采用多种形式加以描述输出。其中主要的表示方法有：分类规则（IF-THEN）、决策树（Decision Trees）、数学公式和神经网络。

分类通常用于预测位置数据实例的归属类别（有限离散值）。但在一些情况下，需要预测某数值属性的值（连续数值），这样的分类就被称为预测。尽管预测既包括连续数值的预测，也包括有限离散值的分类；但一般还是使用预测来表示对连续数值的预测；而使用分类来表示对有限离散值的预测。

5）聚类分析

聚类分析与分类预测方法明显不同之处在于，后者所学习获取分类预测模型所使用的数据是已知类别归属，属于有教师监督学习方法；而聚类分析所分析处理的数据均是无类别归属，类别归属标志在聚类分析处理的数据集中是不存在的。

聚类分析中，首先需要根据"各聚集内部数据对象间的相似度最大化，而各聚集对象间相似度最小化"的基本聚类分析原则，以及度量数据对象之间相似度的计算公式，将聚类分析的数据对象划分为若干组，因此一个组中数据对象间的相似度要比不同组数据对象间的相似度要大。每一个聚类分析所获得的组就可以视为是一个同类别归属的数据对象集合，更进一步从这些同类别数据集又可以通过分类学习相应的分类预测模型。此外通过反复不断地对所获得的聚类组进行聚类分析，还可获得初始数据集合的一个层次结构模型。

6）偏差检测

数据库中的数据常有一些异常记录，从数据库中检测这些偏差很有意义。偏差包括很多潜在的知识，如分类中的反常实例、不满足规则的特例、观测结果与模型预测值的偏差、量值随时间的变化等。偏差检测的基本方法是，寻找观测结果与参照值之间有意义的差别。要保证数据挖掘成功的两个关键要素是：一是准确的定义所要解决的问题，定位准确的问题通常会带来最好的回报。二是使用正确的数据，选定了所能得到的数据，也许还要从外部购买数据，需要对这些数据做有效的数据整合和转换。

5. 数据挖掘的应用与展望

数据挖掘的任务就是在庞大的数据库中找出有价值的隐藏事件或规律,并且加以分析,获取有意义的信息,归纳出有用的结构,作为企业进行决策的依据。只要该行业有分析价值和需求的数据库,都可以利用数据挖掘工具进行有目的的发掘分析。所以,在从政府机关、商业企业、工业制造,到科研机构甚至娱乐业的各个领域,都可以发现人们在应用数据挖掘技术解决各种问题。

尽管数据挖掘有如此多的优点,但数据挖掘也面临着许多问题,这也为数据挖掘未来的发展提供了更大的空间。首先数据挖掘的对象是海量的数据,这些数据的结构非常复杂,数量大、维数多,如何对分析变量进行选择成为首要问题;第二,当遇到这样大量的数据时,通常采用抽样的方法对数据样本进行分析,但是如何抽样,样本的容量以及如何评价抽样的效果,都是值得研究的问题;在数据挖掘过程中考虑大量的数据中的隐含趋势也是十分重要的;数据挖掘的输出结果是不确定的,相同的数据可能得到完全不同的结果,如何评价这些模型,如何将它们和专业知识结合起来进行应用也是需要考虑的问题;第三,对异构数据源,例如,文本数据、声音、图像数据的数据挖掘也成为现在研究的热点。除了上面几点问题之外,数据挖掘所带来的数据安全性和私有性的问题也应当受到高度的重视。

总之,数据挖掘的功能虽然强大,但它不是万能的。一方面为了保证数据挖掘结果的价值,就要求分析人员对期望解决问题的领域有深刻的了解,理解数据,了解数据挖掘工具是如何工作的,以及采取算法的原理,这样才能对所得结果的速度和质量进行有效的控制,得到期望的结果;另一方面,数据挖掘能够提供的只是数学模型、图形或表格,要在其中发现潜在的、有价值的商业信息,结合专家的知识、资深管理人员的经验是必不可少的。最后,只有实践才能最终检验数据挖掘的成功与否。

思考题 3

1. 试述计算机系统的硬件基本结构。
2. 试述计算机软件系统的作用、结构与类型。
3. 常用的计算机程序设计语言有哪几类?各有何特点?
4. 试述计算机网络系统的组成与主要功能。
5. 什么是计算机网路系统的拓扑结构?分为哪几种类型?
6. 网络协议在网络系统中的作用是什么?试述计算机网络的 ISO/OSI 参考模型和 TCP/IP 协议族的四层网络模型,并比较它们的特点。
7. 什么是互联网?互联网的主要技术有哪些?互联网的基本功能是什么?
8. 数据组织的层次是什么?举例说明之。
9. 什么是数据库和数据库系统?
10. 简述数据库的信息模型及 E-R 图。
11. 简述关系模型规范化的意义和第一范式、第二范式、第三范式的特点。
12. 什么是数据仓库?什么是数据挖掘技术?它们各有什么特点与作用?

第4章

信息系统建设概述

学习目的：通过本章的学习，主要使学生了解信息系统建设的思想，掌握信息系统建设的四种主要方法，认识系统的开发方式，掌握项目管理的相关内容。

信息系统建设是管理信息系统研究的主要内容。信息系统建设涉及的面广，不仅有技术的支撑，而且要有管理的方法，可以说是系统工程。因此，要用系统工程的方法开发信息系统。本章中先介绍信息系统建设的思想，再讨论信息系统开发的四种基本方法：生命周期法、原型法、面向对象的开发方法和计算机辅助软件工程开发方法，然后介绍了系统的开发方式，最后阐述了有关项目管理的内容。

4.1 信息系统建设的思想

管理信息系统建设涉及现代科学技术、人与社会多方面的复杂因素，信息系统建设是一个复杂的系统工程。信息系统建设的思想是从信息系统建设特点出发，以系统原理和方法为主线，以管理理论和方法为规范，以信息技术为手段，对由人、计算机及其他外围设备等组成的能进行信息的收集、传递、存储、加工、维护和使用的系统进行科学有序的建设。

4.1.1 信息系统建设的特点

信息系统是先进的科学技术和现代管理相结合的产物，建立以计算机为主要手段的信息系统，已经成为政府部门、企业等各类组织为提高自身素质，实现组织变革、发展与创新，来达到组织目标的战略措施。信息系统的特点决定了信息系统建设的特点。

1. 信息系统复杂性

1）用户需求的多样性

信息系统建设与应用是为了实现组织的某个目标集。这个目标集涉及组织及其信息系统的各个利益相关者，其中包括信息系统的直接和间接用户、组织内部和外部用户。随着互联网与计算机的普及，组织的投资者、拥有者、各级经营管理者、生产与服务第一线的职工，以及组织外部的合作者，如供应商、各类服务提供商、政府有关管理部门、客户以至一般公众都有可能成为信息系统的直接或间接用户。他们对信息系统有着各自的利益关系。信息系统的结构和功能的实现，是对各方需求在总体目标下协调以求各方满意的结果。为反映这些多样性的需求,信息系统结构、功能和行为必然呈现复杂性。

2) 组织业务的复杂性

一个组织(如企业)的业务活动包括管理决策和作业活动,涉及诸如供应、生产、销售、财务、人力资源等各个方面,涉及政治、经济文化以及社会科学等诸多领域。随着经济全球化和信息化的推进,企业组织深度和广度迅速增加,信息系统要有效地支持组织的决策与运作,需求的信息内容就需要十分广泛而深入,信息处理机制变得复杂。系统结构必然要体现信息内容与处理机制的复杂性。

3) 社会与组织环境复杂多样

当今社会正处在大变革时代,社会经济与科学技术发展迅速,组织的内外环境复杂多变。现在信息系统的重要使命就是组织适应变化,促进组织变革与创新,信息系统既要支持日常的管理与业务活动,又要具备应变与促变的机制,这使信息系统结构的复杂性显著增加。

4) 技术手段的复杂性

由信息系统的组成可知,信息系统集成现代信息技术之大成。计算机硬件技术、软件技术、数据库技术、计算机网络与通信技术等信息系统的基础技术,互联网技术、多媒体技术、数据仓库与数据挖掘技术、智能代理技术、网格技术等新发展起来的技术都在信息系统处理复杂问题中得到广泛应用。系统科学与管理科学的方法的应用大大增强了信息系统处理复杂问题的能力。集系统科学方法、管理学理论与现代信息技术于一体的信息系统,其技术手段的复杂性决定了其组织结构的复杂性。

2. 信息系统建设工作的复杂性

信息系统的复杂性决定了信息系统建设工作的复杂性,主要体现在以下五个方面。

1) 建设环境的复杂性

现代企业、政府部门等组织一般说来结构复杂。管理信息系统建设通常要涉及组织内部各级机构、管理人员及组织面临的外部环境。系统建设必须十分重视、深刻理解组织面临的内、外环境及发展趋势,考虑到管理体制、管理思想、管理方法和管理手段的相互匹配、相互促进,考虑到人的习惯、心理状态及现行的制度、惯例和社会、政治诸因素。系统的目标规模、功能和实施步骤必须与组织当前的发展水平相适应,所建系统可以在一定范围内改革不合理的规章、制度、惯例,促进管理水平的提高和组织目标的实现。

2) 用户需求的多样性

管理信息系统的最终用户是各级各类管理人员。满足这些用户的信息需求,支持他们的管理决策活动,是系统建设的最终目的。然而一个组织内各类机构和管理人员的信息需求不尽相同,有些需求可能相互冲突,另一些往往十分含混,同时用户需求在建设过程中也会发生变化。系统建设者面对这样复杂的目标集,必须寻求使各方都比较满意的方案。

3) 建设内容的复杂性

管理信息量大,面宽,形式多样,来源繁杂,信息内容和处理需求又涉及广泛的学科和事业领域,管理信息系统要实现一个组织的信息系统的综合处理以支持各级管理决策,必是一个规模庞大、结构复杂、具备多种功能、实现多个目标的大系统,就现有的企业管理信息系统而言,即使是中小企业,其信息处理内容的广泛性和系统结构的复杂性,也是一般的工程技术系统难以比拟的。

4）技术手段的复杂性

管理信息系统是当代利用先进技术解决社会经济问题的范例之一。现代的先进技术成果，如计算机硬件和软件技术，数据通信与网络技术，各种信息采集与存储，各种控制与决策方法，建模与仿真技术，以及人工智能技术，都是进行管理信息系统建设，实现系统各种主要功能的技术手段。掌握这些先进的复杂的技术以便正确地、熟练地使用它们，就要求系统建设者具有较高的科学技术水平，如何合理地应用这些技术手段以达到预期的效果，是管理信息息系统面临的主要任务之一。

5）建设需用资源的密集性

管理信息系统的建设，是一种资金密集型的建设项目；由于规模大、建设内容复杂，因而也是劳动密集型项目；由于上述建设环境、建设内容、所用技术手段的复杂性，管理信息系统建设项目又是智力密集型或者知识密集型的，由此可见，建设管理信息系统所付出的代价十分昂贵，如何获取和合理利用这些资源，使之产生最大的经济与社会效益，是管理信息系统建设成功的一个关键。

4.1.2 系统工程思想

1. 系统工程的定义

下面给出几个有关系统工程的定义供读者参考。

（1）美国防务系统的定义：系统工程是为了达到所有系统要素的优化平衡，控制整个系统研制工作的管理功能，把目标需求转变为一组系统参数的描述，并综合这些参数以优化整个系统效能的过程。

（2）日本工业标准定义：系统工程是为了更好地达到系统目标，而对系统的构成要素、组织结构、信息流动、控制机构等进行分析与设计的技术。

（3）1975年美国科学技术辞典注释：系统工程是研究许多密切联系的元素所组成的复杂系统设计的科学。在设计时，应有明确的预定功能和目标，并使得各个组成元素之间以及各元素与系统整体之间有机联系，配合协调，从而使系统整体能够达到最佳的目标。同时，还要考虑到参与系统中人的因素和作用。

（4）中国科学家钱学森定义：系统工程是组织管理系统的规划、研究、设计、制造、试验和使用的科学方法，是一种对所有的系统都具有普遍意义的方法。系统工程也是一门组织管理的技术。

从以上观点可以总结出，系统工程一般是针对大型复杂的人工系统和复合系统，考察在一定的目标函数和外界环境约束下，组织协调好系统内各要素的活动，使各要素为实现系统整体目标发挥适当的作用，采用定性和定量相结合的方法，运用现代技术，如计算机及其多种系统软件和应用软件，最终使系统整体目标达到最优的技术和管理相结合的过程。

系统工程是一门横向工程，它是在纵向分类的各个领域中规划与设计新系统，并对已有系统提供最佳利用的方法论。但是，由于纵向分类的工程领域无视领域间的横向关系，一味朝专业化、细分化的方向发展，因此以产业化为中心的各种活动失去了总体的协调。这无疑导致了资源能源的浪费、环境问题及其他社会问题。在经济全球化、技术飞速发展的现代社会，常规工程学在这些领域已经无能为力了。图4-1给出了纵向工程和横向工程的示意图。

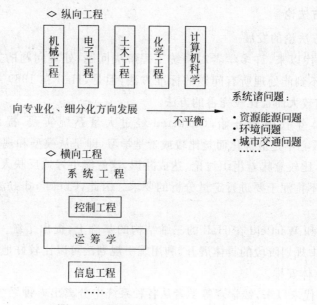

图 4-1 纵向工程和横向工程

系统工程在解决这些系统问题方面起着重要的作用。因此,系统工程是与控制论、运筹学、信息工程等平行、横向分类的学科领域。它不仅适用于某个专业领域,也适用于专业领域的综合及学科交叉的研究。

2. 系统工程的特点

由系统工程定义,可知系统工程应该具有以下特点。

1) 整体性(系统性)

整体性是系统工程最基本的特点。系统工程把研究对象作为一个由若干部分有机结合成的整体系统,研究从整体与部分之间相互作用和依赖关系去揭示系统特征和规律,从整体最优化去实现各部分的有效运转。

2) 关联性(协调性)

用系统工程方法去分析和处理问题时,不仅要考虑系统的各个部分之间、各部分与整体之间的相互关系和作用,还要注意协调它们之间的关系。

3) 综合性(交叉性)

系统工程以大型复杂的人工系统和复合系统为研究对象,这些系统涉及的因素很多、学科领域广泛。如"神五计划",就是综合运用各学科、各领域成就的产物。

4) 满意性(最优化)

系统工程是实现系统整体最优的组织管理技术。因此,系统整体性能的最优化是系统工程所追求并要达到的目的。由于整体性是系统工程最基本的特点,所以系统工程追求的是系统整体性能的满意解,而不是其中各自部分的最优。

3. 系统工程方法论

1）系统工程方法论的发展

20 世纪 60 年代以来，许多学者对系统工程解决问题、处理问题的方法进行了大量研究，虽然目前还找不到能处理所有问题的标准方法，但是，Hall 在 1969 年提出的系统工程的三维结构是影响较大而且比较完善的方法。

从 20 世纪 70 年代中期开始，Chekland 经过大量系统实践，提出了软系统方法。Chekland 方法的核心不是最优化而是比较或者是学习，即是从模型和现状的比较中来学习改善现状的途径。比较意味着组织讨论、达成共识，这就能更好地反映人的因素和社会经济系统的特点，从而不拘泥于要进行定量分析的要求。因此，Chekland 方法论是 Hall 方法论的扩展。

1972 年，Hill 和 Warfleid 在 Hall 的三维结构的基础上，提出了统一规划法，其实质是对 Hall 活动矩阵中规划阶段的具体展开，利用统一规划法可以比较好地实现对大型复杂系统的全面规划和总体安排。

20 世纪 80 年代末以来，钱学森等学者从各种系统中分离出一种系统，即开放的复杂巨系统，并研究其方法论。

1987 年，钱学森提出了定性和定量相结合的系统研究方法，之后提出综合集成的概念，并把处理复杂巨系统的方法命名为定性定量相结合的综合集成方法，又把它表述为从定性到定量的综合集成技术。1992 年，又提出从定性到定量的综合集成研讨体系，进而把处理开放的复杂巨系统的方法与使用这种方法的组织形式有机结合起来。

对于难度自增值系统，王浣尘提出了"旋进原则"，即不断地跟踪系统的变化，选用多种方法，采用循环交替结合的方式，逐步推进问题的深度和广度。

张文泉等将系统思维分为硬、软系统思维，并将以传统的运筹学、系统工程等为代表的用常规数学模型就能优化解决硬问题的方法称为硬系统方法。而注重人的因素，考虑人的世界观、价值观以便处理包括人在内的软问题的方法则称为软系统方法。

2）思想方法

系统工程用到很多的思想方法，通常有数学描述方法、逻辑推理方法、工程技术的规范和社会科学的艺术等。

3）基本特点

在把系统工程的方法应用于实际系统时，其前提是要借助于计算机手段，因此需要事先了解一些计算机硬件、软件方面的知识。另外，在对实际系统分析时，还需要数学方面的知识，特别是线形代数、概率统计及模糊理论方面的知识。此外，学习系统工程还要求注意培养把握全局、处理实际系统对象的能力。

随着实际系统的规模越来越大，同时越来越复杂，以及系统中融入了人与社会的相互关联，如果用系统工程解决此类问题，还需要给予社会科学及人文科学，特别是经济学和心理学以适当的关注。

4）霍尔的方法论

霍尔方法论是由美国贝尔电话公司的霍尔（A. D. Hall）工程师提出的。表 4-1 给出了霍尔方法论上的三维内容。

表 4-1 霍尔方法论上的三维内容

时 间 维	逻辑维（表示在每一阶段工作中应遵循的逻辑顺序）	知识维（完成工作的理论基础）
规划阶段	明确问题	基本技能
分析阶段	选择目标	专业知识
设计阶段	系统综合	工程技术
实施阶段	系统分析	自然科学
运行阶段	优化评价	经济、管理
更新阶段	系统决策	法律
	系统实施	艺术
		哲学

在开展系统工程活动时，由于不同阶段和不同步骤具有不同的工作内容，需要应用与涉及各种学科内容和专业知识，包括实验、计算机能力、文字表达能力、语言沟通能力、专业理论基础、各个领域的专业知识、数学、自然科学、环境学、社会学、经济与管理、人文、法律、艺术等。图 4-2 给出了霍尔方法的三维结构。

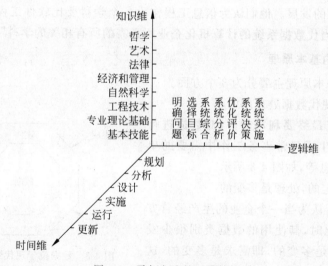

图 4-2 霍尔方法的三维结构

从霍尔方法论的三维结构中，可以得出该方法具有如下特点。

综合性：任何具体的系统工程活动同时结合时间阶段、逻辑步骤和相应的专业知识。

联系性：各项活动并不是孤立的，它们之间互相影响、紧密相关，重视的是整体能够达到最优效果，而不是部分达到最优。

反复性：整个方法的分析过程又是重复的。但是这并不是传统意义上的简单重复。而是螺旋式上升、波浪式前进的过程，也就是哲学上所说的否定之否定过程。这个过程首先具有迭代性。

功能性：方法论的每一步都具有相应的职能。具体包括计划、组织、控制、调节、决策。

4.1.3 信息工程思想

1. 信息工程发展过程

信息工程的诞生,也像其他学科的产生一样,有它自己的背景。20 世纪 70 年代数据库理论与技术有了很大的发展,以美国为代表的发达国家采用以结构化开发方法为主来开发管理信息系统。在系统开发过程中,人们发现当管理上的要求越来越高,原系统就需要修改甚至重建,分散的开发所带来的严重后果是要修改原先的软件、重新组织数据,完成一个企业级系统,这一切所耗费的人力和资金比重新建立还要多,甚至采用修改的方法根本行不通。20 世纪 80 年代初的统计表明,美国全国每年软件维护费耗资 200 亿美元,例如 IBM 公司为日本的两家报社做自动化系统,由于用户在终端上如何工作的问题一直搞不清楚,使 IBM 公司损失了 200 万美元。

美国著名学者詹姆斯·马丁(James Martin)等人于 1981 年在他们的《Information Engineering》一书中首次提出了信息工程的思想。在该书中,提出了信息工程的概念、原理和方法。尔后詹姆斯·马丁在 1982 年出版的《Strategic Data Planning Methodologies》以及 20 世纪 80 年代中出版的《An Information Systems》一书中对信息工程的基础理论和方法进行了更加深入的发展。他们认为信息工程作为一个学科要比软件工程更为广泛,它包括了"为建立基于当代数据系统的计算机化企业所必需的所有相关的学科"。

2. 信息工程的基本原理

信息工程的基本原理主要分为 3 个方面。

1) 数据位于现代数据处理的中心

管理信息系统最终要利用软件,对数据进行采集和维护,要求生成日常事务工作中需要的单据和图表,提供信息等,如图 4-3 所示。

2) 数据是稳定的,处理是多变的

詹姆斯·马丁认为当一个企业的生产经营方向不发生本质变化时,其使用的数据类别很少发生变化,但是处理是多变的,即需求是多变的,这也是企业固有的一种行为,是难以克服的。因此,

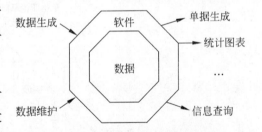

图 4-3　数据位于现代数据处理的中心

应该采用一种方法来表达这种稳定的数据模型,而这种模型是企业固有的、是客观的。因此管理信息系统应该以稳定的数据模型为系统的结构,来实现满足用户多变需要的系统功能,如图 4-4 所示。

例如一个汽车制造企业,需要的基本数据有汽车的物料清单、汽车制造工艺、设备加工能力、原材料的种类、材质等,若该企业不改变制造的产品,例如不再制造汽车,而加盟肯德基连锁店,那么这些数据是稳定的。但是如何处理它们,获得的信息可能与用户相关,会变化,即处理是多变的。

3) 用户必须真正参与开发工作

信息工程强调用户参与。用户要参与系统的总体规划,参与信息资源的长期规划,参与系统的开发。"真正参与"指的是用户不是被动地接受系统,而是要对系统的模型,尤其是逻

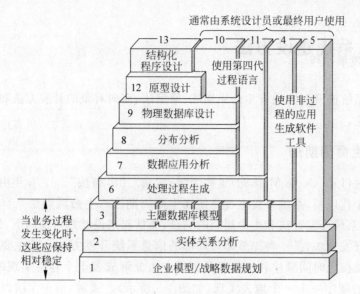

图 4-4　稳定的数据模型示意图

辑模型的建立给予分析和评价。信息工程的核心是进行总体数据规划,而总体数据规划是在建立企业模型的基础之上的。若企业的经营领域不发生变化,即使企业的业务过程发生变化,则企业模型/战略数据规划、实体关系和主题数据库模型应该保持稳定。软件设计依据所使用的方法不同可以在不同的阶段开始。所使用的方法有结构化程序设计、使用第四代过程语言和使用非过程的应用生成软件工具。

3. 信息工程的基本组成

信息工程为人们提供了一整套方法,对于图 4-4 中给出的各种方法,或者说是各种构件的组成。每块构件都依赖于它下面的那一块,但是,这些构件可以有几种不同的组合方式。

构件 1 是企业模型的开发,这是其他所有构件都需要建筑于其上的基石。企业模型的开发在战略数据规划期间进行,力图确定企业的目标及为了达到这些目标所需要的信息。

构件 2 是借助实体关系分析建立信息资源规划。这是自顶向下的数据类型分析,这些数据是必须被保存起来的,还要分析它们之间是如何联系的。作实体关系分析,有时需要在整个企业范围内来搞;有时只是搞某个部门、子公司、工厂,或者是企业的一部分。图 4-4 这座大厦,虽然没有底部的两块构件也可以建立起来,但是如果真的这样做,那就仿佛在软土上建筑高楼大厦一样,没有坚固的基础。

构件 3 是主题数据库模型的建立。实体分析全面地调查了整个组织所需要的数据的类型。这样建立起的实体模型,虽然面广,但是没有包含实现数据库所需要的全部细节。数据库模型建立工作产生出详细的数据库逻辑设计,并且力图在其实现之前尽可能地使它稳定。

构件 3 是构件 2 的扩展,是使构件 2 达到更详细的程度,并且保证其稳定性。构件 3 使用了各种各样的检查手段。

导致信息工程产生的一个重要认识,是组织中所存在的数据可以描述成与这些数据如何使用无关的形式,而且数据需要建立起一定的结构。一定不能随意将一些数据项组成一个记录,这是因为数据具有一定的内在属性,根据它才能产生出稳定的数据结构。

4.2 信息系统建设方法

管理信息系统的开发方法有生命周期法、原型法、面向对象的开发方法和计算机辅助软件工程开发方法。

4.2.1 生命周期法

生命周期法(Life Cycle Method)也称为"结构法"、"瀑布法"。1976 年由 Boehm 提出，在 20 世纪 90 年代以前，系统开发主要是使用生命周期法。生命周期法是自顶向下结构化方法、工程化的系统开发方法和生命周期的结合，概括起来说就是自顶向下、逐步求精，分阶段实现的软件开发方法，是一种先整体后局部的信息系统开发方法。其主要思想是将一个庞大的复杂系统按照时间顺序和所采用的工程方法分解成若干个容易实现的阶段和任务，按阶段或任务的顺序一个一个地去实现(如图 4-5 所示)。通常，前一个阶段是后一个阶段的基础，后一个阶段只有在前一个阶段圆满完成后才能正式开始。图 4-5 给出了生命周期法各个阶段关系图。

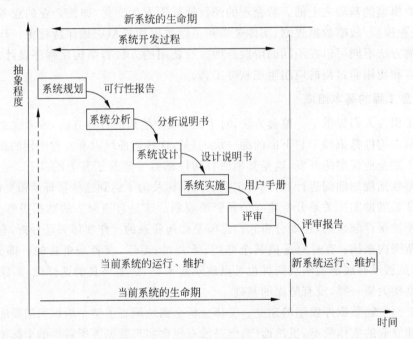

图 4-5 生命周期法各个阶段关系图

一般系统的开发分为四个阶段：系统分析、系统设计、系统实施、系统维护。生命周期法的基础是结构化的程序设计，这是一种面向过程的程序设计方法。

1. 系统分析阶段

这个阶段的任务有系统调查、可行性研究和系统需求分析。系统调查是根据用户提出的任务和要求，进行初步调查研究，调查内容包括：系统概貌、开发工作计划、开发所需资源及成本、预期效益及方案预算等。然后在此基础上进行可行性分析,内容包括:技术可行性、经济可行性和操作可行性分析,即分析是否具备适当的设备、人员和技术力量,是否能够承担系统开发成本开销,是否有足够的经济效益以及是否在系统建立后能立即投入使用等,并写出可行性报告。在可行性报告通过后,进行系统分析,内容包括:分析系统的数据流程和数据结构,建立系统详细的逻辑模型,描述系统需要处理的各项文件和数据信息以及系统中各项处理的大致过程,写出系统分析报告。

2. 系统设计阶段

系统设计阶段的任务有系统设计和程序设计。首先在系统分析的基础上进行系统设计,建立系统的物理模型,内容包括:系统结构设计,数据文件结构设计及处理的详细步骤的设计。然后在此基础上进行程序设计,内容包括:代码设计、数据库文件设计、模块结构和功能设计、输入与输出设计,以及正确性、可靠性设计等,确定所需编制的程序及其功能,编制程序流程图。

3. 系统实施阶段

系统实施阶段的任务有系统硬件的购置、安装和调试,程序的编制和调试、系统的调试等。

4. 系统维护阶段

系统维护阶段的任务有:系统软件维护、数据维护、设备维护等。

生命周期法的主要优点:整个开发过程阶段和步骤清楚,每一阶段和步骤均有明确的成果,这些成果以可行性分析报告、系统分析说明书、系统设计说明书等形式表现出来,并作为下一阶段工作的依据。整个项目按阶段和步骤可以划分为许多组成部分,各部分可各自独立地开展工作,这有利于整个项目的管理与控制。

在实践过程中,生命周期法也存在以下缺陷。

1)难以准确定义用户需求

系统的开发过程是一个线形发展的"瀑布模型",各阶段须严格按顺序进行,并以各阶段提供的文档的正确性和完整性来保证最终软件产品的质量,而这在许多情况下是难以做到的。用户在初始阶段提出的要求往往既不全面也不明确,而在设计过程中,用户有可能需要修改原来的要求,这给开发工作带来较大的难度。

2)开发周期较长,难以适应环境的变化

对于一个比较大的系统,开发工作可能需要1年甚至更长时间,在此期间不仅用户的要求会越来越高,环境的变化也可能使原设计难以适应。

3)系统开发成本高,效率低

系统开发的各个阶段的工作从系统分析、系统设计到系统实施,绝大部分工作靠人工完成,因此整个系统的开发成本较高,效率也较低。

4.2.2 原型法

原型法(Prototyping Method)是20世纪80年代发展起来的,旨在改变生命周期法的缺点的一种系统开发方法,该法的开发思路是首先根据用户的要求,由用户和开发者共同确定系统的基本要求和主要功能,利用系统快速生成工具,建立一个系统模型,再在此基础上与用户交流,将模型不断补充、修改、完善,如此反复,最终直至用户和开发者都比较满意为止,从而形成一个相对稳定、较为理想的管理信息系统。

生命周期法是基于两个基本的假定:一是系统目标反映了用户的要求,二是系统开发的环境,包括系统内部的关系都不发生变化,适于生命周期法开发的系统是一个固定模式系统,它与用户多变的需求及环境的不确定性产生了矛盾。原型法也称为"快速原型法"或"螺旋法"。它的基本原理是,系统开发者在初步了解用户需求的基础上,投入少量人力和物力,尽快构造、设计和开发一个系统初始模型,该模型就称为原型。这个原型是一个可以实现的系统应用模型,而不是设想的模型,使用户可以及时运行和看到模型的概貌和使用效果,并提出改进意见,开发人员进一步修改完善,如此迭代循环,直到得到一个用户满意的模型为止。

从原型法的基本思想中可以看到,用户能及早看到系统模型,在循环修改和完善过程中,使用户的需求日益明确,从而消除了用户需求的不确定性,同时从原型到模型的生成,周期短、见效快,对环境变化的适应能力较强。

图 4-6 给出了原型法的开发过程。

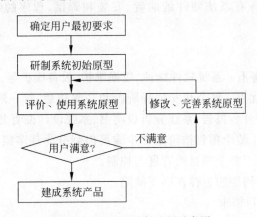

图 4-6 原型法开发过程示意图

原型法的开发过程可分为四个阶段。

1. 确定初步需求阶段

用户提出基本的要求和应用范围,这些要求是概略的、不完全的,但是最基本的,易于描述和定义。根据用户基本需求,对系统给出初步定义。

2. 开发初始原型阶段

根据用户基本需求开发出一个可以应用的系统。

3. 原型试用评价阶段

让用户试用模型,根据实际运行情况,明确原型存在的问题,进一步提出需求和修改意见。

4. 原型修改提高阶段

根据用户提出的问题和修改意见,与用户共同研究确定修改原型的方案,经过修改和提高后得到新的模型。这样经过有限次的循环反复,逐步提高和完善,直到得到一个用户满意的系统模型为止。

原型法主要是理论性的阐述,缺少有关系统筹划、实施和运作等方面的具体指导,因此,在实际中不像生命周期法那样有着各种各样广泛的支持。该方法的优点是侧重于不断完善需求和估算需要,具有较好的用户交互参与机制,在进行快速的小系统开发时比较有效。但是,由于缺少有关具体的指导,因此很难明确确定系统实施阶段的起始;极有可能在缺少充分的需求分析的情况下,直接进入到编码阶段。同时对于规模较大的系统,不断变化的用户需求会引起无限期的循环,最终导致系统失控。所以这种方法需要有非常得力的系统管理员,让他来决定系统各阶段的起止。

4.2.3 面向对象方法

面向对象方法(Object Oriented Method)是从 20 世纪 80 年代各种面向对象的程序设计语言(如 Smalltalk、C++等)逐步发展而来的。采用面向对象方法的目的是为了提高软件系统的可重用性、可扩充性和可维护性,使软件系统向通用性方向发展。

1. 面向对象方法的基本思想

(1) 客观世界中的任何事物都是对象。

对象是数据与操作的封装通信单位,它具有静态特征和动态特征。静态特征即可以用某种数据来描述的特征,动态特征即对象所表现的行为或对象所具有的功能。对象作为一个整体,对外不公开这些属性与操作,这就是对象的封装性(Encapsulation)。

(2) 对象之间有抽象与具体、一般与特殊、整体与部分等几种关系,这些关系构成对象的结构(Structure)。

(3) 把一组具有相同结构、操作和约束条件的对象称为“类”(Class)。对象由类说明和类实现两部分组成。类说明统一描述对象类的结构、应遵守的约束规则以及可执行的操作,以便用户了解对象类的具体作用与功能;类实现则由开发人员掌握,用户不必了解。一个类的上层可以有超类,下层可以有子类,一个类可以有多个超类,也可以有多个子类,超类是下层子类的概括,子类可以继承超类的属性、操作和约束规则,这就是类的继承性(Inheritance)。

(4) 对象之间可以互送消息。消息就是向对象发出的服务请求,它含有提供服务的对象标识、服务标识、输入信息和回答信息。消息的接收者是提供服务的对象,通过消息进行对象之间的通信。

2. 面向对象方法的开发过程

一般说来,面向对象方法的开发过程分为四个阶段:

1) 系统调查和需求分析

对系统将要面临的问题以及用户对系统开发的需求进行调查研究,确定系统开发的目标和任务,弄清问题是什么。

2) 分析问题和求解问题

本阶段为面向对象的系统分析,即从问题域中抽象地识别出对象以及其行为、结构、属性、方法等。

3）整理问题

本阶段为面向对象的系统设计,即对分析的结果作进一步的抽象、归类、整理、并最终以范式的形式将它们确定下来。

4）程序实现

本阶段用面向对象的程序语言将设计整理的范式直接映射为应用程序软件,并调试之。

4.2.4　计算机辅助软件工程开发方法

计算机辅助软件工程(Computer Aided Software Engineering,CASE)是基于计算机的自动化的方法,它是提高系统开发效率与质量的一种实用的系统开发方法。

CASE 使结构化方法可以全面实施;使原型的建立具有高效率的手段,加快系统的开发过程;使系统开发人员的精力集中于开创性工作;通过自动检查提高软件的质量,提高软件的可重用度;可以简化系统的维护工作。

CASE 能实现一个具有快速响应、专用资源和早期查错功能的交互式开发环境,对系统的开发和维护过程中的各个环节实现自动化,通过图形接口,实现直观的程序设计。一个完整的 CASE,必须具备以下功能:

1. 中心信息库

这是存储和组织所有与应用系统有关信息的一种机构,包括系统的规划、分析、设计、实现和管理等信息。如:结构化图形、屏幕与菜单的定义、报告的模式、记录说明、处理逻辑、数据模型、组织模型、处理模型、源代码、事务规则、项目管理形式、数据元素以及系统信息模型之间的关系等。中心信息库具有对系统信息存储、更新、分析和报告的功能,系统开发人员可以直接从中获取所需的信息。

2. 图形功能

图形实际上是软件模型化的语言,它为软件的描述提供了一种简明的、没有歧义的方法,是产生好的系统和程序文档的基础。清晰的图形在复杂系统的开发和编程的过程中起着重要的作用,它能为开发人员提供清晰的思路,加快工作速度并提高产品的质量。图形更是一种重要的沟通工具,在开发过程中需要一种规范化的图形技术,使开发人员能够更好地交流思想,以利于把系统的各个组成部分精确地集成起来。用交互式方式在计算机屏幕上绘图,可加快图形绘制过程,实现标准化和文档自动生成等。

3. 查错功能

在系统开发中,尽早查出并排除错误是降低成本的一种行之有效的方法。CASE 提供了自动检查的功能,其思想是以规格说明(即系统说明书)为依据进行检测,达到系统的一致性和完整性。

4. 支持建立系统的原型

CASE 为建立原型提供了各种工具,如:屏幕绘图程序,报告生成程序,菜单建立程序,可执行的规格说明语言等。借助于 CASE 模拟工具,系统开发人员可对原型进行模拟运行以证实系统设计模型的正确性。

5. 代码自动生成

CASE 通过程序设计规格说明生成代码,实现编程阶段的自动化。这种自动生成可能是一个框架,也可能是一个完整的程序。其框架可以是数据库、文件、屏幕和报表描述的代码;其完整程序可以是可执行代码,需要访问的数据库文件、屏幕求助信息、出错信息及程序文档等。这样可以提高系统开发的效率。

6. 有利于应用结构化方法

CASE 提供的若干工具,有利于结构化分析和结构化程序设计,从而使结构化方法实现自动化。CASE 工具为画数据流图、E-R 图(实体联系图)等提供了图形支持,同时可自动生成诸如系统说明和伪码等形式的规格说明。同时,CASE 指导用户正确地使用结构化方法,使用户按照一定的标准化程序进行系统分析与设计。

由于系统开发涉及复杂的技术背景和管理环境,人在系统开发各阶段中始终处于关键地位。全部开发工作自动化是不切实际的幻想,但采用 CASE 方法可辅助人们更快、更好、更省地进行系统开发。

4.3　信息系统开发的新趋势

除了上述的信息系统开发方法外,近年来,人们一直在研究信息系统开发新方法。下面介绍信息系统开发的发展动态。

4.3.1　风险与螺旋模型

螺旋模型是一种演化软件开发过程模型,它兼顾了快速原型的迭代的特征以及瀑布模型的系统化与严格监控。螺旋模型最大的特点在于引入了其他模型不具备的风险分析,使软件在无法排除重大风险时有机会停止,以减小损失。同时,在每个迭代阶段构建原型是螺旋模型用以减小风险的途径。螺旋模型更适合大型的昂贵的系统级的软件应用。这种模型用一个螺旋来描述生命周期,从中心开始,一遍一遍地反复向外扩张,直至完成。因此,这种模型看上去与众不同,使得项目管理的风格也大相径庭。螺旋模型用图形的方式来表示,如图 4-7 所示。

实现螺旋模型有很多种不同的方法。图 4-7 中的例子是从最初的计划阶段(即图的中心)开始的。最初计划阶段的目标,就是收集足够的信息以开发出一个最初的原型。计划阶段的活动包括灵活性研究,高层用户需求检查,可选方案的产生,以及整体设计和实现策略的选择。

最初计划完成之后,就要在第一层原型系统的基础上进行更进一步的工作。对于每一个原型系统,开发过程都要遵循从分析、设计、构造、测试到与前面的原型系统组件集成并为下一个原型系统做准备的过程。下一个原型系统计划完成之后,活动的循环又重新开,螺旋模型的方法可适于任意数目的原型,图 4-7 中只显示了 4 个。螺旋模型方法中一个关键的概念就是集中处理风险,这也是项目管理的核心概念。在每次迭代中,尽管有很多进行集中处理的方法可供选择,但螺旋模型推荐确定那些必须进行研究和减轻的风险因素。第一次迭代应该确定系统那些具有最大风险的部分。有时候,最大的风险并不是一个子系统或者系统功能的一个集合;相反,最大的风险常常是新技术的技术可行性。如果是这样,第一次迭代就应该重点建立一个原型系统,它能保证技术如期运行。然后,第二次迭代的原型系统就可以集中在与系统需求或其他问题相关的风险问题了。还有的时候,最大的风险是用户是否能接受变化。这时,第二次迭代必须集中构造一个原型系统,可用来向用户展示新系统并使他们的工作内容丰富起来。

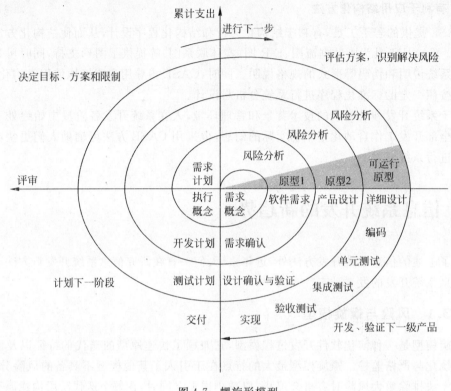

图 4-7　螺旋形模型

4.3.2　极限编程

极限编程(Extreme Programming,XP)是由 Kent Beck 在 1996 年提出的。Kent Beck 在 20 世纪 90 年代初期与 Ward Cunningham 共事时,就一直共同探索着新的软件开发方法,希望能使软件开发更加简单而有效。Kent 仔细地观察和分析了各种简化软件开发的前提条件、可能性以及面临的困难。1996 年 3 月,Kent 终于在为 DaimlerChrysler 所做的一个项目中引入了新的软件开发观念——XP。

XP 是一个轻量级的、灵巧的软件开发方法;同时它也是一个非常严谨和周密的方法。它的基础和价值观是交流、朴素、反馈和勇气;即任何一个软件项目都可以从四个方面入手进行改善:加强交流;从简单做起;寻求反馈;勇于实事求是。

XP 是一种近螺旋式的开发方法,它将复杂的开发过程分解为一个个相对比较简单的小周期;通过积极的交流、反馈以及其他一系列的方法,开发人员和客户可以非常清楚开发进度、变化、待解决的问题和潜在的困难等,并根据实际情况及时地调整开发过程。

1. XP 中一些基本概念

UserStory:开发人员要求客户把所有的需求写成一个个独立的小故事,每个小故事只需要几天时间就可以完成。开发过程中,客户可以随时提出新的 UserStory,或者更改以前的 UserStory。

StoryEstimates 和开发速度：开发小组对每个 UserStory 进行估算，并根据每个开发周期（Iteration）中的实际情况反复计算开发速度。这样，开发人员和客户能知道每个星期到底能开发多少 UserStory。

ReleasePlan 和 ReleaseScope：整个开发过程中，开发人员将不断地发布新版本。开发人员和客户一起确定每个发布所包含的 UserStory。

Iteration（开发周期，或称迭代）和 IterationPlan：在一个 Release 过程中，开发人员要求客户选择最有价值的 UserStory 作为未来一两个星期的开发内容。

TheSeed：第一个迭代（Iteration）完成后，提交给客户的系统。虽然这不是最终的产品，但它已经实现了几个客户认为是最重要的 Story，开发人员将逐步在其基础上增加新的模块。

ContinuousIntegration（整合）：把开发完的 UserStory 的模块一个个拼装起来，一步步接近乃至最终完成最终产品。

验收测试（功能测试）：对于每个 UserStory，客户将定义一些测试案例，开发人员将使运行这些测试案例的过程自动化。

UnitTest（单元测试）：在开始写程序前，程序员针对大部分类的方法，先写出相应的测试程序。

Refactoring（重构）：去掉代码中的冗余部分，增加代码的可重用性和伸缩性。

2. XP 的软件开发

1）极限的工作环境

为了在软件开发过程中最大限度地实现和满足客户和开发人员的基本权利和义务，XP 要求把工作环境也做得最好。每个参加项目开发的人都将担任一个角色（项目经理、项目监督人等）并履行相应的权利和义务。所有的人都在同一个开放的开发环境中工作，最好是所有人在同一个大房子中工作，还有茶点供应；每周 40 小时，不提倡加班；每天早晨，所有人一起站着开个短会；墙上有一些大白板，所有的 Story 卡、CRC（循环冗余检验）卡等都贴在上面。

2）极限的需求

客户应该是项目开发队伍中的一员，而不是和开发人员分开的；因为从项目的计划到最后验收，客户一直起着很重要的作用。开发人员和客户一起，把各种需求变成一个个小的需求模块，例如"计算年级的总人数，就是把该年级所有班的人数累加"；这些模块又会根据实际情况被组合在一起或者被分解成更小的模块；它们都被记录在一些小卡片上，之后分别被程序员们在各个小的周期开发中，通常不超过 3 个星期实现；客户根据每个模块的商业价值来指定它们的优先级；开发人员要做的是确定每个需求模块的开发风险，风险高的（通常是因为缺乏类似的经验）需求模块将被优先研究、探索和开发；经过开发人员和客户分别从不同的角度评估每个模块后，它们被安排在不同的开发周期里，客户将得到一个尽可能准确的开发计划；客户为每个需求模块指定验收测试（功能测试）。

每发布一次开发的软件（经过一个开发周期），用户都能得到一个可以开始使用的系统，这个系统全面实现了相应的计划中的所有需求。而在一些传统的开发模式中，无论什么功能，用户都要等到所有开发完成后才能开始使用。

3) 极限的设计

从具体开发的角度来看,XP 内层的过程是一个个基于测试驱动的开发(Test Driven Development)周期,诸如计划和设计等外层的过程都是围绕这些展开的。每个开发周期都有很多相应的单元测试(Unit Test)。刚开始,因为什么都没有实现,所以所有的单元测试都是失败的;随着一个个小的需求模块的完成,通过的单元测试也越来越多。通过这种方式,客户和开发人员都很容易检验,是否履行了对客户的承诺。XP 提倡对于简单的设计(Simple Design),就是用最简单的方式,使得为每个简单的需求写出来的程序可以通过所有相关的单元测试。XP 强调抛弃那种一揽子详细设计方式(Big Design UpFront),因为这种设计中有很多内容是现在或最近都根本不需要的。XP 还大力提倡设计复核(Review)、代码复核以及重整和优化,所有的这些过程其实也是优化设计的过程;在这些过程中不断运行单元测试和功能测试,可以保证经过重整和优化后的系统仍然符合所有需求。

4) 极限的编程

既然编程很重要,XP 就提倡两个人一起写同一段程序(Pair Programming),而且代码所有权归于整个开发队伍(Collective Code Ownership)。程序员在写程序和重整优化程序的时候,都要严格遵守编程规范。任何人都可以修改其他人写的程序,修改后要确定新程序能通过单元测试。

5) 极限的测试

既然测试很重要,XP 就提倡在开始写程序之前先写单元测试。开发人员应该经常把开发好的模块整合到一起(Continuous Integration),每次整合后都要运行单元测试;做任何的代码复核和修改,都要运行单元测试;发现了 BUG,就要增加相应的测试(因此 XP 方法不需要 BUG 数据库)。除了单元测试之外,还有整合测试,功能测试、负荷测试和系统测试等。所有这些测试,是 XP 开发过程中最重要的文档之一,也是最终交付给用户的内容之一。

XP 的一个成功因素是重视客户的反馈——开发的目的就是为了满足客户的需要。XP 方法使开发人员始终都能自信地面对客户需求的变化。XP 强调团队合作,经理、客户和开发人员都是开发团队中的一员。团队通过相互之间的充分交流和合作,使用 XP 这种简单但有效的方式,努力开发出高质量的软件。XP 的设计简单而高效;程序员们通过测试获得客户反馈,并根据变化修改代码和设计,他们总是争取尽可能早地将软件交付给客户。XP 程序员能够勇于面对需求和技术上的变化。

4.3.3 统一过程

Rational Unified Process 是软件工程的过程。它提供了在开发组织中分派任务和责任的纪律化方法。它的目标是在可预见的日程和预算前提下,确保满足最终用户需求的高质量产品。

统一过程(Unified Process,UP)模型是一种"用例驱动,以体系结构为核心,迭代为增量"的软件过程框架,由 UML(统一建模语言)方法和工具支持。

统一过程定义了五个阶段:

(1)起始阶段:包括用户沟通和计划活动两个方面,强调定义和细化用例,并将其作为主要模型。

(2) 细化阶段：包括用户沟通和建模活动，重点是创建分析和设计模型，强调类的定义和体系结构的表示。

(3) 构建阶段：细化设计模型，并将设计模型转化为软件构建实现。

(4) 转化阶段：将软件从开发人员传递给最终用户，并由用户完成 beta 测试和验收测试。

(5) 生产阶段：持续地监控软件的运作，并提供技术支持。

Rational Unified Process 是 Rational 公司开发和维护的过程产品。Rational Unified Process 的开发团队同顾客、合作伙伴、Rational 产品小组及顾问公司共同协作，确保开发过程持续地更新和提高以反映新的经验和不断演化的实践经验。

Rational Unified Process 提高了团队生产力。对于所有的关键开发活动，它为每个团队成员提供了使用准则、模板、工具指导来进行访问的知识基础。而通过对相同知识基础的理解，无论是进行需求分析、设计、测试项目管理或配置管理，均能确保全体成员共享相同的知识、过程和开发软件的视图。

Rational Unified Process 的活动创建和维护模型。Rational Unified Process 强调开发和维护模型——语义丰富的软件系统表达，而非强调大量的文本工作。

Rational Unified Process 是有效使用 Unified Modeling Language（UML）的指南。UML 是良好沟通需求、体系结构和设计的工业标准语言。UML 由 Rational 软件公司创建，现在由标准化对象管理机构（OMG）维护。

Rational Unified Process 能对大部分开发过程提供自动化的工具支持。它们被用来创建和维护软件开发过程（可视化建模、编程、测试等）的各种各样的产物——特别是模型。另外在每个迭代过程的变更管理和配置管理相关的文档工作支持方面也是非常有价值的。

Rational Unified Process 是可配置的过程。没有一个开发过程能适合所有的软件开发。Rational Unified Process 既适用小的开发团队也适合大型开发组织。Rational Unified Process 建立简洁和清晰的过程结构为开发过程家族提供通用性。并且，它可以变更以容纳不同的情况。它还包含了开发工具包，为配置适应特定组织机构的开发过程提供了支持。

Rational Unified Process 以适合于大范围项目和机构的方式捕捉了许多现代软件开发过程的最佳实践。部署这些最佳实践经验使用 Rational Unified Process 作为指南，给开发团队提供了大量的关键优势。在下节中，将对 Rational Unified Process 的 6 个基本最佳实践经验进行描述。

4.3.4　敏捷建模

敏捷建模（Agile Modeling，AM）是一种态度，而不是一个说明性的过程。AM 是敏捷建模者们坚持的价值观、敏捷建模者们相信的原则、敏捷建模者们应用的实践组成的集合。AM 描述了一种建模的风格。当它应用于敏捷的环境中时，能够提高开发的质量和速度，同时能够避免过度简化和不切实际的期望。

1. 敏捷建模的价值观

敏捷建模的价值观包括了 XP 的四个价值观：沟通、简单、反馈、勇气，此外，还扩展了第五个价值观：谦逊。

（1）沟通。建模不但能够促进团队内部的开发人员之间沟通，还能够促进团队和Project Stakeholder 之间的沟通。

（2）简单。画一两张图表来代替几十甚至几百行的代码，通过这种方法，建模成为简化软件和软件（开发）过程的关键。这一点对开发人员而言非常重要——它简单，容易发现出新的想法，随着你对软件的理解的加深，也能够很容易地改进。

（3）反馈。Kent Beck 在 Extreme Programming Explained 中有句话讲得非常好："乐观是编程的职业病，反馈则是其处方。"通过图表来交流想法，可以快速获得反馈，并能够按照建议行事。

（4）勇气。勇气非常重要，当决策被证明是不合适的时候，就需要重新做出重大的决策，放弃或重构（Refector）工作，修正方向。

（5）谦逊。最优秀的开发人员都拥有谦逊的美德，他们总能认识到自己并不是无所不知的。事实上，无论是开发人员还是客户，甚至所有的 Project Stakeholder，都有他们自己的专业领域，都能够为项目做出贡献。一个有效的做法是假设参与项目的每一个人都有相同的价值，都应该被尊重。

2. 敏捷建模的原则

敏捷建模定义了一系列的核心原则和辅助原则，它们为软件开发项目中的建模实践奠定了基石。其中一些原则是从 XP 中借鉴而来，在 Extreme Programming Explained 中有它们的详细描述。而 XP 中的一些原则又是源于众所周知的软件工程学，复用的思想随处可见。本文中对这些原则的阐述主要侧重于它们是如何影响着建模工作。这样，对于这些借鉴于 XP 的原则，可以从另一个角度来看待。下面列举敏捷建模的核心原则。

（1）主张简单。当从事开发工作时，主张最简单的解决方案就是最好的解决方案。不要过分构建（Overbuild）软件。只要基于现有的需求进行建模，日后需求有变更时，再来重构这个系统，尽可能地保持模型的简单。

（2）拥抱变化。需求时刻在变，人们对于需求的理解也时刻在变。这就意味着随着项目的进行，项目环境也在不停地变化，因此开发方法必须要能够反映这种现实。

（3）递增的变化。和建模相关的一个重要概念是不用在一开始就准备好一切。只要开发一个小的模型，或是概要模型，打下一个基础，然后慢慢地改进模型，或是在不再需要的时候丢弃这个模型。这就是递增的思想。

（4）有目的的建模。不应该毫无意义的建模，需要和高级经理交流方法，创建描述系统的文档，使其他人能够操作、维护、改进系统。在此基础上，再保证模型足够正确和足够详细。一旦一个模型实现了目标，你就可以结束目前的工作，把精力转移到其他的工作上去。

（5）多种模型。开发软件需要使用多种模型，因为每种模型只能描述软件的单个方面，"要开发现今的商业应用，该需要什么样的模型呢?"考虑到现今软件的复杂性，建模工具箱应该要包容大量有用的技术。

（6）高质量的工作。所谓高质量是指系统操作简单，界面友好，可靠性高，响应速度快，便于维护等。

（7）快速反馈。从开始采取行动，到获得行动的反馈，二者之间的时间至关紧要。和其他人一齐开发模型，想法可以立刻获得反馈，和客户紧密工作，去了解他们的需求，去分析这些需求，或是去开发满足他们需求的用户界面，这样，就提供了快速反馈的机会。

（8）软件是主要目标。软件开发的主要目标是以有效的方式,制造出满足需要的软件,而不是制造无关的文档,无关的用于管理的文档,甚至无关的模型。任何一项活动,如果不符合这项原则,不能有助于目标实现的,都应该受到审核,甚至取消。

（9）轻装前进。软件开发不要有什么包袱和顾虑,按照开发计划,选择有效的工具,朝着预定目标而有条不紊地开发系统。

（10）内容比表示更重要。一个模型有很多种的表示方法。例如,可以通过在一张纸上放置即时贴的方法来建立一个用户界面规格(基本/低精度原型)。它的表现方式可以是纸上或白板上的草图,可以是使用原型工具或编程工具建立的传统的原型,也可以是包括可视界面和文本描述的正式文档。要利用建模的优点,而不要把精力花费在创建和维护文档上。

（11）三人行必有我师。一个人不可能完全精通某项技术,应该学习新的知识,拓展知识领域。把握住这个机会,和他人一同工作,向他人学习,试试做事的新方式,思考什么该做,什么不该做。

（12）了解自己的模型。因为要使用多种模型,需要了解它们的优缺点,这样才能够有效地使用它们。

（13）了解自己的工具。软件(例如作图工具、建模工具)有各种各样的特点。如果你打算使用一种建模工具,就应当了解什么时候适合使用它,什么时候不适合使用它。

（14）局部调整。对于系统的目标有时根据实际情况可作局部调整,但做大的修改要慎重。

（15）开放诚实的沟通。人们需要能够自由的提出建议,而且人们还应该能够感受到他们是自由的。开放诚实的沟通使人们能够更好地决策,因为作为决策基础的信息会更加准确。

（16）利用好人的直觉。有时会感觉到有什么地方出问题了,或是感觉什么地方有不一致的情况,或是某些东西感觉不是很对。其实,这种感觉很有可能就是事实。随着你的软件开发的经验的增加,直觉也会变得更敏锐,直觉下意识之间告诉自己的,很可能就是工作的关键之处。如果直觉告诉自己一项需求是没有意义的,那就不用投入大量的精力和用户讨论这方面的问题了。如果直觉告诉自己有部分的架构不能满足需要,那就需要建立一个快速技术原型来验证自己理论。

综上所述,敏捷建模是一种态度,而不是一个说明性的过程。敏捷建模是敏捷建模者们坚持的价值观、敏捷建模者们相信的原则、敏捷建模者们应用的实践组成的集合。敏捷建模描述了一种建模的风格。当它应用于敏捷的环境中时,能够提高开发的质量和速度,同时能够避免过度简化和不切实际的期望。敏捷建模是对已有方法的补充,而不是一个完整的方法论。AM 的主要焦点是在建模上,其次才是文档。敏捷建模是一种有效的共同工作的方法,能够满足项目经理的需要。敏捷开发者们和项目经理进行团队协作,他们轮流在系统开发中扮演着直接、主动的角色。在"敏捷"的字典中没有"我"这个单词。敏捷建模是有效的,而且也已开始有效。当你学习到更多的 AM 知识时,有件事可能不好接受,AM 近乎无情的注重有效性。敏捷建模是来自实践中,而不是象牙塔般的理论。AM 的目标就是以一种有效的态度描述系统建模的技术,它有效率,足够胜任你手头的工作。

4.4 信息系统开发方式

信息系统的开发方式主要有用户自主开发方式、委托开发方式、合作开发方式、购买现成软件等方式。实际上，在签订合同的时候，就必须确立开发方式。因为不同的开发方式对合同的细则，如知识产权、开发费用、系统维护等有直接的影响。上述四种开发方式各有优点和不足，需要根据企业的技术力量、资金情况、外部环境等因素进行综合考虑和选择。但是，不论哪一种开发方式都需要企业的领导和业务人员参加，并在信息系统的整个开发过程中培养和锻炼企业的信息技术队伍。

4.4.1 自主开发

用户自主开发方式又称最终用户开发，适合于有较强的信息技术队伍的企业。自行开发的优点是开发费用少，开发的系统能够适应本单位的需求且满意度较高，便于维护；缺点是由于不是专业开发，容易受业务工作的限制，系统优化不够，开发水平较低，且由于开发人员是从所属各单位抽调出来，临时组建进行信息系统的开发工作，这些人员在其原部门还有其他工作，所以，精力有限，容易造成系统开发时间长，系统整体优化较弱，开发人员调动后，系统维护工作没有保证的情况。因此，一方面需要大力加强领导，实行"一把手"原则，另一方面可向专业开发人士或公司进行咨询，或聘请他们为开发顾问。

随着第四代语言及软件工具和信息系统生成器的发展，越来越多的企业进行自行开发是有可能的。虽然这些工具与常规的编程语言相比运行速度较慢，但由于目前硬件成本越来越低，完全可以弥补软件运行速度的不足，使该方式在技术和经济上可行。另外，该方式开发的系统整体性与质量较难保证，易用现代信息技术加固传统的管理方法，不利于推动组织变革，在当今企业面临重组与经济全球化的挑战下，该方式本身也面临挑战。

通过自行开发可以得到适合本单位需要的、满意的系统，在系统开发过程中还可以培养自己的技术力量。缺点是开发周期往往较长。自行开发需要强有力的领导，有足够的技术力量，需进行一定的调研和咨询。

自主开发适合于有较强的管理信息系统分析与设计队伍和程序设计人员、系统维护使用队伍的组织和单位，如高等院校、研究所、计算机公司等单位。独立开发的优点是开发费用少，实现开发后的系统能够适应本单位的需求且满意度较高，系统维护方便。缺点是由于不是专业开发队伍，容易受计算机业务工作的限制，系统优化不够，开发水平较低。

4.4.2 委托开发

委托开发方式适合于企业信息系统的开发力量较弱，但资金较为充足的单位。委托开发方式的优点是省时、省事，开发的系统技术水平较高。缺点是费用高、系统维护需要开发单位的长期支持。此种开发方式需要企业的业务骨干参与系统的论证工作，开发过程中需要开发单位和企业双方及时沟通，进行协调和调查。委托开发再往前走一步，就是系统外包。所谓系统外包，是指企业不依靠其内部资源建立信息系统，而是聘请专门从事开发服务的外部组织进行开发，由外部开发商来负责信息系统的建设甚至是日常管理。

显然,委托开发多是就一次性项目来签订委托合同,而系统外包则有可能是签订一个长期的服务合同,对企业有关信息技术的业务进行日常支持。这其中委托单位的选择至关重要。系统外包之所以流行开来,是因为有些企业发现用系统外包方式建立信息系统比企业维持内部计算机中心和信息系统工作人员更能控制成本,负责系统开发服务的外部开发商能从规模经济中(相同的知识、技能和能力由许多不同的用户共享)降低成本,从而获得收益,并能以富有竞争力的支付价格。由于一些企业内部的信息系统人员对知识的掌握无法与技术变化同步,所以企业可以借助系统外包进行开发。该方式能较好地推动企业的重组与变革,在我国现阶段与将来是主流的开发方式之一。当然,也不是所有企业都能从系统外包中获得好处,一旦不能对系统很好地理解和管理,那么系统外包的缺点也可能给组织带来严重的问题,例如失控、战略信息易损、对外部服务商产生依赖性、不利于培养企业自身的技术力量等。

委托开发从用户角度最省事,但必须配备精通业务的管理人员参加,经常检查和督促。这种开发方式一般费用较高,系统维护比较困难。

委托开发方式适合于使用单位无管理信息系统分析、设计及软件开发人员或开发队伍力量较弱、但资金较为充足的组织和单位。

委托开发的方式的优点是省时、省事,系统的技术水平较高。缺点是费用高、系统维护需要开发单位的长期支持。此种方式需要使用单位的业务骨干参与系统的论证工作,开发过程中,需要开发单位和使用单位双方及时沟通,进行协调和检查。

4.4.3 合作开发

合作开发方式又称联合开发,它是自行开发方式与委托开发方式的结合,适合于企业有一定的信息技术人员,但可能对信息系统开发规律不太了解,或者是整体优化能力较弱,希望通过信息系统的开发完善和培养自己的技术队伍,便于后期的系统维护工作。

合作开发方式需要成立一个临时的项目开发小组,由企业业务骨干(甲方人员)与开发人员(乙方人员)共同组成,项目负责人可由甲方担任或由乙方担任,或者双方各出一位负责人,项目负责人直接对企业的"一把手"负责,紧紧围绕项目开发这一任务开展工作。该项目组是一个结构松散的组织,其人员与运作方式随着项目开发阶段的不同,可根据需要随时增减人员与调整工作方式。项目组应严格挑选控制人员,因为在信息系统开发这种特殊的项目中随意增加人员并不能加快系统开发的进程。该方式强调在开发过程中通过共同工作,逐步培养企业自身的人才,项目开发任务完成后,项目组一般会自行解散,后期的系统维护工作将主要由企业自身的人员承担。另外,该方式还强调合作双方的关系的重要性,建立一种诚信的、友好的合作关系对完成项目是至关重要的。

由于合作开发方式具有很强的针对性与灵活性,在我国被广泛采用,曾经是我国管理信息系统项目开发中的主流开发方式。它的优点是相对于委托开发方式比较节约资金,可以培养、增强企业的技术力量,便于系统维护工作。缺点是双方在合作中易出现扯皮现象,需要双方及时达成共识,进行协调和检查。

合作开发对于培养自己的技术力量最有利,系统维护也比较方便。条件是企业组织要有一定的系统分析和设计力量,合作双方要精密协作和配合。

合作开发方式适合于使用单位有一定的管理信息系统分析、设计及软件开发人员,但开发队伍力量较弱,希望通过管理信息系统的开发建立完善和提高自己的技术队伍,便于系统维护工作的单位。双方共同开发成果,实际上是一种半委托性质的开发工作。优点是相对于委托开发方式比较节约资金,可以培养、增强使用单位的技术力量,便于系统维护工作,系统的技术水平较高。缺点是双方在合作中沟通易出现问题,需要双方及时达成共识,进行协调和检查。

4.4.4 购买和租用软件包

目前,软件的开发正在向专业化方向发展。一批专门从事信息系统开发的公司已经开发出一批使用方便、功能强大的专项业务信息系统软件。为了避免重复劳动,提高系统开发的经济效益,企业可以购买信息系统的成套软件或开发平台,如财务管理系统、小型企业信息系统、进销存信息系统等。此方式的优点是节省时间和费用、技术水平较高;缺点是通用软件的专用性较差,根据用户的要求需要有一定的技术力量做软件改善和接口工作等二次开发工作。购置现成的商品软件,买来后经修改(二次开发)、安装、初始化即可投入使用。该方式中软件品种与软件供应商的选择是需要花时间进行比较与选择的,价格因素也是不容忽视的,目前商品化应用软件(应用软件包)品种很多,从单一功能的小软件到覆盖大部分企业业务的大系统,价格也从几万元到几百万元不等。

购置现成的商品软件容易使企业管理模式向商品软件的模式靠拢,变动的成分较大,有利于进行企业业务流程重组,但同时也有风险。

总之,不同的开发方式各有不同的长处和短处,需要根据企业的实际情况进行选择,也可综合使用各种开发方式。表 4-2 对上述四种开发方式进行了简单的比较。

表 4-2　信息系统开发方式比较

系统开发方式	对本企业开发能力的要求	系统维护的难易	用于企业内部的费用	用于企业外部的费用
自行开发	非常需要	容易	大	小
委托开发	不太需要	相当困难	小	大
合作开发	需要	比较容易	中等	中等
购(租)用软件包	不太需要	困难	小	小

根据前面几种开发方法的特点、软件的发展情况,对规模较小,商业逻辑较简单的企业可以选择通用软件;在选择供应商时一定要仔细比较,以便与自己的经营模式吻合;企业要知道自己需要什么。对规模较大,经营模式较复杂的企业,优先选择通用软件,可以为企业节省时间,降低风险;如果找不到合适的通用软件,可以根据自己的开发能力采用委托或联合开发方式。在选择之前,需要建立规划机构进行规划和可行性研究。

4.5　信息系统的项目管理

4.5.1 项目管理的流程

项目管理是指在一定的约束条件下,为高效率地实现项目目标,按照项目的内在规律和程序,对项目的全过程进行有效地计划、组织、协调和控制的系统管理活动。信息系统的建设是一项复杂的系统工程,涉及面广,技术难度大,需要投入大量的人力、物力、财力和时间,必须根据组织的改革与发展需要和可能,分成若干项目,分步进行开发。项目管理的方法完全可以用于信息系统开发项目的管理。

信息系统的"开发项目"包含信息系统分析、设计和实施的整个过程,由项目负责人(项目经理)负责,利用可获得的资源为用户组织系统的建设。根据系统科学的观点,一个大项目可以分解成若干个小项目。项目管理实质上是保证整个项目顺利、高效地完成的一种过程管理技术,贯穿于系统开发的整个生命周期。信息系统项目管理的基本问题是如何按所选择的研制方法进行有效的计划、组织和控制。

信息系统的项目管理流程与信息系统开发的阶段划分有关。通常将信息系统的项目管理工作分为两个阶段:立项与可行性论证阶段和项目实施管理阶段。

1. 立项与可行性论证

对于一个中、大型项目在开发前都必须进行初步调查,提出项目建议书,交主管部门审批后,项目被列入计划,就称为项目立项。项目立项后,要作可行性论证,写出可行性研究报告,项目是否正式实施还有待于可行性研究报告是否被审批。

这一阶段的管理工作属于战略决策层的管理,其目的是要决定某个项目是否立项。单位领导(至少是主管部门领导)要亲自参与。项目建议书是初步的可行性研究,项目的审批是一个决策问题。要有专家、领导和用户参加,运用科学的方法进行决策,从实际应用出发,用发展的眼光,可采取听证会的形式,不要凭经验,凭想象主观决策。

项目立项后,是否立即开发,可行性研究十分重要。进行可行性研究,首先要作系统地、全面地调查,收集大量的数据和资料,不仅要探讨各种具有实际意义的可能方案,而且要寻找最佳方案,推荐给开发者,同时提出还应考虑的其他问题。可行性研究一般要讨论下列问题:项目开发的可能性与必要性;项目开发在技术上、经济上、管理上等各方面的可行性;最后要有明确的结论。可行性研究的成果是可行性研究报告。这是一份重要的文档,是指导系统开发的依据。对可行性报告,要组织专家、领导和管理者进行评审。只有评审通过后,才能进入系统开发阶段。

2. 项目实施管理

信息系统的项目被批准实施后,就应开始项目实施的管理工作。项目实施管理要贯穿系统开发的全过程,包括系统分析、系统设计、系统实施、系统评价与维护。项目实施管理的目的是通过计划、检查、控制等一系列措施,使系统开发人员能够按项目的目标有计划地开展工作,以便成功地完成项目。

无论项目大小,都应成立项目组。项目组由项目负责人和成员若干名组成。一个较大的系统可按任务再分组,项目组的人员应面向项目而不是按专业进行组织。当大型的信息系统项目分为多个子项目进行开发时,需要有一个总的项目管理组对各个子项目的公共部分作出指导、协调和管理,并统筹规划,各个子项目相应有各自的项目管理小组。

项目实施管理的主要内容包括开发管理、测试管理、运行管理和评价管理等。

开发管理的主要内容有:制定文档,预计需要的资源,费用估算,安排工作任务和日程,定期评审,质量监理,处理意外情况,写开发总结报告等。

测试管理的主要内容有:制定测试计划,测试分析并报告,编制用户手册等。

运行管理的主要内容有：人员的组织与管理,设备和资料管理,财政预算与支出管理,作业时间管理等。

评价管理的主要内容有：技术水平与先进性评价,经济与社会效益分析,系统质量评价,系统的推广使用价值评价,系统的不足之处与改进意见等。

4.5.2 项目管理的组织机构

前面提到的项目组就是项目管理的组织机构。项目组可按项目规模和工作需要设立若干小组。一般来说,一个项目要有项目负责人(或称项目经理,项目组长等),可设立的项目小组有：过程管理小组、系统开发小组、系统集成小组、系统测试小组、项目支持小组、项目监理小组等。

1. 项目负责人

项目负责人是整个项目的领导者,也是项目的直接责任人。其任务是保证整个开发项目的顺利进行,负责项目的组织、分工,选择正确的开发方法,采用切实可行的技术,协调开发人员之间、各级用户之间、开发人员与用户之间的关系,并具有资金的支配权,掌握项目开发的进度,直接向有关部门汇报等。

项目管理的力度与系统开发项目的规模有关。对于小型项目,项目负责人可以独立进行工作,直接管理各类开发技术人员,必要时可以求得外部机构的支持;对于中型项目,应划分出各个任务的界限,由不同的人参与管理,项目负责人通过这些人来实施各项管理工作;对于大型项目,应有专门的管理机构进行辅助管理,项目负责人应能保证其思想的实施,并通过管理机构对开发技术人员的工作实施管理,同时注意对其产品的审核。

2. 过程管理小组

过程管理小组的任务是负责整个项目的成本及进度控制、进行配置管理、安装调试、技术报告的出版、培训支持等项任务。是一个综合性的机构。

3. 系统开发小组

系统开发小组的任务是负责系统开发各个阶段工作的实施,包括系统分析、系统设计和系统实施等。系统开发小组中的每个成员可按任务具体分工,明确任务,做到责、权、利于一体。

4. 系统集成小组

系统集成是对整个信息系统进行综合的过程。该小组要在充分考虑硬件、软件产品与所开发的信息系统之间的结合,注意最大限度地保证系统可靠性及发挥系统的最高效率的前提下完成信息系统的硬件、软件等各方面的集成。

5. 系统测试小组

系统测试小组的任务是依据系统开发的目标,采用先进的测试工具和方法,选择有效的测试用例,对系统进行有效性测试,保证项目的质量。

6. 项目支持小组

项目支持小组的任务是要及时提供系统开发所需要的设备、材料,负责进行项目开发的成本核算、合同管理、安全管理等。

7. 项目监理小组

项目监理小组的任务是对整个项目的开发过程实施有效地监督和控制,包括开发进度是否按预期计划,设备配置是否达到指标要求,文档是否齐全,各阶段的工作是否有条不紊地进行,每个阶段是否进行评审等。该小组对项目的质量起着控制作用。做到早发现问题,早解决问题。

4.5.3　项目管理的内容

项目管理的内容包括:任务划分、计划安排、经费管理、风险管理、审计与控制、文档管理等。

1. 任务划分

任务划分是把整个系统开发工作定义为一组任务的集合,这组任务又可以进一步划分为若干子任务,进而形成具有层次结构的任务群。

在项目管理中,进行任务划分是必要的。由于任务划分是整个开发计划和监督工作执行的基础,有利于分工合作,与工作责任性和可靠性密切相连,也是资金分配的基础,可对项目实施有效的管理。因此进行任务划分是项目管理的第一步,也是关键的一步。

任务划分的内容主要有任务设置、资金划分、任务计划时间表、协同过程与保证完成任务的条件等。

任务设置是在统一文档格式的基础上详细说明每项任务的内容、应该完成的文档资料、任务的检验标准等;资金划分是根据任务的大小、复杂程度,所需的硬件、软件、技术等多种因素确定完成这项任务所需的资金分配情况;任务计划时间表是根据所设置的任务确定完成的时间;协同过程与保证完成任务的条件是指在任务划分时要考虑为了完成该项任务所需要的外部和内部条件,即哪些人需要协助、参与该项任务,保证任务按时完成的人员、设备、技术支持、后勤支持等。任务划分的结果最好用一张任务划分表来描述。在任务划分表中,需标明任务标号、任务名称、完成任务责任人及以上内容的说明等。

任务划分的主要方法有以下三种:

(1) 按系统开发项目的结构和功能进行划分。即可以将整个开发系统分为硬件系统、系统软件、应用软件系统。硬件系统可分为服务器、工作站、计算机网络设施等,要考虑到硬件的选型方案、购置计划、检验标准、安装调试等,制定相应的任务;系统软件可划分为网络操作系统、后台数据库管理系统、前台开发平台等,考虑这些软件的选型、配件、购置、安装调试等内容并制定相应的任务;对于应用软件可将其划分为输入、编辑、统计、查询、分析、输出(显示与打印)等功能,也可按处理功能来划分,如财务软件,可按账务处理、成本核算、固定资产管理、工资管理、财务分析等划分。不管按什么划分,都要考虑对系统进行需求分析、总体设计、详细设计、编码、测试、检验标准、质量保证、审核等操作并制定相应的任务。

(2) 按系统开发阶段进行划分。即按照系统开发中的系统分析、系统设计、系统实施等各个阶段划分出每个阶段应该完成的任务、硬软件系统的支持、技术要求、完成的标准、人员的组织及责任、质量保证、检验及审核等内容。

(3) 将上述两种方法结合起来进行任务划分。主要从实际应用考虑,兼顾上述两种方法的不同特点。

在进行任务划分过程中应注意以下两点:

（1）任务划分要恰当。任务划分的数量不易过细，也不能太粗。过细会引起项目管理的复杂性与系统集成的难度；过粗会对任务负责人的要求提高，而影响整个系统开发。

（2）任务划分后要明确任务负责人的职责，即负责人的任务、界限、对其他任务的依赖程度、确定约束机制和管理规则。

2. 计划安排

制定切实可行的计划有利于系统开发工作按期完成。依据任务划分来制定出整个开发及项目管理计划，绘制任务时间计划表。系统开发计划可分为系统配置计划、应用软件开发计划、测试计划、验收计划、项目管理计划、培训计划等。

（1）系统配置计划。包括计算机系统硬件、软件及网络系统的配置、选型、购置、安装调试过程，系统基准，最终产品的文档。

（2）应用软件开发计划。包括需求分析、系统分析、系统设计、系统集成计划等。

（3）测试计划。包括测试标准、测试用例、测试过程、测试方法等。

（4）验收计划。包括验收文档、验收质量、验收过程、验收方法等。

（5）项目管理计划。包括管理目标、管理策略、管理标准、管理过程、管理方法、各种计划协调等。

（6）培训计划。包括培训目标、培训要求、培训内容、培训时间安排等。

3. 经费管理

经费管理是信息系统开发项目管理中一个必不可少的组成部分。项目负责人可以运用经济杠杆来控制整个开发工作。经费的有效使用可起到事半功倍的效果，反之，会造成钱花了，而开发工作却进展甚微的后果。在项目管理中，不仅要明确项目负责人的职责，还要赋予他一定的经济支配权，当然要对其进行监督和控制。

在经费管理中还要制定两个计划：经费开支计划和经费预测计划。

（1）经费开支计划。包括完成任务所需的资金分配，确认任务的责权和考虑可能的超支情况，系统开发时间表及相应的经费开支，不可预计的费用等。

（2）经费预测计划。包括在不同的时间所需的经费情况，了解项目完成的百分比。与经费开支计划相比较，经费的调整等。

4. 风险管理

项目管理中的风险管理是不可忽略的。对信息系统的建设来说，它涉及方方面面的开发人员和最终用户。在信息系统的开发过程中，尽管经过开始阶段的可行性研究以及一系列管理措施的控制，但其效果一般来说还不能过早地确定，还可能存在某种程度的风险。例如，可能达不到预期的效果，费用可能比计划的高，开发时间可能比预期的长，系统的性能可能比预期的低，等等。因此，任何一个系统开发项目都应具有风险管理。它必须引起项目负责人的高度重视。

1）风险管理应遵循的原则

在风险管理中，应遵循的基本原则如下：

（1）技术上在满足需求的同时，应尽量采用成熟的技术，降低系统开发的风险。

（2）费用开销应尽量控制在预算范围内。

（3）开发进度应尽量控制在计划之内。

（4）应始终保持与用户的联系，多多听取用户的意见。

（5）充分估计到可能出现的风险，分析各种可能出现的风险情况。

（6）尽早做好预防风险的工作，及时采纳减少风险的建议。

2）风险管理过程

风险管理过程可以划分为如下几个步骤。

（1）风险辨识。风险是与问题相联系的，要考虑哪些问题会出现风险。风险的确定应听取技术专家和广大用户的意见。一般来说，潜在的风险源主要有以下几种。

① 在总体规划和系统分析阶段所作的需求分析不完全、不清楚、不可行，最终影响系统设计和系统集成。

② 在系统设计过程中，设计结果的可用性、可实施性、可测试性较差，影响系统的后续开发工作。

③ 在程序设计过程中，可能出现的不一致性或系统的支持较差。

④ 在整个系统开发过程中，人员的变动，或遇到困难和问题时，项目组出现矛盾和不协调性将影响系统开发的质量和开发进度。

⑤ 在实施项目管理过程中，计划的准确性、可监控性、经费使用及分配情况等将对整个开发工作产生影响。

（2）风险分析。辨识出的风险进行进一步的确认后分析风险的概况，确定出现风险的时间、最坏情况、影响面等。划分风险等级，可按高、中、低划分。

（3）风险跟踪。对辨识后的风险在系统开发过程中进行跟踪管理，确定还会有哪些变化，以便及时修正计划。

（4）风险措施。对出现的风险制定出相应的对策，采取一定的措施使风险的影响降低到最小。

通常影响项目内在风险的因素有三个：项目的规模、业务的结构化程度以及项目采用的技术难度。一般说来，采用难度大的高技术的大项目，其业务的结构化程度低，风险性大；而采用相对难度小的低技术的小项目，业务的结构化程度高，风险性小。可以说，如果一个风险高的项目获得成功，将能得到最大的期望效益。

5. 项目管理采取的措施

项目管理中的风险管理方法，是根据项目风险水平进行组织和管理。为了搞好项目管理，可采取如下措施。

（1）项目组与用户结合的外部结合。例如，用户项目管理组织、用户参加项目小组和用户指导工作组。

（2）项目组协调工作的内部结合。例如，项目评审会、备忘录和项目组参与决策。

（3）任务结构化、条理化的计划。例如，关键路线图、抓重大事件以及项目审批程序等。

（4）估计项目进程的规范化控制。例如，具有差异分析的一系列正式的状态报告。

6. 审计与控制

在项目管理中，审计与控制是保证系统质量的重要环节，对于整个系统开发能否在预算的范围内按照任务时间表来完成相应的任务起着关键作用。审计与控制的内容和步骤如下。

（1）制定系统开发的工作制度。按照所采用的开发方法，针对每一类开发人员制定出其工作过程中的责任、义务、完成任务的质量标准等。

(2) 制定审计计划。按照总体目标和工作标准制定出进行审计的计划。

(3) 分析审计结果。按计划对每项任务进行审计,分析执行任务计划表和经费的变化情况,确定需要调整、变化的部分。

(4) 控制。根据任务时间计划表和审计结果,掌握项目进展情况,及时处理开发过程中出现的问题,及时修正开发工作中出现的偏差,保证系统开发工作的顺利进行。

7. 文档管理

软件是程序以及开发、使用和维护这些程序所需的所有文档。在系统开发过程中所取得的成果,应及时按照一定的格式产生各种文档。文档在信息系统的开发中有十分重要的作用。

(1) 文档便于查阅和核对。

(2) 文档是开发人员之间、开发人员与用户之间进行交流的有效形式。

(3) 前期工作的文档是后期工作的基础,也就是说,后期工作是在前期工作文档的基础上的继续。

文档管理可从以下几个方面进行。

(1) 文档要标准化、规范化。在系统开发过程中,所有的文档必须统一标准。

(2) 维护文档的一致性。信息系统开发过程本身是一个不断变化的动态过程,一旦需要对某一文档进行修改,要及时、准确地修改与之相关联的文档,否则将会引起系统开发工作的混乱。

(3) 维护文档的可追踪性。由于系统的变化,文档要分版本来实现。

(4) 文档管理的制度化。按系统开发的各个阶段,形成文档并进行管理。

文档的形式以文字、图表为主。文字要简明,图表要形象。

在信息系统开发过程中,主要的文档有:可行性报告,系统分析说明书,系统设计说明书,程序代码,测试报告,用户使用手册等。

4.5.4 项目管理中的质量控制

在项目管理中,质量控制是整个信息系统质量保证的关键,并且系统开发最初阶段的质量控制尤为重要。

IBM 公司曾对造成信息系统质量问题的各种错误的发生进行统计,其结果为:编程错误占 25%,系统分析和设计错误占 45%,程序修改错误占 20%,文档错误占 7%,其他错误占 3%。

从质量管理的角度来说,错误发现得早,修改越容易,所花代价越小。曾有人作过研究,在系统分析阶段出现的错误,假若在系统分析阶段修改的费用为 1 时,拖到系统设计才修改就需 4 倍的费用,而到运行阶段再修改则需 30 倍的费用。可见,项目质量控制从一开始就显得十分重要。

1. 项目开发的质量保证

项目开发的质量保证包括如下几方面的内容。

(1) 确保获得完整正确的需求。

(2) 在开发的每一阶段结束时,要休整一下以进行充分审查并确保该部分工作与系统相协调。

(3) 采用具有质量控制内容的程序开发规范。包括结构化设计,结构化程序设计,程序测试方法等。

(4) 规范的安装调试。

(5) 事后审计评价。

2. 质量控制的建议

在项目管理中,根据系统开发的各个阶段,通过设置项目质量控制点来加以控制。通常有如下建议。

(1) 系统规划阶段。可考虑决策目标和解决手段是否正确合理? 系统结构是否合理? 系统资源能否充分利用? MIS 开发的基础是否具备? 工程计划安排是否切实可行?

(2) 系统分析阶段。可考虑现行系统描述是否正确? 新系统功能是否明确? 新系统逻辑模型是否合理? 子系统划分是否合理?

(3) 系统设计阶段。可考虑网络方案和硬软件选型是否合理? 模块的划分是否合理? 数据结构设计是否合理? 信息规范化程度如何? 测试方案和测试用例是否完整?

(4) 系统实施阶段。可考虑程序的结构化程度怎样? 程序的正确性如何? 运行的速度是否达到目标? 安装测试报告是否规范? 技术指标的考核情况怎样? 文档是否齐全?

3. 质量控制方法

在系统开发过程中,可采取下列方法与措施进行质量控制。

(1) 严格挑选系统开发组成员。系统开发组成员的选择是质量保证的基本前提。开发组应由信息系统专业人员和管理人员组成,他们除了应该熟悉本职业务和懂得本行技术之外,还必须考虑这些人员的团体意识和良好合作的人际关系。

(2) 加强培训工作。在系统开发的过程中,应该有步骤、有计划、分期分批地、按层次对各类人员进行信息系统有关知识和开发技术等方面的培训。

(3) 正确选择系统开发策略与方法。项目的开发策略与方法对系统的质量将产生重要的影响。为此,在系统开发之初就应确定系统开发策略和方法,如结构化方法,原型法等。

(4) 建立质量检查制度。在系统开发的各个阶段,要进行质量检查。每个阶段完成后,应立即进行阶段审查,检查文档是否齐全。发现问题及时修正。

(5) 采用项目监理。项目监理的一项重要职责是对项目的质量进行控制。项目监理必须严格把关,自始至终地参与项目开发的全过程。

(6) 进行集体评议。集体评议的目的是为了及早发现系统开发的质量问题并及时找出解决问题的办法,而不在于追究系统开发组或个人的责任。参加集体评议的人员应尽可能有代表性,一般应有专家、单位负责人、管理人员、用户、项目监理、开发组成员。

思考题 4

1. 阐述信息系统的复杂性。
2. 简述信息系统建设工作复杂性的几个方面。

3. 信息工程的基本原理包含哪三个方面？

4. 信息系统开发通常有哪些方法？

5. 简述生命周期法各个阶段的主要任务，并说明其优缺点。

6. 简述原型法的开发过程，并说明其主要优点及局限性。

7. 叙述面向对象方法的基本思想及开发过程。

8. 给出计算机辅助软件工程(CASE)的含义、主要目标及应具备的基本功能。

9. 说明螺旋形模型的基本思想。

10. 说明极限编程的基本思想。

11. 简述敏捷建模的主要原则。

12. 简述信息系统的几种主要开发方式。

13. 简述信息系统项目管理的两个阶段。

14. 简述信息系统项目管理组织结构中各类人员的作用。

15. 叙述信息系统项目管理的基本内容。

16. 说明信息系统项目管理中质量控制的重要性。在系统开发过程中，通常采取什么方法与措施进行质量控制？

第 5 章

信息系统规划

学习目的：通过本章的学习，主要使学生掌握信息系统规划的概念、作用、内容、特点等基本知识，理解常用的管理信息系统规划方法，对企业业务流程的规划和重整有全面的把握，了解可行性研究等方面的知识，重点掌握重整业务流程的规范、重整原则、重整类型和重整评价等知识点。

信息系统规划(Information System Planning,ISP)是一个组织的战略规划的重要组成部分，是关于 MIS 长远发展的规划。这一阶段的主要目的是明确系统整个生命周期内的发展方向、系统规模和开发方式。由于建设 MIS 是一项耗资大、历时长、技术复杂且涉及面广的系统工程，在着手开发之前，必须站在整个组织的战略高度，对组织的信息系统总体目标、战略、信息资源和系统开发工作进行综合性的规划。科学的规划可以减少盲目性，节约开发成本，提高系统的适应性，缩短系统开发周期。因此，认真制定能够支持组织战略发展的信息系统规划是现代管理信息系统成功开发的保障。

本章讨论信息系统规划的概念、作用、内容、特点等基本知识，重点介绍三种常用的管理信息系统规划方法：战略目标集转化法、企业系统规划法和关键成功因素法。最后，通过实际案例说明了信息系统规划的全过程。

5.1 信息系统的战略规划

5.1.1 战略规划

战略(Strategy)是组织领导者关于组织以下问题概念的集合，其中包括：

- 组织的使命和长期目标。
- 组织的环境约束及政策。
- 组织当前的计划和计划指标的集合。

1. 战略规划的方向和目标

战略规划可按方向和目标来区分。

(1) 时间区段。方向是持久的，无终止的，无时限的；而目标是有时限的，可以为子目标所替代的。

（2）特殊性。方向指的内容较广，较通用，是涉及印象、风格以及认识上的东西；目标则较专一，是在某一时刻可以达到的东西。

（3）聚焦点。方向常根据外部环境叙述；而目标则是内向的，隐含如何利用企业的资源。

（4）度量。方向和目标均是可量化的，但方向是以相关项叙述的，如"在什么上达到前10名"；目标是以绝对项叙述的，如盈利的50%来自外省的顾客等。

2. 战略规划的特点

战略规划的有效性包括两个方面：一方面是战略正确与否，正确的战略应当做到组织资源和环境的良好匹配；另一方面是战略是否适合于该组织的管理过程，也就是和组织活动匹配与否。一个有效的战略一般有以下特点。

（1）目标明确。战略规划的目标应当是明确的，不应是二义的。其内容应当使人得到振奋和鼓舞。目标要先进，但经过努力可以达到，其描述的语言应当是坚定和简练的。

（2）可执行性良好。好的战略说明应当是通俗的、明确的和可执行的，它应当是各级领导的向导，使各级领导能确切地了解它，执行它，并使自己的战略和它保持一致。

（3）组织人事落实。制定战略的人往往也是执行战略的人，一个好的战略计划有了好的人员执行，它才能实现。因而，战略计划要求一级级落实，直到个人。高层领导制定的战略一般应以方向和约束的形式告诉下级，下级接受任务，并以同样的方式告诉再下级，这样一级级的细化，做到深入人心，人人皆知，战略计划也就个人化了。

个人化的战略计划明确了每一个人的责任，可以充分调动每一个人的积极性。这样一方面激励了大家动脑筋想办法，另一方面增加了组织的生命力和创造性。在一个复杂的组织中，只靠高层领导一个人是难以识别所有机会的。

（4）灵活性好。一个组织的目标可能不随时间而变，但它的活动范围和组织计划的形式无时无刻不在改变。现在所制定的战略计划只是一个暂时的文件，只适用于现在，应当进行周期性的校核和评审，灵活性强使之容易适应变革的需要。

3. 战略规划的内容

战略规划的内容由三个要素组成。

1）方向和目标

经理在设立方向和目标时有自己的价值观和自己的抱负。但是他不得不考虑到外部的环境和自己的长处，因而最后确定的目标总是这些东西的折中，这往往是主观的，一般来说最后确定的方向目标绝不是一个人的愿望。

2）约束和政策

这就是要找到环境和机会与自己组织资源之间的平衡。要找到一些最好的活动集合，使它们能最好地发挥组织的长处，并最快地达到组织的目标。这些政策和约束所考虑的机会是现在还未出现的机会，所考虑的资源是正在寻找的资源。

3）计划与指标

这是近期的任务，计划的责任在于进行机会和资源的匹配。但是这里考虑的是现在的情况，或者说是不久的将来的情况。由于是短期，有时可以做出最优的计划，以达到最好的指标。经理或厂长以为他做到了最好的时间平衡，但这还是主观的，实际情况难以完全相符。

战略规划内容的制定处处体现了平衡与折中,都要在平衡折中的基础上考虑回答以下四个问题:

我们要求做什么?

我们可以做什么?

我们能做什么?

我们应当做什么?

这些问题的回答均是领导个人基于对机会的认识,基于对组织长处和短处的个人评价,以及基于自己的价值观和抱负而做出的回答。所有这些不仅限于现实,而且要考虑到未来。

战略规划是分层次的,正如以上所说战略规划不仅在最高层有,在中层和基层也应有。一个企业一般应有三层战略,即公司级、业务级和执行级。每一级均有三个要素:方向和目标、政策和约束以及计划和指标。这九个因素构成了战略规划矩阵,也就是战略规划的框架结构,如图 5-1 所示。

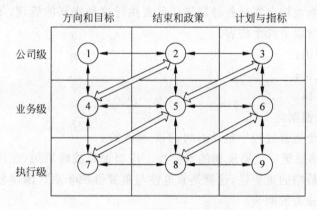

图 5-1 战略规划的框架结构

这个结构中唯一比较独立的元素是①,它的确定基本上不受图内其他元素的影响,但是仍然受到图外环境的影响,而且和图中④也有些关系。因为当考虑总目标时不能不考虑各种业务目标完成的情况,例如在确定总的财务目标时不能不了解公司财务的现实状况。

其他的元素都是互相关联的,当业务经理确定自己的目标④的时候,他要考虑上级的目标①,也要考虑公司的约束和政策②。尤其当公司的活动的多样性增加的时候,公司总目标所覆盖的范围相对降低,必然需要下级有自己的目标。一个运行得很好的公司应当要求自己的下属做到"上有政策,下有对策",而不应当满意那种"上有政策,下无对策"的下属。同样,这样的公司领导也应当善于合理地确定自己的目标,以及善于发布诱导性的政策和约束。执行经理的目标⑦不仅受到上级目标④的影响,而且要受到上级的约束和政策⑤的影响。

总的结构是:上下左右关联,而左下和右上相关,上下级之间是集成关系。这点在计划和指标列最为明显,这列是由最实在的东西组成,上级的计划实际上也是下级计划的汇总。左右之间是引导关系,约束和政策是由目标引出,计划和指标则是由约束和政策引出。

4. 战略规划的执行

如何制定好一个战略规划,如何执行好战略规划,又是战略规划的主要内容,这些叫战略规划的操作化。战略规划的实现和操作存在着两个先天性的困难。

(1) 这种规划一般均是一次性的决策过程,它是不能预先进行实验的。用一些管理科学理论所建立的模型与决策支持系统,往往得不到管理人员的承认,他们喜欢用自己的经验建立启发式模型,由于一次性的性质难以确定究竟哪种正确。

(2) 参加规划的专家多为企业中人员,他们对以后实现规划负有责任。由于战略规划总是要考虑外部的变化,因而要求进行内部的变革以适应外部的变化,这种变革又往往是这些企业人员不欢迎的,这样他们就有可能在实行这种战略规划时持反对态度。

为了执行好战略规划,应当做到以下几点。

(1) 做好思想动员。让各种人员了解战略规划的意义,使各层干部均能加入战略规划的实施。要让高层人员知道吸收外部人员参加规划的好处,要善于把制定规划的人的意图让执行计划的人了解,对于一些大企业战略计划的新思想往往应当和企业文化的形式符合,或者说应当以旧的企业习惯的方式推行新的内容。只要规划一旦制定,就不要轻易改动。

(2) 把规划活动当成一个连续的过程。在规划制定和实行的过程中要不断进行"评价与控制",也就是不断地综合集成各种规划和负责执行这种规划的管理,不断调整。一个好的战略管理应当包含以下几个内容:

① 建立运营原则;

② 确定企业地位;

③ 设立战略目标;

④ 进行评价与控制。

这些内容在整个运营过程中是动态的、不断修改的。

(3) 激励新战略思想。战略规划的重要核心应当说是战略思想,往往由于平时的许多紧迫的工作疏忽了战略的重要性,这就是紧迫性与重要性的矛盾。激励新战略思想的产生是企业获得强大生命力的源泉。

为了能产生很好的战略思想必须加强企业领导中的民主气氛,发扬职工的主人翁精神,应做到以下几点。

① 明确战略思想的重要性,改变职工的压抑心情,改变企业的精神面貌,上下级应思想沟通。一般来说企业应当将老的管理方式注入新的规划,然后再去追求老的方式的改变。转变思想过程中,中层管理起着关键的作用,要特别重视。

② 要奖励创造性的战略思想,克服言者有罪的现象。对企业战略思想有贡献的人应给以奖励;对于提了很好建议而一时无法实现的人,要做好工作,不要挫伤积极性。有些公司经理不仅不扶植新战略思想的苗子,反而为创造性思维所激怒,造成恶劣影响。因而在选择公司经理时应把对待创造性思维的态度或有没有战略思想当成重要条件。

5.1.2 管理信息系统的战略规划

管理信息系统的战略规划是关于管理信息系统的长远发展的计划,是企业战略规划的一个重要部分,这不仅由于管理信息系统的建设是一项耗资巨大、历时很长、技术复杂且又内外交叉的工程,更因为信息已成为企业的生命线。信息系统和企业的运营方式、文化习惯息息相关。

一个有效的战略规划可以使信息系统和用户有较好的关系,可以做到信息资源的合理分配和使用,从而可以节省信息系统的投资。一个有效的规划还可以促进信息系统应用的深化。如 MRP-Ⅱ的应用,可以为企业创造更多的利润。一个好的规划还可以作为一个标准,可以考核信息系统人员的工作,明确他们的方向,调动他们的积极性。进行一个规划的过程本身就迫使企业领导回顾过去的工作,发现可以改进的地方。总之,管理信息系统的规划对我国企业是非常重要的,应大力提倡和推广。

管理信息系统的战略规划的内容包含甚广,由企业的总目标到各职能部门的目标,以及他们的政策和计划,直到企业信息部门的活动与发展,绝不只是拿点钱买点机器的规划。一个管理信息系统的规划应包括组织的战略目标、政策和约束、计划和指标的分析;应包括管理信息系统的目标、约束以及计划指标的分析;应包括应用系统或系统的功能结构,信息系统的组织、人员、管理和运行;还包括信息系统的效益分析和实施计划等。进行管理信息系统的战略规划一般应包括以下一些步骤(如图 5-2 所示)。

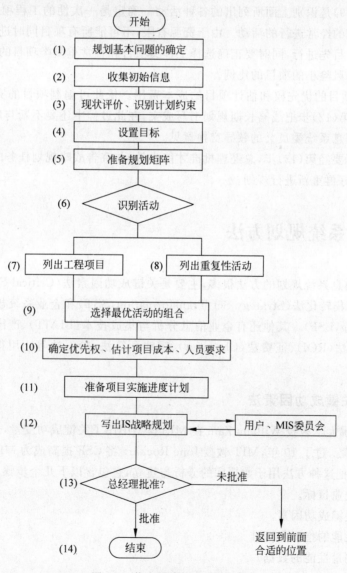

图 5-2 信息系统战略规划步骤

（1）规划基本问题的确定。应包括规划的年限、规划的方法。确定集中式还是分散式的规划以及是进取还是保守的规划。

（2）收集初始信息。包括从各级干部、卖主相似的企业、本企业内部各种信息系统委员会、各种文件以及书籍和杂志中收集信息。

（3）现存状态的评价和识别计划约束。包括目标、系统开发方法对规划活动、现存硬件和质量、信息部门人员、运行和控制、资金、安全措施、人员经验、手续和标准、中期和长期优先顺序、外部和内部关系、现存的设备、现存软件及其质量以及企业的思想和道德状况。

（4）设置目标。这实际上应由总经理和计算机委员会来设置，它应包括服务的质量和范围、政策、组织以及人员等。它不仅包括信息系统的目标，而且应有整个企业的目标。

（5）准备规划矩阵。这实际上是信息系统规划内容之间相互关系所组成的矩阵，这些矩阵列出后，实际上就确定了各项内容以及它们实现的优先顺序。

第（6）～第（9）是识别上面所列出的各种活动。确定是一次性的工程项目性质的活动，还是一种重复性的经常进行的活动。由于资源有限，不可能所有项目同时进行，只有选择一些好处最大的项目先进行，同时要正确选择工程类项目和日常重复类项目的比例，正确选择风险大的项目和风险小的项目的比例。

（10）给定项目的优先权和估计项目的成本费用。依此可编制项目的实施进度计划第（11）步，然后在第（12）步把战略长期规划书写成文，在此过程中还要不断与用户、信息系统工作人员以及信息系统委员会的领导交换意见。

写出的规划要经第（13）步，总经理批准才能生效，并宣告战略规划任务的完成。如果总经理没批准，只好再重新进行规划。

5.2　信息系统规划方法

用于管理信息系统规划的方法很多，主要是关键成功因素法（Critical Success Factors，CSF）、战略目标集转化法（Strategy Set Transformation，SST）和企业系统规划法（Business System Planning，BSP）。其他还有企业信息分析与集成技术（BIAIT）、产出/方法分析（E/MA）、投资回收法（ROI）、征费法（Chargout）、零线预算法、阶石法等。用得最多的是前面三种。

5.2.1　关键成功因素法

1970年哈佛大学教授William Zani在MIS模型中用了关键成功变量，这些变量是确定MIS成败的因素。过了10年，MIT教授Jone Rockart将CSF提高成为MIS的战略。作为一个例子，有人把这种方法用于数据库的分析与建立，它包含以下几个步骤。

（1）了解企业目标。

（2）识别关键成功因素。

（3）识别性能的指标和标准。

（4）识别测量性能的数据。

这四个步骤可以用图5-3表示。

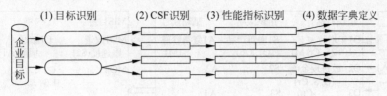

图 5-3　关键成功因素法

关键成功因素法通过目标分解和识别、关键成功因素识别、性能指标识别产生数据字典。关键成功因素就是要识别联系于系统目标的主要数据类及其关系,识别关键成功因素所用的工具是树枝因果图,如图 5-4 所示。某企业有一个目标,是提高产品竞争力,可以用树枝图画出影响它的各种因素,以及影响这些因素的子因素。

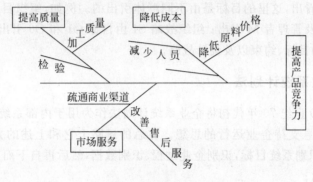

图 5-4　树枝因果图

如何评价这些因素中哪些因素是关键成功因素,不同企业的看法是不同的。对于一个习惯于高层人员个人决策的企业,主要由高层人员个人在此图中选择;对于习惯于群体决策的企业,可以用德尔斐法或其他方法把不同人设想的关键因素综合起来。关键成功因素法一般在高层应用效果较好。

5.2.2　战略目标集转化法

战略目标集转化法由 William King 于 1978 年提出。他把整个战略目标看成"信息集合",由使命、目标、战略和其他战略变量组成,MIS 的战略规划过程是把组织的战略目标转变为 MIS 战略目标的过程。

(1) 识别组织的战略集。先考查该组织是否有成文的战略式长期计划,如果没有,就要去构造这种战略集合。可以采用以下步骤。

① 描绘出组织各类人员结构,如卖主、经理、雇员、供应商、顾客、贷款人、政府代理人、地区社团及竞争者等。

② 识别每类人员的目标。

③ 对于每类人员识别其使命及战略。

(2) 将组织战略集转化成 MIS 战略。MIS 战略应包括系统目标、约束以及设计原则等。这个转化的过程包括对应组织战略集的每个元素识别对应的 MIS 战略约束,然后提出整个 MIS 的结构,最后选出一个方案送总经理,如图 5-5 所示。

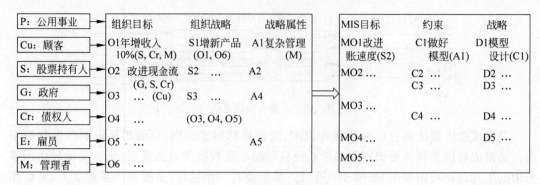

图 5-5 战略目标集转化法

由图 5-5 可以看出,这里的目标是由不同群体引出的。例如,组织目标 O1 由股票持有者 S、债权人 Cr 以及管理者 M 引出;组织战略 S1 由目标 O1 和 O6 引出,以此类推。这样就可以列出 MIS 的目标、约束以及设计战略。

5.2.3 企业系统计划法

IBM 公司于 20 世纪 70 年代初将企业系统计划法作为用于内部系统开发的一种方法,它主要是基于用信息支持企业运行的思想。在总的思路上它和上述的方法有许多类似之处,也是自上而下识别系统目标,识别企业过程、识别数据,然后再自下而上设计系统以支持目标,如图 5-6 所示。

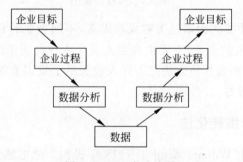

图 5-6 BSP 方法步骤

BSP 方法是把企业目标转化为信息系统(IS)战略的全过程。它支持的目标是企业各层次的目标。工作步骤如图 5-7 所示。

进行 BSP 工作是一项系统工程性工作,要很好地准备。准备工作包括接受任务和组织队伍。一般接受任务是由一个委员会承担,这个委员会要明确规划的方向和范围,在委员会下应有一个系统规划组,其组长应全时工作,并具体参加规划活动。委员会委员和系统组成员思想上要明确"做什么"(what),"为什么做"(why),"如何做"(how),以及"希望达到的目标"是什么。要准备必要的条件:一个工作控制室、一个工作计划、一个采访交谈计划、一个最终报告的提纲,还应有一些必要的经费。所有这些均落实后,还要得到委员会主任认可。在这里要再强调一下准备工作,如果准备工作没做好,不要仓促上阵。我国许多企业现在仍存在未认真做准备工作而就上马管理信息系统的情况,结果是欲速则不达,危害整个工程。下面对 BSP 的主要活动进行介绍。

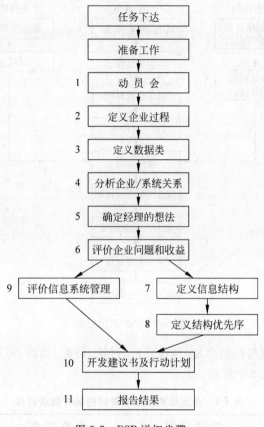

图 5-7 BSP 详细步骤

1. 开始的动员会

动员会要说清工作的期望和期望输出。系统组要简介企业的现状,包括政治上、经济上、管理上敏感的问题,还应介绍企业的决策过程、组织功能、关键人物、用户的期望、用户对现有信息系统的看法等。由信息系统负责人介绍信息人员对于企业的看法,同时应介绍现有项目状况、历史状况以及信息系统的问题。通过介绍让大家对企业和对信息支持的要求有个全面的了解。

2. 定义企业过程

定义企业过程是 BSP 方法的核心。系统组每个成员均应全力以赴识别它们、描述它们,对它们要有透彻的了解,只有这样 BSP 才能成功。企业过程定义为逻辑上相关的一组决策和活动的集合,这些决策和活动是管理企业资源所需要的。

整个企业的管理活动由许多企业过程组成。识别企业过程可对企业如何完成其目标有个深刻的了解,识别企业过程可以作为信息识别构成信息系统的基础,按照企业过程所建造的信息系统,在企业组织变化时可以不必改变,或者说信息系统相对独立于组织。定义企业过程的步骤如图 5-8 所示。

任何企业的活动均由三方面组成:计划和控制、产品和服务以及支持资源。可以说它们是三个源泉,任何活动均由这里导出。

识别企业过程要依靠占有材料分析研究,但更重要的是要和有经验的管理人员讨论商

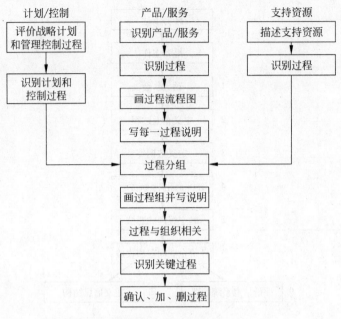

图 5-8 BSP 识别过程

议。先从第一个源计划与控制出发,经过分析、讨论、研究、切磋,可以把企业战略规划和管理控制方面的过程如表 5-1 所示。

表 5-1 企业战略规划和管理控制方面的过程

战 略 规 划	管 理 控 制	战 略 规 划	管 理 控 制
经济预测	市场/产品预测	预测管理	预测
组织计划	工作资金计划	目标开发	测量与评价
政策开发	雇员水平计划	产品线模型	
放弃/追求分析	运营计划		

识别产品与服务过程与此稍有不同,任何一种产品均有生命周期,具体说有要求、获得、服务、退出四阶段组成的生命周期,对于每一个阶段,就用一些过程对它进行管理。可以沿着这条线去摸清这些过程。这些过程如表 5-2 所示。

表 5-2 产品的生命周期

要 求	获 得	服 务	退 出
市场计划	工程设计开发		
市场研究	产品说明	库存控制	销售
预测	工程记录	接受	订货服务
定价	生产调度	质量控制	运输
材料需求	生产运行	包装储存	运输管理
能力计划	购买		

支持资源识别企业过程,其方法类似于产品和服务,由资源的生命周期出发列举企业过程。一般来说企业资源包括资金、人才、材料和设备等,如表 5-3 所示。

表 5-3 企业过程

资 源	生 命 周 期			
	要 求	获 得	服 务	退 出
资金	财务计划 成本控制	资金获得 接收	公文管理 银行账 会计总账	会计支付
人事	人事计划 工资管理	招聘 转业	补充和收益 职业发展	终止合同 退休
材料	需求生产	采购 接收	库存控制	订货控制 运输
设备	主设备计划	设备购买 建设管理	机器维修 家具、附属物	设备报损

识别企业过程还有另外一种方法,叫做"通用模型法"。它首先引用一个较粗的较通用的模型,如图 5-9 所示。

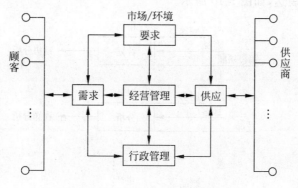

图 5-9 识别企业过程通用模型法

这个模型不断扩展,以适应特殊企业的需要。例如"需求"可以扩展成"商品化"和"销售","需求"联系于使产品或服务生效的过程,其外部接口是顾客。如果说以前所讲的识别过程的方法是由微观到宏观的枚举综合,那么这种方法就是由宏观到微观的分解。

识别过程是 BSP 方法成功的关键,输出应有以下文件。

(1)一个过程组及过程表。

(2)每一过程的简单说明。

(3)一个关键过程的表,即识别满足目标的关键过程。

(4)产品/服务过程的流程图。

(5)系统组成员能很好地了解整个企业的运营是如何管理和控制的。

至此,识别过程才能告一段落。

3. 定义数据类

识别企业数据的方法有两种。一种是企业实体法,实体有顾客、产品、材料以及人员等客观存在的东西。企业实体法先要列出企业实体(一般来说要列出 7～15 个实体),再列出一个矩阵。实体列于水平方向,在垂直方向列出数据类,如表 5-4 所示。

表 5-4 数据/企业实体矩阵

企业实体 数据类	产　品	顾　客	设　备	材　料	卖　主	现　金	人　员
计划/模型	产品计划	销售领域 市场计划	能力计划 设备计划	材料需求 生产调度		预算	人员计划
统计/汇总	产品需求	销售历史	运行 设备利用	开列需求	卖主 行为	财务统计	生产率 盈利历史
库存	产品 成本 零件	顾客	设备 机器负荷	原材料 成本 材料单	卖主	财务 会计总账	雇用工资 技术
业务	订货	运输		采购 订货	材料 接收	接收 支付	

　　另一种识别数据的方法是企业过程法,它利用以前识别的企业过程,分析每一个过程利用什么数据,产生什么数据,或者说每一过程的输入和输出数据是什么。它可以用输入-处理-输出图来形象地表达,如图 5-10 所示。

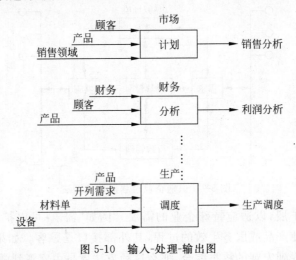

图 5-10 输入-处理-输出图

4. 分析企业和系统的关系

　　分析企业和系统的关系主要用如下矩阵来表示。

　　(1) 组织/过程矩阵。它在水平方向列出各种过程,垂直方向列出各种组织。如果该组织是该过程的主要负责者或决策者,则在对应的矩阵元中画 *;若为主要参加者就画 x;若为部分参加者就画 /。这样就一目了然了。

　　(2) 组织和系统矩阵。如果企业已有现行系统,可以画出组织和系统矩阵。在矩阵元中填 C,表示该组织用该系统,如果该组织以后想用某系统可以在矩阵元中填入 P,表示该组织计划用该系统。

　　(3) 系统过程矩阵。同理可以画出系统过程矩阵,用以表示某系统支持某过程。可以用 C 和 P 表示现行和计划。

　　用同样方法还可以画出系统和数据类的关系。

5. 确定经理的想法就是确定企业领导对企业前景的看法

作为系统组的成员,应当很好地准备采访提纲,很好地采访以及很好地分析总结等,采访的主要问题参考如下:

> 你的责任领域是什么?
>
> 基本目标是什么?
>
> 你去年达到目标所遇到的三个最主要的问题是什么?
>
> 什么东西妨碍你解决它们?
>
> 为什么需要解决它们?
>
> 较好的信息在这些领域的价值是什么?
>
> 如果有更好的信息支持,你在什么领域还能得到最大的改善?
>
> 这些改善的价值是什么?
>
> 什么是你最有用的信息?
>
> 你如何测量?
>
> 你如何衡量你的下级?
>
> 你希望做什么样的决策?
>
> 你的领域明年和 3 年内主要变化是什么?
>
> 你希望本次规划研究达到什么结果?
>
> 规划对你和企业将起什么作用?

以上问题仅供参考,读者应根据具体情况增删。一般来说,所提问题应是 Open up 型,即打开话匣子型,而不应当是 close down 型,即只要求回答是否式的问题。

6. 评价企业问题

在 BSP 采访以后应当根据这些资料来评价企业的问题,评价过程的流程图如图 5-11 所示。

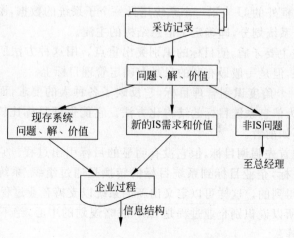

图 5-11 评价企业问题

根据图 5-11,第一步就要总结采访数据,这些数据可以汇集到一个表上,如表 5-5 所示。

表 5-5　采访数据汇总

主要问题	问题解	价值说明	信息系统要求	过程/组影响	过程/组起因
由于生产计划影响利润	计划机械化	改善利润 改善顾客关系 改善服务和供应	生产计划	生产	生产

第二步是分类采访数据。任何采访的数据均要分三类,即现存系统的问题和解、新系统需求和解,以及非 IS 问题。第三类问题虽不是信息系统所能解决的,但也应充分重视,并整理递交总经理。

第三步是把数据和过程关联起来,可以用问题/过程矩阵表示,表中的数字表示这种问题出现的次数,如表 5-6 所示。

表 5-6　问题/过程矩阵

问题\过程组	市场	销售	工程	生产	材料	财务	人事	经营
市场/顾客选择	2	2						2
预测质量	3							4
产品开发			4			1		1

7. 定义信息结构

实际上是划分子系统,BSP 方法是根据信息的产生和使用来划分子系统的,它尽量把信息产生的企业过程和使用的企业过程划分在一个子系统中,从而减少了子系统之间的信息交换。具体的作法是用 U/C 图,U 表示使用(Use),C 表示产生(Create)如图 5-12 所示。

图 5-12 中的左列是企业过程,最上一行列出数据类。如果某过程产生某数据,就在某行、某列矩阵元中写 C;如果某过程使用某数据,则在其对应元中写 U。开始时数据类和过程是随机排列的,U、C 在矩阵中排列也是分散的。以调换过程和数据类顺序的方法尽量使 UC 集中到对角线上排列,然后把 UC 比较集中的区域用粗线条框起来,这样形成的框就是一个个子系统。在粗框外的 U 表示一个系统用另一个子系统的数据,图中用带箭头的线表示。这样就完成了子系统划分,即确定了信息结构的主流。

CSF 方法能抓住主要矛盾,使目标的识别突出重点。用这种方法所确定的目标和传统的方法衔接得比较好,但是一般最有利的只是在确定管理目标上。

SST 方法从另一个角度识别管理目标,它反映了各种人的要求,而且给出了按这种要求的分层,然后转化为信息系统目标的结构化方法。它能保证目标比较全面,疏漏较少,但它在突出重点方面不如前者。

BSP 方法虽然也首先强调目标,但它没有明显的目标引出过程。它通过管理人员酝酿"过程"引出了系统目标,企业目标到系统目标的转换是通过组织/系统、组织/过程以及系统/过程矩阵的分析得到的。这样可以定义出新的系统以支持企业过程,也就把企业的目标转化为系统的目标,所以说识别企业过程是 BSP 战略规划的中心,绝不能把 BSP 方法的中心内容当成 U/C 矩阵。

可以把这三种方法结合起来使用,称为 CSB 方法即 CSF、SST 和 BSP 结合。这种方法先用 CSF 方法确定企业目标,然后用 SST 方法补充完善企业目标,并将这些目标转化为信

过程 \ 数据类	计划	财务	产品	零件主文件	材料单	卖主	原材料库存	成品库存	设备	过程工作	机器负荷	开列需求	日常工作	顾客	销售领域	定货	成本	雇员
企业计划	C	U	U						U					U			U	U
组织分析	U		←						●						●		●	
评价与控制	U	U																
财务计划	C	U							U								U	
资本寻求		C																
研究			U												U			
预测	U		U			←								U	U			
设计、开发			C	C	U	←								U				
产品说明维护			U	C	C	U												
采购						C										U		
接收						U	U									←		
库存控制						→	C	C	U									
工作流程			U							C			U					
调度			U			U				U	C	U			●			
能力计划			U						U		C	U	U					
材料需求			U		U	U						C						
运行									U	U	U	C						
领域管理			U											C	U			
销售			U										→	U	C	U		
销售管理															U	U		
订货服务			U											U		C		
运输			U					U								U		
会计总账		U				U											→	
成本计划						U										U	C	
预算会计	U	U							U							U	U	
人员计划		U																C
招聘/发展																	→	U
赔偿			U															U

图 5-12　U/C 矩阵

息系统目标,用 BSP 方法校核两个目标,并确定信息系统结构,这样就补充了单个方法的不足。当然,这也使得整个方法过于复杂,而削弱了单个方法的灵活性。可以说迄今为止信息系统战略规划没有一种十全十美的方法。由于战略规划本身的非结构性,可能永远也找不到一个唯一解。进行任何一个企业的规划均不应照搬以上方法,而应当具体情况具体分析,选择以上方法的可取的思想,灵活运用。

5.3　信息系统规划与其他系统关系

5.3.1　信息系统规划与企业过程再造

20 世纪 80 年代,由美国开始兴起了企业过程再造(BPR)的热潮。从过程的观点来看待企业,BPR 和 BSP 是一样的,所不同的是 BPR 主张彻底的变革,而且在改造企业过程方面研究出了许多行之有效的方法,因而把 BSP 向前推进了一步。所以,现在信息系统规划

(ISP)和 BPR 已经紧密联结,如果分离,两者均不可能做好。

BPR 的本质最早于 1993 年由美国学者哈默(Hammer)和杰姆培(Champy)给出。他们给 BPR 下的定义是:对企业过程进行根本的再思考和彻底的再设计,以求企业当代关键的性能指标获得巨大的提高,如成本、质量、服务和速度。

这里描绘 BPR 用了三个关键词:根本的、彻底的和巨大的。

"根本的"的意思是指不是枝节的、表面的,而是本质的,是要对现存系统进行彻底的怀疑。

"彻底的"的意思是要动大手术,是要大破大立,不是一般性的修补。

"巨大的"是指成十倍、成百倍的提高,而不是改组了很长时间,才提高 20%～30%。例如有的企业在 2～3 年内营业额由上亿元猛增到百亿元。这种巨大的增长是在原来线性增长的基础上的一个非线性跳跃,是量变基础上的质变。抓住跃变点对 BPR 十分关键。

BPR 实现的手段是两个赋能者(Enabler):一个是 IT(信息技术),一个是组织。BPR 之所以能达到巨大的提高在于充分地发挥 IT 的潜能,即利用 IT 改变企业的过程,简化企业过程。另一个方法就是变革组织结构,达到组织精简,效率提高。

除了这两个赋能者,对 BPR 更重要的是企业领导的抱负、知识、意识和艺术,没有企业领导的决心和能力,BPR 是绝不能成功的。领导的责任在于克服中层的阻力,改变旧的传统。在当今飞速变化的世界中,经验不再是资产,而往往成了负债。在改变经验的培训上的投入越来越增加,领导只有给 BPR 营造一个好的环境,BPR 才能得以成功。

BPR 的主要技术在于简化和优化过程。总的来说,BPR 过程简化的主要思想是战略上精简分散的过程;职能上纠正错位的过程;执行上删除冗余的过程。

BPR 在利用 IT 技术简化过程上有一些原则,这些原则包括:

(1) 横向集成。跨部门的工作按流程压缩,例如交易员代替定价员和核对员的工作。

(2) 纵向集成。权力下放,压缩层次。

(3) 减少检查、校对和控制。变事后检查为事前管理。

(4) 单点对待顾客。用入口信息代替中间信息。

(5) 单库提供信息。建好统一共享信息库,把相互打交道变成对信息库打交道。

(6) 一条路径到达输出。不用许多路径均能走通,多路径会让人不知该走哪条。

(7) 并行工程。串行已不可能再压缩,可考虑把串行变为并行。

(8) 灵活选择过程连接。对于不同的输入,可能不需要全过程,少几个过程联络起来也能达到输出。

下面给出利用上述一些原则简化一个采购流程的例子,如图 5-13 所示。

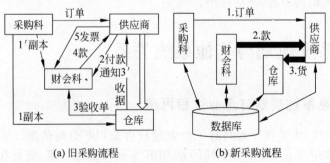

图 5-13　简化示例

企业想要进行 BPR(或 BPR 的动机)有以下几种情况:

(1) 企业濒临破产,不改只能倒闭。

(2) 企业竞争力下滑,企业调整战略和进行重构。

(3) 企业领导认识到 BPR 能大大提高企业竞争力,而企业又有此需要扩张。

(4) BPR 的策略在自己相关的企业获得成功,影响本企业。

一般来说,两头的企业即濒临破产的和需要大发展的企业容易推进 BPR。根据 1993 年的报道,BPR 的失败率高达 50%～70%,这和 MIS 在 20 世纪 60 年代的成功率 50% 是可以对应的。BPR 的成功完全是在企业可控范围的事,只是取决于企业领导的决心和能力,并无外部的不定因素。

BPR 的目标在于实现管理的现代化。BPR 的成功也定会使企业朝着现代化的方向迈进一大步,其中包括:企业的组织更趋扁平化,工作方式也将改变;企业将更多地采用更大的团队工作方式;团队间的相互了解和主动协调将大大提高;领导更像是教练,而不像司令官;整个组织将更主动更积极地面向顾客。从而达到管理过程化、职能综合化和组织扁平化。

从上面的介绍可以看出 ISP 和 BPR 有着非常密切的关系,它们均有共同的思想使顾客满意,均是采用系统的方法,均应由系统队伍去完成。在实际工作上它们也是相互衔接的。

5.3.2 信息系统规划和企业形象系统

企业形象系统(Corporate Identity Systems,CIS)是企业精神和物质的表现,它不仅有神,也有形,达到形神的统一。一个整洁高雅的企业环境,一定会有高质量的产品和高素质的职工。CIS 实际上也是信息系统,而计算机化的信息系统也是形象系统。信息系统规划要考虑企业的文化。每个公司均有一个不同于其他企业的公司文化。它包括办事和决策的方式、交流中未写出的规则、共享的价值观、企业变革的引入等。

企业文化各种各样,总体分为两大类,进取型的和稳健型的。进取型的企业领导喜欢冒风险,在信息系统方面他们愿意用先进的、不太成熟的技术;而稳健型的则厌恶风险,在信息系统方面愿用成熟的技术,并愿意开发能立即见效的项目。其他方面的不同如表 5-7 所示。

表 5-7 进取型与稳健型的比较

企业文化形式	进 取 型	稳 健 型
系统类型	专用的、易于改变 艺术状态	程序化、难以改变 成熟的
开发方法	原型法 松的项目定义	传统的生命周期法
开发工具	第四代语言工具 用模拟很多	传统的语言工具 如 COBOL,数据库语言
计划和控制	自上而下的系统结构 自下而上的系统定义	投资回收和风险评价 强的回收系统 资源分配的常设委员会

续表

企业文化形式	进 取 型	稳 健 型
组织	资源分至专门用户 强的数据管理和信息系统训练功能 雇用企业分析与技术的奇才	库存资源 维修人员分至各用户 强大的数据中心运行网络控制 雇用固定的技术人员
信息系统的关键问题	精明的资源管理 和专业组织一样维护信息系统 提供足够的存取和验证数据	强制技术关系 维持高质量的开发人员 推销"软件"收益项目

信息系统同样应适应于企业的组织原则。许多企业具有清楚的权威线和决策的责任线,这样的企业采用分散型的由各部控制信息资源的方式较合适。有些企业权威线模糊,采用非私有的共享的信息系统较合适。

某些企业强调合作和混合编组工作,采用一个统一的数据库和一组输入数据方式较适合。有些企业在部门之间提倡竞争,信息中心分散也许最佳。有些企业强调道德观念,强调信息的私有和安全,强调审计和领导的评价,它所要求的信息系统又不同。

总之,企业的习惯不同,规划的方式和内容就不同,作信息系统规划和企业形象规划均要很好地研究企业的文化和习惯。

5.4 信息系统中确定项目优先序方法

在信息系统规划中经常要用到评价,评价目标的重要性,从而确定关键目标,评价项目的重要性和可行性,从而确定项目的优先序。

5.4.1 目标优先权的设置

如前所述,目标一般采用目标树的形式表达,目标树本身又是分层次的。例如在国家教育系统的规划中分析该系统的目标时用到以下目标树,如图 5-14 所示。

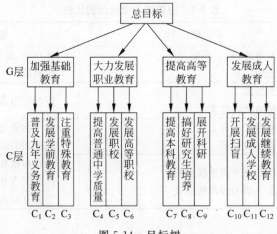

图 5-14 目标树

这里只表达了三层，第一层总目标是提高我国全民的文化素质；第二层是第一层的子目标，叫 G 层；第三层是第二层的子目标，叫 C 层。

设 G 层目标每个的重要性分别用 W_1、W_2、W_3 和 W_4 衡量，把它叫做重量。这个重量是根据科学分析得到的，假设它是正确的。同样 C 层目标也有其重量，分别为 $W_{C1}, W_{C2}, \cdots,$ W_{C12}。那么决定目标总排序的重量为：

$$W_{CT} = W_G \times W_C$$

写得确切些就是：

$$W_{CT} = \begin{bmatrix} W_1 \cdot W_{C1} \\ W_1 \cdot W_{C2} \\ W_1 \cdot W_{C3} \\ W_2 \cdot W_{C4} \\ W_2 \cdot W_{C5} \\ W_2 \cdot W_{C6} \\ W_3 \cdot W_{C7} \\ W_3 \cdot W_{C8} \\ W_3 \cdot W_{C9} \\ W_4 \cdot W_{C10} \\ W_4 \cdot W_{C11} \\ W_4 \cdot W_{C12} \end{bmatrix}$$

这种重量若将它们两两比较，可以得到比较矩阵如下：

$$A = \begin{bmatrix} W_1/W_1 & W_1/W_2 & W_1/W_3 & W_1/W_4 \\ W_2/W_1 & W_2/W_2 & W_2/W_3 & W_2/W_4 \\ W_3/W_1 & W_3/W_2 & W_3/W_3 & W_3/W_4 \\ W_4/W_1 & W_4/W_2 & W_4/W_3 & W_4/W_4 \end{bmatrix}$$

A 矩阵有以下特点：

$$a_{ii} = 1, \quad a_{ij} = 1/a_{ji}, \quad a_{ij} = a_{ik}/a_{kj}。$$

它还有以下性质：

$$AW = \begin{bmatrix} W_1/W_1 & W_1/W_2 & W_1/W_3 & W_1/W_4 \\ W_2/W_1 & W_2/W_2 & W_2/W_3 & W_2/W_4 \\ W_3/W_1 & W_3/W_2 & W_3/W_3 & W_3/W_4 \\ W_4/W_1 & W_4/W_2 & W_4/W_3 & W_4/W_4 \end{bmatrix} \times \begin{bmatrix} W_1 \\ W_2 \\ W_3 \\ W_4 \end{bmatrix} = nW$$

即：

$$(A - nI)W = 0$$

上面讲的 W 均为已知的情况，知道了 W_{CT}，即可判断每个 C 层目标的重要性。当 W 为未知的情况下，只好由管理人员进行估计了。例如，用 Delphi 法。对管理人员来说，用相对比较估计比用绝对值估计要好得多，因而让管理人员进行 A 阵的估计，而不是让他们对 W 进行估计。

用 A 阵进行估计就是对两两目标间进行比较，看其重要性的倍数关系，估计时是对全阵进行估计，填满所有矩阵元，由于感觉的偏差，管理人员可能产生不一致性，所以要对估计进行检验。

A 阵具有唯一非零的最大特征值 λ_{max}，且 $\lambda_{max}=n$（数学证明略）。人们对 A 的估计为 a，这时，$AW=nW$ 就变成 $aW'=\lambda_{max}W'$，这里 λ_{max} 是矩阵 a 的最大特征值，W' 是带有偏差的相对重量向量。a 矩阵估计不一致时，$\lambda_{max}>n$。

$$\lambda_{max}+\sum_{i\neq max}\lambda_i=\sum_{i=1}^{n}a_{ii}=n$$

$$\lambda_{max}-n=-\sum_{i\neq max}\lambda_i$$

以其平均值作为检验判断矩阵一致性指标。

$$C\times I=\frac{\lambda_{max}-n}{n-1}=\frac{-\sum_{i\neq max}\lambda_i}{n-1}$$

当 $\lambda_{max}=n$ 时，$C\times I=0$，完全一致。$C\times I$ 值越大越差，一般要求 $C\times I\leqslant 0.1$。

对于总排序为

$$C\times I=\sum_{i=1}^{m}W_{CT_i}(C,I)_i$$

其中，矩阵 C 是 C 层目标的重量，即，$W_{C1},W_{C2},\cdots,W_{C12}$；$I$ 是单位矩阵。

对于总排序或阶次较高的排序，$C\times I<0.15$ 即可。

5.4.2 项目优先序的选择

战略规划订好以后，一般还要订好实施进度计划。这个进度计划又取决于项目的优先权，项目的优先权则取决于以下一些因素，如表 5-8 所示。

表 5-8 项目的优先权因素

	内 容 说 明	因素类型	内 容 说 明
经济和财务因素	利润成本比 回收率 收益中的贡献 增长率 回收期 风险系数	技术	孤立、简单、模块式项目 项目可见度 用户的了解和合作 管理的支持和委托 熟练人员的适应 所有技术的可用性
组织/制度	对组织目标的贡献 内部政策决策偏好 公共关系的影响	经理人员	高质量决策的贡献 较好的信息
环境	规章要求 国家要求 地方政府要求 诉讼要求的信息		较快的可用性 信息易于消化 人员因素、职工阻力

许多项目被赋予较高的优先权，往往不是由经济的或财务的因素决定的。例如，竞争者可能提供一种无利的服务；企业为适应政府要做些公共关系工作。还有项目的经济效益虽不明显，但有利于扩大在群众中的影响，这种情况也被赋予较高的优先权。不同的人对优先

序的项目的评价准则也不同。计算机专家往往喜欢用户合作、支持和思想状况有保证的项目；系统分析员喜欢模块化的简单的项目。

影响优先序设置的另一个主要因素是风险。风险影响最大的是项目的规模、结构的稳定性和技术。规模包括估计的工时、涉及的用户数等；结构包括用户的态度、高层管理的态度以及用户变化的程度和数量；技术风险包括用户不熟悉硬件的程度、系统队伍不熟悉软件的程度、用户和开发人员新知识了解的程度等。优先序和这些因素的关系可以用表5-9表示。

表 5-9　项目的规模、结构和技术与优先权的关系

项 目	规 模	结 构	技 术	优 先 权
A	小	稳定	老	1
B	小	稳定	新	2
C	小	不稳定	老	3
D	小	不稳定	新	4
E	大	稳定	老	5
F	大	稳定	新	6
G	大	不稳定	老	7
H	大	不稳定	新	8

对不同的项目可以进行排序，以决定开发顺序。

5.5　案例分析

某大型国有制药公司，在一个城市的不同区域设有五个分厂和两个负责营销的分支机构，全国各地还设有近20个销售办事处。该公司基础管理良好，过去的10余年来产值快速增长，经济效益也比较理想。产品研发上主要走引进新技术和模仿技术的路线，年研发投入占产值的15%以上，在专门用途的药品方面有绝对的市场主导地位。近年来随着市场竞争的日益加剧，尤其是我国加入WTO后对于知识产权的重视，经营中呈现出竞争不利的预兆，领导层开始有危机感，由此决定对管理进行变革，制定未来五年的信息系统规划。

因为是国有企业受到企业体制的限制，管理的变革难度很大。公司打算借助信息技术来推动变革。当时公司在工资管理、人事档案管理和生产计划统计等管理业务方面建有较简易的信息系统，这些系统的平台不统一。基础设施方面，建有一个局域网，主要用于文档的传输和共享，数据库中存放已有信息系统的数据，但没有实现跨部门的数据共享。在信息系统人员方面，仅有工作时间很短的两位相关专业的员工。总体上看，完全依靠自己的力量难以实现推动企业变革的信息化。

根据公司的实际情况，信息系统规划需要回答以下三个问题。

(1) 规划期内信息系统项目的范围及深度，以及项目的目标定位，是在原来的基础上集成并扩充，还是淘汰现行的信息系统，开发新的信息系统。

(2) 信息系统建设的同时，管理变革的内容和深度，以及如何相结合。

（3）采用什么方式实施信息系统项目，是自己开发、委托开发、购置商品软件，还是采用合作或集成的方式。

信息系统项目的范围和深度是一个很难定位的问题。如果范围偏窄或偏浅，则不仅起不到推动公司管理变革的作用，在时间上也跟不上竞争环境的发展趋势。而过深和过大范围的信息系统，基于该公司的现状，尤其是观念方面的不足，推进管理变革遭到失败的风险相当大。项目实施方式方面，公司根据现有的队伍和信息化现状，明确地选择了自己和某信息系统研发机构合作的方式。

双方经过近半年的努力，提出了信息系统规划报告。规划确定分两期实现信息系统规划的目标。第一期两年时间里建成企业内部网（Intranet），建立公司范围内共享的数据库和功能较齐全的 ERP 系统，电子商务方面先建设以信息发布和客户服务为主的网站，另外还将开发新产品研发支持与管理系统和办公自动化系统。ERP 系统的定位很高，要达到国内一流，行业领先。项目计划如图 5-15 所示。第二期用三年时间建成较完整的电子商务系统、客户关系系统和若干决策支持系统，具体部署留待第一期后期再定。

		新产品研发支持与管理系统	
			办公自动化系统
		电子商务初步系统	
	数据仓库		
Intranet 与 ERP 系统			
第 1 年上半年	第 1 年下半年	第 2 年上半年	第 2 年下半年

图 5-15　信息系统开发项目计划甘特图

随后双方正式签约，约定以项目形式合作建设基础设施和开发 ERP 系统，公司网站委托网络服务商实现与管理，新产品研发支持与管理系统和办公自动化系统的开发方式待定。紧接着双方共同成立项目领导小组和信息系统研发团队，并决定采用规范的结构化方法开发 ERP 系统。项目小组计划先进行系统分析、然后再设计和制作系统。

由于该公司大部分管理部门对信息化的了解不够，各部门的主要管理人员和业务人员的工作又非常繁忙，ERP 系统的分析工作经历了半年还未完成。后来又经过三个月的双方努力，完成了 1000 余页的系统分析报告。但这时公司和外部环境发生了很多新的变化。预定一年时间完成的企业内部网和 ERP 系统已无法按时实现。合作双方决定将信息系统开发方式改为专门开发和购置商品软件的集成开发方式。这样又增加了第三方，由三方讨论两部分应用软件的划分、接口和实施安排等问题。因各方在这些问题上存在较大分歧，讨论延续了四个月之久，最后达成了生产管理、技术管理和质量管理等具有制药行业特殊性的模块做专门开发，其余购置商品软件，由原来的软件开发商负责总集成的意见。

专门开发的应用模块要经过设计和制作，开发周期较长，而商品软件则相对较快地实施起来，两部分在进度上差距逐渐拉开，因此软件开发商开始在系统设计的同时采用原型法加快开发步伐。从开始系统分析以来，时间已过去一年半，公司等不及由信息系统来推动管理变革，开始了企业体制、组织结构和管理模式的重大变革。该期间公司同时要应付商品软件的实施，部分专门开发模块的调试，系统分析中未尽细节的再调研，一年半不见可用的系统，部门中相关人员的积极性和耐心不如从前,进而导致项目的效率愈加低下。

时间又过去半年,这时的结果是商品软件模块的大部分开始进入试运行,专门开发的技术管理和质量管理模块处于征询意见中,企业的变革如期完成,公司更换了项目负责人,一些管理部门也有重要的人事变动。面对如此的状况,三方都感到项目周期太长,不能再这样拖下去,开始考虑如何尽快结束项目。经过协商,三方达成一致,公司将协议规定支付的部分款项付给软件开发商,开发中的模块移交公司,合作告一段落,商品软件则继续试运行。

此案例有些问题需要思考:

(1) 案例公司对信息系统建设的规模和深度,目标定位是否恰当? 如果不恰当,那么应该如何定位?

(2) 信息系统规划为何未能按时实现,没有兑现信息系统支持管理变革对案例企业造成哪些不利的影响?

(3) 该公司的信息系统开发方式的选择,先后发生了什么变化? 原因是什么?

(4) 该公司下一步的信息系统建设应该如何考虑?

思考题 5

1. 简述战略规划的特点和内容。
2. 用图描述信息系统战略规划的步骤。
3. 信息系统战略规划是否比企业的一般规划更困难? 为什么?
4. 信息系统战略规划和企业计算机应用规划有何不同?
5. 信息系统战略规划有哪些方法? 试比较它们的优缺点。
6. 企业高层领导和企业外的顾问专家在信息系统规划中的作用和职责是什么?
7. 在信息系统规划中以下领域的主要变量是什么?

　　a. 外部环境　　b. 技术环境　　c. 政治环境　　d. 社会环境　　e. 危机环境

8. 简述 CSF 法的主要思想。
9. 用图描述 BSP 的主要步骤。
10. 什么是 BPR? BPR 在利用 IT 技术简化过程中有哪些原则?
11. 说明 ISP 与 BPR 的关系。
12. 什么是 CIS? 说明 ISP 与 CIS 的关系。
13. 设置目标和项目优先权的主要因素是什么? 如何综合它们比较合适?
14. 试对某个部门进行信息系统规划。

第 6 章

管理信息系统开发过程

学习目的：通过本章的学习，使学生掌握管理信息系统开发过程的主要思想和方法，重点是系统分析和系统设计，熟悉有关技术，并能结合实际加以应用。

管理信息系统的开发是建立在信息系统规划的基础上，一旦确定方向和目标，就要具体去做。在第 4 章中阐述过开发者要充分认识信息系统建设的复杂性，要有思想准备，要选择好的开发方法和高效的开发工具，采用符合部门实际的开发方式。本章主要阐述管理信息系统的开发过程，包括系统分析、系统设计、系统实施、系统评价与维护。

6.1 信息系统开发概述

6.1.1 信息系统开发的任务与原则

1. 信息系统开发的任务

信息系统开发的任务就是根据企业管理的目标、内容、规模、性质等具体情况，从系统论的观点出发，运用系统工程的方法，按照系统发展的规律，为企业建立起计算机化的信息系统。其中最核心的工作，就是开发出一套适合于现代企业管理要求的应用软件系统。

2. 信息系统开发的原则

为了保证 MIS 的成功开发，在 MIS 开发中应遵循一定的原则。主要包括：

1）完整性

MIS 是由各子系统组成的整体，具有系统的整体性特征。手工方式下，由于处理手段的限制，信息处理采用各职能部门分别收集和保存信息、分散处理信息的形式。计算机化的 MIS 必须从系统总体出发，克服手工信息分散处理的弊病，各子系统的功能要尽可能规范，数据采集要统一，语言描述要一致，信息资源要共享。保证各子系统协调一致地工作，避免信息的大量重复（冗余），寻求系统的整体优化。

2）相关性

组成 MIS 的各子系统各有其独立功能，同时又相互联系，相互作用。通过信息流把它们的功能联系起来，某一子系统发生了变化，其他子系统也要相应地进行调整和改变，因此，在 MIS 开发中，不能不考虑系统的相关性，即不能不考虑其他子系统而孤立地设计某一子系统。

3）适应性

MIS 应对外界条件的变化有较强的适应能力。不能适应环境变化的系统是没有生命力的。由于 MIS 是一个很复杂的系统工程，故要求系统的结构具有较好的灵活性和可塑性。这样，当组织管理模式或计算机软硬件等发生变化时，系统才能够容易地进行修改、扩充等功能。

4）可靠性

只有可靠的系统才能得到用户的信任。因此在设计系统时，要保证系统软硬件设备的稳定性；要保证数据采集的质量；要有数据校验功能；要有一套系统的安全措施。只有这样，系统的可靠性才能得到充分保证。系统的可靠性是检验系统成败的主要指标之一。

5）经济性

经济性是衡量系统值不值得开发的重要依据。开发过程中，要尽可能节省开支和缩短开发周期。新系统投入运行后，要尽快回收投资，以提高系统的经济效益和社会效益。

6.1.2　信息系统开发的关键

1. 管理方法科学化

管理信息系统的环境是管理系统，管理信息系统的基础是管理信息。计算机管理是建立在科学管理的基础之上的，只有管理方法科学化，才能确保及时取得正确的原始数据。管理方法的科学化主要体现在：管理工作的程序化、管理业务的标准化、报表文件的规范化、数据资料的完整性和代码化。

2. 领导者的重视与主要管理者的支持

企业领导亲自参与是建立管理信息系统成功的关键。管理信息系统是为管理服务的，只有最高领导最了解企业的目标和信息需求；建立管理信息系统是一项复杂的系统工程，工期长，投资大，涉及面广，它的建立和应用可能涉及某些业务流程、规章制度，甚至组织结构的调整和改变，这些涉及全局性的问题，只有最高领导亲自过问才能解决。

3. 建立本单位自己的计算机应用队伍

为取得实际效益，管理信息系统需要不断维护、修改、扩充完善，以适应应用的发展变化。为此，本单位必须建立自己的计算机应用队伍，选择和培训系统分析、系统设计、系统维护和计算机操作等各类人员。

1）系统分析人员

主要承担系统的调查与分析工作，建立系统的逻辑模型。要求知识面广，对计算机、管理信息系统、现代管理的理论与实践有丰富的知识。有较强的组织管理能力，有娴熟的人际艺术。这支队伍中系统分析员最重要。

2）系统设计人员

参与系统开发的总体设计、模块设计及各种具体的物理设计工作。要求具备熟练的计算机专业知识，掌握 MIS 的技术基础。

3）程序员

负责系统的程序设计、调试和转换工作。要求精通程序设计语言和编程技巧。掌握系统测试的原理和方法。

4）其他人员

如系统正常运行期间对系统功能的执行（操作员），设备和软件维护（系统维护人员）、网络系统管理（管理人员）、文档资料管理（信息控制人员）的专职和兼职人员。

6.2 系统分析

6.2.1 系统分析概述

"分析"通常是指对现有系统的内、外情况进行调查、分析、研究、分解、剖析，以明确问题或机会所在，认识解决这些问题或把握这些机会的必要性，为确定有关活动的目标和可能的方案提供科学依据。本节所讨论的系统分析（Systems Analysis），是指在管理信息系统开发的生命周期中系统分析阶段的各项活动和方法。系统分析也指应用系统思想和系统科学的原理进行分析工作的方法与技术。

1. 系统分析的目标和主要活动内容

系统分析阶段的目标，就是在系统规则所定的某个开发项目范围内，明确系统开发的目标和用户的信息需求，提出系统的逻辑方案。软件开发的第一步是系统分析，系统分析要回答新系统"做什么"这个关键性的问题。只有明确了问题，才有可能解决问题。把要解决哪些问题、满足用户哪些具体的信息需求调查分析清楚，从逻辑上，或者说从信息处理的功能需求上提出系统的方案，即逻辑模型，为下一阶段进行物理方案（即计算机和通信系统方案）设计，为解决"怎么做"提供依据。

系统分析的任务：在系统规划的指导下，运用系统的观点和方法，对系统进行深入详细的调查研究，通过问题识别、可行性分析、详细调查、系统化分析等工作来确定新系统的逻辑模型。具体就是系统分析员要在总体规划的基础上，与用户密切配合，用系统的思想和方法，对企业的业务活动进行全面的调查分析，详细了解有关的工作流程，收集票据、账单、报表等资料，分析现行系统的局限性和不足之处，找出制约现行系统的"瓶颈"，确定新系统的逻辑功能，根据企业的条件找出几种可行的解决方案，分析比较这些方案的投资和可能的收益。

系统分析的基本步骤：系统分析的工作分两个阶段来完成。第一个阶段的工作是进行系统初步调查和可行性研究，第二个阶段的工作是在完成可行性报告并通过审定后对系统进行详细调查和逻辑设计工作。第二阶段工作的内容主要包括：现行系统的详细调查、组织结构与业务流程分析、系统数据流程分析、建立新系统的逻辑模型、提交系统分析报告。

总之，系统分析阶段的主要活动有：系统初步调查、可行性研究、系统详细调查、新系统逻辑方案的提出。

2. 系统分析工作的特点

系统分析工作具有以下特点。

(1) 工作内容涉及面广,不确定性大。

(2) 系统分析工作主要面向组织管理问题,工作方式主要是和人打交道。系统开发过程中用户参与最主要的阶段。用户是需求调查的对象,是系统需求的直接来源,用户的参与态度和提供的信息直接影响系统需求信息的真实和完整。同时,开发人员所做的需求定义必须得到用户的理解和认可,否则,需求分析毫无意义可言。

(3) 系统分析工作追求的是有限目标。需求分析工作是从表入里,不断深入、不断补充、不断完善的反复过程,不能指望一劳永逸。要在分析阶段中通过反复地调查、分析、建模、修改过程逐步确定系统的需求定义,并在随后的工作中进行完善。

(4) 系统分析的主要成果是文档。

6.2.2 系统初步调查

1. 系统初步调查

系统初步调查是系统分析的基础和必要条件。

1) 系统初步调查的目的

系统初步调查的对象是现行系统(包括手工系统和已采用计算机的管理信息系统),目的在于完整掌握现行系统的现状,发现问题和薄弱环节,收集资料,为下一步的系统化分析和提出新系统的逻辑设计做好准备。

2) 调查的范围与内容

调查的范围应该围绕组织内部信息流所涉及领域的各个方面。但应该注意的是,信息流是通过物流而产生的,物流和信息流又都是在组织中流动的。因此所调查的范围就不能仅仅局限于信息和信息流。应该包括企业的生产、经营、管理等各个方面。

调查的具体内容包括组织机构和功能业务、组织目标和发展战略、工艺流程和产品构成、数据与数据流程、业务流程与工作形式、管理方式和具体业务的管理方法、决策方式和决策过程、可用资源和限制条件以及现存问题和改进意见。以上只是一种大致的划分,实际工作时应视具体情况而定。

基本内容包括:系统的基本情况、系统信息处理情况、系统资源情况、人员的态度。

2. 系统调查的方法

1) 重点询问的方式

重点提问调查是采用CSF(关键成功因素)方法,列举若干可能的问题,自顶向下尽可能全面地对用户进行提问,然后分门别类对询问的结果进行归纳,找出其中真正关系到此项工作成败的关键成功因素。

2) 全面业务需求分析的问卷调查法

全面业务需求分析的问卷调查法指采用BSP(企业系统规划)方法中给出的调查表,对现行系统的各级管理人员进行全面的需求分析调查(填表),然后分析整理这些因素,以了解、确定管理业务的处理过程。

3）深入实际的调查方式

这是应用最广泛的调查方式。该方式要求用户一方的主管领导先作广泛动员,强调详细调查的意义,并组织用户讨论由系统分析员设计的调查提纲。然后,系统分析员在计算机信息管理部门的有关人员的配合和支持下,深入各管理职能部门,与各级管理人员面对面交谈,了解情况,通过不断的反复,最后双方确认各项调查的内容,并由系统分析员向用户提交供评审的系统分析的成果。

6.2.3　可行性分析

在信息系统的目标需求确定后,系统分析人员就可以开始对项目的可行性进行研究。事实上,可行性研究是任何一项大型工程正式投入力量之前必须进行的一项工作。这对于保证资源的合理使用、避免浪费是十分必要的,也是项目一旦开始以后能顺利进行的必要保证。可行性是指在当前情况下,企业研制这个信息系统是否有必要,是否具备必要的条件。可行性的含义不仅包括可能性,还包括必要性、合理性。

信息系统的可行性研究应从以下三个方面考虑。

1. 技术可行性

技术可行性是指:根据现有的技术条件,能否达到所提出的要求;所需要的物理资源是否具备。技术条件包括以下几个方面。

（1）硬件。如计算机的存储量、运算速度,外部设备的功能、效率、可靠性,通信设备的能力、质量是否满足要求等。

（2）系统软件。如操作系统提供的平台是否符合需要,数据库管理系统、程序设计语言、网络软件的功能和性能是否满足需要等。

（3）应用软件。如是否已有专用的软件。

（4）技术人员。各类技术人员的数量、水平、来源。

2. 经济可行性

经济可行性分析要估计项目的成本和效益,分析项目经济上是否合理。如果不能提供研制系统所需要的经费,或者不能提高企业的利润,或一定时期内不能回收它的投资,就不应该开发该项目。即是说,经济可行性要解决两个问题:资金可行性和经济合理性。

1）资金可行性

先要估计成本,计算项目投资总额。成本包括初始成本与日常维护费用。系统的初始成本包括各种软、硬件及辅助设备的购置、运输、安装、调试费用;机房及附属设施(电源、通信、地板等)的建设费用;其他(差旅、办公、不可预见费用)费用。日常维护费用包括系统维护(软件、硬件、通信)、人员薪资、易耗品(表格、磁带、磁盘)、内务开销(公用设施、建筑物、远程通信、动力)等。应注意防止成本估计过低的倾向(经验表明,该费用往往低估 2～4 倍),如只计算开发费用而不计算维护费用;只考虑硬件而忽视软件等。

2）经济合理性

要说明经济合理性,需计算信息系统带来的效益。效益可分为直接经济效益和间接经济效益。直接经济效益是系统投入运行后,对利润的直接影响,如节省多少人员,压缩多少库存,增加多少产量及减少多少废品等。这些效益可直接折合成货币形式。信息系统的效益大部分是难以用货币形式表现出来的社会效益。如系统运行后可以更及时地得到更准确的信息,对管理者的决策提供有力的支持;改善企业形象,增加竞争力等。

3. 社会可行性

社会可行性是指所建立的信息系统能否在该企业实现,在当前操作环境下能否很好地运行,即组织内外是否具备接受和使用新系统的条件。从组织内部来讲,管理信息系统的建立,可能导致某些制度,甚至管理体制的变动。从组织外部来讲,管理信息系统运行后,报表、票证格式的改变,是否为有关部门认可和接收,将直接影响企业的营业额。对于涉及社会经济现象的系统,还应考虑原始数据的来源有无保证。

在可行性研究结束之后,应该将分析结果用可行性报告的形式编写出来,形成正式的工作文件。这个报告是非常必要的,因为把项目的目标用专门的语言表达出来,并按照理解把它明确化、定量化,列出优选顺序并进行权衡考虑,这些是否符合使用者的原意,有没有偏离使用者的目标,都还没有得到验证。虽然人们尽力去体会使用者的意图,但由于工作背景和职业的差别,仍难免发生一些误解与疏漏。因此,与使用者交流,请他们审核可行性分析报告是十分必要的。对可行性报告的讨论是研制过程中的关键步骤,必须在项目的目标和可行性问题上取得一致的认识,才能正式开始项目的详细调查研究。

可行性报告包括总体方案和可行性论证两个方面。

(1) 引言。说明系统的名称、系统目标和系统功能、项目的由来等。

(2) 系统建设的背景、必要性和意义。

(3) 拟建系统的候选方案。这部分要提出系统的逻辑配置方案,可以提出一个主要方案及几个辅助方案。

(4) 可行性论证。从技术、经济、社会三个方面对规划进行论证。报告要用较大的篇幅说明总体规划调查、汇总的全过程,使人信服调查是真实的,汇总是有根据的,规划是可信的。

(5) 几个方案的比较。若结论认为是可行的,则给出系统开发的计划,包括各阶段人力、资金、设备的需求和开发进度。

案例分析

一、引言

1. 编写目的

本报告是对零售业管理信息系统(Retail Management Information System, RMIS)研究的综合报告。

2. 背景

某连锁仓储超市有限公司(简称:仓储公司)拥有超市网点120余家,其中5000~10000平方米大中型仓储式购物广场80余家。主要经营食品、日用百货、家用电器、家居用品、文体用品、服装鞋帽等大类商品。在零售行业里有这样一个共识,信息化的管理手段是零售业生存和发展的命脉。没有信息化就没有零售业的未来。对于零售商来说,一个公式亘古不变:利润=销售额-成本。提升利润有两种方法,一种是实现规模效益,

---

降低总的营运成本,走连锁经营的路子是一个趋势。没有信息化,要做到这一点几乎是不可能的。第二种方法是直接提升利润,为顾客提供个性化的服务。两种方法都必须以信息化作为支撑。

二、现行组织系统概况

1. 组织目标和战略

该公司领导决心向国际巨头沃尔玛学习,以"没有不断的IT投资就不会有沃尔玛的成长"为理念,准备建立信息化为核心,以现代化物流配送中心为支撑,将城市工业品送下乡,把农村土特产带进城,促进城乡互动、产品互通的大流通格局。

具体实现三个重要战略:顾客导向的零售模式(消费者价值模型)、品类管理和供应链管理。即1)顾客导向的零售模式:包括POS系统、市场/顾客调查数据库、会员数据库、团购数据库、购物篮分析。2)品类管理系统:包括跨品类分析、决策数据仓库、货架管理/商店布局管理、商品组合分析与优化、定价、促销分析、新品引进评估、利润/成本核算。3)供应链管理:包括自动建议订单系统、供应商管理库存/联合管理库存系统、仓库/运输扫描技术、电子数据交换、电子商务等。

2. 业务概况

该公司是以商业经营为主的股份制企业,下设配送中心、加工中心、仓储式购物广场、连锁超市、实业发展有限公司等多家经营单位。

公司实行"集团化、专业化、连锁式"的发展模式,大力实施业态创新,实现了购物中心、大型综合超市、标准超市、便利店、家居建材超市、农产品生产加工等多业态经营格局,目前门店277处,建立起了覆盖××全省,延伸到邻省周边地区的配送网络和遍布××等地区的门店网络,形成了区域综合竞争优势。

公司实行"流程管理,环节控制"的管理模式和"敞开式办公,参与式服务,厉行考核监督职能"的工作模式,"每项工作都有标准,每项业务都有流程,每个岗位都有要求",各项工作形成了完整的流程链,上游为下游服务,下游检查考核上游,初步实现了环节控制。

公司按照总部—配送中心—门店的组织架构,自主开发了连锁经营和物流配送管理信息系统,企业内部实现了"八统一",建立了局域网,实行网上传递订单,自动补货,信息共享,初步实现了远程管理。开通了商务网站,加强与供应商、客户、消费者的联系。成功开发网上办公系统,提高了办公自动化程度。

3. 存在的主要问题

该集团原有的信息管理系统,只能在局域网上使用,满足单一店面的管理要求,集团管理者的决策依据只能依据报表数据,而无法做到实时的监控,难以保证数据的准确性和及时性,直接影响到企业决策的制定和贯彻。

原财务系统与业务系统无法有效集成,造成物流和资金流的接口瓶颈,使企业全面信息化管理的效率大大降低,浪费了大量的人力、物力资源。随着集团的迅速扩张和壮大,对企业的信息化管理提出了新的要求。

三、拟建立的信息系统

1. 简要说明

针对上述问题,该公司对信息化现状进行了全面的调查和分析,挖掘造成问题的深层次原因,并以行业内的最佳实践标杆为依据,对拟建立的信息系统提出了一系列要求。

(1) 要收集到足够的数据,当顾客在任何一家超市购物时,顾客的购物品牌、数量规格、消费总额等数据必须记录并保存在公司的信息分析系统中。这些数据成为管理层决策的重要依据。如:某种商品在商店里一共有多少?上周的销售量呢?昨天呢?去年呢?订购了多少商品?什么时候可以到达?在管理信息系统应用之前,这样的工作必须通过大量的人工计算与处理才能得到。因此实时控制处于任何地点的商店的想法只是一个梦想而已。要在现有的基础上扩大经营规模,只有密切追踪信息处理技术的进步。

(2) 数据分析,的确,这已不是"拍脑袋"就决策的时代了。对于一个零售商来说,没有数据是可怕的,而有了数据却不知如何分析、决策,支持业务发展就像一个疲惫不堪的猎人迷失在野兽丛生的大森林,其可怕程度可想而知。管理人员必须能够随时随地获得他所需要的数据,进行多层次数据汇总,并对收集到的数据整合起来进行分析,以确定经营的市场政策和营销组合。

(3) 加强物流配送体系的管理,因采用集团统一采购,异地配送,各店面进行销售。总部要能够随时了解各经营中心及各店面的销售及库存情况,从而安排采购需求,集中采购后,由总部与供应商统一进行财务结算,即对供应商付款实行统一管理。总部根据各分店的库存情况,对各经营中心及店面配送后,由总部集中进行账务处理,由总部与供应商统一进行结算,通过集团配送提高各店面补货的频率,同时减少业务量,节省人力,实现资源的充分利用。

(4) 看重长远利益,公司对信息化方面的投入并不硬性要求立刻有"回报",因为信息化带来的回报是隐性的,也是不容易用数据来统计的。在最新的电子商务网站建设上,公司领导暂时并没有提出任何具体的赢利预期,唯一的要求就是让网站为用户更好地服务,在服务层次上给出新的答案。

2. 初步建设计划

项目计划于20xx年6月开工建设。开发期6个月,试运行期3个月,系统计划于20xy年5月1日正式投入运行。

3. 对组织的意义和影响

本系统的开发能够提高工作效率、扩大服务范围、增加公司收入、及时获取信息、减少决策失误、减少库存积压、提高资金周转。

四、经济可行性分析

1. 支出

系统费用支出如表6-1所示。

表 6-1　RMIS 信息系统费用支出表

1. 系统开发总费用：96.945 万元	① 人员费用（每人/年按 8 万元人民币计算，每年有效工作周按 30 周计算；开发期需要开发需 89 周，折合 3 人/年）人员费用约为 24 万元人民币	开发期的有效工作周 15 个周	5 人	15×5＝75 周
		试运行期的 7 个周	2 人	7×2＝14 周
	② 硬件设备费费用为：51.5 万元人民币	服务器	5 台	16 万元
		微机	40 台	28 万元
		打印机	8 台	1.2 万元
		条形码扫描仪	10 台	1.8 万元
		网络设备和布线		4 万元
		不间断电源	5 台	1.5 万元
		工作台	40 台	0.8 万元
	③ 软件费：系统所需购买软件费用为：5.8 万元	Windows Server 2003	一套	2 万元
		SQL Server	一套	2.4 万元
		Java 环境	一套	5000 元
		rose 建模工具	一套	5000 元
	④ 耗材费：0.8 万元			
	⑤ 咨询和评审费：1.2 万元			
	⑥ 调研和差旅费：1.0 万元			
	⑦ 不可预见费：按开发总费用的 15% 计算			
2. 系统运行费用：67.26 万元	① 系统维护费	一年需要 0.5 人/年，维护费为 0.5×8＝4.0 万元	运行期为 10 年	4×10＝40 万元
	② 设备维护费（设备的运行更新期 5 年，设备更新费为 13.26 万元。设备日常故障维护费每年 0.6 万元。）	则平均每年设备维护费为：13.26/10＋0.6＝1.926 万元	同上	1.926×10＝19.26 万元
	③ 消耗材料费	每年消耗材料费按 0.8 万元	同上	0.8×10＝8 万元

系统总支出：系统开发和运行总费用为 164.2 万元。折合 16.42 万元/年。

2. 收益

1）经济效益

① 提高工作效率，减少人员费用。本系统累计可以综合提高工作效率达 30%。可以减少现有 15% 的工作人员，公司现有管理人员按 300 人计算，可减少 45 人。每人/月平均工资按 1500 元计算，节约人员工资 0.15×12×45＝81 万元/年。

② 扩大服务范围，增加收入。假定在原有基础上可以增加 10% 的销售量。公司每年的总利润按 1000 万元计算，可以增加收入 100 万元。

③ 及时获取信息，减少决策失误，为领导决策提供了有力支持。本系统的建设可以及时获取运输市场信息，提高调度的合理性和准确率。估计每年可以增加收入在 24 万元以上。

④ 改进服务,增强了顾客信任,增强企业的竞争地位提高资金周转。通过书库的计算机管理,可以及时获取库存信息,争取最优库存,提高资金的周转率。每年可以因此减少库存积压浪费 18 万元以上。

通过以上计算,本系统每年可以获得经济效益 81＋100＋24＋18＝223 万元/年。累计 10 年获经济效益 2230 万元。

2) 社会效益

① 提高工作效率,减少用户办事时间;

② 改善工作条件,提高工作效率,减轻工作人员的劳动;

③ 提高工作质量,促进体制改革,提高用户对公司管理的信任感和亲善感,改善公司形象;

④ 提高管理水平,系统能够及时提供运输市场各种信息、提高决策正确率。

3. 支出/收益分析

在 10 年期内,系统总投入:164.2 万元,系统总收入:2230 万元,1 年可以收回开发投资。从经济上考虑,本系统完全有必要开发。

五、技术可行性分析

(1) 信息系统开发方法:在开发小组中有熟练掌握面向对象方法开发软件系统的资深的系统分析员和程序员。在信息系统开发方法上不存在任何问题。

(2) 网络和通信技术:本开发小组有专门的网络技术人员,有 5 年的大型网组网经验。

(3) C/S 结构规划和设计技术:开发小组有丰富的 C/S 开发经验。

(4) 数据库技术:开发小组有丰富的应用数据库开发经验。

(5) Java 开发技术:开发小组能够熟练使用 Java 编程。

综上,本系统开发技术是完全可行的。

六、社会可行性分析

目前已有很多成功开发公司信息系统的先例,社会需要公司管理的现代化和信息化。公司信息系统开发和运行与国家的政策法规不存在任何冲突和抵触之处。另外,公司信息系统所采用的操作和工作方式符合工作人员和用户的日常习惯,而且操作方便灵活,便于学习。具有可行性。

七、可行性研究结论

通过经济、技术和社会等方面的可行性分析,可以确定本系统的开发完全必要,而且是可行的,可以立项开发。

6.2.4 详细调查

1. 详细调查的目的和原则

详细调查的对象是现行系统(包括手工系统和已采用计算机的管理信息系统),目的在于完整掌握现行系统的现状,发现问题和薄弱环节,收集资料,为下一步的系统化分析和提出新系统的逻辑设计做好准备。

　　详细调查应遵循用户参与的原则,即由使用部门的业务人员、主管人员和设计部门的系统分析人员、系统设计人员共同进行。设计人员虽然掌握 IT 技术,但对使用部门的业务不够清楚,管理人员则熟悉本身业务而不一定了解 IT 技术,两者结合就能互补不足,更深入地发现对象系统存在的问题,共同研讨解决的方案。

　　在调查过程中应尽量使用各种形象、直观的图表工具。通常用组织结构图描述组织的结构,用管理业务流程图和表格分配图描述管理业务状况,用数据流程图描述和分析数据、数据流程及各项功能,用判断树和决策表等描述处理功能和决策模型。

2. 详细调查的范围

　　详细调查的范围应该围绕组织内部信息流所涉及领域的各个方面。但应该注意的是,信息流是通过物流而产生的,物流和信息流又都是在组织中流动的。因此所调查的范围就不能仅仅局限于信息和信息流。应该包括企业的生产、经营、管理等各个方面。内容大致归纳如下:组织机构和功能业务;组织目标和发展战略;工艺流程和产品构成;数据与数据流程;业务流程与工作形式;管理方式和具体业务的管理方法;决策方式和决策过程;可用资源和限制条件;现存问题和改进意见。以上只是一种大致的划分,实际工作时应视具体情况而定。

3. 组织结构图

　　组织结构图是一张反映组织内部之间隶属关系的树状结构图,在 RMIS 中集团有限公司主要设有市场项目部、信息部、财务部、人力资源部和行管部等职能管理部门,下属公司有:加工中心、配送中心、仓储广场和连锁超市等,其组织结构图如图 6-1 所示。可见,组织结构图反映了组织内部上下级关系。

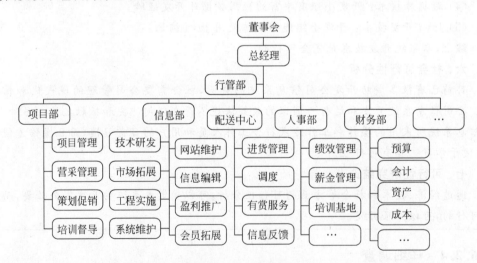

图 6-1　组织结构图

　　但是对于组织内部各部分之间的联系程度,各部分的主要业务职能和它们在业务过程中所承担的工作等却不能反映出来,这将会给后续的业务、数据流程分析和过程数据分析等带来困难。为了弥补这方面的不足,通常增设组织/业务关系图来反映组织各部分在承担业务时的关系,如图 6-2 所示。组织/业务关系图中的横向表示各组织名称,纵向表示业务过程名,中间栏是组织在执行业务过程中的作用。图中:"＊"表示该项业务是对应组织的主要业务(即主持工作的单位);"×"表示该单位是参加协调该项业务的辅助单位;"√"表示该单位是该项业务的相关单位(或称有关单位);"空格"表示该单位与对应业务无关。

功能	序号	联系的程度业务 / 组织	市场项目部	运输部	财务部	客户服务部	信息部	人力资源部	门面	企业管理部	⋯
功能与业务	1	基础数据管理	√	√	√	√	＊	√		×	
	2	车辆调度	√	＊			√				
	3	物流管理	√							×	
	4	人事			√	√		＊			
	5	财务管理	√	×	＊	×	√	×	√	√	
	6	设备更新					＊	√	＊	×	
	7	⋯⋯									

图 6-2　组织/业务关系图

4. 业务流程图

绘制业务流程图是分析业务流程的重要步骤。业务流程图(Transaction Flow Diagram,TFD),用一些规定的符号及连线来表示某个具体业务处理过程,基本上是按照业务的实际处理步骤和过程绘制。换句话说,就是一本用图形方式来反映实际业务处理过程的"流水账",而这本"流水账"对于开发者理顺和优化业务过程是很有帮助的。

业务流程图是一种尽可能简单的描述业务处理过程的方法。由于它的符号简单明了,所以易于阅读和理解业务流程。其不足是对于一些专业性较强的业务处理细节缺乏足够的表现手段,它比较适用于反映事务处理类型的业务过程。这里采用6个基本图形符号来描述业务流程图:有关6个符号的内部解释可直接用文字标于图内。这6个符号所代表的内容与信息系统最基本的处理功能一一对应。如图6-3所示,圆圈表示业务处理单位,方框表示业务处理内容,报表符号表示输出信息(报表、报告、文件、图形等),不封口的方框表示存储文件,卡片符号表示收集资料,矢量连线表示业务过程联系。

业务处理单位　　业务处理功能描述　　表格/报表制作

数据/文件存档　　收集/统计数据　　信息传递过程

图 6-3　业务流程图的基本图形符号

业务流程图的绘制是根据系统调查表中所得到的资料和问卷调查的结果,按业务实际处理过程将它们绘制在同一张图上。例如,某个业务的流程可表示成图6-4的形式。

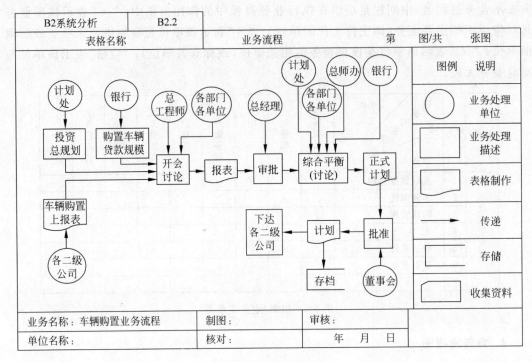

图 6-4 业务流程图

6.2.5 数据分析

数据分析的主要工具有数据流程图和数据字典。

1. 数据流程图

数据流程的分析是把数据在组织(或原系统)内部的流动情况抽象出来,舍去具体组织机构、信息载体、处理工作、物资、材料等,单从数据流动过程来考查实际业务的数据处理模式。数据流程分析主要包括对信息的流动、传递、处理、存储等的分析。数据流程分析的目的就是要发现和解决数据流通中的问题。

现有的数据流程分析多是通过分层的数据流程图(Data Flow Diagram,DFD)来实现的。其具体的做法是:按业务流程图理出业务流程的顺序,将相应调查过程中所掌握的数据处理过程,绘制成一套完整的数据流程图,一边整理绘图,一边核对相应的数据和报表、模型等。

1) 数据流程图的基本成分

数据流程图用到 4 个基本符号,即外部实体、数据处理、数据流和数据存储,如表 6-2所示。

(1) 外部实体:指系统以外又与系统有联系的人或事物。它表达该系统数据的外部来源和去处,例如供货单位、顾客等。外部实体也可以是另外一个信息系统。用一个正方形,并在其左上角外边另加一个直角来表示外部实体,并在正方形内写上这个外部实体的名称。

(2) 数据处理:指对数据的逻辑处理,也就是数据的变换。在数据流程图中,用带圆角的长方形表示处理。

（3）数据流：指处理功能的输入或输出，用一个水平箭头或垂直箭头表示。箭头指出数据的流动方向。数据流可以是信件、票据，也可以是电话等。

（4）数据存储：指数据存储的逻辑描述。用右边开口的长方条表示。在长方条内写上数据存储的名字。

表 6-2 数据流程图的基本符号

名 称	类 型 一	类 型 二
外部实体(外部项)		
数据处理(加工)		
数据存储		
数据流		

2）数据流程图的绘制

数据流程图绘制的基本思想是：自顶向下，逐层分解。图 6-5 给出了数据流程图逐层分解示意图。

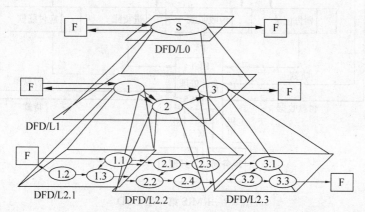

图 6-5 数据流程图的逐层分解

在同一层中一般遵循"由外向里"的原则，即先确定系统的边界或范围，再考虑系统的内部，先画加工的输入和输出，再画加工的内部。即：

（1）识别系统的输入和输出。

（2）从输入端至输出端画数据流和加工，并同时加上文件。

（3）加工的分解"由外向里"进行分解。

（4）数据流的命名，名字要确切，能反映整体。

（5）各种符号布置要合理，分布均匀，尽量避免交叉线。

（6）先考虑稳定态，后考虑瞬间态。如系统启动后在正常工作状态，稍后再考虑系统的启动和终止状态。

3）数据流程图实例

如图 6-6 所示 RMIS 中超市管理系统的顶层数据流程图，公司的外部实体有各种用户、各级供应商和税务局。顶层数据流程图表现的是公司与外界的关系。

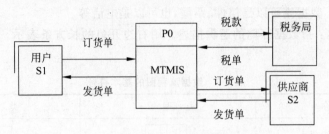

图 6-6   RMIS 顶层 DFD

如图 6-7 所示是 RMIS 的第一层数据流程图。就是将顶层的数据处理 P0"由外向里"进行分解,可知,P0 由销售处理、采购处理和会计处理等三个处理组成。

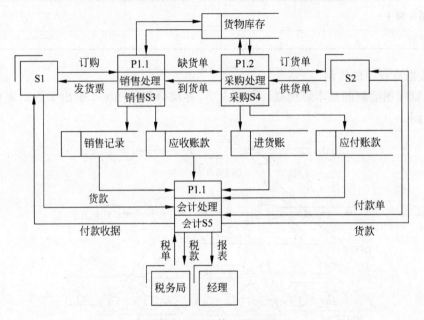

图 6-7   RMIS 第一层 DFD

图 6-7 还可以进一步细分。首先将 P1.1 进一步细分可得到 RMIS 第二层,即销售处理二级数据流程,如图 6-8 所示。

其次将 P1.2 进一步细分可得到采购处理二级数据流程,如图 6-9 所示。

然后将 P1.3 进一步细分可得到会计处理二级数据流程,如图 6-10 所示。

2. 数据字典

数据字典(Data dictionary,DD)主要用来描述数据流程图中的数据流、数据存储、处理过程和外部实体。也就是说 DD 就是对 DFD 中加工、数据流、文件和外部项逐个做出定义的一部文件。DFD 和 DD 结合起来定义系统。数据字典实际上是"关于系统数据的数据库",在整个系统开发过程以及系统运行后的维护阶段,数据字典都是必不可少的工具。数据字典是所有人员工作的依据,统一的标准。它可以确保数据在系统中的完整性和一致性。为了保证数据的一致性,数据字典必须由专人(数据管理员)管理,任何人(包括系统分析员、系统设计员、程序员)修改数据字典的内容,都必须通过数据管理员。

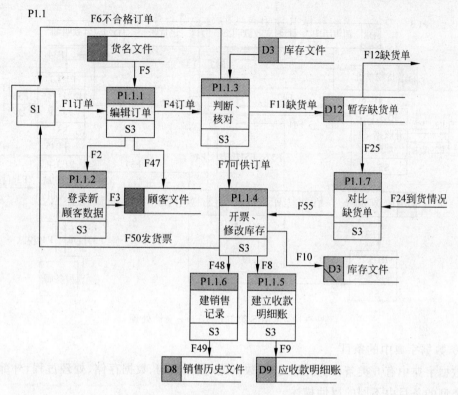

图 6-8 RMIS 第二层 DFD—销售处理

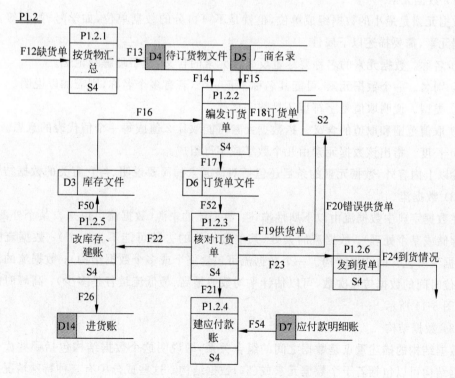

图 6-9 RMIS 第二层 DFD—采购处理

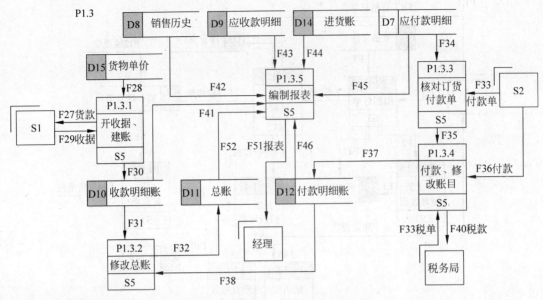

图 6-10　RMIS 第二层 DFD—会计处理

1）数据字典中的条目

数据字典中有 6 类条目：数据元素、数据流、数据结构、数据存储、处理过程、外部实体。不同类型的条目由不同的属性描述。

（1）数据元素

数据元素是最小的数据组成单位，也就是不可再分的数据单位，如学号、姓名等。对每个数据元素，需要描述以下属性。

① 名称。数据元素的名称要尽量反映该元素的含义，便于理解和记忆。

② 别名。一个数据元素，可能其名称不止一个，若有多个名称，则需加以说明。

③ 类型。说明取值是字符型还是数字型等。

④ 取值范围和取值的含义。指数据元素可能取什么值或每一个值代表的意思。

⑤ 长度。指出该数据元素由几个数字或字母组成。

除以上内容外，数据元素的条目还包括对该元素的简要说明、与它有关的数据结构等。

（2）数据流

在数据字典中数据流由以下属性描述：数据流的来源（数据流可以来自某个外部实体、数据存储或某个处理）；数据流的去处（某些数据流的去处可能不止一个）；数据流的组成（指数据流所包含的数据结构。一个数据流可包含一个或多个数据结构）；数据流的流通量（指单位时间的数据传输次数，可以估计平均数或最高、最低流量各是多少）；高峰时的流通量，如图 6-11 所示。

（3）数据结构

数据结构的描述重点是数据之间的组合关系，即说明这个数据结构包括哪些成分。一个数据结构可以包括若干个数据元素或（和）数据结构。这些成分中有三种特殊情况。

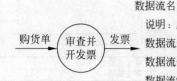

数据流名：发票
说明：用做学生已付书款的依据
数据流来源：来自加工"审查并开发票"
数据流去向：流向加工"开领书单"
数据流组成：用户号+货物号+单价总价+货物费合计

图 6-11 数据字典中数据流示意图

① 任选项：这是可以出现，也可以省略的项，用[ ]表示，如例中的[曾用名]是任选项，可以有，也可以没有。

② 必选项：在两个或多个数据项中，必须出现其中的一个称为必选项。例如，任何一门课程是必修课，或选修课，二者必居其一。必选项的表示办法，是将候选的多个数据项用"{ }"括起来。

③ 重复项：即可以多次出现的数据项。例如一张订单可订多种零件，每种零件有品名、规格、数量，这些属性用"零件细节"表示。在订单中，"零件细节"可重复多次，表示成"零件细节"。

（4）数据存储

数据存储的条目，主要描写该数据存储的结构，及有关的数据流和查询要求。同一个数据存储可能在不同层次的图中出现。描述这样的数据存储，应列出最底层图中的数据流。

（5）处理过程

对于数据流程图中的处理框，需要在数据字典中描述处理框的编号、名称、功能的简要说明，有关的输入、输出等。

（6）外部实体

外部实体是数据的来源和去向。因此在数据字典中关于外部实体的条目，主要说明进出外部实体的数据流，以及该外部实体的数量。外部实体的数量对于估计本系统的业务量有参考作用，尤其是关系密切的主要外部实体。

2）数据字典定义符号

在数据分析中，数据字典通常用一些符号来说明。通用的数据字典定义符号如表 6-3 所示。

表 6-3 数据字典定义符号表

符　号	含　义	例　子
=	被定义为	
+	与	x＝a＋b，则表示 x 由 a 和 b 组成
[]	或	x＝[a,b]，则表示 x 由 a 或由 b 组成
{}	重复	x＝{a}，则表示 x 由 0 个或多个 a 组成
m{}n	重复	x＝3{a}8，则表示 x 中至少出现 3 次 a，最多出现 8 次
()	可选	x＝(a)，则表示 a 可在 x 中出现，也可不出现
…	注释符	表示在两个 * 之间的内容为词条的注释

3）数据字典举例

图 6-12～图 6-15 列举了数据字典中各类条目编写的实例供读者参考。

数据元素

系统名： 学籍管理   编号：_____

条目名： 学号   别名：_____

属于数据流：F1～F7   存储处：D1 学生名册
     D2 学生成绩

数据元素结构：

代码类型	取值范围	意　义
字符 （由数字组成的字符串）	000100001～199929999	XXXX XX XXX 编号 系别代号 学生入学学号

简要说明：
    学号是学生的识别符，每个学生都有唯一的学号。

修改记录：	编写	张XX	日期	2002年8月10日
	审核	李XX	日期	2002年8月18日

图 6-12 数据字典《数据元素》条目

数据流

系统名： 学籍管理   编号：_____

条目名： 学生成绩通知   别名： 成绩通知单

来源：成绩管理   去处：学生

数据流结构：
    学生成绩通知：{学号＋学生姓名＋{ 课程名称＋成绩 }该生本学期所修课程
    ＋（补考课程名称＋补考时间＋补考地点）}所有在册学生

简要说明：
    学生成绩通知在每学期期末考试结束后一周至下学期开学前一周期间内发给所有本期在校学生。

修改记录：	编写	张XX	日期	2002年8月10日
	审核	李XX	日期	2002年8月18日

图 6-13 数据字典《数据流》条目

数据存储

系统名： 学籍管理   编号：_____

条目名： 学生名册   别名：_____

存储组织：
    每个学生一条记录   记录数：约8000   主关键字：学号

记录组成：

项名	学号	姓名	性别	出生年月	注册学期	……	……	……	……	备注
近似长度(字节)	7	10	2	4	4	……	……	……	……	20

简要说明：
    （1）　学籍变动（ 留级、转专业 ）在备注中说明。
    （2）　奖励和处罚在备注中说明。

修改记录：	编写	张XX	日期	2002年8月10日
	审核	李XX	日期	2002年8月18日

图 6-14 数据字典《数据存储》条目

```
                              加 工

系统名：  学籍管理                        编号：
条目名：  成绩管理                        别名：

输入：                              │ 输出：
    学生修课名单；课程名称；学生成绩。  │    教学安排；学生成绩通知单；
                                    │    学生修课情况与成绩统计。

加工逻辑：
    1、从学生名册中获取修同一课程的学生名单；
    2、统计每门课程的修课人数并报系机关；
    3、从系机关获取课程安排数据，包括各门课程的上课时间、地点；
    4、形成教学安排数据，其中包括各门课程的修课学生名单、上课地点，通知有关任课教师；
    5、接收任课教师的学生成绩数据，并登录在学生成绩档案中；
    6、进行成绩统计，计算每门课程成绩优良、及格、不及格、缺考各项人数及比率，计算各课平均成
       绩并向系机关报告；
    7、向学生发出学生成绩通知，并附补考安排。

简要说明：
    课程安排由系机关中教学管理人员直接向学生公布。

修改记录：                          │ 编写 │ 张XX │ 日期 │ 2002年8月10日
                                    │ 审核 │ 李XX │ 日期 │ 2002年8月18日
```

图 6-15　数据字典《数据加工》条目

6.2.6　功能分析

功能分析就是对处理功能作详细描述。通常用结构化语言、判定表和判定树三种半形式化的方式描述。

1. 结构化语言

结构化语言是受结构化程序设计思想启发而扩展出来的。结构化语言只允许三种基本语句，即祈使语句、判断语句和循环语句。与程序设计语言的差别在于结构化语言没有严格的语法规定。与自然语言的不同在于它只有极其有限的词汇和语句。

1）祈使语句

祈使语句指出要做什么事情，包括一个动词和一个宾语成分。动词指出要执行的功能，宾语成分表示动作的对象。使用祈使语句，应注意以下几点：力求精练，不应太长；动词要能明确表达执行的动作，不用"做"、"处理"这类意义太泛的动词；意义相同的动词，只确定使用其中之一；名词必须在数据字典中有定义。

2）判断语句

判断语句类似结构化程序设计中的判断结构，其一般形式是：

```
如果  条件
   则  动作A
否则  （条件不成立）
        动作  B
```

判断语句中的"如果"、"否则"要成对出现，以避免多重判断嵌套时产生二义性。另外，书写时每层要对齐，以便阅读。

例如，某公司对购货在5万元以上的顾客给以不同的折扣率。如果这样的顾客最近3

个月无欠款,则折扣率为 15%;虽然有欠款但与公司已经有 10 年以上的贸易关系,则折扣率为 10%,否则折扣率为 5%。公司的折扣政策用判断语句表达如下:

```
如果    购货额在 5 万元以上
        则    如果    最近 3 个月无欠款
              则    折扣率为 15%
              否则    如果    与公司交易 10 年以上
              则    折扣率为 10%
              否则    折扣率为 5%
        否则    无折扣
```

3) 循环语句

循环语句表达在某种条件下,重复执行相同的动作,直到这个条件不成立为止。例如"评奖学金"要计算同年级同专业每个学生一学期的总成绩,可用循环语句写成:

```
对每一个学生
        计算总成绩
```

2. 判定树

若一个动作的执行不只是依赖一个条件,而是与多个条件有关,那么这项策略的表达就比较复杂。如果用前面介绍的判断语句就需多重嵌套,层次增多可读性势必下降。用判定树来表示,可以更直观方便一些。前面提到某公司关于折扣率的规定就涉及三个条件:购货额、最近 3 个月有无欠款、贸易时间是否超过 10 年。这个规定用判定树可表示如下:

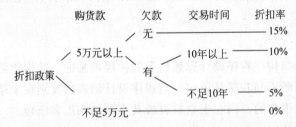

这类问题往往用判定树表示,如果需要的话,可根据判定树写出相应的判断语句。

3. 判定表

一些条件较多、在每个条件下取值也较多的判定问题,可以用判定表表示。其优点是能把各种组合情况一个不漏地表示出来,有时还能帮助发现遗漏和逻辑矛盾的情况。用判定表来描述决策问题,通常经过以下几个步骤:

(1) 分析决策问题涉及几个条件。

(2) 分析每个条件取值的集合。

(3) 列出条件的各种可能组合。

(4) 分析决策问题涉及几个可能的行动。

(5) 做出有条件组合的判定表。

(6) 决定各种条件组合的行动。

(7) 按合并规则化简判定表。

例如某校关于学生升留级的规定为:"一学期有三门考试课程不及格者,直接留级;一学期考试和考查四门课程不及格者,不予补考,直接留级"。这里实际上涉及三种可能的行动:直接留级、补考、升级。全部课程及格者升级,不及格课程过多者直接留级,有不及格课程但未达到直接留级者补考。条件涉及两个方面:考试不及格的门数、考查不及格的门数。若直接以这两个"门数"为条件,则前者有四种情况:全部及格,1 门不及格、2 门不及格、3 门或 3 门以上不及格。后者有五种情况:全部及格、1 门不及格、2 门不及格、3 门不及格、4 门或 4 门以上不及格。这样两个条件可以组合成 4×5=20 种情况。若根据问题的要求,适当选取判定的条件,则可以更简单一些。例如,第一个条件(C1)按考试科目不及格门数是否达到三门分两种情况,第二个条件(C2)按不及格门数(包括考试、考查)分为三种情况列表说明如表 6-4 所示。

表 6-4 条件取值分析

条 件	取 值	含 义
C1:考试科目	0	不及格门数<3
	1	不及格门数≥3
C2:全部科目	0	全部及格
	1	0<不及格门数<4
	2	不及格门数≥4

这样,共有 2×3=6 种组合,列出的判定表如表 6-5 所示。

表 6-5 学生升留级判断表

	1	2	3	4	5	6
C1:考试科目	0	0	0	1	1	1
C2:全部科目	0	1	2	0	1	2
A1:直接留级			×	×	×	×
A2:补考		×				
A3:升级	×					

用判定表来表达一个复杂的问题,优点之一是不会遗漏某些可能的情况。这种方法的另一个好处是各个条件地位是"平等"的,无需考虑条件的先后顺序。根据判定表容易画出等价的判定树。

4. 三种表达工具的比较

这三种表达逻辑的工具各有千秋,除谈到的几个方面外,从直观性、可修改性等方面的比较如表 6-6 所示。

表 6-6 表达逻辑工具的比较

	结构化语言	判定树	判定表
直观性	一般	很好	一般
用户检查	不便	方便	不便
可修改性	好	一般	差
逻辑检查	好	一般	很好
机器可读性	很好	差	很好
机器可编程	一般	不好	很好

一般来说,决策树适用于10~15种行动的一般复杂程度的决策。有时可将决策表转换成决策树,便于用户检查。判定表适合于多个条件的复杂组合。虽然判定表也适用于很多数目的行动或条件组合,但数目庞大时使用也不方便。如果一个判断包含了一般顺序执行的动作或循环执行的动作,则最好用结构化语言表达。

6.2.7 系统分析报告

系统分析报告应该不但能够充分描述调查的结果,而且还能反映系统分析的结果和新系统的逻辑方案。系统分析报告主要包括以下内容。

1. 引言

主要是对分析对象的基本情况作概括性的描述,它包括组织的结构和目标;组织的工作过程和性质、业务功能、对外联系(组织与外部实体间有哪些物质以及信息的交换关系)、研制系统工作的背景以及文本所用的专门术语等。

2. 项目概述

项目概述部分包括:

1)项目的主要工作内容

简要说明本项目在系统分析阶段所进行的各项工作的主要内容。这些是建立新系统逻辑模型的必要条件,而逻辑模型是书写系统说明书的基础。

2)现行系统的调查情况

新系统是在现行系统基础上建立起来的。设计新系统之前,必须掌握现系统的真实情况,了解用户的要求和问题所在。列出现系统的目标、主要功能、组织结构、用户要求等,并简要指出主要问题所在。以数据流程图为主要工具,说明现行信息系统的概况。数据字典、判定表、流程分析图等一般篇幅较大,可作为附件,但是由它们得到的主要结论,如主要的业务量、总的数据存储量等,应列在正文中。

3)新系统的逻辑模型

通过对现行系统的分析,找出主要问题所在,并进行必要的改动,即得到新系统的逻辑模型。新系统的逻辑模型也通过相应的数据流程图加以说明。数据字典等有变动要给出相应说明。

3. 实施计划

1)工作任务的分解

指对开发中应完成的各项工作,按子系统(或系统功能)划分,指定专人分工负责。

2)进度

指给出各项工作的预定开始日期和结束日期,规定任务完成的先后顺序及完成的界面。

3)预算

指逐项列出本项目所需要的劳务以及经费的预算,包括各项工作所需人力及办公费、差旅费、资料费等。

6.3 系统设计

6.3.1 系统设计概述

1. 系统设计含义

在系统分析阶段,明确了新系统的功能结构及信息结构,也就是系统的逻辑模型,对新系统回答了"做什么?"的问题。在系统设计阶段需要回答的中心问题是"如何做?",即通过给出新系统物理模型的方式描述如何实现在系统分析中规定的系统功能。

系统设计就是详细定义基于计算机的各种活动的解决方案。在系统设计阶段,把系统分析过程当中得到的逻辑模型结合相应的网络技术、数据库技术等详细地描述出来,并为系统实施阶段的各项工作准备必要的技术资料和有关文件。

系统设计的基本目标就是要使所设计的系统必须满足系统逻辑模型的各项功能要求,同时尽可能地提高系统的性能。系统设计的目标是评价和衡量系统设计方案优劣的基本标准,也是选择系统设计方案的主要依据。

2. 系统设计阶段的主要活动

系统设计阶段的工作是一项技术性强、涉及面广的活动,它包括以下主要活动。

(1) 总体结构设计。

① 划分子系统。把整个系统按功能划分若干个子系统,明确各子系统的目标和功能。该部分的主要工作已经在系统分析阶段完成,根据需要,可以进一步优化和调整。

② 功能结构图设计。按层次结构划分功能模块,画出功能结构图。

③ 处理流程图设计。

④ 物理系统配置方案设计。包括设备配置、网络的选择和设计以及数据库管理系统的选择等。

(2) 详细设计(详细设计、概要设计)。

① 代码设计。为了便于整个系统的信息交换和系统数据资源共享,也为了便于计算机处理,要对被处理进行统一的分类编码,确定代码对象和编码方式。

② 数据库设计。主要是根据系统分析阶段所得到的数据流程图和数据字典,再结合系统处理流程图,进行数据文件结构设计和数据库设计。

③ 人—机界面设计。根据数据处理的要求以及用户的使用习惯,设计输入输出方式和数据输入输出的格式。

(3) 系统实施进度与计划编写。

(4) "系统设计说明书"的编写。

6.3.2 系统总体结构设计

1. 系统总体结构设计的任务

系统总体结构设计是系统设计阶段第一步,其任务是根据系统的总目标和功能将整个系统合理划分若干个功能模块,正确处理模块之间的调度关系和数据关系,定义各模块内部结构等。也就是说系统结构设计是从计算机实现的角度出发,对前一阶段划分的子系统进行校核,使其界面更加清楚和明确,并在此基础上,将子系统进一步逐层分解,直至划分到模块。

2. 系统总体结构设计的原则

系统总体结构设计应该遵循以下几条主要原则。

1) 分解协调原则

整个系统是一个整体,具有整体的目标和功能,但这个目标和功能的实现又是由相互联系的各个组成部分共同工作的结果。在处理过程中需要根据系统的总体要求来协调各部分的关系。在系统中,这种分解和协调都具有一定的要求和依据。

分解的主要依据:

(1) 按各子系统相对独立完成部分管理功能的要求分解。

(2) 按业务信息逻辑方式分解。

(3) 从管理科学化出发进行分解,不受管理体制可能变化的影响。

(4) 子系统间边界清晰,系统内业务和数据联系紧密。

(5) 按开发、维护和修改的方便性分解。

协调的主要依据:

(1) 目标协调。

(2) 工作进程协调。

(3) 工作规范和技术规范协调。

(4) 信息协调。

(5) 业务内容协调。

2) 模块化原则

结构化设计的基础是模块化,结构化方法规定了一系列模块分解协调原则和技术,将整个系统分解成相对独立的若干模块,通过对模块的设计和模块之间的关系的协调来实现整个系统的功能。

3) 自顶向下的原则

抓住系统的总目标,逐层分解,即先确定上层模块的功能,再确定下层模块的功能。将系统分解为子系统,各子系统功能总和为上层系统的总的功能,再将子系统分解为功能模块,下层功能模块实现上层的模块功能。这种从上往下进行功能分层的过程就是由抽象到具体,由复杂到简单的过程。这种步骤从上层看,容易把握整个系统的功能不会遗漏,也不会冗余,从下层看各功能容易具体实现。

4) 层次性原则

分解是按层分解的,同一个层次是同样由抽象到具体的程度。各层具有可比性。如果有某层次各部分抽象程度相差太大,那极可能是划分不合理造成的。

5) 一致性原则

要保证整个系统设计过程中具有统一的规范、统一的目标、统一的文件模式等。

6) 明确性原则

每个模块必须功能明确、接口明确,消除多重功能和无用接口。

3．划分子系统

根据上述原则，第一步将整个系统划分为若干个子系统。划分方式有纵向划分和横向划分两种方式。

纵向划分即按管理职权的不同级别把系统分成战略管理级、战术管理级和作业处理级三个层次。

横向划分则是按照不同的管理对象和管理职能将企业（系统）划分为市场销售、生产计划、物资供应、财务会计、质量管理、设备管理、技术管理、库存管理和能源管理等。

6.3.3　系统的功能结构图设计

1．结构化设计的原理

结构化设计方法的基本思想是使系统模块化，即把一个系统自上而下逐步分解为若干个彼此独立而又有一定联系的组成部分，这些组成部分称为模块。对于任何一个系统都可以按功能逐步由上向下，由抽象到具体，逐层将其分解为一个多层次的、具有相对独立功能的模块所组成的系统。在这一基本思想的指导下，系统设计人员以逻辑模型为基础，并借助于一套标准的设计准则和图表等工具，逐层地将系统分解成多个大小适当、功能单一、具有一定独立性的模块，把一个复杂的系统转换成易于实现、易于维护的模块化结构系统。

2．HIPO 图

HIPO(Hierarchy Plus Input/Processing/Output)图是美国 IBM 公司由 20 世纪 70 年代发展起来的表示软件系统结构的工具。HIPO 图由两部分组成：可视目录表和 IPO 图。可视目录表给出程序的层次关系，IPO 图则为程序各部分提供具体的工作细节。

1) 可视目录表

可视目录表由体系框图、图例、描述说明三部分组成。

(1) 体系框图

又称层次图(H 图)，是可视目录表的主体，用它表明各个功能的隶属关系。它是自顶向下逐层分解得到的，是一个树形结构。它的顶层是整个系统的名称和系统的概括功能说明；第二层把系统的功能展开，分成了几个框；第二层功能进一步分解，就得到了第三层、第四层，…，直到最后一层。每个框内都应有一个名字，用以标识它的功能。还应有一个编号，以记录它所在的层次及在该层次的位置。

(2) 图例

每一套 HIPO 图都应当有一个图例，即图形符号说明。附上图例，不管人们在什么时候阅读它都能对其符号的意义一目了然。

(3) 描述说明

它是对层次图中每一个框的补充说明，在必须说明时才用，所以它是可选的。描述说明可以使用自然语言。

例如，应用 HIPO 图对盘存/销售系统进行分析，得到如图 6-16 所示的工作流程图，图 6-17 为盘存/销售系统的可视目录表。

2) IPO 图

IPO 图为层次图中每一功能框详细地指明输入、处理及输出。通常，IPO 图有固定的格

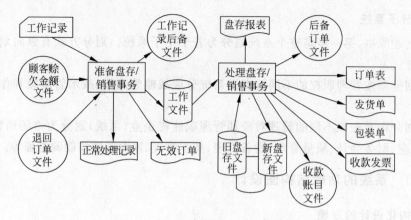

图 6-16　盘存/销售系统工作流程图

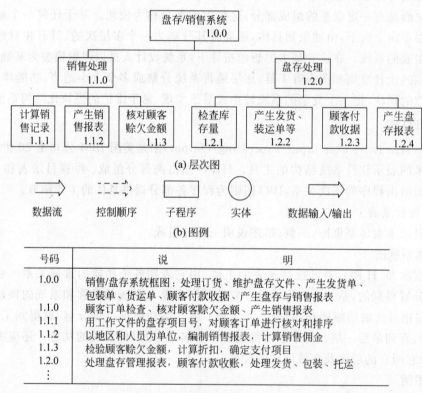

(a) 层次图

数据流　　　控制顺序　　　子程序　　　实体　　　数据输入/输出

(b) 图例

号码	说　　　　　　明
1.0.0	销售/盘存系统框图：处理订货、维护盘存文件、产生发货单、包装单、货运单、顾客付款收据、产生盘存与销售报表
1.1.0	顾客订单检查、核对顾客赊欠金额、产生销售报表
1.1.1	用工作文件的盘存项目号，对顾客订单进行核对和排序
1.1.2	以地区和人员为单位，编制销售报表，计算销售佣金
1.1.3	检验顾客赊欠金额，计算折扣，确定支付项目
1.2.0	处理盘存管理报表，顾客付款收账，处理发货、包装、托运
⋮	

(c) 描述说明

图 6-17　盘存/销售系统的可视目录表

式,图中处理操作部分总是列在中间,输入和输出部分分别在其左边和右边。由于某些细节很难在一张 IPO 图中表达清楚,常常把 IPO 图又分为两部分,简单概括的称为概要 IPO 图,细致具体一些的称为详细 IPO 图。

概要 IPO 图用于表达对一个系统,或对其中某一个子系统功能的概略表达,指明在完成某一功能框规定的功能时需要哪些输入,哪些操作和哪些输出。图 6-18 为销售/盘存系统第二层的对应于 H 图上的 1.1.0 框的概要 IPO 图。

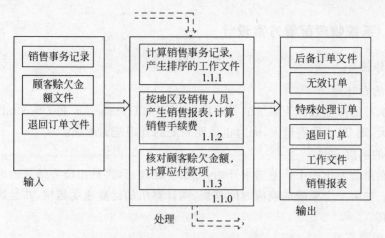

图 6-18 对应 H 图上 1.1.0 框的概要 IPO 图

在概要 IPO 图中,没有指明输入—处理—输出三者之间的关系,用它来进行下一步的设计是不可能的。故需要使用详细 IPO 图以指明输入—处理—输出三者之间的关系,其图形与概要 IPO 图一样,但输入、输出最好用具体的介质和设备类型的图形表示。图 6-19 为销售/盘存系统中对应于 1.1.2 框的一张详细 IPO 图。详细 IPO 图也可用类似表的形式表示,图 6-20 为销售/盘存系统中对应于 1.2.1 框的一张详细 IPO 图。

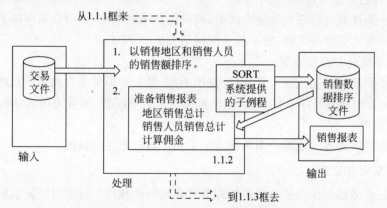

图 6-19 对应于 H 图 1.1.2 框的详细 IPO 图

系统名称:	销售管理系统	设计人:	
模块名:	确定能否订货	日期:	
模块编号:			
上层调用模块:订货处理			
文件名:	库存文件	下层被调用模块:可供货处理 缺货订单留底	
输入数据:订单订货量X 相应货物库存量Y		输出数据:	
处理: IF Y-X>0 THEN (调用 "可供货处理") ELSE (调用 "" 缺货订单留底) ENDIF			
注释:			

图 6-20 对应于 H 图 1.2.1 框的详细 IPO 图

6.3.4 系统物理配置方案设计

1. 设计依据

1）系统的吞吐量

每秒钟执行的作业数称为系统的吞吐量,用 TPS(Transaction Per Second)表示。系统的吞吐量越大,则 TPS 的值越大,同时也说明系统的处理能力越强。

2）系统的响应时间

从用户向系统发出一个作业请求开始,经系统处理后,再给出应答结果的时间称为系统的响应时间。如果一个系统的响应时间越快,则计算机的运算速度越快,并且通信线路的传递速率也越高。

3）系统的可靠性

系统的可靠性可以用联系改造的时间来表示。例如,每天需要 24 小时连续工作的系统,则系统的可靠性就应该很高,这时可以采用双机双工系统结构方式。

4）数据管理方式

如果用文件系统管理数据,则操作系统应具备文件管理功能;如果用数据库方式管理数据,那么系统中应配备 DBMS 或分布式 DBMS 系统软件和其他网络管理软件。

5）集中式还是分布式

如果一个系统的处理方式是集中式的,既可以是单机系统,也可以是网络系统。如果一个系统的处理方式是分布式的,则必须采用网络方案。

6）单机系统还是多机系统

如果一个系统的功能比较简单,并且规模不大,那么采用单用户或多用户的单机系统可以满足要求;否则就要采用多机系统,以便解决资源共享问题,通常为网络结构形式。

7）地域范围

需要根据系统覆盖的地域范围来决定是采用广域网还是局域网。

2. 计算机硬件选择

计算机硬件的选择取决于数据的处理方式和运行的软件。管理对计算机的基本要求是速度快、容量大、通道能力强、操作灵活方便,但是计算机的性能越高,其价格也就越昂贵,因此,在计算机硬件的选择上应全面考虑。一般来说,如果系统的数据处理是集中式的,系统应用的主要目的是利用计算机的强大的计算能力,则可以采用浏览器/服务器系统,以高性能的计算机作为服务器,更为灵活、经济。若对企业管理等应用,其应用本身就是分布式的,服务器/客户端方式,可以使系统具有较好的性能。

确定了数据的处理方式后,在计算机型的选择上则主要考虑应用软件对计算机处理能力的需求,包括:①计算机主存;②CPU 时钟;③输入、输出和通信的通道数目;④显示方式;⑤外接转储设备及其类型。

对于硬件设备的选择,应列出硬件设备明细表并绘制硬件配置图。并且最好准备几种设备配置方案及类型功能、容量的几种机器选择方案,召开各种方案论证会,请各方面有关人员和专家参加分析讨论,提出意见。

3. 数据库管理系统的选择

管理信息系统都是以数据库系统为基础的,一个好的数据库管理系统对管理信息系统的应用有着举足轻重的重要影响,在数据库管理系统的选择上,主要考虑:①数据库的性能;②数据库管理系统的系统平台;③数据库管理系统的安全保密性能;④数据的类型。

目前市场上数据库管理系统较多,流行的有 Oracle、Sybase、SQL Server、Informix、FoxPro 等,Oracle、Sybase 是后台数据库管理系统,一般用于大、中企业的管理信息系统中。近年来,Microsoft 推出的 Access/FoxPro 是一种桌面数据库管理系统,主要用于小型管理信息系统开发中。

4. 应用软件的选择

随着计算机产业的发展,出现了许多商品化应用软件,这些软件技术成熟,设计规范,管理思想先进,直接应用商品化软件既可以节省投资,又能够规范管理过程,加快系统应用的进度。选择应用软件应考虑以下几个方面。

(1) 软件是否能够满足用户的需求? 在软件功能上应注意以下问题。

① 系统必须处理哪些事件和数据? 软件能否满足数据表示的需要? 如记录的长度,文件最大长度等。

② 系统能够产生哪些报表、文档或其他的输出?

③ 系统要储存的数据量及事件数?

④ 系统必须满足哪些查询需求?

⑤ 系统有哪些不足之处,如何解决?

(2) 软件是否具有足够的灵活性? 由于用户需求和管理需求的不确定性,系统应用环境经常发生变化,因此,应用软件要有足够的灵活性,以适应对软件的输入、输出的要求。

(3) 软件是否能够获得长期、稳定的技术支持? 对于商品化软件,稳定的技术支持是必需的。这一方面是为了保证软件能够满足需求的变化,另一方面是便于今后随着系统平台的升级而不断升级。

6.3.5 处理流程图设计

系统结构设计的重点在于描述系统的功能特征及其各功能模块之间的调用关系,但并未表达各功能之间的数据传递关系。因此,为了进一步表达系统的处理过程和系统中数据传递关系,还必须进行系统处理流程设计和具体模块的处理流程设计,以便为程序设计提供详细资料。

1. 系统处理流程图设计

系统处理流程图是以新系统的数据流程图为基础绘制的。首先为数据流程图中的处理功能画出数据关系图。图 6-21 为数据关系的一般形式,它反映了数据之间的关系,即输入什么数据、产生什么中间数据和输出什么信息之间的关系。

最后,把各个处理功能的数据关系图综合起来,形成整个系统的数据关系图,即系统处理流程图。

绘制系统处理流程图应当使用统一符号。目前我国国家标准 GB1526—79 信息处理流程图符号和国际标准化组织标准 ISO1028、2636 以及美国国家标准协会 ANSI 的图形符号大致相同,常用的符号如图 6-22 所示。

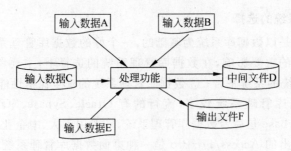

图 6-21　数据关系的一般形式

网络　　　　收集数据　　　　磁盘
磁带　　　　人工输入　　　　联机存储
显示　　　　打印文件　　　　辅助操作
处理　　　　手工操作　　　——处理流程线
决策　　　　读取信息　　　　信息流向线
端点、中断符

图 6-22　常用的系统流程图符号

　　从数据流程图到系统处理流程图并非单纯的符号改换,系统处理流程图表示的是计算机的处理流程,而并不像数据流程图那样还反映了人工操作那一部分。因此绘制系统处理流程图的前提是已经确定了系统的边界、人—机接口和数据处理方式,同时还要考虑哪些处理功能可以合并,或进一步分解,把有关的处理看成是系统流程图中的一个处理功能。

　　【例 6-1】　图 6-23 为工资管理子系统的信息系统流程图,由图可知,该子系统由主文件更新模块、形成扣款文件模块和计算打印模块三部分组成。系统把工资数据分为固定半固定数据和变动数据两大部分。相对固定的数据长期存储在主文件中,每月只作少量更新工作。对变动很大的变动数据,每月从键盘重新输入,暂时保存在磁盘的扣款文件上。最后由计算和打印程序自动到主文件和扣款文件中去找出每个职工的有关数据,计算后打印出工资单和工资汇总表。

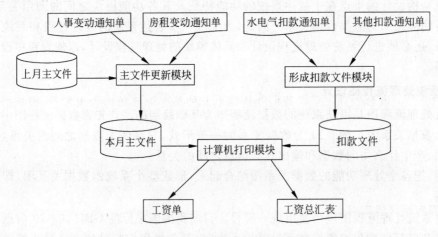

图 6-23　工资管理子系统的信息系统流程图

【**例 6-2**】　图 6-24 为某库存管理子系统的数据流程图中的一部分,图 6-25 为所转换的信息系统流程图。

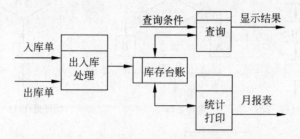

图 6-24　库存管理子系统数据流程图

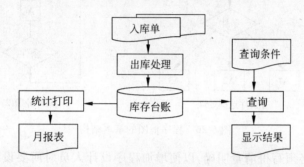

图 6-25　库存管理子系统信息系统流程图

2. 程序框图设计

程序框图,又称程序流程图。它是用统一规定的标准符号描述程序运行具体步骤的图形表示,是描述模块内部处理过程的主要工具。程序框图的设计是在系统处理流程图的基础上,通过对输入输出数据的详细分析,然后将具体的处理过程在计算机中的主要运行步骤上标识出来,作为程序设计的最基本依据。

由于结构化程序设计方法简单易学,并且能够通过集中基本的处理结构将一个复杂程序的运行步骤简明易懂地描述出来,所以是一种比较好的设计方法。利用结构化程序设计方法描述模块内部的处理过程,主要采用以下五种基本的处理结构:顺序处理结构、选择处理结构、先判断后执行的循环结构、先执行后判断的循环结构、多种选择处理结构。这五种基本结构如图 6-26 所示。

在实际的程序框图设计工作中,遇到的问题要复杂一些,因为它可能包含着多重循环处理或多种选择的嵌套处理。只要我们能从以上五种基本处理结构为出发点,根据处理功能的基本要求,确定什么地方应选择顺序处理,什么地方应采用选择处理,什么地方应采用循环处理,最后将这些基本处理结构合理地组合起来。就能够设计出合乎要求的程序框图。当然,对于一个复杂的处理过程,可能要经过多次的修改,最后才能设计出比较满意的程序框图。

3. 程序设计说明书

程序设计说明书是对程序框图注释性的书面文件,以帮助程序设计人员进一步了解程序的功能和设计要求。程序设计说明书由系统设计人员编写,交给程序设计人员使用。因

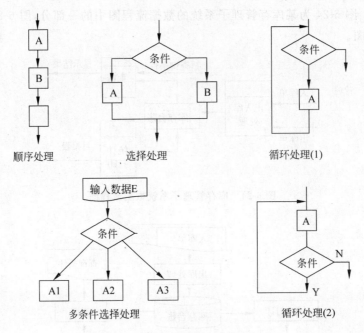

图 6-26 程序框图的基本结构

此程序设计说明书必须写得清楚明确,以便增加程序设计人员对所要设计的程序的处理过程和设计要求的理解。

程序设计说明书主要包括以下内容。

(1) 程序名称。它包括反映程序功能的文字名称和标识符。如录入模块 LU. PRC2 等。

(2) 程序所属的系统和子系统名称。

(3) 编写程序所用的语言。

(4) 输入数据的方式与格式。当有多种数据输入时,应当分别对每种数据的输入方式和格式作出具体而详细的说明。

(5) 输出信息的方式与格式。当有多种信息按不同方式输出时,应当分别说明按各种方式输出时的格式要求。

(6) 程序处理过程说明。它包括在程序中使用的计算公式、数学模型和控制方法等。

(7) 程序运行环境的说明。它主要是指保证程序能够正常运行所需要的输入、输出设备的类型和数量,内部存储器的容量,以及对支持程序运行的操作系统等内容进行说明。

对编写程序设计说明书的工作必须引起系统设计人员的充分注意,并作为一项重要的工作内容来完成。因为程序设计说明书不仅是程序设计人员进行程序设计时的重要参考,也是系统修改和维护的技术依据。就是在系统投入运行之后,由于要经常根据情况的变化对系统进行调整和修改,如果没有完善的文档资料,将既不利于程序的设计工作,更不利于对系统的修改和维护工作。

6.3.6 代码设计

代码是代表客观存在的事物名称、属性和状态等的符号。代码的符号可以是数字、字母或者由数字和字母混合组成。

1. 代码的功能与设计原则

1) 代码的功能

(1) 使用代码可以提高计算机处理的效率和精度。按代码对事物进行分类、合并、更新、检索，可以十分迅速。

(2) 利用代码可以节省计算机的存储空间，提高运算速度。例如在物资管理系统中，通过相应的代码就可以反映出物资的种类、规格、型号等内容，因此可以减少计算机处理的数据量，提高处理速度，并可以节省存储空间。

(3) 利用代码可以提高系统的可靠性。通过在代码中加入校验码，可以在输入数据时利用计算机进行检验，以保证输入的数据准确可靠，从而可以提高整个系统的可靠性。

(4) 利用代码可以提高数据的全局一致性。对同一事物，即使在不同场合有不同的叫法，都可以用代码统一起来，减少了因数据不一致而造成的错误。

(5) 代码是人和计算机的共同语言，是两者交换信息的工具。

现代企业的编码系统已由简单的结构发展成为十分复杂的系统。为了有效地推动计算机应用并防止标准化工作走弯路，我国十分重视制订统一编码标准的问题，并已公布了GB2260—80 中华人民共和国行政区划代码、GB1988—80 信息处理交换的七位编码字符集等一系列国家标准编码，在系统设计时要认真查阅国家和部门已经颁布的各类标准。

代码设计在系统分析阶段就应当开始。由于代码的编制需要仔细调查和多方协调，是一项很费事的工作，需要经过一段时间，在系统设计阶段才能最后确定。

2) 代码设计的原则

合理的编码结构是信息处理系统是否具有生命力的一个重要因素，在代码设计时，应遵循以下基本原则。

(1) 唯一性。每一个代码只能唯一地代表系统中的一个实体或实体属性。而一个实体或实体属性也只能唯一地由一个代码来表示。

(2) 标准性。代码设计时要尽量采用国际或国家的标准代码，以方便信息的交换和共享，并可为以后对系统的更新和维护创造有利条件。

(3) 合理性。代码设计必须与编码对象的分类体系相适应，以使代码对编码对象的分类具有标识作用。

(4) 可扩充性。编码时要留有足够的备用代码，以适应今后扩充代码的需要。但备用代码也不能留得过多，以免增加处理的难度。

(5) 简单性。代码结构要简单，要尽量缩短代码的长度，以方便输入，提高处理效率，并且便于记忆，减少读写的差错。

(6) 适用性。代码设计要尽量反映编码对象的特点，以便于识别和记忆，使用户容易了解和掌握。

(7) 规范化。代码的结构、类型、编码格式必须严格统一，以便于计算机处理。

2. 代码的种类

代码的种类如图 6-27 所示，图中列出了最基本的代码。实际应用中，常常根据需要采用两种或两种以上基本代码的组合。

从编码对象实际状况和使用方便两个方面进行考虑，常用的代码主要有以下几种。

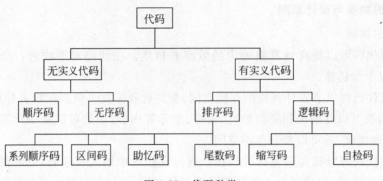

图 6-27　代码种类

1）顺序码

顺序码用一串连续的数字来代表系统中的客观实体或实体属性。例如，一个大学里面的各个学院可以采用顺序编码：

01　经济管理学院

02　化工学院

03　纺织学院

⋮

14　机械工程学院

顺序码的优点是简单、易处理。缺点是不能反映编码对象的特征，代码本身无任何含义。另外，由于代码按顺序排列，新增加的数据只能排在最后，删除数据则要产生空码、缺乏灵活性。所以通常作为其他编码的一个组成部分。

2）区间码

区间码按编码对象的特点把代码分成若干个区段，每一个区段表示编码对象的一个类别。例如，全国行政区邮政编码即为典型的区间码。这种代码共有 6 位数字组成，分成三个区段：第 1 位和第 2 位表示省或直辖市级顺序码；第 3 位和第 4 位表示地或市级顺序码；第 5 位和第 6 位表示县或区级顺序码。因此，通过一个代码就可以反映出一个地区所在的省、地和县。

区间码的优点是从结构上反映了数据的类别，便于计算机分类处理，排序、插入和删除也比较容易。它的缺点是代码的位数一般都比较多。区间码往往要和顺序码混合使用。

（1）多面码。一个数据项可能具有多方面的特性，在码的结构中，为这些特性各规定的一个位置，就形成多面码。

【例 6-3】　对于机制螺钉，可作如表 6-7 所示的规定，代码 2342 就表示材料为直径为 Φ2.5 毫米的黄铜方形头镀铬螺钉。

表 6-7　多面码示例

材　料	螺钉直径	螺钉头形状	表面处理
1 不锈钢	1 Φ0.5	1 圆头	1 未处理
2 黄铜	2 Φ1.0	2 平头	2 镀铬
3 钢	3 Φ2.5	3 六角形状	3 镀锌
		4 方型头	4 上漆

（2）上下关联区间码。由几个意义上相关的区间码组成,其结构一般由左向右排列,例如,在会计上,用最左位代表核算种类,下一位代表核算会计项目。

（3）十进位码。由上下关联区间码发展而成,相当于图书分类沿用已久的十进位分类码。如820.645,小数点左边的数字组合代表主要分类,小数点右边的数字代表子分类。子分类划分虽然很方便,但是所占数位长短不齐,不适于计算机处理。但是只要把代码的数位固定下来,仍然可以用计算机处理。

3）助忆码

助忆码是指用可以帮助记忆的字母和数字来表示编码对象。例如,表示电视接收机可以用代码:

TV—B—30 表示 30cm 黑白电视机。

TV—C—51 表示 51cm 彩色电视机。

助忆码的优点是直观、便于记忆和使用。缺点是不利于计算机处理,当编码对象较多时,也容易引起联想出错,所以这种编码主要用于数据量较少的人工处理系统。

4）缩写码

缩写码是把人们习惯使用的缩写字直接用于代码。例如：kg——千克；cm——厘米。

缩写码的优点是简单、直观,便于记忆和使用。但是,由于缩写字有限,所以它的使用范围也有限。

5）尾数码

使末尾位的数字码具有一定含义,可以不增加主要代码位数而进行分类,即利用尾位数字修饰主要代码。例如,用 02301 表示 230mm,用 02302 表示 230cm。

3. 代码的校验

代码作为数据的一个组成部分,是系统的重要输入内容之一,它的正确与否直接影响到整个处理工作的质量。特别是人们需要重复抄写代码和通过手工将它输入到计算机中时,发生错误的可能性就比较大。为了保证输入代码的正确性,人们在设计代码时,可以在原有代码的基础上再加上一个校验位,使其成为代码的一个组成部分。校验位通过事先规定好的数学方法计算出来,当带有校验码的代码输入到计算机中时,计算机也利用同样的计算方法计算代码的校验位,并将它和输入的代码校验位进行比较,以检验输入是否正确。

4. 代码设计举例

1）代码设计任务书

在进行代码设计时,要首先填写代码设计任务书,作为代码设计的主要依据,并且作为系统文档资料的一个重要组成部分,需要妥善保管。

代码设计任务书的基本格式和所反映的基本内容如表6-8所示。

2）代码设计举例

下面根据代码设计任务书的要求,说明会计科目代码设计的过程。

由代码设计任务书可以看到,会计科目代码共有8位数字组成,其中前7位数字是基本代码,按区间码设计,第一位到第三位表示一级科目;第四位和第五位表示二级科目;第六位和第七位表示三级科目;第八位是校验位,按几何级数法计算得到。

表 6-8　代码设计任务书

系统设计			代码设计
资料编码			任务书编号

代码设计任务书
年　月　日

编码对象名称	编码方式	位数	校验位
会计科目	区间码	8	有
编码对象数量	使用时间	适用范围	
	2007.5.1	财务管理信息系统	

代码化目的	1. 便于输入和检验 2. 便于计算机分类处理				
构成	1~3 位表示一级科目；第 4、5 位表示二级科目；第 6、7 位表示三级科目；第 8 位是校验位				
编码要求	1. 一级科目编码采用国家会计制度规定的统一编码 2. 校验位采用几何级数法设计				

序号	代码			意义		
	一级科目	二级科目	三级科目	一级科目	二级科目	三级科目
1	101	01	00	现金	人民币	无意义
2	101	02	00	现金	美元	无意义
3	102	01	00	银行存款	人民币	无意义
4	102	02	00	银行存款	美元	无意义
…	…	…	…	…	…	…

（1）一级科目代码设计

对于一级科目的编码,利用国家会计制度中对会计科目的统一编号来实现。一级科目代码共有三位数字组成,其中 100 到 199 表示资产类会计科目；200 到 299 表示负债类会计科目；300 到 399 表示所有者权益类会计科目；400 到 499 表示成本类会计科目；500 到 599 表示损益类会计科目。在一级科目的编码中,第一位数字表示了科目的大类,第二位和第三位数字表示了科目的小类和序号。在某些会计科目之间留有空号,供增设会计科目时之用。

（2）明细科目代码设计

明细科目反映的内容极为广泛,并且由于企业不同,其明细科目的名称也不尽相同。因此,代码设计必须考虑到各企业会计核算系统的特点和管理上的要求。这里是在一级科目编码的基础上,添加两位数字表示一级科目下属的二级科目代码,二级科目代码按顺序方式设计。三级科目代码是在每一个二级科目代码后再用两位数字表示,三级科目代码仍然按顺序码设计。

（3）校验位的设计

原代码设计完成之后,就可以进行校验位设计。校验位的权数按几何级数排列,模数取 11。由于会计科目代码较多,为了减少计算的工作量和保证代码校验位的正确性,可以设计一个专门的计算机程序,以自动完成校验位的计算并将计算结果自动添加到原代码的后面。

6.3.7 数据文件和数据库设计

信息系统的主要任务是通过大量的数据获得管理所需要的信息,这就必须存储和管理大量的数据。因此建立一个良好的数据组织结构和数据库,使整个系统都可以迅速、方便、准确地调用和管理所需的数据,是衡量信息系统开发工作好坏的主要指标之一。

数据结构组织和数据库或文件设计,就是要根据数据的不同用途、使用要求、统计渠道、安全保密性等来决定数据的整体组织形式,以及决定数据的结构、类别、载体、组织方式、保密级别等一系列的问题。一个好的数据结构和数据库应该充分满足组织的各级管理要求。同时还应该使得后继系统开发方便、快捷,系统开销(即占用空间、网络传输频带、磁盘或光盘读写次数等)小,易于管理和维护。

对于指标体系中数据的结构在建库前还必须进行规范化的重新组织。

在进行了数据基本结构的规范化重组后,还必须建立整体数据的关系结构。这一步设计完成后数据库和数据结构设计工作就基本完成,待系统实现时将数据分析和数据字典的内容带入到本节所设计的数据整体关系结构中,一个规范化数据库系统结构就建立起来了。

建立关系数据结构涉及三方面内容:建立链接关系;确定单一的父系关系结构;建立整个数据库的关系结构。

1. 建立链接关系

在进行了上述数据规范化重组后,已经可以确保每一个基本数据表(简称表)是规范的,但是这些独立的表并不能完整地反映事物,也就是说在这些基本表的各字段中,所存储的还只是同一事物不同侧面的属性,通常需要通过指标体系才能完整全面地反映事物。那么计算机系统如何能知道哪些表中的哪些记录应与其他表中的哪些记录对应,它们表示的是同一个事物呢?这就需要在设计数据结构时将这种各表之间的数据记录关系确定下来。这种表与表之间的数据关系一般都是通过主关键词或辅关键词之间的连接来实现的。因为在每个表中只有主关键词才能唯一地标识表中的这一个记录值(因为根据第三范式的要求,表中其他数据字段都函数依赖于主关键词),所以将表通过关键词连接就能够唯一地标识出某一事物不同属性在不同表中的存放位置。

2. 确定单一的父系关系结构

所谓确定单一的父系关系结构就是要在所建立的各种表中消除多对多的现象,即设法使得所有表中记录之间的关系呈树状结构(只能由一个主干发出若干条分支,而不能由若干条主干交错发出若干条分支状况)。所谓的"父系"就是指表的上一级关系表。消除多对多关系可以借助于 E-R 图的方法来解决,也可以在系统分析时予以注意,避免这种情况的发生。

6.3.8 人机界面设计

人机界面设计是计算机系统与人的接口设计。系统与用户之间接口的作用已经越来越重要。这一部分设计得好,系统运行时使用方便,操作简单,将会增加用户对整个系统的满意程度。

1. 输出设计

输出设计的目的是使系统能输出满足用户需要的有用信息。对于大多数用户来说，输出是系统开发的目的和评价系统开发成功与否的标准。因此，输出设计的出发点是保证系统输出的信息能够方便地为用户所使用，能够为用户的管理活动提供有效的信息服务。

1) 输出设计的内容

(1) 确定输出内容。确定输出设计的内容要考虑以下方面。

① 输出信息使用方面的内容，包括信息的使用者、使用目的、报告量、使用周期、有效期、保管方法和复写份数等。

② 输出信息的内容，包括输出项目、位数、精度、数据形式（文字、数字）、数据来源与生成算法等。

(2) 确定输出格式，如表格、图形或文件。输出信息的格式设计，是为了给用户提供一种清晰、美观、易于阅读和理解的信息。因此，输出信息的格式必须考虑到用户的要求和习惯，要尽量与现行系统的表格形式相一致。如果必须做出更改，则要由系统设计人员、系统分析人员和使用人员共同协商后，经过各方面人员的同意才能进行。表格的输出设计工作可由专门的表格生成器软件完成，图形的输出设计也有专门的软件。

(3) 选择输出设备和确定输出介质。信息的用途决定了输出设备和输出介质。需要送给其他有关人员或者需要长期存档的材料，必须使用打印机打印输出；若是需要作为以后处理用的数据，可以输出到磁带或者磁盘上；如果只是需要临时查询的信息，则可以通过屏幕显示。输出设备主要是指打印机和显示器。表 6-9 为输出设备和介质一览表。

表 6-9 输出设备和介质一览表

输出设备	行式打印机	卡片或纸带输出机	磁带机	磁盘机	终端	绘图仪	缩微胶卷输出机
介质	打印纸	卡片或纸带	磁带	磁盘	屏幕	图纸	缩微胶卷
用途和特点	便于保存，费用低	可代其他系统输入之用	容量大，适于顺序存取	容量大，存取更新方便	响应灵活的人机对话	精度高，功能全	体积小，易保存

2) 输出报告

输出报告是系统设计的主要内容之一，它定义了系统的输出。输出报告中既标出了各常量、变量的详细信息，也给出了各种统计量及其计算公式、控制方法。

设计输出报告时应考虑以下几点。

(1) 方便使用者。能为使用者提供及时、准确、全面的信息，输出的图形或表格，便于用户阅读和理解。

(2) 要考虑系统的硬件性能。

(3) 尽量利用原系统的输出格式，如需修改，应与有关部门协商，征得用户同意。

(4) 输出的格式和大小要根据硬件能力，认真设计，并试制输出样品，经用户同意后才能正式使用。

(5) 输出表格要考虑系统的发展。输出表格中是否为新增项目留有相应的位置。设计输出报告之前应收集好各项的有关内容,填写到输出设计书上,如表 6-10 所示,这是设计的准备工作。

表 6-10 输出设计书

输出设计书					
资料代码	GZ—01	输出名称		工资主文件一览表	
处理周期	每月一次	形式	行式打印表	种类	0—001
份数	1	报送		财务科	
项目号	项目名称	位数及编辑		备注	
1	部门代码	X(4)			
2	工号	X(5)			
3	姓名	X(12)			
4	级别	X(3)			
5	基本工资	9999.99			
6	房费	999.99			

为了提高系统的规范化程度和编程效率,在输出设计上应尽量保持输出流内容和格式的同一性,也就是说,同一内容的输出,对于显示器、打印机、文本文件和数据库文件应具有一致的形式。显示器输出用于查询或预览,打印机输出提供报表服务,文本文件格式用于为办公自动化系统提供剪辑素材,而数据库文件可满足数据交换的需要。

在打印输出时,报告纸有专用纸和通用白纸两种。专用纸上事先已印有表头和文字说明等格式,使用时可直接套打,通用白纸则需打印表头、格式及说明信息。

2. 输入设计

输入设计是整个系统设计的关键环节之一,对系统的质量起着决定性的影响。输入数据的正确性直接决定处理结果的正确性,如果输入数据有误,即使计算和处理十分正确,也无法获得可靠的输出信息。

1) 输入设计的内容

(1) 数据收集。将收集到的信息用计算机能识别的符号记录下来。

(2) 数据登录。将收集来的数据转换成适合系统处理的形式,登录在专门设计的记录单上或介质上。

(3) 数据输入。把数据读入计算机中。

2) 输入类型

(1) 外部输入。是基本的原始数据输入方式,如会计凭证、订货单、合同等数据的输入。

(2) 交互式输入。由人机对话方式进行,少量的,在操作过程中需要输入的数据或对提示的回答。

(3) 内部输入。系统内部运算后产生的信息,如产值、利润等数据。

(4) 网络输入。系统内外部的计算机间互相交换或共享的数据,通过通信网的传输得到。

3) 输入设备

用来收集和输入数据的常用设备有卡片穿孔机、纸带穿孔机、键盘、软盘输入机、磁带机、终端控制台键盘、磁性墨水阅读器、光字符识别器、光笔、数字化仪、扫描仪以及接触式屏幕输入、语音输入、光盘机等。随着计算机技术的迅速发展,输入方式的不断变化,纸带机、卡片机等已逐步被淘汰,新的先进的输入设备在不断地发展和完善之中。

在选择输入设备时要根据数据量的大小和频度,输入类型和格式要求,输入的速度和准确性以及设备的费用等全面考虑。

4) 输入设计项目

输入设计的目的是使输入的数据,经处理后能满足系统输出的需要。输入设计包含下面几个方面:输入信息源的设计、采集输入信息设计、输入媒介选择设计、输入信息内容设计和输入信息的校验。

输入数据的正确性是输入设计的关键,因此一定要对输入信息采取完善的校验措施。

3. 输入输出的界面设计

从屏幕上通过人机对话输入是目前广泛使用的输入方式。因为是人机对话,既有用户输入,又有计算机的输出。通常有以下几种。

1) 菜单式

通过屏幕显示出可供选择的功能和功能代码,由操作者根据需要进行选择。将菜单设计成层次结构,则可以通过层层调用引导用户使用系统的每一个具体功能。随着软件技术的发展,菜单设计也向着既美观又方便的方向发展。目前,在系统设计中常用的菜单设计方法主要有以下几种。

(1) 一般菜单。在屏幕上显示出各个选择项,每个选择项指定一个代号,然后根据操作者通过键盘输入的代号,计算机决定进行何种后续操作。

(2) 光带菜单。这是由于在屏幕上以一条光带来提示菜单中的当前候选项而得名。通过光标控制键把光带移到所需的功能项目上,然后按下回车键即执行相应的操作。

(3) 下拉菜单。这是一种两级菜单,第一级是选择栏,第二级是选择项。各个选择栏横排在屏幕的第一行上,用户可利用光标的左右移动键选定当前选择栏,在当前选择栏下立即显示出该栏中的各项功能,用户可利用光标的上下移动键进行选择。

2) 填表式

填表式屏幕设计通常用于需要通过终端向系统中输入数据。系统将要输入的项目显示在屏幕上,然后由用户逐项填入有关的数据。另外,填表式屏幕设计也可以用于系统的输出。如果要查询系统中的某些数据时,可以将数据的名称按一定的方式排列在屏幕上,然后由计算机将数据的内容自动填写在相应的位置上。由于这种方法设计的画面简单易读,并且不容易出错,所以它是通过屏幕进行输入输出的主要形式。

3) 选择性问答式

选择性问答式屏幕设计是指当系统运行到某阶段时,通过屏幕向用户提问,系统根据用户回答的结果决定下一步执行什么操作。这种方法通常用在提示操作人员确认输入数据的正确性,或者询问用户是否继续某项处理等方面。例如,当用户输入完一条记录后,可以通过屏幕向用户询问"输入是否正确(Y/N)?",计算机根据用户的回答来决定是继续输入数据还是对刚输入的数据进行修改。

6.3.9 系统安全与数据完整性设计

"安全"一词在词典中被定义为"没有危险；不受威胁；不出事故"。随着经济信息化的迅速发展，大量的决策与管理信息存储在已联成网络的 MIS 中。设计 MIS 不仅要考虑到用户使用系统的方便性、友好性，还必须考虑到 MIS 的系统安全与数据完整。

系统安全指的是 MIS 的各组成部分都处于安全状态，包括计算机安全、网络安全与数据库安全等方面。数据完整性泛指与损坏和丢失相对的数据的状态，通常表明数据的可靠性与准确性是可以信赖的。

1. 计算机安全

计算机安全的主要目标是保护计算机资源以免受损坏、替换、盗窃和丢失。计算机资源包括：计算机设备、存储介质、软件、计算机输出材料和数据等。影响计算机安全的因素主要有：人为或自然造成的硬件故障，包括磁盘故障、I/O 控制器故障以及主板、芯片、存储器、设备、备份等方面的故障；人为或自然造成的软件故障；数据交换错误；病毒侵入；人为侵害等。在系统设计上可以采取如下措施。

1) 访问控制

指进入系统的控制。通常工作站或终端上使用凭"用户名"（USER-ID）和"口令"（PASSWORD）进入系统的措施，以防范非法侵入。在设计上尽量用长口令（5 位以上）和字母与符号的混合口令。口令输入时加以屏蔽。另外在设计上还要考虑强制要求定期的口令更换，限制登录时间与次数，并进行必要的提示，记录登录过程以备核查。

2) 选择性访问控制

也称选择性访问控制（Discretionary Access Control，DAC）。指对进入系统的不同用户授予不同级别的访问权限，如允许有的用户可以操作输入子系统，有的可以操作输出或系统管理子系统等。还可对用户的读（允许读一个文件）、写（允许建立和修改一个文件）、执行（运行一个程序）的访问权限进行限定。

3) 加密

指将原有的可读信息（程序与数据）进行翻译，译成密码或密文的代码形式，以保护信息的安全。解密是加密的逆过程，即把经加密后的代码形式的密文恢复成原来的可读信息的过程。加密方法很多，在此不一一述及。

4) 生物识别技术

指某些对人而言是唯一的特征，其中包括指纹、声音、图像、笔迹甚至人的视网膜血管图像等识别信息用于满足各种不同要求的安全系统中。这种识别技术只用于控制访问极为重要的 MIS，用于极为仔细地识别人员。

5) 物理安全

通过物理措施，如制定安全运行制度、采取对门、锁、访问卡等方面的安全措施，限制对计算机的物理接触。

6) 设备自身的运行安全

选性能优良的服务器和工作站。服务器应具有完善的容错能力、允许带电热插拔、附带智能 I/O 性能和良好的扩展性。在设计上要考虑服务器的热备份和冷备份工作方式。

7) 计算机病毒的防范与杀灭

要设计信息 I/O 制度,防范病毒。要定期核查病毒,加以杀灭。另外,要做好各种信息的备份,以消除隐患。

2. 网络安全

网络在使通信和信息的共享变得更为容易的同时,其本身也更多地被暴露在损坏或毁坏的攻击之中,其中包括可能被人非法获取对网络系统的访问权、黑客、以前的雇员和其他的人,都有可能采用非法的手段与用户的网络设备相连,就像坐在用户的计算机中心那样工作,给用户的网络系统造成损失。网络安全主要指联网设备上的系统、程序和数据的安全。在系统设计时可采取以下措施以保证网络安全。

(1) 访问控制与鉴别。包括口令与用户的设定与判断,选择性访问控制与信息的鉴别等措施。

(2) 加密。将信息编码成不易被侵入者阅读或理解的形式,以此方法保护数据的信息。

(3) 调制解调器安全。防止对网络拨号设备的非授权访问,以及限制只有授权的用户才能对系统进行访问。

(4) 传输介质的安全。传输介质可能受到电磁干扰或截获窃听的威胁。应考虑防电磁泄露的防护措施和利用加密方法对抗截获窃听。

(5) 防火墙(Fire Wall)。在网络中心或关键之处建成专用的防火墙,以防止攻击能容易地在网络之间移动,四处传播的数据。防火墙通常有两部分:门和闸。门的功能是在网络之间移动数据;闸的功能是阻拦数据从一个网络传到另一个网络中去,实际是数据过滤包。

3. 数据库安全

数据库的安全是指数据库的任何部分都不允许受到恶意侵害,或未经授权的存取与修改。数据库是 MIS 的核心部分,有价值的数据资源都存放在其中。这些共享的数据资源既要面对必需的可用性要求,又要面对被篡改、损坏和被窃取的威胁。一般来说,数据库的破坏来自下列四个方面:系统故障、并发操作所引起的不一致、转入或更新数据库的数据有错误,更新事务未遵守保持数据库一致的原则、人为的破坏,例如数据被非法访问,甚至被篡改或破坏。前三个方面属于数据库的可靠性问题,通常从硬件、软件与运行规程三个方面综合考虑加以解决。第四个方面属于数据库安全性问题,可通过以下措施加以防范。

(1) 制定切实可行的安全计划制度和用户手册。尽量使此计划愿意为大家接受,落到实处。该计划要经得起测试、在保密状态下执行。

(2) 限制可移动介质的访问。主要指限制通过磁带、磁盘、光盘等可移动介质对数据库的存取。计算机病毒对数据库的威胁大都是通过这些可移动介质加以实施的。

(3) 访问限制。设立 DBA(数据库管理员)岗位。数据库用户及其访问权限应由 DBA 根据 DBMS(数据库管理系统)所提供的功能进行控制,DBA 的特权不能转让。

(4) 数据加密。

(5) 跟踪审查。是一种监视措施,它对某些保密的数据实施跟踪,记录有关数据的访问活动。一旦发现潜在的窃密企图,如重复的、相似的查询,可以根据这些数据进行事务分析和调查。跟踪审查的结果记录在一个特殊的文件上,该文件称跟踪审查记录(Audit Trail),

一般包括以下内容：操作类型（如修改、查询等）；操作日期和时间；操作终端标识与操作者标识；所涉及的数据（如表、视窗、记录、属性等）。下面是一个 SQL 语言对表施加跟踪的例子。

```
AUDIT SELECT INSERT,DELETE,UPDATE
            ON <表名> WHENEVER SUCCESSFUL
```

撤销对表的所有跟踪审查的例子：

```
NOAUDIT ALL ON <表名>
```

4. 数据完整性

对数据完整性来说，危险常常来自一些简单的计算不周、混淆、人为的错误或设备出错导致的数据丢失、损坏或不当的改变。数据完整性的目的就是保证计算机系统，或计算机网络系统上的信息处于一种完整和未受损坏的状态。针对可能的硬件故障、网络故障、逻辑问题、灾难性事件与人为因素，在系统设计时，可用以下办法提高数据完整性。

（1）备份。是用来恢复出错系统或防止数据丢失的一种最常用的办法。

（2）镜像技术。执行时可用逻辑镜像，也可用物理镜像。

（3）归档。将文件从在线存储器上复制到磁带或光学介质上以便长期保存。

（4）分级存储管理。与归档相似，是一种能将数据从在线存储器上归档到靠近在线存储器上的自动系统，也可以进行相反的过程。

（5）奇偶校验。提供一种监视的机制，以保证不可预测的内存错误不至于引起服务器出错，以至造成数据完整性的丧失。

（6）灾难恢复计划。是编制在自然灾害或重大人为灾害造成的废墟上如何重建系统的指导性文件。

（7）故障前预兆分析。设计出一个分析判断故障前兆的系统，以防患于未然。

（8）电源调节。是指在不间断电源基础上增加一套电源调节装置，为 MIS 提供恒定平衡的电压。

6.3.10　系统设计说明书

系统设计的目标是建立目标系统的物理模型。如何表述物理模型则成为系统设计最后阶段的重要任务。系统设计阶段的最后一项工作是将系统设计的各项成果编辑成一套完善的文档资料，即系统设计说明书。设计说明书是整个系统设计的完整描述，是系统设计的阶段性成果的具体体现，也是系统实施的最重要依据。

系统设计说明书包括以下内容。

（1）系统模块结构设计说明。系统的模块化结构及其说明，各主要模块处理流程图及其说明等。

（2）输入输出设计和人-机对话说明。输入输出设备的选择，输入输出的格式，以及输入数据的编辑校验方法等。

（3）网络设计说明。画出网络的拓扑结构图。说明所选网络软硬件平台、线路种类以及连网的目标和具体方案等。

（4）代码设计说明。说明编码对象的名称、代码结构、校验位的设计方法和相应的编码表等。

(5) 数据文件和数据库的设计说明。说明各数据文件和数据库的命名、功能、结构等。

(6) 说明。说明系统安全设计措施及细节,说明数据完整性设计的具体内容,给出系统安全计划文本。

编写好的系统设计说明书,交有关部门批准后,即可正式转入系统实施阶段。

6.4 系统实施

系统实施是新系统开发工作的最后一个阶段。所谓实施指的是将系统设计阶段的结果在计算机上实现,将原来纸面上的新系统方案转换成可执行的应用软件系统。系统实施阶段的主要任务是:按总体设计方案购置和安装设备;建立数据库系统;程序设计和调试;整理基础数据,培训操作人员;系统切换和试运行。在这五项任务中,第一项购置和安装设备及第二项建立数据库系统前面已有叙述。下面着重讨论后三项的任务。

6.4.1 程序设计

编程的目的是为了实现开发者在系统分析和系统设计中提出的管理方法和处理构想。在编程和实现中,建议尽量借用已有的程序和各种开发工具,尽快尽好地实现系统,而不要在具体的编程和调试工作中花费过多的精力和时间。

结构化程序设计方法是当今程序设计的主流方法之一。结构化的程序设计方法主要强调三点:模块内部程序各部分要自顶向下的结构化划分;各程序部分应按功能组合;各程序部分的联系尽量使用调用子程序(CALL-RETURN)方式,不用或少用 GOTO 方式。

1. 衡量编程工作的指标

衡量编程工作质量的指标是多方面的,这些指标随着系统开发技术和计算机技术的发展也要不断地变化。从目前技术的发展来看,衡量编程工作质量的指标大致可有如下四个方面。

(1) 可靠性。系统的可靠性指标在任何时候都是衡量系统质量的首要指标。可靠性指标可分为两个方面:一方面是程序或系统的安全可靠性,如数据存取的安全可靠性,通信的安全可靠性,操作权限的安全可靠性等,这些工作一般都要靠系统分析和设计时来严格定义。另一方面是程序运行的可靠性,这一点只能靠调试时的严格把关来保证。

(2) 规范性。即系统的划分,书写的格式,变量的命名等都要统一规范,这对于程序的阅读、修改和维护都是十分必要的。

(3) 可读性。即程序清晰,没有太多繁杂的技巧,容易读懂。可读性对于大规模工程化地开发软件非常重要。因为可读程序是今后维护和修改程序的基础,如果很难读懂则无法修改,而无法修改的程序是没有生命力的。通常在程序中插入大量解释性的语句,以对程序中的变量、功能、特殊处理细节等进行解释,为阅读该段程序提供方便。

(4) 可维护性。使得系统便于修改、更新,扩充。

2. 常用的编程工具

目前市场上能够支持系统实现的编程工具十分丰富。目前工具技术的发展趋势是不仅数量和功能上突飞猛进,而且在内涵的拓展上也日新月异,为开发系统提供了越来越多,越来越方便的实用手段。在信息系统开发中,了解和选用恰当的工具是系统实现这一环节质量和效率的保证。目前比较流行的软件工具一般为:编程语言、数据库系统、程序生成工具、专用系统开发工具、客户/服务器型工具,以及面向对象的编程工具等。为了说明问题起见,在此先给出工具的典型系统,然后再将其中最常用的工具的性能特点分类列出,以供实际工作时选择。

(1) 常用编程语言类。如:C 语言、C++语言、BASIC 语言、COBOL 语言、PL/1 语言、PROLOG 语言和 OPS 语言等。

(2) 数据库类。目前市场上提供的数据库软件工具产品主要有两类,一类是以微机关系数据库为基础的 XBASE 系统,其最为典型的产品有:dBASE-Ⅳ、dBASE-Ⅴ 和 FoxBase以及 FoxPro 的各种版本。另一类是大型数据库系统,目前最为典型的系统有:Oracle 系统,SYBASE 系统,INGRES 系统,INFORMIX 系统,DB2 系统等。

(3) 程序生成工具类。程序生成工具或称第四代程序生成语言(4th Generation Language,4GL)是一种基于常用数据处理功能和程序之间对应关系的自动编程工具。

(4) 系统开发工具类。系统开发工具类是在程序生成工具基础上的进一步发展,它不但具有 4GL 的各种功能,而且更加综合化、图形化,因而使用起来也更加方便。目前系统开发工具主要有两类:即专用开发工具类(如 SQL,SDK 等)和综合开发工具类(如 FoxPro,dBASE-Ⅴ,Visual Basic,Visual C++,CASE,Team Enterprise Developer 等)。

(5) 客户/服务器工具类。客户/服务器工具类是当今软件工具发展过程中出现的一类新的系统开发工具。市场上的客户/服务器类工具有:Windows 下的 FoxPro、Visual Basic、Visual C++、Excel、PowerPoint、Word 以及 Borland International 公司的 Delphi Client/Server、Powersoft 公司的 PowerBuilder Enterprise、Sysmantec 的 Team Enterprise Developer 等。

(6) 面向对象编程工具类。面向对象编程工具主要是指与 OO(包括 OOA,OOD)方法相对应的编程工具。目前面向对象编程工具主要有 C++(或 Visual C++)和 Smalltalk。这是一类针对性强,并且很有潜力的系统开发工具。这类工具最显著特点是:它必须与整个OO 方法相结合。没有这类工具,OO 方法的特点将受到极大的限制,反之,没有 OO 方法,这类工具也将失去其应有的作用。

6.4.2　系统测试

1. 系统测试概念

系统测试(System Testing)是将已经确认的软件、计算机硬件、外设、网络等其他元素结合在一起,进行信息系统的各种测试,其目的是通过与系统的需求相比较,发现所开发的系统与用户需求不符或矛盾的地方,从而提出更加完善的方案。软件测试专家迈尔斯(Grenford J. Myers)在《The Art Of Software Testing》一书中的观点如下。

(1) 软件测试是为了发现错误而执行程序的过程。

(2) 测试是为了证明程序有错,而不是证明程序无错误。

(3) 一个好的测试用例是在于它能发现至今未发现的错误。

(4) 一个成功的测试是发现了至今未发现的错误的测试。

这种观点可以提醒人们测试要以查找错误为中心,而不是为了演示软件的正确功能。但是仅凭字面意思理解这一观点可能会产生误导,认为发现错误是软件测试的唯一目的,查找不出错误的测试就是没有价值的,事实并非如此。

首先,测试并不仅仅是为了要找出错误。通过分析错误产生的原因和错误的分布特征,可以帮助项目管理者发现当前所采用的软件过程的缺陷,以便改进。同时,这种分析也能帮助设计出有针对性的检测方法,改善测试的有效性。

其次,没有发现错误的测试也是有价值的,完整的测试是评定测试质量的一种方法。详细而严谨的可靠性增长模型可以证明这一点。例如 bevlittlewood 发现一个经过测试而正常运行了 n 小时的系统有继续正常运行 n 小时的概率。

2. 软件测试步骤

测试过程按 4 个步骤进行,即单元测试(Unit Testing)、集成测试(Integrated Testing)、确认测试(Validation Testing)和系统测试(System Testing)及发版测试(Acceptance Testing)。

单元测试(又称模块测试),集中对用源代码实现的每一个程序单元进行测试,检查各个程序模块是否正确地实现了规定的功能。其目的在于发现各模块内部可能存在的各种差错。多个模块可以平行地独立进行单元测试。它包括:模块接口测试、局部数据结构测试、路径测试、错误处理测试等过程。

集成测试(又称联合测试)在单元测试的基础上,需要将所有模块按照设计要求组装成为系统,主要对与设计相关的软件体系结构的构造进行测试。其目的在于解决一下问题:各个模块连接起来的时候,穿越模块接口的数据是否会丢失;一个模块的功能是否会对另一个模块的功能产生不利的影响;各个子功能组合起来,能否达到预期要求的父功能;全局数据结构是否有问题;单个模块的误差累积起来,是否会放大,从而达到不能接受的程度。

确认测试(又称有效性测试)则是要检查已实现的软件是否满足了需求规格说明中确定了的各种需求,以及软件配置是否完全、正确。它包括进行有效性测试(黑盒测试)、软件配置复查和验收测试(Acceptance Testing)等过程。验收测试是在系统通过了有效性测试及软件配置审查之后,就应开始系统的验收测试。验收测试是以用户为主的测试。软件开发人员和 QA(质量保证)人员也应参加。由用户参加设计测试用例,使用生产中的实际数据进行测试。在测试过程中,除了考虑软件的功能和性能外,还应对软件的可移植性、兼容性、可维护性、错误的恢复功能等进行确认。确认测试应交付的文档有:确认测试分析报告、最终的用户手册和操作手册、项目开发总结报告。

系统测试是把已通过确认测试的软件,作为整个计算机系统的一个元素,与计算机硬件、外设、某些支持软件、数据和人员等其他系统元素结合在一起,在实际运行环境下,对计算机系统进行一系列的组装测试和确认测试。系统测试的目的在于通过与系统的需求定义作比较,发现软件与系统的定义不符合或与之矛盾的地方。

软件测试并不等于程序测试。软件测试应贯穿于软件定义与开发的整个期间。因此,需求分析、概要设计、详细设计以及程序编码等所得到的文档资料,包括需求规格说明、概要设计说明、详细设计规格说明以及源程序,都应成为软件测试的对象。软件测试与软件开发过程的关系如图 6-28 所示。表 6-11 给出了测试在软件开发各个阶段的任务。

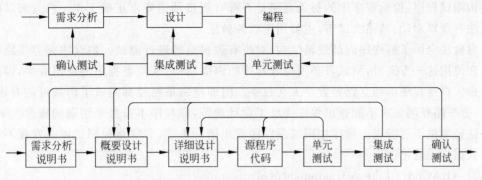

图 6-28　系统测试与系统开发的关系

表 6-11　测试在软件开发各个阶段的任务

阶　　段	输　　出
需求分析审查	需求定义中问题列表,批准的需求分析文档,测试计划书的起草
设计审查	设计问题列表、各类设计文档、测试计划和测试用例
单元测试	缺陷报告、跟踪报告;完善的测试用例、测试计划
集成测试	缺陷报告、跟踪报告;完善的测试用例、测试计划;集成测试分析报告;集成后的系统
功能验证	缺陷报告、代码完成状态报告、功能验证测试报告
系统测试	缺陷报告、系统性能分析报告、缺陷状态报告、阶段性测试报告
验收测试	用户验收报告、缺陷报告审查、版本审查、最终测试报告
版本发布	当前版本已知问题的清单、版本发布报告
维护	缺陷报告、更改跟踪报告、测试报告

3. 软件测试的基本方法

软件测试的方法和技术是多种多样的。对于软件测试技术,可以从不同的角度加以分类。从是否需要执行被测软件的角度,可分为静态测试和动态测试。从测试是否针对系统的内部结构和具体实现算法的角度来看,可分为白盒测试和黑盒测试。

1) 黑盒测试

黑盒测试(Black-Box Testing)也称功能测试或数据驱动测试,它是在已知产品所应具有的功能的基础上,通过测试来检测每个功能是否都能正常使用,在测试时,把程序看做一个不能打开的黑盒子,在完全不考虑程序内部结构和内部特性的情况下,测试者在程序接口进行测试,它只检查程序功能是否按照需求规格说明书的规定正常使用,程序是否能适当地接收输入数据而产生正确的输出信息,并且保持外部信息(如数据库或文件)的完整性。黑盒测试方法主要有等价类划分、边值分析、因果图、错误推测等,主要用于软件确认测试。

黑盒法着眼于程序外部结构、不考虑内部逻辑结构、针对软件界面和软件功能进行测试。黑盒法是穷举输入测试,只有把所有可能的输入都作为测试情况使用,才能以这种方法查出程序中所有的错误。实际上测试情况有无穷多个,人们不仅要测试所有合法的输入,而且还要对那些不合法但是可能的输入进行测试。

2) 白盒测试

白盒测试(White-Box Testing)也称结构测试或逻辑驱动测试,它是知道产品内部工作过程,可通过测试来检测产品内部动作是否按照规格说明书的规定正常进行,按照程序内部的结构测试程序,检验程序中的每条通路是否都有能按预定要求正确工作。白盒测试的主要方法有逻辑驱动、基路测试等,主要用于软件验证。

白盒法全面了解程序内部逻辑结构、对所有逻辑路径进行测试。白盒法是穷举路径测试。在使用这一方案时,测试者必须检查程序的内部结构,从检查程序的逻辑着手,得出测试数据。贯穿程序的独立路径数是天文数字。但即使每条路径都测试了仍然可能有错误。第一,穷举路径测试决不能查出程序违反了设计规范,即程序本身是个错误的程序。第二,穷举路径测试不可能查出程序中因遗漏路径而出错。第三,穷举路径测试可能发现不了一些与数据相关的错误。

3) ALAC(Act-Like-A-Customer)测试

ALAC 测试是一种基于客户使用产品的知识开发出来的测试方法。ALAC 测试是基于复杂的软件产品有许多错误的原则。其最大的受益者是用户,缺陷查找和改正将针对那些客户最容易遇到的错误。

6.4.3　系统转换

系统实施的最后一步就是新系统的试运行和新老系统的转换。它是系统调试工作的延续,对最终使用的安全、可靠、准确性来说,它是十分重要的工作。

1. 系统的试运行

在系统联调时使用的是系统测试数据,而这些数据很难测试出系统在实际运行中可能出现的问题。所以一个系统开发完成后让它实际运行(即试运行)才是对系统最好的检测。

系统试运行阶段的工作主要包括:对系统进行初始化、输入原始数据;记录系统运行的数据和状况;核对新系统输出和旧系统(人工或计算机系统)输出的结果;对实际系统的输入方式进行考查(是否方便、效率如何、安全可靠性、误操作保护等);对系统实际运行速度(包括运算速度、响应速度、输出速度等)进行实际测试。

基础数据准备:按照系统分析所规定的详细内容,组织和统计系统所需的数据。基础数据准备包括如下几方面的内容:基础数据统计工作要严格科学化,具体方法要程序化、规范化;计量工具、计量方法、数据采集渠道和程序都应该固定,以确保新系统运行有稳定可靠的数据来源;各类统计和数据采集报表要标准化、规范化。

2. 系统切换

系统切换是指系统开发完成后新旧系统之间的转换。系统切换有三种方式,如图 6-29 所示。

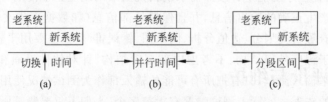

图 6-29　系统切换

(1) 直接切换。直接切换就是在确定新系统运行准确无误后,在既定的切换时间立刻启用新系统,终止旧系统运行。这种方式对人员、设备费用很节省。一般适用于一些处理过程不太复杂,数据不很重要的场合。其示意图如图 6-29(a)所示。

（2）并行切换。这种切换方式是指新老系统并行工作一段时间,经过一段时间的考验以后,新系统正式替代旧系统。其示意图如图 6-29(b)所示。对于较复杂的大型系统,它提供了一个与旧系统运行结果进行比较的机会,可以对新旧两个系统的时间要求、出错次数和工作效率给以公正的评价。当然由于新旧系统并行工作,消除了尚未认识新系统之前的惊慌与不安。在银行、财务和一些企业的核心系统中,这是一种经常使用的切换方式。它的主要特点是安全、可靠。但费用和工作量都很大,因为在相当长的时间内系统要两套班子并行工作。

（3）分段切换。这是以上两种切换方式的结合。在新系统正式运行前,一部分一部分地替代旧系统。其示意图如图 6-29(c)所示。一般在切换过程中没有正式运行的那部分,可以在一个模式环境中进行考验。这种方式既保证了可靠性,又不至于费用太大。但是这种分段切换对系统的设计和实现都有一定的要求,否则是无法实现这种分段切换的设想的。

总之,第一种方式简单,但风险大,万一新系统运行不起来,就会给工作造成混乱,所以只在系统小,且不重要或时间要求不高的情况下采用。第二种方式无论从工作安全上,还是从心理状态上均是较好的。这种方式的缺点是费用开销大。第三种方式是为克服第二种方式缺点的混合方式,因而在较大系统中使用较合适,当系统较小时适宜用第二种方式。

6.4.4 人员培训

为用户培训系统操作、维护和运行管理人员是信息系统开发过程中不可缺少的环节。一般来说人员培训工作应尽早地进行,本小节所要讲的人员培训主要是指系统操作员和运行管理人员的培训。

操作人员培训是与编程和调试工作同时进行的。这是基于如下几个方面的原因。

（1）编程开始后,系统分析人员有时间开展用户培训(假定系统分析人员与程序人员的职责是有严格区分的情况下)。

（2）编程完毕后,系统即将要投入试运行和实际运行,如再不培训系统操作和运行管理人员,就要影响整个实施计划的执行。

（3）用户受训后能够更有效地参与系统的测试。

（4）通过培训,系统分析人员能够对用户需求有更清楚的了解。

培训的主要内容有:系统整体结构和系统概貌;系统分析设计思想和每一步的考虑;计算机系统的操作与使用;系统所用的主要软件工具(编程语言、工具、软件名、数据库等)的使用;汉字输入方式的培训;系统输入方式和操作方式的培训;可能出现的故障以及故障的排除;文档资料的分类以及检索方式;数据收集、统计渠道、统计口径;运行操作注意事项等。

6.5 系统评价与维护

6.5.1 系统评价

一个信息系统投入运行以后如何分析其工作质量?如何对其所带来的效益和花费成本的投入产出比进行分析?如何分析一个信息系统对信息资源的利用程度?如何分析一个信

息系统对组织内各部分的影响？这是系统评价所要解决的问题。

1. 信息系统质量的概念

所谓质量的概念就是在特定的环境下,在一定的范围内区别某一事物的好坏。质量评价的关键是确定评定质量的指标以及评定优劣的标准。那么如何评价信息系统的质量呢？现在给出下列评价的特征和指标。

系统对用户和业务需求的相对满意程度。系统是否满足了用户和管理业务对信息系统的需求,用户对系统的操作过程和运行结果是否满意。

系统的开发过程是否规范。包括系统开发各阶段的工作过程以及文档资料是否规范等。

系统功能的先进性、有效性和完备性。这是衡量信息系统质量的关键问题之一。

系统的性能、成本、效益综合比。它是综合衡量系统质量的首选指标。它集中地反映了一个信息系统质量的好坏。

系统运行结果的有效性或可行性。即考查系统运行结果对于解决预定的管理问题是否有效或是否可行。

结果是否完整。处理结果是否全面地满足了各级管理者的需求。

信息资源的利用率。即考查系统是否最大限度地利用了现有的信息资源并充分发挥了它们在管理决策中的作用。

提供信息的质量如何。即考查系统所提供信息(分析结果)的准确程度,精确程度,响应速度以及其推理、推断、分析、结论的有效性、实用性和准确性。

系统的实用性。即考查系统对实际管理工作是否实用。

2. 系统运行评价指标

信息系统在投入运行后要不断地对其运行状况进行分析评价,并以此作为系统维护、更新以及进一步开发的依据。系统运行评价指标一般有以下几点。

(1) 预定的系统开发目标的完成情况,内容包括：对照系统目标和组织目标检查系统建成后的实际情况。是否满足了科学管理的要求？各级管理人员的满意程度如何？有无进一步的改进意见和建议？为完成预定任务,用户所付出的成本(人、财、物)是否限制在规定范围之内？开发工作和开发过程是否规范,各阶段文档是否齐备？系统的可维护性、可扩展性、可移植性如何？系统内部各种资源的利用情况等。

(2) 系统运行实用性评价,内容包括：系统运行是否稳定可靠？系统的安全保密性能如何？用户对系统操作、管理、运行状况的满意程度如何？系统对误操作保护和故障恢复的性能如何？

(3) 系统功能的实用性和有效性如何？系统运行结果对组织各部门的生产、经营、管理、决策和提高工作效率等的支持程度如何？对系统的分析、预测和控制的建议有效性如何,实际被采纳了多少？这些被采纳建议的实际效果如何？

(4) 系统运行结果的科学性和实用性分析。内容包括：设备的运行效率如何？数据传送、输入、输出与其加工处理的速度是否匹配？各类设备资源的负荷是否平衡？利用率如何？

6.5.2 系统维护

通常由于系统环境的变化,用户要求提高系统的性能或者添加某些新的功能,操作人员在系统运行过程中发现了错误或系统出现了故障等,需要对系统进行维护。一般说来,有以下三种类型的维护。

1. 正确性维护

当系统出现故障时,需要进行正确性维护。任何系统无论采用什么严格的检测手段,都难免存在某些错误,在系统运行阶段,这些错误会以各种形式表现出来,如系统功能失效、操作员的误操作、硬件或软件系统引起的故障。根据故障现象,分析检查故障原因,排除故障、恢复系统就是正确性维护的内容。正确性维护应按以下步骤进行:首先找出故障原因,找到故障原因才可进行相应的修改;其次研究排除故障的方案,确定维护所需资源、成本和维护所需时间;然后排除故障,恢复系统并对系统进行测试;最后编写故障排除报告,修改相应的文档资料,并下达用户手册变更通知。

2. 适应性维护

当系统的外部环境变化时,需要进行适应性维护。进行适应性维护的原因通常是硬件、系统软件等外部环境的变化、替换、更新,如操作系统新版本的出现,采用更高级的编程语言,计算机或新的输入、输出设备的更换引起的应用软件的转换等。

3. 完善性维护

完善性维护是指对现有系统增加一些系统说明书中没有规定的功能和性能,如优化某些程序的算法,提高系统运行效率等。

系统维护的内容主要有以下几个方面。

1) 程序的维护

一般来说,一个信息系统都与某个具体的业务处理流程有密切的关系,如果该业务处理的流程或数据量发生变化,就会引起程序的变化。通常,系统的主要维护工作量是对程序的修改。程序维护通常都充分利用旧有程序,对部分程序进行改写,并在变更通知书上写明新旧程序不同之处,修改后还要填写程序修改登记表,表明程序名称、原程序设计员、修改内容、批准人和修改日期等。对程序的维护不一定非要在条件变化时才进行,对效率不高的程序和功能不完善的程序也应不断加以改进。

2) 数据文件的维护

系统的业务处理对数据的需求是不断变化的,要经常对数据库文件进行修改,增加数据库的新内容或建立新的数据库文件等。如对某些重要数据库文件的定期备份,对受到破坏的数据库文件、索引文件进行恢复或重建索引等。

3) 代码的维护

随着系统环境的变化,旧的代码不能适应新的要求,有必要变更代码时(如对代码进行订正、添加或删除等),则必须对代码进行改革。代码的变更包括制定新的代码系统或修改旧的代码系统,应由代码管理部门讨论制定新的代码体系。确定之后必须填写代码修改登记表后再贯彻。为此,除了代码管理部门外,各业务部门都要指定负责代码的人员,以便明确职责,确保新代码的正确使用。

4）机器的维护

系统使用的计算机及其外部设备保持良好的运行状态是保证系统正常运行的重要条件之一。计算机硬件维护人员应对机器设备加强保养，定期检修，作好机器设备的日常管理维护工作，一旦机器发生故障，应能及时修复。

由于软件产品的特殊性，施行软件维护十分困难，一个处理过程的修改，往往会影响其他过程或其他系统，维护工作可能需追溯到软件生命周期的前几个阶段，需重新定义、重新设计、重新编码、重新调试和重新验收。因此，系统的维护工作一定要特别慎重。在这个过程中，稍有不慎，就可能导致严重的后果。此外，由于引起正确性维护、适应性维护和完善性维护的原因始终存在，这就使得对信息系统的维护不是一项应急措施，而是伴随整个系统生命周期，持续时间比开发阶段要长很多的工作。所以，必须有计划、有组织地进行软件维护，建立一套严密的工作程序和审批制度，以防止维护产生的副作用。通常，对于重大的修改项目要填写变更申请表，由审批人正式批准后，才能进行工作。维护工作的审批人要对系统非常熟悉，能够判断各种变更的必要性、影响范围和产生的后果。

综上所述，从维护申请的提出到维护工作的执行可分为以下几个步骤。

（1）提出修改要求。由系统操作人员或业务负责人提出对某项工作的修改要求，申请形式是书面报告或填写专门申请表。

（2）领导批准。由系统维护小组的负责人审批各项申请。

（3）维护任务。根据维护的内容对程序员或系统的硬、软件人员进行任务分配，并制定出完成期限和其他有关要求。

（4）验收工作成果。当有关人员完成维护修改任务后，由维护小组和用户双方人员验收结果，并将新的成果正式投入使用。同时验收有关的资料，如程序版本的修改说明书及源程序等。另外，对于某些重要的修改，甚至可看成是一个小系统的开发项目，因此，也要按照系统开发的步骤进行。

思考题 6

1. 简述信息系统开发的任务和原则。
2. 叙述管理信息系统成功的关键要素。
3. 系统分析的目标和任务是什么？
4. 简述系统分析工作的特点。
5. 简述初步调查的目的、范围和内容。
6. 叙述可行性分析的主要内容。
7. 针对某个系统写出其可行性分析报告。
8. 叙述详细调查的目的、原则和范围。
9. 画出某单位的组织结构图。
10. 绘制银行活期存取款的业务流程图。
11. 叙述数据流程图的基本成分。
12. 绘制会计账务处理的数据流程图。

13. 叙述数据字典包含的 6 类条目。

14. 某校学籍管理制度规定：

(1) 经补考仍有两门考试课不及格者留级。

(2) 经补考，考查课和考试课共计仍有三门不及格者留级。

(3) 经补考，仍有不及格课程但未达到留级标准者可升级，但不及格课目要重修。

试用判断语句、判定树、判定表分别表示上述规则。

15. 论述管理信息系统设计的主要任务及工作。

16. 管理信息系统硬件结构设计中首先要进行的工作是什么？

17. 管理信息系统应用软件结构建立的主要依据是什么？

18. 针对数据库设计问题，举例说明若关系模式不属于第三范式，则应用该关系模式存储数据时会造成大量的数据冗余。

19. 对每一功能模块的处理过程、输入输出的设计工作统称为系统设计的详细设计，在详细设计中用于描述模块处理过程的工具有哪些？

20. 管理信息系统系统设计报告包括哪些内容？

21. 举例说明管理信息系统中，编码的使用是规范化管理数据的重要手段。

22. 请列举市面上流行的几种最常用的数据库管理系统，并说明它们各自的特点。

23. 叙述编程工作质量的主要指标。

24. 什么是系统测试？简述系统测试的主要步骤和基本方法。

25. 如何评价信息系统的质量？

26. 叙述系统维护的三种类型。

第7章

企业管理信息化

学习目的：通过本章的学习，主要使学生建立企业管理信息化的概念，熟悉企业管理信息化中几个典型的信息系统，重点掌握实际信息系统的应用，提高计算机的应用能力。

随着经济全球化的发展，企业间的竞争更加激烈，这种竞争不仅仅是在产品、价格和品牌层次上的竞争，更是客户与客户、供应链与供应链、知识与知识、管理与管理的竞争。可以毫不夸张地说，谁掌握了这种竞争形态的变化并依靠信息技术对此作出迅速反应，建立实时的信息系统，谁就会在企业资金、生产、经营和客户响应方面领先一步，谁也就赢得了市场。基于此，现代企业越来越重视自身信息化建设，特别是关系到企业发展方向、企业自身生产经营决策等重大问题的商业信息情报，对一个企业的发展往往起着举足轻重的关键作用。本章主要介绍企业管理信息化概念及其构成的主要信息系统，包括企业资源计划系统（ERP）、客户关系管理系统（CRM）、供应链管理系统（SCM）和人力资源管理系统（HRM），最后给出一个具体的信息系统实例。

7.1 企业管理信息化概述

7.1.1 企业管理信息化概念

企业信息化是当今世界各国都非常关注的课题。在认识企业信息化之前，先了解什么是信息化。

1. 信息化的内涵

信息化（Informatization）的概念起源于 20 世纪 60 年代的日本。最初是由日本学者从社会产业结构的角度提出来的，是一种反映社会发展阶段的学说。但信息化的具体含义是什么，至今并没有一个广为接受和认可的权威定义。实际上，由于信息化本身就是一个动态的发展的概念，所以不可能对它加以严格的定义。信息化可以理解为：信息化是指加快信息高科技发展及其产业化，提高信息技术在经济和社会各领域的推广应用水平并推动经济和社会发展前进的过程。它以信息产业在国民经济中的比重，信息技术在传统产业中的应用程度和国家信息基础设施建设水平为主要标志。具体而言，从技术层面上看，信息化是一个新技术的扩散过程;从内容上看,信息化是一个不断提高对信息资源的开发利用程度的过程;从应用结果看,信息化又是一个社会经济活动流程再造过程;从社会变革进程看,信息化还将是促进人类社会实现由工业社会向信息社会转变的过程。

信息化包括信息的生产和应用两大方面。信息生产要求发展一系列高新信息技术及产业,既涉及微电子产品、通信器材和设施、计算机软硬件、网络设备的制造等领域,又涉及信息和数据的采集、处理、存储等领域。信息技术在经济领域的应用主要表现在用信息技术改造和提升农业、工业、服务业等传统产业上。

20世纪90年代以来,信息产业对国民生产总值增长的贡献率不断上升,已经成为当代经济发展的主要驱动力之一。由信息化驱动的经济结构调整,将大大提高各种物质和能量资源的利用效率,大大提高企业在市场经济中的竞争力。

具体地说,信息化的任务十分广泛,涉及许多方面。

(1) 在社会经济的各种活动中,例如在政府、企业、组织的决策管理与公众的日常生活中,信息和信息处理的作用大大提高,从而使社会的工作效率与管理水平达到一个全新的水平。

(2) 为了提供满足各种需求的信息资源、信息产品和信息服务,各种不同规模、不同类型的信息处理系统建设起来,并进入稳定、正常的运行,成为社会生活不可缺少的、基本的组成部分。

(3) 为支持信息系统的工作,遍及全社会的通信及其他有关的基础设施(如计算机网络、数据交换中心、个人计算机等)得到全面发展,并且投入正常运行。

(4) 为支持信息系统和基础设施,相关的信息技术得到充分发展,相应的设备制造产业也得到充分发展,为信息处理系统和通信系统的正常运行提供设备和技术保证。同时,它自己也已经发展成为国民经济中的一个庞大的、新兴的产业部门,并且在从业人数和产值份额上均占相当的比例。

(5) 与经济生活的变化相适应的法规、制度等经过一定时期的探索,已经逐步健全,并且走向完善,为全社会成员所了解和遵守。例如,关于信息产权的有关规则,关于通信安全与保密的有关规则等,特别是在政府与企业的各级管理中形成了有关信息的各种管理体制与管理办法。

(6) 与各项经济和社会生活的变化相适应,人们的工作方式、生活方式以至娱乐方式也形成了新的格局,相应的习惯、文化、观念、道德标准也在新的形势下发生了深刻的变化。

所谓信息化,就是在国民经济各部门和社会活动各领域普遍采用现代信息技术,充分、有效地开发和利用各种信息资源,使社会各单位和全体公众都能在任何时间、任何地点,通过各种媒体(声音、数据、图像或影像)享用和相互传递所需要的任何信息,以提高各级政府宏观调控和决策能力,提高各单位和个人的工作效率,促进社会生产力和现代化的发展,提高人民文化教育与生活质量,增强综合国力和国际竞争力。

2. 企业信息化的内涵与特点

企业信息化实质上是为适应现代企业在信息化社会的发展,将企业的生产过程、物料移动、事务处理、现金流动、客户交互等业务过程数字化,通过各种信息系统网络加工生成新的信息资源,提供给各层次的人们洞悉、观察各类动态业务中的一切信息,以作出有利于生产要素组合优化的决策,使企业资源合理配置,以使企业能适应瞬息万变的市场经济竞争环境,求得最大的经济效益。

企业信息化具有以下几个特点。

(1) 企业信息化范围包括各类企业和企业的各个方面,如研发、设计、制造、管理、决策、营销、服务等。

(2) 企业信息化内容包括建设管理信息系统,开发和利用信息资源,调整或重构组织结构、管理体制和业务模式等三个方面。

(3) 企业信息化包括以下几个层次或阶段。

① 企业技术层次的信息化(简称企业技术信息化)或生产的自动化。主要是指以计算机辅助设计(CAD)、计算机辅助制造(CAM)、计算机辅助检测(CAT)、计算机集成制造系统(CIMS)和工厂自动化系统(FAS)等为代表的信息化。

② 企业管理层次的信息化(简称企业管理信息化),包括:

- 数据处理的信息化。用计算机对生产、销售、财务等数据进行处理的过程。20世纪50年代初期,计算机开始应用在经营管理工作中的数据处理上,主要是在会计和统计工作上,以代替算盘、手摇计算机等,形成所谓的电子数据处理系统。由于它主要用来处理一些具体事物,所以又称为事物处理系统(TPS),如工资系统、订货系统、库存系统、货运系统和销售系统。

- 管理和办公的信息化。如企业管理信息系统(MIS)和办公自动化系统(OA)。

- 企业生产、经营、管理一体化,即将设计、制造的物流过程和整个过程的资金流、信息流以及设备、能源、人力资源等所有控制和管理综合起来,实施所谓 ERP 和 Intranet,使企业内部信息化达到一个新的高度。

- 与供应商和销售商之间的信息化。信息化从内部扩延到外部,利用企业内部网、外部网以及因特网平台、数据管理平台将内部的生产经营和外部供应、销售整合起来实现与上游供应商以及下游分销商、客户、政府部门等外部实体进行信息交流和商务活动。于是企业信息化出现了一系列更高层次的新内容,如供应链管理(SCM)、客户关系系统(CRM)等。

③ 利用互联网开展电子商务。当企业信息化到了一定的程度,企业需要完成的已经不单单是自身信息化的问题,而是建立基于互联网的电子商务社区的问题。所谓电子商务社区就是众多的企业基于互联网进行结盟、交易和业务协同,充分利用互联网提供的信息共享和实时交换,完成协同式的商务运作,减少中间环节,使交易可以一次完成。

(4) 企业信息化的本质是利用计算机和网络技术等,变革企业组织结构和业务流程,不断提高竞争能力和应变能力。

企业信息化建设是一个渐进的过程,是一个从小到大,从简单到复杂,从内部到外部,从技术、信息到管理的发展过程。

当前我国企业信息化的重点是管理的信息化,企业管理信息化的核心是运用现代信息技术,把先进的管理理念和方法引入到管理流程中,提高管理效率和水平,促进管理创新。ERP、SCM、CRM 等综合性管理信息化系统涉及企业生产经营的全过程,对管理基础工作的规范性和各项管理业务的协同性要求很高,这些综合系统的实施将全面提高企业管理水平。

7.1.2 企业管理信息化中各信息系统之间的关系

以 ERP、CRM、SCM、HRM、电子商务等为主的企业管理信息系统的建立,在某种程度上大大提高了企业在资金、生产、经营、管理、销售和决策方面的水平,并使企业能够对产品、客户和市场的迅速变化作出及时反应。而这些系统对于企业实现 RTS(实时系统)也是必不可少的,是中国 CIO 所必须关注,也是企业信息化所必须经历的阶段。一个完整的企业信息化过程应该包括以下几个方面。

1. 系统一体化集成,使企业更具有竞争力

在以客户为导向、以变化为主题的今天,企业迫切希望通过对自身管理水平的提升、流程的优化、相应技术的采用使得自身能够更快、更好地为服务对象服务,并对服务对象的潜在需求和变化作出及时反应。而企业对自身的改变和快速反应已经离不开 IT 技术的应用。在企业应对客户需求迅速变化的同时,企业都在自觉或不自觉地利用 IT 技术构建一个更快速、更灵活、更高效、更富有弹性的信息系统,以适应现在、未来服务对象和市场的迅速变化,而这一系统正是要提出的 RTS 理念,即通过管理的提升、流程的优化、适合的技术,使得政府和企业的信息系统能够更快更好地做出实时性反应。

在构建这一实时系统的过程中,ERP、CRM、SCM、HRM、电子商务等信息系统为其提供了有力的技术支撑(如图 7-1 所示)。例如企业的信息收集层用的软件可能是 CRM,也可能是 CALL CENTER,决策层用的软件可能是 BI、KM、ERP,执行层可能用的是 ERP、SCM、DRP,但是不管每个层次用的是什么软件,只要整个系统能够对企业的市场和服务对象的迅速变化做出快速反应或调整,并能快速、有效地支持企业的管理,就认为它就是一个实时的信息系统。

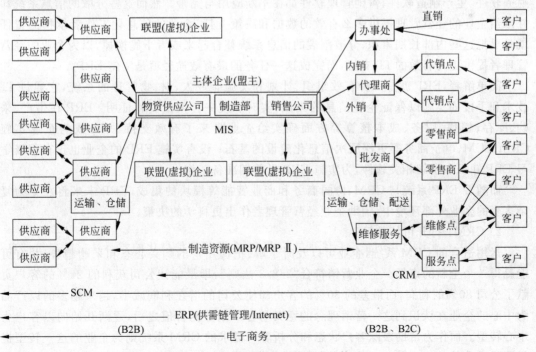

图 7-1 企业管理信息化技术支撑体系

在影响企业的 5 个信息系统中,各系统对企业的影响程度不尽相同,对企业财务、人事、生产、销售各部门的影响范围也不同。如 ERP 系统在企业生产、采购、库存、销售、财务、成本核算等方面给企业带来了诸多实惠。IDC 在对 11 种 ERP 应用的定义中指出,ERP 应包括财务、库存、HR、薪水、合同管理、维护管理、项目管理、资产管理、采购订单管理、经营成绩管理、制造应用 11 种基本应用。按 IDC 对 ERP 系统的定义,ERP 系统涉及了企业财务、市场营销、生产制造、质量控制、服务维护、人力资源、工程技术等各方面。

CRM 系统作为企业与客户沟通的桥梁,可以帮助企业把给企业带来 80% 利润的 20% 客户和会使企业利润减半的最差的 30% 客户找出来,从而对客户进行合理区分与维系。电子商务则不仅使企业的运作方式由传统纸介质过渡到以数字化网络为基础、以物流为依据、信息流为核心、商流为主体阶段,同时使员工脱离了机械设备、原材料和工作条件的束缚,工作时间更具弹性,工作场合也不再受限制,员工更加依赖于自身的知识、智慧和创造性思维,而且使企业在"瘦身"的同时,不再受时间和空间的限制……

从某种意义上说,这些信息系统的应用不仅提高了企业的竞争能力,且使企业能够从容应对产品供需、生产和价格、客户取向、资本市场、利率、雇员等方面的不断变化,对企业现在和未来的发展可谓意义深远。

2. 各个信息系统在各自擅长的领域具有不可替代的功能

1)ERP:企业运营总管

如果没有 ERP 的实施,企业内部资源就难以实现有机整合,从这个意义上讲,ERP 充当着企业运营总管的重任。今天不论是跨国公司,还是国内企业都把 ERP 作为资源整合,实行高效管理的最有效信息化工具。

在我国 20 多年的企业信息化过程中,应该说已经取得了一定的成绩。在发展过程中,财务软件、生产制造软件、营销管理软件都在不断应用与完善。然而这些分散的信息系统却并未给企业的经营管理提供多么有效的数据和决策支持,企业的信息化工作者承担的责任就是要把这些内部长期累积、分散割裂的信息系统整合起来或者干脆换掉,以为企业的经营管理者提供更为有效的 IT 支持,而完成这一任务的最有效途径就是实施 ERP。

简单解释,ERP 就是一种有效组织、计划和实施企业人、财、物管理的系统,它通过 IT 技术和手段的实施以保证企业信息的集成、实时和统一。大量资料证明:ERP 在生产、采购、库存、销售、财务、成本核算等方面确实给企业带来了有效支持,并已成为企业实施 CRM、SCM、电子商务等更深层次信息化建设的基石;没有实施 ERP 的企业也正在积极学习 ERP 知识和了解相关软件,为实施 ERP 做前期准备工作。

而随着 ERP 系统与 CRM、协同商务和商业智能等模块的集成,ERP 未来将在更为复杂多变的企业外部环境中,辅助企业经营管理者作出更科学的决策。

2)CRM:打开市场敲门砖

运用适合的 CRM 系统,企业可以及时了解、把握用户的购买心态和采购趋势,并有可能赢得一个全新的市场。企业营销符合"2/8/3 法则",即最能让公司获利的 20% 的客户贡献了公司 80% 的利润,而最差的 30% 的客户却使公司的潜在利润减半,越来越多的以产品为中心的企业在认识到这一营销理念的意义与客户划分的价值之后,逐渐开始向以客户为中心转型。而作为帮助跟踪客户状态和分析客户需求的 CRM 系统则为企业的这一转型提供了最适合的技术手段。

CRM系统通过把客户生命周期管理与客户价值管理相结合,可以有效控制阶段转化效率、保障分类客户的策略一致性、更好的维护客户忠诚度,同时通过对客户的收入/利润、影响力、信用和忠诚度等几方面建立客户价值评价体系,使高价值客户与负价值客户浮出水面,从而使企业能够把有限的资源投入到最具产出的客户身上,并且保证不同价值客户的满意度,实现更合理的成本。

在CRM系统的支持下,企业可以很清楚地了解客户处于生命周期的哪个阶段;哪个阶段的客户有多少;哪些客户的价值高、潜力大,需要重点维护;哪些客户快要流失需要尽快维护;企业不同部门人员都做了哪些工作;客户反应如何等。通过CRM的实施,企业可以建立一套完整的客户信息系统,通过对销售过程的管理与控制,随时了解客户的心理状态和发现客户的采购需求,从而给企业带来最大的收益和回报。

3) SCM:让企业拳头更硬

供应链管理(SCM)被越来越多的企业所关注,不仅仅是因为供应链管理可以使企业之间的合作关系更为稳固,同时也使企业在参与市场竞争时多了左膀右臂。

当今的市场是一个新技术不断涌现,市场迅速变化的复杂环境,而这使得企业与客户、供应商之间的合作关系变得越来越紧密,越来越重要。全球市场竞争趋势已使原来的企业与企业之间的竞争转变为供应链与供应链之间的竞争。

而在供应链与供应链竞争阶段,优势主要取决于供应链的创新能力和核心竞争能力,但这正是国内企业在供应链管理方面的短板。因此,国内制造和流通等行业迫切需要运用IT技术实现其生产、库存、日常交易管理的规范化、精确化,加强企业成本控制,提高企业运营效率。所以,对成本控制和价值创造进行的研究已经推动国内部分企业转向供应链管理解决方案,以便使企业能够获得更多盈利,并在竞争更为激烈的环境下巩固其与商业伙伴的关系。

基于此,SCM正在为越来越多的企业所应用,其中大中型企业仍将是市场需求的主力,而行业用户则多集中在制造、流通、能源等行业。

4) HRM:武装企业到牙齿

相比财务、生产、销售等部门,国内企业人事部门的信息化建设最为薄弱,其效果也最不明显。从企业信息化全局考虑,人事部门信息化将是企业信息化建设的最后一块阵地。而这正是近来以e-HR为代表的人力资源管理市场渐热的原因。

通过HRM的实施,企业领导可以挑选最适合的员工,上下级之间可利用协同功能,为员工工作表现做出实时反馈,高层领导对于员工的工作状况和想法也可以了如指掌,并利用所有实时数据做出有效的人力资源分析和决策,以支持企业长远的人力资源规划。而HRM系统的成功实施则可以帮助企业认清每个员工的真正能力和价值,给予相关待遇和培训机会,并使人力资源管理工作由管理型向服务型、事务型向战略型转移。

以e-HR为代表的新型人力资源管理系统的核心正是体现了人才在企业生产、经营、管理中的价值,同时也注重了对于人才的培养。这对于把经营管理、产品销售放在第一位的传统企业来说,意味着新的挑战。因为现在企业之间的竞争已经不仅仅是产品、技术、品牌的竞争,更是供应链和人才的竞争。因此加大人力资源信息化建设的投入对企业来说意味着更多回报。

5）电子商务：使企业轻舞飞扬

1999 年到 2000 年，以网站为主要特征的电子商务服务商在风险资本的介入下成为我国电子商务最早的应用者。经过 2000 年的网络泡沫洗礼后，越来越多的国内企业认识到电子商务并非"网站＋卖货"。它涉及从供到需整个生产及流通的环节，不仅仅包括商务和服务的网上交易，还包括企业内部的运营和管理，以及企业间的商务活动，并且不仅仅是硬件和软件的结合，更是整个供应链上下游各个节点与企业间的结合与互动。

企业电子商务系统的搭建，不仅使企业的运作方式由传统纸介质过渡到以数字化网络为基础、以物流为依据、信息流为核心、商流为主体的全新时代，同时改变了员工的工作方式，在电子商务模式下，人们的工作时间更具弹性，工作场合不受限制，员工更加依赖于自身的知识、智慧和创造性思维，并逐步脱离机械设备、原材料和工作条件的束缚，摆脱了对岗位的依赖。

在营销方面，电子商务系统对企业营销管理最为显著的影响是销售渠道和促销策略的改变。以往的批零方式将被网络代替，人们可以直接从网上采购，传统的推销人员将失去大部分市场，管理者对目标市场的选择和定位也更加依赖于上网者的需求和对网络的充分利用。

总之，各个信息系统在各自擅长的领域具有不可替代的功能。

7.2　企业资源计划

7.2.1　企业资源计划概述

1. ERP 产生背景

ERP 的产生是与信息的集成、新的管理思想不断出现以及计算机和网络通信技术（互联网）的迅猛发展紧密相关的。

1）信息集成

管理信息集成的标志可以从以下几方面说明：

（1）信息必须规范化，有统一的名称、明确的定义、标准的格式和字段要求，信息之间的关系也必须明确定义。

（2）信息的处理程序必须规范化，处理信息要遵守一定的规程，不因人而异。

（3）信息的采集、处理和报告有专人负责，责任明确，没有冗余的信息采集和处理工作。保证信息的及时性、准确性和完整性。

（4）在范围上，集成了供给链所有环节的各类信息。

（5）在时间上，集成了历史的、当前的和未来预期的信息。

（6）各种管理信息来自统一的数据库，既能为企业各有关部门的管理人员所共享，又有使用权限和安全保密措施。

（7）企业各部门按照统一数据库所提供的信息和管理事务处理的准则进行管理决策，实现企业的总体经营目标。

管理信息集成的效果，决不是简单的数量叠加，而是管理水平和人员素质在质量上的飞跃。信息集成和规范化管理是相辅相成的,规范化管理是 ERP 运行的结果,也是运行的条件。应当按照统一的程序和准则进行管理,既不因人而异,随心所欲,又要机动灵活,适应变化的环境。在剧烈竞争的市场经济环境下,管理信息集成系统必将成为所有制造业在经营生产中必不可少的手段。

2) 新的管理思想不断出现

精益生产(Lean Production)、敏捷制造(Agile Manufacturing)、准时制生产(Just-in-time)、供应链管理(Supply Chain Management)等不断出现,要求 MRP-Ⅱ(制造资源计划)融入这些新的管理理念。人类已从工业经济时代跨入了知识经济时代,企业所处的商业环境发生了根本性变化。顾客需求瞬息万变、技术创新不断加速、产品生命周期不断缩短、市场竞争日趋激烈,这些构成了影响现代企业生存与发展的三股力量:顾客(Customer)、竞争(Competition)和变化(Change)(简称 3C)。过去在工业经济时代的商业规则、"科层制"管理模式和以 MRP-Ⅱ应用为主的管理手段已经不再适用于今天企业的发展,甚至严重影响到企业的生存。为了适应以"顾客、竞争和变化"为特征的外部环境,企业必须要进行管理思想上的革命(Reform)、管理模式与业务流程上的重组(Reengineering)、管理手段上的更新(Reform)(简称 3R),从而在全球范围内引发了一场以业务流程重组 BPR(Business Process Reengineering)为主要内容的管理模式革命和以 ERP 系统应用为主体的管理手段革命。

3) 计算机和网络通信技术(互联网)的迅猛发展

客户/服务器(C/S)体系机构和分布式数据处理技术、Internet/Intranet/Extranet、电子商务、电子数据交换(EDI),使在不同平台的互操作以及对整个供应链信息进行集成管理得以实现。

20 世纪 90 年代初,美国著名的 IT 分析公司 Gartner Group Inc 根据当时计算机信息技术(Information Technology,IT)的发展和企业对供应链管理的需要,对信息时代以后制造业管理信息系统的发展趋势和即将发生的变革作了预测,提出了企业资源计划(ERP)这个概念。

2. ERP 发展历程

在 18 世纪工业革命后,人类进入工业经济时代,社会经济的主体是制造业。工业经济时代竞争的特点就是产品生产成本上的竞争,规模化大生产(Mass Production)是降低生产成本的有效方式。由于生产的发展和技术的进步,大生产给制造业带来了许多困难,主要表现在:生产所需的原材料不能准时供应或供应不足;零部件生产不配套,且积压严重;产品生产周期过长且难以控制,劳动生产率下降;资金积压严重,周转期长,资金使用效率降低;市场和客户需求的变化,使得企业经营计划难以适应。总之,降低成本的主要矛盾就是要解决库存积压与短缺问题。为了解决这个关键问题,人们开始进行生产与库存控制方面的研究,许多现代企业管理思想随之产生。ERP 是现代企业管理思想和信息技术相结合的产物,并随着它们的发展而发展。ERP 的发展策略可分做如下阶段。

1) 企业业务信息系统阶段

企业的业务信息系统主要是记录大量原始数据、支持基础的查询、汇总等方面的工作。

2) MRP 阶段

MRP 的发展经历了以下两个阶段:基本 MRP 和闭环 MRP。20 世纪 60 年代发展的基本 MRP 也称物料需求计划（Material Requirements Planning，MRP），它是在主生产计划决定生产多少最终产品后，再根据物料清单把企业要生产的产品数量转变为所需生产的零部件数量，并对照现有的库存量，计算还需加工多少，采购多少的最终数量。它只是一种计算物料需求量和需求时间的计算器，没有信息反馈，也谈不上控制。20 世纪 70 年代在此基础上发展成闭环 MRP，将物料需求、人力需求、车间采购计划等构成一个具有计划能力和执行计划功能的闭环系统，这时的 MRP 也称生产计划与控制系统。但是闭环 MRP 没有说明执行计划对企业带来什么效益，这要求企业的财务会计系统能同步从生产经营系统中获取资金信息，随时控制和指导生产经营活动，以期实现企业的整体目标。

3）MRP-II 阶段

闭环 MRP 系统的出现，使生产计划方面的各种子系统得到了统一。只要主生产计划真正制订好，那么闭环 MRP 系统就能够很好运行。但这还不够，因为在企业的管理中，生产管理只是一个方面，它所涉及的是物流，而与物流密切相关的还有资金流。这在许多企业中是由财会人员另行管理的，这就造成了数据的重复录入与存储，甚至造成数据的不一致性。降低了效率，浪费了资源。于是人们想到，应该建立一个一体化的管理系统，去掉不必要的重复性工作，减少数据间的不一致性现象和提高工作效率。实现资金流与物流的统一管理，要求把财务子系统与生产子系统结合到一起，形成一个系统整体，这使得闭环 MRP 向 MRP-II 前进了一大步。最终，在 20 世纪 80 年代，人们把制造、财务、销售、采购、工程技术等各个子系统集成为一个一体化的系统，并称为制造资源计划（Manufacturing Resource Planning）系统，英文缩写还是 MRP，为了区别物料需求计划系统（亦缩写为 MRP）而记为 MRP-II。MRP-II 可在周密的计划下有效地利用各种制造资源、控制资金占用、缩短生产周期、降低成本，但它仅仅局限于企业内部物流、资金流和信息流的管理。它最显著的效果是减少库存量和减少物料短缺现象。

4）ERP 阶段

MRP-II 仅能管理企业内部的物流和资金流。随着全球经济一体化的加速，企业与其外部环境的关系越来越密切，MRP-II 已不能满足需要。于是新的企业管理哲理和软件应运而生。其中影响最深远的就是 ERP 思想。

以 MRP-II 为基础发展起来的 ERP 理念和软件逐渐推开。ERP 把原来的制造资源计划拓展为围绕市场需求而建立的企业内外部资源计划系统。ERP 给出了新的结构，把客户需求和企业内部的经营活动以及供应商的资源融合到一起，体现了完全按用户需求为中心的经营思想。

进入 ERP 阶段后，以计算机为核心的企业级的管理系统更为成熟，系统增加了包括财务预测、生产能力、调整资源调度等方面的功能。配合企业实现 JIT 管理全面、质量管理和生产资源调度管理及辅助决策的功能。成为企业进行生产管理及决策的平台工具。

5）电子商务时代的 ERP

Internet 技术的成熟为企业信息管理系统增加了与客户或供应商实现信息共享和直接的数据交换的能力，从而强化了企业间的联系，形成共同发展的生存链，体现企业为达到生存竞争的供应链管理思想。ERP 系统相应实现这方面的功能，使决策者及业务部门实现跨企业的联合作战。

7.2.2 企业资源计划概念

从发展历程知,作为新一代的 MRP-Ⅱ,ERP 概念由美国 Gartner Group(加特纳集团公司)于 1990 年初提出。ERP 的概念层次可如图 7-2 所示,所以,对应于管理界、信息界、企业界不同的表述要求,"ERP"分别有着它特定的内涵和外延。下面从管理思想、软件产品、管理系统三个层次(如图 7-2 所示)给出它的定义。

图 7-2 ERP 概念层次图

1. ERP 管理思想

ERP 的核心管理思想就是实现对整个供应链的有效管理,主要体现在以下三个方面。

1) 体现对整个供应链资源进行管理的思想

在知识经济时代仅靠自己企业的资源不可能有效地参与市场竞争,还必须把经营过程中的有关各方如供应商、制造工厂、分销网络、客户等纳入一个紧密的供应链中,才能有效地安排企业的产、供、销活动,满足企业利用全社会一切市场资源快速高效地进行生产经营的需求,以期进一步提高效率和在市场上获得竞争优势。换句话说,现代企业竞争不是单一企业与单一企业间的竞争,而是一个企业供应链与另一个企业供应链之间的竞争。ERP 系统实现了对整个企业供应链的管理,适应了企业在知识经济时代市场竞争的需要。

2) 体现精益生产、同步工程和敏捷制造的思想

ERP 系统支持对混合型生产方式的管理,其管理思想表现在两个方面:其一是"精益生产(Lean Production,LP)"的思想,它是由美国麻省理工学院(MIT)提出的一种企业经营战略体系。即企业按大批量生产方式组织生产时,把客户、销售代理商、供应商、协作单位纳入生产体系,企业同其销售代理、客户和供应商的关系,已不再简单地是业务往来关系,而是利益共享的合作伙伴关系,这种合作伙伴关系组成了一个企业的供应链,这即是精益生产的核心思想。其二是"敏捷制造(Agile Manufacturing)"的思想。当市场发生变化,企业遇有特定的市场和产品需求时,企业的基本合作伙伴不一定能满足新产品开发生产的要求,这时,企业会组织一个由特定的供应商和销售渠道组成的短期或一次性供应链,形成"虚拟工厂",把供应和协作单位看成是企业的一个组成部分,运用"同步工程(SE)",组织生产,用最短的时间将新产品打入市场,时刻保持产品的高质量、多样化和灵活性,这即是"敏捷制造"的核心思想。

3) 体现事先计划与事中控制的思想

ERP 系统中的计划体系主要包括主生产计划、物料需求计划、能力计划、采购计划、销售执行计划、利润计划、财务预算和人力资源计划等,而且这些计划功能与价值控制功能已完全集成到整个供应链系统中。另一方面,ERP 系统通过定义事务处理(Transaction)相关的会计核算科目与核算方式,以便在事务处理发生的同时自动生成会计核算分录,保证了资

金流与物流的同步记录和数据的一致性。从而实现了根据财务资金现状,可以追溯资金的来龙去脉,并进一步追溯所发生的相关业务活动,改变了资金信息滞后于物料信息的状况,便于实现事中控制和实时做出决策。

此外,计划、事务处理、控制与决策功能都在整个供应链的业务处理流程中实现,要求在每个流程业务处理过程中最大限度地发挥每个人的工作潜能与责任心,流程与流程之间则强调人与人之间的合作精神,以便在有机组织中充分发挥每个人的主观能动性与潜能。实现企业管理从"高耸式"组织结构向"扁平式"组织机构的转变,提高企业对市场动态变化的响应速度。

总之,借助 IT 技术的飞速发展与应用,ERP 系统得以将很多先进的管理思想变成现实中可实施应用的计算机软件系统。

2. ERP 软件产品

Gartner Group 信息技术词汇表中关于 ERP 的定义:

"一个由 Gartner Group 开发的概念,描述下一代制造商业系统和制造资源计划(MRP-Ⅱ)软件。它将包含客户/服务架构,使用图形用户接口,应用开放系统制作。除了已有的标准功能,它还包括其他特性,如品质、过程运作管理以及调整报告等。特别是,ERP 采用的基础技术将同时给用户软件和硬件两方面的独立性,从而更加容易升级。ERP 的关键在于所有用户能够裁剪其应用,因而具有天然的易用性。"可见,美国 Gartner Group 公司在当时流行的工业企业管理软件 MRP-Ⅱ 的基础上,提出了评估 MRP-Ⅱ 的内容和效果的软件包,这些软件包被称之为 ERP。Gartner Group 是通过一系列功能标准来定义 ERP 系统的。

1) 超越 MRP-Ⅱ 范围的集成功能

相对于标准 MRP-Ⅱ 系统来说,扩展功能包括质量管理;试验室管理;流程作业管理;配方管理;产品数据管理;维护管理;管制报告和仓库管理。这些扩展功能仅是 ERP 超越 MRP-Ⅱ 范围的首要扩展对象,并非全部 ERP 的标准功能。

2) 支持混合方式的制造环境

混合方式的制造环境包括:

(1) 生产方式的混合,既可支持离散又可支持流程的制造环境。

(2) 生产、分销和服务等业务混合,即具有支持按照面向对象的业务模型组合业务过程的能力。

(3) 经营方式的混合,这是指国内经营与跨国经营的混合,以适应经济全球化、市场国际化、企业经营国际化的环境。

3) 支持能动的监控能力,提高业务绩效

该项标准是关于 ERP 能动性功能的加强,包括在整个企业内采用控制和工程方法;模拟功能;决策支持和用于生产及分析的图形能力。与能动性功能相对的是反应式功能。反应式功能是在事务发生之后记录发生情况。能动式功能则具有主动性和超前性。

4) 支持开放的客户机/服务器计算环境

该项标准是关于 ERP 的软件技术的,包括客户机/服务器体系结构;图形用户界面(GUI);计算机辅助设计工程(CASE),面向对象技术;使用 SQL 对关系数据库查询;内部集成的工程系统、商业系统、数据采集和外部集成(EDI)。

以上四个方面分别从软件的功能范围,软件应用环境,软件功能加强和软件技术支持上对 ERP 系统做了界定。可见,ERP 软件产品是综合应用了客户机/服务器体系、关系数据库结构、面向对象技术、图形用户界面、第四代语言(4GL)、网络通信等信息产业成果,以ERP 管理思想为灵魂的软件产品。

3. ERP 管理系统

从最初的定义来讲,ERP 只是一个为企业服务的管理软件,在这之后,专家学者对这一概念进行不断的充实和丰富,全球最大的企业管理软件公司 SAP 在 20 多年为企业服务的基础上,对 ERP 的含义进行了重新定义,即"管理＋IT"的概念,具体是:

(1) ERP 不只是一个软件系统,而是一个集组织模型、企业规范和信息技术、实施方法为一体的综合管理应用体系。

(2) ERP 使得企业的管理核心从"在正确的时间制造和销售正确的产品",转移到了"在最佳的时间和地点,获得企业的最大利润",这种管理方法和手段的应用范围也从制造企业扩展到了其他不同的行业。

(3) ERP 从满足动态监控,发展到了商务智能的引入,使得以往简单的事物处理系统,变成了真正具有智能化的管理控制系统。

(4) 软件结构而言,现在的 ERP 必须能够适应互联网,可以支持跨平台、多组织的应用,并和电子商务的应用具有广泛的数据、业务逻辑接口。

ERP 系统是整合企业管理理念、业务流程、基础数据、人力物力、计算机硬件和软件于一体的企业资源管理系统。

综上所述,ERP 是一种面向企业供应链的管理思想,可对供应链上的所有环节有效地进行管理,如订单、采购、库存、计划、生产制造、质量控制、运输、分销、服务与维护、财务管理、人事管理、实验室管理、项目管理、配方管理等。换言之,ERP 将企业内部所有资源整合在一起,对采购、生产、成本、库存、分销、运输、财务、人力资源进行规划,从而达到最佳资源组合,取得最佳效益。企业资源规划(ERP)的合理运用已经改变了企业运作的面貌。ERP通过运用最佳业务制度规范(Business Practice)以及集成企业关键业务流程(Business Processes)来提高企业利润,市场需求反应速度和企业竞争能力。

7.2.3 ERP 系统描述

1. ERP 系统拓扑结构

ERP 系统是一种科学管理思想的计算机实现,它强调对产品研究与设计、生产计划、作业控制、原材料采购、市场营销、供应、库存、财务和人事等方面进行集成优化的管理。其拓扑结构如图 7-3 所示,从 ERP 拓扑结构图可知,ERP 是以系统业务为导向,以价值链增值为主题,将企业的基础资源、需求链、供应链理论与竞争核心构成的三角形业务应用体系,再以业务应用为基础,构筑战略决策应用模式,形成三角形的应用价值体系。

ERP 系统覆盖了企业财务、销售、采购、客户关系、人力资源、生产制造、资产管理、工程项目、商业智能以及电子商务等业务,并针对一些特定企业如证券、银行、基金、保险、电信以及公共财政等提供行业应用方案。

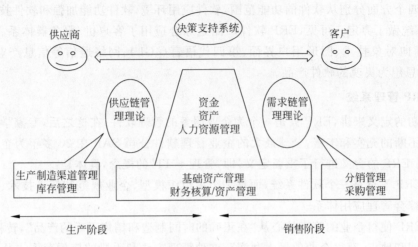

图 7-3　ERP 拓扑结构图

2. ERP 系统特点

从 ERP 拓扑结构可知，ERP 系统具有以下特点。

1）"社会一体化"的基本思想

ERP 系统是将企业的生存环境看做是一条供应商、企业本身、分销网络以及客户等各个环节紧密连接的供应链，企业内部又划分成几个相互协同作业的支持子系统，如生产制造、工程技术、质量控制、财务、市场营销、服务维护等，还包括对竞争对手的监视管理。较之以前的资源管理系统，它完全按用户需求生产，以新的角度重新定义供应商、生产商、分销商相互之间的业务关系，重新构建企业的业务和信息流程及组织结构，协调企业各子系统更加柔性（Flexible）、更加能动（Proactive）地响应市场的变化。

2）强大的系统功能

ERP 系统除了能够实现 MRP Ⅱ 的原有功能（制造、仓储、供销、财务等）以外，管理上更加适应企业多地点、多工厂、多国家生产经营的趋势，覆盖到多工厂管理、质量管理、实验室管理、设备维修管理、运输管理、过程控制接口、数据采集接口、电子通信（如采用 EDI、电子邮件等）、法规与标准、项目管理、金融投资管理、市场信息管理等几乎企业运营的所有领域。

3）灵活的应用环境

传统的 MRP-Ⅱ 系统把企业归类为几种典型的生产方式来进行管理，如重复制造、批量生产、按订单生产、按订单装配、按库存生产等，针对类型设计管理标准。而在 20 世纪 80 年代末、90 年代初，企业为紧跟市场的变化，纷纷从单一的生产方式向混合型生产发展。ERP系统则汇合了零散型生产和流程型生产的特点，能够很好地支持混合型生产环境，满足企业的多角化经营需求。

4）实时控制能力

MRP-Ⅱ 是通过计划的及时滚动来控制整个生产过程，一般只能实现事中控制。而ERP 系统强调企业的事前控制能力，可以将设计、制造、销售、运输等通过集成来并行地进行各种相关的作业，为企业提供了对质量、适应变化、客户满意、绩效等关键问题的实时分析能力。

3. ERP 系统组成

ERP 系统组成应从两个层面介绍,即技术层面和业务层面。

1）技术层面

ERP 系统通常包括四个主要组成部分。

（1）基础应用模块。ERP 系统将一些常用功能以标准模块的形式给出,这是 ERP 系统的主体部分。这些模块主要包括生产计划、物料管理、工厂管理、设备管理、质量管理、销售和分销、财务管理、成本控制、人力资源管理、项目管理等。

（2）客户化修改和二次开发工具。尽管 ERP 的核心思想是流程标准化,但不同企业的业务流程多少都会存在差异,不可能完全使用同样的流程。即使是使用标准流程,也要对系统大量复杂的参数进行配置。这样的工作往往非常复杂,工作量也很大。ERP 系统向用户提供一组完整的配置和再开发工具,帮助用户快速准确地实现客户化和进行完善、补充。

（3）接口系统。ERP 系统不是孤立而万能的系统,它需要与其他外部应用系统或开发环境之间通信。另外,系统还为用户预留好接口,以便用户利用 ERP 提供的开发工具自行开发特殊应用模块,并使之与系统本身的基础模块有机地连接起来。

（4）系统内核。这部分主要负责 ERP 系统与客户端、服务器端操作系统、底层 DBMS 等系统间的交互。提供操作系统功能请求及数据访问等功能。

2）业务层面

ERP 系统一般构成如图 7-4 所示。

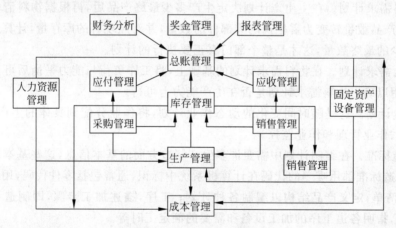

图 7-4　ERP 系统一般结构

从 ERP 定义及其拓扑结构图看,探讨 ERP 的功能要从基本功能、扩展功能两方面来看。基本功能是所有 ERP 系统软件必须提供的,强调将企业"内部"价值链上所有功能活动加以整合;扩展功能则是将整合的触角由企业内部拓展到企业的后端厂商和前端顾客,与后端厂商信息系统加以整合的是属于供应链管理（Supply Chain Management,SCM）方面的功能,加强整合前端顾客信息的则是属于顾客关系管理（Customer Relationship Management,CRM）和销售自动化（Sales Force Automation,SFA）方面的功能,现有电子商务（Electronic Commerce,EC）方面的解决方案。

本节着重探讨 ERP 的基本功能以及相应的模块组成。由于将企业"内部"价值链上所有功能活动加以整合必须涉及物流、信息流和资金流,一般的管理模块主要包括三方面的内容：生产控制（计划、制造）、物流管理（分销、采购、库存）和财务管理（会计核算、账务管理）。随着企业对人力资源管理的日益重视，人力资源管理也成为 ERP 系统的一个重要组成部分。

（1）财务管理模块

一般的 ERP 软件的财务管理模块分为会计核算和财务管理子模块。会计核算主要是记录、核算、反映和分析资金在企业经营活动中的变动过程及其结果。它由总账、应收账、应付账、现金、固定资产等组成。财务管理的功能主要是对基于会计核算的数据加以分析，从而进行相应的预测、管理和控制活动。它包括财务分析、财务计划和财务决策等。财务分析就是根据用户的需要进行财务绩效评估、账户分析等；财务计划就是根据前期财务分析做出下期的财务计划、财务预算等；而财务决策则是作出有关资金的决策，包括资金筹集、投放及资金管理。

（2）生产控制管理模块

这一部分是 ERP 系统的核心，它将企业的整个生产过程有机地结合起来，使得生产流程连贯顺畅，提高生产效率。生产控制管理是一个以计划为导向的生产管理方法。首先企业确定一个总生产计划，经过系统层层细分后下达到各部门去执行；生产部门据此生产，采购部门据此采购等。该模块通常包括：

① 主生产计划。根据生产计划、预测和实际客户订单的录入来安排各周期内要提供的产品种类和数量。它将生产计划转换为产品计划，是在平衡了物料和能力的需求后，精确到时间、数量的详细的进度计划，是企业在一段时期内的总体活动的安排。

② 物料需求计划。在主生产计划决定生产多少最终产品后，再根据物料清单把整个企业要生产的产品数量转变为需生产的零部件的数量，并对照现有的库存量，计算还需加工多少，采购多少的最终数量，这才是整个部门真正要执行的计划。

③ 能力需求计划。在物料需求计划的基础上，将工作负荷与能力平衡后可产生详细的工作计划，用以确定物料需求计划是否在生产能力上可行。

④ 作业计划。这是随时间变化的动态作业计划，将作业分配到具体的生产部门，再进行作业排序、作业管理和作业监控。

⑤ 制造标准。在编制计划中需要许多生产制造方面的基本信息，这些基本信息就是制造标准。制造标准都用唯一的代码在计算机系统中标识，通常包括零件代码，用来管理物料资源；物料清单，定义产品结构以编制各种计划；工序，描述加工步骤，即制造和装配产品的操作顺序，指明各道工序的加工设备和需要的额定工时等。

（3）物流管理模块

物流管理通常包括分销、库存和采购管理。分销管理大致具有如下功能。

① 对客户信息的管理和服务。包括建立客户信息档案，对其进行分类管理，进而展开针对性的客户服务，以达到高效率地保留老客户、争取新客户。值得关注的是新近推出的 CRM（客户关系管理）软件，ERP 与它的结合必将提高企业的效益。

② 对销售订单的管理。销售订单是 ERP 的入口，所有的生产计划都是根据它制定并进行计划生产的。销售订单的管理贯穿产品生产的整个流程。它包括客户信用审核及查询、产品库存查询、产品报价、订单输入、变更及跟踪分析、交货期的确认及发货安排等。

③ 对销售数据的统计与分析。根据销售订单的完成情况，依据各种指标做出统计，比如客户分类统计、销售代理分类统计等，根据这些统计结果对企业的销售效果进行评价。具

体包括销售统计(根据销售形式、产品、代理商、地区、销售人员、金额、数量等分别进行统计)、销售分析(包括对比目标、同期比较和订货发货分析,从数量、金额、利润和绩效等方面进行相应分析)和客户服务统计与分析(客户投诉记录、原因分析)。

库存控制能够结合相关部门的需求,随时间变化动态地调整库存,精确地反映库存现状。具体功能包括为所有的物料建立库存文件,决定何时订货采购,为采购部门和生产部门作计划提供依据;对收到的定购物料、产品检验入库;对收发料的日常业务进行处理。

采购管理能够随时提供订购、验收的信息,用最新的成本信息来调整库存的成本,以保障货物供应。该模块具体包括对供应商的能力、信誉等信息进行查询;跟踪和催办外购或委托外加工的物料;对采购和外加工进行统计,计算成本;对原料价格进行分析,调整库存成本等。

(4) 人力资源管理模块

随着人力资源在企业资源中的地位提高,人力资源管理作为一个独立的模块加入到 ERP 系统中,和财务、生产、库存等一起组成一个高效集成的企业资源系统。它的功能如下:

① 人力资源规划的辅助决策。可以对企业人员和组织编制方案进行模拟、分析和评估,辅助管理者最终决策。该模块可以制定职务模型,包括职位要求、升迁路径和培训计划。可以进行人员成本分析,对过去、现在、将来的人员成本作出分析和预测,并通过 ERP 集成环境为企业成本分析提高依据。

② 招聘管理。招聘管理系统一般从以下几个方面提供支持:进行招聘过程的管理,优化招聘过程,减少业务工作量;对招聘成本进行管理,降低招聘成本等。

③ 薪资核算。根据企业跨地区、跨部门、跨工种的不同薪资结构及处理流程,制定与之相适应的薪资核算方法;与时间管理直接集成,对员工的薪资核算及时更新;通过和其他模块的集成,自动实现薪资结构及数据的调整等。

④ 工时管理。根据日历安排企业的运作时间和劳动力的作息时间表;运用网络考勤系统将员工的实际出勤状况记录到主系统中,把员工薪资、奖金等有关的时间数据导入薪资系统和成本核算中。

⑤ 差旅核算。系统能够自动控制差旅申请、差旅批准到差旅报销的整个流程,并且通过集成环境将核算数据导进财务成本核算模块中。

7.3　供应链管理

7.3.1　供应链管理概述

1. 供应链的概念

供应链目前尚未形成统一的定义,许多学者从不同的角度出发给出了许多不同的定义。早期的观点认为供应链是制造企业中的一个内部过程,它是指把从企业外部采购的原材料和零部件,通过生产转换和销售等活动,再传递到零售商和用户的一个过程。传统的供应链概念局限于企业的内部操作层上,注重企业自身的资源利用。

有些学者把供应链的概念与采购、供应管理相关联,用来表示与供应商之间的关系,这种观点得到了研究合作关系、JIT 关系、精细供应、供应商行为评估和用户满意度等问题的学者的重视。但这样一种关系也仅仅局限在企业与供应商之间,而且供应链中的各企业独立运作,忽略了与外部供应链成员企业的联系,往往造成企业间的目标冲突。

后来供应链的概念注意了与其他企业的联系,注意了供应链的外部环境,认为它应是一个"通过链中不同企业的制造、组装、分销、零售等过程将原材料转换成产品,再到最终用户的转换过程",这是更大范围、更为系统的概念。例如,美国的史迪文斯(Stevens)认为:"通过增值过程和分销渠道控制从供应商的供应商到用户的用户的流就是供应链,它开始于供应的源点,结束于消费的终点"。

2. 供应链管理概念

供应链管理的研究最早是从物流管理开始的,随着垂直一体化物流的深入发展,对物流研究的范围不断扩大,在企业经营集团化和国际化的背景下,美国人 Michael Porter 首先提出了"价值链"的概念,并在此基础上,形成了比较完整的供应链理论。随着对供应链认识的不断加深,对供应链的定义也不断丰富,但到目前为止尚未形成统一的定义。一些专家学者从注重完整性,注重核心企业和注重网链三个角度出发给出了许多不同定义。如伊文斯(Evens)认为:"供应链管理是通过前馈的信息流和反馈的物料流及信息流,将供应商、制造商、分销商、零售商,直到最终用户连成一个整体的模"。这些定义都注意了供应链的完整性,考虑了供应链中所有成员操作的一致性(链中成员的关系)。

从考虑整体功能出发,供应链管理是围绕核心企业,通过对信息流、物流、资金流的控制,从采购原材料开始,制成中间产品以及最终产品,最后由销售网络把产品送到消费者手中的将供应商、制造商、分销商、零售商、直到最终用户连成一个整体的功能网链结构模式。

从组织结构来看,供应链是一个范围更广的企业结构模式,它包含所有加盟的节点企业,从原材料的供应开始经过不同企业的制造加工、组装、分销等过程直到最终用户。它不仅是一条连接供应商到用户的物流链、信息链、资金链,而且是一条增值链。物料在供应链上因加工、包装、运输等过程而增加其价值给相关企业都带来收益。其模型结构示意图如图 7-5 所示。

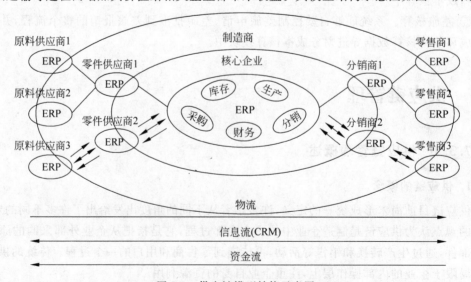

图 7-5　供应链模型结构示意图

7.3.2 SCM 的原理

SCM 的理论依据是：战略合作伙伴关系、双赢策略、拉式模式等。

1. 战略合作伙伴关系

企业与企业之间在传统管理中往往处于一种对立的状态。这种对立表现在合同谈判、签订协议、价格争论等各个方面。双方互不信任、相互设防，总之处于一种非伙伴关系的状态。

然而，随着社会的进步，这种现象在逐步消失，取而代之的是各成员之间建立一种长期的亲密关系，它是供应链各个成员之间建立的协作关系，在这个基础上，成员内部的企业之间的业务流程趋向集成。这是一种共担风险、共享收益、共享资源的关系，成员们有着共同的目标，长期的合作关系。这种关系不同于双方的交易活动，它可以使双方获得长期的利益，双方步调更加一致。

建立战略合作伙伴关系可以使产品增值，也可以促进销售，相互利用资源，加强技术合作，相互学习，取长补短，长期交流，计划更加周密，有利于产品质量的提高，成本的降低。

1）相互信任

从交易关系走向伙伴关系的基础是信任，各方首先应从协议方面、能力方面以及信誉方面取得相互信任，才能真正结成联盟。

2）解决矛盾

建立战略合作伙伴关系之后，并不等于一切问题都解决了，实际上合作双方之间还会产生新的矛盾，新的冲突。例如分配利益上的矛盾等。因此，需要在共同目标的基础上建立矛盾解决机制。

3）权力运用

解决供应链上的问题一般可采用协商的方法。然而，当供应链中企业力量悬殊较大，企业影响力相差甚远时，一些企业在供应链中地位上升，此时，地位高的企业很可能利用权力获取更高的利润，这将使战略合作伙伴关系受到很大伤害。

2. 双赢原理

1）双赢策略的概念

双赢（Win-Win）原理是指在市场中，并非一方损失，另一方获利，而是双方均有收益。例如：零售商不一定依赖压底进价的方式来增加利润，以致伤害了制造商的利益。制造商也不一定要靠压低原材料进价的方式来降低成本，以致伤害了供应商的利益。零售商和制造商利润可以通过供应链上的信息共享和快速反应，使商品畅销而得到。这样零售商、制造商和供应商等各方面均没有受到伤害。供应链成员之间不存在利害关系的冲突，而是共同创造新利益的合作伙伴关系。这种没有胜败，共同取胜的理念称为双赢。

2）双赢原理的应用

要想建立双赢关系，必须具备一定的条件。首先是合作双方目标要一致；其次是要求共同创造效益；此外，还需要共同分配收益。

要想建立双赢关系，合作双方必须具有一个共同的目标，例如增加销售额是零售商、制造商和供应商的共同愿望。零售商希望消费者多购商品，制造商希望零售商多进货，供应商则希望制造商多购买原材料。因此，增加销售额是一个统一目标，并不断分解，可以找到实现这一目标的方法。

3. 拉式供应链

1）推式供应链

在传统管理中,往往是以制造商为中心,由制造商根据市场订单和经验预测来制定生产计划,销售计划和物料供应计划,然后,再将这些计划下推至零售商,上推至供应商。因此,零售商、供应商与制造商在供应链上结合是否紧密就完全取决于制造商了。在这种情况下,制造商为了降低预测风险,必须加大库存量。同样,零售商为了保证销售,也不得不加大库存量,无形中增加了成本,不得不以压低价格的方式将增加的成本转嫁给制造商。即使客户消费是稳定的,但是由零售商至制造商、供应商的订货量都是不稳定的,也就是说,越是供应链上游,订货量的波动就越大。所以,以制造商为中心的方式实质上是由供应商到零售商的一种推式供应链。

推式供应链不能满足需求波动,而为了应付需求波动,库存冗余度较大,积压较多,造成产品过时,滞销产生。

2）拉式供应链

在现代管理中,如何削减库存是人们所关注的问题,因为降低库存意味着它将大大降低成本,这是供应链管理的最终目标。在现代生产管理中,制造商以客户为导向来组织生产,因为需求来源于实际,数据更加准确,整个供应链上的提前期大为缩短,需求波动的影响也将变小。这种以客户为中心,真正由客户驱动生产的是一种拉动的方式,生产目标由下游客户来拉动,称拉式供应链。

拉式供应链能满足客户需求,使库存处于最佳状态,是一种先进的管理技术。

7.3.3　SCM 软件系统描述

1. SCM 系统的特点

传统管理手段提供的优化方案可能使局部成本最小,但无力处理企业供应链中的复杂关系,控制整体运作的综合成本。必须采用大规模优化工具管理企业供应链,打破功能性限制,使企业和合伙人跨越界限优化计划和执行;通过供应链驱动一致的信息和处理流程,把供应商和制造商的相互需求和技术集成在一起,实现从以产品/物流为核心向以集成/合作为核心的转化。

1）涉及了采购、生产、分销等不同的业务过程

计划:监控供应链,管理所有资源,使之能够有效而低成本地为客户提供高质量和高价值的产品或服务。

采购:与供应商建立一套定价、配送和付款流程,进行监控和改善管理,包括提货、核实货单、转送货物、批准对供应商的付款等。

制造:安排生产、测试、打包和准备送货所需的活动,是供应链中测量内容最多的部分,包括质量水平、产品产量和工人的生产效率等。

配送:调整用户订单收据,建立仓库网络,递送人员提货并送货到客户,建立货品计价系统,接收付款。

退货:问题处理部分。建立网络接收客户退回的次品和多余产品,在客户使用产品出

问题时提供支持。

以上业务过程与销售、采购、财务、运营/管理、物流/库存等关键功能模块紧密相关,比如财务部门准备票据,而销售部门控制装运和票据处理。通过 ERP 系统实现业务流程与功能模块的集成,建立企业内部供应链体系,是实现整个供应链的基础。

2)SCM 实现外部与内部系统集成

SCM 较好地通过管理信息流、产品流和需求流的合理流动,实现内部与外部的集成,包括 SCP(供应链计划)和 SCE(供应链执行)两个部分。

最有价值(最复杂和最易出错)的是需求计划,它决定着企业需要制造什么样和多少产品。SCP 软件运用数学运算辅助改进供应链的流转和效率,降低库存,其精确性完全依赖于信息。

SCE 软件用于实现供应链各个部分的自动化,使操作简单明了,如企业为了获得原料,可以从制造工厂发送电子订单给供应商。

通常,SCM 的供应链管理功能经由不同的组件组成的系统来实现,包括高级计划和优化(APO)、企业采购(BBP)、商贸信息数据仓库(BW)、后勤执行系统(LES)、原料管理(MM)、产品计划(PP)、销售和配送(SD)。

3)采用专项手段实现专门管理

SCM 大量采用各种先进的管理和技术,它们是革新供应链的基本手段,包括:

(1)通过 JIT、TQM 等先进管理技术,促使供应商进行管理革新、提升设计能力,管理和控制中间供应商网,保证交货的可靠性和准确性。

(2)通过融入代理技术和调频识别技术(RFID),使供应链穿越传统界限并进一步延展,增强供应链管理系统的可视性,有效应对变化莫测的市场。

(3)借助因特网技术拓展供应链应用,为企业、合伙人和客户提供可见的交易评价数据,提供订购、预报、产品计划等关键指标的即时指示器,使企业掌握存货水平和供应速度,强化提高服务质量的能力和减少存货所需资本的能力。

(4)其他专项管理手段包括采购管理系统(EPS)、供货商关系管理系统(SRM)、仓库管理系统(WMS)、运输管理系统(FMS)、销售管理系统(SMS)、订单管理系统(OMS)、需求计划系统(DP)等。

2. SCM 系统的典型功能

供应链管理的功能主要由采购管理、产品管理、库存管理、销售管理、客户关系管理(包括渠道管理)、预算管理、竞争对手分析、信息管理、系统管理(包括内部用户权限管理、系统模板选择、系统基本设置)功能等几部分组成。

1)采购管理

采购管理系统包括生产资料和非生产资料等各种业务采购。

采购企业可以通过虚拟的在线产品目录,迅速而实时的访问产品信息;通过价格和品质的比较,选定产品供应商;通过在线交易来实现传统采购交易中的多种功能,降低采购周期与成本,保证自身业务高效地进行。对于专业的采购人员,他们可以通过系统对库存状况的分析来评估供应商的实力;实时而迅速地了解供应商的信息,避免传统交易中的种种障碍,对于采购时间有限定的产品极为有利。

采购管理一般包括以下内容:

（1）目录管理。建立买方私有目录,查询产品信息及供应商。

（2）请购管理。生成请购单,可以根据常用的采购行为设置请购模板。

（3）采购单管理。由请购单汇总成采购单及采购协议的维护。

（4）询价模块。根据采购类型按照不同流程获取产品价格。询价单的内容包括供应商名称和产品名称、数量、期望交货日期、截止日期、要求等。

（5）送货地点、备注、附件、送货方式和付款方式(可选)。询价回应的内容包括数量范围、是否包括运费、询价回应的有效期。

（6）审批管理。根据审批流程实现对采购的审批。

2) 产品管理

用户可以方便地在网上查询产品分类、新产品介绍、产品价格、产品库存(相关的供求情况)等,也可以通过产品的搜索引擎进行查找。后台进行产品信息的录入、删除、修改。

3) 库存管理

完成出入库管理、分仓管理(仓库档案增改删)、存量查询(一览表、汇总、明细)、盘点结存、移库调拨、残损管理、退换货管理、安全库存管理等库存业务管理的基本过程。

4) 销售机构管理

任意设置销售区域及区域的层次关系,加强对各区域的分级管理。用户还可根据需要建立适合自己的多层组织结构,定义组织职能和组织关系,进行人员配置,设置人员权限,管理人员信息。部门、人员的组织层次、角色、权限都可以任意划分,可以灵活地实现组织与部门的重组。

5) 销售管理

销售管理是对分销业务进行管理的主要功能,包括销售流程的管理、产品价格的管理、促销管理以及退换货管理。

（1）销售流程的管理(订单管理)。客户在网上进行选购的过程实现,在线支付、状态查询等。

（2）产品价格的管理。从后台管理产品的报价,针对不同的客户(等级)设定产品不同报价(折扣)。

（3）促销管理。返点的申请,销售人员根据各级代理商和经销商的业绩,为他们申请返点,管理人员对返点申请进行审批,审批有效后系统自动把返点加在代理商和经销商账户上。返点可在系统中冲减应收款,以及返点的查询明细情况等。

（4）退换货管理。申请表单流程处理。

6) 订单管理

对于客户下的订单通过订单履行来完成,即订单的处理,订单的确认、订单状态管理,包括取消、付款、发货等多种状态,以及订单出库和订单查询等。

7) 销售统计

可以通过销售统计查询某个产品、某地区的下级分销商、到某个下级分销商的销售情况,还可形成周/月报表。

8) 竞争对手分析

竞争对手的存在经常会阻碍销售的顺利进展,甚至会直接因此而造成销售失败,所以知己知彼就显得尤为关键。在这个模块中,将允许输入并查看竞争对手的产品、部件、价格、企业情报,并允许与竞争对手进行企业实力与背景、产品、价格等的比较,包括竞争对手产品、价格、市场策略等收集分析。

9)信誉额度管理

管理客户的信誉额度,信誉额度用来约束客户在使用先取货后付款方式下可以成交订单的最大金额,以控制风险。

10)渠道健康状况监测

如货物周转周期过长或有货物超期未到,信用透支严重等,可以用颜色报警。以及基于渠道的销售统计:日常交易量、查询交易明细、渠道成本、流通率、效率计算等。客户的反馈及投诉、建立在线的客户服务,解决客户的投诉和反馈信息。

11)预算和计划

根据企业业务要求,参考本月发生额,就下个月份的资金(进出)、库存(进出)、人员、运输等因素进行预算申请及相应的业务计划,并通过内部流程的审批。

12)分析和预测模块

对销售管道中的线索来源、销售机会、销售进度、账户区域分布、客户组织结构等进行图表分析,能够最直观地展现销售业绩,便于销售人员和经理人员及时发现问题的关键所在,正确做出决策。

7.4 客户关系管理

7.4.1 客户关系管理概述

1. 客户关系管理产生的背景

客户关系管理(Customer Relationship Management,CRM)的产生是市场竞争对客户资源的重视、企业管理运营模式的更新、企业核心竞争力提升的要求、电子化和信息化基础等几方面因素推动和促成的。

1)市场竞争的必然结果

由于产品高低的差距日益缩小,而客户将目光投向了服务,客户对服务的要求不断地提升。所以,企业的注意力就从产品转向客户。另外,激烈的市场竞争要求企业尤其是拥有庞大客户群体的企业,必须树立"以客户为中心"的经营管理理念,只有建立并维持良好的客户关系,才能在市场中长期拥有至关重要的客户资源。

2)管理运营模式的更新要求

首先,企业管理战略从市场占有率转向客户占有率。企业以往注意在市场上的占有率,以此来衡量企业的效率。而市场占有率是经常在变动的,因为一旦客户的要求得不到满足时,大批客户就会离你而去。因此,只有客户占有率高,特别是长期客户占有率高,企业管理战略目标才能达到。其次,管理成果的标志从投资回报率转向客户保持率。由于不同时期同样管理方式、同样投资的回报率可以是不同的,如果用客户保持率考核企业经营的好坏,就避免了这种现象。再次,企业目前的运营制度体系及管理流程中出现了一系列传统管理方式方法难以解决的问题,要求企业必须更新经营管理模式,才能实现业务的自动化或技术辅助式运行,形成与客户全面接触、全程服务的统一平台。

3) 企业核心竞争力提升的需要

核心竞争力建设要求企业必须以全面管理客户关系为主线,提高客户满意率为目的,集成各种面向客户的信息开展业务活动。如果说企业资源规划(ERP)等系统和工具帮助企业理顺了内部流程、削减了成本、可实现事务处理自动化(OLTP)的话,那么,企业将更需要能帮助其全面联系外部客户、把握市场、提高客户满意率的 CRM 工具。

4) 信息技术发展的驱动

先进的技术支持使得客户关系管理的实现成为可能。Internet 和数据库等技术被日益广泛地应用于企业的信息系统构建和辅助管理上,包括从传统的办公事务自动化(OA)发展到决策支持(DS)、商业智能(BI)等。

以客户为中心、客户占有率、客户保持率和客户满意率都是围绕客户而言的。客户关系管理正是在这样的背景下应运而生的,并被视作电子商务的主要推动力量,将领导电子商务的革命性进程。

2. 客户关系管理的定义

客户关系管理。最早发展客户关系管理的国家是美国,这个概念最初由 Gartner Group 提出来,在 1980 年初便有所谓的"接触管理"(Contact Management),即专门收集客户与公司联系的所有信息,到 1990 年则演变成包括电话服务中心支持资料分析的客户关怀(Customer Care)。最近开始在企业电子商务中流行。

关于 CRM 的定义,不同的研究机构有着不同的表述。

最早提出该概念的 Gartnet Group 认为:所谓的客户关系管理就是为企业提供全方位的管理视角;赋予企业更完善的客户交流能力,最大化客户的收益率。

美国著名的分析机构 Hurwitz group 认为:CRM 的焦点是自动化并改善与销售、市场营销、客户服务和支持等领域的客户关系有关的商业流程。CRM 既是一套原则制度,也是一套软件和技术。它的目标是缩减销售周期和销售成本、增加收入、寻找扩展业务所需的新的市场和渠道以及提高客户的价值、满意度、赢利性和忠实度。CRM 应用软件将最佳的实践具体化并使用了先进的技术来协助各企业实现这些目标。CRM 在整个客户生命期中都以客户为中心,这意味着 CRM 应用软件将客户当做企业运作的核心。CRM 应用软件简化协调了各类业务功能(如销售、市场营销、服务和支持)的过程并将其注意力集中于满足客户的需要上。CRM 应用还将多种与客户交流的渠道,如面对面、电话接洽以及 Web 访问协调为一体,这样,企业就可以按客户的喜好使用适当的渠道与之进行交流。

而 IBM 则认为:客户关系管理包括企业识别、挑选、获取、发展和保持客户的整个商业过程。IBM 把客户关系管理分为三类:关系管理、流程管理和接入管理。

从管理科学的角度来考察,客户关系管理(CRM)源于市场营销理论;从解决方案的角度考察,客户关系管理(CRM)是将市场营销的科学管理理念通过信息技术的手段集成在软件上面,得以在全球大规模的普及和应用。

作为解决方案(Solution)的客户关系管理(CRM),它集合了当今最新的信息技术,它们包括 Internet 和电子商务、多媒体技术、数据仓库和数据挖掘、专家系统和人工智能、呼叫中心等。作为一个应用软件的客户关系管理(CRM),凝聚了市场营销的管理理念。市场营销、销售管理、客户关怀、服务和支持构成了 CRM 软件的基石。

综上所述,CRM 有三层含义:

(1)体现为新态企业管理的指导思想和理念;企业将在 CRM 理念指导下,创新并建设以客户为中心的商业模式,通过整合企业内外资源、集成并应用 CRM 管理系统,确保企业利润增长和客户满意的实现。

(2)是创新的企业管理模式和运营机制;旨在通过改善与客户的关系,提高企业营销、销售、服务等与客户密切相关业务的效率和效益。企业建立和应用客户关系管理系统,在动态运营中就可以及时识别发生于企业产品、服务与客户间的交互关系,使营销、销售、客户服务以及决策等诸多业务领域形成彼此协调、互为支持的全新局面。

(3)是企业管理中信息技术、软硬件系统集成的管理方法和应用解决方案的总和。它既是帮助企业组织管理客户关系的一系列信息技术、方法和手段,又是运用信息技术对企业涉及销售、营销、客户服务等业务流程自动化的软件乃至硬件系统。

其核心思想就是:客户是企业的一项重要资产,客户关怀是 CRM 的中心,客户关怀的目的是与所选客户建立长期和有效的业务关系,在与客户的每一个"接触点"上都更加接近客户、了解客户,最大限度地增加利润和利润占有率。

客户关系管理(CRM)是选择和管理最有价值客户关系的一种商业策略。CRM 要求以客户为中心的商业哲学和企业文化来支持有效的营销、销售以及服务流程。如果企业拥有正确的领导、策略和企业文化,CRM 应用将为企业实现有效的客户关系管理。

7.4.2　CRM 的原理

CRM 之所以能够得到迅速发展是和 CRM 所基于的理论分不开的,CRM 的基本原理涉及客户价值、"一对一"服务、定位客户类型和拉式模式等方面。

1. 重视客户价值

在当今以客户驱动的市场中,人们不再仅仅关心产品质量,准时交货的问题,而更多是迫切需要了解以下信息:什么样的新客户对产品有兴趣;他们更容易接受哪种销售方式;哪些客户对报价有反应;哪些客户是企业长期客户;哪些客户容易投向竞争对手……这些信息是客户对产品、服务和无形资产的满意程度的反应。这种反应是很有价值的,它来自客户,也就是客户价值。

客户对产品的感觉,反映在对产品的选择,产品的报价方面;客户对服务的感觉,反映在增值服务的提供方式,增值服务的提供品种方面。这些感觉若是比较好的话,则客户满意度就会比较高。当然,客户满意度并不等于客户忠诚度,企业不仅希望客户满意度高,更希望客户忠诚度也高。

当企业提供的产品和服务越有价值,客户对企业也就越忠诚。然而这个价值没有统一的标准,因为客户的需求是不一样的。企业必须了解客户真正需要什么。例如有的客户要求企业具有良好的信誉度;有的客户要求企业具有优秀的员工;还有的客户要求企业提供一些特殊的服务……因此,企业只有通过对客户信息的调查研究,做出有价值的分析,根据客户的不同要求,为他们提供不同的附加值。

重视对客户价值的管理可以显著地提高企业盈利的能力。因此,企业越来越重视客户的价值,并建立以它为导向的战略来改善业绩,争取保留及发展最有价值的客户。要让客户参与价值的创造活动,只要客户使用了企业的产品并接受了企业的服务,产品和服务就有价值,而利润则来自客户所创造的价值。

当然,要有效地利用客户价值,还必须克服组织、技术、分析中的一些障碍。因为以产品为导向的传统思维模式和组织会成为以客户为导向的行动的阻力。

对客户价值的了解需要通过与客户交流而得到,而信息技术的发展又为这种交流提供了很好的工具。企业通过在 Internet 上与客户互动式交流,可以对客户有个全面的认识、持续的了解和深入的分析。

要实现客户价值管理,企业可以制订一份新的业务计划,计划一个新的业务流程,通过各种渠道,获得客户关系信息,建立客户盈利潜力核算模型,分析客户行为,了解客户真正的价值,为不同客户设计不同的业务规则和措施,在所有与客户接触点上提供全套服务。

2. 应用"一对一"的理论

在传统的经营活动中,是通过千篇一律的客户调查表;淡季打折的广告;形形色色的优惠卡等一些群体方式来争取客户。然而,客户调查表给客户增加了填写负担,微利打折广告;客户对其兴趣不大;优惠卡增添了携带负担。总之,这些以金钱方式向客户购买忠诚度的方法是行不通的,它只是一种奖励式的单向交流而已。企业不会与客户建立起一种以填表、优惠卡等为基础的关系,而应建立起一种互相信任,互相了解,尊重客户,关心客户,倾听客户意见的一种友好关系。

取代以上营销方式的是"一对一"的个性化服务。这种方式将企业与客户之间的简单交易行为转化为解决方案的服务。而 CRM 正是建立在以客户关系"一对一"理论基础上的个性化服务。

不同客户的价值观是不一样的,各个客户的需求也是不一样的。因此,企业应该开展一种个性化服务去满足不同客户的要求。具体的做法是:同每个客户建立关系;同每个客户进行交流;了解客户的特殊需求;甚至于他们的兴趣和爱好。在客户关系的整个生命周期中跟踪客户:通过收集工作汇总客户信息,建立客户档案,做到了解每个客户,关系每个客户,满足每个客户,做到为不同的客户提供不同的服务。只有这样,才能真正留住客户,保留企业的发展资源。

3. 定位客户类型

企业所面对的无数客户,无论是老客户、新客户、潜在客户、还是回头客户,都需要企业"一对一"地认真对待。除此之外,更重要的是企业还必须对客户的类型进行进一步分析。

从客户关系角度来看,客户的类型可以分为以下两种。

1) 关系客户

关系客户和供应商是一种依赖关系,他们关系的是产品的质量和服务,购物环境、购物所花费的时间和精力,他们希望找到一家公司,双方能建立一种长期友好的关系,供应商能够"一对一"地为他们服务,而且是终生服务的关系。至于价格,不是主要考虑的因素。毫无疑问,这类型的客户能给企业带来可观的利润,客户的忠诚度将会很高,是价值较高的客户,属于高利客户。

2) 交易客户

交易客户和供应商纯粹是一种买卖关系。他们唯一关心的是产品的价格和打折的动向,至于购物所花费的时间和精力,他们并不太关心。当价格不合适时,他们会转移采购的方向,所以谈不上什么客户忠诚度。因此,这类型的客户能给企业带来的利润较底,属于低利客户。

当企业了解了以上两种客户的情况之后,一定会从中得到一个结论:那就是要千方百计地呵护好关系客户,将营销工作目标对准关系客户。在营销过程中,给他们以特别的待遇,为他们提供特殊的照顾。应将营销的费用和时间主要投放在此类客户身上。

在关系客户中又可分为给公司创造最大利润的关系客户;可能给公司创造最大利润的关系客户和将要失去价值的关系客户三种类型。当然,在这三种类型中,企业应该将目光投向给公司创造最大利润的关系客户身上。

4. 推行拉式模式

在物资短缺时代,实行的是推式的市场模式。推式模式往往是由预测来启动的,根据预测的需求产生产品的需求,然后推向客户,即由企业来引导市场的需求,通过库存来调节市场的需求。在推式市场结构中,企业为主动,客户为被动。企业从中可以得到部分的效益。

推式模式的主要优点是企业资源利用具有可预测性,其主要缺点是由于这种预测很可能不准确,因此就有可能产生呆滞产品,这些存货将会给企业带来一定的风险,因为过多的产品堆积使客户对产品销售更加敏感,销售额反而减少,以至造成销售的恶性循环。

在物资丰富的时代,实行的是拉式的市场模式,拉式模式往往是由客户需求来启动的,由客户的需求产生产品的需求。它是一种将需要的产品,在需要的时间,按需要的数量供给客户的市场模式,又称为及时系统(Just In Time,JIT)。拉式市场模式是由客户引导市场的需求,在拉式市场结构中客户为主动,企业为被动,企业向客户让利,并不断地创造新的资源和新的需求。

拉式模式的主要优点需求准确,库存降低,甚至达到零库存,因此成本下降,其主要缺点是对预期的需求反应不够迅速。

CRM 的新概念是建立在拉式市场模式之上的,客户是主动的,销售人员采取的是耐心倾听客户需要的销售方式,因此,销售人员处于被动的地位。拉式市场模式是一种较有利的模式,能够通过客户与销售人员的交流,做到更好地沟通,便于企业了解客户的感觉,掌握市场脉搏,取得较大的效益。

7.4.3　CRM 软件系统描述

集成了 CRM 管理思想和最新信息技术成果的 CRM 软件系统,是帮助企业最终实现以客户为中心的管理模式的重要手段。在此首先描述了 CRM 软件系统的一般模型,然后根据模型,进一步对 CRM 软件系统的结构和功能作详细分析。

1. CRM 软件系统的一般模型

CRM 软件系统的一般模型反映了 CRM 最重要的一些特性,如图 7-6 所示。

这一模型阐明了目标客户、主要过程以及功能之间的相互关系。CRM 的主要过程由市场、销售和服务构成。首先,在市场营销过程中,通过对客户和市场的细分,确定目标客户群,制定营销战略和营销计划。而销售的任务是执行营销计划,包括发现潜在客户、信息沟通、推销产品和服务、收集信息等,目标是建立销售订单,实现销售额。在客户购买了企业提供的产品和服务后,还需对客户提供进一步的服务与支持,这主要是客户服务部门的工作。产品开发和质量管理过程分别处于 CRM 过程的两端,提供必要的支持。

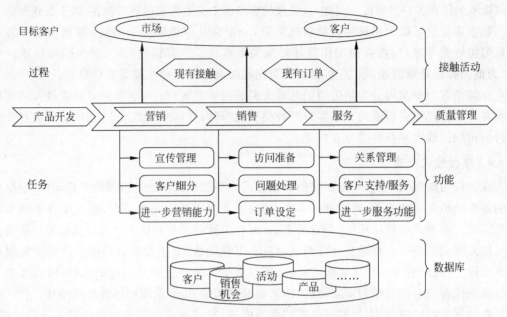

图 7-6　CRM 软件系统的一般模型

在 CRM 软件系统中,各种渠道的集成是非常重要的。CRM 的管理思想要求企业真正以客户为导向,满足客户多样化和个性化的需求。要充分了解客户不断变化的需求,必然要求企业与客户之间要有双向的沟通,因此拥有丰富多样的营销渠道是实现良好沟通的必要条件。

CRM 改变了企业前台业务运作方式,各部门间信息共享,密切合作。位于模型中央的共享数据库作为所有 CRM 过程的转换接口,可以全方位地提供客户和市场信息。过去,前台各部门从自身角度去掌握企业数据,业务割裂。而对于 CRM 模型来说,建立一个相互之间联系紧密的数据库是最基本的条件。这个共享的数据库也被称为所有重要信息的"闭环"(Closed-loop)。由于 CRM 系统不仅要使相关流程实现优化和自动化,而且必须在各流程中建立统一的规则,以保证所有活动在完全相同的理解下进行。这一全方位的视角和"闭环"形成了一个关于客户以及企业组织本身的一体化蓝图,其透明性更有利于与客户之间的有效沟通。这一模型直接指出了面向客户的目标,可作为构建 CRM 系统核心功能的指导。

2. CRM 软件系统的组成

根据 CRM 系统的一般模型,可以将 CRM 软件系统划分为接触活动、业务功能及数据库三个组成部分。

1) 接触活动

CRM 软件应当能使客户以各种方式与企业接触,典型的方式有 Call Center、面对面的沟通、传真、移动销售(Mobile Sales)、电子邮件、Internet 以及其他营销渠道,如金融中介或经纪人等,CRM 软件应当能够或多或少地支持各种各样的接触活动。企业必须协调这些沟通渠道,保证客户能够采取其方便或偏好的形式随时与企业交流,并且保证来自不同渠道的信息完整、准确和一致。今天,Internet 已经成为企业与外界沟通的重要工具,特别是电子商务的迅速发展,促使 CRM 软件与 Internet 进一步紧密结合,发展成为基于 Internet 的应用模式。

2) 业务功能

企业中每个部门必须能够通过上述接触方式与客户进行沟通,而市场营销、销售和服务部门与客户的接触和交流最为频繁,因此,CRM 软件主要应对这些部门予以支持。

然而,并不是所有的 CRM 软件产品都能覆盖所有的功能范围。一般地,一个软件最多能够支持两至三种功能,如市场营销和销售。因此,在软件评价中,功能范围可以作为决定性的评判依据。表 7-1 给出了 CRM 软件各业务功能子系统较为详细的描述。

表 7-1　CRM 软件系统的业务功能描述

市　场	销　售	服　务
宣传管理,直接营销 • 选择判据的确立 • 定义接触渠道 • 设计、计划、展开一项宣传或活动 • 反馈处理 • 生成进度计划	访问准备 • 获得信息,需求分析 • 制作演示和样本 • 客户接触计划(如根据进度计划) • 提取客户信息 • 投资建议,样本组合或行情信息	关系管理 • 附加服务的识别和了解 • 识别和了解进一步的潜在客户需求 • 知道客户考虑新的产品或服务
客户评价 • 打分 • 客户评价 • 客户潜力分析 • ABC 分析 • 措施计划	问题处理及方案提供 • 客户数据控制 • 咨询系统 • 针对特定客户提供产品方案 • 进度计划的理解与形成	客户支持与服务 • 问题处理(支付路径) • 答复 • 客户状态控制 • 投诉管理 • 掌握客户愿望 • 整体的费用结算
进一步的市场营销功能 • 广泛收集有关投资策略、市场研究结果、市场分析、竞争者及外部数据来源的信息 • 客户及市场细分 • 市场机会的早期识别	订单设定 • 订单的识别掌握(Checklist 控制) • 客户联系方式 • 客户反应 • 形成报告	进一步的服务功能 • 外部行动 • 宣传册/广告文章的订购方式 • 产品和销售培训 • 客户帮助台(直接接触客户) • 问题及解决方案的数据库
客户数据库系统		
• 客户历史 • 潜在的客户管理 • 客户评价	• 客户的关系范围 • 个人情况 • 感兴趣者/客户数据的理解	• 产品使用 • 报告管理 • 客户合同关系
过程转换功能		
产品管理 • 产品设计、模拟及生产 • 产品组成管理	进度及日程管理 • 进度管理 • 人员及项目转换日程安排 • 销售计划管理	销售支持 • 销售指导(目标、推销渠道、产品、过程) • 预测计划、销售计划、销售分析 • 客户预测 • 投入计划

CRM 软件系统的业务功能通常包括市场管理、销售管理、客户服务和支持三个组成部分。市场管理的主要任务是:通过对市场和客户信息的统计和分析,发现市场机会,确定目标客户群和营销组合,科学地制定出市场和产品策略;为市场人员提供制定预算、计划、执

行和控制的工具,不断完善市场计划;同时,还可管理各类市场活动(如广告、会议、展览、促销等),对市场活动进行跟踪、分析和总结以便改进工作。

销售管理部分则使销售人员通过各种销售工具,如电话销售、移动销售、远程销售、电子商务等,方便及时地获得有关生产、库存、定价和订单处理的信息。所有与销售有关的信息都存储在共享数据库中,销售人员可随时补充或及时获取,企业也不会由于某位销售人员的离去而使销售活动受阻。另外,借助信息技术,销售部门还能自动跟踪多个复杂的销售线路,提高工作效率。

客户服务和支持部分具有两大功能,即服务和支持。一方面,通过计算机电话集成技术(CTI)支持的呼叫中心,为客户提供每周 7×24 小时不间断服务,并将客户的各种信息存入共享的数据库以及时满足客户需求。另一方面,技术人员对客户的使用情况进行跟踪,为客户提供个性化服务,并且对服务合同进行管理。

3) 数据库

一个富有逻辑的客户信息数据库管理系统是 CRM 系统的重要组成部分,是企业前台各部门进行各种业务活动的基础。从某种角度来说,它甚至比各种业务功能更为重要。其重要作用体现在以下几点:帮助企业根据客户生命周期价值来区分各类现有客户;帮助企业准确地找到目标客户群;帮助企业在最合适的时机以最合适的产品满足客户需求,降低成本,提高效率;帮助企业结合最新信息和结果制定出新策略,塑造客户忠诚。运用数据库这一强大的工具,可以与客户进行高效的、可衡量的、双向的沟通,真正体现了以客户为导向的管理思想;可以与客户维持长久的、甚至是终身的关系来保持和提升企业短期和长期的利润。可以这样说,数据库是 CRM 管理思想和信息技术的有机结合。

一个高质量的数据库包含的数据应当能全面、准确、详尽和及时地反映客户、市场及销售信息。数据可以按照市场、销售和服务部门的不同用途分成三类:客户数据、销售数据、服务数据。客户数据包括客户的基本信息、联系人信息、相关业务信息、客户分类信息等,它不但包括现有客户信息,还包括潜在客户、合作伙伴、代理商的信息等。销售数据主要包括销售过程中相关业务的跟踪情况,如与客户的所有联系活动、客户询价和相应报价、每笔业务的竞争对手以及销售订单的有关信息等。服务数据则包括客户投诉信息、服务合同信息、售后服务情况以及解决方案的知识库等。这些数据可放在同一个数据库中,实现信息共享,以提高企业前台业务的运作效率和工作质量。目前,飞速发展的数据仓库技术(如 OLAP、数据挖掘等)能按照企业管理的需要对数据源进行再加工,为企业提供了强大的分析数据的工具和手段。

4) 技术功能

CRM 系统除了上述三个组成部分外,在技术上需要实现其特有的一些功能。与其他标准软件相类似,主要必须遵循以下几点原则。

(1) 易转换——适应性及强大的参数设置功能。

在已有的 IT 环境下,要求对所定义的各个部分具有强大的一体化功能:强大的数据复制及同步功能,独立于开发平台(与核心部分以 C++ 还是 Java 编写无关),通过 COM/DCOM 以及 CORBA 与 E-Business 构成一体化结构,以及以网页为基础的组合结构。

(2) 界面友好。

(3) 关系 DBMS 以及通常的开发环境(C++,Java)。

目前,CRM标准软件系统在技术上仍不够成熟。根据 Forrester 研究公司的报告估计,目前只有10％的标准软件产品在引入前不需作相应的调整,30％的产品则必须作全面的修改,导致引入成本非常高,而这些产品以后可能仍不能与现实相适应。软件厂商正试图通过向客户提供通用的开发工具、公共开放的接口以及对大型数据模型和组成结构的详细文档来改变上述现状,其技术功能如图 7-7 所示。

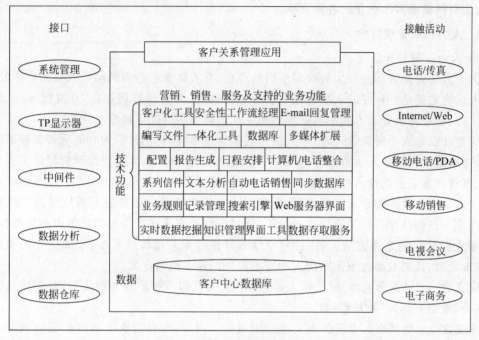

图 7-7 CRM 软件系统的技术功能

CRM 的主要目的就在于在适当的时间通过适当的渠道将合适的产品提供给合适的客户。通过 CRM 软件系统的应用,企业提高了前台业务的运作效率。客户信息可以从中央数据库完整地获取,而不依赖于销售渠道;产品及客户分析结果以及产品销售、地区销售等的预测能够非常容易且实时地得到利用;同时企业可以通过 CRM 软件系统来对销售进行管理,使得能在有很多决策部门的大型组织中实现复杂的销售过程;CRM 软件还能简化识别目标客户的工作,加强与目标客户的联系;能够更为合理地分配营销资源,提高反馈率,并加强宣传的作用,从而减少市场营销成本。

CRM 软件系统支持营销、销售和服务过程,使得对客户和所谓的"闭环"过程有一个全方位的视角。其作用是由业务功能和技术功能两方面共同决定和完成的。

7.5 人力资源管理系统

7.5.1 人力资源管理概述

在企业不断提高竞争力和努力完成各种使命的过程中,人力资源管理(Human Resource Management,HRM)起着至关重要的作用。企业要想生存和发展,就必须有效地提供适销对路的产品或服务,而人力资源正是提供这些产品和服务的要素之一,有时甚至是唯一的要素。人力资源不仅是企业中最重要的资源之一,同时也是最昂贵的资源,有时甚至是最容易引起问题的资源。近年来,高层管理者之所以日益重视人力资源的战略地位,其根本原因就在于,对人力资源的有效利用是企业在国内外保持竞争优势的必要条件。人力资源管理的根本任务,就是在企业内部设计各种有关的正规制度,使之有利于充分发挥员工的才干,从而圆满地实现企业的各种目标。

1. 人力资源管理概念

1) 人力资源管理定义

关于人力资源管理的产生有很多不同的观点,有人认为它是有关动机研究的自然发展,也有人认为它就是一种好的人事管理。不管怎么样,人力资源管理是在 20 世纪 80 年代突显出来的,是在传统管理方式不再适应不断变化的环境的情况下显露出来的。

究竟什么是人力资源管理,很多人认为它是含糊难懂的概念,因为它似乎有多种不同的含义,这种混淆在许多人力资源管理著作中都有所表现。然而,人力资源管理超越了人事管理,人事管理重点强调技术技能和一些日常功能,诸如招考、选任、培训、工资管理和雇员关系等。人力资源管理的定义多种多样,但是它的本质就是通过选择适当的战略使工作任务得以完成。这些战略包括选择适当的员工,通过培训提高来提升员工的竞争力和娴熟程度,通过建立激励机制来保留员工,通过建立绩效评估体系来增加透明度,增加企业的和谐关系,减少矛盾,提高效率。下面给出人力资源管理的几个典型定义。

定义之一:是指影响雇员(工作人员)的行为、态度以及绩效的各种政策、管理活动以及制度(是"规则+行为"及其影响)。

定义之二:是利用人力资源去实现组织目标。因此,所有层次上的经理都应该关心人力资源管理(是"组织"的事)。

定义之三:是指为了完成管理工作中涉及人或人事方面的任务所需要掌握的各种概念和技术,它包括工作分析;制定人力需求计划以及人员招募;培训及开发;薪酬管理;奖金、福利管理、绩效评估;沟通;劳动关系管理等(包括各种"概念和技术")。

综合上述定义,人力资源管理是指运用现代化的科学方法,对与一定物力相结合的人力进行合理的培训、组织和调配,使人力、物力经常保持最佳比例,同时对人的思想、心理和行为进行恰当的诱导、控制和协调,充分发挥人的主观能动性,使人尽其才,事得其人,人事相宜,以实现组织目标。

根据定义,可以从两个方面来理解人力资源管理,即:

(1) 对人力资源外在要素——量的管理。对人力资源进行量的管理,就是根据人力和物力及其变化,对人力进行恰当的培训、组织和协调,使二者经常保持最佳比例和有机的结合,使人和物都充分发挥出最佳效应。

(2) 对人力资源内在要素——质的管理。主要是指采用现代化的科学方法,对人的思想、心理和行为进行有效的管理(包括对个体和群体的思想、心理和行为的协调、控制和管理),充分发挥人的主观能动性,以达到组织目标。

2) 人力资源管理的意义

在人类所拥有的一切资源中,人力资源是第一宝贵的,自然成了现代管理的核心。不断提高人力资源开发与管理的水平,不仅是当前发展经济、提高市场竞争力的需要,也是一个国家、一个民族、一个地区、一个单位长期兴旺发达的重要保证,更是一个现代人充分开发自身潜能、适应社会、改造社会的重要措施。其主要意义如下。

(1) 通过合理的管理,实现人力资源的精干和高效,取得最大的使用价值。并且指出:人的使用价值达到最大=人的有效技能最大地发挥。

(2) 通过采取一定措施,充分调动广大员工的积极性和创造性,也就是最大地发挥人的主观能动性。调查发现:按时计酬的员工每天只需发挥自己 20%~30%的能力,就足以保住个人的饭碗。但若充分调动其积极性、创造性,其潜力可发挥出 80%~90%。

(3) 培养全面发展的人。人类社会的发展,无论是经济的、政治的、军事的、文化的发展,最终目的都要落实到人——一切为了人本身的发展。目前,教育和培训在人力资源开发和管理中的地位越来越高,马克思指出,教育不仅是提高社会生产的一种方法,而且是造就全面发展的人的唯一方法。

2. 人力资源管理的职能

人力资源管理之所以不断演进,其根本原因,是因为人力资源管理事实上存在着两种职能。如表 7-2 所示的那样,这两种职能分别是战略职能和经营职能。

表 7-2　人力资源管理的角色

角　色	侧　重　点	汇　报　对　象	常　规　工　作
战略性的	全球性任务,长期性目标,创新	总经理或总裁	• 制定人力资源规划 • 跟踪不断变动的法律与规则 • 分析劳动力变化趋势和有关问题 • 参与社区经济发展 • 协助企业进行改组和裁员 • 提供公司合并和收购方面的建议 • 制定报酬计划和实施策略
经营性的	行政工作,短期目标,以日常工作为目的	负责企业行政管理的副总裁	• 招聘或选拔人员填补当前空缺 • 向新员工进行情况介绍 • 审核安全和事故报告 • 处理员工的抱怨和申诉 • 实施员工福利计划方案

人力资源管理以经营性职能为起点,但随着各种经营环境的变化,其战略职能的重要性正与日俱增。

1) 人力资源管理的战略职能

从战略职能的角度看,人力资源管理的理念之一,是将企业的员工视为非常珍贵的资源,是企业各种投入中十分重要的组成部分。只要对这部分资源加以有效的管理,就能使之成为提高企业竞争力的重要推动力。因此,从战略角度出发,人力资源至少应被视为与企业的资金、技术和其他要素具有同等的重要性。人力资源的供给和需求也必须从战略的观点来看待。

2) 人力资源管理的经营职能

从特点上看,日常的人力资源管理工作多属于战术性和行政性的工作。例如,平等就业机会和其他法规必须时时予以遵守;申请人必须给予面谈的机会;新员工必须熟悉企业情况；负责人员必须受到培训；安全方面的问题必须予以解决；薪水必须按时派发，等等。总之，日常与人的管理有关的各项工作必须有效地和恰当地予以完成。这些大量的日常工作通常被称为"人事工作"。人力资源管理的新战略当然不会排除这些日常工作，但又不能仅限于这些日常工作。不过，令人遗憾的是，不少人力资源管理者仅限于履行经营职责，而置战略职责于不顾。这种工作方法之所以在一些企业中仍然存在，其部分原因，可能是企业受到某些特定因素的限制，但在有些情况下，则仅仅是因为最高管理层拒绝拓展人力资源管理的职能。

3. 人力资源管理的目标与任务

1) 人力资源管理目标

在人力资源管理方面，企业总的目标是尽可能拥有高素质的员工，以使企业得以保持竞争优势；而人力资源管理部门则主要侧重与这一总目标有关的更为具体的目标。最近，一项全国性的调查表明，人力资源经理们最为关注的目标是生产力、产品质量和服务水平。

（1）生产力

随着全球性经济竞争的日益激烈和技术的不断进步，提高生产力的任务变得更加紧迫。企业越来越意识到，传统的削减成本，特别是劳动力成本的削减，在有些情况下，反而可能阻碍生产力的提高。究其原因，乃是因为有些员工可能掌握着一些提高生产力的诀窍，而生产力恰恰被定义为每个员工所生产的产品数量。

（2）质量和服务

由于企业的各种产品和服务必须通过员工来提供，因此，在确认阻碍质量和服务提高的因素和重新设计操作程序的过程中，必须吸收员工参加。但要使所有员工而非仅仅经理人员参与解决各种问题，则通常要求企业在文化、领导方式和人力资源政策与实践惯例等方面作出相应的改变。另一方面，还需注意，时至今日，企业可利用的人力资源在数量和构成上已与数十年前的情况大为不同。

继日本在美国的竞争举措取得成功后，质量运动在许多美国企业中已成为一种存在方式。W. 艾德沃兹·戴明（W. Edwards Deming）倡导了全面质量管理（TQM）方法。与其他人力资源管理措施相比，全面质量管理的特点，更注重员工间的相互交流、各方面持续不断的改进、职工的业务培训以及上上下下对决策工作的积极参与。

2) 人力资源管理任务

如图 7-8 所示，人力资源管理工作由若干组相互联系的任务所组成。在安排与执行这些任务时，负有人力资源管理责任的所有人员，都必须考虑法律的、政治的、经济的、社会的、文化的和技术的等各种因素的影响。

人力资源管理工作的主要任务包括：进行人力资源规划和分析，贯彻平等就业机会原则，聘任员工，从事人力资源开发，确定报酬和福利，处理员工与劳资关系等。

（1）人力资源规划和分析

人力资源规划和分析包括几方面的任务。在进行人力资源规划的过程中，经理人员将预计未来影响劳动力供求的有关因素。人力资源分析要求具备各种有关的信息资料、通信系统和评价体系，它们是从事协调人力资源工作所不可或缺的部分。

（2）平等就业机会原则

政府在遵从平等就业机会法规方面的要求，无疑将对所有其他人力资源管理工作产生

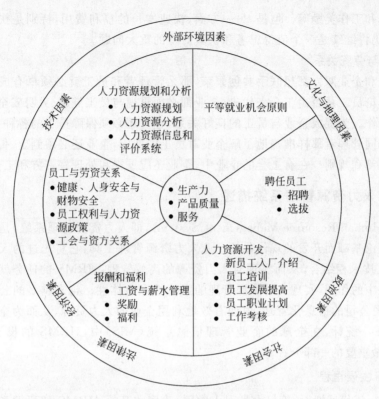

图 7-8 人力资源管理工作内容

重大影响。例如,企业在进行战略性人力资源规划时,为贯彻在雇用少数种族成员和妇女方面的赞助性行动的要求,就必须为雇用各种各样的雇员留有充分的余地。另外,当招聘、选拔和培训人员时,所有经理人员都必须遵守平等就业机会法规的要求。

(3) 聘任员工

聘任员工指选择适合标准要求的相应数量的人员,来填补企业的岗位空缺。职务分析是聘任工作的基础。根据职务分析所得结论,就可以准备工作说明(书)和职务要求细则,这两项都是在招聘中所需使用的材料。在人员选拔过程中,应特别注重选择最符合要求的员工来填补企业的岗位空缺。

(4) 从事人力资源开发

员工培训与人力资源开发工作包括向新雇员介绍企业的各种情况、对现有员工进行职业技能培训、鼓励和帮助员工在多方面提高和发展等内容。在职务不断演化和改变的环境下,为了适应技术的变化,企业就必须对员工进行培训和再培训。此外,为迎接未来的挑战,还必须鼓励各级负责人、管理者和所有员工不断有所发展和提高。为此,企业一般制定了员工职业发展计划,这种计划的目的,是为那些在企业内寻求自我发展的员工设计出发展的路径,并安排为此所需要的有关活动。为了提高员工的工作成效,企业还应对员工的工作表现进行考核,以确定员工的本职工作究竟做得怎么样。

(5) 报酬和福利

报酬就是通过薪金、奖励和福利等方式来报答为企业工作的员工。企业必须认真设计和不断完善基本工资和薪水制度。除了工薪以外,越来越多的企业还制定了某些奖励计划,例如利润分享和工作奖励等。但是,另一方面,快速增长的福利费用,特别是扶摇直上的医疗保健费用,仍将继续是一个值得思考和认真对待的重大问题。

（6）员工与劳资关系

如果员工和企业双方都想联手共创繁荣,那么管理者和员工就必须卓有成效地处理双方的关系。不论员工是否由工会来代表,企业都必须重视与员工健康、人身安全和财物保障有关的各项工作。为促成企业与员工的良好关系,企业还必须保障员工的各种权利。另外,为了使员工如同管理者那样准确地了解企业对员工的期望,企业还必须制定、传达和不断更新人力资源政策和规则。在有工会的企业中,企业还应重视和处理好资方和工会的关系。

7.5.2　人力资源管理系统描述

HRMS(Human Resource Management System),即人力资源管理系统,是以人力资源管理理念为理论基础而开发的现代化的企业人力资源管理工具,它将先进的人力资源管理理念与计算机技术相结合,从而实现对人力资源的高效管理,HRMS 的任务就是充分发挥人在企业发展中的作用,实现人力资源管理的系统性和整体性。越来越多的公司考虑利用HRMS 来实现公司的信息化管理,以便有效地利用企业的人力资源,从而为企业持续地创造效益。据 IDC 统计,在全球的企业管理信息系统(MIS)中,HRMS 的投资占 10%～15%,是其中最重要的一部分。

1. HRMS 发展里程

20 世纪 80 年代后期,计算机大批引入中国,我国才开始 HRMS 的研发和应用。较早的应用就是采用计算机处理人事档案、工资,基于 DBASE、数据库的简单管理,多为企业自行开发。目前我国的人力资源管理已经逐步与世界接轨,国内外的 HRMS 产品已经纷纷活跃在中国市场。纵观全世界 HRMS 的发展,大致可以分为五个里程。

第一代 HRMS:20 世纪 60 年代末期,HRMS 的诞生。伴随着计算机的发明和计算机应用技术进入实用阶段,大型企业为解决手工计算薪资既费时费力又非常容易出差错这个矛盾,研制出最初的 HRMS。第一代 HRMS 功能非常简单,只不过是一种自动计算薪资的工具,但是它的出现具有非常重要的意义,它为人力资源的管理展示了美好的前景。

第二代 HRMS:20 世纪 70 年代末,HRMS 功能逐步增强。随着计算机技术的飞速发展,计算机的快速普及,计算机系统工具和数据库技术的发展,为 HRMS 的阶段性发展提供了可能。第二代 HRMS 解决了第一代系统的主要缺陷,增加了较多的管理功能,诸如对非财务的人力资源信息和薪资的历史信息给予了考虑,然而却未能系统地考虑人力资源的需求和理念。

第三代 HRMS:20 世纪 80 年代末,先进的人力资源管理理念进入 HRMS。随着全球经济化的浪潮,市场竞争加剧,人才成为企业最重要的资产之一,促使 HRMS 引进先进的人力资源管理理念。第三代 HRMS 从人力资源管理的角度出发,成为企业加强人力管理的重要工具,将与人力资源相关的数据统一管理,形成了集成的信息源。HRMS 得到了飞速的发展,但是相比财务信息化的发展,HR 信息化程度已经明显落后。

第四代 HRMS:20 世纪 90 年代末,HRMS 发生革命性变革。20 世纪 90 年代末,随着企业管理理念和管理水平的大幅度提高,使社会对 HRMS 有了更高的需求;同时由于个人电脑的全面普及,数据库技术、客户/服务器技术,特别是 Internet/Intranet 技术的发展,促使 HRMS 发生革命性变革。第四代 HRMS 已经开始运用网络技术,实现信息的实时共享,第四代 HRMS 对网络的应用还有限,功能还不够强大。

第五代 HRMS:21 世纪初,HRMS 飞速发展,智能化和电子化 HRMS 出现。进入 21 世纪,伴随互联网的快速发展及信息化的普及,企业需要思想、技术更为先进的 HRMS。第五代 HRMS,也即 IHRMS(智能化 HRMS)和 E HRMS(e 化 HRMS),它们紧密联系企业人力资源管理实际,同时充分利用信息网络,从根本上改变了员工与企业的沟通方式。第五代 HRMS 能够为企业提供人性化的管理模式,为企业提供大量的决策信息。中国的 HRMS 正在逐步向 IHRMS 和 EHRMS 迈进。

2. HRMS 的分类

进入 21 世纪,国内外与人力资源管理有关的系统和程序发展都非常迅速,众多 HRMS 如雨后春笋般涌现。这些 HRMS 尽管各有特点,可以根据其功能情况,大致将市场上的 HRMS 产品分为四类。

具有某种单一功能的 HRMS:具有某种单一功能的 HRMS 产品,如薪资和福利计算系统、培训管理系统、考勤管理系统、人才测评软件和招聘管理软件等。

传统的 HRMS:传统的 HRMS 产品,涵盖人力资源管理的各种功能,从科学的人力资源管理角度出发,从企业的人力资源规划开始,一般包括招聘、岗位描述、培训、技能、绩效评估、个人信息、薪资和福利等,将这些信息储存到集中的数据库中,从而实现对企业员工信息的统一管理。

ERP——蕴含 HRMS:一般 ERP 产品中都有人力资源管理系统。ERP 在人力资源系统加入以后,使得其功能真正扩展到了全方位企业管理的范畴。人力资源的功能范围,也从单一的工资核算,人事管理,发展到可为企业的决策提供帮助的全方位的解决方案,并同 ERP 中的财务,生产系统组成高效的、具有高度集成性的企业资源系统。

新型的 HRMS——IHRMS 和 EHRMS:Internet/Intranet 不仅冲击了传统的市场、供应、销售和服务等领域,也给人力资源管理带来了新的挑战和机遇。IHRMS 和 EHRMS 不仅使企业的人力资源管理自动化,实现了与财务流、物流、供应链、客户关系管理等系统的关联和一体化,而且整合了企业内外人力资源信息和资源与企业的人力资本经营相匹配,使 HR 从业者真正成为企业的战略性经营伙伴。

3. 人力资源管理系统功能与结构

1) 人力资源管理系统功能

近几年来,国内外与人力资源管理有关的系统和程序的发展都非常迅速,众多软件如雨后春笋般地不断涌现。这些软件尽管各有特点,但从功能上来分析,大致可分为如下五种。

(1) 人力资源管理模块

人力资源管理系统从科学的人力资源管理角度出发,从企业的人力资源规划开始,记录招聘、岗位描述、培训、技能、绩效评估、个人信息、薪资和福利、各种假期、到离职等与员工个人相关的信息,并以易访问和可检取的方式储存到集中的数据库中,将企业内员工的信息统一地管理起来。完整地记载员工从面试开始到离职整个周期的薪资、福利、岗位变迁、绩效等历史信息。

该模块可管理较全面的人力资源和薪资数据,具有灵活的报表生成功能和分析功能,使得人力资源管理人员可以从繁琐的日常工作中解脱出来,同时综合性的报表也可供企业决策人员参考,如生成按岗位的平均历史薪资图表,员工配备情况的分析图表,个人绩效与学历、技能、工作经验、接受过的培训等关系的分析等。

(2) 薪资和福利模块

该模块通常可用于管理企业薪资和福利计算的全过程,其中包括企业的薪资和福利政策设定、自动计算个人所得税、自动计算社会保险等代扣代缴项目。通常,这些程序还可以根据公司的政策设置并计算由于年假、事假、病假、婚假、丧假等带薪假期以及迟到、早退、旷工等形成的对薪资和福利的扣减,能够设定企业的成本中心并按成本中心将薪资和总账连接起来,直接生成总账凭证,还能存储完整的历史信息供查询和生成报表;这类系统也可处理部分简单的人事信息。

(3) 培训管理模块

培训管理系统一般通过培训需求调查、预算控制、结果评估和反馈以及培训结果记载等手段,实现培训管理的科学化,并且和人力资源信息有机地联系起来,为企业人力资源的配备和员工的升迁提供科学的依据。

在此值得一提的是,虽然严格地讲,基于计算机的培训管理系统不能归于人力资源管理系统,但由于学员可以不受时间、地点和教员讲课水平的限制,自学后通过联机考试,其结果也可以记入人力资源管理系统中,因而受到很多公司的青睐。不少公司甚至自己组织力量投资开发专用的培训软件。现在,"线上学习"(e-learning)如同 Internet 一样,正在风靡全球,它不仅可以节约可观的训练费用和人力投资,而且,正在给传统的培训业造成一定的冲击。有人甚至断言"线上学习"将成为未来的主要学习途径。

(4) 考勤管理模块

为了有效地记载员工的出勤情况,很多企业购置了打卡机、考勤机等设备。考勤管理程序一般都与这些设备相接,根据事先编排的班次信息,过滤掉错误数据,生成较为清晰的员工出勤报告,并可转入薪资和福利程序中,使考勤数据与薪资计算直接挂钩。其生成的文档还可作为历史信息保存,用于分析、统计和查询。

(5) e-HR

e-HR 是一种基于 Internet/Intranet 的人力资源管理系统。e-HR 强调员工的自助服务,如果员工的个人信息发生了变化,他本人就可以去更新自己的信息,经过一定的批准程序即可生效。同样,对于培训、假期申请、报销等日常的行政事务也可作类似处理。这样不仅减轻了人力资源管理人员用于数据采集、确认和更新的工作量,也较好地保证了数据的质量和数据更新的速度。而且由于 Internet 不受时间和地理位置的限制,即使经理远在国外,他也可以及时地处理其员工的各种申请,不会因为人不在公司而影响工作。同时,公司的各种政策、制度、通知和培训资料也可通过这种渠道来发布,有效地改善了公司内部沟通途径。e-HR 对公司的硬件环境、员工的素质和公司的管理水平都提出了较高的要求;这是 e-HR 在现阶段发展的一个最主要的制约因素。

2) 人力资源管理系统结构图

典型人力资源管理系统结构图如图 7-9 所示。

一套典型的 HRMS 系统从功能结构上应分为三个层面:基础数据层、业务处理层和决策支持层。

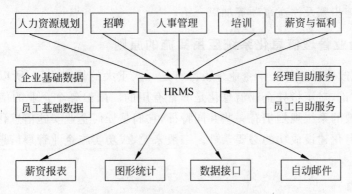

图 7-9 人力资源管理系统结构图

（1）基础数据层

基础数据层包含的是变动很小的静态数据，主要有两大类，一类是员工个人属性数据，如姓名、性别、学历等；另一类是企业数据，如企业组织结构、职位设置、工资级别、管理制度等。基础数据在 HR 系统初始化的时候要用到，是整个系统正常运转的基础。基本人事数据处理层包括系统管理、权限管理、机构管理、职位管理、员工管理、查询统计、报表工具等模块。

（2）业务处理层

业务处理层是指对应于人力资源管理具体业务流程的系统功能，这些功能将在日常管理工作中不断产生与积累新数据，如新员工数据、薪资数据、绩效考核数据、培训数据、考勤休假数据等。这些数据将成为企业掌握人力资源状况、提高人力资源管理水平以及提供决策支持的主要数据来源。

（3）决策支持层

决策支持层建立在基础数据与大量业务数据组成的 HR 数据库基础之上，通过对数据的统计和分析，就能快速获得所需信息，如工资状况、员工考核情况等。这不仅能提高人力资源的管理效率，而且便于企业高层从总体把握人力资源情况。

7.6 企业管理信息化软件系统应用实施

在实现企业管理信息化的过程中，实施是一个极其关键也是最容易被忽视的环节。因为，实施的成败最终决定着企业管理信息化效益的充分发挥。例如，据不完全统计，我国目前已有近千家企业购买了 MRP-Ⅱ/ERP 软件。而在所有的 ERP 系统应用中，存在三种情况：按期按预算成功实施实现系统集成的只占 10%～20%；没有实现系统集成或实现部分集成的只有 30%～40%；而失败的却占 50%。并且在实施成功的 10%～20% 中大多为外资企业。如此令人沮丧的事实无疑表明：ERP 实施情况已经成为制约 ERP 效益发挥的一大瓶颈因素。由此得出：企业的 ERP 项目只有在一定科学方法的指导下，才能够成功实现企业的应用目标。

企业管理信息化是一个复杂、长期的系统工程，涉及政策法规、技术标准、软件开发、硬件设备、网络设施、系统集成、应用实施等方方面面。在这里仅就企业管理信息化系统应用实施的原则、实施步骤及注意事项等加以介绍。

7.6.1 企业管理信息化系统应用实施的原则

实施信息化改造对于每一个企业来说都将是一次重大的战略决定,所以探寻一些值得总结的经验和理论,对于指导企业信息化是非常有用的。虽然各个企业的信息化系统都不尽相同,但是有效的系统规划仍有一些共同特征,它们是任何企业实施信息化都应遵循的原则,也是获得信息化建设成功的必要条件。一般来说,成功实施企业管理信息化应当遵循九个原则。

1. 目标明确

企业存在的目标就是追求利润最大化。企业信息化的目标就是利用它得到行业信息、竞争对手信息、产品信息、技术信息、销售信息等,同时及时对这些信息进行分析,做出积极的市场反应,达到企业迅速发展的效果。

企业信息化不是一个简单的技术创新,必须做好总体规划,明确工作目标。这些目标要求要具有可操作性。避免孤立地设计或实施某项管理,防止形成信息孤岛和重复投资。整体规划要以企业综合性系统为重点,实现主要业务流程电子以及人力、物力、财力的优化配置和信息资源的高效利用。

2. 领导推动

由于信息化建设涉及全体员工和各级管理层人员,甚至可能造成某些领导职权的降低,所以并不是一件令人欢迎的事情,因此必须由最高当局来推动。

3. 注重实效

国家信息化领导小组指出:"坚持面向市场,需求主导。不能为了信息化而搞信息化,要按照国民经济和社会发展的客观需要推进信息化;要用市场的办法发展信息化;不能搞没有效益的信息化,更不能搞'花架子'。"上面的这段论述可谓一针见血。每一个企业都是一个独立的个体,其信息化的状况、信息化建设的水平、信息化的需求都有其特性,应该分别对待。信息化的实施必须以企业实际为背景,结合自己的业务实际,管理水平,人力资源的素质,设计实施方案。

4. 循序渐进

企业信息化是一个循序渐进并贯穿于企业生命周期的动态过程,应本着"巩固基础、提高素质、总体规划、分步实施"的思路开展工作。

企业信息化方案应该依据整体规划、分步实施,分阶段、分步骤的原则。对于有多个功能模块的综合性系统,如果基础好、资金实力强的企业可以一步到位,但对在多数企业来说,还应按功能模块分步实施。企业要根据自身的特点和能力,找到工作的切入点,如重点实施财务管理信息化系统、采购管理信息化系统、营销管理信息化系统、质量管理信息化系统。

尤其是中小企业在发展信息化中应该量力而行,如可以先通过建立网站,发布企业信息、搜集信息资源来降低运营成本。

5. 重在管理

企业信息化系统只是为提高企业管理水平提供了一个平台,整体管理水平的提高最终还是在于企业管理人员的素质。中国企业信息化与国外相比,关键不在技术,也不在资金,而在于企业的管理基础,在于企业的管理水平能否达到信息化的要求,因为信息化所采用的软件和硬件都是可以买到的,但管理经验是买不到的。企业信息化建设,不只是技术方面的问题,更重要的是管理方面的问题,包括管理理念,管理方法,管理和技术的整合。所以企业信息化系统需要与之适应的管理,同时信息系统又必须能够提高企业的管理水平。

6. 先进适用

企业信息化要注意处理好先进与适用、当前与长远、局部与全局的关系,从实际出发,从需求出发。如在硬件和软件的选用、网络建设方面,既要充分考虑企业的现实需要,也要为今后的升级打好技术基础。要积极引入国内外管理思想先进、水平较高,方便实用且价格合理的管理软件,并将适当引进与自主开发相结合,重视搞好软件的二次开发,确保软件的先进性与适用性。

7. 持续改进

实施企业信息化系统,就必须转变经营理念,再造业务流程,改革不合理的管理架构和制度。企业信息化的过程也是企业管理创新的过程。不少企业在推进信息化进程中,是从局部 ERP(企业资源计划)到全面 ERP,再到实施 CRM(客户关系管理)以及 SCM(供应链管理),每一步的发展,都需要对企业管理的方方面面进行改进和创新。企业信息化建设要与转换经营机制、建立现代企业制度、推进技术进步相结合,通过实施信息化促进制度创新和技术创新。

8. 强调培训

企业信息化涉及企业的每一个人。信息化的实施过程中,可能还会涉及企业业务流程的重组,还关系到企业结构的调整,管理思想的调整,必须要让企业的每位员工都清楚。提高全体员工对企业信息化的认识,企业的每位员工要搞清自己所在的岗位要配合的工作和将要发生的变化。每一个人都积极地做好准备,应对这个变化。

教育和训练的对象是企业的全体人员,上到企业总裁,下到基层的每一个人。企业全员建立共同的目标,构建企业的远景,调整员工的心态,把追求企业发展,推动信息化进程成为企业员工的自觉行动。

企业信息化,人才是根本,要实行培训与引进并举,建立人才培训基地和人才引进渠道,为企业提供所需的适用人才。

9. 重视评估

企业信息化是由人、信息技术、组织管理等三要素有机构成的整体。这三要素是否在整体中协调并协同效应直接影响了企业信息化的成效。企业信息化评估就是要从组成企业信息化的三个要素(人、信息技术、组织管理)角度,持续并综合地评估三要素有机结合的信息系统(如 MIS、CAD、CIMS 等)的成效和各要素对信息系统成效影响程度的过程。企业信息系统成效的评估是企业信息化评估的关键。

7.6.2　企业管理信息化系统实施过程

1. 典型的企业管理信息化系统实施进程

典型的企业管理信息化系统实施进程主要包括以下几个阶段,如图 7-10 所示。

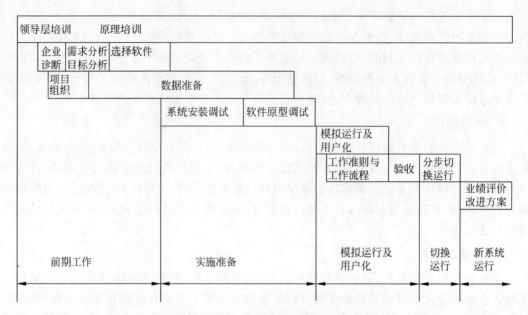

图 7-10　典型企业管理信息化实施进程简图

1) 项目的前期工作(软件安装之前的阶段)

这个阶段非常重要,关系到项目的成败,但往往为实际操作所忽视。这个阶段的工作主要包括以下几个方面。

(1) 领导层培训及所实施软件系统原理的培训。主要的培训对象是企业高层领导及今后实施软件系统项目组人员,使他们掌握软件系统的基本原理和管理思想。这是软件系统应用成功的思想基础。因为只有企业的各级管理者及员工才是真正的使用者,真正了解企业的需求,只有他们理解了所实施软件系统原理,才能判断企业需要什么样的信息管理软件,才能更有效率地运用信息管理软件。

(2) 进行企业诊断。由企业的高层领导和今后各项目组人员用 ERP 的思想对企业现行管理的业务流程和存在的问题进行评议和诊断,找出问题,寻求解决方案,用书面形式明确预期目标,并规定评价实现目标的标准。这里会用到下一个部分里将要介绍的业务流程重组方法。

(3) 进行需求分析,确定目标。企业在准备应用 ERP 系统之前,需要理智地进行立项分析:

企业是不是到了管理信息化软件系统应用的相应的阶段?

企业当前最迫切需要解决的问题是什么,管理信息化软件系统是否能够解决?

管理信息化软件系统的投资回报率或投资效益的分析。

在财力上企业能不能支持管理信息化软件系统的实施?

采用管理信息化软件系统的目的所在,到底为什么,系统到底能够解决哪些问题和达到哪些目标?

基础管理工作有没有理顺或准备在采用管理信息化软件系统之前让咨询公司帮助理顺、人员的素质够不够高?

然后将分析的结果写成需求分析和投资效益分析正式书面报告,从而做出是否实施管理信息化软件系统项目的正确决策。

（4）软件选型。在选型过程中，首先要知己知彼。知己，就是要弄清楚企业的需求，即先对企业本身的需求进行细致的分析和充分的调研，这在需求分析阶段已经完成；知彼，就是要弄清软件的管理思想和功能是否满足企业的需求。这两者是相互交织进行的，可以通过软件的先进的管理思想来找出企业现有的管理问题，特定的软件则可能由于自身的原因，不能够满足企业一定的特殊需求，也需要一定的补充开发。除此之外，还要了解实施的环境。这里的环境包括两个方面：国情（像财务会计法则等一些法令法规，还包括汉化等）、行业或企业的特殊要求。根据这些来运行流程和功能，从"用户化"和"本地化"的角度来为管理信息化软件系统选型。

2）实施准备阶段（包括数据和各种参数的准备和设置）

这一阶段要建立的项目组织和所需的一些静态数据可以在选定软件之前就着手准备和设置，图7-10中用向左延伸到前期工作阶段来表示。在这个准备阶段中，要做这样几项工作。

（1）项目组织。管理信息化软件系统的实施是一个大型的系统工程，需要组织上的保证，如果项目的组成人选不当、协调配合不好，将会直接影响项目的实施周期和成败。项目组织应该由三层组成，而每一层的组长都是上层的成员。

第一层：领导小组，由企业的一把手牵头，并与系统相关的副总一起组成领导小组。这里要注意的是人力资源的合理调配，像项目经理的任命、优秀人员的发现和启用等。

第二层：项目实施小组，主要的大量的 ERP 项目实施工作是由他们来完成的，一般是由项目经理来领导组织工作，其他的成员应当由企业主要业务部门的领导或业务骨干组成。

第三层：业务组，这部分工作的好坏是管理信息化软件系统实施能不能贯彻到基层的关键所在。每个业务组必须有固定的人员，带着业务处理中的问题，通过对管理信息化软件系统的掌握，寻求一种新的解决方案和运作方法，并用新的业务流程来验证，最后协同实施小组一起制定新的工作规程和准则。还包括基层单位的培训工作。

（2）数据准备。在运行管理信息化软件系统之前，要准备和录入一系列基础数据，这些数据是在运用系统之前没有或未明确规定的，故需要做大量分析研究的工作。包括一些产品、工艺、库存等信息，还包括了一些参数的设置，如系统安装调试所需信息、财务信息，需求信息等。

（3）系统安装调试。在人员、基础数据已经准备好的基础上，就可以将系统安装到企业中来了，并进行一系列的调试活动。

（4）软件原型测试。这是对软件功能的原型测试（Prototyping），也称计算机模拟（Computer Pilot）。由于管理信息化软件系统一般是信息集成系统，所以在测试时，应当是全系统的测试，各个部门的人员都应该同时参与，这样才能理解各个数据、功能和流程之间相互的集成关系。找出不足的方面，提出解决企业管理问题的方案，以便接下来进行用户化或二次开发。

3）模拟运行及用户化

这一阶段的目标和相关的任务如下。

（1）模拟运行及用户化。在基本掌握软件功能的基础上，选择代表产品，将各种必要的数据录入系统,带着企业日常工作中经常遇到的问题,组织项目小组进行实战性模拟,提出解决方案。模拟可集中在机房进行,也称之为会议室模拟(Conference Room Pilot)。

(2)制定工作准则与工作规程。进行了一段时间的测试和模拟运行之后,针对实施中出现的问题,项目小组会提出一些相应的解决方案,在这个阶段就要将与之对应的工作准则与工作规程初步制定出来,并在以后的实践中不断完善。

(3)验收。在完成必要的用户化的工作、进入现场运行之前还要经过企业最高领导的审批和验收通过,以确保管理信息化软件系统的实施质量。

(4)切换运行。这要根据企业的条件来决定应采取的步骤,可以各模块平行一次性实施,也可以先实施一两个模块。在这个阶段,所有最终用户必须在自己的工作岗位上使用终端或客户机操作,处于真正应用状态,而不是集中于机房。如果手工管理与系统还有短时并行,可作为一种应用模拟看待(Live Pilot),但时间不宜过长。

(5)新系统运行。一个新系统被应用到企业后,实施的工作其实并没有完全结束,而是转入到业绩评价和下一步的后期支持阶段。这是因为有必要对系统实施的结果作一个小结和自我评价,以判断是否达到了最初的目标,从而在此基础上制定下一步的工作方向。还有就是由于市场竞争形势的发展,将会不断有新的需求提出,再加之系统的更新换代,主机技术的进步都会对原有系统构成新的挑战,所以,无论如何,都必须在巩固的基础上,通过自我业绩评价,制定下一目标,再进行改进,不断地巩固和提高。

以上对典型的管理信息化软件系统的实施过程作了简要介绍。当然,这些阶段是密切相关的,一个阶段没有做好,决不可操之过急进入下一个阶段,否则,只能是事倍功半。值得注意的是,在整个实施进程中,培训工作是贯彻始终的。在此只是对第一个阶段的领导层培训和原理培训作了详细的介绍。而那些贯穿于实施准备、模拟运行及用户化、切换运行、新系统运行过程中的有关培训,如软件产品培训、硬件及系统员培训、程序员培训和持续扩大培训也都是至关重要的。因为只有员工才是系统的真正使用者,只有他们对相关的企业管理信息化软件产品及所要求的硬件环境有了一定的了解,才能够保证系统最终的顺利实施和应用。

2. SCM 系统的实施进程

一般的企业管理信息化系统(如:ERP、HRMS 等)的实施过程基本上与上述典型企业管理信息化系统的实施过程大同小异,而 SCM 系统的实施过程不仅包括典型企业管理信息化系统的实施过程,还有其特殊点,这是因为 SCM 的实施涉及企业外部,它包含了上游及下游的许多企业。所以,SCM 的实施难度将更大。一般来说,SCM 实施除包括典型企业管理信息化系统的实施过程外,还应包括:

1)组建实施推进团队

实施团队由与 SCM 有关的人员组成。他们是掌握一定产品知识的技术人员、管理部门和供应商之间联系的组织人员;具有决策权力的企业(在供应链中的主导企业)高层管理者。

2)选择合作伙伴

选择合作伙伴是 SCM 设计的首要工作。因为合作伙伴选择得是否恰当将会对 SCM 产生很大的影响。选择合作伙伴的原则是合作伙伴能增加产品的价值,提高销售水平,有效利用资源,加速运转过程,具有互补作用,增进技术合作。

3）组建供应链

当供应链各伙伴统一了认识，愿意建立合作关系之后，接下来可以签订正式组建供应链的各种协议。协议中要强调目标一致，信息共享和利益分享。

7.6.3 企业管理信息化系统评价

企业的一个信息化项目完成后（例如 ERP 系统实施完后），作为项目的负责人都想知道系统实施的结果如何？预期目标实现了没有？这就涉及企业管理信息化项目评价问题，而评价企业管理信息化是否成功的首要问题就是企业管理信息化成功标准是什么？

企业信息化的评价可以根据不同管理层所关注的重点不同，即分别从战略层面、管控层面、项目层面对企业信息化过程的绩效进行评价，形成一套综合完整的绩效管理评价体系。从评价的主体角度划分，可以划分为宏观层面和微观层面的信息化绩效评价，其中微观层面的信息化绩效评价根据侧重点不同又可以划分为以战略实施、管理控制和项目管理为基础的绩效评价。

1. 宏观层面的评价

1）宏观层面的评价目的

宏观评价主要是政府根据企业信息化总体目标的要求，建立绩效评价的标准指标体系和数据的测度方法，统一测算和颁布不同行业不同规模信息化绩效的标准值，作为不同行业和不同规模企业进行 IT 绩效横向比较的依据，以判断企业在同行业、同规模、同区域的水平地位和主要差距，更有利于绩效评价制度的科学性。

对于正在进行信息化建设的企业而言，这种将相同条件下的企业进行横向比较的方法，还可以剔除外部环境的影响因素，如行业差别和规模差别等，更加客观公正地反映 IT 的成效，使得 IT 绩效评价结论满足科学客观和真实的要求。评价能够：

（1）帮助企业明确信息化建设目标，围绕全面提高管理水平和整体竞争能力推进信息化。

（2）有助于对企业绩效的横向比较，向行业先进水平看齐，从而找到自己与行业先进水平的差距，分析和研究产生差距的原因。

（3）帮助企业将信息化与企业战略有机融合起来，促使企业进一步改善经营管理，推动建立企业自我发展的激励与约束机制，使企业信息化取得实实在在的效果。

（4）帮助企业合理配置信息化建设资源，使有限的投资发挥最佳效果，促使企业在更大的空间内使各种资源得到有效利用。

（5）帮助企业利用信息化加强基础管理，促进企业管理创新、体制创新。

（6）帮助企业了解信息化建设基本情况，发现存在的薄弱环节，找到解决问题的正确途径。

2）宏观层面的评价依据

国家信息化测评中心已经正式推出了中国第一个面向效益的信息化指标体系——《企业信息化测评指标体系》，以全面评价中国境内各企业的信息化发展和应用水平。该体系包括三部分：一套基本指标、一套补充指标即效能评价和一套评议指标即定性评价。其核心部分是补充指标，也就是效能评价。

（1）基本指标。该指标能够客观反映企业信息化的状况，用于统计调查和政府监测从

21个方面对企业信息化状况进行了客观描述,主要用于社会统计调查和政府监测。至于情况是好是坏,投入是浪费还是不浪费,基本指标不作评价。基本指标不独立用于对企业信息化水平的全面评价和认证,得分不向社会公示。

(2)效能指标。该指标评价信息化行为的合理性和信息化的成效,客观评价企业信息化水平,是反映和评价企业信息化实效的一套评价指标体系。效能指标的重要评价思想是"标杆值"法,企业信息化效能指标的标杆值,是一套"标杆值"体系。根据企业所处的行业、规模和发展阶段的不同,评价其信息化实效的标杆值也各不相同。

企业信息化效能指标由适宜度和灵敏度两大类指标构成。适宜度指标包括:投资适宜度、战略适宜度、资源匹配度、组织、文化适宜度和应用适宜度。灵敏度指标包括:信息灵敏度、管理运行灵敏度、对外反应灵敏度和创新灵敏度等。效能指标是在企业信息化基本指标基础上,结合不同行业、不同对象特点,以标杆库和标杆值为参照,以信息化效益为评价目标的评价指标,可以形成信息化水平的客观定量分析结论。

以效能为评价依据,是企业信息化水平测评的方向,以分行业、分规模的企业标杆值作为重要的评价参考值评价企业信息化效益水平,是企业信息化水平评价思路的一个新的突破。该指标对于将企业信息化评价,从以"投入为主"确定信息化水平,转变为以"绩效为主"确定信息化水平,具有重要的政策引导和实践价值。

(3)评议指标。评议指标是用于水平认证的专家指标,是对影响信息化绩效的非定量因素进行判断的指标,以此形成信息化评价的定性分析结论。由评价实施机构中的专家咨询组进行评价,全面深入反映企业的信息化水平及特殊情况。该评价体系主要为政府了解企业信息化应用情况和进行相关的决策服务,从而引导中国企业信息化的健康发展。该体系提出从效能角度全面评价企业信息化水平并提供解决方案的咨询,旨在引导企业信息化建立在有效益、务实、统筹规划的基础上。

2. 微观层面的评价

微观层面的评价主要是以企业信息化体系作为主要对象进行评价,即企业或组织根据自身业务发展和信息化项目的需要,评价自身信息化实施的状态和效果。随着市场竞争的加剧,利用信息化增强企业综合竞争优势已成为共识。为了适应竞争变化与技术变革,企业投入大笔资金用于复杂度日益剧增的信息系统建设与管理,但是信息技术投资回报往往处于不确定状态。面对这样的挑战,企业高层经理对信息技术的投资往往持十分谨慎的态度,企业希望能通过评价找到正确的战略实施方向,减少项目风险,提高信息化的投资收益。因此,这种微观层面的评价对于帮助企业正确认识IT的作用,理性进行信息化投资,具有非常重要的意义。

企业信息化在实施过程中往往分为几个不同层面:战略层、控制层、执行层,分别对应于企业的战略管理层、信息部门和具体的项目组。因此,企业信息化的评价也可以根据不同管理层所关注的重点不同,划分成三类:即分别从战略层面、管控层面、项目层面对企业信息化过程的绩效进行评价,形成一套综合完整的绩效管理评价体系。

1)以企业信息化战略实施为基础的评价

在企业信息化战略层面的主要任务是,根据企业战略目标,通过规划、实施、维护、调整等工作,建立起适合企业运作环境的信息系统体系,目的是提高企业流程质量,改善企业对环境变化的灵敏度。以战略实施为基础的评价关注的是信息化支持企业的战略目标是否实现,如何实现,实现效果如何。企业拥有领先、适用的信息化战略,能够利用信息系统资源突破企业竞争中的地域、时间、成本、结构等障碍要素,进而提高企业差异化和适应变革的能力,建立起企业竞争优势。

2)以企业信息化管理控制为基础的评价

在企业信息化管控层面的主要任务是,以组织的业务目标为核心,对组织的信息资源进行统筹规划,并采用一定的控制准则和方法针对 IT 建立集中的管控体系,平衡在信息技术领域的投资与风险,并提供业务所需的信息。管理控制为基础的评价关注 IT 部门如何有效管理渗透其整个组织的复杂的信息技术,既能使企业充分利用其信息,达到收益最大化,又能更好地控制信息,降低应用信息技术的风险。

3)以企业信息化项目管理为基础的评价

信息化实施的中心环节是信息系统的建设和应用,并且通常是以项目形式组织实施的,因此,以项目为基础而进行的评价显得尤为必要。基于项目管理的系统评价主要是以信息系统项目为核心,其目的是保证项目管理的科学性,主要分为纵向评价和横向评价。纵向评价主要从项目进程的角度进行评价,包括:项目前瞻和立项论证——事前评价;项目建设中——中期评价和工程监理;项目建成交付和投入运行后——验收评价和事后评价。横向评价主要从下面几个角度进行综合评价:①技术角度——简化出系统建设、系统性能等技术评价指标体系。②经济角度——直接经济效益和潜在经济效益,定量与定性分析结合。③社会角度——宏观上评价系统对社会进步贡献的测算。④环境角度——系统对环境的影响。

以信息化战略实施、管理控制、项目管理为基础的这三类评价构成微观企业信息化评价的重点,将在下面的几章中进行重点阐述。实际上,这三类评价虽然在侧重点上各有不同,但在评价内容上存在交叉,因此在应用时可以结合企业信息化的具体实施策略,单独运用某一种评价框架,或者综合运用。

7.7　案例分析:SAP 在一汽大众

7.7.1　SAP 简介

总部位于德国巴登—符腾堡州的沃尔多夫市的 SAP 公司创立于 1972 年。当时,5 名雄心勃勃的 IBM 雇员带着满脑子的幻想和宏伟的抱负,离开了蓝色巨人 IBM,以"系统分析和程序开发"为名创建了 SAP,它从一个小组开始,经历了富于传奇般色彩的创业历程,现在发展成为全球著名的跨国公司。1988 年,SAP 成为德国股票交易市场上市公司,1995 年进入法兰克福股票指数(DAX)。

SAP 现已经成为全球最大的标准应用软件供应商。在德国最大的 100 家企业里,80% 以上是 SAP 的用户,几乎所有的欧洲大企业都采用 SAP 的软件方案。而在美国,《幸福》杂志统计的 500 家工业大企业的前十名中,有 8 家采用 SAP 的软件。作为企业管理软件的业界领袖,SAP 致力于现代管理科学的实践和探索,为企业提供最先进的管理工具。在已经实施的项目中,用户包括生产制造、公共事业、交通运输、金融证券、商业流通、建筑、信息服务、新闻媒体等几乎所有行业。SAP 公司于 1992 年推出的 R/3 系统,到 1995 年便拥有终端用户达 35 万个之多,成为当今世界最先进的应用软件系统。IT 行业巨头企业 IBM、微软、HP 等都因此放弃开发自己的管理软件,而转向直接购买 SAP R/3 软件。

SAP 的业务遍布全世界。自 1995 年进入中国以来,积极开拓中国市场,在上海、成都、西安、长春、武汉、广东等地都拥有许多有影响的客户,如上海机床厂、麦德龙、成都西门子光纤公司、一汽大众汽车有限公司等。

SAP 系统开发的集成化的企业管理应用软件包括财务、成本、资产、销售、原材料、生产、质量、人力资源、项目管理、工作流程等企业管理所有的基本功能。R/2 是支持主机结构的产品。R/3 是支持客户机/服务器结构的产品。

R/3 系统模块结构图如图 7-11 所示。

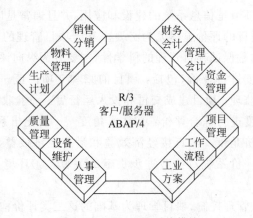

图 7-11 SAP R/3 系统模块

SAP R/3 系统的模块包括:

(1) 财务管理 FI( )——应收、应付、总账、合并、投资、基金、现金等。

(2) 财务控制 CO(Controlling)——利润及成本中心、产品成本、项目会计、获利分析等。

(3) 资产管理 AM(Fixed Assets Management)——固定资产、技术资产、投资控制等。

(4) 销售与分销 SD(Sales&Distribution)——销售计划、询价报价、订单管理、运输发货、发票等。

(5) 物料管理 MM(Materials&Management)——采购、库房管理、库存管理;MRP、供应商评价等。

(6) 生产计划 PP(Production Planning)——工厂数据、生产计划、MRP、能力计划、成本核算等。

(7) 质量管理 QM(Quality Management)——质量计划、质量检测、质量控制、质量文档等。

(8) 工厂维护 PM(Plant Management)——维护及检测计划、单据处理、历史数据、报告分析等。

(9) 人力资源 HR(Human Resources)——薪资、差旅、工时、招聘、发展计划、人事成本等。

(10) 项目管理 PS(Project System)——项目计划、预算、能力计划、资源管理、结果分析等。

(11) 工作流程 WF(Work Flow)——工作定义、流程管理、电子邮件、信息传送自动化等。

(12) 工业方案 IS(Industry Solutions)——针对不同行业提供特殊应用。

以上各种模块又被归为下面六大类。

① 会计系统——财务会计(FI)、控制(CO)、资产管理(AM)。

② 后勤——销售和分销(SD)、物料管理(MM)、产品计划(PP)、质量管理(QM)、工厂维修(PM)。

③ 项目系统(PS)。

④ 工业方案(IS)。

⑤ 人力资源(HR)。

⑥ 工作流程(WF)。

7.7.2 SAP 在一汽大众

一汽大众汽车有限公司是中国第一汽车集团公司和德国大众汽车股份公司,共同投资89亿元人民币于1991年成立的股份公司。为了提高生产竞争实力和管理水平,经过广泛而认真的调查与论证,决定全面采用最先进的 SAP R/3 系统,在 HP 的平台上开发,以此辅助公司逐步采用发达企业的先进管理模式进行管理。为此,一汽大众聘请德国大众的 VW-Gedas 和 SAP 中国公司作为咨询公司,历时一年多提供了一整套完整的解决方案。

1993年,为 SAP R/3 系统的实施制定了三期工程规划。

(1) 一期(1994.03—1996.06):FI、AM、CO、MM

(2) 二期(1996.07—1997.12):PP、SD

(3) 三期(1998.01—2000):PM、QA 及其他

1996年1月在进行了可行性分析、业务调查、业务流程描述、参数设置、程序测试及联网及试运行等项工作后,SAP R/3 系统在一汽大众的物料与财务方面投入了使用。从物料需求开始,订货、到货、发票认证、入出库、付款、成本核算、费用控制、直到各种财务报表的输出,全部通过 R/3 系统实现,一汽大众的管理开始发生明显的变化。财务人员不再用手工记账,加强了财务的正确性、及时性;应收和应付账目明确清晰,便于查询;资金运作科学有序,减少了资金的积压;财务报表十分规范,公司总体财务状况得到有效控制达到与国际同步的水平。

由于 SAP R/3 系统的应用,一汽大众在加强企业内部管理、提高企业市场竞争力方面,成为与国际接轨的企业,走在了中国汽车业的前列。

人们常说,若想迅速成为先进的企业,最好的方法就是站在巨人的肩膀上再前进。一汽大众公司通过成功地实施 ERP——SAP 公司的 R/3 系统,对此深有所感。他们认为:

1. IT 项目实施需要管理者和广大员工的参与

IT 技术在企业中的应用推广是一把手工程。企业的决策层特别是一把手的思想指导着企业的运作,只有一把手认识到某项工作是必须的,他才能领导中层管理人员和广大员工为之奋斗。这是企业中任何人所不能代替的。一把手要高度重视 ERP 系统的实施并行使着领导权,把握关键点,保证资金到位,提供必要的条件,并且监控全过程,还要亲自参加项

目验收并奖励项目实施中的有功人员。

公司由管理服务部组织项目实施,具体负责上报实施计划,推荐项目组成员,掌握实施进度,为各部门布置实施过程中的角色任务,为各部门培训人员,协调项目组和各部门间的关系,评价项目组的工作,推动项目进程。

部门负责人直接领导各部门 ERP 的实施,可以保证实施后的可用性。部门负责人领导着一个"方面军",他们必须既能深刻理解此项工作的目标和重要环节,又能协调部下同时完成常规工作与创新工作,保证正常业务和项目实施两不误。通过培训使部门领导进入角色,认识到计算机辅助管理是工作方法的创新,是管理的进步。部门领导急切希望在自己的部门尽快采用科学的方法进行管理,让科学管理创造效益。在他们的影响下员工对系统的理解也最透。

业务骨干是部门领导的得力助手。业务骨干对现行系统进行最详尽的描述,对系统功能和本部门与其他部门的业务接口提出明确要求,制定编码规则,进而提出流程优化的建议。业务骨干组织有关人员设计测试方案,参与系统测试,准备足够的测试数据并录入系统,核对测试结果,检查系统运行的正确性并对系统提出修改意见。业务骨干是项目实施中的生力军,他们的工作将确保项目实施时间表的准确运行。

激励员工的氛围是项目成功实施的重要环节。这种氛围是项目实施的基础,是推动企业前进的无形力量。ERP 实施过程中要特别注意对员工的培训。企业管理的改革,是靠广大员工来实现的。如果员工不支持,项目实施将充满坎坷,甚至可能夭折。而员工的积极配合,将会大大加快项目实施进程。一汽大众的员工,现在是如此地熟悉该系统,以至于都觉得离不开它。

IT 人员的技术水平与工作能力直接影响项目开发的速度与质量。项目实施过程是培训 IT 人员技术能力的过程,为他们承担后期的系统维护打下基础。

2. 项目实施需要有严密的组织机构

一汽大众在组织该项工作时,设置了一个临时机构——IT 项目实施组,还设置了一个永久性的机构——MIS 执行委员会。IT 项目实施组的作用是推动、协调 IT 项目实施工作,MIS 执行委员会的职能是控制公司对 IT 项目的投资预算,推进 IT 项目的规范化。项目组组成如下。

> **组长**:中、德双方总经理
>
> **执行组长**:管理服务部的中、德双方部长
>
> **财务组组长**:财务管理部中、德双方部长
>
> **采购组组长**:采购供应部中、德双方部长
>
> **物料组组长**:生产管理部中、德双方部长
>
> ……

项目实施机构的领导除经常过问项目实施进度外,还定期听取项目执行组在 MIS 执行委员会上的工作报告。MIS 执行委员会是在第一期工程完成后设立的。机构组成和职能如下。

> **主任委员**：总经理(中)
>
> **副主任委员**：副总经理(德)
>
> **常务委员**：管理服务部部长(中、德)
>
> **委员**：规划部部长(中、德)；控制部部长(中、德)；财务管理部部长(中、德)
>
> **常设机构**：管理服务部组织系统室
>
> **机构职能**：监督项目实施进度，检查系统运行情况，执行小组作工作报告，讨论并通过新项目实施方案，讨论通过信息系统方面的制度等。

严密的组织措施有效地推动了企业信息化的进程。各部门领导将项目工作列入部门工作计划并检查工作进展情况。随着项目的进展，部门领导尝到了甜头，增强了主动性，保证了项目的实施。

通过一汽大众全体员工的努力，现在一汽大众已经拥有了全国一流的 ERP 系统。仅以一汽大众本市供货商的准时化供货为例，就足以说明供应链的雏形已经在一汽大众形成，其水准与国外汽车制造厂商完全相同。在长春，捷达与奥迪都有保险杠与电线束的供应厂商。在系统建成之前，供应商为确保一汽大众的生产，不得不以大库存作保证。如捷达车的保险杠就有十多种颜色，以每种颜色 200 份库存作为保证，就会充满厂商的厂区，同时使资金占用膨胀。一汽大众根据准时化供货技术原理，开发了具有准时化技术的生产信息控制系统。在保险杠与电线束供应厂商的生产计划部门，通过一汽大众生产信息控制系统的终端，可以实时看到一汽大众的生产计划及总装车间的装车线，就可以根据一汽大众的装车情况安排自己的生产，再根据供应商到一汽大众的距离，计算出向一汽大众发货的时间。一汽大众已不再需要存放保险杠与电线束的仓库，装配线上仅有极少的储备作为正常件磕、碰、伤的替代品。这样形成的供应链将供应商与整机厂连成了一个整体，企业经营走上了正轨。

思考题 7

1. 简述信息化和企业信息化的内涵。
2. 企业信息化包括哪几个层次或阶段？
3. 简述企业管理信息化中各信息系统之间的关系。
4. ERP 的发展粗略可分做哪几个阶段？
5. MRP、MRP II 和 ERP 的中文意思是什么？
6. 企业资源计划定义有哪些层次？各层次的含义是什么？
7. ERP 系统特点有哪些？
8. ERP 的基本功能以及相应的模块有哪些？
9. 简述供应链和供应链管理的定义。
10. SCM 的理论依据是什么？
11. SCM 系统的特点有哪些？
12. 简述 SCM 系统的典型功能。
13. 客户关系管理的定义是什么？

14. CRM 涉及哪些基本原理?

15. 简述 CRM 软件系统的组成。

16. CRM 软件系统的业务功能通常包括哪些?

17. 简述人力资源管理定义。

18. 简述人力资源管理的职能。

19. 简述 HRMS 发展里程及其功能模块。

20. 企业管理信息化系统应用实施的原则有哪些?

21. 典型的企业管理信息化系统实施进程主要包括几个阶段?

22. 企业信息化测评指标体系包括哪几部分?

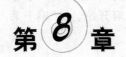

第8章

电子商务

学习目的：通过本章的学习，使学生建立电子商务的基本概念，对电子商务系统有一个清晰的认识，了解电子商务系统的安全技术和电子商务的解决方案，熟悉网络营销的业务流程。

电子商务(Electronic Commerce，EC)作为一种新的经营模式影响着生产、管理及人们的生活方式，掀起了一场类似于工业革命的信息革命浪潮。电子商务系统是信息系统发展的结果，是多学科的综合，涉及计算机技术、通信技术、信息系统技术、安全保密技术、金融、商业营销与管理等领域。本章将阐述电子商务的基本概念、电子商务系统的构成和安全技术，给出电子商务的解决方案，通过案例分析，讨论企业是如何开展电子商务的。

8.1 电子商务的概述

8.1.1 电子商务的产生与发展

1. 电子商务的产生

电子商务最早产生于 20 世纪 60 年代，发展于 20 世纪 90 年代。其产生和发展的重要条件主要如下。

(1) 计算机的广泛应用：近 30 年来，计算机的处理速度越来越快，处理能力越来越强，价格越来越低，应用越来越广泛，这为电子商务的应用提供了基础。

(2) 网络的普及和成熟：由于 Internet 逐渐成为全球通信与交易的媒体，全球上网用户呈几何级数增长趋势，快捷、安全、低成本的特点为电子商务的发展提供了应用条件。

(3) 信用卡的普及应用：信用卡以其方便、快捷、安全等优点而成为人们消费支付的重要手段，并由此形成了完善的全球性信用卡计算机网络支付与结算系统，使"一卡在手、走遍全球"成为可能，同时也为电子商务中的网上支付提供了重要的手段。

(4) 电子安全交易协议的制定：1997 年 5 月 31 日，由美国 VISA 和 MasterCard 国际组织等联合指定的 SET(Secure Electronic Transfer Protocol)即电子安全交易协议的出台，以及该协议得到大多数厂商的认可和支持，为在开发网络上的电子商务提供了一个关键的安全环境。

（5）政府的支持与推动：自1997年欧盟发布了欧洲电子商务协议，美国随后发布"全球电子商务纲要"以后，电子商务受到世界各国政府的重视，许多国家的政府开始尝试"网上采购"，这为电子商务的发展提供了有利的支持。

2. 电子商务发展的三个阶段

电子商务的发展过程如图8-1所示。

图 8-1　电子商务的发展过程

1）基于 EDI 的电子商务

在"无纸化"贸易需求的推动下，为了克服传统的人工处理单证和文件的困难，贸易商们开始在商务活动中尝试运用计算机来处理商务活动中所涉及的文件和单据。在使用计算机处理各类商务文件的时候，发现由人工输入到一台计算机中的数据70％是来源于另一台计算机输出的文件，但由于传真文件是通过纸面打印来传递和管理信息的，不能将信息直接转录到另一个需要使用这些信息的信息系统中。在重复的输入和输出过程中由于过多的人为因素，影响了数据的准确性和工作效率的提高，因此人们开始尝试在贸易伙伴之间的计算机上使数据能够自动交换，EDI 应运而生。

EDI 是将业务文件按一个公认的标准从一台计算机传输到另一台计算机上去的电子传输方法。由于 EDI 大大减少了纸张票据，因此，人们也形象地称 EDI 为"无纸贸易"或"无纸交易"。从技术上讲，EDI 包括硬件与软件两大部分，硬件主要是计算机网络，软件包括计算机软件和 EDI 标准。从硬件方面讲，20 世纪 90 年代之前的大多数 EDI 都不通过 Internet，而是通过租用的电脑线在专用网络上实现，这类专用的网络被称为增值网（Value-Added Network，VAN），这样做的目的主要是考虑到安全问题。从软件方面看，EDI 所需要的软件主要是将用户数据库系统中的信息，翻译成 EDI 的标准格式以供传输交换。由于不同行业的企业是根据自己的业务特点来规定数据库的信息格式的，因此，当需要发送 EDI 文件时，从企业专用数据库中提取的信息，必须把它翻译成 EDI 的标准格式才能进行传输。EDI 是电子商务的初级阶段。

2）基于 Internet 的电子商务阶段

EDI 的运用，使得单证和文件处理的劳动强度、出错率和费用都人为降低，效率大为提高，极大地推动了国际贸易的发展，显示出巨大的优势和强大的生命力。但由于 EDI 通信系统的建立需要较大的投资，使用 VAN 的费用很高，仅大型企业才会使用，因此限制了基于 EDI 的电子商务应用范围的扩大，而且 EDI 对于信息共享的考虑也较少，比较适合具有大量的单证和文件传输的大型跨国公司。随着大型跨国公司对信息共享需求的增加和中小公司对 EDI 的渴望，迫切需要建立一种新的成本低廉、能够实现信息共享的电子信息交换系统。

20 世纪 90 年代中期后，国际互联网（Internet）迅速走向普及化，逐步从大学、科研机构走向企业和百姓家庭，其功能也已从信息共享演变为一种大众化的信息传播工具。1991年，美国政府宣布因特网向社会公众开放，允许在网上开发商务应用系统。

在全球普及的 Internet 克服了 EDI 的不足，满足了中小企业对于电子数据交换的需要。Internet 作为一个费用更低、覆盖面更广、服务更好的系统,已表现出替代 VAN 而成为 EDI 的硬件载体的趋势,在 Internet 基础上建立的电子信息交换系统,既成本低廉又能实现信息共享,为在所有的企业中普及商务活动的电子化——电子商务提供了可能。基于 Internet 的 EDI 具备和 Internet 相同的优势,因此有人把通过 Internet 实现的 EDI 直接叫做 Internet EDI。

3) E 概念电子商务拓展阶段

自 2000 年年初以来,人们对于电子商务的认识,逐渐扩展到 E 概念的高度,人们认识到电子商务实际上就是电子信息技术同商务应用的结合。而电子信息技术不但可以和商务活动结合,还可以和医疗、教育、卫生、军事、政府等有关的应用领域结合,从而形成有关领域的 E 概念。电子信息技术同教育结合,孵化出电子教务(远程教育);电子信息技术和医疗结合,产生出电子医务(远程医疗);电子信息技术同军务联系,孵化出电子军务(远程指挥);电子信息技术与政务结合,产生出电子政务;电子信息技术与企业组织形式结合形成虚拟企业等。对应于不同的 E 概念,产生了不同的电子商务模式,即所谓 E-B、E-C、E-G、E-H 等。随着电子信息技术的发展和社会需要的不断提高,人们会不断地为电子信息技术找到新的用途,必将产生越来越多的 E 概念,进入 E 时代。

3. 电子商务在我国的发展情况

电子商务在我国起步较晚,但来势凶猛,发展迅速。中国政府和企业界敏锐地意识到信息化及 E 概念对经济增长和企业竞争力产生的巨大影响。中国政府从 20 世纪 90 年代初开始,克服我国信息基础薄弱的环节,相继在国民经济的重要部门和信息基础较发达的行业实施“金桥”、“金卡”、“金关”等一系列“金”字工程。此外,中国远洋运输集装箱信息系统、中国商品交易网、中国商品订货系统等电子网络也相应建立。同时省级电子商务平台也陆续建设,电子商务在我国金融及服务业已广泛应用。

目前,企业对企业的电子商务(B to B)模式开始成为网络经济的主流;逆向拍卖(RAT)技术成为批发业电子商务的新热点;2008 年我国网络零售行业首次突破了三个“1”:全国网络零售消费者数量突破了 1 个亿;交易额突破了 1 千亿元;在全国社会消费品零售总额中所占比例超过了 1 个百分点。网上银行发展迅速,2009 年第 2 季度,中国网上银行注册用户数达 1.72 亿;第三方支付获得跨越性发展,2009 年 2 月,支付宝注册用户达 1.5 亿,日交易额峰值达 7 亿元,日交易笔数峰值已达 400 万笔。

电子商务是现代电子技术、网络技术与商务活动相结合的产物,是一个能撬动全球经济的巨大杠杆,也是我国实现跨越发展,赶上发达国家的技术保证。它是 21 世纪的新生产力,电子商务已成为世界各个国家经济新的增长点,成为整个国民经济发展中最有活力的部分。它直接作用于流通,间接作用于生产和消费,通过降低成本,提高效率为个人、企业乃至国家提高竞争力,为人类社会的可持续发展提供依据和保障。

8.1.2　电子商务的定义

电子商务作为一个完整的概念出现于 20 世纪 90 年代,它并非是单纯的技术概念或单纯的商业概念,而是现代信息技术和现代商业技术的结合体。目前,各种组织、政府、公司、学术团体……所有人都是依据自己的理解和需要为电子商务定义的。其中有一些较为系统和全面的,现在整理出来,供大家参考。

（1）加拿大电子商务协会给出了电子商务的较为严格的定义：电子商务是通过数字通信进行商品和服务的买卖以及资金的转账，它还包括公司间和公司内利用 E-mail、EDI、文件传输、传真、电视会议、远程计算机联网所能实现的全部功能（例如市场营销、金融结算、销售以及商务谈判）。

（2）联合国经济合作和发展组织（OECD）有关电子商务的报告中对 EC 定义：电子商务是发生在开放网络上的包含企业之间（Business to Business）、企业和消费者之间（Business to Consumer）的商业交易。

（3）美国政府在其"全球电子商务纲要"中，比较笼统地指出电子商务是通过 Internet 进行的各项商务活动，包括广告、交易、支付、服务等活动，全球电子商务将会涉及各个国家。

（4）全球信息基础设施委员会（GIIC）电子商务工作委员会报告草案中对电子商务定义如下：电子商务是运用电子通信作为手段的经济活动，通过这种方式人们可以对带有经济价值的产品和服务进行宣传、购买和结算。这种交易的方式不受地理位置、资金多少或零售渠道的所有权影响，公有私有企业、公司、政府组织、各种社会团体、一般公民、企业家都能自由参加的广泛的经济活动，其中包括农业、林业、渔业、工业、私营和政府的服务业。电子商务能使产品在世界范围内进行交易并向消费者提供多种多样的选择。

（5）IBM 公司的电子商务（E-Business）概念包括三个部分：企业内部网（Intranet）、企业外部网（Extranet）、电子商务（E-Commerce）。它所强调的是在网络计算环境下的商业化应用，不仅仅是硬件和软件的结合，也不仅仅是通常意义上的强调交易的狭义的电子商务（E-Commerce），而是把买方、卖方、厂商及其合作伙伴在因特网（Internet）、企业内部网（Intranet）和企业外部网（Extranet）结合起来的应用。它同时强调这三部分是有层次的：只有先建立良好的 Intranet，建立比较完善的标准和各种信息基础设施，才能顺利扩展到 Extranet，最后扩展到 E-Commerce。

（6）HP 公司提出电子商务（E-Commerce）、电子业务（E-Business）、电子消费（E-Consumer）和电子化世界的概念。它对电子商务的定义：通过电子化手段来完成商业贸易活动的一种方式。电子商务使人们能够以电子交易为手段完成物品和服务等的交换，是商家和客户之间的联系纽带。它包括两种基本形式：商家之间的电子商务及商界与最终消费者之间的电子商务。对电子业务的定义：一种新型的业务开展手段。通过基于 Internet 的信息结构，使得公司、供应商、合作伙伴和客户之间，利用电子业务共享信息，E-Business 不仅能够有效地增强现有业务进程的实施，而且能够对市场等动态因素做出快速响应并及时调整当前的业务进程。更重要的是，E-Business 本身也为企业创造出了更多、更新的业务运作模式。对电子消费的定义：人们使用信息技术进行娱乐、学习、工作、购物等一系列活动，使家庭的娱乐方式越来越多地从传统电视向 Internet 转变。

（7）通用电气公司（GE）对电子商务的定义：电子商务是通过电子方式进行商业交易，分为企业与企业间的电子商务和企业与消费者之间的电子商务。企业与企业间的电子商务：以电子数据交换 EDI 为核心技术，增值网（VAN）和互联网（Internet）为主要手段，实现企业间业务流程的电子化，配合企业内部的电子化生产管理系统，提高企业从生产、库存、流通（包括物资和资金）各个环节的效率。企业与消费者之间的电子商务：以 Internet 为主要服务提供手段，实现公众消费和服务提供方式以及相关的付款方式的电子化。

（8）中国专家王可研究员从过程角度定义电子商务为"在计算机与通信网络基础上，利用电子工具实现商业交换和行政作业的全过程"。

（9）中国企业家王新华从应用角度认为"电子商务从本质上讲是一组电子工具在商务过程中的应用。这些工具包括：电子数据交换（EDI）、电子邮件（E-mail）、电子公告系统（BBS）、条形码（Barcode）、图像处理、智能卡等。而应用的前提和基础是完善的现代通信网络和人们的思想意识的提高以及管理体制的转变"。

纵览上述定义，可以看出，它们没有谁对谁错之分，人们只是从不同角度，各抒己见。目前受到广泛认可的观点，是将电子商务划分为两个层次的概念：狭义的电子商务和广义的电子商务。狭义的电子商务，是指买卖双方及有关各方利用计算机网络和数字化手段进行产品与服务的交易活动，这类活动常称为 E-Commerce。

广义的电子商务，是指利用计算机网络和数字化手段进行包括市场分析、客户联系、交易、物资调运、公司内部联系等全部商务活动，这类活动常称为 E-Business（或译为电子业务）。本章中主要介绍狭义的电子商务。

8.1.3　电子商务的一般框架

借助网络进行电子交易是电子商务实施的重要环节。对于网上交易而言，通信、计算机、电子支付以及安全等现代信息技术是其实现的保证。网上交易的过程如图 8-2 所示。

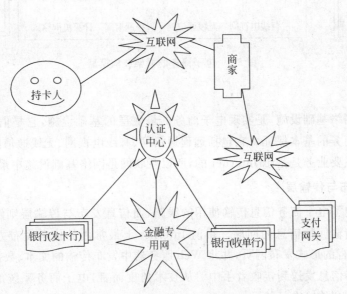

图 8-2　电子商务网上交易示意图

图中，消费者向商家发出购物请求，商家把消费者的支付指令通过支付网关（负责将持卡人的账户中资金转入商家账户的金融机构，由金融机构或第三方控制，处理持卡人购买和商家支付的请求）送往商家的收单行，收单行通过银行卡网络从发卡行（消费者开户行）取得授权后，把授权信息通过支付网关送回商家，商家取得授权后，向消费者发送购物回应信息。在这个过程中，认证机构需分别向持卡人、商家和支付网关发出持卡人证书、商家证书和支付网关证书。三者在传输信息时，要加上发出方的数字签名，并用接收方的公开密钥对信息加密，这样，实现商家无法获得持卡人的信用卡信息，银行无法获得持卡人的购物信息，但能同时保证商家能收到货款和进行支付。

网上交易的过程看似简单,但却是建立在电子商务基本框架基础之上的。

电子商务的框架结构是指电子商务活动环境中所涉及的各个领域以及实现电子商务应具备的技术保证。从总体上来看,电子商务框架结构由三个层次和两大支柱构成。如图 8-3 所示,其中,电子商务框架结构的五个层次分别是:网络层、信息发布层、传输层、电子商务服务层和应用层,两大支柱是指社会人文性的公共政策和法律规范以及自然科技性的技术标准和网络协议。

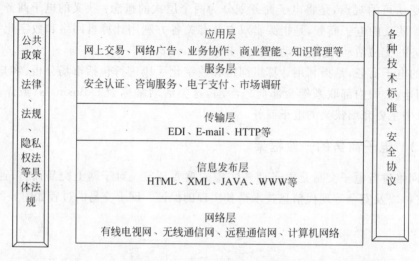

图 8-3 电子商务的框架结构模型

1. 网络层

网络层指网络基础设施,是实现电子商务的最底层的基础设施,它是信息的传输系统,也是实现电子商务的基本保证。它包括远程通信网、有线电视网、无线通信网和互联网。因为电子商务的主要业务是基于 Internet 的,所以互联网是网络基础设施中最重要的部分。

2. 信息发布与传输层

网络层决定了电子商务信息传输使用的线路,而信息发布与传输层则解决如何在网络上传输信息和传输何种信息的问题。目前 Internet 上最常用的信息发布方式是在 WWW 上用 HTML 语言的形式发布网页,并将 Web 服务器中发布传输的文本、数据、声音、图像和视频等的多媒体信息发送到接收者手中。从技术角度而言,电子商务系统的整个过程就是围绕信息的发布和传输进行的。

3. 电子商务服务和应用层

电子商务服务层实现标准的网上商务活动服务,如网上广告、网上零售、商品目录服务、电子支付、客户服务、电子认证(CA 认证)、商业信息安全传送等。其真正的核心是 CA 认证。因为电子商务是在网上进行的商务活动,参与交易的商务活动各方互不见面,所以身份的确认与安全通信变得非常重要。CA 认证中心担当着网上"公安局"和"工商局"的角色,而它给参与交易者签发的数字证书,就类似于"网上的身份证",用来确认电子商务活动中各自的身份,并通过加密和解密的方法实现网上安全的信息交换与安全交易。

在基础通信设施、多媒体信息发布、信息传输以及各种相关服务的基础上,人们就可以进行各种实际应用。比如像供应链管理、企业资源计划、客户关系管理等各种实际的信息系统,以及在此基础上开展企业的知识管理、竞争情报活动。而企业的供应商、经销商、合作伙伴以及消费者、政府部门等参与电子互动的主体也是在这个层面上和企业产生各种互动。

4. 公共政策和法律规范

法律维系着商务活动的正常运作,对市场的稳定发展起到了很好的制约和规范作用。进行商务活动,必须遵守国家的法律、法规和相应的政策,同时还要有道德和伦理规范的自我约束和管理,二者相互融合,才能使商务活动有序进行。

随着电子商务的产生,由此引发的问题和纠纷不断增加,原有的法律法规已经不能适应新的发展环境,制定新的法律法规并形成一个成熟、统一的法律体系,成为世界各国发展电子商务的必然趋势。

5. 技术标准和网络协议

技术标准定义了用户接口、传输协议、信息发布标准等技术细节。它是信息发布、传递的基础,是网络信息一致性的保证。就整个网络环境来说,标准对于保证兼容性和通用性是十分重要的。

网络协议是计算机网络通信的技术标准,对于处在计算机网络中的两个不同地理位置上的企业来说,要进行通信,必须按照通信双方预先共同约定好的规程进行,这些共同的约定和规程就是网络协议。

8.1.4 电子商务的交易模式

在电子商务活动过程中,参与交易的对象很多,有企业(B:business)、消费者(C:customer)、政府(G:government)等。按交易对象的不同,电子商务交易模式可分为五类:企业对企业的电子商务(B to B)、企业对消费者的电子商务(B to C)、企业对政府的电子商务(B to G)、政府对消费者的电子商务(G to C)、消费者对消费者(C to C)的电子商务。

1. 企业对企业的电子商务

企业对企业的电子商务(B2B 或 B to B),也称为商家对商家或商业机构对商业机构,即Business to Business,B2B 电子商务模式如图 8-4 所示。

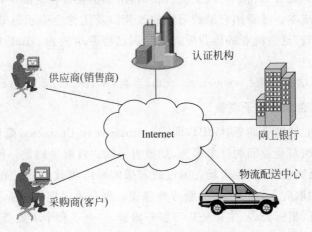

图 8-4 B2B 电子商务模式

企业与企业的电子商务模式是电子商务中的重头戏。它是指企业在开放的网络中寻求贸易伙伴、谈判、订购到结算的整个贸易过程。通过电子商务,处于生产领域的商品生产企业可以根据买方的需求和数量进行生产,以及实现个性化的生产;处于流通领域的商贸企业可以更及时、准确地获取消费者信息,从而准确订货,减少库存,并通过网络促进销售,提高效率、降低成本,获取更大的利益。

在B2B电子商务运行模式中,参与主体主要包括:认证机构、采购商、供应商、B2B服务平台、物流配送中心、网上银行等。

供应商的主要业务有:产品目录制作和发布、产品数据维护、在线投标、在线洽谈、网上签约、订单处理、在线业务数据统计等。采购商的主要业务有:在线招标、在线洽谈、网上签约、订单处理、支付货款、货物接受、在线业务数据统计等;后台管理是由交易中介服务平台的管理者(第三方)对在平台上进行的商务流程的管理活动,而不是交易双方企业的相关商务活动。后台管理的主要内容有:注册会员管理、系统运营维护、产品管理、订单管理、信息发布等。

企业可以在网络上发布信息,寻找贸易机会,通过信息交流比较商品的价格和其他条件,详细了解对方的经营情况,选择交易对象。在交易过程中,可以迅速完成签约、支付、交货、纳税等一系列操作,加快货物和资金的流转。

当前著名的B2B网站有中国商品交易中心(CCEC):http://www.ccec.com/。阿里巴巴·中国:http://china.alibaba.com/。慧聪网:http://www.hc360.com/。中企动力:http://www.ce.net.cn。

2. 企业对消费者的电子商务

企业对消费者的电子商务(B2C),也称商家对个人客户或商业机构对消费者的商务,即Business to Customer。商业机构对消费者的电子商务基本等同于电子零售商业,B2C模式是我国最早应用的电子商务模式,以8848网上商城的正式运营为标志,目前采用B2C模式的主要以当当、卓越等为代表。B2C模式是企业通过互联网为消费者提供一个新型的购物环境——网上商店,消费者通过网络在网上购物,这里的"物"指实物、信息和各种售前与售后服务。由于这种模式节省了客户和企业的时间和空间,大大提高了交易效率。目前B2C电子商务的付款方式是货到付款与网上支付相结合,而企业货物的配送,大多数选择物流外包方式以节约运营成本。随着用户消费习惯的改变以及优秀企业示范效应的促进,网上购物用户正在迅速增长,这种商业的运营模式在我国已经基本成熟。B2C电子商务的运营模式如图8-5所示。

著名的B2C网站有卓越:www.joyo.com;当当:www.dangdang.com。

3. 政府机构对企业的电子商务

政府机构对企业的电子商务(G2B),即Government to Business,简称为G2B。G2B模式可以覆盖政府组织与企业间的许多事务,如政府采购。政府采购是一种公共经济行为,其宗旨是降低成本,反腐倡廉,调控市场。通过政府采购可以将政府的管理向透明化、高效率转型,同时在管理的取向上,向科学化、服务性靠拢;政府通过提供企业报税、进出口报关、企业办事、招商投资、招标公告、中标公告等服务内容,向企业和个人投资者提供办事、政策、信用、财经、招标、投资、产业等相关服务。

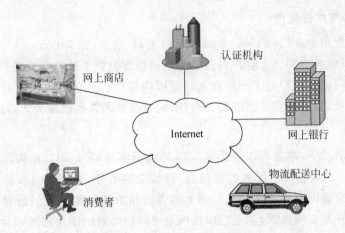

图 8-5 B2C 电子商务模式

4. 政府机构对公众的电子商务

政府机构对公众的电子商务(G2C),即 Government to Customer,简称为 G2C。政府通过各级政府网站,向民众提供市民办事、便民公告、政策答疑、民意调查、福利费发放、个人缴税等服务内容,引导公民方便地获得政务、办事、旅游、生活等方面的信息咨询及服务。

随着电子政务的兴起,G2B 的电子商务和 G2C 的电子商务也可以理解为电子政务的一部分。

5. 消费者对消费者的电子商务

消费者对消费者的电子商务(C2C),即 Customer to Customer,简称为 C2C。C2C 模式的产生以 1998 年易趣的成立为标志,目前采用 C2C 模式的主要以 eBay 易趣、淘宝等为代表。C2C 电子商务模式是一种个人对个人的网上交易行为,目前 C2C 电子商务企业采用的运作模式是通过为买卖双方搭建拍卖平台,按比例收取交易费用,或者提供平台方便个人在平台上开设网上商店,以会员制的方式收取服务费。当然有些 C2C 电子商务企业,比如淘宝网等采取的是免费策略。

当前著名的 C2C 网站有易趣:www. ebay. com. cn;淘宝:www. taobao. com;拍拍:www. paipai. com。

8.1.5 电子商务的基本功能

电子商务可提供网上交易和管理等商务活动全过程的服务。因此,它具有企业业务组织、信息发布与广告宣传、咨询洽谈、网上订购、网上支付、网上金融与电子账户、信息服务传递、意见征询和调查统计、交易管理等各项功能。

1. 企业业务组织

电子商务是一种基于信息的商业进程,在这一进程中,企业内外的大量业务被重组,使整个企业更有效地运作。企业对外通过 Internet 加强了与合作伙伴之间的联系,打开了面向客户的窗口;对内则通过 Intranet 提高业务管理的集成化和自动化水平,以实现高效、快速和方便的业务活动流程。

2. 信息发布与广告宣传

电子商务可凭借企业的 Web 服务器来发布 Web 站点,在 Internet 上发布各类商业信息和企业信息,以供客户浏览。客户可借助网上的搜索引擎工具迅速地找到所需商品信息,而商家则可利用网上主页和电子邮件在全球范围内作广告宣传。与以往的各类广告相比,网上的广告成本最为低廉,宣传范围覆盖全球,同时能给顾客提供最为丰富的信息。

3. 咨询洽谈

在电子商务活动中,顾客可以借助非实时的电子邮件(E-mail)、新闻组(News Group)和实时的论坛(BBS)来了解市场和商品信息,洽谈交易事务,如有进一步的需求,还可用网上的交互平台来交流即时的图文信息。网上的咨询和洽谈能超越人们面对面洽谈的限制,提供多种方便的异地交谈形式,甚至可以在网络中传输实时的图片和视频片段,产生如同面对面交谈的感觉。

4. 网上订购

网上订购通常都是在产品介绍的页面上提供十分友好的订购提示信息和订购单。当客户填完订购单后,系统会通过发送电子邮件或其他方式通知客户确认订购信息。通常,订购信息会采用加密的方式来传递和保存,以保证客户和商家的商业信息不会泄漏。

5. 网上支付

对于一个完整的电子商务过程,网上支付是不可缺少的一个重要环节。客户和商家之间可采用电子货币、电子支票、信用卡等系统来实现支付,网上支付比起传统的支付手段更为高效和方便,可节省交易过程中许多人员的开销。不过,由于网上支付涉及机密的商业信息,所以,其将需要更为可靠的信息传输安全性控制以防止欺骗、窃听、冒用等非法行为出现。

6. 网上金融与电子账户

网上的支付需要电子金融来支持,即银行或信用卡公司以及保险公司等金融机构为客户提供可在网上操作的金融服务,而电子账户管理是其基本的组成部分,信用卡号或银行账号都是电子账户的一种标志,而其可信度需配合必要的技术措施来保证,如数字凭证、数字签名、加密等手段的应用,为电子账户操作提供了可靠的安全保障。

7. 信息服务传递

交易过程中的信息服务传递,如订货信息、支付信息、物流配送信息等均可通过各种网络服务来实现。另一方面,信息是交易商品的一种形式,如软件、电子读物、信息服务等,可直接通过网络传递到客户手中。

8. 意见征询和调查统计

在网页上采用"选择"、"填空"等问卷调查方式收集用户对产品及服务的反馈意见,使企业的市场运营形成一个回路。通过对反馈意见的分析,对交易数据的统计,可以了解用户的需求和爱好,有效地把握市场的发展趋势,使企业获得改进产品、扩大市场的商业机会。

9. 交易管理

在商务活动中,对整个交易过程的管理将涉及人、财、物多个方面以及企业与企业、企业与客户、企业内部等各方面的协调和管理,因此,交易管理涉及商务活动的全过程。电子商务的发展,将会提供一个良好的交易管理的网络环境及多种多样的应用服务系统以促进电子商务获得更广泛的应用。

8.2 电子商务系统

电子商务系统是通过现代信息技术进行商务活动的计算机、通信网络、有关人员与组织以及有关法律、制度、标准、规范的统一体。它是为了完成电子商务活动的功能,由电子商务的交易主体构建的信息系统。如前所述,电子商务系统最初的发展阶段是基于 EDI 技术的,并随着 Internet 的发展而逐步转向通过 Internet 完成交易过程。

8.2.1 电子商务系统的网络基础

电子商务主要由企业内部网 Intranet、企业外部网 Extranet 和 Internet 三种网络为基础,这三种网络构成一种以企业的分布式计算为核心的信息系统的集合体,如图 8-6 所示。

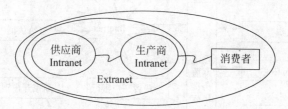

图 8-6 电子商务系统的网络基础

1. Internet

Internet 主要为企业和客户之间的沟通服务,是电子商务活动的主体。

2. Intranet

Intranet 主要是为企业内部各子公司、职能部门或员工实现信息共享和相互协作而建立的基于 Internet 技术的封闭型内部网络。

3. Extranet

Extranet(外联网)则主要是企业及相关协作伙伴之间进行联络的网络形式。它有时是经过专用通道进行连接的跨地区或跨国界的多个内部网络的联合体。

8.2.2 电子商务系统的主要角色

一个完整的电子商务系统通常涉及以下几个角色。

1. 采购者

这里的采购者,可以是企业,也可以是个人,只要通过电子商务系统购买商品(包括有形、无形商品和服务),就是电子商务系统中的采购者。

2. 供应者

与采购者类似,这里的供应者,可以是企业,也可以是个人,只要通过电子商务系统出售商品(包括有形、无形商品和服务),就是电子商务系统中的供应者。

3. 支付中心

支付中心的功能是为电子商务系统中采购者、供应者等系统角色提供资金支付方面的服务。此角色一般由网上银行承担,提供网上支付服务,并保证支付的安全性。

4. 认证中心

认证中心是一些不直接从电子商务交易中获利的第三方机构,负责发放和管理数字证书,使网上交易的各方能够相互确认身份。

5. 物流中心

主要是接受供应者的送货要求,组织将无法从网上直接得到的商品送达采购者,并能跟踪动态流向。

6. 互联网服务提供商

这里专指提供网络接入服务、信息服务以及应用服务的厂商。

图 8-7 显示了上述角色在电子商务系统中的关联关系。

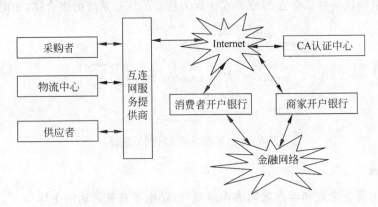

图 8-7 电子商务系统角色间关系

8.2.3 企业电子商务系统的构成

企业电子商务系统是建立在外部电子商务环境之下的。它要受到社会环境的影响,同时要与外部电子商务设施相关联。其中,与企业电子商务系统有密切关系的是电子化银行和认证机构。企业电子商务系统的最底层是基于企业内部网(Intranet)的企业内部信息系统,如电子数据处理(EDP)、管理信息系统(MIS)、决策支持系统(DSS)和商务智能(BI)等,在此基础上的是电子商务基础平台,电子商务基础平台提供系统管理、安全管理、负荷均衡、站点管理、传输管理、事务处理和数据应用等功能。企业内部信息系统与电子商务基础平台之间设置内部安全保障环境,以实现内部信息系统与外部网络之间的隔离。

在电子商务基础平台之上的是电子商务服务平台。电子商务服务平台提供各种应用系统平台,为企业商务活动提供直接支持。位于企业电子商务系统上层的是电子商务应用和电子商务表达平台,这些是电子商务系统的具体应用和表现形式。当然,外部安全保障环境也是必要的。

企业电子商务系统的基本组成、位置及其相互关系如图 8-8 所示。

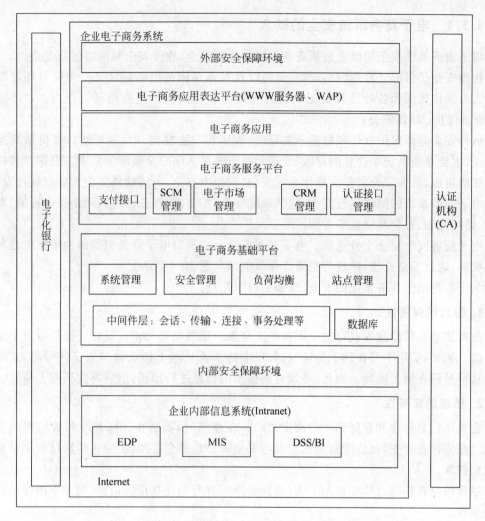

图 8-8 企业电子商务系统的基本组成

8.3 电子商务系统的安全技术

随着信息化建设的深入,企业的各种业务活动对信息网络的依赖性越来越强,对安全的要求也越来越高。如果不能解决安全问题,将直接影响到网络的运行和各项业务的正常开展。

在商务活动中,信息的获取和传播对商家自身和客户都有着重大的影响。电子商务是在计算机网络上进行各种交易活动的,在网上进行交易的两个或多个交易伙伴间,经常会有大量的信息数据的接收和发送,如订单信息、通知公文或协议文书等。这些信息通过计算机网络进行传递时,其安全和保密就是一个非常重要的问题,它关系到企业的商业机密和商业活动的正常运行。

8.3.1 电子商务系统安全的概念

电子商务系统安全的概念包括商务系统的物理安全、软件安全和网络运行安全。

物理安全是保护计算机网络设备、设施以及其他媒体免遭地震、水灾、火灾等环境事故以及人为操作错误和各种计算机犯罪行为导致的破坏过程。主要包括三个方面：环境安全；设备保护；媒体安全。

软件安全是指保护软件和数据不被篡改、破坏和非法复制。目标是使计算机系统逻辑上安全，主要是使系统中信息的存取、处理和输出满足系统安全策略的要求。根据计算机软件系统的组成，软件安全可分为操作系统安全、数据库安全、网络软件安全和应用软件安全。

电子商务系统的网络运行安全，包括系统安全（如主机、服务器等）、网络安全检测、审计分析、访问控制、备份与恢复等方面。

电子商务安全立法十分重要。电子商务安全立法是对电子商务犯罪的约束。它是利用国家机器，通过安全立法，体现与犯罪作斗争的国家意志。

为了实现电子商务系统的安全，应做到以下几点。

1. 信息的保密性

是指信息在传输过程或存储中不被他人窃取。信息需要加密以及在必要的节点上设置防火墙。例如，信用卡号在网上传输时，如果非持卡人从网上拦截并知道了该号码，它也可以用这个号码在网上购物。因此，必须对要保密的信息进行加密，然后再放到网上传输。

2. 信息的完整性

它是从信息传输和存储两个方面来看的。在存储时，要防止非法篡改和破坏网站上的信息。在传输过程中，接收端收到的信息与发送的信息完全一样，说明在传输过程中信息没有遭到破坏。

尽管信息在传输过程中被加了密，能保证第三方看不到真正的信息，但并不能保证信息不被篡改。

3. 信息的不可抵赖性

是指信息的发送方不能否认已发送的信息，接收方不能否认已收到的信息。

4. 交易者身份的真实性

是指交易双方是确实存在的，不是假冒的。网上交易的双方相隔很远，互不了解，要使交易成功，必须互相信任，确认对方是真实的。

5. 系统的可靠性

电子商务系统是计算机系统，其可靠性是指防止计算机失效、程序错误、传输错误、自然灾害等引起的计算机信息谬误或失效。

8.3.2 安全技术

1. 防火墙

防火墙（Firewall）是一个由硬件和软件两部分组成的网络结点，用以将内部网与互联网隔离，以保护内部网中的信息、资源等不受来自互联网中非法用户的侵犯。它控制内部网与互联网之间的所有数据流量,控制和防止内部网中的有价值数据流入互联网,也控制和防止来自互联网的无用垃圾和有害数据流入内部网。简单地说,防火墙成为一个进入内部网的信息都必须经过的限制点,它只允许授权信息通过,而其本身不能被渗透。其目标是使入侵者要么无法进入内部系统,要么即使进入也带不走有价值的东西。

2. 虚拟专用网技术

虚拟专用网(Virtual Private Network,VPN)是指使用公共网络传递信息,但通过加密、认证和访问控制等安全措施以维持信息的保密性、完整性和访问限制。"虚拟"的概念是相对传统私有专用网络的构建方式而言的,对于广域网连接,传统的组网方式是通过远程拨号和专线连接来实现的,而 VPN 是利用网络服务提供商所提供的公共网络来实现远程的广域连接。通过 VPN,企业可以以更低的成本连接它们的远地办事机构、出差工作人员以及业务合作伙伴。

协议隧道(Protocol Tunneling)是构建 VPN 的关键技术。网络服务提供商在公共网络中建立专用的隧道,让数据包通过这条隧道传输,为用户模仿点对点连接。具体的隧道技术主要有 IP 层加密标准协议 IPSec 协议、点对点隧道协议和二层转发协议。

3. 网络入侵检测技术

网络入侵检测技术也叫网络实时监控技术,它通过硬件或软件对网络上的数据流进行实时检查,并与系统中的入侵特征数据库进行比较,一旦发现有被攻击的迹象,立刻根据用户所定义的动作做出反应,如:切断网络连接,或通知防火墙系统对访问控制策略进行调整,将入侵的数据包过滤掉等。

4. 加密技术

将明文数据进行某种变换,使其成为不可理解的形式,这个过程就是加密,这种不可理解的形式称为密文。解密是加密的逆过程,即将密文还原成明文。加密方法包括加密密钥和加密算法两部分,加密密钥是一串字符(在计算机处理过程中是一定长度的二进制数);加密算法是作用于明文和密钥的一个数学函数,即将明文和密钥数字结合起来进行加密运算后形成密文。

按加密密钥和解密密钥是否相同,可将现有的加密体制分为两种:对称密钥密码体制和非对称密钥密码体制。

对称密钥密码体制也叫单钥密码体制或私钥密码体制,如果一个加密系统的加密密钥和解密密钥相同,或者虽然不相同但是由其中的任意一个可以很容易地推导出另一个,所采用的就是对称密码体制。早期使用的加密算法大多是对称密码体制,它的优点可用较短的密钥长度、较简单的算法和较少的系统投入,完成较好的加密效果。但它的密钥必须通过安全可靠的途径传递,密钥管理成为影响系统安全的关键性因素,使它难以满足系统的开放性要求。目前比较著名的对称密码加密算法有 DES 和 IDEA。

非对称密钥密码体制也叫双钥密码体制或公开密钥密码体制,在非对称密钥密码体制中,有两个密钥:一个是公钥,另一个是私钥。公钥可以公布于众,私钥被自己所掌握。如果用公钥对数据加密,则只有用私钥才能解密。反之,如果用私钥对数据加密,则只有用公钥才能解密。

在非对称密码体制中,最具代表性的算法是 RSA,它是由美国的三位科学家 Rivest、

Shamir 和 Adelman 于 1978 年公布的。

5．认证技术

1）数字摘要

数字摘要也叫做 HASH 编码法（Secure Hash Algorithm，SHA），SHA 采用 Hash 函数将需要加密的明文变换成一串固定长度为 128bit 的密文，这串密文就叫做数字摘要，也叫做数字指纹。数字摘要具有以下特点：①同样的明文其数字摘要是唯一的；②不同的明文其数字摘要必定不同；③通过数字摘要不可能经过逆运算生成原文。数字摘要的这些特点应用在电子商务中就能保证信息传输的完整性，如图 8-9 所示。

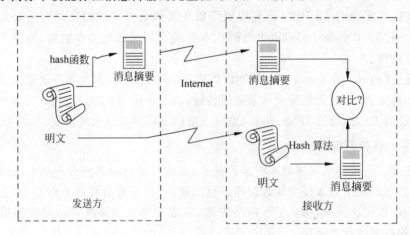

图 8-9　数字摘要过程

2）数字信封

数字信封的功能类似于普通信封，普通信封在法律的约束下保证只有收信人才能阅读信的内容；数字信封则采用密码技术保证了只有规定的接收人才能阅读信息的内容。数字信封中采用了对称密码体制和公钥密码体制。信息发送者首先利用随机产生的对称密钥加密信息，再利用接收方的公钥加密对称密钥，被公钥加密后的对称密钥被称之为数字信封。在传递信息时，信息接收方若要解密信息，必须先用自己的私钥解密数字信封，得到对称密钥，才能利用对称密钥解密所得到的信息。这样就保证了数据传输的真实性和完整性。

3）数字签名

数字签名技术是将摘要用发送者的私钥加密，与原文一起传送给接收者。接收者只能用发送者的公钥才能解密被加密的摘要，然后用 Hash 函数对收到的原文产生一个摘要，与解密的摘要对比，若相同，则说明收到的信息是完整的，否则，被修改过，不是原信息。同时，也证明发送者不能否认自己发送了信息。数字签名过程如图 8-10 所示。

4）双重签名

在实际商务活动中经常出现这种情形，即持卡人给商家发送订购信息和自己的付款账户信息，但不愿让商家看到自己的付款账户信息，也不愿让处理商家付款信息的第三方看到订货信息。在电子商务中要能做到这点，需使用双重签名技术。持卡人将发给商家的信息（报文 1）和发给第三方的信息（报文 2）分别生成报文摘要 1 和报文摘要 2，合在一起生成报文摘要 3，并签名；然后，将报文 1、报文摘要 2 和报文摘要 3 发送给商家，将报文 2、报文摘

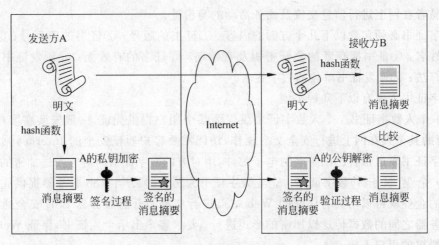

图 8-10 数字签名的过程

要 1 和报文摘要 3 发送给第三方；接收者根据收到的报文生成报文摘要，再与收到的报文摘要合在一起，比较结合后的报文摘要和收到的报文摘要 3，确定持卡人的身份和信息是否被修改过。双重签名解决了三方参加电子贸易过程中的安全通信问题。

5）数字时间戳

数字时间戳服务（digital time-stamp service，DTS）就是一种为电子文件发表时间提供安全保护的技术。它是一个经加密后形成的凭证文档。获取数字时间戳的过程如图 8-11 所示。描述如下：

（1）用户将明文生成数字摘要。

（2）用户将数字摘要发送给专门机构的 DTS。

（3）DTS 加入日期和时间信息，再对它们加密（数字签名），最后返回给用户。

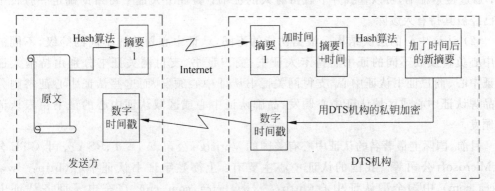

图 8-11 获得数字时间戳的过程

6）数字证书

数字证书又称为数字凭证、数字标识，是用电子手段来证实交易者真实身份的方法，它是由独立于交易各方的具有权威性的认证中心（Certification Authority，CA）为交易者颁发的能证实交易者真实身份的电子文件。

数字证书可用于发送安全电子邮件、访问安全站点、网上证券交易、网上采购招标、网上办公、网上保险、网上税务、网上签约和网上银行等安全电子事务处理和安全电子交易活动。

它是交易者在网上进行信息交流及商务活动的身份证。

数字证书必须包含以下几个方面的内容：①证书的版号；②证书的序列号；③证书拥有者的姓名；④证书拥有者的公开密钥及有效期；⑤证书的有效期；⑥颁发证书的单位；⑦签名算法；⑧颁发证书单位的数字签名。

数字证书主要有以下几种类型。

(1) 个人数字证书。个人数字证书仅仅为某个用户提供凭证，一般安装在客户浏览器上，以帮助其个人在网上进行安全交易操作，访问需要客户验证安全的 Internet 站点，用自己的数字证书发送带自己的签名的电子邮件，用对方的数字证书向对方发送加密的邮件。

(2) 企业(服务器)数字证书。企业数字证书为网上的某个 Web 服务器提供凭证，拥有服务器的企业就可以用具有凭证的 Web 站点进行交易。开启服务器 SSL 安全通道，使用户和服务器之间的数据传送以加密的形式进行；要求客户出示个人证书，保证 Web 服务器不被未授权的用户入侵。

(3) 软件(开发者)数字证书。软件数字证书为软件提供凭证，证明该软件的合法性。

7) 认证中心

如何证明公钥的真实性呢？即一个公钥确实属于信息发送者，而不是冒充信息发送者的另一个人冒用它的公钥，这就要靠第三方证实该公钥确实属于真正的信息发送者。

(1) 认证中心(Certification Authority，CA)的功能。认证中心是一个权威机构，专门验证交易双方的身份。

验证方法是接受个人、商家、银行等涉及交易的实体申请数字证书，核实情况，批准/拒绝申请，颁发数字证书。

认证中心除了颁发数字证书外，还具有管理、搜索和验证证书的职能。

通过证书管理可以检查所申请证书的状态(等待、有效、过期等)，并可以废除、更新证书；通过搜索证书，可以查找并下载持有人的证书；验证个人证书可帮助确定一张证书是否已经被其持有人废除。

(2) 认证中心的层次结构。根据功能的不同，认证中心划分成不同的等级，不同的认证中心负责发放不同的证书。持卡人证书、商户证书、支付网关证书分别由持卡人证书认证中心、商户证书认证中心、支付网关证书认证中心颁发，而这些认证中心证书则分别由品牌认证中心或区域认证中心颁发，品牌认证中心或区域认证中心的证书由根认证中心颁发。

目前，国际上最著名的认证中心有美国的 Verisign 公司、AT&T、RSA 公司、GTE 公司和 Microsoft 公司等。我国的认证中心主要有：上海数字证书认证中心(http://www.sheca.com)、中国金融认证中心(http://www.cfca.com.cn)、广东电子商务认证中心(http://www.cnca.net)、中国数字认证网(www.ca365.com)、北京数字证书认证中心(www.bjca.org.cn)等。

8.3.3 电子商务安全交易协议

为了保证信息传递的安全性，金融界与信息业共同推出了多种有效的安全交易标准。主要有安全超文本传输协议(S-HTTP)、安全套接层协议(SSL)和安全电子交易协议(SET)。其中 S-HTTP 是基于 SSL 技术对 HTTP 进行了安全性扩充，增加了报文的安全性,目前 SSL 基本取代了 S-HTTP,因此这里主要介绍 SSL 和 SET 协议。

1. 安全套接层协议 SSL

SSL 是 1995 年由 Netscape 公司推出的一种安全通信协议,它能够对信用卡和个人信息提供较强的保护,是一种对计算机之间整个通信过程进行加密的协议。SSL 协议用于 Netscape Communicator 和 Microsoft IE 浏览器。

1) SSL 协议的主要目标

(1) 将对称密钥技术和非对称密钥技术相结合,在浏览器与 Web 服务器之间建立一条安全通道,保证在 Internet 中传输文件的保密性,防止非法用户进行破译。

(2) 利用认证技术和第三方 CA,识别浏览器与 Web 服务器之间的身份,确认用户和服务器的合法性,确信数据确实被发送到想要发送的客户机和服务器上。

(3) 利用 Hash 函数和数字签名技术,保证所有经过 SSL 处理的信息在传输过程中能完整地、准确无误地到达目的地。

2) SSL 协议的运行过程

(1) 接通阶段:客户通过网络向服务商打招呼,服务商回应。

(2) 密码交换阶段:客户与服务器之间交换双方认可的密码,一般选用 RSA 密码算法。

(3) 会谈密码阶段:客户与服务商之间产生彼此交谈的密码。

(4) 检验阶段:检验服务商取得的密码。

(5) 客户认证阶段:验证客户的可信度。

(6) 结束阶段:客户与服务商之间相互交换验证结束的信息。

3) SSL 协议的评价

(1) SSL 协议的主要优点

SSL 协议是国际上最早应用于电子商务的一种网络安全协议,至今仍有许多网上商店在使用,在点对点的网上银行业务中也经常使用,该协议已成为事实上的工业标准。在市场上已有许多 SSL 相关产品及工具,它们大多较成熟,能提供相当稳定的服务。

(2) SSL 协议存在的主要问题

系统安全性比较差;SSL 协议运行的基点是商家对客户信息保密的承诺,因此 SSL 协议有利于商家而不利于客户。

2. 安全超文本传输协议 SET

SET 协议是为了用于解决客户、商家和银行之间通过信用卡支付的交易安全,由 VISA 和 MasterCard 两大信用卡公司于 1997 年合作制定的。它是一个为在线交易而设立的开放的、以电子货币为基础的电子付款系统规范。SET 在保留对客户信用卡认证的前提下,又增加了对商家身份的认证。由于设计合理,SET 协议得到了许多大公司和消费者的支持,已成为全球网络的工业标准,其交易形态将成为未来电子商务的规范。

1) SET 协议的主要目标

SET 协议的主要目标是保证支付信息的机密性、支付过程的完整性、商家及持卡人身份的合法性以及交易的不可抵赖性。

(1) 机密性:SET 协议采用非对称密钥加密技术来保证信息传输的机密性;SET 协

还可以通过双重签名的方法将信用卡信息直接从客户方透过商家发送给商家的开户行,而避免商家窥探客户的账号信息。

(2)完整性:通过 SET 协议发送的所有报文加密后,将产生一个数字摘要,利用数字摘要的唯一性保证信息传输的完整性。

(3)身份的合法性:SET 协议可使用数字证书来确认交易各方的身份,包括商家、持卡客户、受卡行和支付网关,为在线交易提供完整的可信赖的环境。

(4)不可抵赖性:SET 交易中数字证书的发布过程也包括了商家和客户在交易中存在的信息。

2)SET 协议的运行过程(如图 8-12 所示)

(1)消费者利用已有的计算机通过 Internet 选定所购物品,并下电子订单。

(2)通过电子商务服务器与网上商场联系,网上商场做出应答,告诉消费者有关订单的情况。

(3)消费者选择付款方式,确认订单,签发付款指令,SET 协议从这一步开始起作用。

(4)在 SET 中,消费者必须对订单和付款指令进行数字签名,同时利用双重签名技术保证商家看不到消费者的账号信息。

(5)在线商店接受订单后,向消费者所在银行请求支付认可,信息通过支付网关到收单银行,再到电子货币发行公司确认,批准交易后,返回确认信息给在线商店。

(6)在线商店发送订单确认信息给消费者,消费者端软件可记录交易日志,以备将来查询。

(7)在线商店发送货物或提供服务,并通知收单银行将钱从消费者的账号转移到商店账号,或通知发卡银行请求支付。

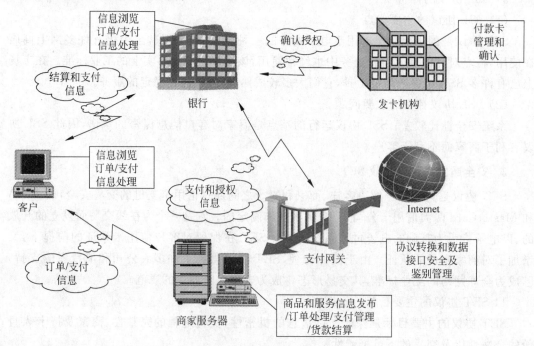

图 8-12　SET 协议流程

3）SET 协议的评价

（1）SET 协议的主要优点：SET 对商家提供了保护自己的手段，使商家免受欺诈的困扰，降低运营成本；对消费者而言，SET 保证了商家的合法性，并且用户的信用卡不会被窃取，SET 替消费者保守了更多的秘密使其在线购物更加轻松；对银行和发卡机构以及各种信用卡组织来说，SET 使得信用卡网上支付具有更低的欺骗概率，这使得它比其他支付方式具有更大的竞争力，从而帮助它们将业务扩展到互联网这个广阔的空间；SET 对于参与交易的各方定义了互操作接口，一个系统可以由不同厂家的新产品构建。

（2）SET 协议存在的主要问题：SET 要求在银行网络、商家服务器、顾客的 PC 机上安装相应的软件，同时，SET 还要求必须向各方发放证书，因此，SET 要比 SSL 昂贵得多，从而阻碍了 SET 的发展；协议没有说明收单银行给在线商店付款前，是否必须收到消费者的货物接收证书。如果在线商店提供的货物不符质量标准，消费者提出异议，责任由谁承担；协议没有担保"非拒绝行为"，这意味着在线商店没有办法证明订购是由签署证书的、讲信用的消费者发出的；SET 技术规范没有提及在事务处理完成后，如何安全地保存或销毁此类数据，是否应当将数据保存在消费者、在线商店或收单银行的计算机里。这种漏洞可能使这些数据以后受到潜在的攻击。

8.4　电子商务的解决方案

电子商务解决方案对于用户而言就是为了实现特定的商务活动目标，满足自身经营管理特定的需求，借助信息化手段解决目标实现过程中出现的各种问题而形成的各种方法、任务及活动安排。而对于服务商而言，电子商务解决方案就是通过系统建设和技术服务来满足用户的需求和倾向，通过为他们提供个性化的产品和服务，然后以尽可能快的速度将产品和服务交付给用户，并为其在增加收入、降低成本、建立和加强与合作伙伴之间的关系等方面提供了巨大的潜力。从过程上来看，电子商务解决方案应该是一项信息系统工程；从结果上来看，电子商务解决方案应该是一套包括软硬件有形产品及相关无形服务在内的集成品。

8.4.1　电子商务解决方案的内容

不少人在提及电子商务解决方案内容的时候，认为解决方案主要包括网络的构建、网站的设计、网页的制作，以及包含营销、支付和物流在内的网站商务策划。实质上，这只能称之为网络建设方案或是网站运营方案，或者说这是围绕如何建设一个电子商务网站而设计的方案。电子商务解决方案的内容固然少不了门户网站的建设，但电子商务解决方案并不仅仅是网站建设方案，而是一套完整的信息系统工程。

1. 需求分析与可行性分析方案

企业在选择电子商务解决方案之前，往往要先对解决方案进行必要的需求分析，弄清楚方案应着手解决哪些方面的问题。接着进行可行性分析，以确定是否有必要利用电子商务来解决问题。因此，需求分析与可行性分析本身就是电子商务解决方案的一项重要内容。需求分析内容一般包括：用户需求分析、技术需求分析、功能需求分析、成本—效益需求分析,以及安全需求分析等。项目可行性分析的基本内容包括：拟解决方案的经济可行性分析、技术可行性分析、组织管理可行性分析和社会效益可行性分析。最终得出结论性意见,若可行,则提交申请书,立项;若不可行,则应提出不可行的主要问题及处理意见,或者对应修改的主要问题进行说明,提出修改意见。

2. 长期规划与短期策划方案

这是电子商务解决方案得以成功的基础,需要非常明确和具体。长期规划方案主要对电子商务活动最终目的的达成提出总体规划意见,例如开展电子商务的目标是为了解决直接网上销售问题,还是方便资金的流通,或是作为企业信息化管理系统等,电子商务的目标与定位不同,其表达方式和实现手段是不一样的。也就是说,需要不同的解决方案来实现。因此,企业在选择或开发电子商务解决方案的初期先提出明确具体的目标与定位,充分分析所处的基础运行环境、享有的资源和限制性条件,有针对性地制定解决策略和规划步骤,为电子商务解决方案以后的顺利进行奠定基石,避免以后造成更大的损失。除了目标与定位之外,规划方案还应考虑系统的扩展方向、生命周期、稳定性等问题。

电子商务解决方案另一项基础性的内容就是要寻求电子商务的经济支撑点,最大限度地消除电子商务活动中的不确定性,即盈利和财务风险。解决方案中不仅要提出总体规划方案,还应该提出短期盈利策划方案。短期策划方案要依托当前即将实现的系统解决可操作性、市场敏感性和盈利能力问题,提出具体的经营策划方案,保证对于解决方案的投入能够换回更大的利益回报。

3. 系统设计方案

系统设计方案是整个电子商务解决方案的主体方案,即根据规划方案明确的目标定位、约束条件与参考指标,设计出最适合问题解决和目标达成的系统。具体内容包括：系统开发方法的选择、系统分析与逻辑模型的建立、系统总体结构与流程的设计、编码设计、数据存储设计、输入/输出设计、子模块设计、运行设计、接口设计、系统错误处理设计等。

4. 技术解决方案

电子商务的技术解决方案,应按照系统设计方案的基础架构来确定,具体包括以下内容：平台开发技术、数据库开发技术、交互语言开发技术、组件技术、安全技术、中间件支持技术以及各种技术设备的选型等。技术解决方案的制定为系统最终的成型提供了具体的解决手段,为电子商务解决方案提供了必要的操作与实施工具和办法。

5. 系统测试、运行管理及维护方案

系统开发方案只是为电子商务活动最终目标的实现提供了可能,系统开发完成后能否按照方案正常运行,还需要进一步的检验。首先,系统正式投入使用之前要对系统进行测试。系统测试方案规定了测试的目标、方法、步骤与基本配置要求。通过测试之后,就要制定运行方案。

电子商务解决方案中的运行方案不仅仅是针对系统正常的运行管理和实时有效的监控,维护企业在电子商务活动中的合法利益,利用网络资源和工具对企业的竞争对手进行实时有效的调查和监控,保持企业在电子商务活动中的竞争性。同时,还包括了利用系统实现商务盈利目的的方案。如制定在线广告计划,利用网络资源最大限度地发挥广告效应,在短时期内开拓市场、扩大营销、提升地位;提供全面的与电子商务活动紧密相关的新闻组、邮件列表、BBS 信息,最大限度地发挥网络营销的效率,赢得网络订单;帮助设计营销邮件,充分利用 EMAIL 开展网络营销,并科学有效地提高邮件的回收率;帮助制定网络销售价格,合理利用免费策略吸引客户,体现网络销售的直接优势;提供完善的在线传送和下载渠道,及时地将产品和服务送达客户手中,等等。

而系统维护方案主要包括系统维护与更新、改进系统建议、数据备份与恢复等内容。

6. 人才培训方案

人才培训方案就是为企业持续地开展电子商务活动提供人才保障,逐步增强企业独立研发能力和电子商务活动的主业运作能力。人才培训方案主要包括系统开发设计人员的培训、系统管理维护人员的培训、系统应用操作人员的培训、市场推广与策划人员的培训等。

完善的电子商务解决方案对企业极为重要,它是利用信息技术的潜力来构建企业的未来并使其成长的基础。目前,世界上很多公司都提供相应的电子商务解决方案,这里选择 IBM 的解决方案进行介绍。

8.4.2 IBM 电子商务的解决方案

1. 系统结构

IBM 公司针对大众服务业、企业网络和一般用户需求所设计的电子商务解决方案,是以完善、高效而安全的企业内部网络(Intranet)为基础,以安全认证方式,通过 Internet 集成企业外部网(Extranet),并与金融认证中心、信用卡中心、银行结合,构建交易处理应用环境,提供网络购物。该方案可用于企业对企业的供销业务,也可用于企业对个人消费者的直接购物。

认证中心对商家、消费者、货运公司及支付网关的资格进行审查,如符合标准,则签发电子证书。消费者购物过程如下。

(1) 消费者使用浏览器通过 Internet 访问商家服务器、查询选择商品、提交商品订单。

(2) 如果需要实时支付,客户需要激活电子钱包 E-Wallet,从中找出有效的信用卡、账号等来支付。

(3) 商家通过商家服务器提供商品信息和订单服务,通过 eTill 参与网上支付过程。

(4) 支付网关可以使 Internet 的支付信息安全地与金融网上所要求的支付进行交换。

(5) 商品由商家或专业的货运公司来交付给客户。

2. IBM 电子商务硬、软件系统

在硬件方面,根据不同用户的需求,IBM 提供了多种系列的服务器,包括 RS/6000 系列、S/390 系列、AS/400 系列、Netfinity 700 系列及 PC 服务器等。

在软件方面,IBM 提供了电子商务整体解决方案——Commerce Point,如图 8-13 所示。Commerce Point 主要包括电子商城的软件 Net Commerce,建立认证中心的软件 Registry for SET。在基于 SET 的电子付款解决方案中,有提供消费者使用的电子钱包的软件 Commerce Point Wallet,为商家建立电子收款机的软件 Commerce Point eTill,以及付款处理器使用的付款网关软件 Commerce Point Gateway。

1) 建立电子商城的软件

Net Commerce 软件可以使企业快速地在 Internet 上建立虚拟的电子商城。该软件可

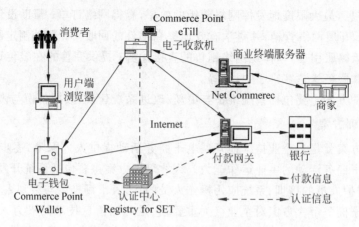

图 8-13　IBM 电子商务解决方案

运行在多种平台上,如 IBM 的操作系统 AIX,微软的 Windows NT 及 SUN 的 Solaris 平台等。

顾客在用 Net Commerce 建立的电子商城内可浏览具有交互功能的产品目录,并可通过鼠标将选购的物品放入"购物手推车"中,完成购物过程。

NET Commerce 的主要特点如下。

(1) 可以简单地自定义购物流程。

(2) 提供先进的产品目录,建立舒适的购物环境,电子商城可以提供比较功能、选择以及择优功能来引导顾客购物。

(3) 可以在单一机器上运行多个商业服务器,管理多个独立网络。

(4) 能够针对不同客户群提供不同的目录和价格。

(5) 使用简单而且方便的采购表单,简化操作流程。

(6) 可以自动计算包括运费和税金在内的全部价格。

(7) 提供可以支持多个出货地址的电子地扯簿。

(8) 支持多种硬、软件平台的数据库系统。

NET Commerce 作为商家在网上创建电子商城的软件系统,允许企业在 Internet 上开设电子交易柜台、电子货架和电子铺面(或窗口)。电子交易柜台的设计方式完全取决于企业自身的需求,可以建立一个丰富多彩、交互式的动态目录。并可以按照企业自身的特点及产品的特点安排和组织这些目录。而目录数据库中所做出的变更可以立即更新到产品目录中,及时反映商家产品和其他方面的调整和变化。

通过 NET Commerce 建立的电子商城是一个服务周到、及时方便和友好的虚拟场所。它可以针对每个顾客的需求提供个性化服务。它支持万维网上开展商业活动所需的全部功能,诸如:可浏览、可搜索的商店与产品目录,购物"手推车",购物者登记与地址簿,销售税与运输费计算,实时信用卡认证,订单提交与通知,电子邮件与客户支持等。

与其他电子平台不同的是,NET Commerce 功能、工具与文档,是面向于运行多个客户的虚拟主机型服务,而不仅是运行单一的电子商务站点。

Net Commerce 提供了一整套工具来设计和管理电子商城,其中最主要的是商城管理器(Site Manager)和仓储管理器(Store Manager)。例如:进行产品目录管理、产品信息管理、顾客群管理、商品清点设定管理、商品订单管理、指令单元管理和存取权控制等；还可以用来建立电子交易柜台、虚拟购物车、动态广告、畅销商品排行榜、个人通信录、开展货物寄送服务等；也可以进行顾客问卷调查、商品查询、新产品介绍、商品促销和来访顾客统计等。

2）为商家建立电子收款机的软件

Commerce Point eTill 是 Internet 上的收款机，也是 Internet 交易解决方案的关键。顾客在电子商城内选购了满意的商品之后，便可以从所提供的付款方式中选择一种方式进行付款，并交给电子付款机进行处理。电子付款机则与金融机构以及付款处理器之类的后端进行连接。Commerce Point eTill 可管理付款流程的所有工作。在交易之前通过 Commerce Point eTill 定义顾客和店员可以查看哪些资料，并确定顾客付款方式。在交易期间，可以记录顾客的要求，使之与原有的订单程序相容。在交易之后，可以通过 DB2 或其他与 ODBC/JDBC 兼容的数据库，保留详细的交易付款记录，并建立顾客表，便于以后的争议处理和顾客联络等工作。

商家配备电子付款机可以选用 Commerce Point eTill，该软件能够支持 NET Commerce 商城等很多软件系统。eTill 是一个开放的系统，当新的付款方式出现时，Commerce Point eTill 可进行扩充而接受新的付款方式。一个商家可以选用多个 eTill，而多个商家也可以使用一个 eTill。

3）提供消费者电子钱包的软件

Commerce Point Wallet 软件是一个可由 Internet 浏览器启动的应用程序。它可以为顾客提供安全的信用卡交易。

IBM 使用 Commerce Point Wallet 为各信用卡定制电子钱包软件。信用卡持有者可以到这些银行的站点上来下载电子钱包软件，也可由银行通过软盘或光盘分发给各信用卡用户。这样，当用户在购物时，就可以通过浏览器启动电子钱包软件。客户利用电子钱包可进行安全的网上交易。交易数据加密后，在 Internet 上传输，只有信用卡处理器可打开交易数据。Commerce Point Wallet 内置了电子签名。信用卡处理器验证通过后，通知商家完成交易。交易结束后，将在顾客屏幕上显示所发出的订购请求和商家的确认信息。

Commerce Point Wallet 还提供了信用卡储存和管理功能。一个电子钱包内部可以包含多种信用卡。顾客通过账户管理控制台为每张信用卡申请一个凭证。一旦信用卡和凭证输入到电子钱包中，顾客就可以安全地进行在线购物。

Commerce Point Wallet 的主要特点如下。

（1）在网站上达到安全的信用卡付款。

（2）利用 SET 协议为持卡人和商家提供安全保护，并支持符合 SET 的厂商信息。

（3）可以通过商家接受和认可订单。

（4）能够根据信用卡种类、商家、总额以及各种费用来提供采购报告。

4）建立电子支付网关软件

Commerce Point GateWay 是采用 SET 标准的付款处理应用程序。当网关接收到来自网上加密的付款指令后，可对其进行解密格式的转换，传递适当的应用程序。

Commerce Point GateWay 为商家和顾客提供信用卡保护。它可以保证商家和顾客的互相确认，以及付款处理流程都采用安全的执行方式。顾客也可受到类似的保护，因为商家已经得到认证，同时顾客的信用卡号码除了付款银行外，无人知晓。IBM Commerce Point

GateWay 能够支持信用卡持卡人与商家、银行的现有关系。

当网关接收到来自网上加密的付款指令后,可以对其进行解密,并进行格式转换,传送到适当的应用程序。付款网关提供密钥管理、凭证管理和密码服务。通过密钥管理,可提供私人密钥、用于付款指令的解码和银行回应信息的签名。通过凭证管理可以向商家发送付款网关凭证,并对其进行管理。通过密码服务可以验证顾客与商家的凭证和签名。Commerce Point GateWay 的主要特点如下。

(1) 通过网站以信用卡方式付款。

(2) 利用 SET 协议为持卡人和商家提供安全保护,并支持符合 SET 的厂商信息。

(3) 具备信息记录以及跟踪的能力。

(4) 提供与原有系统的连接界面,并支持目前信用卡付款处理。

5) 建立认证中心软件

根据安全电子交易(SET)的标准,在一个完整的电子交易过程中,顾客、商家、支付网关和认证中心缺一不可。进行网上交易时,用户需要通过浏览器先到认证中心(CA)或商家的 Web 站点上下载电子钱包(E-Wallet)软件,再到认证中心 Web 站点上去申请证书,用户输入自己的(ID)和口令以及个人信息,并添加自己的信用卡信息,然后送到认证中心进行认证。待认证中心批准后,用户就可以使用自己的电子钱包进行购物付款了。

同样,对于商家和收单银行,他们要在网上买卖东西和收付资金,也必须先向认证中心申请证书,认证中心在对这些商家和收单银行进行严格的审核后,才能向他们发放证书。

认证中心负责向顾客、商家、银行发放证书,使得交易中的三方能够互相信任,支付网关负责 SET 信件格式和银行的信件格式之间的转换。Net Commerce 和 eTill 为商家构建网上商城,E-Wallet 是顾客在网上商城购买商品时的支付工具。

作为认证中心,首先要制定出一套发放和管理证书的规范,根据该规范安装和设置 CA,然后可以同时对顾客、商家和支付网关发放证书。在服务器上运行 Registry for SET 软件后,可提供持卡人认证中心、商家认证中心、付款网关认证中心功能。该软件既可以在多台电脑上运行,作为单一的认证中心;也可以在一台电脑上运行,作为多个认证中心。

Registry for SET 由三个部分组成:Administrator 可管理服务器运行,并进行密码与密钥的安全管理;Approver 可以接受和检验 SET 证明申请;SET CA Server 可以处理 SET 证明申请、签名及发布申请。

6) 保护电子商务网络的软件

Firewall 是电子商务的保护软件。它使用过滤机制、代理服务和加密机制可以有效保护网络。此外,采用类似代理服务的 Socks Server 可以有效隐藏 IP 地址,网络地址转换可以让内部网络所有客户端共用一个经过正式登记对外使用的 IP 地址,电子邮件网关 Safe Mail 可以保护电子邮件主机。

3. IBM 电子商务开发技术

1) 电子商务计算平台 Domino

IBM Lotus Domino 是一个应用服务器和电子邮件服务器,使用 Domino 可以快速建立、部署和管理电子商务环境。通过其 Web 服务,可以让用户通过 Internet 进行购物,并能在线地跟踪订单的状态,对订单进行处理和报告,必要时可将用户的问题转交给相应的客户服务代表。Domino 数据库可以包含任意数量的对象和数据类型,如正文、格式化文本、数字、结构化数据、图像、图形、声音、影像、文件附件、嵌入式对象及 Java 和 ActiveX 小程序等。其内置的全文检索引擎可很容易地为用户提供检索功能。Domino 的工作流处理能力可方便地在客户合作伙伴和供应商之间进行商务活动。

Domino 提供了集成的开发环境 Notes Designer for Domino，可以方便地开发电子商务应用程序。其中的 Lotus Bean Machine for Java 是一个交互式、可视化的设计工具，不用编写代码就可以为电子商务应用创建 Java Applet，而 Notes Global Designer 则可以使应用程序运行在不同语言环境中。

Domino 还提供了很多周边工具可以增强电子商务 Web 站点，如 Domino. Action 可以自动生成 Web 站点，Domino. Merchant 可以实现联机贸易，Lotus. eSuit 提供了基于 100% 纯 Java、面向瘦客户机的解决方案。Notes. Pump 提供了基于服务器的数据传输工具，Domino. doc 可以在分布式网络环境中进行协同文档管理。

2) 电子商务开发技术 Java

Java 语言的平台无关性使其成为优秀的电子商务开发语言。Java 为电子商务提供了可支持各种标准和付款协议的开发平台，使得编程者可以迅速开发出各种电子商务应用。

Java 电子商务包括 Java 电子商务框架(JECF)、Java 电子商务 API 和 Java 电子商务开发工具如 Java 电子钱包(Java Wallet)等。Java 电子商务框架是用 Java 语言开发电子商务应用程序的平台和结构化框架。Java 电子商务 API 则实现了 Java 电子商务框架中的一些基本服务，使得开发者可以方便地创建各种电子商务应用程序。它包含了可存储顾客的信用卡等个人信息的数据库，数据库的安全性可以由 Java 开发工具 JDK 内置的安全机制来实现。它也可让开发者迅速实现各种付款协议。如果要用 Java 电子商务 API 更迅速地创建复杂的电子商务应用程序，可以使用 Java 电子商务开发工具。它包括一组工具：Java Wallet，Java Cassettes 和 Java Shopping Cart。

Java Wallet 是开发电子钱包的有力工具，它包括 Java 电子商务客户(JCC)工具、满足特定需求的电子商务部件 Java Commerce Beans 和用于智能卡(Smart Card)设备的 Java Card API。此外通过 Java Commerce Message 工具可以实现电子商务服务器与 JCC 的交互，通过网关安全模型可以实现电子商务的安全交易。

Java Cassettes 可以实现一些特定的在线交易协议如信用卡交付等，Java Shopping Cart 是一个存储顾客选购的物品的小程序，提供"购物手推车"的功能。

3) 电子商务开发平台 VisualAge e-Business

VisualAge 是 IBM 软件系列，其中有关电子商务的软件称为 VisualAge e-Business，它包括一组 VisualAge 系列工具。其中的 VisualAge for Java 是创建电子商务的集成化 Java 编程工具。而 Lotus Bean Machine 可为电子商务应用程序创建多媒体界面。电子商务应用程序编制好后，可由 Web 制作工具 Net. Object fusion 组装入 Web 页面，该工具可自动进行链接管理，并提供了远程数据库访问功能。最后通过 Domino Go Webserver 和 Netscape Navigator 可对应用程序进行测试。此外 VisualAge e-Business 还包括 DB2 和 WebRunner，其中 IBM 的 DB2 数据库系统为电子商务提供了数据库服务，VisualAge WebRunner 则提供了一组可在编程中使用的 Java Beans。

4) 电子商务通用数据库 DB2

DB2 是 IBM 关系数据库管理系统，它允许用户把数据看做关系和表的集合来进行存储和检索,并支持关系查询语言 SQL 对数据库的存取。它在数据完整性、性能优化、分布式处理、并行处理及与 Internet 连接等方面均处于领先地位,这也使得它成为电子商务的通用数据库。

电子商务需要数据库与 WWW 的连接,为此 IBM 推出了 DB2 World Wide Web Connection。程序员可以编写 DB2 WWW 宏,宏中可以包括 HTML 和 SQL 语句来查询数据库及向用户反馈信息,这样浏览者可通过 HTML 表格来查询数据库,其过程类似 CGI。

DB2 的最新版本内嵌了对 Java 的支持,Java 应用程序及 Java 小程序可通过 JDBC 访问 DB2 数据库,并可用 Java 创建用户定义函数(UDF)和存储过程(Stored Procedure),可更好地为电子商务服务。

5) 电子商务通信管理 MQ Series

MQ Series 是 IBM 的通信中间件产品,它采用基于队列的消息传递机制(Messaging 和 Queuing),可确保电子商务网络中数据的安全传输。

MQ Series 消除了应用程序开发和网络协议的依赖关系,使得开发人员可集中精力投入电子商务应用程序开发本身,缩短了开发周期。

使用 MQ Series,信息在传输时无需等待接收者的响应。同时又可保证传输不丢失、不复传,在复杂多变的分布式计算环境中完成程序间的通信。MQ Series 同时是一个开放式、跨平台的系统,单一的编程界面可横跨 20 多种平台,适合于复杂环境的电子商务网络。

6) 电子商务的网络和系统管理软件 Tivoli

1996 年初,IBM 购买了 Tivoli 公司,后者是分布式系统管理中对象技术方面公认的领导者。IBM 将其购买后,建立了系统管理领域最大的公司,推出完整的端到端系统管理方案 Tivoli Systems。

Tivoli 系统公司的网络、系统及应用软件管理解决方案 TME10 采用先进的面向对象的框架,使用相同的用户界面和方法可以管理所有的对象。其安装和配置也很容易,可以便捷地处理大型网络和多种平台。曾荣获世界著名的 PC 杂志"编辑选择"奖。

Net. Commander 是 TME10 的一部分,它为迅速发展着的 Internet 提供了解决方案,对 Internet 上的各种服务器,如 Web,news,mail,FTP,Gopher,Proxy 等,Net. Commander 均提供了构造、部署及管理手段,使得少量管理员就可以管理电子商务环境中大量的服务器和客户机,而且使管理任务自动化,不受具体厂家的限制。

8.5 案例分析:Dell 公司的网络营销

8.5.1 Dell 公司概况

总部设在得克萨斯州奥斯汀(Austin)的 Dell 公司是世界上最成功的采用网络直销的计算机公司。迈克尔·戴尔于 1984 年创立 Dell 公司,他是目前计算机行业内任期最长的首席执行官。他的理念非常简单:按照客户要求制造计算机,并向客户直接发货,使 Dell 公司能够最有效和明确地了解客户需求,继而迅速做出回应。这个直接的商业模式消除了中间商,这样就减少了不必要的成本和时间,让 Dell 公司更好地理解客户的需要。这种直接模式允许 Dell 公司能以富有竞争性的价位,为每一位消费者定制并提供具有丰富配置的强大系统。通过平均四天一次的库存更新,Dell 公司能够把最新相关技术带给消费者,而且远远快于那些运转缓慢、采取分销模式的公司。戴尔公司在这些领域一直领先于其最大的竞争对手。2005 年 Dell 被《财富》杂志评为"美国最受赞赏企业"的首位。

正是这种大胆的直接与客户接触的营销理念使 Dell 公司成为世界排名第一的计算机系统公司、计算机产品及服务的首要提供商。它目前在全球共有 6.14 万名雇员,可在全球范围内提供产品和服务。在 2005 年的四个财季中,Dell 公司的总营业额达到 528 亿美元。

Dell 公司总部是负责美国、加拿大和拉丁美洲地区业务的 Dell 美洲公司的大本营。在美国,Dell 公司已是商业用户、政府部门、教育机构和消费者市场名列第一的个人计算机供应商。其他地方设有的地区总部分别有:英格兰 Bracknell,负责欧洲、中东和非洲业务;新加坡,负责亚太区业务,包括日本、中国、澳大利亚和新西兰。Dell 公司在全球有六个生产基地负责不同地区市场的供货:得克萨斯州奥斯汀、田纳西州 Nashville、巴西 Eldorado do Sul(美洲)、爱尔兰 Limerick(欧洲、中东和非洲)、马来西亚槟城(亚太区及日本)以及中国厦门(中国)。

目前 Dell 公司在亚太地区的澳大利亚、文莱、中国内地、香港、印度、日本、韩国、澳门、马来西亚、新西兰、新加坡、中国台湾和泰国 13 个市场开展直线订购业务。除此之外,还有 39 个合作伙伴为其他 25 个市场提供服务。亚太地区的客户可以向 Dell 直接订购产品,并可在 7～10 天内收到订货。Dell 公司在亚太地区及日本的 2005 年的营业总额达到 60 亿美元。Dell 公司于 1998 年 8 月将直线订购模式引入中国,在北京、上海、广州、成都、南京、杭州和深圳设有办事处,并有实力将销售及市场拓展到多个主要城市(例如沈阳、苏州、武汉和西安),以及 100 多个二线城市和城属区域。2005 年第 2 季度 Dell 在中国的市场份额为 9.6%。Dell 公司在香港、上海、深圳和台湾建立了全球采购据点,以加强与中国供应商的伙伴关系,提高全球采购效率。在中国采购大量零部件,包括附件、光驱、印刷电路板、软驱、显示器、扬声器、键盘、鼠标和输入输出设备等,年采购量超过 120 亿美元。

8.5.2 Dell 的网上直销模式

Dell 公司发挥互联网的优势,进一步推广其直线订购模式,不断地增强和扩大其竞争优势。公司在 1994 年推出了 www.dell.com 网站,并在 1996 年加入了电子商务功能,不到三个月网上营业额就达到每天 100 万美元;1997 年每天网上营业额又跃升至 400 万美元;2000 年每天的网上营业额已经高达 5000 万美元,按工作站付运量计算,Dell 首次名列全球榜首;2001 年,Dell 首次成为全球市场占有率最高的计算机厂商。目前 Dell 公司经营着全球较大规模的商务网站,www.dell.com 网址覆盖了 81 个国家的站点,提供 28 种语言或方言、26 种不同的货币报价。

Dell 公司日益认识到互联网的重要作用贯穿于整个业务之中,包括获取信息、客户支持和客户关系的管理。在 www.dell.com 网站上,用户可以对 Dell 公司的全系列产品进行评比、配置,并获知相应的报价。用户也可以在线订购,并且随时监测产品制造及送货过程。在 valuechain.dell.com 网站上,Dell 公司和供应商共享包括产品质量和库存清单在内的一整套信息。Dell 公司利用互联网将其业内领先的服务带给广大客户。例如,全球数十万个商业和机构客户通过 Dell 公司先进的网站 Dell.com 与 Dell 公司进行商务往来。数字化定制生产和直销是 Dell 从一家规模很小的公司成长为全球最大的电脑公司最重要的经营模式。Dell 通过网络与客户建立直接的联系,只生产与客户签下的订单。这样做的好处是可以用当时主流的部件来组装电脑;及时交货,减少库存,加快流动资金的周转速度,降低成本;提供更加完善的售后服务等。Dell 的网上营业额中有 90% 来自中小企业和个人用户,尽管需求千差万别,但 Dell 每台电脑都是根据客户的具体要求组装生产,以低于竞争者的价格向客户提供个性化的服务,将交货时间从原来的一周缩短到 1～2 天,这不仅显著地降低了生产经营成本,而且增加了客户的满意度。

Dell 公司通过首创的革命性的"直线订购模式",与大型跨国企业、政府部门、教育机构、中小型企业以及个人消费者建立直接联系。网站为 Dell 带来了巨大的商机,并且将会继续在整个业务中占据越来越大的比重,预计今后几年 Dell 将有 50% 的业务在网上完成。

Dell 采用的网上直销模式是第三方的连锁直销平台。Dell 在美国销售更多的是依靠网络,基本上可以不要门店。Dell 的网站实际提供了一个跟踪和查询客户订单状况的接口,客户可以查询从订单发出到产品送到客户手中整个过程的订单状况。Dell 的物流服务也是配合定制生产和直销这一政策而制定的。

Dell 的物流从确认订货开始,确认订货以收到货款为标志,在收到货款之后需要两天时间进行生产准备、生产、测试、包装、发运准备等。

Dell 的电子商务型直销方式对用户的价值体现在个性化生产上,同时利用精简的生产、销售、物流过程可以省去一些中间成本。一个覆盖面较大、反应迅速、成本有效的物流网络和系统是 Dell 直销系统成功的关键。如果 Dell 按照承诺将所有的订货都直接从工厂送货上门,必然会造成过高的物流成本。因为用户分布的区域很广,订货量又少,所以这种系统因库存降低而减少的库存费用是无法弥补因送货不经济导致的运作及其他相关成本上升增加的费用的。如 Dell 在中国厦门的工厂,其物流的发货委托了一家货运公司,并承诺在款到后 2～5 天送货上门,某些偏远地区的用户每台计算机还要加收 200～300 元的运费。

8.5.3　Dell 的网上直销流程

Dell 的直销流程分为三个阶段九个步骤。

第一阶段:订货阶段

(1) 订货处理

首先检查项目是否填写齐全,然后检查订单的付款条件,并按付款条件将订单分类。采用信用卡支付方式的订单将被优先满足,其他付款方式则要更长时间进行付款确认。只有已付款确认的订单才会立即自动发出零部件采购订单,并转入生产数据库中,订单也才会立即转到生产部门进行下一步作业。

用户可以通过互联网对产品的生产制造过程、发货日期甚至运输公司的发货状况等进行网上跟踪。用户在表格中填入订单号和校验数据,将填好的表格提交以后得到查询结果。

(2) 预生产

Dell 在正式开始生产之前,需要等待零部件的到货,这就称为预生产。预生产的时间因客户所订的系统而异,主要取决于供应商的仓库中是否有现成的零部件。一般地,Dell 要确定一个订货前置时间,即需要等待零部件并且将订货送到客户手中的时间,该前置时间在

Dell 向客户确认订货时通过电话或电子邮件告诉给客户。

第二阶段：生产阶段

（3）配件准备

当订单转到生产部门时，所需的零部件清单也就自动产生，将所有的零部件备齐通过传送带送到装配线上。

（4）装配

组装人员将装配线上传来的零部件组装成计算机，然后进入测试过程。

（5）测试

对组装好的计算机用 Dell 特制的测试软件进行测试，通过测试后将系统送到包装车间。

（6）装箱

测试完的计算机被放到包装箱中，同时要将鼠标、键盘、电源线、说明书及其他文档一同装入箱中。产品打好包后要加以密封，然后装入相应的卡车运送给顾客。

第三阶段：发运阶段

（7）送货准备

一般在生产过程完成的次日完成送货准备，但大订单及需要特殊装运作业的订单可能花的时间要长些。

（8）发运

将顾客所订货物发出，并按订单上的日期送到指定的地点。Dell 设计了几种不同的送货方式，由顾客订货时选择，一般情况下，订货将在 2.5 个工作日送到订单上的指定地点，即送货上门。

（9）安装测试

Dell 提供免费安装和测试服务，进行人员培训。还提供优质的维修服务。

8.5.4　Dell 公司的营销策略

Dell 公司电子商务成功的关键正在于它实现了企业价值链的一系列活动和功能，集生产和销售于一体。除了全面的营销功能和服务功能外，它还在网上提供了生产活动中的两个重要的职能——生产设计和产品客户化。Dell 的网页不但提供了公司各种产品的详细分类和性能介绍，而且还提供了各种各样的服务和购物指南、最佳销售产品和新产品趋势。尤其具有特色的是，该公司专门提供了一项特别的服务，网络上的用户可以按自己的喜好和需要配置计算机，公司最后提供配置结果的硬件图和系统性能预测。在最佳网络商店的评选中，Dell 在计算机类网络站点中名列前茅。

在产品策略方面，Dell 提供了一种特殊的网上用户产品定制网页，对公司的产品设计者来说是一个有力的帮助。由于对不同的行业和不同的应用，往往要求对计算机有相应的配置。有了这种用户在线定制功能后，特殊用户可以根据其需要自行提出硬件配置，使得设计师的工作任务大大减轻，从而使得产品在设计之初就已经实现了产品的客户化。没有了中间商和二次安装、二次运输等中间过程，故障隐患大大减少。较少的中间过程就意味着生产时间的缩短，同时也意味着更低的成本和较低的价格。

在产品定价策略方面，Dell 公司由于采用直销模式，总体上来说成本与售价比其他多数的国际厂家要低,保证了低价策略的实施。但是,由于计算机价格迅速地降低,这种价格上的优势并不是很明显。在产品促销策略方面,广告在 Dell 的网页中无处不见,各种各样的多媒体图片和许多性能比较图表,图文并茂充分地激发了顾客的购买欲望。同时也有不少地方体现了公司的公共关系策略。例如,在其页面中有公司的宗旨等信息的介绍,还有对最新电脑世界的新闻信息发布等。

在销售渠道策略方面,Dell 公司在很多国家采用的是没有中间商的直接销售形式,以减少二次安装和二次搬运,减少了中间商的介入,降低了成本使计算机卖得更便宜,同时也使计算机发生故障的可能性减到最小。在中国市场上采用了直销与代理相结合的形式。Dell 公司以直接生产、快速交货的直销模式震撼着计算机行业并取得了巨大的成功。

思考题 8

1. 企业采用电子商务应用有什么好处?
2. 电子商务的交易模式有哪几种? 说出每一种电子商务模式的代表性网站。
3. 什么是电子商务系统,它由哪些部分组成? 试说明各组成部分的功能和相互关系。
4. 电子商务的安全技术包括哪些? 如何实现?
5. 电子商务的解决方案包含哪些内容?
6. 从 Dell 公司的网络营销案例中可得到哪些启示?

第⑨章

电 子 政 务

学习目的：通过本章的学习，主要使学生建立电子政务的基本概念，掌握电子政务的含义，电子政务的基本内容，熟悉电子政务政府管理和政府内部管理的主要功能，明确电子政务的实施过程，提高对电子政务的安全性的认识，通过实例，给学生建立电子政务系统的总体印象。

自 20 世纪 90 年代电子政务(E-Government)产生以来，电子政务已经成为许多国家追求的目标和关注的焦点。因为电子政务代表了信息社会政府管理的正确方向，有着不可替代的功能和效益。电子政务是现代信息技术与行政管理等多学科相融合的产物，它不仅是计算机技术和网络技术的应用，而且是一场划时代的变革，具有深远的历史意义。电子政务在世界范围发展方兴未艾，而在中国也是势头强劲。从 1999 年被称为"政府上网年"，那么到 2002 年，则可以称之为"电子政务年"。我国各级政府经过几年的电子政务建设，已经取得了很大的成绩，并发挥其重要的作用。

本章主要给读者建立电子政务的基本概念，并叙述电子政务环境下的政府管理、电子政务环境下的政府内部管理、电子政务应用系统的实施、电子政务的安全，最后分析一个案例。

9.1 电子政务的基本概念

9.1.1 电子政务的定义

关于电子政务的定义有很多，并且随着实践的发展而不断更新。

联合国经济社会理事会将电子政务定义为，政府通过信息通信技术手段的密集性和战略性应用组织公共管理的方式，旨在提供效率、增强政府的透明度、改善财政约束、改进公共政策的质量和决策的科学性，建立良好的政府之间、政府与社会、社区以及政府与公民之间的关系，提高公共服务的质量，赢得广泛的社会参与度。

世界银行则认为电子政务主要关注的是政府机构使用信息技术(比如万维网、互联网和移动计算)，赋予政府部门以独特的能力，转变其与公民、企业、政府部门之间的关系。这些技术可以服务于不同的目的：向公民提供更加有效的政府服务、改进政府与企业和产业界的关系、通过利用信息更好地履行公民权，以及增加政府管理效能。因此而产生的收益可以减少腐败、提供透明度、促进政府服务更加便利化、增加政府收益或减少政府运行成本。

所谓电子政务,就是政府机构应用现代信息技术,将管理和服务通过网络技术进行集成,在互联网上实现政府组织结构和工作流程的优化重组,超越时间和空间及部门之间的分隔限制,向社会提供优质和全方位的、规范而透明的、高水准的管理和服务。

电子政务首先是政务,政务是电子政务的主体、内容,即政府日常管理事务、政府行政事务,以及政府在处理各种各样政务的过程中所不得不涉及的有关政府内部工作流程、体制形式、权力关系以及官员间所形成的公务性和私人性的关系模式。再是电子化、网络化和信息化的基础设施和手段,即电子政务与普通政务不同,电子政务所赖以存在和运行的环境是虚拟化、信息化和网络化的。由于任何一项政务最终必定会产生一定的、真实的、物质化的输出结果,因此电子政务的本质在于:通过使用电子化和信息化手段,扩大了政府活动的领域,使政府活动从原先单一的实体环境延续到另外的虚拟环境,从而增加了政府行政的空间和资源,使政府行政输出从原先直接的实体输出增加为实体输出和虚拟输出两个通道。

电子政务是一个系统工程,应该符合三个基本条件:第一,电子政务是借助于电子信息化硬件系统、网络通信技术和相关软件技术的综合服务系统;第二,电子政务是处理与政府有关的公开事务,内部事务的综合系统;第三,电子政务是新型的、先进的、革命性的政务管理系统。

9.1.2　电子政务的基本内容

根据电子政务系统应用的主体与受体的不同进行划分,电子政务主要包括这样几个方面:政府间的电子政务;政府对企业的电子政务;政府对公民的电子政务。

1. 政府间的电子政务

政府间的电子政务是上下级政府、不同地方政府、不同政府部门之间的电子政务。主要包括以下内容。

(1)电子法规政策系统。对所有政府部门和工作人员提供相关的现行有效的各项法律、法规、规章、行政命令和政策规范。

(2)电子公文系统。在保证信息安全的前提下在政府上下级、部门之间传送有关的政府公文,使政务信息十分快捷地在政府间和政府内流转。

(3)电子司法档案系统。在政府司法机关之间共享司法信息,通过共享信息改善司法工作效率和提高司法人员综合能力。

(4)电子财政管理系统。向各级国家权力机关、审计部门和相关机构提供分级、分部门的财政预算及其执行情况,便于有关领导和部门及时掌握和监控财政状况。

(5)电子办公系统。通过电子网络完成机关工作人员的许多事务性的工作,节约时间和费用,提高工作效率。

(6)电子培训系统。适应信息时代对政府的要求,通过网络加强对员工与信息技术有关的专业培训。

(7)绩效考核系统。按照设定的任务目标、工作标准和完成情况对政府各部门绩效进行科学评估和考核。

2. 政府对企业的电子政务

政府对企业的电子政务是指政府通过电子网络系统进行电子采购与招标,精简管理业务流程,快捷迅速地为企业提供各种信息服务。主要包括以下内容。

（1）电子采购与招标。通过网络公布政府采购与招标信息,使政府采购成为阳光作业,减少徇私舞弊和暗箱操作,降低企业的交易成本,节约政府采购支出。

（2）电子税务。使企业通过政府税务网络系统,在家里或办公室就能完成税务登记、税务申报、税款划拨、查询税收公报、了解税收政策等业务。

（3）电子证照办理。让企业通过因特网申请办理各种证件和执照,缩短办证周期,减轻企业负担。

（4）信息咨询服务。政府将拥有的各种数据库信息对企业开放,方便企业利用。

3. 政府对公民的电子政务

政府对公民的电子政务是指政府通过电子网络系统为公民提供的各种服务。主要包括以下内容。

（1）教育培训服务。建立全国性的教育平台,政府出资购买教育资源加强对信息技术能力的教育和培训,以适应信息时代的挑战。

（2）就业服务。通过电话、互联网或其他媒体向公民提供工作机会和就业培训。

（3）电子医疗服务。通过政府网站提供医疗保险政策信息、医药信息,执业医生信息,为公民提供全面的医疗服务。

（4）社会保险网络服务。通过电子网络建立覆盖地区甚至国家的社会保险网络,有利于社会保障体系的建立和普及。

（5）公民信息服务。使公民得以方便、费用低廉地访问政府法律法规规章数据库;通过网络提供被选举人背景资料,促进公民对被选举人的了解;通过在线评论和意见反馈了解公民对政府工作的意见,改进政府工作。

（6）交通管理服务。通过建立电子交通网站提供对交通工具和司机的管理与服务。

（7）公民电子税务。允许公民个人通过电子报税系统申报个人所得税、财产税等个人税务。

（8）电子证件服务。

9.1.3　电子政务给社会带来的影响

电子政务之所以成为政府、IT 产业、企业、专家学者以及每一个公民所关注的问题,是因为它将对社会产生巨大的影响。

政府部门是电子政务的最大受益者之一。电子政务将彻底改变政府形象,腐败行为将得到抑制,政府和公众的关系更加密切,政府机构精简,公众办事程序简化,工作效率提高,办公费用节省,政府从各个方面都获得了极大的效益。

电子政务实际上是政府工作和信息技术的完美结合。电子政务的需求是直接面向 IT 企业的,它的发展必将给 IT 产业的发展带来无限商机,随着电子政务工程的深入,我国 IT 产业将更快速的发展。首先,电子政务刺激着我国软件业的发展。电子政务的具体实施需要许许多多应用软件,由于政府政务工作的特点,它的软件应以国产化为主,这将极大地刺激国产软件业的发展,使得民族软件企业得到难得的发展机遇。其次,电子政务对计算机硬件设备的巨大需求给我国的硬件制造商、销售商带来了巨大的商机,它将促进我国计算机硬件及相关设备的制造、销售企业的快速成长。再次,电子政务的发展将会使上网人数激增,对电信部门来说将是一笔十分可观的收入。

电子政务使政府和企业更加贴近,政府能够更加方便地为企业服务。企业可以通过因特网直接与政府部门进行沟通和交流,特别是政府提供的"一站式"服务节省了企业大量的人力、物力和财力资源。例如,由我国海关总署牵头、国家12个有关部委联合开发的口岸执法系统,在北京、天津、上海和广州4个进出口口岸试点运行。每个进出口企业只要与因特网连接,就可以通过电子口岸的公共数据中心,在网上直接向海关、国检、外贸、工商、税务等政府机关申办各种进出口和行政管理手续,从而彻底改变了过去企业为了办理一项进出口业务而往返于各部门的状况,实现了政府对企业的"一站式"服务。

电子政务为公众与政府提供"零距离"接触,网上的政府新闻公告、办事规程、市民窗口、政府信箱、政务论坛、政府回音等让公众切身感受到他们是在直接与政府交流,享受的是最方便、最体贴的服务。

9.1.4 电子政务的发展

1. 电子政务在全球的发展

由于西方发达国家的信息化基础比较好,再加上其政治体制的特点,因此美、欧等发达国家从20世纪80年代末就开始积极倡导电子政务。1993年前副总统戈尔在总统竞选中,将E-Government当做自己拉选民最具号召力的口号之一。布什政府计划在近五年中建立一个1亿美元的"电子政府基金",希望建立一个"充满活力,但又有限的"政府,在推动各州和地方政府提高工作效率的同时,使公民有能力以一种更及时和更有效的方式与联邦政府机构进行交流。英国从1994年开始着手于E-Government的建设,已有数据表明,英国在建设E-Government方面已领先于美、法、加拿大等国居世界前列。日本前任首相森喜朗在2000年9月的国会会议上发表的施政演说中,描绘了一个"e-日本"的构想,拟在2003年建成日本的"电子政务",并力争5年内在全球信息化潮流中"超越美国"。

除了这些工业化国家,许多发展中国家的政府也正在积极迎合电子政务,如阿拉伯联合酋长国、斯洛文尼亚、巴西等国,已积极致力于E-Government的建设,并已见到成效。

2. 我国电子政务的发展

我国的电子政务发展具有如下特点。

1) 起点比较低

这是由于我国总体上的信息化水平不高造成的,因此,我国的电子政务的发展是从办公自动化开始的;而西方国家的政府机关的办公自动化早在20世纪的60~70年代就完成了,而我国则基本上从20世纪80年代才刚刚起步。

2) 发展不平衡

由于我国各地的发展水平差距较大,这些差别主要表现在地区差别、城乡差别、行业差别上。我国的电子政务发展的不平衡表现为东部沿海地区、大城市发展较快,例如从2000年末到2001年3月,北京、上海、福建、广东等地数十家政府,纷纷宣布了"数字化北京"、"数字化上海"、"数字化福建"等"电子政务"计划。与这些重点部门和地区相比,我国的其他地方政府和行业部门的电子政务发展相对迟缓。

3) 目标和出发点更具有多样性

由于我国正处在市场经济体制的建立过程中,政府对经济特别是企业的管理方式要进行彻底的改变,同时我国还处在加入 WTO 的进程中,以及各级政府机构的精兵简政。这些客观环境的变化,必然造成对政府政务活动的影响,因此我国的电子政务的发展势必要满足或保障这些目标的实施。实际上,我国的电子政务的发展目标不仅仅是提高效率和树立形象的问题,其更深层次的问题是如何进一步促进政务活动的改革。

目前我国政府所面临的大环境是要进一步的改革和开放,因此政务活动的调整也要适应这一点。从目前的环境看,我国电子政务的发展要围绕以下基本要求进行。

(1) 符合 WTO 基本规则的要求

WTO 是规范、协调各成员国对外贸易的组织,WTO 的基本规则之一就是"透明度原则",即它要求一个成员国的政府在有关的经济政策实施前必须公开发布,并接受有关成员国的咨询。加入世界组织后,我国根据世贸的要求,要设立咨询中心,向各成员国提供公开、公平的信息服务,这其中会涉及电子政务的内容。

(2) 符合市场经济体制的基本要求

市场经济竞争的残酷性要求政府在保证效率的同时提供公平有序的竞争环境和稳定社会保障机制。市场经济对政府的管理水平提出了挑战。我国的市场经济建设的进程,就是政府管理水平提高的过程。提高政府管理水平的内涵中当然包括管理手段的现代化,因此我国的电子政务的发展要跟得上市场经济体制建设的步伐。

(3) 电子政务要符合"以信息化促进工业化、现代化"的发展战略

中央提出"以信息化带动工业化,发挥后发优势,实现生产力跨越式发展"。通过电子政务政府引导国民通过网络来享受服务,肯定会直接地带动我国信息化的发展,进而带动工业化、现代化的发展。

时代的发展、中国的进一步开放和改革、政府职能和运行方式的转变等多个方面都赋予了我国电子政务的发展的时机与发展的动力,尽管我国在发展电子政务的基础与条件等方面仍然与发达国家还存在着差距,但我们相信电子政务在中国的发展会取得更多一些实质性的进展。

9.2 电子政务环境下的政府管理

电子政务的应用能对政府的财政管理、金融管理、税务管理、审计管理、工商管理等经济监管调控带来全新的变革,可以实现对各级政府部门的现代化管理。

9.2.1 财政管理电子政务

财政管理电子政务目的是协助政府掌握全国财政收支情况,制定财政预算,进行财政预算执行的监督和调整,制定各级各部门的财务决算并逐级汇总提请审议。制定财税政策,管理预算外资金和政府投资,以及对企事业单位的财务管理。为了有计划地组织收入,合理地安排支出,实现政府的意图和职能,编制国家预算即中央和地方政府的年度财政收支计划。

1. 国家预算

国家预算由预算收入和预算支出组成。

(1) 预算收入包括税收收入、依照规定应当上缴的国有资金收益、专项收入、其他收入。

预算支出包括经济建设支出、国家管理费用支出、国防支出、各项补贴支出和教育、科学、文化、卫生、体育等事业发展支出及其他支出,各政府部门对下属各单位的决算草案审核并汇总编制本部门的决算草案,在规定时间内报财政部审核,因此预算支出具有纵向性特点。

（2）预算支出划分为中央预算支出和地方预算支出。中央预算由中央各部门预算组成,地方预算由地方各部门预算组成,国家预算的依据来自各地方政府、中央直属政府机关、中央重大建设项目等基础数据的逐级汇总,因此国家预算具有层次性特点。

（3）国家预算结果逐级分解后,进行统一监督和管理,预算征收部门必须按照法律、行政法规的规定,及时、足额征收应征的预算收入,不得擅自减征、免征、缓征应征的预算收入,也不得截留、占用、挪用或拖欠。财政、税务、海关等部门在预算执行时加强对预算执行的分析,因此国家预算具有跨部门特点。

2. 财务财政一体化的财政管理

为满足国家预算具有纵横交错网络特性要求,应实现财务财政一体化设计的财政管理电子政务。要求各个政府部门采用统一的行政事业单位财务管理软件和项目管理软件,建立全国财政网络,自动搜集各级政府、各部门、各企事业单位的财务运行状况。不仅为预算制定提供依据,还可以及时了解预算执行情况,获得预算反馈信息,调整预算方案。实行财政管理的网络化,可以及时了解各级政府部门和重大建设项目的财务情况,自动进行财务数据合并,自动搜索和分析,及时排查异常情况。还可以将最新财税政策和法规自动传递进入各政府部门的财务系统中,实现财政政策发布和执行的同步运行,提高财政政策执行效率。

9.2.2 金融管理电子政务

金融管理电子政务将协助中国人民银行依法对金融机构及其业务实施监督管理,具体包括:按照规定审批金融机构的设立、终止及其业务范围的变更;对金融机构的存款、贷款、结算、呆账等情况随时进行稽核、检查监督;监督金融机构的存贷款利率,监督金融机构的财务状况;编制全国金融统计数据和报表,并按照国家有关规定予以公布。

1. 国家金融数据通信网

国家金融数据通信网是由中国电信与金融系统(中国人民银行、中国工商银行、中国农业银行、中国建设银行、交通银行和中国人民保险(集团)公司)联合成立的中国金融数据网络有限责任公司。负责建设、经营和管理专用数据通信网,目的是为金融系统提供安全、快捷、高效、经济的通信服务,为国民经济信息化和中央银行建立强有力的宏观监控体系服务,全面推进我的金融电子化,提高各国有商业银行的服务水平和国际竞争力。金融网的建设目标是建成覆盖全国所有地级市以上城市的金融数据专网,将所有银行的通信平台统一到金融网上,在此基础上,逐步实现所有银行业务标准的统一。

2. 信贷调控

政府通过控制贷款的投向、数量以及偿还期调整利率来进一步调整国民经济各部门之间比例关系、生产结构,调节积累和消费的比例、调节商品供需平衡。中国人民银行在调控中起着重要的作用。随着金融电子化的不断深入,政府对银行信贷行为的调控将更加直接、方便、快速、可靠。电子政务将政府的政策目标形成电子文件并具体分解为各个电子命令,由中央人民银行通过国家金融数据通信网传递到各个商业银行,同时向社会发布电子公告。各商业银行的执行情况也可通过网上及时传送到政府管理机构的网站中,以便政府对信息进行监督。

3. 现代支付体系

在电子政务环境下,能够按照现代支付体系要求,完善人民银行支付系统,推进各商业银行综合柜面业务系统建设,使其成为现代化支付体系的重要组成部分。为了减少在途资金,为客户提供准确及时的资金汇划渠道,应采用宽带网技术增加应用业务覆盖面,逐步开展网上银行电子商务、网上结算等新型金融业务和金融信息服务。实现银行卡在全国范围内联网通用、一卡多用,实现异地跨行存取以及全国银行卡受理设备(ATM、POS)的联网通用。推广全国统一的"银联"标识,建立良好的用卡环境,加大电子货币结算量,减少现金流通量。建好信贷登记系统和个人信用信息系统,全面记录贷款企业的各项基本信息,实现全国联网查询,为银行贷款和宏观决策提供依据。

9.2.3　税务管理电子政务

税收征管在整个税务管理中居于核心地位。税务管理电子政务目的在于通过计算机网络技术,实现全国税务机关信息共享,全面加强对税收各税种、各环节的监控和管理。

1. 财政税收调控

财政税收调控是国家法律规定强制对经济单位和个人无偿征收的实物或货币。作为一种经济杠杆,通过税法设置税种、税目、税率、课税对象、纳税期限、减免税以及对于滞纳税、逃税和抗税者采取惩罚措施来实现对生产、流通、消费的调节。另外财政补贴是对某些政策性亏损企业、行业给予一定的经济资助,也是一种赋税,用来调节生产、稳定物价、维护人民生活。实现政府电子政务和企业电子商务的接口,可以从企业信息系统中获得真实、全面、准确、及时的企业信息,由政府建立大型的专门数据库和数据仓库,对数据进行汇总、处理加工,并应用统计模型进行分析、计算,帮助政府进行决策和调控。

2. 税收事务的电子化管理

税收事务的电子化管理包括税务登记、发票管理、减免税管理、纳税申报管理、税款征收管理、税务稽查管理、税法宣传和纳税辅导等。

(1) 税务登记建立网上登记功能,纳税人进行网上开业登记、变更登记、停业复业登记以及外出经营报验登记,网上填写标准化的税务登记表。

(2) 发票管理记录税务登记发票领取情况,采集税务发票实际数据,自动核对发票领取数据和实际发票数据,联网排查偷税、漏税现象。

(3) 减免税管理建立纳税人减免税在线申请,进行减免税的合法性检查,网上公开发布审批结果,供公众进行监督审查。

(4) 纳税申报管理建立电子化纳税申报表的远程提交、企业财务报表电子数据自动接收,代征、代扣、代缴税款的网上申报。通过计算机网络,自动传递纳税期限审核、电子化缴款书和完税证明。

(5) 税款征收管理实现与银行计算机联网,扩大税款征收网点。进行与银行的自动对账,及时掌握税款征收情况,自动进行未缴、少缴税款的追征和多缴税款的退还。

(6) 税收稽查设立网上举报中心受理群众举报,管理立案和处理情况。建立税法数据库,对纳税数据信息自动进行合法性检查。实现纳税人纳税信息和有关部门涉税信息高度共享,通过计算机网络的高效运行,形成自上而下的严密、实时地监控,大幅减少偷骗税案件和税款流失现象,并减少纳税环节,降低纳税成本,方便纳税人依法缴税。

(7) 税收情况分析利用数据挖掘技术,对纳税数据仓库进行数据分析,以便制定新的税务政策。

(8) 税法宣传和纳税咨询建立网站进行税法宣传和纳税咨询,增加税收法规的了解渠道,避免由于各地方税务部门在转发过程中由于时间的不一致导致法律法规执行滞后,从而影响投资者的可预测性。

(9) "金税工程"是整个税收管理信息系统工程的总称,目的在于通过先进的计算机网络技术,实现全国税务机关信息共享,全面加强对税收各税种、各环节的监控和管理。其由覆盖全国县以上税务机关的计算机主干网和增值税防伪税控开票、认证、稽核、协查四个子系统组成,主要监控对象是增值税专用发票。国家税务总局可以直接监控到区县以上税务机关的运行情况,通过网络加强内部监控和管理。这一工程丰富了税务稽查手段,提高了协查工作效率,在防范和打击增值税专用发票案件方面的作用越来越大。我国在 2010 年前,将实现纳税人纳税信息和有关部门涉税信息高度共享,通过计算机网络的高效运行,形成自上而下的严密、实时的监控,大幅减少偷骗税案件和税款流失现象,减少纳税环节,降低纳税成本,方便纳税人依法缴税。

9.2.4 审计管理电子政务

审计管理电子政务将依据中华人民共和国审计法实施条例规定,协助审计机关依法独立检查被审计单位的会计凭证、会计账簿、会计报表以及其他与财政收支有关的资料和资产,监督财政收支、财务收支真实、合法和效益的行为。接受审计监督的财务收支,是指国有的金融机构、企业事业单位以及国家规定应接受审计监督的其他有关单位,按照国家有关财务会计制度的规定,办理会计事务、进行会计核算、实行各种资金的收入和支出的会计监督。

电子政务审计管理系统有权从各级各政府机关的财务电子政务系统中直接获取原始电子数据进行远程审计,有权从金融电子政务系统中获取资金流动数据进行审计分析。所以,各政府部门的电子政务系统都应该向审计部门提交其电子政务数据存储方案和存取方法,并由审计部门随时进行核证。最佳方案是由审计部门协同有关部门共同制定财政财务、金融、办公文档存储和传递标准,实现数据共享。审计、财政财务、金融一体化网络设计,可以实现自动化远程审计和联合排查,自动在国有金融机构采取保障贷款资金安全的相应措施。

1. 审计项目计划电子化管理

审计项目计划电子化管理,将协助管理审计项目通知、审计报告的计算机网络传输;记录上级审计部门的审计工作安排、本地区本部门本单位审计工作计划;实现审计项目执行情况的实时跟踪和调整。建立电子化审计报告,具体包括:财政部门具体组织本级预算执行的情况,本级预算收入征收部门组织预算收入的情况,本级国库办理预算收支业务的情况,审计机关对本级预算执行情况作出的审计评价,本级预算执行中存在的问题以及审计机关依法采取的措施,审计机关提出的处理意见和改进本级预算执行工作的建议,以及本级政府要求报告的其他情况。

2. 审计专家系统

审计人员需要非常熟悉财政财务制度与方法,了解审计法规和政策,还要具有综合分析能力,能够从浩瀚的审计数据中发现蛛丝马迹,保质保量地完成审计任务。因此,可以设计审计专家系统,充分发挥审计专家的知识专长,建立审计专家知识库,对通过一体化网络采集来的财政财务、金融原始数据,进行联查、联排,自动查找违法违计行为。审计专家系统不仅可以适应电子政务环境下政府管理的新形势,提高审计效率,而且可以避免出现"人为"的审计失真现象。

3. 审计工作的考核和分析

利用电子化手段可以更快、更好地进行审计工作的考核。制定考核范围、考核指标,根据项目计划管理中的数据自动统计审计工作的数量、质量和取得的经济、社会效益,自动和计划目标、上年同期水平、同级单位水平进行对比,综合考核,并利用数据挖掘方法进行进一步的分析,提出科学化的审计方案。

9.2.5　工商管理电子政务

工商行政管理电子政务为企业提供包括企业登记、企业年检、商标登记、广告登记在内的各种工商政务的网上办公服务;提供工商事务处理结果查询服务;提供工商办事指南在线咨询服务;提供工商机构公告及经济法规信息服务;提供消费者权益保护服务。借助安全可靠的身份认证系统,为企业提供完全个性化的网上办公新环境。

在市场经济条件下,产品价格直接反映供求关系的变化,并以其灵敏度高、涉及面广和高应变率影响着国民收入的分配和再分配、生产供给和资源的配置,同时对企业经营的方向、数量、成本、管理都带来影响。因此政府必须在宏观上注意价格调节,正确发挥价格作用。

政府还可以面向消费者设立"价格网",专门接受来自消费者对价格的意见,从而帮助政府更好地实现价格调控作用。北京物价中心数据库办公室已开启"京价网",由消费者直接投诉如学费、商品价格、医药收费等存在的不合理问题,由物价局统一处理,提高了工作效率。

9.2.6　各级政府电子政务

电子政务建设时要分别考虑中央政府、省政府、地市政府、县乡政府的不同特点,设计出有层次结构的电子政务系统。

1. 国家级电子政务

国家电子政务的主要任务是,宣传国家各项法律、法规、政策,下达政法命令、公告,提供政府各类相关信息、资料的查询,指导地方政府开展电子政务,以及国家政府部门的办公自动化系统的建设等。因此,国家电子政务一般由以下几个方面构成。

(1) 行政立法系统。行政立法系统的主要功能是完成国家法律、法规、政策、重大决定等信息的采集、处理和发布。

(2) 办公系统。由中央政府牵头,制定标准化的政府公文格式和规范,解决政府内部的电子签名认证和安全传输问题,建设电子化公文模板,建设标准化的公文关键词库、主题词库、建设自动化的公文文摘生成系统,建设自动化的公文分类归档管理系统,建设政府部门的公文撰写、传输和档案管理、人力资源管理、财政管理、工作日程管理和电子会议管理、政府采购等政府内部业务运作系统,负责标准化的办公系统或规范的推广和应用。

（3）国家社会经济辅助决策。汇总从不同渠道采集上来的各种政治、经济、文化、社会数据，建立国家层次上的数据仓库。利用数据挖掘工具建立各种社会经济模型，协助制定政府预算等宏观调控指标。

（4）中央政府网站建设。主要发布中央政府的各种政策法规，提供政府咨询服务，提供网上信访功能，提供各省、地、市及直属部位的网站链接。

国家级电子政务主要解决中央部委政府间以及和地方政府间的各种信息传输；具有较强的政府行政办公自动化功能；具有较高的宏观经济电子化分析功能；建设国家级各种数据库、进行政府网站的导航、国家政策法规等权威性信息的发布和咨询；提供数据仓库在国家层次上的各种汇总数据；建立国家经济模型；辅助制定国家预算和各种政策法规、计划；对国家社会、经济状况进行整个电子政务系统的动态监测；自动分析发现不正常的状态，提出辅助性计划调整方案。

2. 省级电子政务

省级政务实际上起着承上启下的作用，其主要的管理和服务内容是向中央政府汇报本省社会、经济发展情况，制订本省的社会、经济发展规划和行政法规，指导并管理地市级政府的工作。省部级电子政务作为国家和地市之间的桥梁，其特点主要为：建立全省范围的各种资源数据库；建立各种数据仓库在省级的各种汇总；建立省级范围的经济模型；辅助制定全省范围的预算和计划；监测全省经济、社会运行状态，将全省所发生的经济、社会数据代入模型，进行反馈计算，及时调整影响因子，辅助省政府进行各项决策；建立省政府网站，提供全省各种资源查询，发布省内相关政策法规；建立省内、省外政府网站导航。

3. 地市级电子政务

地市级政府负责大量面向公众和企业的具体管理和服务事务，同时还要向上级政府汇报本地市社会、经济发展情况，制定本地市的社会、经济发展规划和行政法规，指导并管理县乡级政府的工作。地市级政府以管理事务为主，更多地负责与公众直接相关的公共行政事务。如本地区范围内的文化教育、卫生保健、体育、环保、市政建设、公用事业、地方治安、消防、娱乐、公共设施建设等。

面向企业和公众服务的地市级电子政务，具有证照办理、咨询功能、网上税务管理、政府采购管理、教育培训系统、社会保险管理、社会信用管理、城市数字化、城市公用信息化等功能。具有行政立法、自动化办公、信息传输、地市级社会经济辅助决策、地市政府网站建设等功能。

有条件的县级政府应该建立自己的电子政务平台，并提供乡政府的虚拟主机或主机托管服务。也可以将县乡级电子政务设计成一个系统，在各乡政府配置计算机通过拨号方式访问县级政府网络主机，直接将信息输入县级政府电子政务系统中，从而实现县乡电子政务的一体化。县乡级和社区电子政务重点是办公系统的应用。

9.3　电子政务环境下的政府内部管理

尽管政府部门的职能不同，业务系统的构成会有差异，但在政府机关和各行政事业单位的日常工作中，很多方面具有共同的业务需求，其电子政务具有通用性。这里讨论政府内部管理的电子政务内容,如人力资源管理、文书管理、档案管理、财务管理等。

9.3.1 办公管理

办公自动化系统的总体目标是:以先进成熟的计算机和通信技术为主要手段,建成一个覆盖政府办公部门和企事业单位的办公信息系统;通过网络技术,提供本单位与外界之间的信息交换,建立高质量、高效率的信息网络,为领导决策和办公提供服务;实现办公现代化、信息资源化、传输网络化和决策科学化。

建立通用的办公管理系统有助于加快办公信息流转,提高办公自动化程度。办公管理系统具体包括:文书管理功能、会议管理功能、其他日常工作管理(信访接待、机要保密、机关事务)、行政公文辅助写作功能等。

办公自动化系统的核心是公文处理。公文处理具有很强的流程性及规范性,是一个典型的工作流管理应用系统。

1. 电子政务下文书管理

文书是指在党政机关、社会团体、企事业单位中为传递信息、处理公务、联络沟通、记录实况而制作的格式相对固定、题材范围相对稳定、行文方式和行文方向特定化、处理程序规范化的文字材料。文书工作的终极目的就是通过一系列活动,最大限度地发挥文书作用,即实现文书的价值。因此,电子政务中的文书管理,围绕着每篇具体文书的运作全过程展开,提供对公文流转的全过程管理,包括文书撰制、文书公文流程设定和发文跟踪、收文管理、处理归档系统。

(1)文书撰制。文书撰写电子政务不仅辅助秘书进行文书的撰写,而且还记录下领导交拟和审定的一整套撰制过程。领导通过文字或语音方式,提交从文章内容的组成到问题形式以及完成时限等具体要求,秘书根据提供的具体要求进入文书撰写辅助系统,利用计算机检索技术搜集所需情况、材料、数据,最后根据电子政务系统中提供的文书模板进行起草,并将成文的文书按一定的格式保存,由主管领导在计算机上进行审核,确定是否进行发文操作。

(2)发文管理。发文管理电子政务的过程是:文件起草人拟稿、部门领导审稿、机关秘书核稿以及单位领导会签、签发文件、批阅流转等。在上述发文的整个形成过程中任何人对文件的修改均记录在案,每个人修改的部分都应在后台数据库中记录下来,以备查询。形成的最终发文可以采取电子公文方式通过网络发往各地的任何一个联网的单位,并直接进入对方的收文管理系统。

(3)收文管理。电子政务下的收文管理,可以通过网络接收其他单位发来的文件,并自动登录进入收文数据库,然后自动形成拟办意见,设置文件拟办流程,自动进行收文的批阅流转、查询以及办毕文件的归档。

(4)文书处置归档。文书经办理后退出运转,称为文书处置。文书处置电子化管理方法有以下几种。

① 清退设计:根据收文数据库中记录的来文地址,自动将承办经过或意见,发还给来文机关。

② 销毁:有些文书经承办后失去保存价值,可以作删除处理。

③ 暂存设计:对不可能在文书处理后立刻见效或结束的事项,标注为待办状态,并注

明待办进度,系统自动进行待办提示和流转。

④ 归档设计:收发文管理模块中传输过来的文件,可以按照档案管理的方法对其进行自动标引、自动组卷等处理。

2. 电子政务的会议管理

会议是党政机关、人民团体、企事业单位实施管理的一种工作方式。电子政务环境下会议管理系统包括会前筹备系统、会务管理系统、会议文书系统,可以实现会议室管理、会议审批、计划、准备、记录、查询的功能。

(1) 会务筹备。包括会议目的、内容、地点、参加人员要求等会议信息的发布,可在政府网站上发布会议消息,也可以利用电子邮件或其他网络手段发出会议通知。有的大型会议还专门建立一个会议网站,提供远程访问,与会人员通过网站了解会议各种信息,提交各种与会信息,包括提交的文章、到会的时间、离会的时间、预订车船机票、住宿要求、宗教习惯等。

(2) 会议资料管理。一般正式的会议都要涉及一些文书工作。常用的有会议文件、会议简报、会议快讯、会议纪要等。电子政务提供规范化的文书格式,进行电子化文书管理,并可以结合发文系统进行分发。

(3) 网络视频会议。在传统电视会议系统中,用户需要专门的摄影设备,编码解码仪器,专线和专门会议室来连接有关部门。这样的投资较大,会议的灵活性和扩充性也受到限制。在电子政务平台上,可以利用现有的服务平台,在几乎不增加任何硬件投资的情况下,通过现有的互联网、局域网或广域网,甚至是窄带拨号上网,将任何地方的 PC 机连接起来,实现多点到多点实时的多媒体会议。

网络视频会议系统可以提供多种会议模式,如多方会议;广播会议;研讨会议;两点会议。

9.3.2 档案管理

档案是指过去和现在的国家机构、社会组织以及个人从事政治、军事、经济、科学、技术、文化、宗教等活动直接形成的对国家和社会有保存价值的各种文字、图表、声像等各种形式的历史记录。一切国家机关、武装力量、政党、社会团体、企业事业单位和公民都有保护档案的义务。采用电子政务技术,可以协助进行档案的数字化,实现自动归档组卷、辅助查询,从而提高政府档案管理水平,满足政府管理和为社会公众服务的需要。

政府运作过程中的大量历史记录将作为档案保留下来,政府档案主要记录上级政府信息、同级政府信息、政府内部信息、社会信息等,包括文字档案、音像档案、照片档案等,电子政务环境下还要考虑对各种电子化政府信息进行归档管理。

电子政务中的档案管理,应该实现两个一体化设计:其一,与政府办公自动化及专业电子政务系统一体化设计,实现政府档案的自动化采集和处理;其二,要对整个政府的电子政务档案管理进行一体化设计,不仅实现档案的接收、收集、整理、保管和查询的电子化,而且能够做到对各政府部门档案管理的远程监督和指导,实现档案资源共享。具体包括如下几个方面。

1. 建立政府档案数据库

通常将这档案划分为四大部类,即文书档案(包括党群类、行政类、经营类、生产技术类)、科技档案(包括产品类、科研类、基本建设类、设备仪器类)、会计档案、人事档案。对于政府机关而言,其档案类型主要为文书档案、会计档案、人事档案三大类。对于不同部类的档案,将采用不同的档案数据库结构。

1) 档案管理规则数据库

为了提高档案质量,做到对档案所需信息完全搜集和保管,应该建立档案管理规则数据库。在规则数据库中存放对不同情况的档案的具体要求,这将指导档案管理人员按照这些要求去收集相关资料和组卷,并在档案处理上给予一定的技术指导。例如对于土地档案管理,应当按照国家土地管理局、国家档案局发布的《土地管理档案工作暂行规定》建立土地档案管理的规则数据库,该数据库将详细记录对不同归档内容的土地管理档案归档范围及保管期限的要求等,这将作为土地管理档案的具体操作指南。

2) 公文档案数据库

公文档案数据库用于存放对我国各级党、政、军机关正式发布的公文,包括命令、指令、决定、决议、指示、布告、公告、通告、通知、通报、报告、请示、批复、函及会议纪要等电子政务公文存储形式。根据国家技术监督局批准的标准化《国家机关公文格式》(UDC351.852.12GB9704—88)建立标准化国家机关公文数据库,以便实现电子政务中的公文流转并进行归档。

3) 文书档案案卷数据库

根据国家技术监督局批准的《文书档案案卷格式》(UDC351.852.12GB9705—88)建立标准化的文书档案案卷数据库,本数据库适用于我国各级档案馆和文书处理部门提供文书档案的管理和查询。文书档案案卷数据库与公文档案数据库的最大区别在于公文档案数据库本身就包括了电子公文内容,而文书档案案卷数据库只是针对纸质文书进行归档案卷题录及案卷内文件数据题录。

4) 科学技术档案案卷数据库

为了方便对科学技术档案的存储和查询,根据国家技术监督局批准的《科学技术档案案卷构成的一般要求》(GB/T11822—89),建立具有标准化科学技术档案案卷数据结构的科学技术档案案卷数据库。

5) 音像照片档案数据库

根据国家技术监督局批准的《照片档案管理规范》(GB/T11821—89)要求,建立音像照片档案数据库。

2. 政府档案收集与保存

电子政务环境下档案管理与手工档案管理相比,具有不可比拟的优势。在建立政府部门档案管理系统时,要能够自动收集其他电子政务系统中有关信息(例如数字化图纸、电子化文件、电子会议记录等),要根据国家档案管理的标准化要求,建立相应的档案数据库,实现档案管理网络化数据传输。根据档案管理要求,按照不同的部类进行采集、组卷归档。

(1) 文书档案。主要包括党群类、行政类、经营类、生产技术类的有关信息。

(2) 科技档案。主要包括产品类、科研类、基本建设类、设备仪器类。

(3) 会计类。结合财务管理系统,获得会计类档案信息,包括凭证、总账、明细账、各种财务报表、财务制度等。

(4) 人事档案类。结合人力资源管理电子政务系统,获得人事档案信息,包括姓名、年龄、职务、职称、教育、专业、工作岗位、工作经历、获奖情况等资料。

3. 政府档案的整理

收集、存储各种各样的档案,目的就是为了更好地为政府、为公众提供档案服务。因此需要对各种信息按照档案管理的要求进行处理归档。在对文字、音像、照片信息进行归档加工处理时,档案的标引、分类、组卷等工作量巨大,而且需要大量智力投入,形成了档案管理电子政务的速度瓶颈。因此,要求电子政务提供一个解决方案,不仅要把政府档案管理员从繁杂的事务中解脱出来,而且更关键的是解决人工处理政府文件时存在的时滞、处理不一致问题,提高档案管理工作效率和质量。

根据信息原理完成对政府各类文件和信息档案的前期分析,包括自动标引,自动分类,自动组卷,自动赋予案卷题名等。

(1) 档案标引与分类。档案的自动标引可以借助于文献标引已有的成熟技术,由于档案文件比较规范,各类档案所涉及的标引词汇相对集中,通常可以用现有的政务工作主题词表建立主题词典,用来对档案文献进行自动标引。

(2) 档案自动组卷,即把所收集的档案文件按一定特性(如类别、事件、活动、项目等)组织整理,并将相关文件按一定规则汇集成卷,同时给予一个代号(档号)来表达一个相对独立的概念(档案案卷)。档案的采集是针对档案文件进行的,当一个项目结束,一个事件处理完毕,就应当将某一事件或某一个项目的文件汇集组成案卷(一卷或若干卷)。利用计算机组卷可根据事件或分类号将相关文件聚集在一起,计算出一个事件所有文件的页数,然后根据各部门对档案的厚度要求,决定将其组成一卷还多卷。

不同类型的档案所采用的组卷方式不同。首先,在组卷时间上,文书档案每年集中组卷,即采用批处理方式组卷;科技档案则为当某一产品、课题、工程、项目等结束后立即组卷,又称即时组卷;会计档案按年组卷;人事档案组卷后,其案卷处于活动状态,即随着档案文件的不断增加,原有案卷也在不断补充。其次,不同部类档案的组卷标准与规则也不尽相同。因此,在研究组卷算法时,要分部类构造不同的组卷算法。

(3) 档案案卷自动赋名。档案案卷的题名应具有一定的范式。如1999年保卫工作文件、某部门的计划生育文件等。再如,档案的案卷题名与案卷中文件内容有着直接的关系,卷内文件的信息决定了题名内容。由于档案案卷的组成完全依赖于文件内容,随着卷内文件的复杂变化,案卷的组合也随之变化,这就要求案卷题名的赋予必须能适应这种变化。

根据文书档案案卷中可能出现的不同组合情况,可以构造不同的题名模式。

当所有同一个二级类文件合组一卷时,以二级类名为主,并辅以责任者项和其他完善题名的非实意词。模式如下:责任者＋关于＋二级类名称＋的文件(其中责任者信息为卷内文件的责任者;二级类名称从类名字典中获取)。例如,"上级部门关于共青团工作的文件"就是二级类(共青团工作类)的题名范例。

当一个或多个三级类构成一个案卷时,其题名由二级类和三级类名共同构成。题名模式如下:责任者＋有关＋二级类名＋的＋三级类名＋文件(其中责任者信息由卷内文件的责任者获得;二、三级类名称从类名字典中获取)。例如,"上级部门有关计划生育工作的指示性、法规性文件"是含有两个三级类的案卷题名。其中,"计划生育"是二级类名,"指示性"、"法规性"均为三级类名。

其他题名范式请参见有关参考文献。

4. 政府档案利用与开发

对收集来的上级政府信息、同级政府信息、政府内部信息、社会信息、电子化信息等进行归档组卷和保存,就形成了各种文字档案、音像档案、照片档案、电子化档案。最后进行发布,按照保密级别分别提供相关查询。

电子政务中的档案利用与开发,要符合档案开放的期限和保密的限制,具体期限由国家档案行政管理部门制定,报国务院批准施行。可以在网上公布开放档案的目录,提供档案的网上搜索,确定档案存放地点,并提供网上资格审核,审定对已经开放的档案或未开放档案利用。例如,北京市档案馆目前共有 4 个数据库,52.3 万条数据可供检索,覆盖了 43.41 万卷档案,时间从 1533 年至 1966 年,跨越 400 余年,涉及 180 个机构、团体,内容包括政治、经济、军事、文化教育、医药卫生、工业、农业、建筑、交通、运输、商业、金融、社会救济等。这些数据来自各基层的机关、团体、企业事业单位和其他组织。现有馆藏 134 万卷(件),排架长度一万多米,包括纸质、录音、录像、影片、照片等各种载体,内容十分丰富。档案馆通过网上利用、档案阅览、举办展览、史料出版等多种途径为社会提供档案利用服务。

9.3.3　财务管理

政府和事业单位财政财务管理是各级政府财政机关、行政事业单位和事业单位反映和监督政府财政资金和事业单位业务资金活动情况的管理。为了加强政府预算管理和财务管理,提高资金的使用效益,需要建立一体化的政府财政财务管理电子政务。

当前财政财务信息化水平整体落后于企业信息化水平,各部门内部的信息化与跨部门的信息孤岛形成鲜明对比,财政业务的不定型也影响着财政财务信息化进程。应当建立通用的电子政务的财政财务管理系统,因为它利于对政府的财务管理数据进行汇总和分析,有利于制定新的财政年度的政府预算,有利于及时跟踪分析政府预算执行情况,进行预算的调整,有利于实行财政财务的远程审计和检查。

电子政务环境下政府财务管理要完全按照《"政府财政管理信息系统"网络建设管理暂行办法》和《"政府财政管理信息系统"网络建设技术标准》的要求进行设计开发。立足于公共财政改革的基本原则和理论,以传统财政财务管理的方法和手段为基础,通过先进的信息化手段进行信息化的规范和改造。以协同工作为基本设计思想,充分考虑财政纵向监督和横向管理的现状,兼顾上下级财政之间的数据传递、本级财政对所属行政事业单位日常收支的管理、同对口银行的关系等功能需求。按照财政财务管理的组织架构的职能特征进行财政财务系统的功能规划,使其具有主体功能明确、业务流程清晰、权限控制严密、数据集成共享的特征。

1. 财务核算电子政务

政府财务管理电子政务首先要具有核算监督职能,实现财政预算管理主体的预算资金监督控制职责。要具有会计核算职能,体现公共财务核算的会计服务职责。辅助实现财政统一监督,统筹安排,提高财政资金使用效益。协助规范会计核算流程,统一核算政策,确保会计信息的真实性、可靠性。政府财务管理电子政务核算的资金范围包括由财政拨付的行政经费、事业经费和各类专项经费;中央各部委的专项拨款;预算外资金;各种行政性收费、罚没收入等其他收入。

（1）政府财政会计核算。政府财政会计核算包括：预算收入的核算、预算拨款和预算支出的核算、预算资金调拨于预算周转金的核算、基金预算收支与专用基金的核算、财政周转金的核算、货币资金和往来款项的核算。

（2）行政单位会计核算。行政单位会计核算包括：经常性收支的核算、专项资金收支的核算、其他收支及结余的核算、货币资金的核算、往来款项的核算、财产物资的核算。

（3）事业单位会计核算。事业单位会计核算包括：流动资产的核算、长期资产与对外投资的核算、负债的核算、支出的核算、成本的核算、收入的核算、基金与结余的核算。

（4）财务核算电子政务。财务核算电子政务完成原始数据录入、凭证处理，多币种核算、项目核算、往来项目核算、数量金额辅助核算等凭证后，自动生成总账、明细账、日记账、多栏账，生成科目汇总表、试算平衡表、资产负债表、损益表等财务账簿和报表。

2. 财务管理电子政务

电子政务环境下的财务管理是针对政府内财务活动的一体化管理，它包括往来账目的管理、各类项目所涉及的财务账目的管理、银行对账、工资管理、固定资产管理、各类报表的制作和财务分析等。

（1）往来管理。定义往来单位（个人）信息档案，处理由凭证或其他（如固定资产）模块产生的往来业务凭证，输出往来单位总账和往来单位明细账，及时输出往来单位对账单和账龄分析表。帮助政府进行账龄分析和其他往来款项的管理。

（2）项目管理。定义往来单位、部门、职员和其他项目（如科研课题）档案，录入项目辅助核算凭证，输出项目总账，输出项目明细表，帮助政府进行项目管理。

（3）银行对账。录入单位和银行对账单的期初未达项，进行银行对账初始化，按账号、币种、期间、日期、金额范围、结算方式、结算号、方向等任意组合条件查询、输出银行和单位未达账、已达账，自定义输出银行存款余额调节表，输出长期未达审计表，支持自动对账、手工对账和混合对账三种方式。

（4）工资管理。设置工资项目，定义工资核算办法，输出变动工资数据，如出勤天数、扣款数、保健补贴等，自动分配工资费用，完成工资费用结转并生成凭证，输出工资条、工资发放表、工资汇总表、工资费用分配表、工资结构分析表，帮助单位进行工资管理与分析。

（5）固定资产管理。实现固定资产管理和财务核算一体化设计，在制作固定资产核算科目时，同时完成资产的增加、减少、其他变动等日常固定资产业务资料的录入工作。系统提供多种现行固定资产的折旧方法供任意选择，对非经营用固定资产可提出折旧，自动输出固定资产清单、固定资产折旧表、固定资产余额表等报表，并提供固定资产使用情况及折旧情况的查询。

（6）报表处理。自动输出往来对账单、账龄分析表、试算平衡表、科目余额表、核算项目余额表，自动输出资产负债表、经营支出明细表、收入支出总表等行政事业单位规范的会计报表。进行年终清理结算，编制财政总预算会计报表，并进行审核、汇总和分析。编制行政事业单位会计报表，并进行审核、汇总和分析。

（7）财务分析。满足政府行政事业单位对本单位财务指标、财务报表进行分析的要求，以加强其财务管理。电子化财务管理系统能够利用结构、比较、趋势及比率等方法自动对单位的财务状况和收支状况进行分析，自动计算行政事业单位的主要财务指标，以报表和图形两种方式显示。比率分析提供对标准比率、正常比率、历史比率的分析；报表分析提供理想报表分析、历史报表分析,并可进行变动百分比、结构百分比和定基百分比的分析。

3. 财政财务一体化

财务财政一体化设计是指对包括中央、省(自治区)、地市、县、乡镇等五级财政部门、各级会计核算中心、各级财政部门对应的预算部门、预算单位及其他具有类似管理模式的各级部委和政府行政事业单位,财政财务系统要统一数据库,财政总预算、国库、总预算核算、报表等共用同一个数据源;统一功能体系,所有系统自成体系,既可以单独运行,又可以形成完整的功能体系;实行集中式管理、协同式办公和实现网络化应用。

电子政务环境下财政财务解决方案的模型,分为三个层次:数据采集层、信息制作层、查询层。

(1)数据采集。各政府行政事业单位录入财务核算数据,并进行计账,然后将总账通过网络方式录入各个核算单位的日常账务数据库,通过计算机网络将数据分别传送到数据中心各个核算单位账套数据库中。通过数据中心汇总账套中的合并账务系统,完成将各个核算单位账务数据通过"合并账务"的方式进行数据的整合。

(2)信息分析。对中心数据仓库中的数据加工和编辑,通过报表系统可以生成任意格式的报表查询格式,可以是具体单位的报表,也可以是某一行业的报表,还可以是所有核算单位的汇总报表。报表系统分单位编制财务报表,定义数据查询公式,可为不同级别、不同层次的人员定制个性化的报表查询内容。

(3)查询。查询层主要是通过基于 Web 的计算机网络综合查询平台,提供对所有相关用户进行自定义查询和对权限单位数据进行编辑的授权操作。上级机关和审计部门有权随时进入具体政府机关单位的财务系统,进行远程动态审计查询,从而加大了财务监督的力度。

9.3.4 人力资源管理

人力资源是一种基本社会资源。政府要掌握和利用好全社会的人力资源状况,需要建立一个全国统一的人力资源管理系统。

1. 人力资源管理目标

国家政府不仅需要管理各级政府内部的人力资源,而且还专门设立了劳动人事管理部门,对全社会的人力资源进行管理。所以设计政府内部人力资源电子政务时,要同时考虑全社会人力资源管理电子政务,争取做到一体化设计。

1)全社会人力资源管理目标

政府对全社会人力资源管理的目标是通过制定一系列法规、政策、措施,达到对全社会人力资源进行规划、决策、组织、协调、控制等。例如,政府借助最低工资立法调节工资与就业量的关系;利用福利制度为福利享受者,特别是低收入者提供非劳动收入,福利政策也会引起劳动力供给的复杂变化。因此电子政务环境下的社会人力资源管理,需要获取劳动人事电子政务系统中有关人力资源的具体数据,进行人力资源分布分析,并结合来自税务电子政务系统中的纳税数据、来自社会保障部门的社会福利数据,进行综合分析建立最低工资模型、福利模型、所得税模型等。

2)政府人力资源管理目标

政府部门中的每个岗位、每项工作对其承担人员都有一定的素质要求,如何根据这些要求选择合适的人员,使人与事的结合达到最佳组配,这就需要对政府部门的人力资源和人事活动进行管理,即进行政府人力资源管理与开发。政府人力资源管理电子政务要将各级政府内部人力资源微观管理和整个政府人力资源宏观管理结合起来,进行一体化设计。

(1)政府人力资源宏观管理。从综合的角度考虑政府部门的人力资源管理,称为政府人力资源宏观管理。这类管理的主要任务包括:职称评审、专业技术人员管理、继续教育管理、专业技术执业资格认证管理、政府人员工资计划管理、公务员管理、人才资源管理、奖惩管理、国际交流与合作管理等。电子政务就是要将这些管理全部计算机化,并能够统一协调管理,根据政府部门需要,及时提供有关数据和信息。

(2)政府人力资源微观管理。为了便于区分,把具有人事录用权、人事档案管理权的部门称之为基础人力资源部门。这些部门从事的人力资源管理工作,称为政府内部人力资源微观管理。政府人力资源微观管理电子政务主要任务就是建立岗位管理、招聘管理、绩效管理、培训管理等电子化管理,辅助进行政府内部人力资源管理,有效地开发政府内部的人力资源,提供相应的查询、统计、分析以及相关决策系统,并能够为政府部门人力资源宏观管理提供基本数据和有关决策支持。

2. 岗位管理电子政务

岗位管理的目标是使人事管理部门和领导者对下属部门的各岗位的责任始终有一个清楚的了解。为了达到这样一个目标要求,电子政务系统应当建立岗位数据库,具有对各岗位人员需求的分析能力,提供对各岗位量化的考核标准和评价指标。

(1)建立岗位数据库。建立岗位数据库是人力资源管理的最基本的依据。结合部门管理目标,在业务分析和人员分析的基础上,明确部门职能和职位关系,由人力资源部和各部门主管合作编写岗位说明书。据此建立的工作岗位数据库,包括岗位责任,需要的知识、技能、能力,人员编制,以及相应的工作名称、工作类别、工作报酬和福利等。岗位数据库能在招聘计划制定、薪酬政策制定、培训计划制定中提供重要的基础数据。

与岗位数据库密切相关的数据库是职工基础数据库,它记录了政府部门工作人员的各种档案资料,职工基础数据库是干部选拔、内部人员调整、招聘计划分析、薪酬政策制定、培训计划制定、办理退休、调整工资、职称评定等有关人力资源电子化管理中的基础数据来源。它既可作为本部门人力资源管理的依据,又可作为政府内部宏观人力资源管理的基本数据来源。

(2)岗位人员需求分析。主要包括两个方面,其一,目前岗位是否缺乏人员,缺乏什么样的人员;其二,分析岗位现职人员是否称职,是否需要补充拥有某一方面知识或掌握某种技能的人员。根据岗位数据库和职工数据库提供详细的数据,根据电子政务分析模型完成这两个方面的分析。利用岗位人员需求分析产生的结果可作为政府部门内引进人才和岗位调整等工作的参考,可为人力资源部门进行工作总结提供具体数据。

(3)岗位评价。岗位评价为绩效考评标准的建立和考评的实施提供依据,使员工明确各自工作的要求,从而减少因考评引起的员工冲突;明确工作的价值,为工资的发放提供参考依据,保证薪酬的内部公平,减少员工间的不公平感;明确上级与下级的隶属关系,明晰工作流程,提高工作效率;使员工清楚工作的发展方向,便于员工制定自己的职业发展计划。

岗位评价有两个目的,一是比较内部各个岗位的相对重要性,得出岗位等级序列;二是进行薪酬调查,建立统一的岗位评估标准,消除不同部门之间由于岗位名称不同或岗位名称相同但实际工作要求和工作内容不同所导致的岗位难度差异,使不同岗位之间具有可比性,为确保薪酬的公平性奠定基础。

电子政务中岗位评价的方法有许多种,较为科学的是计分比较法。在国际上,比较流行的如 Hay 模式和 CRG 模式,都是采用对岗位价值进行量化评估的办法,事先确定与薪酬分配有关的评价要素,给这些要素定义不同的权重,并输入到岗位评价电子政务系统中,最后根据不同的权重计算出每个岗位的分值,从而对所有岗位进行全面的评价。电子政务提供了科学的岗位评价体系,通过综合评价各方面因素得出工资级别,而不是简单地与职务挂钩,这有助于解决"当官"与"当专家"的等级差异问题。

3. 招聘与录用电子政务

随着政府机构改革的深入,越来越多的政府机构需要招聘选拔符合政府管理和服务要求的人才,招聘选拔也逐渐成为政府人力资源流入的主要途径,招聘选拔效果的好坏直接影响到政府下一步发展战略能否顺利实现。招聘选拔的有效性,可以从两个方面解释:一方面是从招聘选拔人员的数量上考虑,招聘选拔的结果是否能够满足数量上的要求;另一方面是招聘选拔的质量,新职工素质是否很好地达到了用人标准。招聘选拔总体原则是本着用人所长、容人所短、追求业绩、鼓励进步的宗旨,面向社会公开招聘选拔、全面考核、择优录用,从学识、品德、能力、经验、体格、符合岗位要求等方面进行全面审核。

整个招聘选拔过程包括制定招聘计划、安排招聘过程、设计招聘方案、发布招聘广告、发出面试通知、办理人员录用等,需要花费大量的人力、财力和时间。因此在招聘选拔过程中采用电子政务技术可以使得整个招聘选拔工作得到控制,节约招聘选拔费用,提高招聘选拔工作效率,辅助应聘合格人员及时到岗。电子政务中招牌选拔系统的具体功能有如下几个方面。

(1) 招聘计划制定。根据电子政务中岗位人员需求分析,获得用人需求情况后,人员需求信息传递至电子政务招聘计划辅助制定系统,自动生成电子化《招聘录用申请表》,经各部门领导认定,自动流转报主管领导,最后生成招聘计划。

(2) 网上招聘信息发布。经最后审定电子化招聘计划,自动生成招聘通报,在政府网站上发布招聘启事。在政府网站上将招聘选拔信息告诉公众。

(3) 网上报名。普通的招聘报名,需要安排专门的时间、接待场地和接待人员。采用电子政务技术在网上设立招聘报名,可以方便应聘人员随时进行网上报名,不受报名时间、地点的限制。

(4) 自动预筛选。电子政务系统则需要对应征人员提交的报名情况数据库和招聘要求数据进行自动对照,就可以实现对应聘人员进行自动化筛选。系统提交初步确定面试人选,经过人事部门在计算机上进行再次审核,最后自动生成面试通知,利用电子邮件将面试通知发送到应征者邮箱里。

(5) 面试管理。可以建立招聘方案知识管理库,协助人事主管制定测评内容的具体项目。建立招聘试题库,由计算机随机提出面试时的若干关键问题,并予以计算打分。建立招聘面试通知功能,自动通知面试人员考试结果。将通过初试的人员名单和材料,通过网络提请主管人员决定,经主管人员在网上确认后,将复试通知自动通过电子邮件发给参加复试的人员。

（6）录用管理。招聘新员工以后,应当向当地劳动人事行政主管部门办理录用手续。录用管理的电子政务系统也是一个大的系统工程,要与政府部门和劳动人事行政主管部门资源共享,所以最好建立通用的政府录用管理系统。主要包括以下内容。

① 填写电子化员工登记表,填写内容有:职工姓名、年龄、性别、种族、籍贯、文化程度、政治面目、个人简历、考核结果、同意录用意见等。

② 签订电子化劳动合同,政府机构与被录用的职工按照国家规定签订合同。电子化合同签订后传输到劳动人事部门数据库中进行备案。通过备案促使合同更加完善,便于维护用人单位和职工双方的权益。

③ 通过网络将合同提交给劳动人事部门后,劳动人事部门可以在第一时间掌握就业情况,可以实时分析国家人力资源流动情况,有助于及时制定人力资源规划,发布就业指导等。

4. 薪酬管理电子政务

目前公务员薪酬基本由国家统一制定,但是各政府部门也有一定的自主权,可以制定自己的薪酬实施方案,更好地体现劳有所获,多劳多得,能者多劳。这样可以在一定程度上降低人员流动,防止高级人才的流失。为了更好地协助政府薪酬政策的制定,有必要利用电子政务技术,全面采集各个政府部门、企业和社会团体的薪酬数据,进行数据分析和建模,从而建立一套对内具有公平性、对外具有竞争力、对社会具有示范作用的薪酬体系。

1) 薪酬数据采集

政府在确定工资水平时,需要参考劳动力市场的工资水平,因此首先要建立薪酬数据采集系统。在政府部门和职工、企业和职工签订劳动合同时,都要求将合同内容通过计算机网络提交政府的劳动人事管理机构,以便政府部门掌握全社会基本工资情况。虽然这种薪酬数据采集方法,是收集的最原始的、最具有法律效用的薪酬数据,但是具体操作时,会发生遗漏。例如有些企业不严格按照规范来签订劳动合同,或者劳动合同签订后,员工工资发生变化,却不再向劳动部门申报。因此需要寻找其他的薪酬收集渠道,最精确的数据是从每个单位的财务系统数据中获取薪酬数据,这就需要与财务管理部门的电子政务系统中的薪酬实现数据共享,从而获得一手的、实时的薪酬数据。

2) 薪酬分析

利用电子政务中的信息分析技术,对采集自各行各业的薪酬数据进行分析,可以方便地分析出人才流动方向和招聘来源,得到不同岗位和不同级别的岗位薪酬结构对比、了解薪资增长状况、奖金和福利状况、薪酬走势等,可以绘出薪酬曲线。对政府部门的不同岗位、不同级别的岗位薪酬数据、奖金和福利状况进行分析,对整个政府部门的薪酬做出评估,可以协助建立合理的政府部门薪酬分配机制。

3) 薪酬定位

根据薪酬分析结果,结合国家的宏观经济、通货膨胀、行业特点和行业竞争、人才供应状况、招聘难度,甚至外币汇率的变化,建立薪酬定位辅助决策模型,协助政府劳动人事管理部门制定确定整体薪酬水平。在政府内部,人员的素质要求是决定薪酬水平的关键因素,在确定人员工资时,往往要综合考虑三个方面的因素:一是其岗位等级,二是个人的技能和资历,三是个人绩效。在工资结构上与其相对应的,分别是职位工资、技能工资、绩效工资。

综合起来说,利用电子政务的岗位分析功能,对不同岗位做出评估,确定岗位工资;利用电子政务职工数据库中的数据对人员资历做评估,确定技能工资;利用电子政务绩效评估功能,结合岗位数据库中对岗位的要求,对职工数据库中的每个员工的工作表现做出评估,确定绩效工资。

4) 薪酬与财务

由于每个人的情况不同,而且经常发生岗位和职务的变动,所以人力资源管理人员需要花费大量的时间进行核定,做出职工工资情况变动表,再由财务部根据职工工资情况变动表,输入到财务管理系统中,制作财务凭证,这不仅花费人力时间,而且容易引发错误。应当由人力资源部门设计一套比较好的测算方法,通过薪酬测算系统建好工资台账,自动传输进入财务管理系统,生成财务凭证,进行相应的财务处理。

5. 绩效管理电子政务

政府绩效即政府的工作成就或管理活动中取得的成绩和效益。政府绩效管理体现了"以结果为本"的公共管理新概念,有助于树立"公众至上"的现代政府管理意识,有助于建立政府与社会之间的良性关系。宏观层次的政府绩效涉及整个政府管理活动的成绩和效果。微观层次的政府绩效涉及特定的政府机构或公共部门的工作成就或效果,包括经济性、效率、服务质量、客观社会效果、服务对象的满意程度等。

电子政务绩效管理功能应实现对绩效过程管理的电子化,包括战略和目标管理、绩效协议管理、行动计划管理、绩效的持续监测和反馈、绩效的正式评估等子系统。同时绩效管理必须自然地融入部门日常管理工作之中,才有其存在价值。而这种自然融入的达成,有赖于部门内双向沟通的制度化、规范化,将绩效管理与电子政务业务管理系统一体化设计,可以实现对绩效的动态监控,并记录绩效目标和计划的调整过程。

1) 目标发布

政府部门的使命、战略和价值的明确化是绩效管理的基础和前提。绩效管理不是简单的任务管理,它更强调沟通、辅导及员工能力的提高。不仅强调结果导向,而且重视达成目标的过程。因此需要在电子政务平台上发布各政府部门的使命、战略和价值,让每个政府成员了解并使之成为共同奋斗的目标。

2) 绩效协议

绩效协议又称绩效合同,是上级和下级、管理者和员工之间就职责、任务、目标、工作条件和行动计划等达成的具有约束性的契约或一致看法。在电子政务绩效协议管理功能中,提供岗位数据库中的岗位工作任务和责任、目标查询,提供绩效计划的提交和查询,以及网上协议的签订功能。

3) 绩效评估

评估过程就是将绩效目标与实际工作结果比较的过程。与动态的绩效评估相比,正式绩效评估不是发现和确认某一方面的绩效差距,而是对绩效表现的全面评价。正式评估的目的是激励员工改进和提高工作效率,帮助管理者和员工更好地理解各自的角色、目标、相互关系、期望和工作中面临的问题,帮助员工提高素质和与工作职责相关的技能,发现并提拔人才。绩效评估包括部门绩效评估和个人绩效评估。每到年终或某个项目结束,人力资源部门都要花费较长的时间,开展对各部门、各级领导、个人情况的小结和考评,既费时间,又没有定量的结论,往往造成会干的不如会说的现象。因此需要利用电子政务技术,实现对绩效评估的量化管理。

（1）部门绩效评估

部门绩效评估的指标有经济指标、效率指标和效益指标,包括定性测定和定量测定。对各级部门的评估可以实现定量评估,而对某个员工只能采用定性评估。电子政务中定量评估系统可以结合财务管理系统中的具体数据,建立成本与投入的比率测定、行政开支与业务开支的比率测定、人均开支测定、单位成本测定、经济改进余地测定等经济测定方法;利用较为成熟的现代公共组织效率测定方法和技术,建立简单的效率指标和复杂的量化分析技术,例如平均个案处理时间、反应速度、破案率等效率指标,工作荷载分析、投入要素和结果要素转换率分析等;建立效益测定系统,计算差错率、准时率、合格率、优秀率测定,社会效果测定、公众满意度等。

（2）个人业绩评估

绩效管理是立足于员工现实工作的考核,强调的是人与标准比,而非人与人比。以往,每年各政府部门花费在考核上面的工作量非常大,却没有量化指标,而个人业绩评估电子政务将从三个方面对政府领导和普通员工进行考核。第一是业绩:工作质量、工作数量、期限、效率、合理化、业绩贡献、沟通、激励;第二是工作态度:积极性、协作性、计划性、综合性、缜密性、逻辑性、敏捷性、自主性、纪律性、正确性、速度、安全性、指导性、责任性、信誉、创造性;第三是工作能力:知识、规划力、判断力、协调力、执行力、注意力、理解力、应酬力、技能、忍耐力、决断力、统率力。

6. 培训管理电子政务

政府培训作为人力资源管理的核心内容,不论是对政府还是企业、直接还是间接、短期还是长期都将发挥极其重要的作用,现已越来越受到政府的重视。要充分发挥电子政务的优势,降低培训费用,扩展培训时间和地点,增加培训的计划性和灵活性。

1）制定培训计划

人才培养计划要能够与政府机构的发展方向、规划相结合,与政府的发展实力、经济预算相结合,与政府机构的人力资源有效使用、人才结构及其变化趋势相结合,与人才培养工作相结合,与人才引进、招聘工作相结合,与员工的个人素质、潜力、发展计划相结合,职前导向培训与岗位培训相结合。在电子政务中,协助培训计划制定,优选培训时机、受训人员、培训内容、培训方式、培训类型,优选施训单位、培训教师和地点,不仅能够减轻人力资源部门的劳动,还能够明确培训目标,提高培训质量。

2）在线培训、远程培训

利用电子政务技术提供网上远程培训,为社会提供必要的政策、法规、操作规范以及最新技术的远程培训,可以大大降低政府和企业的培训费用。此外,利用政府内部的电子政务平台建立网上培训系统,可以为政府各级员工提供最新政策、法规、操作规范以及最新技术的在线培训。

7. 政府网站人力资源栏目

通常情况下,政府人力资源栏目主要包括以下内容。

（1）组织结构与办事指南:介绍政府组织结构和职责,使公众可以了解到办什么事找什么部门。介绍办事流程和要求以及办公室示意图,方便公众,节省办事时间。

（2）招聘与应聘:用于发布政府招聘信息,提供网上招聘报名等。对于应聘者,指导他们求职,如介绍如何书写求职信、怎样准备面试等。

(3)劳动法规:介绍劳动法规以及和劳动法规相关的文件。如工资管理与调控、工资制度改革、福利待遇、薪酬管理和工资保障等法规政策的宣传。

(4)管理制度发布:制度包括员工手册、人事管理制度、办公行为规范、计算机管理规定、职工奖惩条例、保密制度、图书报刊管理办法、财务管理制度、经济合同管理办法、物资管理办法、医疗及人身意外伤害保险管理办法等。

(5)职业导测:包括职业兴趣、职业适应性、职业与性格、职业能力测试;工作压力测试、工作动机测试、工作满意度、工作成果测试;成功测试、人事你我她、超越自我测试;心理测试、性格测试等。

9.4 电子政务应用系统的实施

一般可以将电子政务应用系统分为三个层次:一是建立政府网页,发布政务信息;二是建立网站,发布信息和接受公众意见等,属于非实时交互;第三层次是提供开放的交互式网上管理和办公。

9.4.1 系统规划

电子政务的规划是电子政务建设得以顺利实施的前提条件,也为监理工作提供了可操作的指标和依据。电子政务的规划也是电子政务健康发展、良性运作的基本保证。由此可见,电子政务的规划进行得如何,对一个部门或地区电子政务的建设至关重要。

电子政务系统规划是由政府高层,从政府自身和社会长远发展目标出发,以政府的核心工作和关键问题为重心,把握信息技术的基本发展方向,为政府系统确立以信息技术为平台的整体建设目标、战略和资源计划,勾勒出电子政务系统总体结构和系统各部分的逻辑关系,遴选系统基本技术实现方式和基本技术设施等一系列的过程。简单而言,电子政务系统的规划,就是将政府发展战略和目标转化为电子政务系统目标、发展战略和基本技术实现方式的过程。

电子政务系统规划具有综合性、系统性、变革性和可持续性的特点和要求。因此,电子政务系统规划从其建设过程角度看是规划设计和实施运行这两个层次构成的动态螺旋式递进过程。

电子政务系统的规划也有层次之分,中央政府和地方各级政府规划任务不尽相同,政府和其职能机构的规划任务也有差别。这种客观上得分别容易造成各自为政、条块分割的局面,这正是电子政务系统规划需要解决的问题。

电子政务系统的规划,大致可以分为如下环节:明确政府的使命;确认政府发展战略和目标;明晰政府组织的业务及管理变革策略;识别政府的核心工作和关键因素;确立电子政务系统发展目标和资源战略;描绘系统总体结构和系统各部分的逻辑关系;分析和把握系统的关键性能;选择和确认系统的基本技术实现方式。

9.4.2 需求分析

电子政务系统需求分析的任务包括：确定系统的功能,明确系统的开发方向,利用计算机处理的形式把实务的分析表示出来等内容。通常由政务人员负责提出系统的功能需求,计算机专业人员负责对事务数据及其流程加工并以适当的形式加以表达,以利于系统优化及软件编程。

1. 确定任务阶段

电子政务系统开始开发前,用户以申请报告书的形式提出建立一个新的系统或改进原来系统的要求。开发人员根据用户提出的目标和要求,衡量本方的技术力量和条件,决定是否承接此项任务。如果可以承接,则向用户提出初步意向书。经双方协商达成初步协议,然后开发方可以准备进行下一阶段的工作。

2. 初步调查阶段

初步调查的目的是确定各类用户提出的对系统的各种要求是否合理有效,为建立一个信息系统进行可行性分析提供素材。调查报告的内容包括:

(1) 对政府部门的业务活动进行初步分析。主要包括行政业务分析、行政管理费用分析、绩效分析及预算分析等。其目的是研究政府部门的行政效率和成本,从而查明影响绩效的积极因素和消极因素,并评价它们对行政计划指标完成情况的影响程度,找出行政业务流程的薄弱环节,对新系统选择好突破点。

(2) 对现有系统存在问题进行分析。

3. 提出建议方案阶段

提出新系统的建议方案是系统分析阶段的核心,对整个系统开发过程极其重要。新系统的建议方案是根据用户的要求、初步调查报告,以及系统分析人员的知识和经验提出的,它是系统的雏形。

(1) 确定目标。提出新系统的建议方案是从确立系统目标开始的,确定系统目标的根据是需求分析和初步调查报告。确定系统目标时应力求具体化,避免抽象化。

(2) 确定系统的范围。为达到确定的系统目标,必须在用户提出要求和现场调查的基础上,通过分析和讨论,划定新系统设计的范围和功能。在划分系统的范围和功能时,应根据实际情况进行不断调整。

(3) 确定系统的结构和组成——子系统的划分。按系统观点,任何一个系统都可以划分成若干相互独立又相互关联的组成部分,这些部分称为子系统。电子政务系统中,政府部门间也存在着某种分工,每一部门都有其特定的功能。这些部门之间的工作是相互配合和衔接的,共同实现政府的目标。根据用户的要求和对现状的调查研究,提出子系统划分方案,并明确各子系统承担的功能,规定各子系统之间的关系和接口,给出系统建议方案的系统结构流程图,并用文字对系统建议方案的结构、功能和构思进行描述。

4. 可行性分析阶段

可行性是指在当前情况下,是否具备开发这个系统的条件。可行性分析着重研究以计算机系统代替现行系统时,在技术、经济和运行组织可能性上存在的问题,以及新系统实施后可能产生的效果。可行性分析包括三个方面,即:技术可行性、系统开发和运行环境的可行性以及经济上的可行性分析。

9.4.3　总体设计

系统总体设计是系统研制过程的第二大阶段,它的任务是为进一步实现系统分析阶段的建议方案而提出系统模型,详细地确定新系统的结构。

1. 系统的性能要求

在论述具体的系统总体设计技术以前,首先给出系统的性能要求,使得系统设计者在工作中有原则可依。这些原则包括:

(1) 系统的效率。可以从三方面进行衡量,一是单位时间内处理的业务量,二是某项任务运行一次的时间,三是回答用户请求的响应时间。

(2) 系统的工作质量。

(3) 系统的可靠性。系统的可靠性是指系统工作时对各种外界干扰的抵抗能力。

(4) 系统的可变更性。系统本身需要不断的修改、完善和维护,系统的可变更性直接影响着系统修改的难易程度。

2. 设计的模块化

在系统总体设计时,应把易修改和易维护性放在首位,因此要注意以下几点。

(1) 把系统划分为一些功能简单、明确的模块。每个模块内容清晰,和其他模块之间有明确的接口关系。这样,对任一模块的修改,只要保持对其他模块的接口关系,就不会影响其他模块的执行。

(2) 划分模块应按层次进行。

(3) 要组织较好的模块化结构系统,首先应该知道如何划分模块。为了说明这个问题,需要引入聚合度和耦合的概念。模块耦合与模块聚合用于衡量模块分解的独立性,是模块结构设计合理性的两个主要指标。

模块耦合是模块间相互联系紧密程度的一种量度。模块间的耦合程度可分为以下三种。

(1) 数据耦合。两个模块之间通过调用,相互传递的信息是数据,则两模块的联系是一种数据耦合,数据耦合联系简单,耦合程度低,对系统的执行过程没有大的影响,是一种较为理想的耦合方式。

(2) 控制耦合。指两个模块之间,除了传递数据信息外,还传递控制信息。这种耦合对系统的影响比较大,它直接影响到接受该控制信号模块的内部运行,因此,对系统的修改工作很不利,尤其是自上而下传递控制信号,影响面更大。一般来说,控制耦合出现在模块的中上层。

(3) 内容耦合。一个模块,不经调用直接使用或修改另一个模块中的数据。内容耦合是种病态耦合。在设计时应避免。

可见,数据耦合最理想,内容耦合最差。

模块聚合是指模块内部各成分之间联系的紧密程度,表示模块功能的专一化程度,可以分为以下七个等级。

(1) 偶然聚合。一个模块由若干个并不相关的功能偶然地组合在一起,这种模块内部组织结构的规律性最差,无法确定其功能,聚合程度最低。

(2) 逻辑聚合。一个模块由若干个结构不同,逻辑上具有相似关系的功能组合在一起而构成,称之为逻辑聚合。逻辑聚合模块的调用,常常有一个功能控制开关,根据上层模块的控制信号,功能控制开关控制选择某一个功能,逻辑聚合其聚合程度较差。

(3) 时间聚合。若干功能因其执行时间相同而集合在一起构成一个模块,称为时间聚合,如初始化工作,这种聚合程度中等偏下。

(4) 过程聚合。若干项功能因逻辑上需要顺序执行而集合在一起构成的模块,称为过程聚合,其聚合程度中等。

(5) 数据聚合。若干项功能因具有相同的输入数据或输出数据而聚合在一起,构成一个模块,称为数据聚合。它能合理地定义模块功能,结构比较清晰,聚合程度中等偏上。

(6) 顺序聚合。为完成某一功能而串接在一起的若干项任务(或子功能)所构成的模块,称之为顺序聚合。其聚合程度较高。

(7) 功能聚合。一个模块只完成一个单独的、能够确切定义的处理功能,则称该模块为功能聚合。它对确定的输入进行处理后,输出确定的结果,这是一种理想的聚合方式,独立性最强,使得模块便于修改,便于分块设计。

模块内部要具有较高的聚合度,而模块之间只保留必要的数据耦合和少量的控制耦合,尽量避免内容耦合,即尽量降低模块之间的耦合程度,提高每一个模块的独立性。

3. 绘制系统的结构图

从建议方案出发,先把整个系统当作一个模块,然后按前述的原则逐层划分模块。在画出每一层时及时表明信息传输的情况。与此同时,逐步考虑每一模块的具体实现方法。系统的所有模块分解图构成了系统的结构图。

4. 提出实施方案

系统实施方案是系统设计阶段的成果,是下一阶段工作的重要依据,实施方案包括两个方面。

(1) 系统的物理模型包括结构图,每个模块的说明书、该系统运行的硬件环境。

(2) 投入效益分析。

9.4.4 项目管理

对于一个涉及部门广泛、运作过程复杂的电子政务系统而言,在开发过程中需要政府各部门人员、系统设计人员等多方面的通力合作,而协调这种合作关系、衔接项目之间的接口,必须采取一定的管理手段和有关措施,这就是电子政务系统开发的项目管理。

1. 项目启动

不管项目决策者是作为直接项目经理,还是作为电子政务系统开发项目的总体领导者,都应当从全局和战略的角度来权衡是否要采用这个电子政务系统开发项目,否则只会给组织带来无法弥补的损失。

1) 需求分析和目标确认

项目决策者必须从组织总体的发展战略出发来决定电子政务系统开发项目的需求。识别需求是项目启动过程和整个项目生命期的最初活动。这个过程将给项目的目标确定、可行性分析和项目立项等提供直接、有效依据。

2）可行性分析

可行性分析的目的是为决策层提供判断项目是否可行的依据。项目可行性研究是项目立项阶段最重要的核心文件，是项目决策的主要依据。项目可行性分析包括技术可行性、经济可行性、社会环境可行性等内容，最后形成项目可行性分析报告。

3）项目立项

项目的立项包括两个内容：任命项目经理和发布项目章程。通常，项目经理尽可能在项目早期进行指定和委派是比较合适的。项目经理可以在项目章程中确认，也可单独以文件形式确认和任命。项目经理任命越早，越有利于项目的管理和发展，因为项目经理的早期介入，将会及早把握项目信息，明确项目管理思路。项目章程是正式确认项目存在的文件，它主要包括对项目所产生的产品或服务特征以及所要满足商业需求的简单描述。项目章程提供给项目经理组织生产资源，进行生产活动的权力。

2. 项目计划

项目计划阶段通过对电子政务系统开发项目的定义和各项具体计划的制定，确定具体需要做什么、明确由谁来做和需要什么支持、确定用多长时间和多少资源。项目计划是一个综合的概念，凡是为实现项目目标而进行的活动都应该纳入计划之中。

1）项目范围的确定

电子政务系统开发项目范围的确定就是要界定项目主要工作内容，将项目的可交付成果，划分为可控的、易于管理的单元模块。确定项目工作范围的过程，也就是制定项目范围计划的过程。

（1）清晰定义项目各项工作。一般用工作分解结构的方法来实现，确保找出完成项目范围的所有工作要素。

（2）明确项目工作范围变更的控制系统。项目工作范围的控制，是项目整体控制过程的一部分，应该与其他控制过程紧密结合，因为工作范围的每一个变更都会直接或间接影响到项目的进度、成本、质量控制等。建立范围变更的控制系统，就是为项目执行时的实际变更进行有效的沟通、确认和管理。

2）项目的进度计划

当电子政务系统开发项目工作包的活动都已经详细、清晰地确定后，接下来的工作主要是制定项目的进度计划。进度计划包括：①项目活动排序，或者说确定工作包的逻辑关系。②项目历时估算。③制定进度，就是决定项目活动的开始和完成的日期。

3）成本预算

在成本估算当中，通常采用的方法和时间估算有些类似，主要有：类比估算法、自下而上估算法、参数估算法、计算机估算等。得到项目的估算后，再根据项目的合同金额进行调整，与进度计划相结合，分配到各项任务上，就形成了成本预算。

4）质量计划

质量计划编制包括识别那些和该项目相关的质量标准，并且确定如何满足这些标准。在项目计划阶段中，它是一个关键过程，应当有规律地并且与其他项目计划过程并行进行。质量计划编制过程的重要依据是：组织的项目质量政策、特定的项目范围说明书和产品描述以及相关的标准和规范。

5）人力资源计划

人力资源计划包括以下内容：①组织计划编制。这个过程将产生项目组织结构图、责任分配矩阵和人员配备管理计划。②人员获取和流动计划。描述项目团队需要什么样的成员，每一种成员的数量，人力资源在什么时候、以什么方式加入或者离开项目团队。③项目团队建设计划。

6）沟通计划

沟通管理计划中应当包括的主要内容有：①规定有哪些信息需要收集、以什么样的结构收集。②沟通内容及结果的处理、收集、传递、保存的程序和方式。③规定报告、数据、进度、技术资料等的流向，也就是说，沟通的结果应当通过什么形式，向谁汇报、由谁执行、由谁监督以及使用什么方法来发布等。

7）风险计划

项目风险管理是对项目风险进行识别、分析和应对的系统的过程。它包括把对于项目目标而言正面事件的概率和影响结果扩到最大和把负面事件的概率和影响结果减少到最小。风险管理计划描述的是在项目整个生命期中，风险识别、风险定性和定量分析、应对计划编制、跟踪和控制是如何构架和执行的。风险管理计划不阐述单个风险的应对。单个风险应对由风险应对计划来完成。

8）采购计划

采购管理计划应当阐述清楚具体的采购过程（从采购计划、询价计划编制到合同收尾的过程）将如何进行管理。

9）项目总体计划的确认

项目计划制定完成后，项目经理（不是由项目决策者自己担任）、项目决策者、相关职能部门（也可能是电子政务系统开发项目的最终用户）负责人和高层主管应该对项目计划予以确认。企业管理层和项目职能涉及的相关部门对计划的确认，能为项目实施提供资源基础和行政保障；项目团队和最终用户对项目计划的认可，能明确项目管理及其实施的分工界面、明确项目的具体目标、清楚界定双方责任，从而增强了项目的透明度，提高各方满意程度。只有确认的项目计划才能成为项目实施和控制的现实性的指导文件。

3. 项目实施

项目实施过程是完成整个电子政务系统开发任务的过程，项目的各项专项计划要在这一过程中落实，大量的资源和项目预算资金都将在这一过程中被消耗和占用，项目的产出物也将在这一过程中逐步形成。在这个过程中，项目经理和项目管理队伍必须全面协调和组织指挥项目所涉及的各方面的人员、资金、技术与管理工作，以实现项目计划所确定的目标。

1）记录和报告项目实施的实际情况

记录就是如实记载在项目计划执行过程中，每一个项目活动和项目阶段开始日期、工作进度和完工日期以及整个过程中的各种重要事件。这是为项目计划实施中的检查、分析、协调、控制、计划修订和总结等提供原始资料。

报告是指在项目实施过程中，定期或不定期给出的有关项目实施情况的汇总性的文字报告或数字报表。

2）变更处理

项目的变更要求是指对于一个正在实施的项目本身，或是对于项目的整体计划，所提出的各种改动的要求。例如,扩大或者缩小项目计划的任务范围,修改或修订项目计划中有关项目成本或进度安排等。这些项目变更的要求多数是在项目实施过程中提出和确定的,对它们的处理也是项目实施的重要内容。

3)质量保证

质量保证是在质量系统内实施的全部有计划的系统性活动,是保证质量管理计划得以实施的一组过程及步骤。要做出很好的质量保证,一般来说要注意以下几点。

(1)清晰的规格说明。如果没有将要达到什么样目标的清晰概念,那么对于项目组成员来说也就没有前进的方向。

(2)使用完善的标准。所谓完善的标准就是一个标准设计的工作包,它可以从以前被证明能够达到需要的规格结果的经验中得出。

(3)合格的资源。如果项目所聘用的组织人员能够熟悉项目所使用的一切数据,那么他们就能够更好地应用这些标准,来实现项目特定的规格。

(4)质量审计。质量审计是对其他质量管理活动的结构性的审查,主要目的是通过审查来识别出一些经验教训,从而提高实施项目的质量。

4)采购

采购是从组织系统外部或项目系统外部获得产品和服务的完整的购买过程。采购是一个涉及具有不同目标的双方的过程,各方在一定市场条件下相互影响和制约。通过高效、合理的采购可以达到节约项目成本、增加项目利润的作用。

5)团队建设

在电子政务系统开发项目中,团队建设的意义重大。虽然一个企业可以通过各种方式获得各种优秀人才,但能否让他们协同工作就难说了。在失败的项目中,团队分裂因素占相当的比例,所以项目团队的建设在整个的项目管理过程中相当的重要。

4. 项目控制

人们必须有规律地测评项目工作,以便知道实施情况与项目计划之间存在的差异,对于项目的任何变化情况,都应该加以重视,如有必要,应立即采取纠正措施,处理隐患,降低项目的各种风险。控制也包括对可能发生的问题预先采取防范措施。

1)整体变更控制

项目变动的总体控制是针对项目变动的单项控制而言的。在项目实施过程中,项目的目标、计划、任务范围、进度、成本和质量等各个方面都会发生变动。在项目实施过程中,这些变动多数可以在项目变动的专项控制中予以解决。但是在项目计划的实施中,必须开展对于项目变动的总体控制,以协调和管理好项目各个方面的变动要求,以及各项目相关利益者提出的项目变动要求。整体控制是更高一层的全局性的项目变动控制。

2)项目范围核实

项目范围核实是项目干系人正式确定和接受项目范围的过程。它要求检查、审核项目的交付成果和各项交付物,以保证项目中所有工作都能准确地、满意地完成。项目范围核实应该是贯穿项目的始终,从 WBS 的确认(或合同中具体分工界面的确认),到项目验收时范围的检验。项目干系人可以通过测量、测试、检验等活动以确定结果是否符合要求。

3)范围变更控制

实际项目中经常发生项目范围的变化,尤其是电子政务系统开发项目,由于多方面原因导致项目的需求无法及时确定,项目范围后期变更太多、成本压力过大,使得很多软件研发项目和系统集成项目以失败告终。当然,有些时候项目变更是对项目有利的,甚至大大促进项目的实施。

4) 进度与成本控制

进度与成本控制过程包括定期收集项目完成情况的数据,将实际完成情况数据与计划进程进行比较,一旦发现进度或成本出现偏差则采取措施予以纠正,如果纠正所引起的变更被列入计划并取得了用户的同意就必须修改基准计划。项目进度或成本控制必须与其他变化控制过程紧密结合,并且贯穿于项目的始终。

5) 质量控制

项目的质量控制主要从以下两个方面进行:①项目产品或服务的质量控制。通过不断地进行计划、测试、记录和分析来加以质量控制。②项目管理过程的质量控制。可以通过项目审计来进行。在信息化项目开发流程中,各开发阶段的划分很明确。根据开发计划,项目审核人员将在各开发阶段的检查点上对该阶段的成果进行审核,以确定是否达到该阶段的项目质量。如果达到预定的目标,则项目进入下一阶段。

6) 绩效报告

绩效报告是直接反应当前项目执行情况的文件。项目各级管理者可以从绩效报告中获得范围、进度、成本、质量等多方面的绩效信息,以此作为项目变更控制的一个依据。例如,已经完成的中间产品(或服务)、哪些还没有完成、关注的几个工作的当前执行情况等。同时,绩效报告也能提醒项目团队预测项目的未来性,把握项目范围变更控制的风险。

7) 风险控制

风险控制是项目整个生命期中的一种持续进行的过程。随着项目各项工作的推进,风险会不断变化,可能会有新的风险出现,原先预期的风险也可能会消失。风险控制可以采用下列技术。

(1) 项目风险应对审计。风险审计员通过检查和文字记录来审查规避、转移、缓解或接受等风险应对措施的有效性,以及风险承担人的有效性。为了控制风险,风险审计在项目整个生命期内进行。

(2) 定期项目风险审核。项目风险审核应有规律地定期进行。在项目生命期内,风险值和优先次序可能会发生变化。任何变化可能都需要进行额外的定性和定量分析。

① 挣值分析。挣值用于监督整个项目相对于其基准计划的绩效。挣值分析的结果可以显示到项目完成时,成本和时间上潜在的偏差。当一个项目显著偏离于基准计划时,应进行更新的风险识别和分析。

② 技术绩效测量。技术绩效测量将项目实际执行中技术工作方面取得的进展,与项目计划中相应的进度计划进行比较。比较中反映的偏差,例如在某一里程碑未按计划实现其功能,可能暗示对实现项目范围存在着某种风险。

5. 项目收尾

当最终用户认可项目交付成果的时候,也就是电子政务系统开发项目收尾的时候了——项目管理收尾和合同收尾。项目收尾工作一般包含项目工作范围的确认、项目相关文件的准备、项目的验收及项目的后评价等主要工作。

1）项目的工作范围确认

工作范围的确认依据是合同中规定的项目工作内容和实际的工作成果,主要有两个方面:一是项目是否已经形成了项目原定的目标成果;二是项目的工作范围是否有大的变更或变化。最后项目各方(开发方、用户方等)应该签署正式的书面文件予以确认。

2）项目的相关文档准备

项目文档是项目整个生命期的详细记录,是项目成果的重要体现形式。项目文档既是项目评价和验收的标准,也是项目交接、维护和后评价的重要原始证明。对项目文档的要求必须是真实的资料提交给验收方,项目验收方只有在对资料验收合格后,才能开始项目的竣工验收工作。

3）项目的验收

若项目顺利的通过验收,项目合同牵涉到的各方就可以终止各自的义务和责任,获得相应的权益。项目团队可以总结经验,解散团队,使项目资源能够很快释放,从而利用到其他项目。

4）项目的后评价

项目后评价的目的是总结项目得与失,为将来的项目积累经验。后评价工作主要通过项目的评估会议来实现。项目评估会议后,项目经理应该为管理层人员准备一份简要的书面项目后评价报告,作为项目绩效和建议的总结。

9.5　电子政务的安全

安全性是影响电子政务健康发展的关键,安全第一应当成为电子政务的首要建设原则,应当贯穿于电子政务建设的全过程。电子政务的安全涉及电子政务的安全需求,电子政务安全策略与措施,电子政务的安全管理等。

9.5.1　电子政务的安全需求

1. 电子政务安全的重要性

保障电子政务安全的重要性毋庸置疑。电子政务安全的重要性主要从下面三个方面说明。

1）电子政务安全是国家安全问题

国家安全是一个永恒的主题,安全是国家的根本利益所在,关系到国家的生死存亡。电子政务安全是在一定的社会环境下,由信息和网络技术与国家安全因素的相关性所构成的国家安全的一种态度恶劣。这种态势描述了国家免受国外信息和网络优势威胁的能力和以信息及信息手段维护国家综合安全的能力。

2）电子政务安全是国家各种利益得以保证的基础

保障电子政务安全是维护国家各阶层利益的基本前提。电子政务不仅仅代表政府部门的利益,而且代表了企事业单位和广大民众的利益。发展电子政务是政府转变职能、转换运行机制、提高决策效率与科学性、提升政府的社会服务职能、增加政府行政管理的透明度、促进政府信息资源的共享等方面的共同需求。

3）电子政务安全是社会稳定的基本保障

电子政务增强了政务的社会服务职能，使企事业单位的正常工作和广大公众的生活都越来越多地依赖电子政务系统的安全稳定运行，一旦某个环节出了问题，势必造成社会秩序的混乱。

2. 电子政务安全所面临的威胁

电子政务系统是一个计算机应用系统，其安全威胁主要有两种：外部入侵和内部过失或破坏。

电子政务的安全性是由计算机的安全性，特别是计算机网络的安全性发展而来的。网络化要求通畅交流，相应的引起外部的攻击。对于外部入侵，现有很多有效的防范措施，如设置防火墙，对内外网实现物理隔离等。

对于来自内部的破坏活动，很可能对电子政务系统构成主要威胁。如：内部人员越权处理事务、窃取机密数据等。对于内部人员针对计算机系统的恶意破坏活动要引起高度重视。

电子政务的安全隐患可归纳为两个方面：一是应用系统的安全问题，包括系统自身安全、非法访问等；一是数据的安全问题，主要是窃取、篡改、假冒、抵赖和销毁数据等。

3. 电子政务的安全需求

电子政务的安全需求主要体现在以下几个方面。

1）维护电子政务的良好形象

电子政务的安全性直接影响到政府在人们心中的形象。如果电子政务系统的安全性得不到保证，既影响办公效率，又关系到服务质量。

2）保证政务系统的稳定运行

当今电子政务系统的稳定运行是整个国家各种运行机制的基础。电子政务的稳定运行是安全的基本要求。

3）保护涉密政务信息的安全

在现今多种社会体制、多种意识形态共存的世界格局环境下，不是所有的信息都是公开的，信息的安全保密是必须的。因此，电子政务系统的安全性要求保护涉密信息。

4）控制政务系统中的权限

要保证电子政务系统的安全，就要划分不同的安全域，控制不同类型人员的操作权限和信息的访问权限。

5）认证政务活动中的身份

在电子政务系统中，控制操作者或者访问者权限的有效方法是认证其身份，即进行身份认证，保证其身份的真实性。

6）确保政务信息传输安全

在电子政务系统中，大量的信息需要交换、流转。对于保密信息、敏感信息（如报关手续、财务报表、纳税情况等）的传输要确保其安全性，防止在传输过程中被窃听、篡改或损失。

7）保障政务信息存储安全

电子政务系统中有大量信息需要存储，保障政务信息的存储安全是系统运行的前提。存储信息安全包括信息访问的可控性和信息存储不被破坏。

8）系统的安全备份与恢复机制

为防止政务信息的安全、可靠、完整，有必要建立系统的备份与恢复机制，一旦出现问题，给出有效的补救措施。

9.5.2 电子政务安全策略与措施

1．计算机信息系统安全级别

电子政务属于计算机信息系统。为了评价一个计算机系统的安全程度，国际上通常参照美国的分级标准将计算机系统按计算机安全分为四个等级，由低到高分别是 D、C、B、A 四级。在同一级别中又分为几个小级，即：D、C1、C2、B1、B2、B3、A1 共 7 个安全等级。其中，D 级为系统的安全级别最低，A1 级为系统的安全级别最高。

2001 年 1 月 1 日，我国实施的《计算机信息系统安全保护等级划分准则》（强制性国家标准）中将计算机信息系统分为五级。

第一级：用户自主保护级（对应 C1 级）。

第二级：系统审计保护级（对应 C2 级）。

第三级：安全标记保护级（对应 B1 级）。

第四级：结构化保护级（对应 B2 级）。

第五级：访问验证保护级（对应 B3 级）。

2．电子政务安全策略

电子政务的安全策略是对电子政务系统运行过程中访问规则的陈述。主要分为两大类：基于身份的安全策略和基于规则的安全策略。基于身份的安全策略的基础是用户的身份和属性，以及被访问的资源或客体的身份和属性；基于规则的安全策略的基础是强加于全体用户的总安全策略。电子政务安全策略的形成主要包括以下四个方面。

（1）资源安全级别分类。根据电子政务系统的所属行政级别、工作性质、数据库类别区分系统资源安全级别。国家级的安全级别要求最高，乡镇级的安全级别相对较低；政法、财税的电子政务系统安全级别较高。

（2）风险评估。对政务信息及政务信息系统进行安全资源评估、安全威胁评估、内部缺陷评估、系统脆弱性、损失及其概率等评估。

（3）决定重要的保护对象。应该说，电子政务系统中涉及安全问题的资源都是应保护的对象，包括：硬件、软件、数据、文档、耗材和人员。但各单位要有明确的重要保护对象。

（4）设计安全策略。根据资源的安全级别、风险评估及重要保护对象来设计相应的安全策略。好的安全策略应具备技术上可实现、组织上可执行、职责范围明确及约束具有强制性的特点。

3．电子政务安全措施

电子政务的安全措施主要包括：制定安全规定和要求，保证系统的安全，保证使用的安全及安全检查和评估等。

制定安全规定和要求要依照国家有关部门对电子政务系统的安全规定和要求制定。各级政府和部门可视情况制定相应的安全措施，所制定的规定和要求一定要切实可行，保证落实执行，要有专门的领导分管和负责。其规定和要求包括保证系统的安全和保证使用的安全等。

保证系统的安全包括系统的物理安全、网络安全和计算机系统的安全等。

物理安全是为了保证计算机的硬件设备免遭自然灾害（如地震、水灾、火灾、雷电等）和人为操作失误等造成破坏而采取的安全防范措施。

网络安全包括网络隔离、对重点服务器和个人终端的安全保护等措施。网络隔离是局域网和外界之间常采用一些措施来防止对系统的非法进入和对数据的非法访问，通常将网络隔离措施分为物理隔离和逻辑隔离两种。物理隔离是将局域网与外界网络进行实体隔离，二者之间无物理上的连接。国家有关文件规定，涉及国家秘密的计算机信息系统不得直接或者间接地与国际互联网或其他公共信息网连接，必须实行物理隔离。逻辑隔离是指在局域网和外网的连接上采取一定的隔离手段，如防火墙技术等，二者间仍有物理上的连接。对重点服务器的安全保护措施是指在系统中配备监控及入侵检测系统。对个人终端的安全保护措施是指设置安全漏洞的检测，防止非法接入外网，并通过系统进行自动监管。

计算机系统的安全是对主机防护、系统软件安全、系统备份采取应急措施等。

保证使用的安全包括数据传输安全、数据库安全、数据完整性控制、病毒防治、数据加密、数据备份、用户身份验证及多级访问控制等。

安全检查和评估是指定期和不定期地对电子政务安全进行检查，并按安全性的有关要求进行评估，以便及时发现系统和网络存在的安全隐患，并对此提出整改建议。

2006年3月1日起施行的《互联网安全保护技术措施规定》给出了互联网服务提供者和联网使用单位应当落实的以下互联网安全保护技术措施。

（1）防范计算机病毒、网络入侵和攻击破坏等危害网络安全事项或者行为的技术措施。

（2）重要数据库和系统主要设备的冗灾备份措施。

（3）记录并留存用户登录和退出时间、主叫号码、账号、互联网地址或域名、系统维护日志的技术措施。

（4）法律、法规和规章规定应当落实的其他安全保护技术措施。

9.5.3 电子政务的安全管理

电子政务的安全不能仅仅靠技术，关键还是在管理。电子政务中的安全管理，应该分为两个层次：一个层次是从国家强制角度的安全管理，这就是立法和制定相关的技术标准，由执法机关来监督实施；另一个层次是应用系统使用单位自身的管理。

1. 安全管理的法规和标准

现在，信息系统安全已经上升到关系国家安全、公共安全的层面。在我国，已经形成了一个信息系统安全的法律体系。我国宪法明确规定了公民具有保守国家秘密的义务，基本法律中有《保守国家秘密法》、《刑法》分则中的相关规定，行政法规有《中华人民共和国计算机信息系统安全保护条例》、《中华人民共和国计算机信息网络国际联网管理暂行规定》、《计算机信息网络国际联网安全保护管理办法》等，在信息技术安全方面，国家的主要标准有：GB/T19715.1—2005（信息技术安全管理指南第1部分），GB/T19715.2—2005（信息技术安全管理指南第2部分），GB/T19716—2005（信息安全管理实用规则），GB/T20269—2006（信息系统安全要求）。还有大量的行政规章和地方法规也对计算机信息系统安全做了规定。

对于信息安全管理的标准,各国的标准协会和国际标准化组织(ISO)已制定了相应的标准。BS7799—1是英国标准协会(BSI)制定的在国际上具有代表性的信息安全管理体系标准。该标准包括两个部分:《信息安全管理实施细则》(BS7799—1)和《信息安全管理体系规范》(BS7799—2)。其中,BS7799—1目前已正式转换成国际标准,即《信息安全管理实施指南》(ISO17799),并于2000年12月1日颁布,2005年重新修改并颁布了ISO/IEC17799。该标准综合了信息安全管理方面有效的控制措施,为组织信息安全方面提供了建议性的指南。BS7799—2标准也在转换成ISO国际标准的过程中,其标准主要用于对组织进行信息安全管理体系的认证。ISO/IEC17799标准主要讨论了如下的主题:建立机构的安全策略、机构的安全基础设施、资产分类和控制、人员安全、物理与环境安全、通信与操作管理、访问控制、系统开发和维护、业务连续性管理、遵循性等。采用ISO/IEC17799标准建立起来的信息安全管理体系(ISMS)是建立在系统、全面、科学的安全风险评估之上的一个系统化、文件化、程序化、科学化的管理体系。它体现预防控制为主的思想,强调遵守国家有关信息安全的法律、法规及其他要求,强调全过程和动态控制,确保信息的保密性、完整性、可用性。可以说,这些法律、法规和标准都适应于电子政务的安全管理。

2. 安全管理工作

电子政务的安全管理工作主要有四个方面:设备安全管理、软件安全管理、信息安全管理、人员安全管理。

1) 设备安全管理

设备安全管理是电子政务的物质基础。设备安全管理包括设备的购置、使用、维修和储存等几个方面。

在电子政务系统的设备购置上,应遵循如下原则:严禁采购和使用未经国家信息安全测评机构认可的其他信息安全产品;尽量采用我国自主开发研制的信息安全技术和设备;严禁直接采用境外密码设备;必须采用境外信息安全产品时,该产品必须通过国家信息安全测评机构认可;严禁使用未经国家密码管理部门批准和未通过国家信息安全质量认证的国内密码设备。

对于所购置的设备,要经过严格的检测程序,并通过一段时间的试运行,才能进行设备验收和正式使用。

所有设备必须登记入账,建立严格地购置、移交、使用、维护、维修、报废等登记制度。便于检查,做到管理规范化。

设备的使用要建立运行日志,由专人负责,负责保养和维护,保证设备运行的完好率。其维修要有维修记录,并建立满足正常运行最低要求的易损件的备件库。设备责任人应保证设备按说明书要求的环境(如温度、湿度、电压、电磁干扰、粉尘度等)进行储存,建立进出度制度,定期对储存设备进行清洁、核查和通电检测。

2) 软件安全管理

软件安全管理的范围包括对系统软件、应用软件的采购、安全、使用、更新、维护等管理。

电子政务系统中使用的系统软件(包括操作系统、数据库管理系统、网络管理软件和工具软件等)都应是正式授权版本,购置的应用软件要有软件著作权和软件产品证书,严禁使用测试版和盗版软件。

电子政务系统中应用软件开发要根据信息密级和安全等级,制定安全目标,进行安全设计,按目标进行管理和实施。应用软件开发要符合软件工程规范［GB8566—88］和［GB8566—89］标准。应用软件的开发要有安全管理专业的技术人员参加,其主要任务是:对系统方案与开发进行安全审查和监督,负责系统安全设计与实施。开发环境和现场要与办公环境和工作场所分开,软件需求说明书、可行性报告、软件设计说明书、源代码、使用手册等,只能在有关开发人员和有关管理机构中流动,严禁丢失和外传。

对软件要有专人管理,使用的软件要登记造册。软件的更新、升级、销毁要严格控制,要有记录。软件的使用和维护工作量较大,要求系统维护人员的政治素质可靠、工作责任心强、技术水平过硬。不准使用未经批准和检测的外来软件或磁盘、光盘,不允许在电子政务系统的计算机上玩游戏。发现问题要及时汇报和采取有效措施。

3) 信息安全管理

信息安全管理是指对电子政务系统中的数据进行保护,不因偶然的或者恶意的原因而受到破坏、更改或泄露等,使信息处于正常安全的状态的管理工作。

信息安全管理的目标是使信息真正具有保密性、完整性、可用性、可控性和不可抵赖性。

保密性是指保证信息不被非授权访问。根据国家有关规定,信息的密级分为5个等级:绝密级、机密级、秘密级、内部和公开。前3级为涉密信息,对涉密信息要有明确标识,不得以明文信息传送。为了减少非法授权访问,要加强口令管理和密钥管理。口令的长度根据访问的等级确定,涉及国家绝密级信息的口令不应少于10个字符(或5个汉字),涉及国家机密级信息的口令不应少于8个字符(或4个汉字),若采用人工输入口令字方式,用户应记住自己的口令字,不应把它记载在不保密的媒体物上,口令的变更频率根据访问等级确定,一般由系统管理员更换,口令传送必须加密,并与用户身份识别的标识一一对应,口令表要有备份,其访问、修改、删除要由专门授权者执行。密钥的产生、存储、分配、注入和销毁要遵循一定的原则,密钥的产生按加密算法随机生成,需随机检验,密钥的存储由专门设计的密钥管理协议完成,并留有备份,其存储方式和地点等信息不能被非授权者获得,密钥的分配可通过机要传递渠道或者专门会议进行,密钥的注入过程要有正确的检查机制,在密钥的生存周期内必须有安全管理措施保证密钥的安全,并有在紧急情况下销毁密钥的手段,以防密钥丢失。

完整性是维护信息的一致性。保证信息能够准确、全面、具体地反映真实地信息,为用户服务。要求在信息生成、传输、存储和使用过程中不发生人为或非人为的授权篡改。

可用性是保证授权用户在需要时不受外界因素的影响方便地使用所需信息。在网络环境下,对可用性的攻击是阻断信息的传送和获取。

可控性是指信息在整个生命周期内可由合法拥有者加以安全控制。其安全控制可从技术层面和管理层面来做,技术层面是采用加密技术、认证技术、检测技术、访问控制与审计技术等,管理层面是加强制度的执行力度。

不可抵赖性是指保障用户无法在事后否认曾经对信息进行某些操作(如对信息的生成、签发、接收等)的行为。这与可控性是不可分割的。

4) 人员安全管理

人员安全管理是指对在电子政务系统中各类安全人员的管理,并明确各类安全人员在系统中的责任和义务。

在电子政务系统中,其安全人员包括系统安全员、设备安全员、网络安全员、信息安全员和数据库安全员等。这些安全人员视单位和部门的人员配置的不同,可由不同人担任,也有的一人身兼多职。可以说,各类安全人员的工作岗位处于电子政务系统的核心部位,应该要有较高的政治素质和业务水平的要求。对安全人员的管理是全方位的,其主要管理工作有:

(1) 人员审查。对承担电子政务系统安全的工作人员,在录用前必须严格审查。

(2) 签订协议。单位与安全工作人员要签订工作协议,协议中除对工作提出要求外,还要有承担保密义务的条项。

(3) 岗位培训。对从事系统安全工作的人员要进行岗前培训,在岗中也要定期培训。其内容包括法律法规、职业道德和技术技能等。最好取得相应证书,做到持证上岗。

(4) 权限分散。将各类安全工作人员的权限分散分配,控制在合理的范围内,一要便于工作,二要有利于相互制约。

(5) 定期考核。对各类安全工作人员要从思想作风、工作态度、业务能力、履行职责等方面定期进行考核。

(6) 岗位变动。对因工作需要或不适合继续做系统安全工作而岗位变动的人员,要履行保密协议,承诺保密事项,并办理好交接手续。

9.6 案例分析:区政务全程网上审批系统

下面以一个区政务全程网上审批系统为例进行分析。包括系统概述、系统总体设计方案、系统功能设计和系统实施方案。

9.6.1 系统概述

区政务全程网上审批系统以《中华人民共和国行政许可法》、《关于并联审批建设工作的通知》(武政发[2007]9号)等文件精神为指导,紧密结合区政府行政审批制度改革,以"网上咨询、网上认证、网上申报、网上审批、网上公示、网上监督、办理限时、资源共享、信息互动"等为建设准则,建成区级行政审批网上综合服务平台。

系统以实现区政府机关审批工作的数字化、网络化和信息化,实现各审批部门的网上受理,提高办事效率、办事的透明度和服务质量为目标,强化服务型政府形象,搭建政府对企业、群众的零距离服务桥梁。

建立全程网上审批系统,是区信息化建设和行政审批制度改革工作中的一件大事,将对区政府管理体制、运行机制和管理方式产生积极影响。

1. 系统建设目标

借鉴全国各地建设网上审批系统的最新经验,紧密结合区政府实际,充分利用电子政务和行政审批制度改革的成果,健全和整合区原有的各行政审批部门网上行政审批系统和其他相关电子政务系统和资源,在此基础上,建成区全程网上审批系统。按照区政务中心要求,本项目应实现以下目标。

(1) 建成以服务社会公众为核心的网上行政审批服务门户网站。

(2) 实现业务部门的网上审批、协同办公、信息共享和交互。

(3) 动态统计、分析、监督审批业务办理的进展、结果等情况,实现行政审批的电子监察和统计分析,为领导决策提供依据。

(4) 实现网络化的政务管理,完善政府公共服务体系,优化政务流程,提高区级政府的运作效率。

(5) 系统应提供权限管理机制和安全保障体系,保证审批业务在应用过程中安全、可靠、有效的运行。

2. 系统建设原则

为使系统达到高质量、高性能、高可靠等要求,系统建设应贯彻以下原则。

(1) 先进性原则。项目的硬件设备、支撑基础软件、开发的应用软件应能够保持较长的生命周期;设计的功能和使用的技术应是行业成熟的、先进的。同时要考虑系统处理速度和流程处理的科学性。

(2) 安全可靠性原则。应有物理安全设施、技术安全措施和管理安全策略,保证系统使用的硬件能够稳定不间断运行,信息加工、存放和交换保证机密、完整、可用、可控和可审查。应有安全域管理、身份认证、权限控制、日志审计、数据加密、数字认证、入侵检测、病毒防治、漏洞扫描、冗灾备份、安全管理等安全措施。

(3) 开放性和标准化原则。由于本项目要与各系统互联,数据共享和交换,应采用开放性技术。在遵循区电子政务建设标准前提下,项目的设计要遵循国际标准和国家标准,如J2EE标准、XML技术、TCP/IP协议、LDAP协议、SSL安全协议、公文格式和处理、电子签名等。

(4) 灵活易用性原则。采用模块化、组件化设计原则,保证系统具有较强的并发处理能力及开放性、灵活性、可重构性、可伸缩性和可维护性。对部分可塑性功能和大部分界面,应做到用户可定制。人机界面友好和有图示、提示。操作简便易用。

(5) 可扩展可维护性原则。项目在硬件、软件、数据库承载能力、业务环节、数据指标、信息量、功能设置等方面具备可扩展性,应用系统可进行二次开发。因项目分布面广,涉及的系统技术环境、业务环境复杂,系统需具备足够的兼容性和可升级性。管理人员可轻松完成对整个系统的配置、管理和维护。

3. 系统建设模式

区政务全程网上审批系统的建设模式,在原有审批系统的基础上,整合资源、统一标准、创新业务功能。具体来讲,即重用已有的审批资源数据库,整合已有的网站,保证所有应用系统在架构体系上统一规划、在底层数据上统一规范、在应用配置上统一平台、在项目实施上统一管理、在系统推广上统一部署。

4. 系统建设内容

区政务全程网上审批系统是一个跨部门、跨系统(异构)电子政务系统,主要分为两大平台:公共服务平台和业务审批平台,通俗称网上政务大厅和网上审批系统。本项目建设涉及业务梳理、流程优化、网络建设、应用开发、推进应用等多方面的建设内容。建设内容主要包括:

(1) 区政务全程网上审批系统的规划设计。

(2) 政务服务中心计算机网络、办公设备的增补、安全与管理系统增补、完善建设。

(3) 网上政务大厅系统建设。

（4）网上审批系统升级的建设。

（5）结合并联审批数据库,中心审批电子资料基础数据库建设。

（6）原有数据交换平台的升级。

（7）涉及各系统之间的接口开发与调试。

（8）系统用户培训和系统日常维护。

（9）系统推进应用和相关管理办法的制订。

5. 业务需求分析

从业务需求分析来看,全程网上审批系统服务于不同用户类型,所有这些用户类型组成系统的应用需求。用户类型包括以下几种。

（1）公众、企业:是全程网上审批系统最终服务的用户群,是审批事项的发起人。主要业务需求有方便获取审批事项的相关信息,包括审批部门、办事流程、所需提交的资料、资料书写的规范格式和注意事项、办理时限、办理结果等各项信息;能方便的通过网络递交审批申请;事项审批过程中能及时收到办理意见反馈,并能按照审批事项编号进行办理进度查询;能通过手机、邮件、网络、电话等相关手段便捷的获取办理信息和结果;对于网上办理和审批过程可进行投诉和建议。

（2）审批人员:通过系统收到网上传递过来的待审批事项信息,并进行网上办理。主要业务需求有:办理过程简单方便;审批材料支持纸质和电子文档二种方式;对各个过程中待审批操作事项进行提醒;能方便快捷地检索出自己所办理审批事项的办理信息;灵活的流程处理方式,具有撤销、退回、催办、审批、办结等各项功能。

（3）审批部门领导:主要业务需求有进行网上审批;能够查询本部门审批业务的处理情况;对各类信息进行统计、分析、获取有效的信息,辅助相关决策。

（4）系统管理人员:主要业务需求有可根据不同的审批事项配置审批流程;灵活的配置表单;能监控系统的运行情况;可利用强大的系统配置功能,服务于不同的用户需求;灵活的配置权限;方便地进行用户管理。

9.6.2 系统总体设计方案

1. 应用系统架构

应用系统总体架构如图 9-1 所示。

由图 9-1 可见,整个应用系统由五横二纵七部分组成。

五横分别是:

（1）部门内审批系统,包括区级通用网上审批平台、部门内专用审批系统组成,其作用是实现部门内从受理到办结各环节的网上流转审批,是网上审批深层次开发的基础。

（2）数据交换平台,拟采用某种数据交换平台进行交换。保证数据交换系统的统一性和数据标准的规范性。统一采集和传送行政审批及共享资料的应用层通道,负责沟通部门内审批和网上政务大厅,解决共享资料的双向传递。

（3）行政审批及共享资源库,将结合区政府已经形成的不同业务数据库和基础数据库为基础,用来存储各部门间的共享资料和数据,在此基础上建立支持网上政务大厅的各种共享服务。

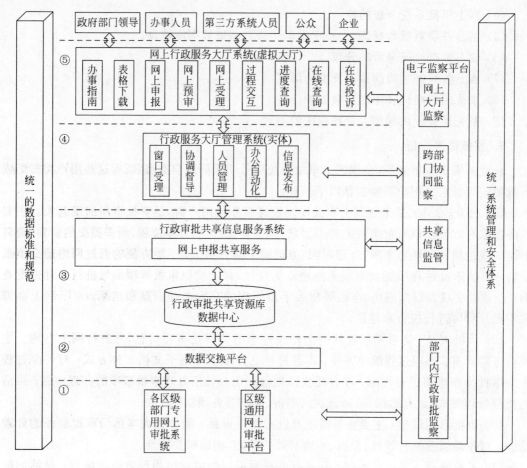

图 9-1 应用系统总体架构

(4) 网上政务大厅,以部门内网上审批为基础,以互联网为手段,向公众和企业提供网上申报、预审等服务,尽可能使申报人就近办理审批事项。

(5) 电子监察,考虑未来的系统扩展性,区政务全程网上审批系统具备多种业务的扩展功能,能够扩展对区各行政审批办理单位进行电子监察,甚至可对政务公开、办公协同进行监察,并建立绩效评估体系。

二纵是:一是统一的系统权限管理、功能授权和安全保障措施,二是统一的各项数据编码和格式规范。

上述五横二纵相互配套与联系共同组成网上政务大厅、部门内审批系统和电子监察系统。

2. 关键子系统的设计

区政务全程网上审批系统包含网上政务大厅系统、部门内审批系统和行政审批共享服务体系等三个关键子系统。其中网上政务大厅系统包含了互联网对外办事门户和大厅管理。三个关键子系统相互关系如图 9-2 所示。

系统设计的关键是解决好网上政务大厅和部门内审批系统两者之间和与行政审批共享服务系统的关系。两者都是以共享为基础,通过共享减少递交纸质文件,提高审批资料电子

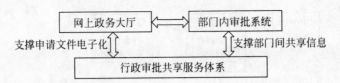

图 9-2　区政务全程网上审批系统的关键子系统相互关系

化程度,提供快捷的网上审批服务,最终使公众和企业受益。没有共享资料和数据作保证,两者各项功能都不可能很好地实现。

　　网上政务大厅要做到简单事项全部可在互联网上办理,复杂事项大部分能利用互联网办理。解决的途径是全面实现申请资料电子化,实行网上自助式操作,按交互和共享方式设计网上服务的各种功能。

　　网上政务大厅的工作流程是从政务公开或网上咨询开始,接着是表格下载、网上申报、网上预审、网上受理、审批过程交互,直至与部门内审批相衔接,各个环节业务办理均能通过网上自助式操作实现,其流程如图 9-3 所示。

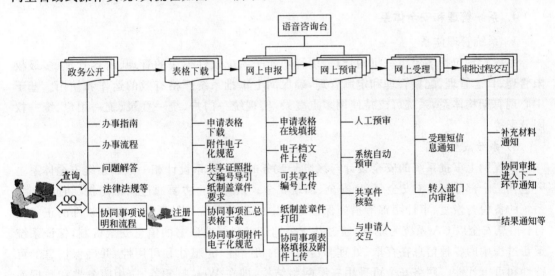

图 9-3　网上政务大厅的工作流程

　　制定科学、优化的跨部门审批流程及实现部门之间的深度信息共享是系统建设的关键。共享信息包括申请基本信息和流程状态信息。

3. 系统技术架构

　　系统技术架构采用 J2EE 结构或者.NET 结构。下面给出采用 J2EE 结构的系统架构的开发思路。

　　在 J2EE 多层架构技术框架下,可用 JSP＋Java Beans 架构进行开发。为了克服系统扩展和修改中出现的困难,在技术架构上采用 MVC 模式来完善系统,将 Java 代码从 JSP 中分离出来。系统服务器操作系统采用 Windows 2003 操作系统;系统数据库使用 Oracle 10g 或 Microsoft SQL Server 2005 数据库;系统的应用软件服务器使用 JavaBean 或 Apusic 4.03 应用中间件;整个应用体系框架采用 Struts(业务展示层)＋Spring(应用层)＋Hibernate(持久层)模式;面向用户采用 B/S 模式和 C/S 模式。系统体系结构如图 9-4 所示。

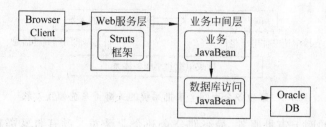

图 9-4　系统体系结构

图 9-4 所示的系统体系结构开放性好,彻底分离表示层、业务逻辑层和数据层,使业务人员从业务使用角度关注应用的完善和发展,技术人员重点关注解决系统的业务逻辑设计,有利于系统的开发和维护。

综合支撑业务平台包含基础组件组的建设,以一系列可视化工具组件(包括流程定制组件、表单设计组件、权限设置工具等)组成业务基础平台。通过可视化拖拉、钩选、Word 界面导入等方式,快速完成复杂的基础配置工作。

4. 系统管理和安全体系

1) 系统管理体系

系统管理包括多层组织机构管理、多种功能子系统软件模块的管理、内容管理、多级权限管理、日志管理、配置管理和定制管理,确保网上审批系统严格有效的运作和使用。基于中心现有架构体系,系统可支持使用多点登录,实现统一门户、统一登录、统一用户、统一权限分配等。

2) 系统安全体系

全程网上审批系统的安全设计与区电子政务的安全体系设计相一致。系统安全体系主要包括三个部分:系统安全、信息安全、网络安全。系统安全主要通过病毒防护、访问控制、系统的备份与恢复、审计跟踪等措施保证工程中的各种系统以及系统上各种软件的正常运行;信息安全以 CA 系统为基础,通过基于公匙证书和属性证书的信息安全机制,保证系统运行过程中的各种信息在存取、处理和传输中的机密性、完整性和可用性,并确保信息的可控性和可审计性。网络安全可采用三层网络结构,即在 Web 服务器、应用服务器和数据库服务器前,均部署交换机、防火墙、入侵检测,保证系统网络安全。

9.6.3　系统功能设计

系统功能主要包括公共服务平台、业务审批平台、电子监察子系统和系统综合管理子系统等。

1. 公共服务平台功能设计

公共服务平台是构建在政务中心网站上,运行于互联网上提供行政审批服务的窗口,实现所有的行政许可事项及办事流程在网上公示,为企业和公众提供政策法规的咨询、审批和办事信息的查询反馈;条件成熟的行政许可事项可实现直接的在线填写申报、下载填报、附件上传等功能,同时网站还将提供电子监察的信息公布和互动信息功能。

公共服务平台提供以下功能。

1）网上咨询

通过该项功能,用户可以在网上咨询有关审批服务的相关事项,及时获知法律法规、审批制度、许可条件等信息,了解行政审批事项申报的流程、要求及注意事项等;系统还可以将该咨询转到相关审批人员进行解答,并将结果公布在该栏目供所有用户阅览。

2）办事指南

办事指南为公众提供了一个办事的向导,将服务审批事项按照部门、服务对象、主题关键字等方式进行了分类,以便用户可以以最快的速度检索到相关的服务审批事项。提供的演示教程可以使申请人更直观的了解办事流程及申办所需的相关手续。

3）注册与认证

公众服务平台用户的注册和认证模块是依靠平台支撑层的“安全认证平台”功能模块支撑的,必须提供一个安全的、可扩展的、灵活的用户管理机制。

公众服务平台提供用户注册、认证、登录的入口。其中个人用户在网上申报,进行前需进行用户注册,系统将通过用户注册时提供的手机号码将密码通过短信收发机发给用户。企业级用户(法人)注册后成为系统用户,并且通过系统的数字认证,可以长期、反复使用数字证书进行网上办理。

4）短信收发

现代服务型政府在日常工作建设中,已经把对公众的服务质量作为政府工作绩效考评的重要考核指标,如何提高公众办事的满意度关系到政府能否在日常管理、为民办事、招商引资中取得良好成绩及社会效益。要做好公众服务工作首要的一个环节就是公众需要有一个有效的沟通渠道,通过网站和短信收发系统可以随时进行政府与公众的信息互动。

申报人在政务中心网站上注册一个账号时,需对申报人的手机或小灵通进行密码验证,当网上审批时,通过短信收发系统,把审批的意见、结果发到申报人的手机或小灵通上。这就拉近了政府和公众的距离,提高了公信力。

5）网上申报

公众服务平台为公众用户(个人或法人)提供审批事项网上申报的入口,按照不同机构、不同类别进行分类。主要功能有:申报向导,申报规章查询,表格填写,资料上传,办理进程查询。

6）表格下载

用户登录后可以在申报过程中选择在线填报或是离线填报两种方式,离线填报需用户下载表格后手工填写,将填写符合规范的表格作为附件上传至审批部门。

7）办理进度查看

该项功能为登录以后的用户查询自己所申报事项进程而设置,不同的办理的阶段由内网的审批办理结果所决定,该进程还可以通过手机短信、电子邮件等多种途径得到。

8）办理评价和意见反馈

为了保证网上申报的时效性和准确性,系统提供用户的办理评价和意见反馈功能。通过这项功能,工作人员可以及时得到网上申报用户所提出的有针对性的意见并与之交流,从而保证了审批项目能够正常、顺利地开展。

9）审批公示

公布已受理、办理中和已办理完成的业务,用户通过已注册的用户名和密码,可以查询自己申报的审批事项的办理进度和结果。法人申请事项的许可文书需嵌入电子签章作为正式许可文书进行公示发布,普通用户的申报人也可以选择有嵌入电子签章的许可文书,以上二种文书打印后都可以作为正式审批结果且具有法律效应。

10) 网上投诉

为了更好地推广网上审批系统的应用,提高各服务部门的服务质量,系统提供了在线咨询、服务投诉、在线评议、意见反馈、网上调查等功能。加强政府机关与公众用户的交流,提高行政审批工作效率和服务质量。

2. 业务审批平台功能设计

1) 单部门审批功能

(1) 窗口办件系统

作为网上审批系统的组成部分,窗口办件系统提供各部门各个审批事项的申请受理及办件功能。提供各个审批事项受理登记表,能方便地填写申报人及事项基本信息,提示应申报的各种文件资料。并能对办件受理、不受理、补办等登记处理,统一生成受理回执。并且能提供异常报警及异常处理功能。

本办件系统既可支持整合集中政务大厅各部门所有窗口业务,同时也可支持部门个性业务。

(2) 部门内审批功能

部门内审批功能支持各个审批事项在本部门内的流转审批,主要包括承办、审核、批准及办结各环节的审批。系统提供各岗位人员授权登记,流转待审批的事项各种信息和电子资料文档,并具有审批意见栏,用来登记各岗位审批意见。系统可增设接口与制证系统连接、联动制证系统、操作制证或反向获取制证信息。

审批事项在岗位间的流转流程通过系统流程配置模块实现,可事先由各部门人员授权定制。在审批过程中系统根据已配置流程进行流程控制。系统对于异常情况,如流程回退往复等均有适应能力。

2) 并联审批功能

本系统纳入原已开发完成的企业登记网上并联审批功能软件。

(1) 一门受理,抄告相关

"一门受理,抄告相关"最简单的就是解决前置审批部门,主审部门和各后续审批部门间的跨部门业务处理连接。连接的方式有并联(如各前置部门)、串联(前置部门与主审部门和后续核准审批部门)。流程优化的目标是尽可能的采取并联的方式,折叠式地缩短整个审批的时间。

(2) 提前告知,提前介入

为了缩短总审批时间,串联审批时可在上一部门已决定同意批准但尚未出证时,即将申办人信息发给下个部门,通知下个部门提前介入准备审批,以缩短审批时限。

(3) 信息共享,减少纸质文件和重复录入

网上并联审批可实现申报人基本信息,前置部门审批结果信息及审批流程状态信息的共享。参加并联审批的各个部门,按实际情况分以下三种模式实现信息共享:一是对于使用区全程网上审批系统的部门,前面部门录入的信息,由于在一个平台里后面部门就不必重复收取材料和录入了,可直接从并联平台获得信息。各部门所要求的相同的纸质文件可在

主审单位递交一份备案;二是对于新建独立网上审批的部门,可比较方便地由系统开发商根据共享的规定数据格式增加接收和使用共享信息模块,实现共享数据的利用;三是比较复杂的是使用早期开发的网上审批系统(如区级不同系统)和垂直下发的网上审批系统的情况,因系统不便修改,难以实现深度共享数据的利用,为此可采取更换系统或维持基本申报信息重复录入。

3) CA 用户数字认证

由于中心纳入部门和工作人员较多,网上审批的管理与控制方面难度较大。随着 CA 认证系统的出现,使得开放网络的安全问题得以迎刃而解。利用数字证书、PKI、对称加密算法、数字签名、数字信封等加密技术,可以建立起安全程度极高的加解密和身份认证系统,确保电子交易有效、安全地进行,从而使信息除发送方和接收方外,不被其他方知悉(保密性);保证传输过程中不被篡改(完整性和一致性);发送方确信接收方不是假冒的(身份的真实性和不可伪装性);发送方不能否认自己的发送行为(不可抵赖性)。

用户在登陆审批系统进行操作时,插入证书介质后并且输入自己的用户名和密码,CA 认证系统开始验证用户身份的合法性,如验证成功,用户就可进入到审批平台进行相关操作。

4) 电子签章

电子签章(electronic signature)是指以电子形式存在,依附在电子文件并与其逻辑相关,可用以辨识电子文件签署者身份及表示签署者同意电子文件内容。通过电子签章可以实现对不同格式的电子文档在持章人之间组织发起签章、多方实时同步在线签章、签章日志档案查询、安全电子印章数字证书查询、签章文件真伪验证、发文和收文时间认证等功能。

使用电子签章系统是用户实现电子文档、电子签名、电子签章、电子文件安全传送及打印转换为纸质签章文件的最佳解决方案,用户可以在电子签章系统中提交安全电子印章申请表,并向所在地的授权受理点递交身份证明材料,待核准递交材料准确无误后将数字证书和印章信息等储存于一个获得国家密码办认证的 ESEAL 中。用户将 ESEAL 插入计算机的 USB 接口经过经办人收讫、持章人启用操作后即可在系统中使用安全电子签章。

审批人员在审批事项时收到办理人提交过来的文档时,通过认真的审核,确定文档的真实性合法性,并审理通过以后(如果文档是实物的材料,可通过 office 办公软件把它制作成电子文档),在电子文档中签章。并把签章后的文档发给申办人。此后如申办人再次办理业务时,即可通过网络传来该签章后的电子文档,而无需申报人拿着实物材料来办理,这样即方便了群众办事,又提高了自身的工作效率。

5) 电子资料归档管理

为达到网上审批的可持续深化,在审批系统中增加电子信息归档管理功能。在用户申请的审批事项办结后,将用户(包括个人用户和企业法人用户)所有上传过的电子文档,以用户为对象进行分类存储,作为历史记录供以后查询和调用。并就此建立审批资料统一资源库。

3. 电子监察子系统功能设计

1) 行政审批监察功能

(1) 实时监察

电子监察子系统与各部门审批系统连接,自动、实时采集每一行政审批事项从受理到办结的详细信息,对其实施过程、时限、异常等情况的监察,使中心管理人员和各级领导即时、同步、全面地监控行政审批全过程。

实时监察包括:综合监察、过程监察、异常监察、时限监察和逻辑监察。

综合监察可以全面掌握全区行政审批的办理情况,根据实际需要进行各种方式的统计分析和综合查询,随时掌握最新的动态数据,包括:审批时限动态、业务处理结果统计、业务处理动态信息等。统计提供事项延时查询、催办超时查询、历史超时查询、项目用时分析、事项用时分析等查询、统计分析功能。

过程监察对每项行政审批包括受理、承办、审核、批准、办结等五个环节全过程的监督,是监察工作的基础和依据。

异常监察是对退回办结、作废办结、删除办结、补交不来办结、不受理的业务作为重点监察对象,挖掘可能存在问题的业务,防止审批过程中发生违规操作的行为。

时限监察通过业务办理时限监察、补交告知时限监察、特别程序时限监察三方面的时限监察,把握业务的整体办理进度,督促行政审批部门按规定时限办理业务。

逻辑监察通过环节完整性监察、时间逻辑监察实现对业务办理流程逻辑合理性的监察,规范行政审批部门的业务办理流程。

(2)预警纠错

预警纠错是指系统在行政审批办理期限将到期时提示信号,对违反规定实施行政许可的行为发出黄色或红色纠错指示信号,实施警示和纠错。

对不受理、补交材料、不许可等异常情况,实行重点监控。对违反行政审批规定的其他行为,也可及时发现,及时纠正。

系统针对不同情况分别发出预警、黄牌、红牌三种警示信号,并通过系统内部短消息、手机短信(SMS)、邮件等方式提示主管领导、科长、业务办理人员、系统管理员等相关人员。

预警:指所办行政审批事项即将到期(一般是最后2个工作日),系统通过手机短信自动向承办人和系统管理员等相关人员发出警示信息,督促承办人员尽快处理。可根据业务特点设置"预警提前告知天数",在业务办理时限剩余指定天数前发出预警,使审批部门有充分的时间处理复杂业务。

黄牌:在期限上是指办理件超过承诺期限一个工作日但未达到法定期限,系统通过邮件、手机短信等方式自动向主管领导、承办人和系统管理员发出"黄牌"警告信息,告知当事人将受到行政过错责任追究。对不在办公场所公示依法应当公示的材料、对转办的行政审批投诉未在规定期限内答复等12种情况,系统也会发出"黄牌"警告信息。

红牌:在期限上是指办理件超过了法定期限,系统通过邮件、手机短信等方式自动向分管领导、承办人和系统管理员发出"红牌"警告信息。对符合法定条件的申请人不予行政审批的、擅自增设行政审批程序或审批条件的等10种情况,系统也会发出"红牌"警告信息。

(3)绩效评估

依据《行政审批绩效测评量化标准》,对各部门、各岗位的行政绩效自动进行打分并辅助考核,对不同部门或同一部门的不同时间段的绩效进行横向、纵向比较和综合评价。评价结果报区领导和通报给相关部门。

绩效考核评分:针对多级行政单位的绩效测评问题,设计了以绩效测评点为基础,绩效测评点下设置具体的二级绩效测评点为主体的模式,根据多个城市的推广经验整理出一套基本的绩效测评体系方法,包括 12 项自动评分测评点、64 项抽查评分测评点,全面的考核各级行政单位的绩效。

满意度调查管理:通过短信、电子投票等多种形式进行满意度调查,以获取真实、及时的行政满意度信息,结合政务大厅的管理系统、其他门户网站的满意度调查功能,获取更全面的满意度调查信息。

(4)信息服务

系统能为公众提供多种信息服务。通过网站,向企业和群众提供行政审批的有关法律法规和行政审批事项办理要求等信息,提供行政审批事项申请表格集中下载,公布绩效评估情况,方便群众办事和监督。

2)数据交换

网上审批系统是以审批数据为基础的,数据采集是系统的基础部分,为实现内、外网以及与监察系统间数据交换,将升级原有数据,交换前置机软件,并将交换接口升级为双向传输接口,还将采取查询比对方式实现部门间数据共享。

(1)数据采集:自动采集、手工填报、人工导入。

(2)数据传输:采用先进灵活的网络数据传输格式、数据传输协议、数据传输算法来保证数据传输的完整性、安全性。

(3)数据规范:业务系统的情况不同,数据格式不同,必须制定统一数据采集规范。

(4)数据管理:采用信息技术和管理规范来保证数据的合法性、真实性、实时性。

(5)数据跟踪:实时显示功能、日志功能,同时应具有数据状态反馈功能。

(6)数据安全:数据传输环境为互联网和政务外网,确保数据的安全性。

通过制定《区政务服务中心网上审批共享数据标准与格式规范》,提供与其他业务系统的数据交换接口,数据采集支持多维扩展和版本管理。

4. 系统综合管理子系统功能设计

1)系统管理

主要包括的功能有:支持内设机构间的层次关系;具有人性化、图形化的维护界面,用户能方便直观的对部门和人员的信息进行维护;引入树形结构的形式对组织结构进行管理,最顶层为根部门,下设各个科室根部门,每个根部门可以由多个子部门、根部门角色和根部门成员组成,子部门下面又由部门成员、部门角色组成,所有这些对象管理员都可以非常方便地进行维护,以方便各部门之间的层次管理。

2)权限管理

系统的应用全部模块化,在每一个模块里面再把功能标准化,这样,为权限管理的统一化和标准化提供了条件。系统的某些权限组合还固化成系统角色的概念,授权可以通过授予用户某一角色来进行。

权限管理是后台管理的主要部分,它规定不同级别的工作人员(科员、科长、局长等)在业务系统中扮演不同的角色。灵活的权限管理平台使得系统能对各部门和用户进行自由管理,能方便地调整部门之间的层次关系,方便地将用户从一个部门调到另一个部门,而一个用户在整个系统中只拥有一个单独的账号,而且该账号还能适应和兼容后期开发或集成其他应用系统。

用户权限的管理主要包括用户证书的发放管理、用户组的管理和用户具体信息的管理。

用户证书的发放管理由职能部门根据用户使用情况来发放,但用户证书要在用户具体信息的管理中体现。

用户组的管理包括用户组的创建、删除、修改和用户组的权限管理。用户组的权限管理分两级:模块的授权使用,组员能使用哪些功能模块,如查询、受理、审核、移交模块等;每个授权模块中的具体权限,如能否新增、修改、删除和查询信息。

用户具体信息有用户名称、单位、所属组等,用户具体信息的管理包括用户信息的创建、删除、修改和把用户分配到不同的用户组中;用户隶属于哪个用户组,便拥有该用户组相应的权限。

3)用户管理

系统采取"统一平台的用户模式"概念。在统一平台中,对系统的用户采用统一的用户管理模式,不论是一个用户对应于 N 个应用系统,还是 N 个用户对应于 N 个应用系统,都是同一用户模式。统一平台把用户信息及其操作封装起来,以接口和参数的形式提供给系统调用。系统只要调用平台提供的接口就可以对用户信息进行操作和管理。所有采用平台统一用户机制的系统均不用再开发一套用户管理模块。

4)个性化服务管理

系统中的个性化服务主要表现在下面几个方面。

(1)对各个部门具有不同的界面。不同用户登录到系统以后,可以访问不同层次的页面。

(2)每个部门内个人的工作职责、工作内容是不同的,因而可访问的信息、可以执行的系统功能是不同的。

(3)用户可以定制自己的界面,在界面上摆放和增删自己感兴趣的内容。

5)系统日志管理

日志的主要功能是审计和监测。本系统的使用人员比较广泛,为了保证系统安全工作,必须对系统建立完善的日志系统,以便能够对系统中发生的事件进行全程跟踪和查询回顾,加强系统的审计功能。

日志管理主要包括日志获取、日志导出、日志分析、报表生成。

(1)日志获取

在本系统中,提供日志获取定义,日志内容定义等功能,对于获取的日志类型,主要有三种:访问日志记录了系统每一个用户的访问日志和非法用户的访问日志。包括进入的时间,工作站 MAC、网址或 IP,退出的时间等;业务日志记录业务事项的操作日志,每一个事项的审批流水。日志记录的内容主要有操作时间、操作人、操作的内容、发出操作请求的机器地址等。当系统运行中出现问题或操作有争议时,就可以从业务日志中找到客观公正的原始操作日志,有助于责任划分和查清事情原因;运行日志主要记录操作或程序上的异常和系统错误,主要记录系统的日志。它对监测系统运行状态,为事后监督提供直接依据,对防范系统安全有重要作用。

(2)日志导出

对于日志信息,可以检索查询。检索查询可以按用户、申办事项、时间、单位等分类查询,也可以按以上条件组合查询,查询结果可以打印出来,也可以导出成数据文件。

(3)日志分析

可以对日志进行分析判断,可以优化系统,优化业务。

（4）报表生成

系统提供日报表生成功能,能够产生各种各样的日志报表。

6）假日管理

维护除周六、周日之外的假期,为系统提供工作日计算的依据。

信息内容包括:起始日期、终止日期、备注说明等。假日管理中的假期优先级要高于周六、周日假期。

9.6.4　系统实施方案

区全程网上审批系统建设,以区电子政务资源为载体,按照“用户在外网申报、窗口在内网审批、结果在外网发布”的一站式运行模式,通过数据交换,连接跨部门的主要应用系统,与已有的中心审批系统的各单位进行无缝对接,并为未建内部审批系统的单位预留标准数据接口,建设全程网上行政审批系统,实现全区行政审批事项的在线处理,实现区行政审批业务处理的流程化、电子化、规范化、透明化。实现审批办理的网上监察和审批行为的全程监控,进一步增强监管有效性,提高监管能力和行政效能。

本项目建设涉及网络建设、应用开发、推进应用等多方面的建设内容。

1. 硬件与网络部署方案

1）硬件设备部署方案

本项目建设遵循着实用、节约的原则,在区政务服务中心原有硬件设备的基础上,增加若干设备。主要设备如下。

高性能交换机一台,用于优化目前区政务中心网络情况,便于公众和各局审批人员的使用。

高性能服务器一台,用于建设区全程网上审批系统的电子资料库使用。

高速扫描仪一台,用于政务服务中心统一业务受理窗口的纸质文件电子化使用。

高性能打印机一台,用于政务服务中心窗口打印证照材料和相关纸质文件使用。

办公电脑十台,用于新增工作人员办公。

短信收发机一台,用于网上审批系统与公众进行信息互动,与政府中心各业务办理人员进行业务办理信息提示使用。

设备升级,如增加原有服务器硬盘、内存,扩展网络信息点等。

2）网络部署方案

基于市电子政务原有体系的建设要求,经过多年建设以来,市电子政务外网已相当完善,因此区全程网上审批系统将构建在政务外网上,公共服务平台是构建在网站的基础上,是政务中心面对公众提供各种信息服务,充分展示区便民便商的窗口,因此构建在互联网上,方便群众访问,与政务外网进行逻辑隔离,保障其安全性。

2. 应用开发

由于区政府不具备开发本项目的条件,可以采用公开招标办法,选择合适的 IT 公司来承担。

对 IT 公司要提出基本要求。如资质要求:注册资金数量、企业财务状况、3A 信用等级、是否本地企业、计算机信息系统集成资质、计算机建设工程施工资质、ISO9000—2001、软件著作权、国家保密局涉密资质、CMM 质量认证体系资质、管理人员和技术人员资质、电子政务系统的示范工程等。

为确保项目顺利进行,对中标的 IT 公司在实施过程中要提出具体要求。下面列出了有关要求。

(1) 从系统开发工作一开始,IT 公司将与项目单位的工作人员紧密结合一起进行系统的业务调研、业务规范、应用设计等各项工作及解决遇到的问题。

(2) IT 公司要提供详细的系统项目实施过程的工作内容,工作日程表,工作方法,并在征得用户方认可后严格按照日程表执行。日程表内容至少包括系统开发进度表、现场安装、系统测试、验收以及业务调试、业务规范、软件设计、应用系统运行、技术培训等,并具体指定每一步工期如果不能按时完成将如何加以弥补。

(3) IT 公司完全接受用户、建设方的工程监督,并配合用户方作好各项工作。

(4) IT 公司应在用户的配合下完成建设工程中可能存在的问题的解决工作。

(5) IT 公司应详细地计划好工作量和工作进度,排出实施时间,保证参与开发的人员知道他们的每一个环节进度。

(6) 系统开发完毕后对系统进行完整的测试,保证系统运行稳定并预先对环境进行模拟运行。

(7) IT 公司保证所提供的软件系统在方案所规定的地点和环境下,均能实现正常运行,并达到方案要求的性能和产品技术规格中的性能以及其他在合同条款中规定的相关事项等。

(8) IT 公司应有详细的培训计划。用户可以根据自身情况自选培训时间,采取集体上课、个别辅导和桌边辅导等多种形式,使每个应培训的人员都得到培训。在系统运行的过程中,根据用户的需求,为用户提供专项培训和技术支持,提高用户维护人员对系统维护的水平。

3. 系统验收

项目数据和技术标准的制定、基础设施安装,软件开发和安装,联合调试等工作成功完成后,项目进入整体测试、试运行和验收阶段。

在测试、试运行和项目验收阶段,要完成如下工作。

(1) 提交整体测试大纲、整体自测试、组织业主整体测试、编制试运行方案、组织项目初步验收、编写初步验收报告。

(2) 填写系统试运行日报告表、处理试运行期间的系统故障、对试运行期间的故障汇总和分析、编写分析报告、进行系统试运行期间的配置优化、性能优化、优化系统运行和管理。

(3) 组织项目终验、编写竣工报告、移交技术文档及软件代码等相关资产。

对于系统测试,可聘请有相关资质的第三方进行整体测试。整体测试包含功能测试、环境测试、维护性测试、稳定性测试、性能测试等。

在试运行阶段,整个系统的运行由 IT 公司担负运行维护工作,记录系统各个部分的运行数据和遇到的问题,填写试运行报告,报告应当全面、详细;应评价、预测该系统、解决发现及预测到的问题,编制系统运行维护书。

系统验收的主要内容有:设备到货验收、加电测试验收、设备和系统软件安装验收、文档验收、系统功能和性能验收等。

根据实际情况,IT公司应向用户单位移交以下文档。

(1) 投标阶段:《工程设计方案》、《技术支持与服务方案》、《技术规格响应表》、《培训方案》、《测试、验收方案》、《系统集成方案》、《投标应答》。

(2) 准备阶段:《实施方案》、《项目工程规范》。

(3) 实施和测试阶段:《设备登记表》、《技术参数执行标准》、《安装调试手册》、《安装调试记录》、《测试工作报告》、《试运行方案》、《培训教材》。

(4) 试运行阶段:《试运行工作报告》、《系统操作手册》、《系统维护手册》。

(5) 验收阶段:《系统验收报告》。

在此基础上,准备好相关验收文件,安排相关专家评审,或者组织召开现场评审会,组织进行项目验收。

4. 系统维护

系统应用的成功与否,系统维护是十分重要的。系统维护除应用部门要配备专门的维护人员外,对中标的IT公司还应有要求。

(1) IT公司提供系统验收后一年的应用系统免费软件维护服务。

(2) 项目验收前,IT公司派技术人员常驻实施现场,及时解决系统中出现的各种问题。

(3) 所有保修服务方式均为上门保修,即由IT公司派员到招标方使用现场维护。由此产生的一切费用均由IT公司承担。

(4) 在维护期内,全天候24小时服务响应,接到用户的维修维护请求后2小时内响应,对于重大问题需要到现场时,1小时内到现场处理故障。

(5) IT公司对本项目软件系统的质量保修期为自验收通过之日起,提供一年的技术支持、售后服务和产品免费维修服务。不可预见的灾难性破坏,损坏及被盗,不在免费保修范围内。

(6) 设备故障报修的响应时间:工作日内8:00～18:00期间为2小时,其余期间为24小时。

思考题 9

1. 什么是电子政务?电子政务的基本条件是什么?

2. 简述电子政务的基本内容。

3. 简述电子政务给社会带来的影响。

4. 叙述我国电子政务发展的基本要求。

5. 分别说明财政、金融、税收、审计、工商管理及地市级电子政务的基本内容。

6. 办公自动化系统的功能和特点主要有哪些?

7. 叙述电子政务下的公文管理、会议管理、档案管理、财务管理及人力资源管理的内容。

8. 如何实施电子政务应用系统?

9. 结合一个实际的电子政务系统给出其建设方案。

参 考 文 献

[1] 斯蒂芬·哈格,梅芙·卡明斯,詹姆斯·道金斯.信息时代的管理信息系统[M].严建援,等译.北京: 机械工业出版社,2000.

[2] Kenneth CLaudon,Jane PLaudon. Management Information Systems—New Approaches to Organization and Technology[M].北京:清华大学出版社,1998.

[3] 黄悌云.管理信息系统[M].修订版.北京:高等教育出版社,2004.

[4] 薛华成.管理信息系统[M].4版.北京:清华大学出版社,2003.

[5] 刘仲英.管理信息系统[M].北京:高等教育出版社,2006.

[6] 甘仞初.信息系统原理与应用[M].北京:高等教育出版社,2004.

[7] 李东.管理信息系统的理论与应用[M].4版.北京:北京大学出版社,2004.

[8] 蔡淑琴.管理信息系统[M].北京:科学出版社,2004.

[9] 曾庆伟.管理信息系统教程[M].武汉:湖北科学技术出版社,2005.

[10] 王虎,张骏.管理信息系统[M].2版.武汉:武汉理工大学出版社,2007.

[11] 朱顺泉,姜灵敏.管理信息系统理论与实务[M].修订版.北京:人民邮电出版社,2004.

[12] 刘腾红,孙细明.信息系统分析与设计[M].北京:科学出版社,2008.

[13] 刘腾红,宋克振,张凯.经济信息管理[M].北京:清华大学出版社,2006.

[14] 耿骞,韩圣龙,傅湘玲.信息系统分析与设计[M].2版.北京:高等教育出版社,2008.

[15] 邝孔武.信息系统分析与设计[M].2版.北京:清华大学出版社,2006.

[16] 甘利人.企业信息化建设与管理[M].北京:北京大学出版社,2001.

[17] 刘自伟,等.管理信息系统开发技术[M].武汉:武汉理工大学出版社,2003.

[18] 霍国庆.企业战略信息管理[M].北京:科学出版社,2001.

[19] M A Sportack,F C Pappas,E Rensing,et al.高性能网络技术教程[M].钟向群,等译.北京:清华大学出版社,1998.

[20] 萨师煊,王珊.数据库系统概论[M].北京:高等教育出版社,2000.

[21] 曾庆伟.电子商务:经济、管理与法律[M].武汉:湖北科学技术出版社,2005.

[22] [美]艾勒斯,M.阿沃德.信息系统分析与设计[M].戚安邦,赵海滨,孙贤伟,等译.天津:天津科技翻译出版公司,1989.

[23] 邓仲华.信息系统分析与设计[M].北京:科学出版社,2003.

[24] 全国企业信息化领导小组办公室.企业信息化征文选编.北京:经济科学出版社,2002.

[25] Fitz-Enz Jac. The 8 Practices of Exceptional Companies:How Great Organizations Make the Most of Their Human Assets. New York:AMACOM. 1999.

[26] 李健.企业资源计划(ERP)及其应用[M].北京:电子工业出版社,2004.

[27] 马士华,等.供应链管理[M].北京:机械工业出版社,2000.

[28] 宋华,胡左浩.现代物流与供应链管理[M],北京:经济管理出版社,2000.

[29] 陈文伟.决策支持系统及其开发[M].2版.北京:清华大学出版社,2000.

[30] 高洪深.决策支持系统(DSS)理论·方法·案例.2版.北京:清华大学出版社,2000.

[31] 黄悌云.智能决策支持系统[M].北京:电子工业出版社,2001.

[32] 俞瑞钊,陈奇.智能决策支持系统实现技术[M].杭州:浙江大学出版社,2000.

[33] George M Marakas. Decision Support System in the 21st Century. 朱岩,肖勇波译.北京:清华大学出版社,2002.

[34] 苏新宁,孔敏,等.电子政务理论[M].北京:国防工业出版社.2003.

[35] 赵国俊.电子政务[M].北京:电子工业出版社,2003.

[36] 朱军.电子政务理论与实务[M].西安:西安电子科技大学出版社,2003.

[37] 焦宝文.电子政务导论[M].北京:中国财政经济出版社,2002.

读者意见反馈

亲爱的读者：

感谢您一直以来对清华版计算机教材的支持和爱护。为了今后为您提供更优秀的教材，请您抽出宝贵的时间来填写下面的意见反馈表，以便我们更好地对本教材做进一步改进。同时如果您在使用本教材的过程中遇到了什么问题，或者有什么好的建议，也请您来信告诉我们。

地址：北京市海淀区双清路学研大厦 A 座 602 室 计算机与信息分社营销室　收

邮编：100084　　　　　　　　　　电子邮箱：jsjjc@tup.tsinghua.edu.cn

电话：010-62770175-4608/4409　　邮购电话：010-62786544

教材名称：管理信息系统

ISBN　978-7-302-22262-0

个人资料

姓名：＿＿＿＿＿＿　年龄：＿＿＿＿＿所在院校/专业：＿＿＿＿＿＿＿＿＿＿

文化程度：＿＿＿＿　通信地址：＿＿＿＿＿＿＿＿＿＿＿＿＿＿＿＿＿＿

联系电话：＿＿＿＿　电子信箱：＿＿＿＿＿＿＿＿＿＿＿＿＿＿＿＿＿＿

您使用本书是作为：□指定教材 □选用教材 □辅导教材 □自学教材

您对本书封面设计的满意度：

□很满意 □满意 □一般 □不满意　改进建议＿＿＿＿＿＿＿＿＿＿

您对本书印刷质量的满意度：

□很满意 □满意 □一般 □不满意　改进建议＿＿＿＿＿＿＿＿＿＿

您对本书的总体满意度：

从语言质量角度看　□很满意 □满意 □一般 □不满意

从科技含量角度看　□很满意 □满意 □一般 □不满意

本书最令您满意的是：

□指导明确 □内容充实 □讲解详尽 □实例丰富

您认为本书在哪些地方应进行修改？（可附页）

＿＿＿＿＿＿＿＿＿＿＿＿＿＿＿＿＿＿＿＿＿＿＿＿＿＿＿＿＿＿＿＿

＿＿＿＿＿＿＿＿＿＿＿＿＿＿＿＿＿＿＿＿＿＿＿＿＿＿＿＿＿＿＿＿

您希望本书在哪些方面进行改进？（可附页）

＿＿＿＿＿＿＿＿＿＿＿＿＿＿＿＿＿＿＿＿＿＿＿＿＿＿＿＿＿＿＿＿

＿＿＿＿＿＿＿＿＿＿＿＿＿＿＿＿＿＿＿＿＿＿＿＿＿＿＿＿＿＿＿＿

电子教案支持

敬爱的教师：

为了配合本课程的教学需要，本教材配有配套的电子教案（素材），有需求的教师可以与我们联系，我们将向使用本教材进行教学的教师免费赠送电子教案（素材），希望有助于教学活动的开展。相关信息请拨打电话 010-62776969 或发送电子邮件至 jsjjc@tup.tsinghua.edu.cn 咨询，也可以到清华大学出版社主页(http://www.tup.com.cn 或 http://www.tup.tsinghua.edu.cn)上查询。